Corrente de Ouro

Obras da autora publicadas pela editora Record

Série Os Instrumentos Mortais
Cidade dos ossos
Cidade das cinzas
Cidade de vidro
Cidade dos anjos caídos
Cidade das almas perdidas
Cidade do fogo celestial

Série As Peças Infernais
Anjo mecânico
Príncipe mecânico
Princesa mecânica

Série Os Artifícios das Trevas
Dama da meia-noite
Senhor das sombras
Rainha do ar e da escuridão

Série As Maldições Ancestrais
Os pergaminhos vermelhos da magia

O códex dos Caçadores de Sombras
As crônicas de Bane
Uma história de notáveis Caçadores de Sombras e seres do Submundo:
Contada na linguagem das flores
Contos da Academia dos Caçadores de Sombras
Fantasmas do Mercado das Sombras

CASSANDRA CLARE

Corrente de Ouro

AS ÚLTIMAS HORAS

Tradução de
Mariana Kohnert

1ª edição

Galera
RIO DE JANEIRO
2020

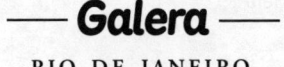

CIP-BRASIL. CATALOGAÇÃO NA PUBLICAÇÃO
SINDICATO NACIONAL DOS EDITORES DE LIVROS, RJ

C541c
Clare, Cassandra
  Corrente de ouro / Cassandra Clare; tradução Mariana Kohnert. – 1ª ed. – Rio de Janeiro: Galera Record, 2020.
  (As últimas horas; 1)

  Tradução de: Chain of gold
  ISBN 978-85-01-11958-2

  1. Ficção americana. I. Kohnert, Mariana. II. Título. III. Série.

20-65597
CDD: 813
CDU: 82-3(73)

Meri Gleice Rodrigues de Souza – Bibliotecária – CRB-7/6439

Título original em inglês:
Chain of gold

Copyright © 2020 by Cassandra Clare, LLC

Publicado mediante acordo com a autora a/c BAROR INTERNATIONAL, INC., Armonk, Nova York, EUA.

Todos os direitos reservados. Proibida a reprodução, no todo ou em parte, através de quaisquer meios. Os direitos morais do autor foram assegurados.

Texto revisado segundo o novo Acordo Ortográfico da Língua Portuguesa.

Direitos exclusivos de publicação em língua portuguesa somente para o Brasil adquiridos pela
EDITORA RECORD LTDA.
Rua Argentina, 171 – Rio de Janeiro, RJ – 20921-380 – Tel.: (21) 2585-2000, que se reserva a propriedade literária desta tradução.

Impresso no Brasil

ISBN 978-85-01-11958-2

Seja um leitor preferencial Record.
Cadastre-se no site www.record.com.br e receba informações sobre nossos lançamentos e nossas promoções.

EDITORA AFILIADA

Atendimento e venda direta ao leitor:
sac@record.com.br

Para Clary (a verdadeira)

PARTE UM

Foi um dia memorável, pois ocasionou grandes mudanças em mim. Mas é assim com todas as vidas. Imagine um dia especial na sua vida e pense como teria sido seu percurso sem ele. Faça uma pausa, você que está lendo, e pense na grande corrente de ferro, de ouro, de espinhos ou flores que jamais o teria prendido não fosse o encadeamento do primeiro elo de um dia memorável.

— Charles Dickens, *Grandes esperanças*

Dias passados: 1897

Lucie Herondale tinha 10 anos quando encontrou o menino na floresta pela primeira vez.

Tendo crescido em Londres, Lucie jamais imaginou um lugar como Brocelind. A floresta cercava a Mansão Herondale, suas árvores unidas nas copas como cochichadoras atentas: verde-escuras no verão, de um dourado queimado no outono. O musgo no solo era tão verde e macio que seu pai dizia servir de travesseiro para fadas à noite, e que das estrelas brancas das flores — que cresciam apenas no país secreto de Idris — eram feitos anéis e pulseiras para suas delicadas mãos.

James, é claro, dissera a ela que fadas não tinham travesseiros, que dormiam no subterrâneo e que sequestravam menininhas travessas quando estas estavam dormindo. Lucie deu um pisão no pé dele, o que levou o pai a pegá-la no colo e a carregá-la de volta para a casa antes que as crianças iniciassem uma briga. James vinha da tradicional e nobre linhagem dos Herondale, mas isso não significava que tinha autorização para puxar as tranças da irmã caçula caso tivesse vontade.

Certa noite, já bem tarde, a claridade da lua acordou Lucie. Estava jorrando no quarto dela como leite, projetando barras brancas de luz em sua cama e no piso de madeira encerada.

Ela saiu da cama e desceu pela janela, caindo com leveza no canteiro de flores. Era uma noite de verão e sua camisola estava quentinha.

Os limites da floresta, logo além dos estábulos onde os cavalos eram mantidos, pareciam brilhar. Ela seguiu flutuando naquela direção como um pequeno espectro. Seus chinelos mal marcavam o musgo conforme ela deslizava entre as árvores.

Ela brincou um tiquinho fazendo correntes de flores e pendurando-as em galhos. Depois disso, fingiu ser a Branca de Neve fugindo do caçador. Ela corria pelas árvores emaranhadas e então se virava dramaticamente e arquejava, levando as costas da mão à testa.

— Você jamais *me* matará — dizia Lucie. — Pois sou de sangue real e um dia serei rainha e duas vezes mais poderosa do que minha madrasta. E cortarei a cabeça dela.

Era possível, pensou Lucie mais tarde, que a história de Branca de Neve não terminasse exatamente daquele jeito.

Mesmo assim, foi muito divertido, e foi só na quarta ou quinta disparada pelo bosque que ela percebeu estar perdida. Não conseguia mais ver a silhueta familiar da Mansão Herondale por entre as árvores.

Ela se virou em pânico. A floresta não parecia mais mágica. Em vez disso, as árvores se assomavam como fantasmas ameaçadores. Lucie pensou ter ouvido vozes sobrenaturais entre o farfalhar das folhas. As nuvens tinham saído e encoberto a lua. Ela estava sozinha na escuridão.

Lucie era corajosa, mas só tinha 10 anos. Emitiu um soluço e começou a correr rumo àquela que imaginava ser a direção certa. Mas a floresta foi ficando mais escura, os espinhos mais emaranhados. Um deles prendeu sua camisola e abriu um enorme rasgo no tecido. Ela tropeçou...

E caiu. Foi como a queda de Alice no País das Maravilhas, embora tivesse sido muito mais breve do que isso. Ela rolou dando cambalhotas e atingiu uma camada de terra compacta.

Com um choramingo, sentou-se. Ela estava no fundo de um buraco que tinha sido cavado na terra. As laterais eram lisas e se erguiam uns bons centímetros acima do alcance de seus braços.

Tentou cravar as mãos na terra que se erguia ao redor para subir da mesma forma como escalaria uma árvore. Mas a textura estava mole e se esfarelava entre seus dedos. Depois de escorregar pela quinta vez, Lucie viu algo branco brilhando do lado íngreme da parede de terra. Na esperança de ser uma raiz pela qual pudesse escalar, ela saltitou até o objeto e esticou a mão para segurá-lo...

O solo se desfez ao redor dele. Não era uma raiz, não mesmo, era um osso branco, e não de um animal...

— Não grite — disse uma voz acima dela. — Vai atraí-las.

Ela voltou a cabeça para o alto e olhou. Debruçado sobre a borda do buraco havia um menino. Mais velho do que seu irmão, James — talvez tivesse até mesmo 16 anos. Ele tinha um lindo rosto melancólico e cabelos pretos lisos escorridos. As pontas dos cabelos quase tocavam o colarinho da camisa.

— Atrair quem? — Lucie levou os punhos aos quadris.

— As fadas — disse ele. — Este poço é uma armadilha delas. Costumam usá-los para pegar animais, mas ficariam muito satisfeitas de encontrar uma menininha.

Lucie arquejou.

— Quer dizer que elas me comeriam?

Ele gargalhou.

— Pouco provável, embora você pudesse terminar como criada da pequena nobreza das fadas na Terra Sob a Colina pelo restante da sua vida. E nunca mais voltar a ver sua família.

Ele meneou as sobrancelhas para ela.

— Não tente me assustar — disse ela.

— Garanto a você, falo apenas a mais perfeita verdade — retrucou o menino. — Mesmo a verdade imperfeita está aquém de mim.

— Não fale besteiras — disse ela. — Sou Lucie Herondale. Meu pai é Will Herondale, uma pessoa muito importante. Se me resgatar, você será recompensado.

— Uma Herondale? — falou ele. — Que sorte a minha. — O menino suspirou e contorceu o corpo até a beira do poço, esticando o braço para baixo. Uma cicatriz reluziu nas costas de sua mão direita, uma cicatriz feia, tipo de queimadura. — Suba.

Ela agarrou o pulso dele com as mãos e ele a içou com uma força surpreendente. Um instante depois, os dois estavam de pé. Agora Lucie conseguia enxergá-lo melhor. Era mais velho do que ela inicialmente imaginara, e estava formalmente vestido de branco e preto. A lua estava à vista de novo e Lucie percebia que os olhos dele eram da cor do musgo verde do leito da floresta.

— Obrigada — agradeceu ela, muito formalmente. Espanou a camisola. Estava um tanto suja pela terra.

— Vamos lá — disse ele, a voz tranquila. — Não tenha medo. Sobre o que vamos conversar? Gosta de histórias?

— Adoro histórias — respondeu Lucie. — Quando eu crescer vou ser uma escritora famosa.

— Isso parece maravilhoso — falou o menino. Havia um quê de melancolia na voz dele.

Os dois seguiram caminhando juntos pelas trilhas sob as árvores. Ele parecia saber para onde ia, como se a floresta lhe fosse bastante familiar. Devia ser um changeling, pensou Lucie sabiamente. Sabia muito sobre fadas, mas nitidamente não fazia parte do clã delas: ele a alertara sobre ser sequestrada pelo Povo das Fadas, provavelmente um fato que acontecera com ele. Mas Lucie não mencionaria isso para não o constranger; parecia terrível ser um changeling, e viver longe de sua família. Em vez disso, ela o envolveu numa conversa sobre princesas e contos de fadas, votando no melhor deles. O tempo mal pareceu passar, até que logo estavam de volta ao jardim da Mansão Herondale.

— Imagino que esta princesa possa encontrar seu rumo até o castelo a partir daqui — disse ele, fazendo uma reverência.

— Ah, sim — confirmou Lucie, olhando para a janela do seu quarto. — Acha que terão notado que estive fora?

Ele gargalhou e se virou para ir embora. Ela gritou para o menino assim que ele chegou aos portões.

— Qual é o seu nome? — Quis saber ela. — Eu lhe disse o meu. Qual é o seu?

Ele hesitou por um momento. Estava todo vestido de branco e preto, como a ilustração de um de seus livros. O menino fez outra reverência, dessa vez mais acentuada e graciosa, do tipo que cavalheiros costumavam fazer um dia.

— Você jamais *me* matará — disse ele. — Pois sou de sangue real e um dia serei duas vezes mais poderoso do que a rainha. E um dia cortarei a cabeça dela.

Lucie soltou um arquejo ultrajado. Ele a entreouvira na floresta enquanto ela brincava? Como ousava fazer graça dela?! Lucie ergueu o punho em menção de agitá-lo em protesto para ele, mas o rapaz já havia sumido noite adentro, deixando apenas o som de sua gargalhada.

Levaria seis anos para ela voltar a vê-lo.

1
ANJOS MELHORES

As sombras dos nossos desejos estão entre nós e nossos melhores anjos, e, assim, seu brilho é eclipsado.
— Charles Dickens, *Barnaby Rudge*

James Herondale estava no meio de um combate contra um demônio quando foi subitamente sugado para o Inferno.

Não era a primeira vez que acontecia, e não seria a última. Pouco antes ele estava ajoelhado na beira de um telhado inclinado, no centro de Londres, uma faca de arremesso fina em cada mão, pensando na nojeira dos detritos que se acumulavam na cidade. Além de poeira, garrafas de gim vazias e ossos de animais; e sem dúvida havia um pássaro morto preso na calha pluvial logo abaixo do joelho esquerdo dele.

Como era glamorosa a vida de um Caçador de Sombras, sério. *Parecia* boa, pensou ele, olhando para o beco vazio abaixo: um espaço estreito abarrotado de lixo, precariamente iluminado pela meia-lua acima. Uma raça especial de guerreiros, descendentes de um anjo, dotados de poderes que lhes permitiam usar armas de *adamas* reluzentes e estampar as Marcas negras das runas sagradas no corpo — que os tornavam mais fortes, mais velozes, mais mortais que qualquer humano mundano; que os faziam se acender luminosamente no escuro. Ninguém jamais mencionara coisas como se ajoelhar acidentalmente num pássaro morto enquanto estivesse à espera de um demônio.

Um grito ecoou no fim do beco. Um som que James conhecia bem: a voz de Matthew Fairchild. Ele se atirou do telhado sem nenhuma hesitação. Matthew Fairchild era seu *parabatai* — seu irmão de sangue e parceiro guerreiro. James fizera um juramento para protegê-lo, não que isso importasse: teria dado a vida pela de Matthew com ou sem juramento.

Um movimento lampejou no fim do beco, onde a rua dava na esquina atrás de uma estreita fileira de casas. James se virou quando um demônio emergiu das sombras, rugindo. Tinha o corpo cinza e as costelas marcadas, um bico curvo e pontiagudo cheio de dentes em gancho e pés como patas, dos quais garras se projetavam. *Um demônio Deumas*, pensou James. Ele definitivamente se lembrava de ter lido sobre demônios Deumas em um dos livros antigos que seu tio Jem lhe dera. Eram ilustres de certa forma. Extremamente cruéis, talvez, ou incomumente perigosos? Que irônico, não é mesmo? — tantos meses sem esbarrar em nenhuma atividade infernal, e, de repente, ele e os amigos se deparavam com um dos demônios mais perigosos já existentes.

Por falar nisso... onde *estavam* seus amigos?

O Deumas rugiu de novo e avançou para James. A criatura tinha baba escorrendo da bocarra em grandes filetes de gosma esverdeada.

James recuou o braço, pronto para arremessar a primeira faca. Os olhos do demônio se fixaram nele por um instante. Eram cintilantes, verdes e pretos, tomados de um ódio que subitamente se transformou em outra coisa.

Algo como reconhecimento. Mas demônios, pelo menos os inferiores, não reconheciam pessoas. Eram animais cruéis motivados por pura ganância e ódio. Quando James hesitou, surpreso, o piso abaixo dele pareceu ceder. Teve apenas um momento para pensar, *Ah, não, agora não*, antes de o mundo se tornar cinzento e silencioso. Os prédios ao redor se transformaram em sombras irregulares, o céu, uma caverna escura perfurada por relâmpagos brancos.

Ele envolveu a faca com a mão direita — não no cabo, mas na lâmina. A descarga de dor foi como um soco, arrancando-o de um estupor. O mundo veio à tona com todo o seu barulho e cor. Mal teve tempo de registrar que o Deumas estava no ar, as garras estendidas para ele, quando um redemoinho de cordas açoitou o céu, prendendo a perna do demônio e puxando-o num tranco.

Thomas!, pensou James, e, de fato, seu amigo incrivelmente alto surgira atrás do Deumas, armado com suas boleadeiras. Atrás dele estava Christopher, armado com um arco, e Matthew, com uma lâmina serafim brilhando na mão.

O Deumas desabou no chão com mais um rugido assim que James arremessou as duas facas. Uma mergulhou na garganta do bicho, a outra, na testa. Os olhos da criatura reviraram, e ela se contraiu em espasmos, e James subitamente se lembrou do que lera sobre demônios Deumas.

— Matthew... — começou ele, bem quando a criatura explodiu, banhando Thomas, Christopher e Matthew com icor e fragmentos queimados do que só poderia ser descrito como gosma.

Gosmentos, lembrou-se James tardiamente. Os demônios Deumas eram notoriamente gosmentos. A maioria dos demônios evaporava ao morrer. Não os demônios Deumas.

Eles explodiam.

— Como... o...? — gaguejou Christopher, nitidamente sem palavras. Visco pingava de seu nariz pontiagudo e dos óculos com armação dourada. — Mas como...?

— Você quer saber como finalmente conseguimos encontrar o último demônio de Londres, e como ele pode ser o mais nojento? — James ficou surpreso com a normalidade em sua voz: já estava se esquecendo do lampejo que tivera do Mundo das Sombras. Pelo menos suas roupas estavam intocadas: pelo visto o demônio explodira para o outro lado do beco. — Não é nosso dever questionar, Christopher.

James teve a sensação de que seus amigos o olhavam com ressentimento. Thomas revirou os olhos. Estava se limpando com um lenço agora parcialmente queimado e coberto de icor, então não estava ajudando muito.

A lâmina serafim de Matthew começava a se apagar. Lâminas serafim, impregnadas com a energia de anjos, costumavam ser a arma mais precisa de um Caçador de Sombras e sua melhor defesa contra demônios, mas ainda era possível afogar uma delas em quantidade considerável de icor.

— Isto é um ultraje — esbravejou Matthew, jogando para o lado a lâmina apagada. — Sabe quanto gastei neste colete?

— Ninguém pediu que você saísse patrulhando demônios vestido de personagem do Oscar Wilde — falou James, jogando para ele um lenço limpo. Ao fazer o movimento, sentiu a mão doer. Havia um corte ensanguentado na palma, causado pela lâmina da faca. Ele fechou a mão para impedir que seus companheiros vissem o ferimento.

— Não acho que ele esteja vestido como figurante — disse Thomas, que tinha voltado a atenção para limpar Christopher.

— Obrigado — disse Matthew, com uma leve reverência.

— Acho que está vestido como o personagem principal. — Thomas sorriu. Ele tinha um dos rostos mais bondosos que James conhecera, e delicados olhos castanho-claros. Nenhum dos traços um indicativo de que ele pouparia os amigos de zombaria.

Matthew limpou seu cabelo loiro opaco com o lenço de James.

— Esta é a primeira vez em um ano de patrulha que encontramos um demônio, então supus que meu colete provavelmente teria sobrevivido à noite. Não é como se qualquer de vocês também estivesse usando uniforme.

Era verdade que os Caçadores de Sombras costumavam caçar usando uniforme — um tipo de armadura flexível feita de um material preto e forte, semelhante a couro, resistente a icor, lâminas e afins —, mas a falta de presença demoníaca fidedigna nas ruas deixara todos um pouco relaxados com as regras.

— Pare de me esfregar, Thomas — protestou Christopher, agitando os braços. — É melhor a gente voltar para a Taverna do Diabo e nos limparmos lá.

Houve um burburinho de concordância entre o grupo. Ao tomarem o pegajoso caminho de volta à rua principal, James pensou um pouco e confirmou mentalmente que Matthew tivera razão. O pai de James, Will, lhe contara frequentemente sobre as patrulhas que costumava fazer com seu *parabatai*, Jem Carstairs — agora o tio Jem de James —, na época em que combatiam demônios quase toda noite.

James e outros jovens Caçadores de Sombras ainda patrulhavam fielmente as ruas de Londres, buscando demônios que pudessem ferir a população mundana, mas nos últimos poucos anos as aparições de demônios vinham sendo parcas e espaçadas. Era uma coisa boa — é claro que era algo bom —, mas mesmo assim. Definitivamente era esquisito. A atividade demoníaca ainda era normal no que dizia respeito ao restante do mundo, então o que tornava Londres especial?

Havia muitos mundanos perambulando pelas ruas da cidade, embora já fosse tarde da noite. Nenhum deles notava o grupo em frangalhos de Caçadores de Sombras em sua caminhada pela Fleet Street; as Marcas de feitiço os tornavam invisíveis a todos os olhos que não tivessem o dom da Visão.

Era sempre estranho estar cercado por uma humanidade incapaz de vê-lo, pensou James. A Fleet Street era o berço das redações de jornais e dos tribunais de Londres, e por todo lado havia pubs, com suas luzes divertidas, cheios de jornalistas, advogados e escriturários, que trabalhavam até tarde, bebendo até o alvorecer. O bairro Strand, que ficava nos arredores, despejava o conteúdo de seus salões de música e teatros, e grupos bem-vestidos de jovens alegres e barulhentos corriam atrás das últimas diligências da noite.

A polícia também estava nas ruas fazendo a patrulha, e aqueles cidadãos londrinos desafortunados a ponto de não terem um lar ao qual retornar se agachavam, resmungando, ao redor dos dutos de ventilação de porões que lançavam correntes de ar morno — mesmo em agosto as noites poderiam ser úmidas e frias. Assim que passaram por um grupo de desaventurados agachados, um deles ergueu o rosto, e James notou de relance a pele pálida e os olhos brilhantes de um vampiro.

Desviou o olhar. Integrantes do Submundo não eram de sua conta, a não ser que estivessem quebrando a Lei da Clave. E ele estava cansado, apesar das Marcas de energia: era sempre extenuante ser arrastado para aquele outro mundo de luzes acinzentadas e sombras pretas irregulares. Era algo que vinha acontecendo com ele havia anos: James sabia que era um resquício do sangue de feiticeira de sua mãe.

Feiticeiros eram os filhos de humanos com demônios: capazes de utilizar magia, mas não para possuírem Marcas ou de usarem *adamas*, o metal cristalino a partir do qual estelas e lâminas serafins eram forjadas. Eles eram uma das quatro ramificações de integrantes do Submundo, juntamente a vampiros, lobisomens e fadas. A mãe de James, Tessa Herondale, era feiticeira; no entanto, a mãe de Tessa não fora apenas humana, mas uma Caçadora de Sombras. A própria Tessa um dia detivera o poder de se transformar e assumir a aparência de qualquer um, fosse vivo ou morto: um poder que nenhum outro feiticeiro possuía. Ela também era singular de outra forma: feiticeiros eram estéreis. Tessa era uma exceção. Todos se perguntaram o que isso significaria para James e a irmã dele, Lucie, os primeiros netos de um demônio e um ser humano dos quais o mundo tomava conhecimento.

Durante muitos anos, aparentemente não significara nada. Tanto James quanto Lucie conseguiam usar as Marcas e pareciam ostentar as habilidades de qualquer Caçador de Sombras. Ambos conseguiam ver fantasmas — como Jessamine, a tagarela fantasma moradora do Instituto —, mas isso não era incomum na família Herondale. Pelo visto, os dois poderiam ser normais, felizmente, claro, dentro do máximo de normalidade que um Caçador de Sombras poderia estar. Mesmo a Clave — o corpo governante de todos os Caçadores de Sombras — parecera se esquecer deles.

Sendo assim, ao completar 13 anos, James viajou pela primeira vez para o Mundo das Sombras. Em um momento ele estava sobre o gramado verde; no seguinte, sobre terra chamuscada. Um céu igualmente queimado se abobadava acima dele. Árvores retorcidas emergiam do solo como garras pontiagudas agarrando o ar. Ele já tinha visto tais lugares em xilogravuras de livros antigos. Sabia o que estava olhando: um mundo demoníaco. Uma dimensão do Inferno.

Instantes depois, ele fora jogado de volta a terra, mas sua vida jamais voltara a ser como antes. Durante anos ele fora espreitado pelo temor de ser arremessado às sombras novamente. Era como se uma corda invisível o conectasse a um mundo de demônios, e a qualquer momento a corda fosse dar um tranco, arrancando-o do ambiente familiar para um lugar de fogo e cinzas.

Durante os últimos anos, com a ajuda de seu tio Jem, James pensou estar no controle da situação. Embora tivesse durado apenas alguns segundos, aquela noite o abalara, e ele fora tomado de alívio ao se deparar com a Taverna do Diabo diante de si.

A Taverna ficava no número 2 da Fleet Street, ao lado de uma gráfica de aparência respeitável. Diferentemente da gráfica, era enfeitiçada para que nenhum mundano pudesse vê-la ou ouvir a algazarra da libertinagem que escapava pelas janelas e portas abertas. Era em parte revestida ao estilo Tudor, a madeira antiga bamba e cheia de farpas, impedida de desabar por encantos de feiticeiros. Atrás do balcão, Ernie, o dono lobisomem, servia canecas de cerveja: os frequentadores eram uma mistura de fadas, vampiros, licantropes e feiticeiros.

A recepção habitual para Caçadores de Sombras num lugar como aquele teria sido fria, mas os clientes da Taverna do Diabo estavam acostumados com os meninos. Eles cumprimentaram James, Christopher, Matthew e Thomas com gritos de boas-vindas e deboche. James permaneceu no pub para pegar bebidas com Polly, a atendente do bar, enquanto os demais marcharam para cima, para seus quartos, melando os degraus de icor conforme subiam.

Polly era um lobisomem, e acolhera os meninos tão logo James alugara os quartos no sótão três anos antes, em busca de um refúgio particular para o qual ele e os amigos pudessem escapulir sem seus pais pegarem no pé. Fora ela quem os intitulara Ladrões Alegres, uma referência a Robin Hood e seus Homens Alegres. James suspeitava de que ele fosse Robin de Locksley e de que Matthew fosse Will Scarlet. Thomas definitivamente era João Pequeno.

Polly riu.

— Quase não reconheci vocês quando chegaram aqui cobertos com sei-lá-que-porcaria-é-essa.

— Icor — falou James, aceitando uma garrafa de vinho branco alemão. — É sangue de demônio.

Polly franziu o nariz, jogando vários panos de prato de aparência desgastada sobre o ombro dele. Ela o entregou um sobressalente, o qual James colocou no corte na mão. Tinha parado de sangrar, mas ainda latejava.

— Minha nossa.

— Faz eras desde que vimos um demônio em Londres — disse James. — Talvez não tenhamos sido tão ágeis em nossa reação quanto deveríamos.

— Imagino que estejam todos com medo demais para dar as caras — disse Polly, agradavelmente, virando o rosto para pegar um copo de gim para Pickles, o kelpie residente do local.

— Com medo? — repetiu James, fazendo uma pausa. — Com medo de quê?

Polly se sobressaltou.

— Ah, nada, nada — disse ela, e se apressou para a outra ponta do balcão. Com a testa franzida, James subiu. Às vezes os comportamentos dos seres do Submundo eram misteriosos.

Dois lances de degraus rangentes davam para uma porta de madeira que ostentava uma frase entalhada anos antes: *Não importa como um homem morre, mas como ele vive. S.J.*

James abriu a porta com o ombro e encontrou Matthew e Thomas já debruçados em volta de uma mesa circular no centro de uma sala com painéis de madeira. Várias janelas, com as vidraças esburacadas e marcadas pelo tempo, davam para a Fleet Street, iluminada por postes de rua intermitentes, e para a Corte Real de Justiça a meio caminho, sombriamente delineada contra a noite nebulosa.

A sala era um lugar aconchegante e familiar, com paredes desgastadas, uma mobília caindo aos pedaços e uma fogueira fraca queimando na lareira. Acima da lareira havia um busto de mármore de Apolo, o nariz lascado há muito tempo. As paredes estavam cobertas de livros sobre ocultismo escritos por mágicos mundanos: a biblioteca do Instituto não permitia tais coisas, mas James as colecionava mesmo assim. Ele era fascinado pelo conhecimento daqueles que não tinham nascido no mundo de magia e de sombras e que, mesmo assim, eram tão intensamente atraídos por ele que aprendiam a forçar a abertura dos portais.

Tanto Thomas quanto Matthew já estavam livres do icor, usando roupas amarrotadas, porém limpas, e os cabelos — o de Thomas marrom arenoso e o de Matthew dourado-escuro — ainda úmidos.

— James! — Matthew se animou ao ver o amigo. Seus olhos estavam suspeitamente alegres; já havia uma garrafa de *brandy* pela metade na mesa. — Por acaso é uma garrafa de bebida barata que vejo na minha frente?

James colocou o vinho na mesa no momento em que Christopher surgiu do quartinho do sótão. O quarto já existia antes de eles ocuparem o espaço: ainda havia uma cama, mas nenhum dos Ladrões Alegres fazia uso do cubículo para algo que não fosse se limpar e guardar armas e mudas de roupas.

— James — disse Christopher, parecendo satisfeito. — Achei que tivesse ido para casa.

— Por que diabos eu iria para casa? — James se sentou ao lado de Matthew e jogou os panos de prato de Polly na mesa.

— Não faço ideia — respondeu Christopher alegremente, puxando uma cadeira. — Mas poderia ter ido. As pessoas fazem coisas estranhas o tempo todo. Tivemos uma cozinheira que saiu para fazer compras e foi encontrada duas semanas depois no Regent's Park. Tinha se tornado cuidadora no zoológico.

Thomas ergueu as sobrancelhas. James e o restante do grupo nunca sabiam se deveriam acreditar nas histórias de Christopher. Não que ele fosse um mentiroso, mas quando se tratava de qualquer coisa que não fossem béqueres e tubos de ensaio, ele tendia a dispensar só uma fração de sua atenção.

Christopher era filho da tia de James, Cecily, e do tio Gabriel. Tinha a mesma estrutura óssea delicada dos pais, cabelo castanho-escuro e olhos que poderiam ser descritos como da cor de lavanda.

— Um desperdício em forma de menino! — dizia Cecily com frequência, com um suspiro martirizado. Christopher tinha tudo para ser popular com as meninas, mas os óculos de lentes grossas obscureciam a maior parte do seu rosto, e ele tinha sempre pólvora encrustada sob as unhas. A maioria dos Caçadores de Sombras via as armas mundanas com desconfiança ou desinteresse, a aplicação de Marcas ao metal ou às balas evitava que a pólvora queimasse, e armas sem Marcas eram inúteis contra demônios. Christopher, no entanto, era obcecado pela ideia de adaptar armas de fogo aos propósitos dos Nephilim. James tinha de admitir que a ideia de instalar um canhão no telhado do Instituto tinha seu apelo.

— Sua mão — disse Matthew, subitamente, inclinando-se e fixando os olhos verdes em James. — O que aconteceu?

— Foi só um corte — falou James, abrindo a mão. O ferimento era longo e diagonal na palma. Quando Matthew pegou a mão de James, a pulseira de prata que sempre enfeitava o pulso direito deste tilintou contra a garrafa de vinho na mesa.

— Você devia ter me contado — queixou-se Matthew, levando a mão ao colete em busca da estela. — Eu teria resolvido lá no beco mesmo.

— Esqueci — disse James.

Thomas, que estava passando o dedo pela borda do próprio copo sem beber, questionou:
— Aconteceu alguma coisa?
Thomas era irritantemente perceptivo.
— Foi muito rápido — disse James com certa relutância.
— Muitas coisas que são "muito rápidas" também são muito ruins — retrucou Matthew, tocando a pele de James com a ponta da estela. — Guilhotinas descem muito rápido, por exemplo. Quando os experimentos de Christopher explodem, costuma ser muito rápido.
— Obviamente eu não explodi, nem fui guilhotinado — disse James. — Eu... fui para o Mundo das Sombras.
Matthew ergueu a cabeça de súbito, embora a mão tenha permanecido firme conforme a *iratze*, uma Marca de cura, ia tomando forma na pele de James. Dava para sentir a dor na mão começando a diminuir.
— Achei que essa coisa toda tivesse acabado — disse Matthew. — Achei que Jem tivesse ajudado você.
— Ele me ajudou. Faz um ano desde a última vez. — James balançou a cabeça. — Suponho que tenha sido demais esperar que nunca mais voltasse a acontecer.
— Não é uma coisa que costuma acontecer quando você está chateado? — quis saber Thomas. — Foi o ataque do demônio?
— Não — disse James, rapidamente. — Não, não consigo imaginar... não. — James estivera quase ansioso pela luta. Tinha sido um verão frustrante, o primeiro em mais de uma década que ele não passara com a família em Idris.
Idris ficava na Europa Central. Protegido por todos os lados, era um país imaculado, escondido dos olhos mundanos e das invenções mundanas: um lugar sem ferrovias, fábricas ou fumaça de carvão. James sabia por que a família não pudera ir naquele ano, mas tinha seus motivos para desejar estar lá em vez de em Londres. A patrulha tinha sido uma de suas poucas distrações.
— Demônios não perturbam nosso garoto — comentou Matthew, terminando a Marca de cura. Ali tão próximo de seu *parabatai*, James sentia o cheiro familiar do sabonete de Matthew misturado ao álcool. — Deve ter sido outra coisa.
— Você deveria falar com seu tio então, Jamie — sugeriu Thomas.

James balançou a cabeça. Não queria incomodar tio Jem com o que agora parecia um lampejo de momento.

— Não foi nada. Fui surpreendido pelo demônio; agarrei a lâmina por acidente. Tenho certeza de que foi essa a causa de tudo.

— Você virou uma sombra? — perguntou Matthew, guardando a estela. Às vezes, quando James era puxado para o Mundo das Sombras, seus amigos relatavam que conseguiam vê-lo embaçando nos cantos. Em algumas ocasiões, chegara a se transformar completamente numa sombra escura, com formato de James, mas transparente e incorpóreo.

Algumas vezes — muito poucas vezes — conseguira se transformar numa sombra para atravessar algo sólido. Mas não queria falar sobre essas vezes.

Christopher desviou o olhar de seu caderno.

— Por falar no demônio...

— E nem estávamos falando disso — observou Matthew.

— ...Era de que tipo mesmo? — perguntou Christopher, mordendo a ponta da caneta. Ele costumava anotar detalhes das expedições de combate a demônios. Alegava que ajudava em sua pesquisa. — Aquele que explodiu, quero dizer.

— Em oposição ao que não explodiu? — questionou James.

Thomas, que tinha uma excelente memória para detalhes, falou:

— Era um Deumas, Christopher. Estranho que estivesse por aqui; eles não costumam ser encontrados nas cidades.

— Guardei um pouco do icor dele — falou Christopher, sacando de algum lugar um tubo de ensaio tapado com uma rolha, contendo uma substância esverdeada. — Aconselho não beber nenhuma gotinha.

— Garanto que não tínhamos planos de fazer tal coisa, seu pateta — falou Thomas.

Matthew estremeceu.

— Chega de falar de icor. Vamos brindar mais uma vez à presença de Thomas nesta casa!

Thomas protestou. James ergueu sua taça e brindou com Matthew. Christopher estava prestes a brindar com o tubo de ensaio quando Matthew, resmungando palavrões, confiscou o frasco com a amostra e, no lugar, entregou a Christopher uma taça de vinho alemão.

Thomas, apesar dos protestos, pareceu satisfeito. A maioria dos Caçadores de Sombras fazia um tipo de intercâmbio quando completava 18 anos, deixando o Instituto onde morava e passando um tempo em uma das unidades no exterior; há poucas semanas Thomas voltara de uma temporada de nove meses em Madri. O objetivo da viagem era aprender novos costumes e ampliar os horizontes: Thomas certamente ampliara, ainda que majoritariamente no sentido físico.

Embora fosse o mais velho do grupo, Thomas sempre fora o de menor estatura dentre os amigos. Quando James, Matthew e Christopher chegaram ao cais para receber o navio no qual ele vinha da Espanha, vasculharam a multidão e quase não reconheceram o amigo naquele rapaz musculoso que descia pela prancha de desembarque. Thomas era o mais alto deles agora, bronzeado como se tivesse crescido numa fazenda em vez de em Londres. Agora era capaz de empunhar uma espada longa usando apenas uma das mãos, e na Espanha adotara uma nova arma, as boleadeiras, feitas de cordas fortes e pesos que giravam acima da cabeça. Matthew costumava dizer que era como ser amigo de um gigante bonzinho.

— Quando terminarem com o brinde, tenho algumas novidades — disse Thomas, inclinando a cadeira para trás. — Sabem aquela mansão antiga em Chiswick que um dia pertenceu ao meu avô? Que costumavam chamar de Casa Lightwood? Foi dada a minha tia Tatiana pela Clave há alguns anos, mas ela jamais fez uso do lugar, sempre preferiu ficar em Idris na mansão com minha prima, há...

— Gertrude — esclareceu Christopher, prestativamente.

— Grace — falou James. — O nome dela é Grace.

Era prima de Christopher também, embora James soubesse que jamais chegaram a conhecê-la.

— Isso, Grace — concordou Thomas. — Tia Tatiana sempre manteve as duas num isolamento esplêndido em Idris, sem visitantes e coisa e tal, mas aparentemente ela resolveu se mudar de volta para Londres, então meus pais estão bem empolgados com isso.

O coração de James deu um salto lento e intenso.

— Grace — começou ele, e viu Matthew lhe lançar um breve olhar de esguelha. — Grace está se mudando para Londres?

— Parece que Tatiana quer apresentá-la para a sociedade. — Thomas parecia meio confuso. — Suponho que você já a tenha conhecido, em Idris? Sua casa lá não fica adjacente à Mansão Blackthorn?

James assentiu mecanicamente. Sentiu o peso da pulseira em seu pulso direito, embora já a usasse há tantos anos a ponto de se esquecer de sua presença ali.

— Eu costumo vê-la todo verão — disse ele. — Não este verão, é claro.

Não este verão. Fora incapaz de argumentar com os pais quando eles disseram que a família Herondale passaria o verão em Londres. E obviamente não podia mencionar o motivo pelo qual queria voltar a Idris. Afinal, até onde eles sabiam, James mal conhecia Grace. A náusea e o horror que o tomaram ante a ideia de que não a veria por mais um ano era algo um tanto inexplicável.

Era um segredo que James carregava desde os 13 anos. Em sua mente, conseguia ver os portões altos se erguendo diante da Mansão Blackthorn, e as próprias mãos diante de si — as mãos de uma criança, livres de cicatrizes, cortando habilidosamente as trepadeiras espinhentas. Conseguia ver o Longo Salão na mansão, e as cortinas soprando pelas janelas, e ouvia a música. Conseguia ver Grace em seu vestido marfim.

Matthew o observava com olhos verdes pensativos que já não demonstravam mais a mesma alegria de minutos atrás. Matthew, o único de todos os amigos de James, sabia que havia uma ligação entre James e Grace Blackthorn.

— Londres está sendo positivamente infestada por recém-chegados — observou Matthew. — A família Carstairs também estará conosco em breve, não é?

James assentiu.

— Lucie está louquinha para ver Cordelia.

Matthew serviu-se de mais vinho.

— Não posso culpá-los por estarem cansados da vida rústica de Devon, como se chama aquela casa deles? Cirenworth? Suponho que vão chegar em um ou dois dias...

Thomas derrubou sua bebida. A bebida de James e o tubo de ensaio de Christopher caíram junto. Thomas ainda estava se acostumando a ocupar tanto espaço no mundo, e às vezes se mostrava um pouco desastrado.

— *Todos* os membros da família Carstairs estão vindo, é isso? — perguntou Thomas.

— Elias Carstairs não vem — respondeu Matthew. Elias era o pai de Cordelia. — Mas Cordelia, e, é claro... — Ele parou de falar sem qualquer discrição.

— Ah, inferno — praguejou Christopher. — Alastair Carstairs. — Transpareceu vagamente enjoado. — Não estou me lembrando errado? Ele é um remédio amargo?

— "Remédio amargo" é um belo eufemismo — disse James. Thomas limpava a bebida derramada; James o fitou com preocupação. Thomas sempre fora um menino tímido e franzino na escola, e Alastair, um valentão mimado. — Podemos evitar Alastair, Tom. Não temos motivos para convivermos com ele, e não creio que ele esteja ansioso por estar em nossa sociedade também.

Thomas gaguejou, mas não em resposta ao que James dissera. O conteúdo do tubo de ensaio derramado de Christopher tinha ganhado um tom roxo-amarronzado intenso e começava a corroer a mesa. Todos saltaram para pegar os panos de prato de Polly. Thomas atirou uma jarra de água na mesa, encharcando Christopher, e Matthew se dobrou de tanto rir.

— Preciso dizer — falou Christopher, afastando o cabelo molhado dos olhos. — Acho que isso funcionou, Tom. O ácido foi neutralizado.

Thomas balançava a cabeça.

— Alguém deveria neutralizar você, seu esfregão...

Matthew desabou de tanto gargalhar.

No meio do caos, James não conseguiu evitar se sentir alheio a tudo aquilo. Durante tantos anos, em tantas centenas de cartas secretas entre Londres e Idris, ele e Grace tinham jurado um ao outro que um dia ficariam juntos; que um dia, quando fossem adultos, eles se casariam, fossem seus pais coniventes ou não, e viveriam juntos em Londres. Sempre fora o sonho dos dois.

Então por que ela não dissera a ele que estava vindo?

— Ah, veja! O Royal Albert Hall! — gritou Cordelia, colando o nariz na janela da carruagem. Estava um dia radiante, a luz do sol forte projetada sobre Londres, fazendo a fileira de casas brancas reluzentes de South Kensington brilhar como fileiras de soldados de marfim num tabuleiro de xadrez caríssimo. — Londres realmente tem uma arquitetura maravilhosa.

— Uma observação perspicaz — debochou o irmão mais velho dela, Alastair, que em seu canto lia ostensivamente uma obra sobre cálculo, como se anunciasse que não podia se dar ao luxo de olhar pela janela. — Tenho certeza de que ninguém jamais comentou sobre os prédios de Londres.

Cordelia o fitou com desprezo, mas nem assim ele ergueu o rosto. Será que Alastair não percebia que ela só estava tentando animar a todos? A mãe deles, Sona, se recostava exausta, contra a lateral da carruagem, exibindo olheiras, sua pele marrom e geralmente radiante um tanto pálida. Cordelia estava preocupada com a mãe havia umas boas semanas, desde que chegara a Devon uma notícia sobre seu pai, vinda diretamente de Idris.

— A questão, Alastair, é que agora estamos aqui para morar, não para visitar. Vamos conhecer gente, poderemos receber visitas, não precisamos ficar no Instituto, muito embora eu preferisse ficar perto de Lucie...

— E de James — falou Alastair, sem tirar o olhar do livro.

Cordelia trincou os dentes.

— Crianças. — A mãe de Cordelia olhou para os dois com reprovação. Alastair pareceu ressentido, estava a um mês de seu aniversário de 19 anos e, ao menos em sua cabeça, ele certamente não era mais uma criança. — Isso é um assunto sério. Como vocês bem sabem, não estamos em Londres por diversão. Estamos em Londres em nome da nossa família.

Cordelia trocou um olhar menos hostil com o irmão. Ela sabia que ele também estava preocupado com Sona, embora jamais fosse admitir. E agora se perguntava pela milionésima vez o quanto ele estaria sabendo da situação com o pai. Cordelia sabia com igual convicção que ele não só estava mais ciente dos fatos do que ela, como também jamais lhe dirigiria a palavra sobre o assunto.

Sentiu uma leve pontada de animação quando a carruagem deles parou junto ao número 102 da Cornwall Gardens, diante da fileira de grandiosas casas vitorianas brancas com o número pintado de um preto austero na pilastra mais à direita. Havia várias pessoas de pé no alto dos degraus da entrada, sob o pórtico. Cordelia imediatamente reconheceu Lucie Herondale, um pouco mais alta agora do que desde a última vez que Cordelia a vira. O cabelo castanho-claro estava preso sob o chapéu, e o casaco e a saia azul-claros combinavam com os olhos.

Ao lado dela, mais duas pessoas. Uma era a mãe de Lucie, Tessa Herondale, a famosa — pelo menos entre os Caçadores de Sombras, de todo modo — esposa de Will Herondale, que coordenava o Instituto de Londres. Aparentava ser só um pouco mais velha do que a filha. Tessa era imortal, uma feiticeira com o dom da Transformação, e não envelhecia.

Ao lado de Tessa estava James.

Cordelia se lembrou, certa ocasião, ainda era uma menina, quando fez menção de acariciar um cisne no lago próximo a sua casa. A ave a atacou, atingindo seu tronco e derrubando-a. Durante uns bons minutos ela ficou deitada na grama, engasgada e tentando recuperar o fôlego, apavorada com a possibilidade de não conseguir voltar a respirar.

Provavelmente não era a coisa mais romântica do mundo dizer que toda vez que ela via James Herondale, sentia como se estivesse sendo atacada por uma ave daquelas, mas era a mais pura verdade.

Ele era lindo, tão lindo que ela se esquecia de respirar quando olhava para ele. James tinha cabelos pretos bagunçados e embaraçados, mas que pareciam macios ao toque, e seus longos cílios escuros adornavam os olhos de cor mel ou âmbar. Agora que ele estava com 17 anos, tinha crescido e superado seu eu mais jovem e desengonçado e estava esguio e lindo, perfeitamente composto, como uma maravilhosa obra arquitetônica.

— Afe! — Os pés dela atingiram o chão e Cordelia quase tropeçou. Sabe-se lá como tinha aberto a porta da carruagem, e agora estava de pé na calçada... bem, cambaleando, na verdade... se esforçando para manter o equilíbrio sobre as pernas que tinham adormecido depois de horas em desuso.

James brotou ali instantaneamente, a mão no braço dela, segurando-a.

— Daisy? — disse ele. — Tudo bem?

O apelido dele para ela, a palavra em inglês para "margarida", a flor. Ele ainda se lembra.

— Só meio desajeitada. — Ela olhou em volta, corando. — Eu esperava me apresentar de maneira mais graciosa.

— Nada com que se preocupar. — Ele sorriu, e o coração de Cordelia se revirou. — As calçadas de South Kensington são cruéis. Eu mesmo já fui atacado por elas mais de uma vez.

Responda com alguma coisa inteligente, disse ela a si mesma. *Diga algo engraçado.*

Mas ele já havia se voltado para o outro lado, meneando a cabeça para Alastair. James e Alastair não se gostavam na Academia, Cordelia sabia disso, embora a mãe dela não tivesse essa noção. Sona sempre considerara Alastair muito popular.

— Veja só quem está aqui, Alastair. — A voz de James estava curiosamente inexpressiva. — E você parece...

Ele olhou para os cabelos loiro-amarelados de Alastair com alguma surpresa. Cordelia aguardou que ele continuasse, com grande esperança de que fosse dizer: *você parece um nabo*, mas ele não disse.

— Você parece bem — concluiu James.

Os rapazes se entreolharam, calados, e então Lucie correu escadaria abaixo e abraçou Cordelia.

— Estou tão, tão, tão feliz em ver você! — disse ela, ofegante. Para Lucie, tudo era sempre tão, tão, tão alguma coisa, fosse algo lindo, emocionante ou terrível. — Querida Cordelia, nós nos divertiremos tanto...

— Lucie, Cordelia e a família dela vieram para Londres para que vocês duas possam treinar juntas — disse Tessa, com a voz carinhosa. — Terão uma boa dose de trabalho e responsabilidade.

Cordelia olhou para os sapatos. Tessa estava sendo bondosa ao repetir a história de que os Carstairs tinham vindo a Londres às pressas porque Cordelia e Lucie precisavam ser *parabatai*, mas isso não era verdade.

— Bem, você deve se lembrar de viver seus 16 anos também, Sra. Herondale — falou Sona. — Moças adoram bailes e vestidos. Eu certamente adorava quando tinha a idade delas, e imagino que você também.

Cordelia sabia que aquilo não era nada condizente com a adolescência de sua mãe, mas ficou calada. Tessa arqueou as sobrancelhas.

— Eu me lembro de ter participado de uma festa de vampiros uma vez. E algum tipo de festa na casa de Benedict Lightwood, antes de ele pegar varíola demoníaca e se transformar em um verme, é claro...

— Mãe! — exclamou Lucie, escandalizada.

— Bem, ele se transformou em um verme — confirmou James. — Na verdade, estava mais para uma serpente cruel e imensa. Com certeza uma das partes mais interessantes da aula de história.

Tessa foi poupada de mais comentários pela chegada das carruagens-baú com os pertences dos Carstairs. Vários homens grandes desceram num salto de um dos veículos e se puseram a remover a lona que cobria diversas peças de mobília, as quais tinham sido meticulosamente amarradas.

Um dos homens ajudava Risa, a dama de companhia e cozinheira de Sona, a descer da primeira das carruagens fechadas. Risa trabalhava para a família Jahanshah quando Sona era adolescente, e estava com ela desde então. Era uma mundana dotada de Visão, e, portanto, uma companhia valiosa para um Caçador de Sombras. Risa só falava persa; Cordelia se perguntava se os homens da carruagem teriam tentado puxar conversa com ela. Risa entendia inglês perfeitamente, mas gostava de seu silêncio.

— Por favor, agradeça a Cecily Lightwood para mim, pelo empréstimo dos ajudantes domésticos dela — dizia a mãe de Cordelia para Tessa.

— Ah, claro! Eles virão às terças e quintas-feiras para fazer a parte pesada, até que você consiga encontrar criados próprios — respondeu Tessa.

"O pesado" era tudo o que não se esperaria que Risa — que cozinhava, fazia compras e ajudava Sona e Cordelia com as roupas — fosse fazer, como esfregar o chão ou cuidar dos cavalos. A ideia de que os Carstairs estavam planejando contratar criados em breve era outra história sutil, Cordelia sabia. Quando deixaram Devon, Sona dispensara todos os criados, exceto Risa, pois vinham tentando economizar o máximo de dinheiro possível enquanto Elias Carstairs aguardava julgamento.

Uma grande silhueta em uma das carruagens chamou a atenção de Cordelia.

— Mamãe! — exclamou ela. — Você trouxe o piano?

A mãe dela deu de ombros.

— Gosto de um pouco de música no ambiente. — Ela apontou imperiosamente em direção aos trabalhadores. — Cordelia, vai ficar tudo bagunçado e barulhento. Quem sabe você e Lucie devessem dar um passeio pela vizinhança? E Alastair, você fique aqui e ajude a orientar os criados.

Cordelia ficou maravilhada com a ideia de passar um tempo sozinha com Lucie. Alastair, por sua vez, parecia indeciso entre a amargura por ter de ficar com a mãe, e a arrogância de as responsabilidades do homem da casa serem confiadas a ele.

Tessa Herondale pareceu divertir-se.

— James, vá com as meninas. Talvez Kensington Gardens? É uma caminhada breve e está um lindo dia.

— Kensington Gardens parece mesmo seguro — disse James com seriedade.

Lucie revirou os olhos e pegou a mão de Cordelia.

— Vamos lá, então — disse ela, e puxou a amiga degraus abaixo, até a calçada.

James, com suas longas pernas, as alcançou com facilidade.

— Não tem por que correr, Lucie — advertiu ele. — Mamãe não vai puxar você de volta e exigir que arraste um piano para dentro da casa.

Cordelia lançou um olhar de soslaio para ele. O vento bagunçava os cabelos pretos dele. Até mesmo os cabelos da mãe dela não eram tão escuros; tinha tons suaves de ruivo e dourado. O cabelo de James era como nanquim derramado.

Ele sorriu para ela com tranquilidade, como se não tivesse acabado de flagrá-la fitando-o. Por outro lado, ele sem dúvida estava acostumado a ser admirado em segredo na presença de outros Caçadores de Sombras. Não apenas por causa da aparência, mas por outros motivos também.

Lucie apertou o braço dela.

— Estou tão feliz por você estar aqui — declarou. — Jamais achei que aconteceria de verdade.

— Por que não? — quis saber James. — A Lei exige que vocês treinem juntas antes de se tornar *parabatai*, e, além do mais, papai adora Daisy, e ele cria as regras...

— Seu pai adora qualquer Carstairs — disse Cordelia. — Não tenho certeza se isso me dá crédito em especial. Pode ser que ele goste até de Alastair.

— Acho que ele se convenceu de que Alastair tem camadas mais profundas escondidas — falou James.

— Areia movediça também tem — replicou Cordelia.

Corrente de Ouro

James gargalhou.

— Basta — cortou Lucie, dando um tapinha no ombro de James com a mão enluvada. — Daisy é minha amiga, e você a está monopolizando. Vá para outro lugar.

Eles estavam se aproximando do portão Queen's Gate na direção da Kensington Road, o barulho do tráfego ao redor deles. Cordelia imaginou James perambulando pela multidão, onde ele certamente encontraria algo mais interessante para fazer, ou talvez terminasse sequestrado por uma linda herdeira que se apaixonaria por ele imediatamente. Esse tipo de coisa acontecia em Londres.

— Caminharei dez passos atrás de vocês, como quem carrega a cauda do vestido da noiva — falou James. — Mas preciso mantê-las sob minhas vistas, caso contrário, mamãe me matará, e então perderei o baile de amanhã, e aí Matthew me matará, e terei morrido duas vezes.

Cordelia sorriu, mas James já estava recuando como prometido. Ele seguiu passeando logo atrás delas, dando-lhes espaço para conversarem; Cordelia tentou esconder a decepção pela ausência dele. Ela morava em Londres agora, afinal, e visões de James não eram mais lampejos raros, mas se tornariam, esperava ela, parte de seu dia a dia.

Ela olhou de volta para ele, que já havia sacado um livro do bolso e agora o lia conforme caminhava e assobiava baixinho.

— A que baile ele se referiu? — perguntou Cordelia, voltando-se para Lucie. Elas passaram sob os portões de ferro preto retorcido do Kensington Park, e dali seguiram caminhando sob a sombra das folhas. O jardim público estava cheio de babás empurrando carrinhos de bebês e jovens casais caminhando juntos sob as árvores. Duas menininhas estavam fazendo grinaldas de margaridas, e um menino usando um traje azul estilo marinheiro corria com um bambolê, rindo alto. Ele foi em direção a um homem alto, que o pegou no colo e o girou no ar, fazendo-o gargalhar ainda mais. Cordelia fechou os olhos com força por um momento, pensando em seu pai, na forma como ele costumava jogá-la para o alto quando ela era muito pequenininha, fazendo-a rir sem parar, mesmo quando ele a apartava na descida.

— O de amanhã à noite — disse Lucie, entrelaçando o braço ao de Cordelia. — Vamos dar um baile de boas-vindas a vocês em Londres. Todo o

Enclave estará lá, e haverá dança, e mamãe terá a chance de exibir o novo salão de baile. E eu terei a oportunidade de exibir você.

Cordelia sentiu um calafrio percorrer seu corpo — em parte animação, em parte medo. O Enclave era o nome oficial dos Caçadores de Sombras de Londres: toda cidade tinha um Enclave, o qual respondia ao seu Instituto local assim como à autoridade superior da Clave e da Consulesa. Ela sabia que era tolice, mas a ideia de encarar tanta gente arrepiava sua pele de ansiedade. A vida que levara com a família — viajando constantemente, exceto quando estavam em Cirenworth, em Devon — tinha sido desprovida de multidões.

No entanto, era necessário... o que todos eles tinham vindo fazer em Londres. Ela pensou na mãe.

Não era um baile, disse Cordelia a si mesma. Era o primeiro confronto em uma guerra.

Ela baixou a voz.

— Todo mundo que vai estar lá... todos sabem sobre o meu pai?

— Ah, não. Muito poucas pessoas ouviram qualquer detalhe, e as poucas que sabem estão sendo bem discretas a respeito. — Lucie olhou para a amiga de modo especulativo. — Você estaria disposta... se me contasse o que aconteceu, eu juro que não compartilharia com vivalma, nem mesmo James.

Cordelia sentiu o peito doer, do jeito que sempre doía quando pensava no pai. Mas precisava contar aquilo a Lucie, e também precisaria contar aos outros. Não seria capaz de ajudar seu pai, a não ser que fosse direta ao exigir o que queria.

— Há cerca de um mês, meu pai foi até Idris — começou ela. — Era tudo muito secreto, mas um ninho de demônios Kravyād fora descoberto logo nos limites da entrada do país.

— Sério? — falou Lucie. — Eles são terríveis, não são? Devoradores de homens?

Cordelia assentiu.

— Tinham massacrado praticamente uma matilha de lobisomens. Foram os lobos, na verdade, que levaram a notícia a Alicante. A Consulesa reuniu uma força expedicionária de Nephilim e chamou meu pai por causa do conhecimento dele sobre demônios raros. Junto a dois dos integrantes do Submundo, ele ajudou a planejar a expedição para matar os Kravyāds.

— Isso parece muito emocionante — disse Lucie. — E que maravilhoso trabalhar com integrantes do Submundo desse jeito.

— Deve ter sido — falou Cordelia. Ela olhou para trás; James estava a uma boa distância, ainda lendo. Não daria para ouvi-las de jeito nenhum. — A expedição fracassou. Os demônios Kravyād tinham fugido, e os Nephilim tinham invadido um território que um clã de vampiros acreditava ser deles. Houve uma batalha, bem feia.

Lucie empalideceu.

— Pelo Anjo. Alguém foi morto?

— Vários Nephilim foram feridos — disse Cordelia. — E o clã de vampiros passou a crer que nós, os Caçadores de Sombras, tínhamos nos aliado aos lobisomens para atacá-los. Foi uma confusão terrível, algo que poderia ter desfeito os Acordos.

Lucie pareceu horrorizada. Cordelia não a culpava. Os Acordos eram um tratado de paz entre Caçadores de Sombras e integrantes do Submundo que ajudava a manter a ordem. Se fossem quebrados, seria um massacre.

— A Clave iniciou uma investigação — disse Cordelia. — Tudo correto e adequado. Achamos que meu pai seria só uma testemunha, mas ele acabou sendo preso. Estão culpando-o pelo fracasso da expedição. Mas não foi culpa dele. Ele não teria como saber... — Ela fechou os olhos. — Ter desapontado a Clave tão intensamente quase o matou. E ele vai precisar conviver com essa culpa pelo resto dos seus dias. Mas nenhum de nós esperava que fossem encerrar a investigação e encarcerá-lo. — As mãos dela estavam trêmulas; Cordelia as entrelaçou com força. — Ele me mandou um recado, mas nada mais depois disso: eles proibiram. Está sendo mantido em prisão domiciliar em Alicante até que seu julgamento aconteça.

— *Um julgamento?* — disse Lucie. — Apenas para ele? Mas havia outros encarregados da expedição também, não havia?

— *Havia* outros, mas meu pai é o bode expiatório. Tudo está sendo atribuído a ele. Minha mãe queria ir até Idris para visitá-lo, mas ele proibiu — acrescentou Cordelia. — Disse que precisávamos vir a Londres em vez disso, que se ele for condenado, a vergonha que recairá sobre nossa família será imensa, e que devemos agir com rapidez para mitigá-la.

— Isso seria muito injusto! — Os olhos de Lucie brilharam. — Todos sabem que ser Caçador de Sombras é um trabalho perigoso. Depois que seu pai for interrogado, certamente vão concluir que ele fez o melhor que pôde.

— Talvez — disse Cordelia, com a voz baixa. — Mas precisam de alguém para culpar, e ele está certo sobre termos amigos entre os Caçadores de Sombras. Nós nos mudamos tantas vezes porque Baba estava doente, jamais vivendo em um só lugar, Paris, Mumbai, Marrocos...

— Sempre achei isso tão glamoroso.

— Estávamos tentando encontrar um clima melhor para a saúde dele — falou Cordelia —, mas agora minha mãe sente que conhece poucos aliados. É por isso que estamos aqui, em Londres. Ela espera que possamos fazer amigos rapidamente, de forma que se meu pai ficar preso, possamos ter alguém que esteja ao nosso lado e nos proteja.

— Tem sempre o tio Jem. Ele *é* seu primo — sugeriu Lucie. — E os Irmãos do Silêncio são vistos com alta estima pela Clave.

O tio de Lucie, Jem, era James Carstairs, conhecido pela maioria dos Nephilim como Irmão Zachariah. Os Irmãos do Silêncio eram médicos e arquivistas dos Nephilim: mudos, de longa vida e poderosos, habitavam a Cidade do Silêncio, um mausoléu subterrâneo com mil entradas por todo o mundo.

Para Cordelia, a coisa mais estranha a respeito deles era isso — assim como suas contrapartidas, as Irmãs de Ferro, que forjavam armas e estelas de *adamas* — eles escolhiam ser o que eram: Jem fora um Caçador de Sombras comum, o *parabatai* do pai de Lucie, Will. Quando ele se tornou Irmão do Silêncio, poderosas Marcas o silenciaram e fecharam seus olhos para sempre. Os Irmãos do Silêncio não envelheciam fisicamente, mas também não tinham filhos, ou esposas, ou lares. Parecia uma vida terrivelmente solitária. Cordelia certamente vira Irmão Zachariah — Jem — em ocasiões importantes, mas não sentia que o conhecia como James e Lucie conheciam. O pai dela jamais se sentira confortável na presença de um Irmão do Silêncio, e durante toda a vida fizera o possível para evitar que Jem visitasse a família deles.

Se ao menos Elias tivesse assumido outra postura, Jem agora poderia ser um aliado. Do jeito como as coisas estavam, Cordelia não fazia ideia de como começar a abordá-lo.

— Seu pai não será condenado — disse Lucie, apertando a mão de Cordelia. — Falarei com meus pais...

— Não, Lucie. — Cordelia balançou a cabeça. — Todos sabem o quanto nossas famílias são próximas. Sua mãe e seu pai não serão considerados imparciais nesse caso. — Ela exalou. — Eu mesma vou procurar a Consulesa. Diretamente. Pode ser que ela não esteja percebendo que estão tentando abafar esse escândalo com os integrantes do Submundo ao culpar o meu pai. É mais fácil apontar para uma pessoa do que admitir que todos cometem erros.

Lucie assentiu.

— A tia Charlotte é tão bondosa, não consigo imaginar que não vá ajudar.

Tia Charlotte era Charlotte Fairchild, a primeira mulher a ser eleita Consulesa. Era também a mãe do *parabatai* de James, Matthew, e uma velha amiga da família Herondale.

Uma Consulesa tem um enorme poder, e assim que Cordelia ouviu falar do aprisionamento do pai, pensou imediatamente em Charlotte. Mas a Consulesa não era livre para fazer o que quisesse, explicara Sona. Havia grupos dentro da Clave, facções poderosas sempre a pressionando para que fizesse isso ou aquilo, e ela não podia arriscar contrariá-las. Caso fossem até a Consulesa, as coisas para a família só iriam piorar.

Mas Cordelia achava que sua mãe estava errada — afinal, o poder não *significava* exatamente isso, a habilidade de contrariar as pessoas? Qual era o objetivo de ser uma Consulesa se ainda havia a necessidade de não desagradar as pessoas? Mas Sona era cautelosa demais, temerosa demais; acreditava que a única saída possível seria se Cordelia se casasse com alguém influente: alguém capaz de salvar o nome da família caso Elias fosse para a prisão.

Mas Cordelia não mencionaria isso para Lucie. Não tinha a intenção de mencionar para ninguém. Mal conseguia pensar no assunto, na verdade: não era contra a ideia de se casar, mas precisava ser com a pessoa certa e ser por amor. E não parte de uma barganha para reduzir a vergonha da família, sendo que seu pai não tinha feito nada de errado. Ela ia resolver aquilo com astúcia e coragem — e não se vendendo como noiva de quem quer que fosse.

— Sei que está absolutamente terrível agora — disse Lucie, e Cordelia teve a sensação de ter perdido um bom trecho da fala da amiga —, mas sei que vai acabar em breve, e seu pai voltará em segurança. Enquanto isso, você estará em Londres e poderá treinar comigo e... Ah! — Lucie desenganchou o braço do de Cordelia e fuçou sua bolsa. — Quase me esqueci. Tenho mais um capítulo de *A bela Cordelia* para você ler.

Cordelia sorriu e tentou esquecer um pouco a situação do pai. *A bela Cordelia* era um romance que Lucie tinha começado aos 12 anos. O objetivo da historinha era animar Cordelia durante uma estadia prolongada na Suíça. Contava em crônicas as aventuras de uma jovem chamada Cordelia, arrasadoramente bela para todos que a viam, e do lindo homem que a adorava, lorde Hawke. Infelizmente, o casal foi separado quando a bela Cordelia foi sequestrada por piratas, e desde então ela vinha tentando encontrar seu caminho de volta para o amado, embora sua jornada sempre fosse interrompida por muitas aventuras, bem como por tantos outros homens atraentes — que sempre se apaixonavam por ela e sonhavam com casamento —, a ponto de a verdadeira Cordelia perder a conta.

Todo mês, fielmente, durante quatro anos, Lucie enviava por correio um novo capítulo a Cordelia, que se aninhava com as aventuras românticas de sua contrapartida fictícia e se perdia na fantasia por um tempo.

— Maravilhoso — disse ela, pegando as folhas de papel. — Mal posso esperar para ver se Cordelia escapa do maligno Rei Bandido!

— Bem, no fim das contas, o Rei Bandido não é totalmente maligno. Veja bem, ele é o filho mais jovem de um duque que sempre foi... desculpe — encerrou Lucie, envergonhada, diante do olhar de censura de Cordelia.

— Esqueci que você odeia ouvir a história antes de ler.

— Odeio mesmo. — Cordelia bateu no braço da amiga com o manuscrito enrolado. — Mas obrigada, querida, lerei assim que tiver um tempinho. — Ela olhou para trás. — Será que... Quero dizer, quero conversar a sós com você também, mas não estamos sendo terrivelmente rudes ao pedir que seu irmão fique alguns passos atrás de nós?

— De forma alguma — garantiu Lucie. — Olhe para ele. Está bem distraído, lendo.

E estava mesmo. Embora James parecesse totalmente envolvido em sua leitura, ele ainda era capaz de se desviar dos transeuntes, de uma pedra ou galho caído aqui e ali, e em determinado momento até mesmo de um menininho brincando com um aro, sempre com graciosidade admirável.

Cordelia desconfiava que se tentasse tal proeza, certamente teria se chocado contra uma árvore.

— Você tem tanta sorte — disse Cordelia, ainda olhando para James.

— Por quê? — Lucie a encarou com os olhos arregalados. Enquanto os olhos de James eram âmbar, os de Lucie eram azul-claros, alguns tons mais claros do que os do pai dela.

Cordelia se virou de volta.

— Ah, porque... — *Porque você pode passar o tempo com James, todos os dias?* Ela duvidava muito que Lucie considerasse isso algum tipo de dádiva; quando o assunto era família, ninguém nunca apreciava ficar grudado aos seus. — Ele é um irmão mais velho tão bom. Se eu pedisse a Alastair que caminhasse dez passos atrás de mim em um parque, ele daria um jeito de ficar ao meu lado o tempo todo só para ser irritante.

— Pfft! — exclamou Lucie. — É claro que adoro Jamie, mas ele tem estado terrível ultimamente, desde que se apaixonou.

Teria dado na mesma se ela tivesse jogado um objeto incendiário na cabeça de Cordelia. Tudo pareceu explodir ao redor.

— Ele o quê?

— Apaixonou-se — repetiu Lucie, a expressão de uma pessoa ávida por uma fofoca. — Ah, ele não revela quem é, claro, afinal é Jamie, e ele jamais nos conta coisa alguma. Mas papai o diagnosticou e diz que definitivamente é amor.

— Você faz parecer uma tuberculose. — A cabeça de Cordelia estava girando de tristeza. James, apaixonado? Por quem?

— Bem, não deixa de ser, não é? Ele fica todo pálido e irritadiço, olhando pelas janelas como John Keats.

— Keats fica olhando pelas janelas? — Às vezes era difícil acompanhar o raciocínio de Lucie.

Lucie prosseguiu, sem se deter pela dúvida se o poeta romântico mais proeminente da Inglaterra tinha o hábito de ficar olhando pelas janelas.

— Ele nunca fala nada a ninguém, só para Matthew, e Matthew é um túmulo no que diz respeito a James. Nesta manhã, ouvi um trecho da conversa deles acidentalmente, no entanto...

— Acidentalmente? — Cordelia ergueu uma sobrancelha.

— Talvez eu estivesse escondida sob uma mesa — falou Lucie, com dignidade. — Mas só porque eu tinha perdido um brinco e estava procurando por ele.

Cordelia conteve um sorriso.

— Prossiga.

— Ele com certeza está apaixonado, e Matthew acha que está sendo tolo. É uma moça que não mora em Londres, mas que está prestes a chegar para uma estadia prolongada. Matthew não a aprova... — Lucie parou subitamente e agarrou o pulso de Cordelia. — Ah!

— Ai! Lucie...

— Uma linda moça prestes a chegar em Londres! Ah, sou uma pateta! É óbvia a identidade da moça!

— É? — falou Cordelia. Estavam se aproximando do famoso lago Long Water; dava para ver o sol brilhando na superfície.

— Ele estava falando de você — sussurrou Lucie. — Ah, que lindo! Imagine se vocês se casassem! Poderíamos ser irmãs de verdade!

— Lucie! — Cordelia baixou a voz a um sussurro. — Não temos provas de que ele estivesse falando de mim.

— Bem, ele seria louco se não se apaixonasse por você — disse Lucie. — É extremamente linda e, exatamente como Matthew disse, acaba de chegar a Londres para uma estadia prolongada. Quem mais poderia ser? O Enclave simplesmente não é tão grande assim. Não, deve ser você.

— Não sei...

Lucie arregalou os olhos.

— Por acaso você não gosta dele? Bem, não se pode esperar que goste, ainda. Quero dizer, você o conhece desde sempre, então imagino que ele não seja tão impressionante assim, mas tenho certeza de que poderia se acostumar com a cara dele. Não ronca ou faz piadas grosseiras. De fato, ele não é nada mal — acrescentou ela, racionalmente. — Apenas considere o assunto, sim? Conceda uma dança a ele amanhã. Você tem um vestido, não tem? Precisa ter um lindo vestido, para que ele possa ficar verdadeiramente impressionado com você.

— Eu tenho um vestido — apressou-se Cordelia em assegurá-la, embora tivesse noção de que seu traje estava longe de ser lindo.

— Uma vez que você o impressionar — prosseguiu Lucie —, ele vai pedi-la em casamento. Então decidiremos se você vai aceitar, e, em caso positivo, se terá um longo noivado. Talvez seja melhor que tenha, para podermos completar nosso treinamento de *parabatai*.

— Lucie, você está me deixando tonta! — ralhou Cordelia, e lançou um olhar preocupado para trás. Será que James ouvira algo? Não, aparentemente não: ele ainda estava perambulando atrás delas, lendo.

Uma esperança traiçoeira inflou em seu coração, e por um momento ela se permitiu imaginar-se noiva de James, acolhida na família de Lucie. Lucie, sua cunhada agora, carregando um buquê de flores em seu casamento. Os amigos deles — eles certamente teriam amigos — exclamando *Oh, vocês dois formam um casal perfeito...*

Cordelia franziu a testa subitamente.

— Por que Matthew não me aprova? — perguntou ela, e então pigarreou. — Quero dizer, se fosse eu a moça de quem eles estivessem falando, o que tenho certeza que não sou.

Lucie gesticulou distraidamente.

— Ele não achava que a referida moça gostava de James. Mas como já decidimos, você pode se apaixonar por ele com bastante facilidade, se fizer um esforcinho. Matthew é superprotetor com Jamie, mas não há nada para se temer. Ele pode não ser muito sociável, mas costuma ser muito gentil com quem gosta.

Cordelia pensou em Matthew, o *parabatai* de James. Matthew mal saíra do lado de James desde que os dois frequentaram a Academia em Idris, e ela o encontrara vez ou outra em eventos sociais. Matthew era todo cabelos dourados e sorrisos, mas Cordelia desconfiava de que poderia haver um leão sob o gatinho caso magoar James fosse uma possibilidade.

Mas ela jamais magoaria James. Ela o amava. Amara-o desde sempre.

E no dia seguinte teria a chance de se declarar a ele. Não tinha dúvida de que isso lhe daria a confiança para abordar a Consulesa e apresentar o caso de seu pai por leniência, talvez com James ao seu lado.

Cordelia ergueu o queixo. Sim, depois do baile que aconteceria no dia seguinte, sua vida seria muito diferente.

Dias Passados:
Idris, 1899

Todo ano, desde que James se lembrava, ele e a família iam a Idris para passar o verão na Mansão Herondale. Era uma grande construção de pedra amarelo-dourada, os jardins acompanhando um declive até o espaço verde encantado da Floresta Brocelind, um muro alto separando-a da mansão da família Blackthorn ao lado.

James e Lucie passavam os dias brincando nos arredores da floresta escura, nadando e pescando no rio próximo, e cavalgando pelos campos verdes. Às vezes tentavam olhar por cima do muro da casa dos Blackthorn, mas as paredes estavam tomadas por trepadeiras espinhentas. Arbustos espinhosos com ponta igual a navalha envolviam os portões como se a Mansão Blackthorn tivesse sido há muito abandonada e o jardim, tomado conta; e embora eles soubessem que Tatiana Blackthorn vivia ali, só tinham visto a carruagem dela entrar e sair de longe, as portas e as janelas firmemente fechadas.

James certa vez perguntara aos pais por que eles jamais socializavam com a vizinha, principalmente porque Tatiana era parente dos tios de James, Gideon e Gabriel Lightwood. Tessa explicara diplomaticamente que havia ressentimento entre as famílias desde que o pai de Tatiana fora amaldiçoado e eles não conseguiram salvá-lo. O pai e o marido dela morreram naquele dia, e o filho de Tatiana, Jesse, viera a falecer anos depois. Ela culpava Will e os próprios irmãos pelas perdas.

— As pessoas se aprisionam na amargura às vezes — dissera Tessa —, e querem encontrar alguém, qualquer um, para culpar por seu luto. É uma pena, pois Will e seus tios a teriam ajudado se pudessem.

James não pensara muito em Tatiana: uma mulher estranha que odiava seu pai irracionalmente não era alguém que ele desejava conhecer. Então, no verão em que James completou 13 anos, uma mensagem chegou de Londres para avisar a Will que Edmund e Linette Herondale, os avós de James, tinham morrido de influenza.

Se Will não estivesse tão distraído pela perda, talvez as coisas tivessem sido diferentes.

Mas ele estava, e elas não foram.

Na noite após a descoberta sobre as mortes de Linette e Edmund, Will estava sentado no chão da antessala, Tessa na poltrona de estofado macio atrás dele, e Lucie e James esticados no tapete diante da lareira. Will estava recostado nas pernas de Tessa, e ele encarava o fogo com olhos vidrados, sem enxergar de fato. Todos ouviram as portas da frente se abrirem; Will ergueu o rosto quando Jem entrou, e Jem, em seu traje dos Irmãos do Silêncio, foi até Will e se sentou ao lado dele. Ele apoiou a cabeça de Will contra seu ombro, e Will agarrou a frente das vestes de Jem enquanto chorava. Tessa curvou a cabeça sobre os dois, e os três ficaram unidos num luto adulto, uma esfera que James ainda não podia tocar. Era a primeira vez que ocorrera a James que seu pai poderia chorar por qualquer coisa.

Lucie e James escapuliram para a cozinha. Foi lá que Tatiana Blackthorn os encontrou — sentados à mesa enquanto sua cozinheira, Bridget, lhes dava pudim para o jantar —, quando pediu a James que cortasse os arbustos espinhosos.

Ela parecia um corvo cinza, deslocado na cozinha clara deles. O vestido era de sarja desgastada, esfarrapado na bainha e nos punhos, e um chapéu sujo adornado com um pássaro empalhado com olhos de miçanga. O cabelo era cinza, a pele era cinza, e os olhos eram de um verde opaco, como se a tristeza e o ódio tivessem sugado toda a cor dela.

— Menino — disse a mulher, olhando para James. — Os portões de minha mansão estão emperrados pela vegetação grande demais. Preciso que alguém corte os arbustos espinhosos. Pode fazer isso?

Talvez se as coisas tivessem acontecido em um momento diferente, se James não estivesse inquieto com o desejo de ajudar o pai, mas sem saber como fazê-lo, ele poderia ter negado. Poderia ter se perguntado por que a Sra. Blackthorn simplesmente não pedira a quem quer que estivesse cortando os arbustos para ela por todos aqueles anos; ou por que ela simplesmente precisava que a tarefa fosse executada à noite.

Mas ele não questionou. James simplesmente se levantou da mesa e acompanhou Tatiana rumo ao anoitecer. O pôr do sol já havia se iniciado e as árvores da Floresta Brocelind pareciam se incendiar nas copas conforme ela caminhava pela propriedade entre as duas mansões, até os portões da frente da Mansão Blackthorn. Eram de ferro preto e retorcido, com um arco no topo no qual havia as palavras em latim: LEX MALLA, LEX NULLA.

Uma lei ruim não é lei.

Ela se abaixou entre as folhas que voavam e, segurando uma enorme faca, se levantou. Era nítido que outrora a lâmina fora bem afiada, mas agora estava tão marrom-escura com ferrugem que parecia quase preta. Por um momento, James fantasiou que Tatiana Blackthorn o levara até ali para matá-lo. Ela cortaria seu coração e o deixaria caído ali, onde seu sangue ficaria escorrendo pelo chão.

Em vez disso, ela botou a faca nas mãos dele.

— Aqui está, menino — disse Tatiana. — Leve o tempo que precisar.

Ele pensou ter visto o vislumbre de um sorriso, mas poderia muito bem ser uma ilusão de ótica. A mulher se foi com um farfalhar de grama seca, deixando James de pé diante dos portões, a lâmina enferrujada na mão, tal como o pretendente menos bem-sucedido de Bela Adormecida. Com um suspiro, ele começou a cortar.

Ou pelo menos começou a tentar. A lâmina cega era inútil, e os arbustos eram tão grossos quanto as barras dos portões. Mais de uma vez, ele foi perfurado pelas pontas maldosas dos espinhos.

Seus braços doloridos logo começaram a parecer chumbo, e sua camisa branca estava manchada de sangue. Aquilo era ridículo, pensara James. Certamente estava muito além da simples solidariedade com um vizinho.

Certamente seus pais entenderiam se ele jogasse a faca de lado e fosse para casa. Certamente...

Um par de mãos, brancas como lírios, subitamente flutuou entre as trepadeiras.

— Menino Herondale — sussurrou uma voz. — Deixe-me ajudá-lo.

Ele encarou, chocado, quando algumas das trepadeiras caíram. Um momento depois, o rosto de uma menina surgiu no buraco, pálido e pequeno.

— Menino Herondale — disse ela de novo. — Você tem voz?

— Sim, e um nome — disse ele. — É James.

O rosto dela sumiu do buraco nas trepadeiras. Houve um ruído de chacoalhar e, um momento depois, surgiu sob os portões uma tesoura de jardinagem — talvez não completamente nova, mas certamente utilizável. James se abaixou para pegá-la.

Ele estava se aprumando quando ouviu seu nome ser chamado: era sua mãe.

— Preciso ir — disse ele. — Mas obrigado, Grace. Você é Grace, não é? Grace Blackthorn?

Ouviu o que pareceu um arquejo, e ela reapareceu no buraco nas trepadeiras.

— Ah, por favor, volte — falou Grace. — Se voltar amanhã à noite, virei de fininho até os portões e conversarei com você enquanto corta. Faz tanto tempo que não converso com alguém além de mamãe.

Ela meteu a mão entre as barras e ele viu linhas vermelhas na pele onde os espinhos a haviam cortado — James ergueu a mão e, por um segundo, os dedos deles roçaram.

— Prometo — James flagrou-se dizendo. — Eu voltarei.

2
Cinzas de rosas

Embora um seja belo como rosas,
Sua beleza se turva e finda;
E embora bem repouse o amor,
Ao fim não está bem.

— Algernon Charles Swinburne, *"The Garden of Proserpine"*

— Matthew — falou James. — Matthew, sei que você está aí embaixo. Saia, ou, juro pelo Anjo, vou dissecar você como a um sapo.

James estava deitado na mesa de bilhar no salão de jogos do Instituto, olhando com raiva pela beirada.

O baile estava acontecendo havia pelo menos meia hora, e ninguém tinha conseguido encontrar Matthew. James foi quem adivinhou que seu *parabatai* poderia estar escondido ali: era uma das salas preferidas deles, confortável e lindamente decorada por Tessa. Tinha papel de parede com listras em cinza e preto até o friso do meio da parede, e acima era pintada de cinza. Nas paredes, retratos emoldurados e árvores genealógicas, e a mobília era um conjunto de sofás e poltronas confortáveis e desgastados. Um jogo de xadrez de lindo polimento reluzia como uma caixa de joias sobre um umidificador de charutos Alfred Dunhill. Havia também a imensa mesa de bilhar sob a qual Matthew se escondia no momento.

Ouviu-se um clangor, e a cabeça loira de Matthew surgiu sob a mesa. Ele piscou os olhos verdes para James.

— Jamie, Jamie — disse ele, com uma tristeza fingida. — Por que importuna tanto um sujeito? Eu estava cochilando tranquilamente.

— Bem, acorde. Você é requisitado no salão de baile para arredondar os números — falou James. — Há uma quantidade chocante de moças lá fora.

— Porcaria de salão de baile — disse Matthew, saindo de baixo da mesa. Ele estava esplendidamente vestido de cinza, com um cravo verde-claro na lapela. Em uma das mãos segurava um decantador de vidro lapidado. — Vá dançar. Pretendo permanecer aqui e me entregar à embriaguez. — Ele olhou para o decantador, então esperançosamente para James. — Pode se juntar a mim se quiser.

— Este é o vinho do Porto do meu pai — alertou James. Era forte, ele sabia, e muito doce. — Você vai se sentir terrivelmente nauseado pela manhã.

— *Carpe decantador* — replicou Matthew. — É um bom vinho do Porto. Sempre admirei seu pai, sabe. Planejava ser como ele um dia. Até que, certa vez, conheci um feiticeiro com três braços. Ele conseguia duelar usando apenas uma das mãos, embaralhar um deque de cartas com a seguinte e abrir o espartilho de uma dama com a terceira, tudo ao mesmo tempo. Agora, eis aí um sujeito para emular.

— Você *já* está embriagado — falou James em tom de reprovação, e tentou tirar o decantador da mão de Matthew, que, no entanto, foi mais veloz, e sacolejou o objeto para fora do alcance ao mesmo tempo que se ergueu para agarrar o braço de James. Ele o arrancou da mesa e, num instante, os dois estavam rolando pelo carpete como cachorrinhos, Matthew gargalhando incontrolavelmente, James tentando roubar a garrafa.

— Saia...de...cima....de mim! — disse Matthew, sibilando, e o soltou. James caiu para trás com tanta força que a tampa do decantador saiu voando. Vinho do Porto respingou nas roupas de ambos.

— Veja o que você fez! — lamentou ele, usando o lenço do bolso para fazer o possível para limpar a mancha escarlate que empapava sua camisa. — Estou cheirando a um destilador e pareço um açougueiro!

— Absurdo — falou Matthew. — Nenhuma das jovens se importa com suas roupas, de qualquer forma. Estão todas ocupadas demais admirando seus enormes olhos dourados. — Ele arregalou os olhos para James até ficar com cara de lunático. Então deslocou as íris até ficar vesgo.

James apenas franziu a testa. Seus olhos eram grandes, com cílios muito negros, e da cor de chá dourado, no entanto, fora atormentado tantas vezes na Academia por causa daqueles olhos incomuns que não encontrava qualquer prazer na singularidade deles.

Matthew estendeu as mãos.

— *Pax* — disse, persuasivamente. — Selemos a paz. Pode derramar o restante do Porto em minha cabeça.

James sorriu. Era impossível permanecer com raiva de Matthew. Era quase impossível *ficar* com raiva de Matthew.

— Venha comigo até o salão de baile e arredonde os números, aí poderemos selar nossa paz.

Matthew se levantou obedientemente — não importava o quanto bebesse, estava sempre firmemente de pé. Ele ajudou James a se levantar sem hesitação e ajeitou o paletó para cobrir a mancha de vinho.

— Quer um pouco do Porto *dentro* de você, ou prefere apenas vesti-lo? — Ele ofereceu o decantador a James.

James balançou a cabeça. Seus nervos já estavam abalados, e embora o Porto fosse acalmá-los, também anuviaria seus pensamentos. Ele queria permanecer atento — para o caso de haver necessidade. Poderia ser que ela não viesse naquela noite, ele sabia. Mas, por outro lado, talvez viesse. Fazia seis meses desde a última carta dela, e agora estava em Londres. Ele precisava estar preparado para qualquer coisa.

Matthew suspirou ao apoiar a garrafa acima da lareira.

— Sabe o que dizem — começou, e ele e James saíram da sala e começaram a ziguezaguear de volta à festa. — Beba e dormirá; durma e não pecará; não peque e será salvo; portanto, beba e seja salvo.

— Matthew, você consegue pecar até dormindo — disse uma voz preguiçosa.

— Anna — falou Matthew, caído contra o ombro de James. — Foi enviada para nos buscar?

Recostada contra a parede estava a prima de James, Anna Lightwood, lindamente vestida em calças justas e uma camisa de risca. Anna tinha os olhos azuis dos Herondale, os quais causavam inquietação a James sempre que os encarava, pois era como se o pai estivesse olhando para ele.

— Se com "buscar" você quer dizer "arrastar vocês de volta para o salão de baile usando quaisquer meios necessários" — falou Anna. — Há moças que precisam de companhia para dançar e elogiá-las, e não dou conta de tudo isso sozinha.

Os músicos no salão de baile subitamente trocaram a melodia — uma valsa alegre.

— Maldição, valsa não — disse Matthew, desesperado. — Odeio valsar. Ele começou a recuar. Anna o segurou pelas costas do paletó.

— Ah, não vai fugir, não — disse ela, e os pastoreou com destreza em direção ao salão de baile.

— Pare de se olhar — disse Alastair, em tom cansado. — Por que as mulheres estão *sempre* se olhando? E por que você está fazendo careta?

Cordelia encarou furiosamente o reflexo do irmão no espelho de moldura decorada. Eles estavam na sala adjacente ao grande salão de baile no Instituto, Alastair perfeito num smoking imaculado, os cabelos loiros fixados para trás com pomada, as mãos enluvadas em pelica.

Porque mamãe me veste, mas ela deixa você vestir o que quiser, pensou a jovem, mas não falou, pois a mãe deles estava bem ali. Sona estava determinada a vestir Cordelia com o ápice da moda, ainda que o estilo não tivesse nada a ver com sua filha. Naquela noite, escolhera para Cordelia um vestido lilás com barra de canutilhos brilhantes. Os cabelos estavam para o alto numa cascata de cachos, e o espartilho em formato de bico de cisne a deixava sem fôlego.

Cordelia estava se achando horrível. Os cadernos de moda só falavam em tons pastel, mas tais editoriais esperavam que as moças fossem loiras, de seios pequenos e pele clara. Cordelia certamente não era nada disso. Tons pastel a deixavam apagada, e nem mesmo o espartilho conseguia valorizar seu peito. Assim como seu cabelo ruivo escuro estava longe de ser fino: era denso e longo como o da mãe, chegando até a cintura quando escovado. Ficava ridículo com penteado de cachinhos.

— Porque eu preciso usar um espartilho, Alastair — disparou ela. — Estava verificando se estou da cor de uma ameixa.

— Combinaria com o vestido se estivesse — observou Alastair. Cordelia não conseguia evitar desejar que seu pai estivesse ali; ele sempre lhe dizia que ela estava linda.

— Crianças — ralhou Sona. Cordelia tinha a sensação de que ela os chamaria de "crianças" mesmo quando fossem velhos e grisalhos e estivessem implicando um com o outro em cadeiras de rodas. — Cordelia, espartilhos não apenas criam uma silhueta feminina, eles mostram que uma donzela é de boa criação e de sensibilidade delicada. Alastair, deixe sua irmã em paz. Esta é uma noite muito importante para todos nós, e devemos causar boa impressão.

Cordelia sentia a inquietude da mãe por ser a única mulher no salão usando um *roosari*, a preocupação de que lhe faltasse o conhecimento de quem eram as pessoas poderosas presentes, quando teria sabido imediatamente nos salões do Instituto de Teerã.

As coisas seriam completamente diferentes depois daquela noite, disse Cordelia a si de novo. Não importava se seu vestido estivesse horroroso: o que importava era que ela encantaria os Caçadores de Sombras que pudessem lhe propiciar uma apresentação à Consulesa. Faria Charlotte entender — faria todos entenderem — que seu pai poderia ser um estrategista ruim, mas que isto não era motivo para ele estar na cadeia. Ela os faria entender que a família Carstairs não tinha nada a esconder.

Faria sua mãe sorrir.

As portas do salão de baile se abriram e lá estava Tessa Herondale vestindo chiffon rosa, com pequenas rosas no cabelo. Cordelia duvidava que *ela* precisasse usar um corselete. Já era de aparência bastante etérea. Era difícil acreditar que era a mesma mulher que derrubara um exército de monstros de metal.

— Obrigada por aguardarem — disse ela. — Eu queria que todos entrassem para fazer as apresentações. Todos estão mortos de curiosidade para conhecê-los. Venham, venham!

Ela os conduziu até o salão de baile. Cordelia tinha uma vaga lembrança de ter brincado ali com Lucie quando estava deserto. Agora estava tomado de luz e música.

Foram-se as paredes pesadamente decoradas de anos atrás e as imensas cortinas de veludo. Tudo estava arejado e iluminado, as paredes ladeadas por bancos de madeira acolchoados com almofadas de listras douradas e brancas. Uma frisa de pássaros dourados voando entre árvores corria acima das cortinas — olhando de perto, era possível distinguir garças. Pendurada na parede, havia uma variedade de armas ornamentais — espadas com bainhas encrustadas de joias, arcos feitos de marfim e jade, adagas com pomos no formato de raios de sol e asas de anjo.

A maior parte da pista fora desocupada para dança, mas havia uma mesa lateral coberta com taças e jarras de limonada gelada. Algumas mesas com toalhas brancas estavam espalhadas pelo salão. Senhoras mais velhas e casadas, e algumas mais jovens que não tinham parceiro de dança, se aglomeravam contra as paredes, ocupando-se com fofoca.

O olhar de Cordelia instantaneamente procurou Lucie e James. Ela encontrou Lucie de imediato, dançando com um rapaz com cabelos da cor da areia, mas vasculhou o salão em busca dos cabelos pretos bagunçados de James, em vão. Aparentemente ele não estava na festa.

Não que houvesse tempo para pensar nisso. Tessa era uma anfitriã experiente. Cordelia e sua família foram conduzidas de grupo em grupo, as apresentações feitas, as virtudes e os valores deles enumerados. Foi apresentada a uma jovem de cabelos pretos alguns anos mais velha do que ela, a qual parecia completamente confortável usando um vestido verde-claro com barrado de renda.

— Barbara Lightwood — disse Tessa, e Cordelia se animou quando as duas fizeram reverências simultâneas. Os Lightwood eram primos de James e Lucie, e uma família poderosa por direito.

Sona imediatamente começou a conversar com os pais de Barbara, Gideon e Sophie Lightwood. Cordelia fixou o olhar em Barbara. Será que estaria interessada em ouvir sobre seu pai? Provavelmente não. Ela vasculhava o salão de dança com um sorriso.

— Quem é o menino dançando com Lucie? — perguntou Cordelia, o que provocou uma gargalhada surpreendente em Barbara.

— Aquele é meu irmão, Thomas — disse ela. — E não está tropeçando nos próprios pés, para variar!

Cordelia olhou mais uma vez para o menino de cabelos louros que ria com Lucie. Thomas era muito alto e de ombros largos, intimidador. Será que Lucie gostava dele? Se um dia ela o mencionara nas cartas, fora apenas como um dos amigos de seu irmão.

Alastair, que estava de pé na ponta do grupo parecendo entediado — na verdade, Cordelia quase se esquecera de que ele estava ali — subitamente se animou.

— Charles! — chamou ele, soando satisfeito. Então alisou a frente do colete. — Se me dão licença, preciso prestar meu respeito. Nós não nos vemos há uma era.

Ele sumiu entre as mesas sem aguardar por permissão. Sona suspirou.

— Meninos — disse ela. — Tão irritante.

Sophie sorriu para a filha, e Cordelia reparou pela primeira vez a cicatriz feia que lhe cortava a bochecha. Havia algo na vivacidade dela, a forma como se movimentava e falava, que não deixava que ninguém percebesse a princípio.

— Meninas têm seus momentos — observou ela. — Devia ter visto Barbara e a irmã dela, Eugenia, quando eram crianças. Terrores absolutos!

Barbara gargalhou. Cordelia a invejava, ter um relacionamento tão harmonioso com a mãe. Um momento depois, um menino de cabelos castanhos se aproximou e convidou Barbara para dançar; ela aceitou, e Tessa guiou Sona e Cordelia para a mesa seguinte, onde o tio de Lucie, Gabriel Lightwood, estava sentado ao lado de uma linda mulher dona de longos cabelos pretos e olhos azuis — a esposa dele, Cecily. Will Herondale estava encostado na beirada da mesa, braços cruzados, sorrindo.

Will olhou na direção delas quando se aproximaram, e o rosto dele se suavizou quando viu Tessa, e, atrás dela, Cordelia. Nele, Cordelia conseguia ver um pouco do que James se tornaria quando crescesse.

— Cordelia Carstairs — disse ele, depois de cumprimentar Sona. — Como você está bonita.

Cordelia sorriu largamente. Se Will a achava bonita, talvez seu filho também achasse. É claro que devido ao preconceito de Will com relação a tudo relacionado aos Carstairs, ele provavelmente achava Alastair perfeito e bonito também.

— Ouvi falar que você veio para Londres para se tornar *parabatai* de nossa Lucie — comentou Cecily. Ela parecia quase tão jovem quanto Tessa, embora tal façanha fosse curiosa, já que ela não era uma feiticeira imortal.
— Fico feliz, está mais do que na hora de mais moças se tornarem *parabatai*. Tem sido um estado monopolizado por homens há muito tempo.
— Bem, os primeiros *parabatai* foram homens — observou Will, de forma que Cordelia se perguntou se Cecily algum dia o considerara insuportável, tal como ela mesma considerava Alastair.
— Os tempos estão mudando, Will — disse Cecily, com um sorriso. — É a Idade Moderna. Temos eletricidade, carros a motor...
— Mundanos têm eletricidade — disse Will. — *Nós* temos pedras de luz enfeitiçadas.
— E carros a motor são modismo — disse Gabriel Lightwood. — Não durarão.

Cordelia mordeu o lábio. Não era assim que ela esperava que sua noite se desenvolvesse. Deveria estar encantando as pessoas e influenciando-as, mas em vez disso, sentia-se uma criança banida da conversa adulta sobre carros a motor. Foi com extremo alívio que viu Lucie abandonar Thomas no salão de dança e correr ao seu encontro. As duas se abraçaram, e Cordelia soltou uma exclamação sobre o lindo vestido azul de renda de Lucie, enquanto Lucie encarou, horrorizada, o pesadelo lilás de Cordelia.

— Posso levar Cordelia para conhecer as outras meninas? — perguntou ela para Sona, exibindo seu sorriso mais encantador.

— É claro. — Sona pareceu satisfeita. Afinal, era por isso que tinha levado Cordelia ao baile, não era? Para conhecer os filhos e as filhas de Caçadores de Sombras influentes? Embora, na verdade, Cordelia sabia, o interesse fosse maior nos filhos do que nas filhas.

Lucie pegou a mão de Cordelia e a levou até a mesa de bebidas, onde um grupo de meninas usando vestidos coloridos tinha se reunido. Na avalanche de apresentações, Cordelia entendeu apenas alguns dos nomes delas: Catherine Townsend, Rosamund Wentworth e Ariadne Bridgestock, que devia ser parente do Inquisidor. Era uma menina alta, linda, alguns anos mais velha do que as outras, com pele marrom, um tom mais escuro do que a de Cordelia.

— Que lindo vestido — disse Ariadne para Cordelia, a voz acolhedora. Seu vestido era de uma lisonjeira seda cor de vinho. — Acredito que seja esta a cor que eles chamam de "cinzas de rosas". Muito popular em Paris.

— Ah, sim — disse Cordelia, ansiosamente. Sempre tivera tão pouco contato com meninas, somente Lucie, na verdade, então *como* poderia impressioná-las e encantá-las? Era desesperadoramente importante. — Eu comprei este vestido em Paris, na verdade. Na Rue de la Paix. Jeanne Paquin o fez, pessoalmente.

Notou que Lucie arregalou os olhos de preocupação. Rosamund contraiu os lábios.

— Como você é sortuda — disse ela, friamente. — A maioria de nós aqui no pequeno e tumultuado Enclave de Londres raramente consegue viajar para o exterior. Você deve nos achar *tão* entediantes.

— Ah — falou Cordelia, percebendo que tinha cometido uma gafe. — Não, de modo algum...

— *Minha* mãe sempre disse que Caçadores de Sombras não devem ter muito interesse em moda — falou Catherine. — Ela diz que é mundano.

— Como você falou das roupas de Matthew com admiração tantas vezes — interveio Ariadne, em tom ácido —, deveríamos presumir que essa regra vale apenas para moças?

— Ariadne, sinceramente... — começou Rosamund, e irrompeu numa gargalhada. — Por falar nos demônios — disse ela. — *Olhe* quem acaba de entrar.

Ela estava mirando as portas distantes do salão de baile, pelas quais entravam dois meninos. Cordelia notou James primeiro, como sempre. Ele era alto, lindo, sorridente: a visão de um pintor em preto e branco com cabelos ébano bagunçados.

Ela ouviu Lucie resmungar quando as meninas cochicharam entre si: ouviu o nome de James em sussurros, e então um segundo nome no mesmo fôlego: *Matthew Fairchild*.

É claro. O *parabatai* de James. Fazia anos desde que Cordelia o vira. Ela se lembrava de um menino loiro magro. Agora ele era um rapaz forte, os cabelos num novo tom de bronze, com o rosto como o de um anjo lascivo.

— Eles são *tão bonitos* — falou Catherine, quase pesarosa. — Não acha, Ariadne?

— Ah, sim — disse Ariadne apressadamente. — Creio que sim.

— Ela só tem olhos para Charles — comentou Rosamund. Ariadne ficou vermelha e as meninas caíram na gargalhada. Todas menos Lucie, que revirou os olhos.

— Eles são apenas *meninos* — disse ela.

— James é seu irmão — falou Catherine. — Não há o que contestar, Lucie! Ele é *maravilhoso*!

Cordelia começava a sentir receio. James, ao que parecia, não era sua descoberta exclusiva. Ele e Matthew pararam para rir com Barbara e o parceiro de dança dela; James estava com o braço sobre o ombro de Matthew e sorria. Ele era tão lindo que olhar para ele equivalia a levar uma flechada no coração. É claro que ela não era a única que havia notado. Certamente James poderia escolher entre as moças.

— Matthew também não é feio — disse Rosamund. — Mas é tão *escandaloso*.

— De fato — acrescentou Catherine, os olhos brilhando. — Precisa tomar cuidado com ele, Srta. Carstairs. Ele tem uma *reputação*.

Lucie começou a ganhar um tom colérico de rosa.

— Deveríamos tentar adivinhar quem James vai chamar para dançar primeiro — disse uma menina de cabelos claros usando um vestido rosa.

— Certamente será você, Rosamund; você está tão linda esta noite. Quem poderia resistir a você?

— Ah, sim, quem será agraciada com a atenção do meu irmão? — cantarolou Lucie. — Quando ele tinha 6 anos, vomitou no próprio sapato.

As outras meninas a ignoraram deliberadamente quando a música recomeçou. Alguém, aparentemente o irmão de Rosamund, Cordelia supunha, se aproximou para reivindicar a menina de cabelos claros para uma dança; Charles abandonou Alastair e atravessou o salão para pegar a mão de Ariadne e a levar para a pista. Will e Tessa estavam de braços dados, assim como os dois casais de tios e tias de Lucie.

Um momento depois, Matthew Fairchild se aproximou da mesa. Estava súbita e espantosamente perto de Cordelia. Ela agora notava que os olhos dele não eram escuros, como havia pensado, mas de um tom profundo de verde, como musgo da floresta. Ele fez uma leve reverência para Lucie.

— Pode me conceder esta dança?

Lucie lançou um olhar para trás, para as outras meninas, o qual Cordelia pôde ler tão claramente como palavras em uma página. *Ela* não estava preocupada com a reputação de Matthew, dizia o olhar. Com a cabeça erguida, Lucie saiu navegando pelo salão de dança com o segundo filho da Consulesa.

O que era louvável para ela, pensou Cordelia, mas isso deixava Cordelia sozinha com um grupo de meninas que ela sequer tinha certeza se gostavam de sua presença. Ouviu algumas delas cochichando, dizendo que ela parecia terrivelmente presunçosa, e imaginou ter ouvido o nome de seu pai também, e a palavra "julgamento"...

Cordelia enrijeceu. Tinha cometido um erro ao mencionar Paris; não ia agravar a situação agora parecendo fraca. Ela olhou para o salão de dança, com um sorriso colado aos lábios. Viu seu irmão de relance, agora conversando com Thomas Lightwood. Os dois estavam casualmente sentados juntos em um banco, como se estivessem trocando confidências. Até mesmo Alastair estava se saindo melhor em encantar os influentes do que ela.

Não muito longe, encostada em uma parede, estava uma moça usando o ápice da moda — da moda masculina. Alta e quase dolorosamente esguia, tinha cabelo muito, muito escuro, como os de Will e James. O dela era curto e domado com pomada, as pontas penteadas com os dedos para formarem cachos bem arrumados. As mãos dela eram longas, manchadas de nanquim e tabaco, e lindas de se olhar, como as mãos de uma estátua. Estava fumando um charuto, a fumaça serpenteando em volta do rosto, o qual era incomum: de feições finas e traços proeminentes.

Anna, percebeu Cordelia. Aquela era Anna Lightwood, a prima de Lucie. Certamente a pessoa mais intimidadora no salão.

— Ai, minha nossa — disse Catherine quando o volume da música aumentou. — É uma valsa.

Cordelia olhou para baixo. Sabia dançar: a mãe tinha chamado um instrutor especializado para ensiná-la a quadrilha e os lanceiros, o imponente minueto e o cotilhão. Mas a valsa era uma dança sedutora, uma na qual era possível sentir o corpo do parceiro fazendo contato, escandalosa quando se tornara popular. Ela jamais aprendera.

Queria muito dançá-la com James. Mas ele provavelmente nem queria dançar; provavelmente queria conversar com os amigos, como qualquer rapaz. Ela ouviu mais uma salva de risinhos e sussurros, e a voz de Catherine dizendo:

— Não é essa a menina cujo pai...

— Daisy? Gostaria de dançar?

Havia apenas um menino que a chamava assim. Cordelia ergueu o rosto, incrédula, e viu James de pé à sua frente.

O lindo cabelo dele estava bagunçado, como sempre, e mais charmoso por causa disso: uma mecha caiu sobre a testa dele, e os cílios estavam espessos e escuros em torno dos olhos dourados. As maçãs do rosto se arqueavam como asas.

O grupo de meninas caíra num silêncio estarrecedor. Cordelia sentiu-se flutuando.

— Eu não — hesitou ela, sem ter ideia do que estava dizendo —, não sei valsar direito.

— Então vou ensinar você — falou James, e um instante depois eles rodopiavam até a pista de dança.

— Ainda bem que você estava livre — falou James, com uma animação sincera conforme eles se movimentavam entre os outros casais, buscando espaço. — Eu estava com medo de convidar Catherine para dançar, e ela só sabe falar que Matthew é escandaloso.

— Que bom que posso ser útil — disse Cordelia, um pouco sem fôlego. — Mas eu realmente não sei valsar.

— Ah, nem eu. — Ele sorriu e se virou para encará-la. Cordelia estava tão pertinho de James, e eles estavam *se tocando*, a mão dele no antebraço dela. — Pelo menos não muito bem. Vamos concordar em tentar não esmagar os dedos um do outro?

— Posso tentar — sugeriu Cordelia, então deu um gritinho quando ele a aninhou entre os braços. O salão girou por um momento. Aquele era James, o James *dela*, e ele a estava abraçando, com a mão nas costas dela. Ele pegou a outra mão de Cordelia e a posicionou com firmeza em seu braço.

E então eles se puseram a dançar, e ela estava fazendo seu melhor para acompanhá-lo. Pelo menos isso ela aprendera: como ser guiada em uma dança, como responder aos movimentos sutis do parceiro. James dançava bem — o que não era nada surpreendente, considerando o quanto ele era gracioso —, e tornava o acompanhamento mais fácil.

— Nada mal — elogiou James. Ele soprou a mecha pendurada de sua testa, mas o gesto apenas a fez voltar e tapar mais seus olhos. Ele riu sem graça, enquanto Cordelia se obrigava, num puro exercício da força de vontade, a não ajeitar a mecha. — Mesmo assim, é sempre vergonhoso quando seus pais dançam melhor do que você.

— Humpf — disse Cordelia. — Fale por você. — Ela flagrou Lucie dançando com Matthew a alguns centímetros. Lucie gargalhava. — Talvez Catherine esteja apaixonada por Matthew — sugeriu ela. — Talvez ele cause alguma fascinação obscura nela.

— Isso seria interessante. E garanto, nada interessante tem acontecido com o Enclave de Londres em muito tempo.

Dançar com James era uma recompensa por si só, é claro, mas ocorreu a Cordelia que aquilo poderia ser útil.

— Estava pensando agora mesmo como havia tanta gente no Enclave, e no quanto sei pouco a respeito delas. Conheço você e Lucie, é claro...

— Posso lhe dar um breve resumo sobre o restante das pessoas então? — perguntou James, conforme executavam um giro complexo. — Talvez algumas dicas sobre quem são todos a ajude a se sentir mais em casa?

Ela sorriu.

— Ajudaria sim, obrigada.

— Ali — disse ele, e apontou Ariadne e Charles dançando juntos. O vestido cor de vinho dela brilhava sob a luz. — Charles você conhece, e com ele está Ariadne Bridgestock, sua noiva.

— Eu não sabia que estavam noivos!

James semicerrou os olhos.

— Você sabe que Charles está praticamente garantido na posição de Cônsul quando a mãe dele sair, depois do terceiro mandato. O pai de Ariadne é o Inquisidor, uma aliança política bastante vantajosa para Charles... embora eu tenha certeza de que ele a ame também.

James não parecia acreditar convictamente no que dizia, embora, aos olhos de Cordelia, Charles estivesse fitando a noiva com bastante adoração. Ela estava esperançosa que James não havia se tornado um cínico. O James do qual se lembrava era tudo menos cínico.

— E aquela deve ser Anna — sugeriu ela. Não teria como ser outra pessoa senão a prima que Lucie descrevera nas cartas: linda, destemida, sempre usando as roupas mais luxuosas que a Jermyn Street tinha a oferecer. Ela estava de pé, rindo enquanto conversava com seu pai, Gabriel, perto da porta da sala de descanso.

— Anna, de fato — respondeu James. — E aquele é o irmão dela, Christopher, dançando com Rosamund Wentworth.

Cordelia voltou o olhar para um menino magricela de óculos que ela reconhecia de fotografias. Christopher, sabia ela, era um dos amigos mais próximos de James, juntamente a Matthew e Thomas. Ele estava dançando emburrado com uma Rosamund de aparência furiosa.

— Infelizmente, Christopher fica muito mais à vontade com béqueres e tubos de ensaio do que em companhia feminina — falou James. — Vamos ter esperança de que ele não vai derrubar a pobre Rosamund na mesa de bebidas.

— Ele está apaixonado por ela?

— Céus, não, ele mal a conhece — falou James. — Além de Charles e Ariadne, Barbara Lightwood tem afinidade com Oliver Hayward. E Anna está sempre partindo o coração de alguém. Além disso, não tenho certeza se consigo pensar em mais romances se formando em nosso grupo. Embora ter você e Alastair aqui possa nos trazer alguma emoção, Daisy.

— Não sabia que você se lembrava desse antigo apelido.

— Qual, *Daisy*? — Ele a estava segurando bem pertinho conforme dançavam: ela sentia o calor dele subindo e descendo em seu tronco, deixando-a toda arrepiada. — É claro que me lembro. Eu o dei a você. Espero que não queira que eu pare de usar.

— É claro que não. Eu gosto dele. — Ela se obrigou a não desviar o olhar de James. Nossa, os olhos dele eram impressionantes de perto. Tinha a cor de uma calda dourada, quase chocantes contra o preto de suas pupilas. Ela ouvira os cochichos, sabia que as pessoas achavam os olhos do rapaz esquisitos e sobrenaturais, um sinal de sua diferença. Já a própria Cordelia achava que eles eram da cor de fogo e ouro, da forma como imaginava ser o coração do sol. — Embora eu não ache que combina comigo. Daisy parece uma menininha bonitinha de fita no cabelo.

— Bem — disse ele. — Você é pelo menos uma dessas coisas.

E ele sorriu. Um sorriso doce, o tipo ao qual ela estava acostumada a receber de James, mas havia um tom mordaz ali, um indício de algo mais... ele quisera dizer que ela era bonita, ou que era uma menininha? Ou simplesmente quisera dizer que era uma menina? O que ele *quisera* dizer de fato? Minha nossa, flertar era irritante, pensou Cordelia.

Espere, James Herondale estava *flertando* com ela?

— Alguns de nós vamos fazer um piquenique no Regent's Park amanhã — disse ele, e Cordelia sentiu seu corpo retesar. Ele estava prestes a convidá-la a acompanhá-lo a algum lugar? Ela teria preferido um passeio a dois ou uma caminhada no parque, mas aceitaria uma saída em grupo. Na verdade, teria aceitado uma visita ao Hades. — Caso Lucie ainda não tenha mencionado a você...

Ele se calou: subitamente, estava olhando para além dela, para alguém que tinha acabado de entrar no salão. Cordelia acompanhou seu olhar e viu uma mulher alta, magra como um espantalho, usando o preto do luto mundano, os cabelos manchados de grisalho penteado ao estilo de décadas atrás. Tessa se apressou até ela, o olhar de preocupação. Will acompanhava.

Quando Tessa alcançou a mulher, esta deu um passo para o lado e revelou a moça que estava de pé atrás de si. Uma jovem usando marfim, com uma macia cachoeira de cachos brancos-dourado presos longe do rosto. A moça se adiantou graciosamente para cumprimentar Tessa e Will, e assim que o fez, James soltou as mãos de Cordelia.

Não estavam mais dançando. James dera as costas a Cordelia sem dizer nada e caminhara pelo salão para receber os recém-chegados. Cordelia permaneceu ali, congelada pela confusão, quando James se curvou para beijar a mão da moça impressionantemente linda que acabara de entrar. Cochichos se elevaram na pista de dança. Lucie se afastara de Matthew, os olhos dela arregalados. Alastair e Thomas se viraram juntos para olhar Cordelia, ambos com expressões surpresas.

A qualquer momento, Cordelia sabia, sua mãe perceberia que ela estava pairando no meio do salão de dança como um bote à deriva, e dispararia até a filha, e então Cordelia morreria. Morreria de humilhação. Cordelia varria o salão com o olhar em busca da saída mais próxima, pronta para fugir, quando sentiu a mão de alguém agarrando seu braço. Foi rodopiada num movimento experiente: um instante depois, estava dançando de novo, seus pés automaticamente acompanhando os de seu parceiro.

— Isso mesmo. — Era Matthew Fairchild. Cabelo loiro, colônia pungente, um borrão de sorriso. As mãos dele foram carinhosas ao puxá-la de volta à valsa. — Apenas... tente sorrir, e ninguém notará o que aconteceu. James e eu somos praticamente intercambiáveis ao subconsciente público mesmo.

— James... foi embora — disse Cordelia, chocada.

— Eu sei — falou Matthew. — Péssimos modos. Nunca se deve abandonar uma dama na pista de dança, a não ser em caso de incêndio. Trocarei uma palavra com ele.

— Uma palavra — repetiu Cordelia. Agora estava menos chocada e mais irritada. — Uma *palavra*?

— Várias palavras, se isso fizer com que você se sinta melhor.

— Quem é ela? — quis saber Cordelia. Quase não queria perguntar, mas era melhor saber a verdade. Era sempre melhor saber a verdade.

— O nome dela é Grace Blackthorn — falou Matthew, em voz baixa. — Ela está sob a guarda de Tatiana Blackthorn, e acabaram de chegar a Londres. Aparentemente ela passou a infância em algum buraco no campo de Idris, foi assim que James a conheceu. Eles costumavam cruzar seus caminhos nos verões.

É uma menina que não mora em Londres, mas que está prestes a chegar para uma estadia prolongada.

Cordelia se sentiu enjoada. E pensar que acreditara que Lucie estivesse se referindo a *ela*. Que James poderia nutrir aqueles sentimentos por *ela*.

— Você parece indisposta — observou Matthew. — É minha dança? Sou eu pessoalmente?

Cordelia se recompôs. Ela era Cordelia Carstairs, filha de Elias e Sona, vinda de uma longa linhagem de Caçadores de Sombras. Era herdeira da famosa espada Cortana, a qual tinha sido passada pela família Carstairs durante gerações. Estava em Londres para salvar seu pai. *Não* ia desabar em público.

— Talvez eu esteja tensa — disse ela. — Lucie falou que você não costuma nutrir apreço por muitas pessoas.

Matthew deu uma risada aguda e surpresa antes de domar a expressão de volta a uma de diversão preguiçosa.

— Ela disse? Lucie é uma tagarela.

— Mas não mentirosa — disse ela.

— Bem, temo que não. Eu não desgosto de você. Mal a conheço — disse Matthew. — Conheço seu irmão. Ele fez da minha vida um inferno na Academia, assim como a de Christopher e a de James.

Cordelia olhou para James e Grace relutantemente. Eles compunham um retrato deslumbrante, o cabelo escuro dele e a beleza loira glacial dela. Como cinzas e prata. Como, como, *como* Cordelia poderia ter pensado que alguém como James Herondale se interessaria por alguém como ela?

— Alastair e eu somos muito diferentes — falou Cordelia. Ela não queria dizer mais do que aquilo. Parecia desleal a Alastair. — Gosto de Oscar Wilde, por exemplo, e ele não.

Matthew deu um sorriso.

— Vejo que mira direto no ponto fraco, Cordelia Carstairs. Você realmente leu as obras de Oscar?

— Apenas *O retrato de Dorian Gray* — confessou. — Causou-me pesadelos.

— Eu gostaria de ter um retrato no sótão — refletiu Matthew —, um que mostraria todos os meus pecados, ao mesmo tempo que eu permaneceria jovem e lindo. E não só para o propósito de pecar, imagine poder experimentar novas modas nele. Eu poderia pintar o cabelo do retrato de azul e ver como ficaria.

— Não precisa de um retrato. Você *é* jovem e lindo — observou Cordelia.

— Homens não são lindos. Homens são belos — protestou Matthew.

— Thomas é belo. *Você* é lindo — disse Cordelia, sentindo o diabinho da perversidade tomar conta. Matthew ostentava teimosia. — James é lindo também — acrescentou ela.

— Ele foi uma criança bastante insípida — disse Matthew. — Carrancudo, e não tinha crescido o suficiente para acomodar o próprio nariz.

— Ele cresceu e acomodou tudo agora — falou Cordelia.

Matthew gargalhou, de novo, como se estivesse surpreso por fazê-lo.

— Essa foi uma observação bastante chocante, Cordelia Carstairs. Estou chocado. — Mas os olhos dele estavam divertidos. — James lhe falou sobre amanhã?

— Ele disse que havia um tipo de excursão, um piquenique, acho. Não tenho certeza se estou convidada, no entanto.

— É claro que está convidada. Eu estou convidando você.

— Ah. Você pode fazer isso?

— Acho que você vai descobrir que eu posso fazer o que quiser, e em geral eu faço.

— Porque a Consulesa é sua mãe? — provocou Cordelia.

Ele ergueu uma sobrancelha.

— Sempre quis conhecê-la — falou Cordelia. — Ela está aqui esta noite?

— Não, está em Idris — explicou ele, com um dar de ombros sutil e gracioso. — Partiu há alguns dias. Não é comum que a Consulesa viva em Londres, ela raramente fica aqui. A Clave a requisita.

— Ah — falou Cordelia, esforçando-se para esconder o desapontamento. — Por quanto tempo ela vai ficar...

Matthew a girou com um rodopio surpreendente, o qual fez os outros dançarinos olharem para os dois, confusos.

— Você vai para o piquenique amanhã, não vai? — perguntou ele. — Vai entreter Lucie enquanto James suspira por Grace. Você quer que Lucie fique feliz, não quer?

— É claro que sim... — começou Cordelia, e então, olhando em volta, percebeu que tinha perdido Lucie de vista fazia algum tempo. Por mais que esticasse o pescoço e buscasse entre os dançarinos, não via o vestido azul da amiga, ou o lampejo dos cabelos castanhos. Confusa, ela se voltou para Matthew. — Mas onde ela está? Para onde foi Lucie?

3
Esta mão viva

Esta mão viva, agora morna e capaz
De com força se fechar, caso fria
E no silêncio gélido do túmulo,
Tanto assombraria teus dias e traria calafrios
a tuas noites de sonhos
Que desejarias teu próprio coração exangue
Para que em minhas veias vida vermelha
corresse novamente.
— John Keats, "This Living Hand"

Foi um pouco como num sonho, quando você percebe que está so-nhando, só que ao contrário. Quando Lucie viu o menino da floresta entrando no salão de baile, presumiu que estivesse sonhando, e só quando seus pais se dirigiram a ele e suas duas acompanhantes, ela percebeu que era bem real.

Confusa, Lucie abriu caminho entre a multidão até as portas do salão de baile. Ao se aproximar de seus pais, reconheceu a mulher com quem falavam, o vestido de tafetá esticado sobre braços e ombros ossudos, o chapéu grande demais coberto com renda, tule e um memorável pássaro empalhado. Tatiana Blackthorn.

Lucie sempre tivera um pouco de medo de Tatiana, principalmente quando ela surgira um dia na casa deles, exigindo que James cortasse os espinheiros dos portões dela. Lucie se lembrava da mulher como um tipo de esqueleto imponente, mas, com a passagem dos anos, parecia que Tatiana tinha encolhido: ainda alta, mas não mais uma gigante.

E ali, ao lado dela, estava Grace. Lucie se lembrava dela como uma criança determinadamente equilibrada, mas estava bem diferente agora. Fria e linda e semelhante a uma estátua.

Mas Lucie mal olhou para elas. Seu interesse estava no menino que as acompanhava. O menino changeling que vira pela última vez na floresta Brocelind.

Ele não mudara nada. O cabelo ainda parecia uma cascata preta sobre a testa, os olhos tinham o mesmo tom verde esquisito. Ele usava as mesmas roupas da época da floresta: calça escura e uma camisa marfim com mangas arregaçadas. Era um traje muito esquisito para um baile.

Ele observava enquanto Tessa e Will cumprimentavam Tatiana e Grace, Will se curvando para beijar a mão enluvada em cetim de Grace. Estranhamente, nenhum deles cumprimentou o menino. Quando Lucie se aproximou deles, ela franziu as sobrancelhas. Estavam conversando entre si, porém ignorando o menino completamente, falando *através* dele como se ele não estivesse ali. Como podiam ser tão grosseiros?

Lucie foi até lá, a boca fazendo menção de se manifestar, o olhar fixado no menino, *seu* menino, seu menino da floresta. Ele levantou a cabeça e percebeu que ela o olhava e, para seu choque, ele foi tomado por uma expressão de horror.

Ela parou subitamente. Agora via James, ao longe, abrindo caminho pela multidão em direção a eles, mas o menino changeling já estava se afastando de Tatiana e Grace, indo até Lucie. *Correndo* até ela, na verdade, como um cavalo fugitivo na pista de Rotten Row.

Ninguém mais parecia vê-lo. Ninguém se virava para olhar para qualquer um deles, nem mesmo quando o menino agarrou o pulso de Lucie e saiu puxando-a para fora do salão.

— Você me daria a honra desta dança? — falou James.

Ele estava consciente da presença de seus pais, e de Tatiana Blackthorn, observando tudo com os olhos verdes como veneno. Ele estava consciente da música prosseguindo ao redor, e consciente das batidas do próprio coração, altas como trovão em seus ouvidos. Estava consciente de todas essas coisas, mas pareciam distantes, como se estivessem atrás de uma parede de vidro. A única coisa que era real na sala era Grace.

Os pais de James tinham preocupação estampada no rosto. E James sentiu culpa, pois agora eles deveriam estar se perguntando por que o filho correra até Grace: até onde sabiam, ele mal a conhecia. Mas a culpa também pareceu distante. Eles não sabiam o que *ele* sabia. Não tinham noção de como aquilo era importante.

— Bem, vá em frente, Grace — incentivou Tatiana, um sorriso discreto em seu rosto delgado. — Dance com o cavalheiro.

Sem olhar para cima, Grace colocou a mão levemente na de James. Eles seguiram para a pista de dança. Tocar Grace era como tocar *adamas* pela primeira vez: faíscas disparavam pelo corpo de James quando ele a puxou para si, colocando uma das mãos no ombro da jovem e a outra na cintura dela. Ela sempre fora graciosa quando os dois dançavam, quando crianças, no descuidado jardim da casa dela em Idris. Mas parecia diferente nos braços dele agora.

— Por que não me contou que estava vindo? — disse ele, com a voz baixa.

Ela finalmente ergueu o rosto e ele foi atingido por uma descarga de reconhecimento: Grace sabia se portar com um comedimento quase mudo, mas ela *sentia* com uma absoluta intensidade. Era como um fogo brilhando no coração de uma geleira.

— Você não foi a Idris — comentou ela. — Eu esperei... esperei por você, mas você jamais veio.

— Eu escrevi para você — disse ele. — Eu disse que não iríamos este verão.

— Mamãe encontrou a carta — esclareceu ela. — Primeiro a escondeu de mim. Achei que você tivesse esquecido... por fim encontrei no quarto dela. Ela ficou terrivelmente furiosa. Eu voltei a dizer a ela que cultivávamos apenas amizade, mas... — A moça balançou a cabeça. James estava consciente de que todos no salão os analisavam. Mesmo Anna olhava para eles com curiosidade através da fumaça do charuto que se entrelaçava nela como a névoa do Tamisa. — Ela não disse o que estava escrito, apenas aumentava seu sorriso conforme os dias se passavam e você não dava sinais de que iria chegar. E eu fiquei com tanto medo. Quando não estamos juntos, quando não estamos um com o outro, a ligação entre nós se enfraquece. Eu sinto. Você não?

Ele balançou a cabeça.

— O amor deve poder sobreviver à distância — disse, o mais carinhosamente que conseguiu.

— Você não entende, James. Você tem uma vida aqui em Londres, e amigos, e eu não tenho nada. — A voz dela tremeu com a força do sentimento.

— Grace. Não diga isso. — Mas daí ele pensou na casa malcuidada cheia de relógios parados e comida apodrecendo. Tinha jurado que a ajudaria a escapar daquilo.

Ela passou a mão pelo braço dele. James sentiu os dedos da jovem circundarem seu pulso, abaixo da pulseira prateada. *Lealdade Me Ata.*

— Eu deveria ter confiado que você teria escrito para mim — sussurrou ela. — Que você pensava em mim. Pensei em você todas as noites.

Todas as noites. Ele sabia que ela se referia a um modo inocente, mas James sentiu-se retesar inteiro. Fazia tanto tempo desde que a beijara pela última vez. Ele não conseguia se lembrar de como fora, não exatamente, mas sabia que o deixara estilhaçado.

— Penso em você todos os dias — contou ele. — E agora que você está aqui...

— Jamais achei que aconteceria. Nunca achei que veria Londres — disse ela. — As ruas, as carruagens, os prédios, é tudo tão maravilhoso. As pessoas... — Ela olhou em volta do salão. Havia uma expressão em seus olhos, ávida, quase faminta. — Mal posso esperar para conhecer todas elas.

— Há um passeio amanhã — falou James. — Um grupo indo para Regent's Park. Será que sua mãe permitiria que você fosse?

Os olhos de Grace reluziram.

— Acho que sim — admitiu ela. — Ela falou que quer que eu conheça pessoas aqui em Londres, e ah... eu vou gostar de conhecer seu *parabatai*,

Matthew. E Thomas e Christopher, dos quais você tanto falou. Eu... eu gostaria que seus amigos gostassem de mim.

— É claro — murmurou ele, e a puxou para perto. Ela era leve e esguia, mas nem de longe tão macia e morna quanto Daisy...

Daisy. Por Raziel, ele estivera dançando com Daisy apenas alguns minutos antes. Não conseguia se lembrar de ter pedido licença. Não conseguia se lembrar de tê-la deixado.

Ele desviou o olhar de Grace pela primeira vez e procurou por Cordelia no salão. Logo a encontrou — era fácil encontrá-la. Ninguém mais tinha cabelo daquela cor, um vermelho intenso e profundo, como fogo brilhando em sangue. Ela estava dançando com Matthew, notou ele, para sua surpresa. Os braços de Matthew estavam em volta dela, e ela sorria.

James foi tomado pelo alívio. Então ele não a magoara. Isso era bom. Ele gostava de Cordelia. Ficara feliz ao vê-la ali entre o habitual grupo de moças, sabendo que poderia chamá-la para dançar e que ela não faria presunções erradas a respeito das intenções dele: eram amigos.

A música parou. Era uma pausa para bebidas. Casais começaram a deixar a pista de dança — James sorriu consigo quando viu Jessamine, a fantasma residente do Instituto, pairando acima da cabeça de Rosamund Wentworth enquanto esta fofocava com as amigas. Jessamine amava entreouvir fofocas, embora estivesse morta havia um quarto de século.

Cordelia passou correndo ao se afastar de Matthew; estava olhando em volta, como se procurasse por alguém. O irmão dela, talvez? Mas Alastair parecia estar absorto numa conversa com Thomas. Muito confuso aquilo — James tinha certeza de que Thomas nunca gostara de Alastair na Academia.

— Minha mãe está me chamando de volta — disse Grace. — É melhor eu ir.

Tatiana estava realmente chamando do canto. James tocou a mão de Grace levemente. Sabia que não podiam dar as mãos, como faziam Barbara e Oliver. Não podiam mostrar afeição alguma abertamente.

Agora não. Mas um dia.

— Amanhã, no parque — disse ele. — Vamos encontrar um momento para conversar.

Ela assentiu e se virou, correndo até Tatiana, que estava sozinha às portas do salão de baile. James a observou ir embora: tinham sido muitos verões juntos, pensou ele, mas Grace ainda era um mistério.

— Ela é muito bonita — disse uma voz familiar atrás dele. Ele se virou e viu Anna encostada na parede. Sua prima tinha a perturbadora habilidade de desaparecer de um local e surgir em outro, como um ponto de luz se deslocando para lá e para cá.

James encostou na parede ao lado de Anna. Ele passara muitos bailes daquela forma, recostado no papel de parede William Morris junto à sua prima ácida. Dançar demais sempre o fizera sentir como se estivesse sendo desleal a Grace.

— Ela é?

— Presumi que foi por isso que você disparou para o outro lado do salão como Oscar quando vê um biscoito. — Oscar era o golden retriever de Matthew, muito conhecido pela lealdade, se não pela inteligência. — Péssimos modos, James. Abandonar aquela boazinha Cordelia Carstairs.

— Espero que você me conheça o suficiente para saber que eu simplesmente não vou atrás de toda menina bonita que vejo — falou James, irritado. — Talvez ela tenha me lembrado de uma tia há muito perdida.

— Minha mãe *é* sua tia, e você jamais ficou tão empolgado daquele jeito ao vê-la. — Anna sorriu, os olhos dela brilhando. — Então... como você conhece Grace Blackthorn?

James olhou para Grace, que estava sendo apresentada a Charles Fairchild. Pobre Grace. Ela não teria como achar Charles menos interessante. James gostava bastante do irmão mais velho de Matthew, e eram praticamente da família, mas ele só tinha um interesse: política dos Caçadores de Sombras.

Grace estava assentindo e sorrindo educadamente. James se perguntava se deveria resgatá-la. O mundo de Alicante e seus dramas e políticas não poderiam estar mais distantes da experiência de Grace.

— E agora está pensando que deveria resgatá-la de Charles — adivinhou Anna, passando os dedos pelos cabelos cobertos com pomada. — Não posso culpar você.

— Não gosta de Charles? — James estava levemente surpreso. Anna via o mundo com tolerância, interessada. Ela mal chegava ao ponto de gostar de alguém, particularmente, e era ainda mais raro que *desgostasse* das pessoas.

— Não consigo admirar todas as decisões dele — falou Anna, claramente escolhendo as palavras com cuidado. James se perguntou a que decisões ela se referia. — Vá em frente, então, Jamie... resgate-a.

James deu apenas alguns passos antes que o mundo ao redor se agitasse e mudasse. Anna sumiu, assim como toda a música e as gargalhadas: um vazio cinza e disforme girando em torno dele. Ele só conseguia ouvir o som do próprio coração. O piso pareceu se inclinar como o convés de um navio afundando.

NÃO, articulou ele, mudo, mas não havia nada que pudesse fazer para impedir: as sombras estavam se erguendo ao redor conforme o universo ia ficando cinza.

O menino puxou Lucie pelo corredor e através da primeira porta aberta, levando-os para o salão de jogos. Ele não fez menção de fechar a porta, apenas prosseguiu para acender a pedra de luz enfeitiçada sobre a lareira, então Lucie tomou a iniciativa de fechar, e girou a chave por precaução.

Então ela se virou e o fitou de modo acusatório.

— Que diabos está fazendo aqui? — indagou ela.

O menino sorriu. Ele parecia, de modo um tanto intrigante, não muito mais velho do que Lucie se lembrava — uns 16, 17 anos talvez. Ainda magro, e sob a luz verdadeira e não a lua da floresta, ele era terrível e chocantemente pálido, com aquele ar de hematomas doentios: os olhos verdes febrilmente brilhantes e com olheiras.

— Eu *fui* convidado — disse ele.

— Não pode ter sido — falou Lucie, pousando as mãos nos quadris. A pedra de luz enfeitiçada ficara mais intensa e, então, ela notou que a sala estava uma confusão: alguém derrubara um decantador e a mesa de bilhar parecia torta. — Você é um changeling das fadas que mora na floresta.

Com isso, ele gargalhou. Tinha o mesmo sorriso do qual ela se lembrava.

— Foi isso o que pensou?

— Você me contou sobre as armadilhas das fadas! — disse ela. — Você surgiu da floresta e sumiu ao retornar para dentro dela...

— Não sou fada, nem um changeling — argumentou ele. — Caçadores de Sombras também sabem sobre armadilhas de fadas.

— Mas você não tem Marcas — disse ela.

Ele olhou para o próprio corpo — para os braços, nus do cotovelo para baixo, para as mãos. Ao completar 10 anos, todo Caçador de Sombras era Marcado com o símbolo da Vidência no dorso da mão dominante, a fim de ajudá-lo a dominar a Visão. Mas a única marca no dorso da mão dele era a antiga cicatriz de queimadura que Lucie reparara na floresta.

— Não — disse ele. — Não tenho.

— Você não disse que era Caçador de Sombras. — Ela se recostou na mesa de bilhar. — Jamais me disse o que era.

— Jamais achei que fizesse diferença — falou ele. — Achei que quando você atingisse idade o suficiente para fazer perguntas e exigir respostas, já não conseguiria mais me ver.

Lucie sentiu como se a mão fria de alguém tivesse tocado suas costas.

— Por que eu não conseguiria ver você?

— Pense bem, Lucie — comentou ele, tranquilamente. — Percebeu se mais alguém no salão de baile conseguia me ver? Alguém me cumprimentou ou me reconheceu, mesmo seu pai?

Ela ficou calada.

— As crianças conseguem me ver às vezes — disse ele. — Não muitos outros. Não pessoas da sua idade.

— Ora, *muito* obrigada. — Lucie ficou indignada. — Não posso ser chamada de anciã.

— Não. — Um sorriso pairou na boca suave dele. — Não, não pode.

— Mas você disse que foi convidado. — Lucie não estava inclinada a esquecer o comentário. — Como pode ser, se ninguém consegue ver você, embora o motivo disso...

— Todos os Blackthorn foram convidados — argumentou ele. — O convite foi endereçado a Tatiana Blackthorn e Família. Eu sou da família. Sou Jesse Blackthorn.

— Mas ele está morto — falou Lucie, sem pensar. Ela o encarou de volta. — Então você é um fantasma?

— Bem — começou ele. — Sim.

— Por isso disse "mesmo seu pai" — falou Lucie. — Porque ele consegue ver fantasmas. Todos os Herondale conseguem. Meu irmão, meu pai... eles deveriam conseguir ver você.

— Não sou um fantasma comum, e se você consegue me ver, não é uma menina comum — falou Jesse. Agora que ele revelara sua identidade, a semelhança era inconfundível. Ele tinha a altura de Tatiana e as feições belas e angulosas de Gabriel. Embora o cabelo preto, como as penas de um corvo, provavelmente tivessem puxado ao pai. Sangue Blackthorn e Lightwood misturado.

— Mas eu consigo tocar você — disse Lucie. — Toquei você na floresta. Você me ergueu para fora do poço. Não se pode tocar um fantasma.

Ele deu de ombros.

— Pense em mim como no limiar de uma porta. Sou incapaz de dar um passo para além dela, e sei que jamais me será permitido voltar, viver de novo. Mas a porta não se fechou atrás de mim.

— Sua mãe e sua irmã... Elas conseguem ver você?

Ele se agachou na mesa de bilhar com um suspiro, como se resignado a se acomodar para uma longa conversa. Lucie não conseguia acreditar naquilo. Ver seu changeling da floresta de novo, e então descobrir que ele não era um changeling, mas um tipo estranho de fantasma que ninguém mais podia enxergar. Era muita coisa para se digerir.

— Elas conseguem me ver — falou ele. — Talvez por terem estado lá quando eu morri. Minha mãe ficou preocupada que eu fosse desaparecer para elas quando nos mudamos para a Casa Chiswick, mas pelo visto isso não aconteceu.

— Você poderia ter me dito seu nome.

— Você era uma menininha. Eu acreditava que um dia você iria parar de me ver. Achei que seria mais gentil não contar quem eu era, considerando que nossas famílias são inimigas. — Jesse falou como se a inimizade fosse um fato, como se houvesse uma rixa de sangue entre os Blackthorn e os Herondale, assim como houvera entre os Montéquio e os Capuleto. Mas era Tatiana Blackthorn que os odiava: eles jamais a odiaram.

— Por que me arrastou para fora do salão de baile? — indagou Lucie.

— Ninguém mais consegue me ver além da minha família. Não entendo como *você* consegue; é inédito. Não queria que todos pensassem que você é louca. E, além do mais...

Jesse se esticou. Uma sombra percorreu seu rosto e Lucie sentiu um calafrio em cada osso; por um momento, os olhos dele pareceram grandes demais para o rosto, líquidos demais, de um formato todo errado. Ela pensou ter visto escuridão neles, e a forma de algo se movendo. Ele voltou o olhar esquisito para ela.

— Fique nesta sala — pediu ele, segurando o pulso dela sob o babado da manga. Lucie arquejou; as mãos dele eram frias como gelo.

— Há morte aqui — disse Jesse, e desapareceu.

O mundo cinza cercou James. Ele tinha se esquecido do frio que vinha quando as sombras subiam. Tinha se esquecido do jeito como ainda conseguia ver o mundo real, como se através de um véu de poeira: o salão de baile estava ao seu redor, mas tinha se tornado preto e branco, como uma fotografia. Os Nephilim na pista de dança haviam se tornado sombras, esticados e alongados como figuras de um pesadelo.

Ele cambaleou um passo para trás quando árvores pareceram explodir pelo solo, lançando raízes retorcidas pelo piso de madeira polida. Ele era esperto o suficiente para não gritar: não havia ninguém para ouvi-lo. Estava sozinho em um mundo que não era real. Terra e céu chamuscados lampejavam diante de sua visão, mesmo enquanto as silhuetas de sombras giravam ao redor livremente. James reconhecia um rosto, um gesto aqui e ali — teve a impressão de ter visto a cabeleira intensa de Cordelia, Ariadne Bridgestock no vestido cor de vinho, a prima Barbara estendendo a mão para o parceiro de dança — bem quando uma gavinha retorcida de raiz entremeou-se pelo tornozelo dela e a puxou para baixo.

Um raio pareceu se bifurcar na visão dele, e subitamente James estava de volta ao salão de baile comum, o mundo fervilhando com som e luz. As mãos firmes de alguém estavam em seus ombros.

— Jamie, Jamie, Jamie — disse uma voz com urgência, e James, com o coração prestes a pular do peito, tentou se concentrar no que estava à sua frente.

Matthew. Atrás dele havia outros Caçadores de Sombras: James ouvia o diálogo e as gargalhadas, como a conversa ambiente de personagens em uma peça.

— Jamie, respire — falou Matthew, e sua voz foi a única coisa constante em um mundo se virando de ponta-cabeça. O horror daquele evento diante de uma multidão de gente...

— Eles me viram? — sussurrou James. — Eles viram eu me transformar?

— Você não se transformou — disse Matthew —, ou, pelo menos, só um pouquinho de nada... talvez só tenha ficado um pouco borrado nas pontas...

— Não é engraçado — falou James entre dentes, mas o humor de Matthew funcionou como um balde de água fria. Seu coração estava começando a desacelerar. — Quer dizer... não me transformei em sombra?

Matthew balançou a cabeça, deixando as mãos deslizarem dos ombros de James.

— Não.

— Então como soube que precisava vir até mim?

— Eu senti — falou Matthew. — Que você tinha ido para... aquele lugar. — Ele estremeceu levemente e levou a mão ao colete, sacando uma garrafa com o monograma de suas iniciais. James sentiu o cheiro forte e pungente de uísque quando ele abriu a tampa. — O que aconteceu? — perguntou Matthew. — Achei que você estivesse conversando com Anna.

Ao longe, James percebeu que Thomas e Christopher o tinham visto com Matthew. Estavam ambos fitando-os com curiosidade. Ele e Matthew pareciam estar falando muito intensamente, percebeu James.

— Foi culpa de seu irmão — disse ele.

— Sou perfeitamente preparado para achar que tudo é culpa de Charles — falou Matthew, a voz mais firme agora. — Mas nesse caso...

Ele parou quando um grito ecoou pelo salão.

—

Cordelia não conseguia entender por que estava tão preocupada com Lucie. Várias salas de descanso tinham sido abertas aos convidados, e Lucie poderia ter perambulado para qualquer uma delas, ou ter voltado para o próprio quarto. Ela poderia estar em qualquer lugar do Instituto, mesmo. Matthew dissera a ela que não se preocupasse antes de sair correndo para sabe-se lá onde, mas Cordelia não conseguia afastar a sensação de inquietude.

— Por favor! — gritou alguém, interrompendo seus pensamentos. Era a voz de um homem, grave e em barítono. — Alguém venha ajudá-la!

Cordelia olhou em volta: todos pareciam surpresos, trocando cochichos. Ao longe, ela notou um círculo de pessoas ao redor de algo que estava acontecendo. Arrebanhou a saia e começou a abrir caminho entre a multidão.

Sentia seus cabelos se soltando dos cachos cuidadosamente penteados e descendo pelos ombros. Sua mãe ficaria furiosa, mas *sinceramente*. Por que as pessoas não *saíam da frente*? Eram Caçadores de Sombras. Que diabos estavam fazendo de pé como gravetos enquanto alguém estava em risco?

Cordelia passou por uma pequena aglomeração de observadores e então, no chão, viu um rapaz segurando o corpo inerte de Barbara Lightwood. Oliver Hayward, percebeu Cordelia. O pretendente de Barbara.

— Estávamos dançando — explicou ele, chocado — e ela simplesmente desabou...

Cordelia se ajoelhou. Barbara Lightwood estava terrivelmente branca, os cabelos escuros com suor na têmpora. Ela respirava em rompantes curtos e irregulares. Em momentos como aquele, toda a timidez abandonava Cordelia: ela só conseguia pensar no que fazer.

— Ela precisa de ar — anunciou. — O espartilho provavelmente a está atormentando. Alguém tem uma faca?

Anna Lightwood abriu caminho pela multidão e avançou, ajoelhando-se diante de Cordelia com graciosidade fluida.

— Tenho uma adaga — disse ela, sacando uma lâmina embainhada do colete. — O que precisa ser feito?

— Precisamos cortar o espartilho dela — disse Cordelia. — Ela teve um choque e precisa respirar.

— Pode deixar comigo — disse Anna. A moça tinha uma voz extraordinariamente rouca, parecia mel e lixa. Ela tirou Barbara do colo de Oliver, então passou a adaga pelas costas do vestido da jovem, separando o tecido delicadamente, e então o material mais espesso do espartilho por baixo. Quando a peça se soltou do corpo de Barbara, Anna olhou para cima e disse, distraidamente: — Ari, seu lenço...

Ariadne Bridgestock agilmente tirou o lenço de seda dos ombros e o entregou a Anna, que envolveu Barbara nele para mantê-la decente. Barbara já estava começando a respirar mais regularmente, a cor em suas bochechas retornava. Anna olhou para Cordelia por cima da cabeça de Barbara, um olhar pensativo nos olhos azuis.

— Que diabo? — Sophie Lightwood tinha aberto caminho entre o círculo de observadores, o marido dela, Gideon, logo atrás. — Barbara! — Ela se virou para Oliver, que estava próximo, totalmente perturbado. — Ela caiu?

— Ela simplesmente desabou — repetiu Oliver. — Estávamos dançando e ela desmaiou...

As pálpebras de Barbara estremeceram. Ela se sentou nos braços da prima, piscando para a mãe. Suas bochechas coraram com um vermelho forte.

— Eu... Eu estou bem — disse a jovem. — Estou bem agora. Tive um mal-estar, uma tontura boba.

Cordelia ficou de pé quando mais convidados se juntaram ao círculo de observadores. Gideon e Sophie ajudaram a filha a se levantar, e Thomas, surgindo da multidão, ofereceu à irmã um lenço de aparência desgastada. Ela o aceitou com um sorriso hesitante e limpou o lábio.

Saiu manchado de sangue.

— Mordi o lábio — falou Barbara, apressadamente. — Caí e mordi o lábio. Só isso.

— Precisamos de uma estela — falou Thomas. — James?

Cordelia não se dera conta de que James estava ali. Ela se virou e o flagrou de pé bem às suas costas.

A visão dele a sobressaltou. Anos antes, ele tivera uma febre escaldante: ela se lembrou da aparência dele então, pálido e doente.

— Minha estela — disse ele, com a voz rouca. — Dentro do bolso da minha camisa. Barbara precisa de uma Marca de cura.

Por um momento, Cordelia se perguntou por que ele mesmo não podia pegar a estela, então viu que as mãos dele estavam cerradas ao lado do corpo, rígidas como pedras. Ela estendeu a mão e revirou nervosamente o peito dele. Seda e tecido sob o tato, e as batidas do coração dele. Cordelia pegou o objeto fino em formato de caneta e o estendeu para Thomas, que pegou com um olhar de agradecimento surpreso. Cordelia não olhara direito para Thomas até então — ele tinha olhos alegres castanho-claros, como os da mãe, emoldurados por cílios castanhos e densos.

— *James.* — Lucie surgira entre James e Cordelia, e agora puxava a manga de seu irmão. — Jamie. Você...

Ele balançou a cabeça.

— Agora não, Luce.

Lucie tinha uma expressão preocupada. Os três observaram silenciosamente enquanto Thomas terminava a Marca de cura no braço da irmã, e Barbara exclamou de novo que estava bem e só tivera uma tontura.

— Esqueci de comer hoje — disse ela à mãe, que passou o braço em torno da filha. — Só isso.

— Mesmo assim, melhor levarmos você para casa — falou Sophie, olhando em volta. — Will, pode pedir que tragam a carruagem?

A multidão começara a se dispersar; claramente não havia mais nada de interessante para se ver ali. A família Lightwood estava se dirigindo para a porta, Barbara no braço de Thomas, quando pararam. Um homem com peito de pombo e bigode preto estilo *handlebar* tinha corrido até Gideon e falava com ele agitadamente.

— O que o Inquisidor está dizendo ao tio Gideon? — perguntou Lucie, curiosa. James e Matthew apenas balançaram as respectivas cabeças. Depois de alguns momentos, Gideon assentiu e seguiu o homem, o Inquisidor, supôs Cordelia, para até onde Charles estava conversando com Grace Blackthorn. O rosto dela estava concentrado no dele, os olhos pareciam alegres e interessados. Cordelia se lembrou de todas as lições que a mãe lhe dera sobre como parecer interessada em uma conversa em eventos sociais: Grace parecia já ter absorvido todas mesmo estando ali por apenas um breve período.

Charles se afastou de Grace com relutância e entrou em uma discussão com Gideon Lightwood. O Inquisidor circulava entre a multidão, parando para falar com vários Caçadores de Sombras conforme avançava. A maioria deles parecia ter a idade de Charles: Cordelia supunha que ele estivesse na casa dos 20 anos.

— Parece que a festa acabou — disse Alastair, surgindo da multidão com um charuto. Ele estava gesticulando sem reservas, embora Cordelia soubesse que se o irmão começasse de fato a fumar tabaco, Sona o mataria. — Aparentemente houve um ataque de demônio Shax em Seven Dials.

— Um ataque de demônio? — falou James, com alguma surpresa. — Contra mundanos?

Alastair deu um risinho.

— Sim, sabe, o tipo de coisa que devemos evitar. Mandato angelical e tudo isso.

O rosto de Matthew se transformou em pedra; Lucie estava olhando para ele ansiosamente. James semicerrou os olhos.

— Charles vai com Gideon Lightwood e o Inquisidor Bridgestock para ver o que está acontecendo — falou Alastair. — Ofereci-me para ir com eles, mas não conheço as ruas de Londres muito bem ainda. Charles vai me deixar familiarizado com a cidade, e em breve serei valioso para qualquer patrulha.

— *Você*, valioso — disse Matthew, os olhos brilhando. — Imagine.

Ele saiu. Alastair ficou observando-o ir embora com uma sobrancelha erguida.

— Mal-humorado ele, não? — disse o rapaz, para ninguém em particular.

— Não — respondeu James, brevemente. A mandíbula dele estava rígida, como se mal tolerasse a presença de Alastair. Cordelia pensou na época em que Alastair estava na Academia e desejou saber o que tinha acontecido lá.

Alastair parecia prestes a falar de novo, mas Sona surgiu da multidão, parecia um navio a vapor aportando. O *roosari* dela ondulou quando seu olhar recaiu sobre Alastair, então sobre Cordelia.

— Crianças — disse ela, ao mesmo tempo em que Alastair apressadamente enfiou o charuto no bolso. — Acredito que devemos partir.

Boatos sobre o ataque estavam claramente se espalhando pelo salão de baile, interrompendo a dança. Os músicos tinham parado de tocar, e muitas das meninas de vestidos pastel estavam sendo enroladas em lenços e luvas por pais ansiosos. Will e Tessa se encontravam agora no centro de uma multidão, desejando um boa-noite aos convidados. Perto do casal, Charles prendia um lenço carinhosamente em torno dos ombros de Ariadne, e Gideon e o Inquisidor esperavam por ele junto às portas.

Um momento depois, Will e Tessa tinham se juntado a Cordelia e aos demais. Quando Sona agradeceu a noite agradável, a atenção de Cordelia foi atraída para os Fairchild. Matthew estava de pé ao lado de um sujeito magro com cabelos ruivos esmaecidos, confinado a uma cadeira de rodas. Matthew se inclinou sobre o encosto da cadeira, dizendo algo que fez o homem sorrir: Cordelia se deu conta de que aquele devia ser Henry Fairchild, o pai de Matthew. Ela quase se esquecera de que ele era um veterano da Guerra Mecânica, na qual perdera a mobilidade das pernas.

— Ah, querida — dizia Tessa. — Faremos uma nova tentativa, Sra. Carstairs, de verdade. Você merece uma recepção adequada ao Enclave de Londres.

Sona sorriu.

— Tenho certeza de que se pensarmos juntas, chegaremos a uma solução.

— Obrigada por correr para ajudar Barbara, Cordelia — agradeceu Tessa. — Você vai ser uma excelente *parabatai* para Lucie.

Cordelia olhou para Lucie, que lhe sorriu. Foi um sorriso levemente trêmulo. Havia sombras nos olhos de Lucie, como se algo a incomodasse. Quando ela não respondeu a Tessa, James se aproximou da irmã, como se para impor uma barreira entre ela e a atenção extra que poderia vir a receber.

— Cordelia foi de grande ajuda a Barbara — disse ele. — Foi ela quem teve a ideia de cortar o espartilho.

Sona pareceu levemente horrorizada.

— Cordelia tem a tendência de se atirar de cabeça em todas as situações — disse ela a Tessa e Will. — Tenho certeza de que compreendem.

— Ah, compreendemos — falou Will. — Sempre conversamos muito seriamente com nossos filhos exatamente sobre isso. "Se não se atirarem nas situações de cabeça, James e Lucie, podem esperar pão e água no jantar de novo."

Alastair engasgou com uma gargalhada. Sona encarou Will como se ele fosse um lagarto com penas.

— Boa noite, Sr. Herondale — despediu-se ela, dando meia-volta e conduzindo seus filhos para a porta. — Esta certamente foi uma noite muito interessante.

Passava muito da meia-noite. Tessa Herondale estava sentada diante do espelho no quarto que compartilhava com o marido havia vinte anos, e escovava os cabelos. As janelas estavam fechadas, mas a brisa suave do verão entrava sob o peitoril.

Ela reconheceu os passos de Will no corredor, antes mesmo de ele entrar no quarto. Efeito de mais de vinte anos de casamento.

Ele fechou a porta ao entrar e se encostou em um dos mastros da cama, observando-a à penteadeira. Tinha tirado o paletó e afrouxado a gravata. Os cabelos pretos estavam com musse, e no espelho levemente embaçado, não parecia tão diferente para Tessa quanto parecera aos 17 anos.

Ela deu um risinho para o marido.

— O que foi? — disse ele.

— Você está fazendo pose — disse ela. — Faz com que eu queira pintar um retrato seu. Eu o intitularia *Cavalheiro, dissipado*.

— Você não consegue pintar uma linha, Tess — disse Will, e se aproximou dela, pousando as mãos em seus ombros. Agora que ele estava mais pertinho, ela conseguia ver os fios prateados nos cabelos escuros. — Muito menos capturar minha gloriosa beleza, a qual, nem preciso dizer, só fez aumentar com a idade.

Ela não discordava — ele estava tão belo como nunca, os olhos ainda do mesmo azul impressionante —, mas não havia necessidade de estimulá-lo. Em vez disso, ela ajeitou uma das mechas mais grisalhas do cabelo dele.

— Estou bastante ciente disso. Vi Penelope Mayhew flertando com você esta noite. Desavergonhadamente!

Ele se abaixou para beijar o pescoço da mulher.

— Eu não notei.

Ela sorriu para ele no espelho.

— Suponho pelos seus modos despreocupados que tudo correu bem em Seven Dials. Teve notícias de Gideon? Ou — ela fez uma careta — Bridgestock?

— Charles, na verdade. Era um ninho de demônios Shax. Muito mais do que estão acostumados a lidar ultimamente, mas nada de que não pudessem dar conta. Charles insistiu bastante que não havia nada com que se preocupar. — Will revirou os olhos. — Tenho a sensação de que ele estava com medo de que eu sugerisse o cancelamento do piquenique de amanhã no lago de Regent's Park. Todos os jovens vão.

O fim da frase de Will saiu meio cantarolado, algo que acontecia às vezes quando ele estava cansado. Os resquícios ínfimos de um sotaque, erodido pelo tempo e pela distância. No entanto, voltava quando ele estava exausto ou triste, e sua voz se enrolava suavemente como as colinas verdejantes de Gales.

— Você se preocupa? — quis saber ele, encontrando o olhar dela no espelho. — Eu sim, às vezes. Com Lucie e James.

Ela apoiou a escova de cabelo e se virou, apreensiva.

— Preocupar-me com as crianças? Por quê?

— Tudo isso... — Ele gesticulou vagamente. — As festas em barcos, as regatas e as partidas de críquete e as feiras e os bailes, é tão... mundano.

— Está preocupado que eles estejam se tornando mundanos? Sinceramente, Will, isso é um pouco preconceituoso da sua parte.

— Não, não estou preocupado com isso. É que... faz anos que Londres vive sob mínima atividade demoníaca. As crianças cresceram treinando, mas nunca precisaram patrulhar.

Tessa se levantou da cadeira, os cabelos em cascata nas costas. Era uma das peculiaridades de ser feiticeira: seus cabelos pararam de crescer quando ela parou de envelhecer, muito inesperadamente, aos 19 anos. Permaneceram do mesmo tamanho, a meio caminho da cintura.

— Isso não é bom? — indagou ela. — Não queremos nossos filhos em perigo por causa de demônios, queremos?

Will se sentou na cama, tirando os sapatos.

— Não queremos que estejam despreparados também — disse ele. — Eu me lembro do que precisávamos fazer quando tínhamos a idade deles. Não sei se eles dariam conta de enfrentar algo na mesma magnitude. Piqueniques não preparam alguém para a guerra.

— Will — Tessa afundou ao lado dele na cama. — Não há guerra.

Ela sabia por que ele se preocupava. Para eles, houvera uma guerra, e perdas. Nate, o irmão de Tessa. Thomas Tanner. Agatha Grant. Jessamine Lovelace, amiga deles, que agora vigiava o Instituto de Londres na figura de um fantasma. E Jem, a quem ambos haviam perdido e mantido.

— Eu sei. — Will estendeu a mão para acariciar os cabelos dela. — Tess, Tess. Você acha que quando parou de envelhecer, também parou de envelhecer no coração? Você nunca se tornou cínica e temerosa? Seria isso um efeito da velhice me alcançando, por eu estar tão preocupado e inquieto por nada?

Ela o segurou pelo queixo, obrigando-o a encará-la.

— Você não é velho — retrucou Tessa determinadamente. — Mesmo quando tiver 80 anos, será meu belo Will.

Ela o beijou. Will gemeu de satisfação e surpresa, e a envolveu nos braços.

— Minha Tess — disse ele. — Minha bela esposa.

— Não há nada a temer — disse ela, beijando-o na bochecha. As mãos de Will se enredaram nos cabelos de Tessa. — Passamos por tanta coisa. Merecemos esta felicidade.

— Há outros que merecem felicidade e que não a receberam.

— Eu sei. — Um soluço ficou preso na garganta dela; embora falassem da mesma pessoa, ela não soube dizer se as lágrimas que segurava eram para ele, ou para Will e ela. — Eu sei. — Tessa beijou os olhos do marido quando ele a deitou nos travesseiros, a mão encontrando o nó que fechava a camisola dela. O corpo esguio dele pressionou o dela contra o colchão. Os dedos de Tessa trilharam até os cabelos dele, entrelaçando-se nos cachos espessos.

— Amo você — arquejou ela quando a camisola caiu. — Amo você, Will.

Ele não respondeu, mas os lábios sobre os dela falaram mais do que qualquer palavra.

De pé no telhado do Instituto, James observava a carruagem de Charles Fairchild que saía chacoalhando do pátio, passando sob os grandes portões de ferro preto.

James costumava ir ao telhado quando não conseguia dormir, e naquela noite a insônia tinha chegado com uma vingança. Não conseguia parar de pensar no que vira no salão de baile — e na noite anterior à festa, no beco escuro perto da Taverna do Diabo.

O Mundo das Sombras. Era como sempre chamava em sua mente, aquele lugar preto e cinza que se abria diante dele às vezes, como uma visão do Inferno. Vira pela primeira vez aos 13 anos, e as visões tinham voltado repetidas vezes depois daquilo, em geral quando perdia o controle das emoções. O mundo ficava cinza, e mais tarde todos em sua presença, seus familiares ou seus amigos, começaram a relatar que seu corpo assumia uma forma diáfana, como fumaça cinza.

Certa vez, quando fez de propósito, a pedido de Grace, ele quase não conseguiu voltar. O horror daquela experiência lhe causara pesadelos dignos de se acordar aos berros. Seus pais, desesperados, buscaram ajuda do tio Jem. Então, certa manhã, James acordara com Jem sentado numa poltrona, aos pés de sua cama, observando-o através das pálpebras fechadas.

Então, dissera Jem. *Você sabe, é claro, que nosso universo contém muitos mundos.*

James assentira.

Pense no universo, então, como um favo de mel, cada uma das câmaras é um reino diferente. Algumas câmaras estão lado a lado. Acredito que as paredes do nosso mundo e esse mundo que você vê, esse mundo de sombras, tenham perdido espessura. Você vê esse reino e se percebe atraído por ele.

— É perigoso? — perguntara James.

Poderia ser. Mundos de demônios são lugares instáveis, e esse seu poder é um tanto desconhecido para nós. É possível que você seja atraído para o mundo das sombras e se encontre incapacitado de voltar.

James ficara calado por um momento. Por fim, disse:

— Então há mais em risco do que meramente meu sono noturno.

Potencialmente, muito mais, concordara Jem. *Você precisa construir uma fortaleza de controle em torno de si. Precisa conhecer esse poder, para dominá-lo.*

— Era assim com minha mãe? — quisera saber James, baixinho. — Antes de ela aprender a controlar seu poder de se Transformar?

Sua mãe teve professores cruéis. Eles a encarceravam e a forçavam a se Transformar. Deve ter sido apavorante, e doloroso. James permanecera calado. *Sabe que sua mãe não usou o poder desde o fim da Guerra Mecânica. Desde então, o ato de se Transformar tem sido... difícil para ela. Doloroso. Ela escolheu não fazer.*

— Isso tudo é por causa de meu avô? — indagara James. — O pai demoníaco da minha mãe? É o dom dele para nós? Eu teria ficado perfeitamente satisfeito com um novo par de meias no aniversário.

A questão da identidade do seu avô, dissera Jem, *é algo com o qual me ocupo desde antes de você nascer. Pode muito bem trazer alguma luz ao seu poder, e ao de sua mãe também. Mas essa identidade foi bem escondida, tão bem escondida que é suspeita, ela mesma. Além do fato de que era um Demônio Maior, não tenho mais descobertas para compartilhar.*

Até onde James sabia, Jem não tinha feito nenhum progresso ao longo do ano seguinte para determinar a identidade de seu avô, ou pelo menos nenhum que valesse a pena compartilhar. Mas naquele ano, James aprendera a se proteger da atração para o Mundo das Sombras, graças às instruções de Jem. Em uma noite fria no inverno, com um vento fustigante soprando, Jem o levara para o alto de Hampstead Heath, e ele resistira ao puxão mesmo sob os calafrios que faziam seus dentes trincarem. Eles praticaram luta no salão de treino, Jem surpreendentemente ágil para um Irmão do Silêncio, e conversaram sobre os sentimentos que desencadeavam o poder — como controlá-los e respirar até que passassem, mesmo no meio de uma briga. Em uma ocasião memorável, Jem pegou emprestado o cachorro de Matthew, Oscar Wilde, provocou o animal e o incitou a atacar um James desavisado durante o café da manhã.

James achava que algumas das ideias de treino de Jem eram pegadinhas deliberadas — afinal, os Irmãos do Silêncio sabiam fazer-se de desentendidos como ninguém. Seu pai lhe assegurara de que esse tipo de coisa não era da natureza de Jem, e que, por mais que o treinamento fosse estranho, ele tinha certeza de que a intenção era sincera. E James precisava admitir que aquele estranho regime parecia funcionar.

Gradualmente, seu sono foi ficando mais tranquilo, sua mente saindo do estado de vigília constante. O Mundo das Sombras foi se retirando de seu campo de visão e ele foi sentindo sua influência diminuir, um peso do qual se tornara consciente depois que deixara de carregá-lo. Logo ele estava se perdendo cada vez menos para as sombras. No ano anterior, não acontecera uma vez sequer; até duas noites atrás, quando combateram o demônio Deumas.

Ele achou que poderia não acontecer de novo, até a noite no baile.

Ninguém notara, dizia ele a si. Bem, talvez Matthew, mas aquilo era o vínculo dos *parabatai*: até certo ponto, Matthew conseguia sentir o que James sentia. Mesmo assim, Matthew não podia ver o que o amigo via. Não vira os dançarinos se tornarem sinistros, o salão destruído, ou Barbara sendo puxada para as sombras.

E alguns momentos depois, Barbara desmaiara.

James não sabia o que pensar daquilo. As visões do Mundo das Sombras jamais tinham se repetido no mundo real: eram visões de horror, mas não de premonição. E Barbara estava bem — fora apenas uma tontura, alegara ela — então, talvez, tivesse sido mera coincidência?

E ainda assim. Ele desconfiava da coincidência. Queria falar com Jem. Jem era aquele a quem confidenciava sobre o Mundo das Sombras: Jem era um Irmão do Silêncio, um guardião de toda a sabedoria que os Caçadores de Sombras reuniam ao longo das eras. Jem saberia o que fazer.

Ele sacou uma caixa de fósforos do bolso. Era um item bastante incomum, a tampa impressa com um esboço de Hermes, o mensageiro dos gregos. Jem dera a ele alguns meses antes, com instruções rigorosas sobre como utilizar.

James riscou um dos fósforos contra o corrimão de ferro que se estendia em torno do telhado. Conforme queimava, ele pensou inesperadamente em mais uma pessoa que notara algo estranho em seu comportamento: Cordelia. No jeito como ela o encarara quando ele se aproximara para acudir Barbara e pedira que ela pegasse sua estela.

Não era como se Cordelia não soubesse sobre seu Mundo de Sombras. As famílias deles eram próximas, e ela estava com ele durante seu episódio de febre escaldante em Cirenworth, indo e voltando para o Mundo das Sombras. Ele tivera até mesmo a impressão de que ela se pusera a entretê-lo, lendo em voz alta, durante a enfermidade. Era difícil se lembrar: ele ficara muito doente na época.

O fósforo tinha queimado até a ponta de seus dedos: James jogou a ponta queimada longe e inclinou a cabeça para olhar a lua, um crescente leitoso no céu. Estava contente por Cordelia estar em Londres, percebeu. Não apenas por Lucie, mas por si também. Era estranho, pensou ele — quase como se tivesse se esquecido de como a presença dela podia ser uma luz constante quando o mundo ficava escuro.

Dias Passados:
Cirenworth Hall, 1900

Depois que James foi expulso da Academia dos Caçadores de Sombras, seus pais o enviaram para Cirenworth Hall para que ele decidisse o que queria fazer de sua vida.

Cirenworth Hall, em Devon, era uma construção em ruínas do período Jacobino inglês pela qual Elias Carstairs se apaixonara em 1895 e comprara imediatamente, com a pretensão de torná-lo um lugar para o qual sua família pudesse retornar entre as longas viagens.

James gostava de *estar* lá, porque gostava da família Carstairs — bem... à exceção de Alastair, que felizmente estava passando o verão com Augustus Pounceby em Idris. Mas naquela viagem em especial, chovera torrencialmente. Tinha começado antes ainda de eles saírem de Londres, uma precipitação cinzenta que ao longo da viagem se intensificara a uma queda constante e regular, e então se acomodara para uma residência prolongada em Cirenworth sem demonstrar sinais de término. Londres sob chuva pesada era algo triste o suficiente, mas Cirenworth afundava as coisas ainda mais a uma umidade pantanosa que fazia James se perguntar por que alguém algum dia se dera ao trabalho de escolher a Grã-Bretanha como lar.

Pelo menos não era por muito tempo. Seus pais tinham uma série de reuniões políticas tediosas planejadas em Alicante, então ele e Lucie passariam pouco menos de um mês em Cirenworth. Depois disso, todos voltariam à Mansão Herondale, onde receberiam a visita dos Carstairs no fim da estação, e onde, James tinha esperanças, haveria um verão belo e límpido.

A pior parte era que todos vinham tomando cuidado para dar a ele tanto *espaço*. Tinha a compreensão de que era esperado que ele desejasse *espaço* no qual pudesse *sentir* coisas. E assim lhe restara passar a maior parte dos dias lendo na sala de estar enquanto Lucie e Cordelia treinavam, desenhavam, calçavam galochas e saíam marchando até os pezinhos de amoras para colher as frutinhas sob a chuva torrencial, preparavam e bebiam literalmente milhares de xícaras de chá, se entretiam com duelos de espadas em salas que definitivamente não tinham sido construídas para se brincar com espadas. Certa vez, capturaram algum tipo de pássaro pequeno e barulhento e o puseram numa gaiola durante alguns dias, e com isso deram tanto espaço a James que ele começou a temer estar invisível.

Ele desejava a quietude de Idris. Depois que chegassem à Mansão Herondale, ele poderia perambular sozinho pela floresta durante horas e ninguém o questionaria. (Exceto Grace, talvez: e o quê ele diria a ela? Será que ela teria ouvido algo por aí? Ele não achava que ela e a mãe fossem de dar ouvidos a fofoca).

Jamais teria reagido à bondade de Cordelia com qualquer coisa além de bondade em troca, mas, por fim, Lucie ficou tão prestativamente amigável que certa tarde James explodiu:

— Você não precisa tomar tanto *cuidado* quando fala comigo, sabe. Eu estou bem.

— Eu sei — disse Lucie, sobressaltada. — Eu sei que você está bem.

— Desculpe — pediu ele. Lucie deu ao irmão um olhar de empatia. — Vou treinar um pouco amanhã, acho — acrescentou ele.

— Tudo bem — ponderou ela. Então hesitou, como se estivesse tentando decidir se devia falar algo mais.

— Lucie — disse James, exausto. — Sou eu. Apenas diga.

— Bem... é só... você quer a minha presença e a de Cordelia?

— Sim — respondeu ele. — Vocês deveriam vir. Isso seria... isso seria bom.

Ela sorriu, e ele retribuiu, e sentiu como se talvez tudo fosse ficar bem, mas não naquele dia.

Então, no dia seguinte, ele foi treinar com Lucie e Cordelia. Cordelia tinha levado a famosa espada dos Carstairs, Cortana, a qual James sempre quisera admirar de perto. Porém não tivera a chance, pois dez minutos depois de iniciarem o primeiro exercício, ele desabou num espasmo súbito de dor insuportável.

As meninas gritaram e correram até ele. James tinha se enroscado feito uma marionete com suas cordas cortadas, e apenas os anos de treinamento evitaram que ele acidentalmente caísse na própria lâmina. Quando percebeu onde estava e o que acontecera, já estava no chão.

O olhar de Lucie quando ela tocou a testa dele não o reconfortou.

— Pelo Anjo — exclamou ela —, você está ardendo em febre.

Cordelia já estava correndo para a porta, gritando *Mâmân!*, alarmada. A imagem dela começou a ondular e a desvanecer conforme James foi fechando os olhos.

Febre escaldante, declararam Sona e Elias. Já tinham visto algo assim. Era uma doença única aos Caçadores de Sombras. A maioria contraía quando criança, quando ela é mais leve. Uma vez que houvesse contaminação, era impossível manifestá-la de novo. Antes que James sequer se levantasse do chão da sala de treino, Sona estava disparando ordens, a saia pesada presa nas mãos. James foi carregado até o quarto, Lucie arrastada para seu aposento, e mensagens foram enviadas a Will e Tessa, e aos Irmãos do Silêncio.

Febril, James permaneceu deitado na cama e notou a claridade enfraquecendo do lado de fora. Conforme a noite caía, ele começou a tremer. Embrulhou-se em todos os cobertores disponíveis, mas tremia como uma folha. Ficou esperando a chegada dos Irmãos do Silêncio — até que o examinassem, ninguém mais poderia entrar no quarto.

Foi Irmão Enoch quem veio, não tio Jem, para a decepção de James. *Sim, estou quase certo de que é febre escaldante*, disse ele. *Todos que nunca tiveram precisarão sair da casa. Vou avisar a eles.*

Lucie nunca tinha contraído a febre. James não sabia sobre mais ninguém. Ele esperou por um bom tempo até que Enoch voltasse, mas provavelmente caíra no sono, porque subitamente havia uma luz matinal projetando listras prateadas na parede, e o som de uma porta sendo aberta, e passos, e então Cordelia estava lá.

James raramente via Cordelia sem Lucie. Não era assim que ele teria escolhido se apresentar em um dos raros momentos a sós dos dois. A manta cobria metade de seu corpo; estava inquieto, incapaz de se sentir confortável. O rosto estava vermelho pela febre e a blusa do pijama estava grudada ao corpo, molhada de suor.

Ele tomou fôlego para falar e irrompeu numa tosse dolorosa.

— Água?

Cordelia correu para servir-lhe um copo da jarra na mesa de cabeceira. Tentou colocá-lo na mão dele, mas James não conseguia segurar. Então Cordelia passou a mão por trás do pescoço dele, que a sentiu morna, apoiando-o enquanto lhe dava de beber.

Ele desabou de volta nos travesseiros, os olhos fechados.

— Por favor, diga que já teve febre escaldante.

— Sim. Minha mãe também — disse ela. — E os criados mundanos são imunes. Todo o restante do pessoal foi embora. Você deveria beber mais água.

— Esse é o tratamento?

— Não — disse Cordelia —, o tratamento é uma mistura cinzenta preparada pelo Irmão Enoch, e sugiro que você tape o nariz ao tentar engolir. Vai ajudar a conter a febre, mas aparentemente não há nada mais para se combater a doença senão o tempo. Eu trouxe livros — acrescentou ela. — Estão na cômoda. Eu... eu poderia ler para você.

James se encolheu contra a luz, mas se obrigou a olhar para Cordelia. Cachos de cabelos de um ruivo intenso contra as maçãs do rosto dela. Eles o faziam lembrar dos arabescos entalhados na superfície do lindo violino de seu tio Jem.

James voltou os olhos para a cômoda onde, de fato, repousava uma pilha surpreendentemente alta de livros. Ela deu um sorriso de desculpas.

— Eu não sabia qual era seu gosto literário, então peguei coisas da casa toda. Há uma cópia de *Um conto de duas cidades* com a segunda metade faltando, então talvez seja apenas o conto de uma cidade. E uma coleção de poesia de Byron, mas está um pouco roída nas pontas, ratos, acho, então talvez pertença a eles. Afora isso, literatura persa. Não há nem livros de Caçadores de Sombras por aqui. Ah, exceto por uma cópia de um livro sobre demônios. Acho que se chama *Demônios, demônios, demônios*.

James deixou os olhos se fecharem de novo, mas se permitiu um sorriso.

— Já li esse — comentou. — Meu pai é um grande admirador do livro. Você provavelmente nem tem a versão mais recente, a qual se acrescentou um quarto *demônios*.

— Como sempre, a biblioteca do Instituto de Londres faz a nossa passar vergonha — disse Cordelia, então Sona entrou e parou de repente, surpresa ao vê-la.

— Cordelia — alertou ela, com o que James esperava ser uma zombaria fingida. — Sério? A sós no quarto com um menino?

— *Mâmân*, ele mal consegue se sentar, e sou uma guerreira treinada que usa uma espada mítica.

— Hum — falou Sona, e gesticulou para a filha sair. Daí se aproximou de James com seus remedinhos caseiros, ela pôs-se a explicar: pastas e cataplasmas de olíbano, de calêndula e *haoma*.

— Eu gostaria — começou James — que Cordelia pudesse voltar e ler para mim mais tarde. Se ela quiser.

— Hum — disse Sona de novo, molhando a testa dele com uma compressa.

Cordelia de fato retornou, e então leu para James. E voltou de novo e leu de novo, e de novo. Ele estava febril demais para acompanhar a passagem do tempo. Às vezes estava escuro lá fora e às vezes claro. Quando ele ficava acordado, comia o que conseguia, e bebia um pouco de água, e forçava para dentro um pouco da poção nojenta de Enoch. Sua febre cedia por um tempo, e a seguir ele ficava quente demais e suava até molhar as roupas; e tinha vezes que era como se um vento frio fustigante rasgasse seu corpo, e não havia cobertores ou lenha na lareira que pudessem compensar. Em meio a tudo isso estava Cordelia, lendo silenciosamente e, às vezes, estendendo a mão para limpar a testa de James ou encher o copo de água.

Ela leu para ele os poemas de Nizami, e, principalmente, a história de Layla e Majnun, uma que ela claramente amava e que conhecia desde muito pequena. As bochechas de Cordelia coravam inesperadamente nas partes mais românticas: o pobre menino se apaixonando pela linda Layla à primeira vista, e depois perambulando, louco, pelo deserto quando eles foram separados.

— *O prazer daquele coração, um único olhar os nervos dele ao frenesi levava, um único olhar atordoava cada pensamento. Ele olhou para ela, e ao olhar, o amor conquistou aos dois. Eles jamais sonharam em se afastar.*

Ela deu uma olhadela para James e então, rapidamente, virou o rosto. James se assustou. Será que ele a encarara sem querer? Não estava completamente ciente do próprio comportamento.

— *A bruxaria fatal que repousa nos pretos e deliciosos olhos dela. E quando a bochecha dela a luz revelou, mil corações foram conquistados: nenhum orgulho, nenhum escudo poderia conter o poder por ela detido. Layla, ela se chamava.*

— Layla — murmurou James, mas não achou que Cordelia tivesse ouvido. Ele fechou os olhos.

―

Foi só uma vez — pelo menos que ele estivesse ciente — que James mergulhou para o Mundo das Sombras. Estava acordado, trêmulo de febre, os cabelos colados na cabeça com o suor frio, agitado. Notou os olhos de Cordelia se arregalarem alarmados quando a mudança tomou conta dele. Ela saltou de pé e ele pensou: *Ela vai buscar ajuda; está com medo, com medo de mim.*

Ele esticou a mão para ela, e a sombra que era a mão de James pegou a mão dela, escuridão contra pele. Ele se perguntou qual seria a sensação de seu toque para ela. O corpo inteiro estava tenso, como um cavalo se encolhendo de trovões. O quarto tinha cheiro de raios.

— James, você precisa se manter firme. Precisa. Não vá a lugar nenhum — ordenou Cordelia. — Fique comigo.

— Tão frio — conseguiu acrescentar ele, trêmulo. — Não consigo me aquecer. Jamais conseguirei me aquecer.

Na forma de corpo, James teria fechado os olhos com força, tentando conter os calafrios. Na forma de sombra, era como se seus olhos estivessem arregalados e ele não conseguisse fazer nada para fechá-los. Viu Cordelia olhar em volta do quarto em busca de alguma coisa, qualquer coisa que ajudasse. Era inútil, ele sabia; o fogo já estava rugindo, ele já estava envolto em cobertores, havia uma garrafa de água quente em seus pés. Mesmo assim, um vento pungente e rudimentar o dilacerava.

Cordelia gemeu de frustração, então franziu a testa, determinada. Um pensamento vagava pela mente de James, muito atrás do infinito vento uivante: de que ela estava linda. Não era o tipo de pensamento que ele teria escolhido, e James não tinha tempo de pensar nisso agora.

Então Cordelia cuidadosamente se deitou na cama ao lado dele. James estava sob montanhas de cobertores e ela estava em cima deles, é claro. Mas a presença dela começou a afastar o frio. Em vez de sentir a agonia de ser açoitado pelo gelo, a consciência de James se voltou para a extensão do corpo dela, morno e sólido, de encontro ao dele. Em meio às muitas camadas entre os dois, James ainda conseguia senti-la ao seu lado: a perna de Cordelia se acomodando numa posição confortável, o quadril contra o dele. Ele olhava para o teto e Cordelia estava de lado, com seu rosto muito próximo. Os cabelos cheiravam a jasmim e madeira queimada. A jovem colocou o braço sobre o peito de James e se aproximou o máximo que conseguiu.

Foi um esforço vigoroso, mas James virou a cabeça para olhar Cordelia. Ele encontrou os olhos dela abertos, luminosos e profundos, fitando-o. A respiração dela estava muito calma.

— *Não busquei o fogo, mas meu coração é chama pura. Layla, este amor não é deste mundo.*

James estremeceu e se sentiu voltar para este mundo por completo, sentiu o corpo retornar para o espaço que ocupava. Cordelia não tirou os olhos dele, mas soltou o lábio que mordia, seu corpo relaxando de alívio.

James ainda estava com frio, mas nem de perto tanto quanto antes. Cordelia afastou uma mecha de cabelo dos olhos dele, que estremeceu de novo, mas desta vez não por causa do frio. E, assim, ele permitiu que seus olhos se fechassem. Quando acordou de novo já era de manhã, e Cordelia não estava lá.

Levou um ou dois dias para a febre de James ceder de vez. E somente um dia depois disso, o Irmão Enoch declarou que seu estado não era mais contagioso, e então seus pais chegaram com Lucie. E ele já estava bem o suficiente para se levantar, e finalmente deixou Cirenworth rumo a Idris e ao conforto familiar da Mansão Herondale. O clima lá, relatou seu pai, estava bom.

Depois que ele saiu da cama, James e Cordelia voltaram aos modos comuns e cordiais. Nenhum dos dois mencionou o período compartilhado durante a doença de James. Sem dúvida, pensou James, Cordelia simplesmente cuidara dele com a bondade e a generosidade que demonstrava para com todos de quem gostava. Eles não se abraçaram ao se despedir. (Lucie se agarrou a Cordelia como craca, apesar das garantias de Cordelia de que ela e família estariam na Mansão Herondale naquele mesmo verão.) Ao entrar no Portal, James acenou para Cordelia, e ela, amigavelmente, retribuiu.

À noite, durante muito tempo, James ficou pensando em jasmim e madeira queimada, na pressão do braço dela, nos olhos negros infinitos olhando para os dele.

— *O caminho secreto que ele ansiosamente escolheu, onde a mansão distante de Layla se erguia; ele beijou a porta. Mil asas apressaram seu passo, onde, como suas devoções afetuosas recompensaram, mil espinhos seu caminho atrasavam. Descanso algum ele encontrou dia e noite... Layla, para sempre, à sua vista.*

4
Meio farta de sombras

Ou quando a lua estava alta
Vinham dois jovens amantes recém-casados;
"Estou meio farta de sombras",
Disse a Senhora de Shalott.

— Alfred, Lord Tennyson, *"The Lady of Shalott"*

O dia seguinte se revelou claro e belo. O Regent's Park parecia brilhar ao sol do fim de tarde, do portão York Gate até o gramado verde que se estendia até o lago. Quando Cordelia e Alastair chegaram, a margem leste já estava cheia de jovens Caçadores de Sombras. Toalhas coloridas em algodão, em tons de cereja intenso e azul-celeste, tinham sido estendidas na grama, e pequenos grupos estavam sentados em torno de cestas de piquenique e aglomerados ao longo da margem do rio.

Alguns dos indivíduos mais jovens estavam colocando barquinhos para flutuar na água, e as velas brancas faziam o lago parecer tomado de cisnes. As moças mais velhas estavam com vestidos diurnos em tom pastel ou saias com blusas de gola alta, os rapazes usando suéteres de tricô e calças de estilo *plus four*, com barrado que se estendia quatro polegadas abaixo do joelho. Alguns usavam uniforme de remo dos mundanos — paletós e calças de linho branco, embora o branco, para os Caçadores de Sombras, fosse tradicionalmente a cor do luto, por isso normalmente era evitada.

Escandaloso!, pensou Cordelia, com uma diversão sombria, quando ela e Alastair se aproximaram da multidão. Era diferente da noite anterior: aquela fora uma reunião do Enclave, Caçadores de Sombras dos mais velhos aos mais jovens. Agora eram só pessoas da idade dela. Talvez não aquelas que pudessem ser mais úteis para seu pai — mas todos ali tinham pais, alguns dos quais eram bastante influentes. Muitos tinham irmãos ou irmãs mais velhos. O baile poderia não ter sido como Cordelia desejara, mas hoje ela estava determinada a deixar sua marca.

Ela reconheceu Rosamund Wentworth e algumas das outras moças da festa, absortas numa conversa. A mesma ansiedade que lhe subira no baile começava a ressurgir: como era possível entrar em grupos sociais? Fazer com que a aceitassem?

Ela passara a manhã com Risa e a cozinheira dos Lightwood, ajudando a preparar a maior e mais espetacular cesta de piquenique possível. Tirando a toalha enrolada do braço, Cordelia a abriu deliberadamente perto do lago, pertinho do ponto em que a grama se tornava areia e cascalho.

Ela ficaria bem à vista de todos, pensou, fincando-se no chão e gesticulando para Alastair se juntar a ela. Ficou observando seu irmão quando ele soltou a pesada cesta de piquenique, deixando escapar um murmuro, e então se sentou ao lado dela.

Ele usava paletó listrado de linho cinza, pálido contra a pele marrom. Os olhos escuros dele percorriam a multidão, inquietos.

— Não consigo me lembrar — disse ele — por que concordamos com isto.

— Não podemos passar nossa vida confinados em casa, Alastair. Precisamos fazer amigos — falou Cordelia. — Lembre-se de que deveríamos estar nos insinuando.

Ele fez uma careta para a irmã quando ela começou a desfazer a cesta de piquenique, dispondo flores recém-colhidas, frango frio, tortas de carne de caça, frutas, manteiga em um pote de geleia, três tipos de marmelada, pão branco e integral, carne de caranguejo em conserva e maionese de salmão.

Alastair ergueu as sobrancelhas.

— As pessoas gostam de comer — justificou Cordelia.

Alastair pareceu prestes a refutar, então se alegrou e ficou de pé meio atabalhoadamente.

— Estou vendo alguns dos rapazes da Academia — disse ele. — Piers e Thoby estão na água. Vou me insinuar, tudo bem?

— Alastair — protestou Cordelia, mas ele já havia se afastado, deixando-a sozinha sobre a espessa toalha xadrez de piquenique. Ela empinou o queixo, dispondo o restante da comida: morangos, creme, tortinhas de limão e refrigerante de gengibre. Desejava que Lucie estivesse ali, mas como ela ainda não tinha chegado, Cordelia precisaria aguentar sozinha.

Você é uma Caçadora de Sombras, lembrou-se. De uma longa linhagem de Caçadores de Sombras da Pérsia. A família Jahanshah combatera demônios há mais tempo do que pessoas como Rosamund Wentworth poderiam imaginar. Sona alegava que eles tinham o sangue do famoso herói Rostam. Cordelia podia dar conta de um piquenique.

— Cordelia Carstairs? — Cordelia olhou para cima e viu Anna de pé acima dela, elegante como nunca usando uma camisa clara de linho e calça bufante. — Posso me juntar a você?

— É claro! — Encantada, Cordelia abriu espaço. Sabia que Anna era tema de lendas e admiração: fazia o que queria, se vestia como queria, e vivia onde queria. Suas roupas eram tão espetaculares quanto as histórias que contavam a respeito dela. Se Anna escolhera se sentar com ela, Cordelia não poderia ser vista como chata.

Anna se abaixou graciosamente, de joelhos, se esticando para a cesta para pegar uma garrafa de refrigerante de gengibre.

— Creio — disse ela — que não fomos oficialmente apresentadas. Mas depois do drama da noite passada, sinto como se já conhecesse você.

— Depois de ouvir coisas a seu respeito por meio de Lucie por tantos anos, sinto como se já conhecesse *você* também.

— Vejo que organizou a comida ao seu redor como uma fortaleza — acrescentou Anna. — Muito sábio. Penso em toda ocasião social como uma batalha a se encarar. E sempre uso minha armadura. — Ela cruzou as pernas na altura dos tornozelos, mostrando as botas na altura do joelho como vantagem.

— E eu sempre trago minha espada. — Cordelia bateu no cabo de Cortana, no momento parcialmente escondida sob uma dobra da toalha.

— Ah, a famosa Cortana. — Os olhos de Anna brilharam. — Uma espada que não tem Marcas, mas que é capaz de matar demônios, dizem. É verdade?

Cordelia assentiu orgulhosamente.

— Meu pai matou o famigerado demônio Yanluo com ela. Dizem que a lâmina de Cortana é capaz de cortar qualquer coisa.

— Isso parece bastante útil. — Anna tocou o cabo levemente e afastou a mão. — O que está achando de Londres?

— Sinceramente? É incrível. Passei a maior parte da vida viajando, e em Londres só conheço James e Lucie.

Anna sorriu como uma esfinge.

— Mas você trouxe comida o suficiente para alimentar um exército. — Ela inclinou a cabeça para o lado. — Eu gostaria de convidar você para tomar chá em meu apartamento, Cordelia Carstairs. Há algumas questões sobre as quais devemos conversar.

Cordelia ficou chocada. O que a glamorosa Anna Lightwood poderia estar querendo conversar com ela? Passou por sua mente que talvez tivesse a ver com seu pai, mas antes que Cordelia pudesse perguntar, o rosto de Anna se animou e ela acenou para duas figuras que se aproximavam.

Cordelia se virou e viu o irmão de Anna, Christopher, e Thomas Lightwood aproximando-se pela margem do lago. Thomas era mais alto do que Christopher, que parecia papear agradavelmente, o sol se refletindo em seus óculos.

O sorriso de Anna se intensificou.

— Christopher! Thomas! Aqui!

Cordelia estampou um sorriso alegre quando eles se aproximaram.

— Venham dizer oi — falou ela. — Tenho tortinhas de limão e refrigerante de gengibre, se quiserem.

Os meninos se entreolharam. Um instante depois, estavam se acomodando na toalha, Christopher quase derrubando a cesta de piquenique. Thomas teve mais cuidado com os longos braços e as pernas, como se já estivesse tenso pela possibilidade de derrubar algo. Não era lindo como James, mas certamente agradaria a muitas moças. Quanto a Christopher, a semelhança de sua delicada estrutura óssea com a de Anna era ainda mais evidente de perto.

— Vejo por que pediu nossa ajuda — argumentou Thomas, os olhos castanho-claros brilhando ao observar os itens do piquenique. — Teria sido surpreendentemente difícil para vocês consumirem tudo isto sozinhas. Melhor convocar reforços.

Christopher pegou uma tortinha de limão.

— Thomas costumava fazer a limpa em nossa despensa em uma hora, e os concursos de comer que fazia com Lucie, estremeço só de contar.

— Talvez eu já tenha ouvido falar disso — sugeriu Cordelia. *Thomas adora refrigerante de gengibre*, contara Lucie a ela, *e Christopher é obcecado por tortinhas de limão*. Ela escondeu um sorriso. — Sei que nos encontramos algumas vezes, mas agora que estou oficialmente em Londres, espero que nos tornemos amigos.

— Absolutamente, com certeza — admitiu Christopher —, principalmente se houver mais tortas de limão no futuro.

— Duvido que ela as carregue consigo a todo lugar, Kit — disse Thomas —, enfiadas nos chapéus ou sabe-se lá onde.

— Eu as guardo no meu cinto de armas, substituindo as lâminas serafim — brincou Cordelia, e os dois rapazes gargalharam.

— Como está Barbara, Thomas? — perguntou Anna, quando pegou uma maçã. — Está bem depois de ontem à noite?

— Ela parece recuperada — contou Thomas, apontando para a direção de Barbara, que caminhava às margens do lago com Oliver. Ela estava girando um guarda-chuva azul intenso e conversando animadamente. Thomas mordeu um pedaço da torta de carne.

— Se você fosse um irmão realmente dedicado, estaria ao lado dela — disse Anna. — Eu esperaria que, se eu desmaiasse, Christopher começasse a chorar inconsolavelmente e ficasse incapaz de consumir tortas de carne.

— Barbara não me quer perto dela — falou Thomas, impassível. — Ela está na esperança de que Oliver a peça em casamento.

— Mesmo? — indagou Anna, suas sobrancelhas escuras se elevando com interesse.

— Alastair! — gritou Cordelia. — Venha comer! A comida está acabando!

Mas seu irmão — que não estava conversando com os rapazes da Academia, e sim de pé sozinho à margem do lago, reparou Cordelia, — simplesmente lançou um olhar para a irmã para informá-la o quanto ela era exaustiva.

— Ah — falou Thomas, com uma voz casual além da conta. — Alastair está aqui.

— Sim — concordou Cordelia. — Ele é o homem da nossa casa no momento, pois meu pai está em Idris.

Christopher pegara um bloquinho de capa preta e escrevia nele. Anna olhava para o lago, onde várias das moças — Rosamund, Ariadne e Catherine entre elas — tinham decidido dar um passeio.

— Ele tem minha empatia — falou Thomas, com um sorriso tranquilo. — Meu pai está frequentemente em Idris também, com a Consulesa...

Eu sei, pensou Cordelia, mas antes que pudesse fazer qualquer pergunta, ouviu Lucie chamar seu nome. Ela ergueu o rosto e viu sua futura *parabatai* se aproximando, com uma das mãos segurando o chapéu de palha para não voar da cabeça e, na outra mão, uma cesta. Atrás dela estava James, as mãos nos bolsos da calça de risca. Ele não estava de chapéu, e o vento bagunçava seu cabelo preto já embaraçado.

— Ah, maravilhoso — disse Lucie ao ver a montanha de comida de Cordelia. — Podemos combinar nossos quitutes. Vejamos o que você tem.

Anna e Christopher abriram espaço quando Lucie ficou de joelhos e começou a desempacotar ainda mais comida, queijo e tarteletes de geleia, sanduíches e limonada. James se sentou ao lado de Christopher, olhando distraidamente para o bloquinho preto. Ele disse algo baixinho e Thomas e Christopher gargalharam.

Cordelia sentiu seu fôlego ficar preso na garganta. Ela não falara direito com James desde que tinham dançado na noite anterior. A não ser que contasse aquela parte de ter pedido a ele que sacasse a estela do paletó. Ela se lembrava de como as mãos dele estavam em punho junto ao corpo. Ele parecia uma pessoa diferente agora.

— Afinal, o que houve ontem à noite? — perguntou ela a Lucie. — O problema com o demônio em Seven Dials.

James olhou na direção dela. O sorrio dele estava tranquilo — tranquilo até demais, pensou Cordelia. Como se fosse um ator em um palco, orientado a parecer estar se divertindo.

— Demônios Shax por toda parte em Monmouth Street. Precisaram chamar Ragnor Fell para ajudar a enfeitiçar o lugar para que os mundanos não reparassem no que estava acontecendo.

Thomas franziu a testa.

— É estranho — disse ele —, depois de tanto tempo, encontramos aquele demônio na outra noite, e agora ontem...

— Vocês encontraram um demônio? — indagou Lucie. — Quando foi isso?

— Hã — disse Thomas, os olhos castanho-claros dele se voltando para todos os lados. — Talvez eu tenha me enganado. Talvez não fosse um demônio. Talvez fosse um livro-texto sobre demônios.

— Thomas — falou Lucie. — Você é o pior mentiroso de todos. Quero saber o que aconteceu.

— Sempre é possível arrancar a verdade de Matthew — falou James. — Dá para se tirar qualquer coisa dele, você sabe disso, Luce. — Ele olhou os arredores do lago. — Onde está Matthew? Ele não deveria estar aqui?

James olhou para Cordelia, que sentiu uma súbita descarga de raiva. Estivera calada — agora que conseguira atrair todas aquelas pessoas para sua Toalha de Piquenique das Maquinações, como poderia mencionar o pai? Mas as palavras de James ressuscitaram a noite anterior com um lampejo cortante de memória. Ele perguntava se ela sabia onde estava Matthew, afinal, ele fora seu par na dança, mas, no entanto, ela só dançara com Matthew porque James a abandonara e Matthew se prontificara a substituir o amigo.

Cordelia ficou de pé, quase derrubando uma garrafa de refrigerante de gengibre. Ela respirou fundo, alisou a saia azul de sarja e disse:

— James, eu gostaria de falar com você em particular por um momento, se não se importa.

Todos pareceram chocados, até mesmo Lucie; James apenas assentiu.

— Vamos lá — disse ele.

Havia uma pequena *folly* italiana, uma construção ornamental de jardim, perto do lago, completa, com pilastras brancas e tudo mais. Cordelia levou James para longe da multidão do piquenique, em silêncio, caminhando entre alguns grupos de mundanos que passeavam; então ela subiu os poucos degraus da *folly* até o pavilhão central, se virou e o encarou.

— Ontem à noite — disse ela —, você foi terrivelmente grosseiro comigo, e eu gostaria de um pedido de desculpas.

Ele ergueu o olhar para ela. Então essa seria a sensação de ser mais alta do que James, pensou Cordelia. Ela não achava ruim. A expressão dele estava calma, até mesmo ilegível. Não era um olhar pouco amigável, mas parecia inteiramente fechada, impenetrável. Era uma expressão que ela já vira no rosto de James: sempre pensara nela, intimamente, como a Máscara.

Cordelia ergueu uma sobrancelha.

— Não vai pedir desculpas?

Talvez não fosse melhor ser mais alta do que ele, pensou ela. Quando James olhava para ela, precisava fazer isso entre os cílios, que eram densos e negros como as franjas sedosas de um lenço.

— Estou tentando pensar na melhor forma de me desculpar. O que eu fiz, deixando você no salão de dança, foi imperdoável. Estou tentando pensar em um motivo para você me perdoar, porque se não perdoasse, partiria meu coração.

Ela pigarreou.

— Esse é um começo decente.

O sorriso dele era leve, mas genuíno, livre da Máscara.

— Você sempre teve uma natureza caridosa, Daisy.

Ela apontou um dedo para ele.

— Não venha com Daisy para mim — falou Cordelia. — Já parou para entender como é ser uma moça naquela situação? Uma moça não pode convidar um cavalheiro para dançar; ela está à mercê da escolha do sexo oposto. Ela não pode nem mesmo recusar uma dança se lhe for pedido. E ter um rapaz dando as costas a ela no salão é humilhante. E quando esse tipo de coisa acontece com ela usando um vestido horroroso é ainda pior. Todos devem estar discutindo qual é o meu problema.

— Seu problema? — repetiu ele. — Você não tem problema nenhum. Tudo o que você está dizendo é verdade, e sou um tolo por não ter pensado nisso antes. Só me resta jurar a você que jamais lhe faltará nada em nenhum evento social no futuro, alguém para ficar de pé ao seu lado ou uma fila de homens para dançar com você. Você pode até não dar crédito, tendo conhecido Thomas, Christopher e Matthew, mas eles são bastante populares. Podemos fazer de você a estrela da estação.

— Mesmo? — disse ela. — Thomas e Christopher e Matthew são *populares*?

Ele riu.

— Sim, e posso lhe fazer mais uma promessa. Se eu voltar a ofendê-la, *eu* usarei um vestido horroroso na próxima reunião social importante.

— Muito bem. — Ela estendeu a mão. — Podemos apertar a mão como cavalheiros fazem.

Ele deu um passo adiante para selar o acordo. Os dedos mornos de James envolveram os dela. Os lábios dele, num leve sorriso, deveriam ser incrivelmente macios. Ele parecia avaliar a expressão dela; Cordelia se perguntava o que diabos ele estaria procurando.

— James — disse ela.

— Sim?

— Em vez de usar um vestido horroroso — falou Cordelia —, talvez haja outra forma de você me ajudar.

— Qualquer coisa. — Ele ainda não soltara a mão dela.

— Poderia me dizer quais rapazes do Enclave são solteiros — disse ela. — Se eu tivesse a necessidade de... de me casar, quais são gentis e não seriam uma companhia terrível.

Ele pareceu chocado.

— Você não pode se casar...

— Por que não? — Ela desvencilhou a mão da dele. — Acha que eu seria uma escolha indesejável?

James adquirira uma cor estranha; ela não fazia ideia do por quê, até olhar para trás e perceber que uma carruagem tinha acabado de se aproximar da *folly*.

As portas da carruagem estavam pintadas com as iniciais do governo dos Caçadores de Sombras: Clave, Conselho, Pacto, Consulesa. Matthew estava no assento do cocheiro, rédeas na mão, o vento soprando seus cachos loiros.

Atrás dele, rindo, estava o irmão de Matthew, Charles, e, ao lado dele, Grace, usando um chapéu de palha e um vestido azul com barras de renda combinando.

Cordelia olhou de volta para James e notou um lampejo nos olhos dele — um tipo de luz sombria atrás das íris. Ele estava observando Charles ajudar Grace a descer da carruagem. Matthew estava saindo desengonçadamente do assento do condutor, largando as rédeas, buscando os amigos com o olhar.

— O que há entre você e Grace Blackthorn? — perguntou Cordelia, baixinho. — Vocês têm um algum tipo de acordo?

"Acordo" era um termo amplo. Poderia significar noivado secreto, ou algo tão ínfimo quanto uma declaração de interesse romântico sério. Mas pareceu se adequar tão bem quanto qualquer outro termo.

A luz estranha ainda estava nos olhos dourados de James, escurecendo-os até parecer vidro fumê.

— Há aqueles próximos a mim por quem eu daria minha vida — disse ele. — Você sabe disso.

Os nomes não foram ditos, mas Cordelia sabia quais eram: Lucie, Will, Tessa, Christopher, Matthew, Thomas. Jem Carstairs.

— Grace é um deles — falou James. — Somos vizinhos em Idris. Eu a encontrei em todos os verões durante anos. Nós nos amamos, mas é um segredo. Nem meus pais nem a mãe dela sabem do nosso vínculo. — Ele ergueu o pulso e a pulseira brilhou por um momento ao sol. — Ela me deu isto quando tínhamos 13 anos. É uma promessa entre nós. — Havia uma distância esquisita na voz dele, como se estivesse recitando uma história que ouvira em vez de uma lembrança particular. Timidez, talvez, por revelar algo tão íntimo?

— Entendo — disse Cordelia. Ela olhou para a carruagem. Ariadne tinha se aproximado de Charles e ambos estavam se cumprimentando; Grace tinha se virado e olhava na direção da *folly*.

— Eu achei que não iríamos para Idris este ano — falou James. — Escrevi a Grace para contar a ela, mas a mãe escondeu a carta dela. Estávamos os dois nos perguntando o motivo do silêncio do outro. Só descobri que ela estava em Londres na noite passada, no baile.

Cordelia se sentiu entorpecida. Ora, é claro que ele saíra correndo então. Havia encontrado Grace em todos os verões, exceto por aquele; como devia ter sentido saudade dela. Cordelia sempre soubera que James possuía uma vida com os amigos em Londres da qual ela sabia pouco, mas não percebera o quanto ele lhe era desconhecido. Ele podia muito bem ser um estranho. Um estranho apaixonado por outra pessoa. E ela, Cordelia, a intrusa.

— Fico feliz por sermos amigos de novo — disse Cordelia. — Agora você deve estar querendo falar a sós com Grace. Apenas acene para que ela se junte a você aqui... todos estão distraídos. Nem notarão vocês.

James começou a falar, mas Cordelia já havia se virado e retornado para o lago e para os frequentadores do piquenique. Não suportaria parar para ouvi-lo agradecer por ela estar indo embora.

Lucie não culpava Cordelia pela bronca em James; ele fora terrivelmente grosseiro na noite anterior. Mesmo que uma moça fosse apenas sua amiga, era deselegante largá-la no meio de uma dança. Além do mais, dava às Rosamund Wentworth do mundo toda a munição para fofocas maldosas. Ela fez uma nota mental para si, para se lembrar de contar a Cordelia sobre o que acontecera com Eugenia Lightwood assim que houvesse privacidade para tal.

Na verdade, havia muito que queria discutir com Cordelia quando estivessem a sós. *Na noite passada, conheci um fantasma que ninguém mais conseguia ver. O fantasma de um menino que está morto, mas não exatamente morto.*

Ela bem que fizera menção de contar sobre Jesse a James ou aos seus pais, mas optara por ficar quieta. Por um motivo que não conseguia entender muito bem, o assunto parecia particular, como um segredo que lhe fora confiado. Dificilmente seria culpa de Jesse que ela pudesse vê-lo, e ele a *salvara* anos atrás em Brocelind. Lucie se lembrava de ter dito a ele que, quando crescesse, gostaria de ser escritora. *Isso parece maravilhoso*, dissera ele, num tom de voz desejoso. Na época, ela pensou que ele estivesse com inveja da gloriosa carreira futura dela. Somente agora lhe ocorria que ele poderia estar falando sobre crescer.

— Vejo que Cordelia está voltando — disse Anna. Ela estava inclinada pra trás, apoiada nos cotovelos, o sol forte em seus cabelos escuros. — Mas sem James. Interessante.

Anna, assim como Lucie, achava tudo a respeito do comportamento humano interessante. Às vezes Lucie achava que Anna também deveria ser escritora. As memórias dela certamente seriam escandalosas.

Cordelia estava realmente voltando, pisando cuidadosamente entre as toalhas de piquenique de cores vivas. Ela se sentou ao lado de Lucie, abanando-se com o chapéu de palha. Estava usando outro vestido pastel horrível, reparou Lucie. Queria muito que Sona deixasse Cordelia se vestir como desejasse.

— James recebeu o que merecia? — perguntou Lucie. — Deu uma joelhada nele?

O sorriso de Cordelia estava alegre.

— Ele está completamente envergonhado, garanto a você. Mas somos bons amigos de novo.

— Onde ele está, então? — perguntou Thomas. As mangas da camisa dele estavam arregaçadas e Lucie via só a pontinha da tatuagem colorida no antebraço esquerdo dele. Era incomum que Caçadores de Sombras fizessem tatuagens, pois a pele era, em geral, coberta por Marcas, mas Thomas fizera aquela na Espanha. — Você enterrou o corpo dele no parque em algum lugar?

— Ele foi falar com Grace Blackthorn — disse Cordelia, escolhendo uma garrafa de limonada. Lucie olhou para ela com afinco, pois ela mesma só percebera na noite anterior que a moça por quem James estava apaixonado era Grace, e não Daisy. Esperava não ter colocado pensamentos tolos na cabeça da amiga por ter tagarelado no parque sobre uma possível paixonite de James por ela.

Cordelia certamente não parecia se incomodar, e negou a coisa toda em Kensington Gardens. Provavelmente pensava em James como um primo. Certamente era um balde de água fria nas esperanças de Lucie. Teria sido encantador ter Daisy como cunhada, e ela não conseguia imaginar Grace sendo igualmente encantadora. Não conseguia se lembrar de um dia tê-la visto sorrindo ou gargalhando, e ela provavelmente não se encantaria com as músicas de Will sobre a varíola demoníaca.

— Não vi que ela estava aqui. — Christopher se serviu da sexta torta de limão.

— Ela está — falou Matthew, emergindo da multidão de guarda-sóis e convidados do piquenique. Ele se acomodou graciosamente ao lado de Anna, que o olhou e deu uma piscadela. Matthew e Anna eram particularmente próximos: gostavam de muitas coisas em comum, como roupas da moda, salões de má reputação, arte chocante e peças escandalosas. — Aparentemente, na noite passada Charles prometeu trazê-la até aqui em nossa carruagem. Fizemos um desvio para Chiswick para buscá-la.

— Você conseguiu ver a Casa Lightwood, a tal Chiswick? — perguntou Thomas. — Ouvi falar que está em completo abandono.

Matthew balançou a cabeça.

— Grace estava esperando por nós nos portões da frente quando chegamos. Achei que era um pouco estranha.

A Casa Chiswick um dia pertencera a Benedict Lightwood e deveria ter sido passada a seus filhos, Gabriel e Gideon. Tudo mudou depois da desgraça de Benedict, e, no fim, a recém-batizada Casa Chiswick fora dada a Tatiana, muito embora ela tivesse se casado com um Blackthorn.

Tatiana notoriamente deixara o lugar cair aos pedaços — talvez porque após a morte de Jesse, ela não considerasse ninguém de sangue Blackthorn digno de herdar a casa. Grace era a protegida adotada de Tatiana, não era filha de sangue. Quando Tatiana morresse, a casa voltaria às mãos da Clave, que talvez até a devolvesse aos Lightwood. Tatiana provavelmente preferiria queimá-la a deixar isso acontecer.

Jesse dissera que tanto a mãe quanto a irmã dele conseguiam enxergá-lo. Como devia ser estranho, para ele e para elas. Lucie se lembrou da noite anterior: Jesse dizendo que a morte estava no salão de baile. Mas não estivera, pensou ela. Houve uma ocorrência demoníaca na cidade, mas fora facilmente resolvida.

Mas e se ele não estivesse dizendo literalmente que a morte aparecera lá na noite passada? E se na verdade significasse que um perigo maior rondava a todos?

Lucie estremeceu e olhou para o lago, onde tudo estava reconfortantemente habitual — Charles e Ariadne conversavam com Barbara e Oliver; Alastair jogava pedras no lago com Augustus Pounceby. Rosamund e Piers Wentworth pareciam arrogantes por algum motivo. Catherine Townsend guiava um barquinho com habilidade notável.

Ela ouviu Cordelia, ao seu lado, murmurar para Matthew sobre a chuva iminente. Algumas nuvens escuras passavam pelo céu, projetando sombras na superfície prateada da água. Ela prendeu o fôlego. Estava imaginando coisas, certamente — os reflexos das nuvens não podiam estar ficando mais espessos, mais escuros.

— Cordelia? — sussurrou ela. — Você está com Cortana?

Cordelia pareceu confusa.

— Sim, é claro. Sob a toalha.

— Pegue-a. — Lucie ficou de pé, ciente quando Cordelia sacou a arma de ouro reluzente sem mais perguntas. Ela estivera prestes a gritar quando a água do lago se partiu e um demônio rompeu a superfície.

— Aquela era Cordelia Carstairs — falou Grace. Ela se aproximara de James quando ele acenara, mas parou a alguns centímetros de distância, com uma expressão incomodada.

James raramente a vira sob a luz do sol; ela o fazia se lembrar de uma flor pálida, dessas que só desabrocham à noite e que era facilmente queimada pelo sol. O chapéu de Grace sombreava os olhos, e as botas de pelica marfim estavam plantadas na grama crescida. Ele sempre se perguntava por que Tatiana se dava ao trabalho de garantir que Grace usasse roupas bem-feitas e da moda, sendo que ela praticamente não se importava mais com quase nada.

— Sim? — falou James. Não era típico de Grace sentir ciúmes, e ele não tinha certeza se ela sentia. A jovem parecia preocupada, mas poderia ser por muitas coisas. — Você sabe que os Carstairs são meus amigos de longa data. — Ele estendeu a mão, a pulseira de prata em seu pulso refletiu o sol. — Grace. Você está longe, e ficamos longe um do outro por tempo suficiente.

Ela deu um passo até ele e falou:

— Você se lembra de quando me contou sobre Cordelia? Naquele verão, depois que teve a febre escaldante?

Ele balançou a cabeça, confuso. James se lembrava da febre, é claro, e da voz de Cordelia em meio à tontura. Ela fora gentil com ele, embora James não se lembrasse de ter contado a Grace a respeito.

— Não — disse ele. — Não especificamente, mas sempre contei tudo a você, então não seria surpreendente.

— Não só que ela estava com você quando você estava doente — disse Grace. — Você contou coisas sobre *ela*. Sobre Cordelia.

— Sobre Cordelia? — Ele abaixou a mão, lembrando-se da Floresta Brocelind, da luz passando pelas folhas verdes, da forma como ele e Grace descansavam na grama e contavam tudo um ao outro. — Não creio que eu saiba muita coisa a respeito dela — falou James, percebendo com uma estranha pontada de dor que isso era verdade. Ele imaginava que podia contar a Grace que Cordelia pedira ajuda para encontrar um pretendente, mas, por algum motivo, não quis fazê-lo. — Ela e a família sempre foram reticentes. Lucie a conhece muito melhor do que eu. Lembro-me de uma vez...

— O que é? — Grace se aproximara dele. Ele sentiu o perfume dela assim que ela levantou o olhar para encará-lo: era sempre o mesmo cheiro de violetas. — Do que você se lembra?

— Lucie caiu pela encosta de um penhasco uma vez — começou ele, lentamente. Era uma lembrança estranhamente anuviada. Havia um campo de margaridas, e Cordelia fora muito corajosa, e foi assim que ela ganhara o apelido. *Daisy*, a palavra em inglês para margarida. — Aconteceu na França. Cordelia estava com Lucie. Teria sido uma queda horrorosa, mas Cordelia ficou segurando o pulso dela, e a segurou durante horas até que as encontramos. Sempre serei grato a ela por salvar minha irmã.

James tivera a impressão de que Grace relaxara levemente, embora ele não pudesse adivinhar o motivo.

— Desculpe-me por ter interrompido você com sua amiga — disse ela. — É que faz tanto tempo desde que estivemos a sós.

Uma pontada estranha de algo como inquietude atingiu James.

— Você queria conhecer Matthew, Christopher e Thomas — sugeriu ele. — Eu poderia levar você...

Ela fez que não com a cabeça, e ele ficou impressionado, como sempre, pela beleza dela. Era fria e perfeita — não, ela não era fria, lembrou-se James. Ela era fechada porque tinha sido muito magoada pela morte dos pais, pelos caprichos e pelas crueldades de Tatiana. Mas isso não era o mesmo que frieza. Havia cor nas bochechas dela agora, e os olhos brilhavam destemidos.

— Quero que você me beije — pediu Grace.

Ele jamais pensou em dizer não.

O sol estava forte quando James se aproximou dela, tão forte que feria seus olhos. Ele a puxou para si: Grace era pequena, fria e esguia, delicada como um pássaro. O chapéu escorregou quando ela inclinou o rosto para o de James. Ele sentiu o farfalhar de renda contra suas mãos ao envolver a cintura delgada, e a pressão fria e macia dos lábios dela de encontro aos dele.

O sol era como uma agulha incandescente prendendo os dois no lugar. O peito dela inflava e desinflava contra o dele; ela tremia como se estivesse com frio. Grace agarrou os ombros de James. Por um momento, ele ficou ali apenas sentindo: os lábios colados, o gosto dela como pastilhas de açúcar na língua.

James começou a sentir seus olhos queimando, embora estivessem fechados. Sentiu-se sem fôlego e doente, como se tivesse mergulhado em água salgada e subido para tomar ar tarde demais. Algo estava errado. Com um arquejo contido de náusea, ele se afastou de Grace.

A mão dela foi à boca. Sua expressão foi inesperada — um pânico inegável.

— Grace... — começou ele, então o ar foi subitamente tomado pelo som de gritos vindos do lago. E não apenas uma pessoa gritando, como Oliver fizera na noite anterior, mas muitas vozes, berrando de medo.

James empurrou Grace para a *folly*. Ela não tinha a menor prática em lutas — jamais fora treinada. Ainda estava olhando para ele, horrorizada.

— Fique aqui — ordenou James, e disparou para o lago.

Cordelia não viu quando aconteceu. Quando desembainhou Cortana, o demônio tinha saltado da água e ido diretamente para Piers Wentworth. Ele caiu com um urro de dor, chutando e se debatendo.

Houve uma confusão imediata. Caçadores de Sombras gritando — alguns tinham avançado para salvar Piers, inclusive Alastair e Rosamund, e tentavam arrancar a criatura do corpo dele. Charles empurrara Ariadne para trás de si — ela parecia exasperada — e gritava para que todos saíssem do lago. Barbara gritava também, palavras que soavam como:

— O que é isso? O que é isso?

Mas Cordelia só conseguia pensar em uma coisa: Alastair. Ela correu para a margem. Viu os cabelos reluzentes de Alastair entre a confusão de pessoas. Quando se aproximou, viu Piers caído, imóvel, na beira da água: a margem do lago estava escarlate, e mais da cor escarlate ondulava no lago. Rosamund estava de joelhos ao lado dele, gritando. O demônio tinha sumido, embora Cordelia não tivesse visto ninguém matá-lo.

Alastair tinha se afastado de Piers; mas Ariadne ainda estava de joelhos ao lado dele, o vestido dela no sangue e na areia. Quando Cordelia se aproximou do irmão, viu que ele também estava sujo de sangue. Ela o alcançou em meio ao caos, sem fôlego.

— Alastair...

Ele carregava uma expressão de choque. A voz dela o despertou à força: ele segurou o braço livre da irmã e a puxou para a grama.

— Cordelia, volte...

Ela olhou ao redor descontroladamente. Caçadores de Sombras estavam correndo para todos os lados, derrubando cestas e pisoteando comida de piquenique.

— O que aconteceu, Alastair? O que foi aquilo?

Ele balançou a cabeça, a expressão vazia.

— Não faço ideia.

James correu pela encosta da colina verde, rumo ao lago. O céu tinha escurecido, todo manchado com nuvens: ao longe, ele via mundanos correndo para sair do parque, cientes da chuva que se aproximava. A água do lago tinha passado de prata a cinza, ondulando com o vento forte. Um pequeno grupo se arrebanhara na beira do lago. O piquenique fora abandonado: garrafas e cestas tinham sido chutadas, e por todo lado Caçadores de Sombras sacavam suas armas. James viu Matthew e Lucie em meio à multidão: Matthew entregava a Lucie uma lâmina serafim apagada, retirada do próprio cinto. Ele imaginou ter visto os cabelos ruivos de Cordelia, perto do lago, no momento em que Barbara correu até ele.

Os olhos dela estavam arregalados e apavorados; Oliver corria atrás dela, determinado a alcançá-la. Ela chegou a James primeiro.

— Jamie... Jamie... — Ela agarrou a manga dele. — Foi um demônio. Eu o vi atacar Piers.

— Piers está ferido? — James esticou o pescoço para ver melhor. Jamais tivera um bom relacionamento com Piers Wentworth, mas isso não significava desejar seu mal.

— Barbara. — Oliver alcançou os dois, sem fôlego devido à falta de condicionamento físico. — Querida. Demônios não suportam luz do sol. Você sabe disso.

Barbara ignorou o pretendente.

— James — sussurrou ela. — Você consegue ver coisas que outras pessoas não veem, às vezes. Viu alguma coisa ontem à noite?

Ele a olhou, surpreso. Como sabia que ele caíra brevemente no Mundo das Sombras?

— Barbara, eu não...

— Eu vi — sussurrou ela. — Eu vi... formas... formas pretas pontiagudas... e vi algo me segurar e me arrastar para baixo.

O coração de James começou a acelerar.

— Eu vi um de novo, agora mesmo... saltou em Piers, e desapareceu, mas estava lá...

Oliver lançou a James um olhar irritadiço.

— Barbara, não se exalte — começou ele no momento em que Matthew surgiu, ziguezagueando até James. Atrás de Matthew, a multidão se dispersava: James viu Anna com Ariadne e Thomas, todos ajoelhados em volta do corpo de Piers no chão. Thomas tinha rasgado o próprio paletó e o pressionava contra o pescoço de Piers; mesmo dali, James conseguia ver o sangue.

— Onde está Charles? — perguntou James quando Matthew se aproximou: Charles era, afinal de contas, a coisa mais próxima da Consulesa que tinham ali.

— Foi colocar bloqueios para manter os mundanos longe — respondeu Matthew. O vento acelerava, rodopiando as folhas no chão em pequenos redemoinhos. — Neste momento, alguém precisa levar Piers para a enfermaria.

— Piers está vivo? — perguntou James.

— Sim, mas não parece bem — falou Matthew, levantando a voz para ser ouvido acima do vento. — Estão colocando *iratzes* nele, mas não estão funcionando.

James encarou Matthew de volta. Havia apenas alguns tipos de ferimentos que Marcas de cura não solucionavam. Ferimentos infeccionados por veneno de demônio estavam entre eles.

— Eu disse a você — gritou Barbara. — O demônio rasgou a garganta dele... — Ela parou, encarando o ponto mais afastado da área gramada, onde as árvores ladeavam o lago.

James acompanhou o olhar da jovem e enrijeceu de terror. O parque era uma paisagem cinzenta tomada pelo vento: o lago estava preto e os barcos nele entremeavam e murchavam estranhamente. Nuvens da cor de hematomas percorriam um céu cor de aço. A única luminosidade vinha de uma nítida luz dourada ao longe, mas estava encurralada entre a multidão de Nephilim como um vaga-lume preso em um pote; ele não conseguia identificar o que era.

Os galhos das árvores açoitavam ao vento crescente. Estavam cheios de silhuetas — pontiagudas e pretas, como Barbara descrevera. Sombras com garras arrancadas de uma escuridão maior. Quantas, James não sabia dizer. Dezenas, ao menos.

Matthew estava encarando aquela mesma direção, seu rosto estava branco. *Ele consegue ver o que eu vejo*, percebeu James. *Ele também os vê.*

Saltando das árvores, os demônios avançaram para eles.

Os demônios corriam como cães do inferno pela grama, saltando e avançando, completamente silenciosos. A pele deles parecia áspera e ondulada, da cor de ônix; os olhos eram de um preto incandescente. Eles devastavam o parque sob o céu sombrio, escurecido pelas nuvens.

Ao lado de Cordelia, Alastair sacava uma lâmina serafim do bolso do paletó e a erguia.

— *Micah!* — gritou; toda lâmina serafim precisava receber um nome de anjo para ser ativada.

O brilho fraco da lâmina se tornou uma fogueira. Houve um súbito tumulto de lâminas serafim se acendendo por toda parte, ao mesmo tempo; Cordelia ouvia nomes de anjos sendo clamados, mas as vozes dos Caçadores de Sombras estavam lentas devido ao choque. Fora um longo período de relativa paz, e ninguém esperava atividade demoníaca durante o dia.

No entanto, ali estava. Os demônios avançavam como uma onda e desciam sobre os Nephilim.

Cordelia jamais esperara se flagrar no meio de uma batalha. Matar alguns demônios aqui e ali patrulhando era algo pelo qual ansiara demais, mas aquilo... aquilo era o caos. Dois demônios com rostos ferais semelhantes a cães se atiraram sobre Charles e Ariadne; ele se colocou diante dela e foi derrubado. Cordelia ouviu alguém chamando o nome de Charles: um momento depois, o segundo demônio em cima de Ariadne. As presas dele abocanharam ombro dela, e a criatura começou a arrastá-la pela grama, e Ariadne chutava e se debatia em resistência.

Cordelia avançou para salvá-la, mas uma sombra se ergueu à sua frente, uma sombra preta cuja mandíbula pingava baba e com olhos como carvão em brasa. Ela não era mulher de gritar de medo. Então girou a espada, formando um arco reluzente. O ouro cortou sombra: icor foi derramado e ela quase tombou. Em seguida se virou e viu que Anna correra para Ariadne com uma longa adaga de prata na mão. Mergulhou a lâmina nas costas do demônio agressor, e a criatura sumiu com um jorro de icor.

Mais demônios avançaram. Anna lançou um olhar impotente para Ariadne, que estava deitada na grama e manchada de sangue, daí se virou com um grito; e logo foi acompanhada por outros — Thomas, com as boleadeiras disparando no ar, e Barbara e Lucie, armadas com lâminas serafim.

Um demônio avançou para Alastair: Cordelia baixou Cortana num grande arco curvo, cortando a cabeça dele.

Alastair pareceu envergonhado.

— Sinceramente — disse ele. — Eu poderia ter derrotado esse sozinho.

Cordelia considerou matar Alastair, mas não havia tempo — alguém estava gritando. Era Rosamund Wentworth, que se recusara a sair do lado do irmão. Ela estava curvada sobre o corpo ensanguentado dele enquanto um demônio trincava sua mandíbula para ela.

James correu até ela, a lâmina serafim acesa ao lado do corpo. Ele saltou e aterrissou nas costas do demônio, enterrando a lâmina serafim em seu pescoço. Icor foi derramado quando o demônio sumiu. Cordelia então o notou se virar, os olhos varrendo o gramado até encontrar Matthew — que tinha uma lâmina curva na mão e estava ao lado de Lucie na intenção de afastar qualquer demônio que se aproximasse dela.

James correu para Matthew e sua irmã, quando então mais um grito cortou o ar.

Era Barbara. Um dos demônios de sombras tinha avançado, derrubando Oliver e abocanhando a perna de Barbara. Ela gritou de dor e caiu.

Um segundo depois, James estava lá; ele se atirou na criatura que mordia Barbara, derrubando-a de lado. Caçador de Sombras e demônio saíram rolando, ao mesmo tempo gritos cortavam a multidão de Nephilim reunidos.

Matthew mergulhou, executando uma cambalhota perfeita no ar, e finalizou com um chute. A bota dele acertou o demônio, arrancando-o de James. No mesmo instante James se levantou, sacando uma adaga do cinto. Ele a lançou e a lâmina se enterrou na lateral do demônio; cuspindo e sibilando, o demônio evaporou.

E houve silêncio.

Cordelia não sabia se os demônios tinham sido derrotados, ou apenas fugido em retirada ou vitória. Talvez já tivessem feito tudo o que pretendiam no sentido de causar danos. Não havia como saber. Congelados de choque, arrasados e sujos de sangue, o grupo de Caçadores de Sombras que fora até o Regent's Park para um piquenique vespertino se encarava sobre a grama ensanguentada.

Corrente de Ouro

A área do piquenique estava em frangalhos: pedaços de grama queimados com icor, cestas e toalhas espalhadas e destruídas. Mas nada disso importava. O que importava eram as três figuras caladas caídas na grama, imóveis. Piers Wentworth, com a camisa ensopada de sangue e a irmã chorando ao lado dele. Barbara Lightwood, sendo levantada por Thomas — Oliver empunhava uma estela e desenhava uma Marca de cura atrás da outra no braço inerte dela. E Ariadne, o corpo formando um montinho, o vestido rosa manchado de vermelho. Charles se ajoelhou com ela, mas a cabeça de Ariadne estava no colo de Anna. Sangue escuro escorria pelo canto da boca da jovem.

Os demônios podiam ter ido embora, mas tinham deixado a destruição em seu encalço.

5
Caiu com a noite

Os postes a gás reluzem como uma fileira dourada;
As luzes rubi das charretes brilham,
Refletem e piscam intensas como vaga-lumes;
O vento caiu com a noite,
E mais uma vez a cidade parece clara
Afastando a névoa que paira no ar.

— Amy Levy, "A March Day in London"

Cordelia se apoiava em Lucie conforme eles disparavam pelas ruas na carruagem do Instituto, cercados pelo trânsito embaçado de diligências, carros a motor e pedestres. As placas eram um borrão. O HOTEL FERRADURA. CERVEJA STOUT THREE-GUINEA. NAVIOS A VAPOR NEW PALACE. Placas anunciando alfaiates e peixeiros, tônico capilar e impressões baratas. Um mundo incrivelmente distante daquele que Cordelia acabara de deixar em Regent's Park. Um mundo onde pequenas coisas importavam.

Matthew estava sentado diante delas na carruagem, agarrado às almofadas do assento, mãos em punho. Os cabelos dele estavam uma bagunça. Sangue e icor manchavam seu paletó de linho e a gravata de seda.

Assim que os demônios se foram, James partira em Balios, um dos cavalos de seu pai, na esperança de chegar logo ao Instituto e prepará-los para a chegada dos feridos. Charles partira com Ariadne na carruagem da Consulesa, deixando Matthew de carona com Lucie e Cordelia.

Alastair voltara a Kensington para contar a Sona o que acontecera. Cordelia estava parcialmente contente pelas queimaduras de icor nas mãos: dissera a ele que ia precisar de tratamento na enfermaria no Instituto, e, além do mais, poderia ficar para oferecer ajuda e assistência. Afinal, precisavam tomar cuidado com a impressão que causavam diante do Enclave.

— *Agora*? — indagara ele, os olhos escuros disparando. — Num momento como este, você está preocupada com a impressão que causamos em Londres?

— É importante, Alastair — respondera ela. — É para papai.

Alastair não protestou mais. Cordelia ficara um pouco surpresa; sabia que ele considerava suas maquinações inúteis. Tinham discutido sobre isso em Cirenworth, e ela alegara não conseguir compreender por que ele não defendia o pai junto a ela, por que parecia tão desesperançoso quando eles ainda não tinham tentado tudo. Alastair apenas dissera à irmã que ela não era capaz de entender.

— Não vejo como é possível — falou Lucie. — Demônios *não* saem durante o dia. Eles simplesmente não saem.

— Ouvi falar de aparições sob a cobertura espessa das nuvens antes — acrescentou Cordelia. — Se nenhuma luz do sol conseguia passar...

Matthew soltou uma gargalhada rouca.

— Aquela não foi uma tempestade natural. Ainda assim, eu jamais ouvi falar de demônios que controlam as condições climáticas.

Ele sacou uma garrafa de prata do bolso do colete. Lucie lançou a ele um olhar mordaz antes de virar o rosto.

— Você viu os ferimentos? — perguntou ela. — Jamais vi nada assim. A pele de Barbara estava ficando escura nas extremidades da mordida...

— Você jamais viu nada assim porque jamais aconteceu algo assim — informou Matthew. — Demônios que trazem a noite com eles? Que nos atacam quando estamos vulneráveis porque acreditamos que não podemos ser atacados?

— Matthew — ralhou Cordelia, em tom ríspido. — Pare de assustar Lucie, sendo que ainda nem fazemos ideia do tipo de coisa com o qual estamos lidando.

Ele tomou um gole da bebida no frasco, a carruagem chacoalhando pela Ludgate Circus e então pela Fleet Street. Cordelia sentiu o cheiro do perfume forte e doce do álcool, familiar como a infância.

— Lucie não se assusta, não é, Luce?

Lucie cruzou os braços.

— Estou assustada por Barbara, Ariadne e Piers — disse ela. — Vocês não estão preocupados? Barbara é nossa família, e Ariadne é uma das pessoas mais gentis que conheço.

— Não há proteção especial neste mundo para pessoas gentis — começou Matthew, e parou quando Cordelia o olhou com raiva. Ele bebericou outro gole e exibiu os dentes. — Sim, estou sendo um animal. Sei disso.

— Então pare de ser — disse Cordelia. — Meu pai sempre disse que entrar em pânico antes de ter todos os fatos é travar a batalha do inimigo por ele.

— Mas quem *é* o inimigo? — indagou Lucie. — Demônios, suponho, mas demônios costumam atacar sem estratégia ou método. Esses demônios ignoraram todos os mundanos no parque e foram direto contra nós.

— Demônios nem sempre são aleatórios em suas ações — disse Cordelia. — Talvez um feiticeiro que tenha conjurado um bando de demônios tenha sido o responsável, ou até mesmo um Demônio Maior se divertindo. Demônios comuns são como animais, mas se compreendo bem, Demônios Maiores podem ser bem parecidos com pessoas.

Eles haviam chegado ao Instituto. Matthew lançou a ela um olhar breve e surpreso quando a carruagem seguiu sob o portão com o lema em latim: PULVIS ET UMBRA SUMUS.

Nós somos pó e sombras.

Com o desacelerar da carruagem ao chegar no pátio, Matthew se pôs a abrir a porta. Ele desceu com um salto e se virou para ajudar Cordelia e Lucie logo a seguir. O pátio já estava cheio de carruagens — em uma delas, Cordelia reconheceu o símbolo da família do Inquisidor, uma ponte em arco. Também notou Balios, com as rédeas amarradas a um poste perto dos degraus da entrada principal. O flanco dele estava esbranquiçado de suor; provavelmente James cavalgara como uma flecha pelas ruas.

Quando mais uma carruagem passou chacoalhando pelo portão, Matthew olhou com raiva para o frasco, que estava aparentemente vazio.

— Acho que vou dar uma volta — disse ele. — Retornarei em breve.

— *Matthew!* — Lucie pareceu horrorizada. — Mas a enfermaria... e Thomas precisa da gente...

— Não gosto de doença — rebateu Matthew brevemente, e saiu andando, nitidamente dando cada passo com cautela. Cordelia se perguntou o que haveria naquele frasco. Algo bastante forte, imaginou ela.

Lucie ficou furiosa.

— Como ele *pode*...

Ela parou quando a nova carruagem parou e Gabriel e Cecily Lightwood saíram de dentro. Gabriel parecia perturbado; Cecily, ao lado dele, carregava um menino bem pequeno — de cabelos escuros e olhos azuis. Cordelia imaginava ser Alexander, o primo mais novo de Lucie.

— Lucie! — gritou Cecily, correndo até a sobrinha. Cordelia ficou recuada, tomada por uma sensação de estranheza. Era um lembrete doloroso do quanto ela crescera tão longe daquilo. Não apenas geograficamente, mas também socialmente. Alastair pelo menos passara um período na Academia. Este mundo, o mundo de Lucie e de James, era um mundo de família e amigos que se amavam, mas que não a conheciam nem um pouco.

— Mas não entendo — lamentou Cecily. — Compreendi bem a mensagem de Anna, mas um ataque de demônio em plena *luz do dia*? Não faz sentido. Não poderia ter sido outra coisa?

— Talvez, tia Cecily, mas essas criaturas deixaram o tipo de ferida que demônios deixam — falou Lucie. — E o sangue deles era icor.

Gabriel colocou a mão no ombro de Lucie.

— Metade do Enclave foi enviada ao parque para ajudar aqueles que ainda estão lá, e para determinar o que ocorreu. É mais provavelmente uma ocorrência anômala, Luce. Terrível, mas improvável que aconteça de novo.

— E Jem... Irmão Zachariah, deve vir para cá com os outros Irmãos do Silêncio — informou Cecily, voltando o olhar para o alto, para o prédio do Instituto. — Eles vão curar Barbara e os outros. Sei que vão.

Irmão Zachariah. Jem.

É claro que ele estaria ali, percebeu Cordelia. Jem Carstairs era um dedicado Irmão do Silêncio, e leal ao Instituto de Londres. *Eu poderia falar com ele*, pensou ela. *Sobre meu pai.*

Jem estava lá para curar, ela sabia disso. Mas seu pai precisava de ajuda tanto quanto qualquer um, e havia outros Irmãos do Silêncio no Instituto. Olhando de Gabriel para Cecily, ela disse:

— Vocês se importariam se eu os acompanhasse até a Enfermaria? Se houver ataduras lá, eu poderia enfaixar minhas mãos...

Lucie fez uma expressão de remorso.

— Daisy! Suas mãos! Eu deveria ter lhe dado um monte de *iratzes*, centenas de *iratzes*. É que você foi tão corajosa com seus ferimentos...

Oh, céus. Cordelia não tivera a intenção de fazer Lucie se sentir culpada.

— De verdade, só está doendo um pouquinho...

Cecily riu para ela.

— Dito como uma verdadeira Carstairs. Jem também jamais admitia quando sentia dor. — Ela beijou o alto da cabeça de Alexander quando ele se agitou para sair de seu colo. — Vamos, Lucie, vamos levar sua futura *parabatai* para a enfermaria.

James nunca vira a enfermaria daquele jeito. É claro que ouvira histórias de sua mãe e seu pai sobre o resultado da Guerra Mecânica, os mortos e os feridos, mas durante a vida dele ali, jamais havia mais do que um ou dois pacientes na sala dos enfermos. Em certa ocasião, Thomas acabara ali por uma semana depois de cair de uma árvore e quebrar a perna. Passaram muitas noites acordados jogando cartas e comendo as tarteletes de geleia de Bridget. James ficara decepcionado quando as Marcas de cura finalmente fizeram efeito e Thomas recebera alta.

A cena era bastante diferente agora. O salão estava lotado: havia muitos Caçadores de Sombras queimados por icor ou feridos com cortes e hematomas. Uma estação de enfermagem improvisada tinha sido montada no balcão, onde Tessa e Will — com a ajuda dos Irmãos do Silêncio — distribuíam gaze e Marcas de cura para quem quer que precisasse.

Os três Caçadores de Sombras mais gravemente feridos tinham sido colocados em camas no fim da sala, onde uma tela os protegia parcialmente do caos no restante da enfermaria. James não conseguia parar de olhar para lá, no entanto, principalmente para Thomas. O restante dos Lightwood ainda não tinha chegado, e Thomas estava sentado em silêncio ao lado de Barbara. James tentara se juntar a ele, mas Thomas alegara preferir ficar a sós com a irmã. Ele segurava a mão dela enquanto tio Jem cuidava da jovem — deitada quieta, seu único movimento era a respiração.

Irmão Shadrach, Irmão Enoch e Jem tinham chegado pouco depois de James levar ao Instituto a notícia do ataque. Shadrach estava debruçado sobre Piers, tratando-o com uma tintura para repor o sangue perdido. Irmão Enoch estava agachado ao lado de Ariadne, seu aspecto sombrio. O Inquisidor Bridgestock e a esposa estavam aninhados não muito longe da filha, trocando olhares de medo. Eram um casal sem filhos até adotarem a órfã Ariadne do Instituto de Mumbai, e sempre a trataram como um tesouro precioso. Charles estava jogado em uma cadeira próxima: assim como Barbara, Ariadne estava imóvel, exceto pela respiração curta. Dava para ver as linhas das veias dela sob a pele dos punhos e das têmporas.

James ainda estava imundo com grama, terra e suor; mesmo assim, permanecia atrás do balcão, cortando e enrolando gaze. Se não podia ficar com Thomas, então ajudaria da forma que pudesse. Conseguia ouvir trechos de conversa pairando acima do agito sussurrado das vozes:

— *Foram demônios, Townsend. Ou, no mínimo, se não foram demônios, foi alguma criatura que jamais vimos...*

— *Estas são marcas de ataques de demônios, de garras e dentes. Não há ferimento que um integrante do Submundo possa infligir que seja imune a Marcas de cura, mas estes são. Precisamos descobrir que veneno está nos corpos deles e trabalhar para curar isso...*

— *Mas à luz do dia...*

— *Quem ainda está no parque? Alguém tem uma lista daqueles que foram ao piquenique? Precisamos ter certeza de que ninguém ficou para trás...*

James pensou em Grace. Queria ter conseguido falar com ela depois do ataque, mas Balios, embora com quase 28 anos, era o cavalo mais rápido no parque, de longe, e apenas James conseguia montá-lo... James ou Lucie, e Lucie quisera ficar com Cordelia.

No fim, fora Christopher, parecendo mais assustado do que estivera durante a batalha com os demônios, que se oferecera para levar Grace de volta a Chiswick na carruagem dele — Charles, é claro, correra para o Instituto com Ariadne. James não conseguia evitar temer a reação de Tatiana ao ataque. Parecia bem típico da parte dela concluir que Londres era perigosa demais e arrastar Grace de volta para Idris.

James. A voz era silenciosa, um eco na cabeça dele. James soube quem era imediatamente, é claro. Apenas Irmãos do Silêncio falavam daquela forma, e ele jamais confundiria Jem com outra pessoa.

James, posso falar com você?

James levantou o rosto e viu Jem, alto e sombrio em suas vestes da cor de pergaminho, deixando a enfermaria. Largando as ataduras no balcão, ele saiu de fininho e seguiu para o corredor. Aí acompanhou o tio até a sala de música, ambos em silêncio durante o trajeto.

Os corredores do Instituto tinham sido redecorados por Tessa alguns anos antes, o papel de parede vitoriano escuro se fora, dando lugar a uma pintura leve e pedra genuína. Arandelas elegantemente entalhadas despontavam das paredes a intervalos espaçados. Cada uma esculpida no formato do símbolo de uma família de Caçadores de Sombras: Carstairs, Ke, Herondale, Wrayburn, Starkweather, Lightwood, Blackthorn, Monteverde, Rosales, Bellefleur. Tratava-se do modo de a mãe de James dizer que eram todos Caçadores de Sombras juntos, todos com um lugar igual no Instituto.

Não que a Clave sempre tivesse tratado a mãe dele como se *ela* fosse igual, pensou James. Ele afastou tal pensamento; todas as fofocas sobre sua mãe, sobre ele e sobre Lucie sempre faziam seu sangue ferver.

A sala de música raramente era usada — Lucie não era nada musical, e James tocara piano durante alguns anos e então o abandonara. A luz do sol dourada entrava pelas janelas, iluminando rastros dançantes de partículas de poeira. Um piano de cauda espreitava no canto, parcialmente coberto por um tecido branco.

O violino de Jem tinha um lugar de destaque — um Stradivarius entalhado de madeira maleável, repousava numa caixa aberta sobre uma mesa alta. James às vezes via o pai entrar naquela sala só para tocar no violino, com um olhar distante. Ele se perguntava se faria o mesmo com os pertences de Matthew caso um dia perdesse seu *parabatai*.

James afastou esse pensamento. Matthew era como comida, sono, respiração; viver sem ele não seria possível.

Recebi seu recado, falou Jem. *Aquele que me foi enviado ontem à noite.*

James se sobressaltou.

— Eu quase tinha me esquecido. — Ele via seu reflexo num espelho de moldura dourada na parede: havia grama em seu cabelo, e um arranhão ensanguentado na bochecha. Parecia um fugitivo de Bedlam.

— Não tenho certeza se faz diferença agora.

Pode ser que faça, falou Jem. Ele parecia tenso, se é que seria possível descrever um Irmão do Silêncio como tenso. *Barbara ainda estava consciente quando cheguei aqui. Ela sussurrou para mim sobre você...*

— Sobre mim? — James estava espantado.

Ela disse: "James precisa ser protegido." Você se transformou em sombra no lago?

— Não — respondeu James. — Eu vi o Mundo das Sombras ontem à noite, e hoje de novo, mas não cheguei a virar sombra. Fui capaz de controlar.

Jem relaxou levemente. *James,* continuou ele. *Sabe que tenho tentado descobrir qual Demônio Maior seu avô era. Sua habilidade...*

— Não é uma habilidade — falou James. — É uma maldição.

Não é uma maldição. O tom de Jem foi cortante. *Não é mais maldição do que a magia praticada pelos feiticeiros, ou a habilidade de sua mãe.*

— Você sempre disse que é perigoso — contestou James. — Na noite passada, na festa, quando deslizei para a escuridão... vi Barbara sendo puxada para o chão por uma sombra. Então hoje, no lago, ela foi arrastada para a terra por um demônio com os dentes cravados na perna dela. — Ele trincou o maxilar. — Não sei o que isso quer dizer. E as visões não me ajudaram, ou mesmo me permitiram ajudar Barbara ou os demais. — Ele hesitou. — Talvez se voltássemos para as lições, pudéssemos aprender mais sobre o Mundo das Sombras, pode ser que talvez ele esteja tentando me dar algum tipo de sinal...

Seria sábio que continuássemos as lições, sim, falou Jem. *Mas não podemos começar agora. O veneno que consome aqueles que foram atacados é diferente de tudo que já presenciei, e os outros Irmãos também o desconhecem. Precisamos concentrar toda a nossa força de vontade agora para encontrar a cura.*

A porta se abriu e Will enfiou a cabeça para dentro da sala de música. Parecia cansado, as mangas da camisa manchada com tinturas e bálsamo estavam arregaçadas. Mesmo assim, sorriu ao ver James e Jem.

— Está tudo bem?

— Tio Jem estava preocupado comigo — disse James. — Mas estou muito bem.

Will se aproximou do filho e o puxou para um abraço breve e forte. Aí falou:

— Fico feliz por ouvir isso, Jamie *bach*. Gideon e Sophie chegaram, e vê-los com Barbara... — Ele beijou James na cabeça. — Não aguento pensar nisso.

Eu deveria voltar para a enfermaria, disse Jem. *Ainda há muito a se fazer.*

Will assentiu, soltando James.

— Sei que Gideon e Sophie prefeririam que você fosse o responsável por cuidar de Barbara. Sem querer insultar o Irmão Shadrach, o qual tenho certeza que é um excelente e respeitado membro da Irmandade.

Jem balançou a cabeça, o que era o mais perto que ele chegava de sorrir, e os três saíram da sala de música. Para a surpresa de James, Thomas o aguardava no corredor, o olhar vazio.

Will trocou um breve olhar com James e deixou o filho a sós com Thomas. Era bom, pensou James, ter um pai que entendia o significado de amizade.

Thomas falou assim que os adultos saíram do alcance dos ouvidos:

— Meus pais chegaram — disse baixinho. — James, preciso de alguma coisa para fazer. Algo que possa ajudar minha irmã. Do contrário, vou enlouquecer.

— É claro... todos devemos ajudar Barbara — falou James. — Thomas, no parque, Barbara foi quem viu os demônios primeiro. Foi ela quem me avisou.

— Barbara tinha Visão perfeita mesmo antes de receber a Marca da Vidência — falou Thomas. — Talvez porque minha mãe fosse uma mundana com a Visão antes de se tornar Caçadora de Sombras. Jamais pudemos confirmar, Barbara não estava terrivelmente interessada em testar suas habilidades, mas sempre teve sentidos particularmente aguçados.

— É quase como se ela pudesse ver meu Mundo das Sombras — murmurou James, lembrando-se do que Barbara dissera: que no baile ela conseguira ver formas pretas pontiagudas, que tinha se sentido sendo puxada para baixo.

Uma ideia começou a tomar forma em sua mente. James se perguntava se deveria voltar e mencioná-la para Jem, mas não... Jem jamais permitiria fazer algo assim. Acharia perigoso demais. Inconsequente, até.

Mas James estava se sentindo inconsequente e, ao que parecia, Thomas também.

— Precisamos chamar Matthew e Christopher — anunciou James. — Tenho uma ideia.

Parte da cor voltou ao rosto de Thomas.

— Christopher acaba de voltar de Chiswick — disse ele. — Eu o vi no corredor de entrada. Mas quanto a Matthew...

―

Cordelia tinha determinado que se tornaria útil na enfermaria. Era o único jeito de garantir de que não seria arrastada para fora pela orelha. Afinal, nenhum dos feridos ali era seu parente ou amigo. E ela provavelmente não faria amigos naquele ritmo.

Lucie fora recrutada para o trabalho também. Dúzias de frascos e potes rotulados tinham sido tirados dos armários atrás do balcão de tampo de mármore onde Tessa presidia a distribuição de ingredientes para tinturas e poções. As mãos de Cordelia tinham sido besuntadas com bálsamo e ataduras; pareciam patas brancas enquanto Cordelia manuseava o almofariz e o pilão que recebera.

A entrada da enfermaria estava ocupada por aqueles com arranhões, torções e queimaduras. As tinturas e os bálsamos eram em grande parte para eles: Lucie estava ocupada distribuindo-os, seu alegre tagarelar audível acima do zumbido baixo de outras conversas. Uma tela fora posicionada diante da ponta mais afastada da sala, e Cordelia estava quase feliz por isso: era terrível demais ver Sophie e Gideon Lightwood arrasados ao lado do leito de Barbara, ou mesmo Rosamund sentada, calada, ao lado do irmão. Cordelia se arrependia de algum dia ter tido pensamentos maldizentes em relação aos Wentworth. Ninguém merecia aquilo.

— Está tudo bem. — A voz de Tessa era tranquila. A mãe de James estava ocupada picando artemísias em tirinhas numa tigela; ela lançou um olhar de empatia a Cordelia. — Já vi os Irmãos do Silêncio curarem pessoas de coisas muito piores.

Cordelia balançou a cabeça.

— Eu não. Creio que eu tenha sido muito protegida.

— Todos fomos, durante um tempo — falou Tessa. — O estado natural dos Caçadores de Sombras é a batalha. Quando está sempre em curso, não há tempo para se parar e se pensar que não é uma condição ideal para a felicidade. Caçadores de Sombras não são feitos para a calmaria, mas tivemos tempo para isso durante a última década ou mais. Talvez tenhamos começado a achar que somos invencíveis.

— As pessoas só são invencíveis em livros — afirmou Cordelia.

— Acho que você vai descobrir que na maioria das vezes, nem lá — disse Tessa. — Mas pelo menos sempre podemos pegar um livro e ler de novo. Histórias oferecem milhares de recomeços.

Era verdade, pensou Cordelia. Ela lera a história de Layla e Majnun mil vezes, e toda vez o início era uma empolgação, embora ela conhecesse — e temesse — o fim.

— O único equivalente na vida real é a memória — disse Tessa, levantando o rosto quando Will Herondale entrou na sala, seguido por Jem. — Mas as memórias podem ser tão amargas quanto doces.

Will sorriu para a esposa — os pais de James sempre se olhavam com tanto amor, era quase doloroso de se ver —, antes de seguir para o grupo dos Lightwood em volta de Barbara. Cordelia ouviu quando trocaram saudações e o tom de preocupação de Sophie, mas o olhar dela estava mesmo em Jem. Ele se aproximara do balcão e estava manipulando vários jarros de ervas misturadas. Era agora ou nunca.

— Primo Jem — sussurrou Cordelia. — Preciso falar com você.

Jem ergueu o rosto, surpreso. Cordelia tentou não se sobressaltar; era sempre esquisito ver um Irmão do Silêncio tão de pertinho. Ela se lembrava de todas as vezes que sua mãe sugerira que seu pai fosse até o Basilias, o hospital de Caçadores de Sombras em Alicante, para curar sua doença persistente. Elias sempre insistira que não desejava ir a um lugar onde pudesse estar cercado pelos Irmãos do Silêncio. Eles o deixavam tenso, alegava; a maioria deles era como criaturas de gelo e sangue. Vestes de marfim marcadas de vermelho, pele desprovida de cor e com cicatrizes de Marcas vermelhas. A maioria era careca e tinha os olhos costurados, órbitas fundas e ocas.

Jem não tinha essa aparência. O rosto dele era jovem e imóvel, como o rosto de um cavalheiro das cruzadas entalhado em um túmulo de mármore. Seu cabelo era um emaranhado de fios pretos e brancos. Os olhos estavam permanentemente fechados, como se em oração.

Você está bem, Cordelia?, perguntou a voz de Jem na mente dela.

Tessa imediatamente se deslocou para proteger os dois do olhar do restante da enfermaria. Cordelia tentou parecer absolutamente fascinada com o almofariz e o pilão, onde tanaceto e hidraste eram socados com afinco.

— Por favor — sussurrou ela. — Você viu Baba... meu pai... em Idris? Como ele está? Quando pode voltar para casa?

Houve uma longa pausa.

Eu o vi, disse Jem.

Por um momento, Cordelia se permitiu se lembrar do pai, se lembrar de verdade. Seu pai a ensinara a lutar. Seu pai tinha defeitos obviamente, mas jamais foi cruel, e quando dava atenção a Cordelia, ela sentia-se com três metros de altura. Em geral, parecia que Alastair e Sona eram feitos de algo diferente de Cordelia, vidro ou metal com pontas cortantes, mas Elias era como ela.

Lembranças podem ser tanto amargas quanto doces.

Ela murmurou:

— Você é um Irmão do Silêncio. Sei que meu pai nem sempre foi receptivo a você...

Jamais pense que me ressinto da distância que ele manteve, falou Jem. *Eu faria qualquer coisa por você e por nossa família.*

— Ele escreveu um bilhete para mim, pedindo que eu acredite nele. Diz que não é responsável pelo que aconteceu. Você não pode fazer a Clave acreditar nele também?

Houve uma longa pausa. *Não posso dar certezas à Clave sobre fatos que eu mesmo desconheço*, disse Jem.

— Eles precisam perguntar a ele o que aconteceu — falou Cordelia. — *Precisam* tentar a Espada Mortal. Eles vão fazer isso?

Jem hesitou. Cordelia viu que Lucie estava se aproximando deles, ao mesmo tempo em que percebeu que as ervas que socava no almofariz tinham virado uma gosma verde.

— Daisy — disse Lucie, com a voz baixa. Isso pareceu alarmante para Cordelia. Lucie raramente podia ser convencida a sussurrar com relação a qualquer coisa. — Poderia vir comigo um momento? Preciso muito de sua assistência.

— É claro — disse Cordelia, um pouco hesitante. — É que...

Ela se virou para Jem, esperando obter uma resposta para sua pergunta. Mas ele já havia se embrenhado na enfermaria lotada.

— Para onde vamos? — sussurrou Cordelia conforme elas se apressavam pelos corredores do Instituto. — Lucie. Você não pode simplesmente me sequestrar, sabe.

— Bobagem — falou Lucie. — Se eu quisesse sequestrar você, pode ter certeza de que eu faria isso muito sabiamente, sem dúvida sob o véu do silêncio e da escuridão. — Elas haviam chegado ao hall; Lucie pegou uma capa de um gancho na parede e entregou outra para Cordelia. — Além do mais, eu disse ao meu pai que estava levando você para casa na carruagem porque você desmaia ao ver sangue.

— *Lucie!* — Cordelia seguiu a amiga para o pátio. O sol acabara de se pôr, e a noite estava pincelada com uma pátina de azul-metálico. O pátio estava cheio de carruagens, todas com o brasão de uma família de Caçadores de Sombras.

— Nem todo trecho de uma boa história é verdadeiro — falou Lucie. As bochechas dela estavam de um rosa intenso. O ar se tornara frio; Cordelia ajeitou a capa em volta do corpo. — É a história que importa.

— Mas não quero ir para casa — observou Cordelia conforme ela e Lucie ziguezagueavam entre a aglomeração de carruagens. Ela semicerrou os olhos. — Alguém está *cantando* dentro da carruagem dos Baybrook?

Lucie gesticulou para que ela ignorasse.

— É claro que você não vai para casa. Venha comigo em uma aventura.
— Ela indicou algo meio escondido atrás da carruagem dos Wentworth. — Bridget!

Era, de fato, Bridget, com os cabelos ruivos e já meio grisalhos presos num coque baixo, tendo claramente acabado de preparar a carruagem do Instituto e um cavalo descansado — o irmão de Balios, Xanthos. Os dois eram uma dupla unida. Cordelia ouvira muito a respeito dos bichos quando pequena. Lucie se pôs imediatamente a acariciar o focinho macio e salpicado de branco de Xanthos; Cordelia tentou sorrir para Bridget, que olhava para as duas com desconfiança.

— Carruagem pronta, Srta. Baggage — disse Bridget para Lucie. — Tente não se meter em problemas. Isso deixa seus pais inquietos.

— Só estou levando Cordelia para casa — disse Lucie, piscando inocentemente. Bridget saiu andando, resmungando algo sobre já ter encontrado certas pessoas enganchadas em árvores quando tentavam sair de fininho por certas janelas. Lucie se curvou para sussurrar algo ao ouvido de Xanthos antes de gesticular para que Cordelia se juntasse a ela na carruagem. — Está toda disfarçada com encantos — explicou ela quando a carruagem passou chacoalhando sob o portão aberto e para as ruas de Londres. — Seria simplesmente perturbador para os mundanos se vissem uma carruagem disparando por aí sem cocheiro.

— Então o cavalo sabe para onde nos levar? — Cordelia se reacomodou no assento acolchoado. — Mas *não* é para Cornwall Gardens?

Lucie fez que não com a cabeça.

— Balios e Xanthos são cavalos especiais. E nós vamos para a Casa Chiswick.

Cordelia a fitou.

— A Casa Chiswick? Vamos ver Grace e Tatiana? Ah, Lucie, não sei...

Lucie estendeu a mão.

— Poderá haver um momento, um breve momento, durante o qual você vá precisar distraí-las. Mas não é uma visita social. Estou em missão.

Cordelia não achava que Grace era do tipo de pessoa que poderia ser facilmente distraída.

— Recuso-me a ir — disse ela com firmeza. — A não ser que me diga que missão é essa.

Lucie ficou calada por um momento, o rosto pequeno e pálido sob as sombras da carruagem.

— Você sabe que consigo ver fantasmas — disse ela, e hesitou.

Cordelia piscou. Era a última coisa que esperava que Lucie dissesse. Todos os Caçadores de Sombras sabiam que fantasmas existiam, e quando fantasmas queriam ser vistos, a maioria dos Nephilim podia vê-los. Mas os Herondale tinham uma habilidade especial: Will, James e Lucie conseguiam todos ver fantasmas que *não* queriam ser vistos.

— Sim, mas o quê...?

— Um fantasma me disse... — Lucie parou por um momento. — Jessamine me contou que há um fantasma na Casa Chiswick que provavelmente sabe algo sobre esses demônios à luz do dia — disse ela, por fim. — Daisy, preciso fazer algo por Barbara e pelos demais. Não posso simplesmente me sentar e ficar entregando tinturas. Se houver algo que eu possa fazer para ajudar, então deve ser feito.

— É claro, mas por que não conta ao seu pai ou à sua mãe? Eles certamente entenderiam.

— Não quero levantar esperanças vãs — disse Lucie. Além do mais, eles podem sentir necessidade de contar a outros, e eu... já ouvi que ser procurada por fantasmas não é uma qualidade atraente numa moça.

Com a mão enfaixada, Cordelia pegou a mão de Lucie.

— Diga-me quem falou isso para você. Vou matar essa pessoa.

Lucie fungou, então gargalhou.

— Não precisa matar ninguém. Apenas venha comigo até Chiswick, e ficarei plenamente satisfeita.

— Precisamos bloquear as portas — disse James. — Elas não trancam, e não podemos ser interrompidos. — Ele franziu a testa. — Matthew, você consegue ficar de pé?

O salão tinha sido fechado depois do baile; raramente era usado, exceto para eventos sociais. O local estava quente e abafado quando James, Christopher e Thomas tiraram os paletós e ficaram apenas de camisa. A maioria ainda estava usando o mesmo cinto de armas que usava no parque: James acrescentara várias novas adagas ao dele.

Apenas Matthew estava desarmado. Piscando e desgrenhado, ele foi até uma poltrona estofada e felpuda e desabou nela.

— Estou bem. — Semicerrou os olhos. — Qual *era* o seu plano?

— Direi em um instante — falou James. Ele tinha certeza de que nenhum deles iria gostar. — Thomas?

Thomas assentiu, pegou um aparador pesado e começou a empurrá-lo para botar diante das portas do salão de baile. Christopher olhou com preocupação para Matthew.

— Talvez um pouco de água? — sugeriu.

— Estou bem — repetiu Matthew.

— Encontrei você bebendo alguma coisa em um frasco e cantando "Elsie from Chelsea" na carruagem dos Baybrook — disse Thomas sombriamente.

— Ali eu tinha privacidade — falou Matthew. — E era bem estofado.

— Pelo menos não era a carruagem dos Bridgestock, pois eles já vivenciaram tragédias demais por hoje. Nada de ruim aconteceu aos Baybrook — falou Christopher, com grande sinceridade.

— Nada até agora — replicou James. — Christopher, correu tudo bem quando você deixou a Srta. Blackthorn em casa?

Ele tentou não parecer interessado demais na resposta. Matthew ergueu uma sobrancelha, mas não disse nada.

— Ah, perfeitamente — respondeu Christopher. — Eu ensinei a ela sobre o cultivo de bactérias, e ela ficou tão fascinada que não disse uma palavra!

James estava empilhando cadeiras na frente das portas da sala de descanso. Ele esperava que Grace não tivesse morrido de tédio.

— Precisou contar à Sra. Blackthorn o que aconteceu no parque? Ela não deve ter ficado satisfeita.

Christopher balançou a cabeça.

— Confesso que não a vi. A Srta. Blackthorn pediu que eu a deixasse nos portões, não na porta da frente.

— Ela provavelmente não quer que mais ninguém veja o estado do lugar — falou Matthew, bocejando. — Só os portões já têm camadas de ferrugem.

James olhou para seu *parabatai*.

— Thomas — disse ele, com a voz baixa. — Talvez uma Marca de cura?

Thomas assentiu e se aproximou de Matthew com cuidado, do mesmo modo que alguém se aproximaria de um gato de rua. Há algum tempo, James descobrira que Marcas de cura deixavam Matthew sóbrio: não completamente, mas o suficiente.

— Arregace sua manga então, isso mesmo, bom rapaz — falou Thomas, sentando-se no braço da poltrona de Matthew. — Vamos despertar você, e aí James vai poder nos contar o plano maluco dele.

Depois de terminar com as cadeiras, James olhou em volta do salão, limpou as mãos e disse:

— É melhor verificarmos as trancas de todas as janelas. Só para garantir.

— Parece um tipo de blasfêmia usar Marcas para se livrar dos efeitos do álcool — acrescentou Matthew quando Thomas guardou a estela. A Marca em questão reluziu, recém-criada, no pulso de Matthew. Seu olhar já parecia mais atento, ele parecia menos propenso a dormir ou a vomitar.

— Já vi você usar sua estela para dividir o cabelo — disse James sarcasticamente quando começou a examinar as trancas das janelas.

— O Anjo me deu este cabelo — respondeu Matthew. — É um dos dons dos Caçadores de Sombras. Como a Espada Mortal.

— Agora *isso* é blasfêmia — falou Thomas. Christopher tinha se juntado a James na verificação das travas nas janelas, embora James desejasse desesperadamente poder abrir uma delas e permitir a entrada de um pouco de ar.

— Uma coisa bela é uma alegria eterna, Thomas — falou Matthew. — James, por que estamos trancando todas as janelas? Temos medo de pombos curiosos demais?

James fechou um trinco e se virou para olhar para os outros.

— Passei os últimos quatro anos tentando me treinar para não fazer o que estou prestes a fazer. Não quero nem considerar a possibilidade de ser interrompido.

— Por um pombo? — indagou Matthew, mas o olhar dele era de empatia, apesar das piadas levemente debochadas. — Jamie, o que estamos fazendo aqui?

James respirou fundo.

— Vou deliberadamente me mandar para o Mundo das Sombras — respondeu ele.

Os Ladrões Alegres explodiram num coro de protesto. Matthew ficou de pé, seus olhos brilhando.

— Com certeza não — disse ele. — O perigo...

— Eu não acho que haverá perigo — falou James. — Entrei e saí do Mundo das Sombras muitas vezes. Faz anos desde que caí naquele mundo acidentalmente. Mas na última semana, eu o vi três vezes, uma vez pouco antes do ataque de hoje. Não posso achar que seja coincidência. Se eu puder usar essa habilidade para ajudar Barbara, Ariadne, todos nós... vocês precisam me deixar fazer isso.

— Inferno. — Matthew esfregou os olhos. — Se não ajudarmos agora, você vai tentar fazer isso depois que formos todos embora, não vai?

— Obviamente — falou James. E deu tapinhas nas adagas em sua cintura. — Estou armado, pelo menos.

Matthew girou o anel com a insígnia em seu dedo, estava marcado com *MF*. Fora um presente de James quando eles se tornaram *parabatai*, e ele costumava brincar com o anel apenas quando ficava tenso.

— Muito bem, James. Como quiser.

James pigarreou.

— Tudo bem. Vamos em frente.

Ele foi recebido por seis olhos na expectativa.

— Bem? — disse Thomas, esperançoso, depois de uma longa pausa. — Vá para o Mundo das Sombras, então.

James se concentrou. Encarou o chão vazio e tentou conjurar imagens mentais do Mundo das Sombras. O céu cinza queimado e o sol apagado. Imaginou o salão de baile deformado, as janelas dispostas de forma estranha nas paredes, os lustres se derretendo e caindo.

James abriu os olhos e gritou. Um par de olhos encarava os dele diretamente, tão próximo que ele conseguia discernir os detalhes dentro das íris verdes, os leves pontos de marrom e preto.

— *Matthew!*

— Eu não creio que ficar encarando vá ajudar, Matthew — falou Thomas, e Matthew deu um passo relutante para longe de seu *parabatai*. — Jamie, tem alguma coisa que possa ajudar a começar o processo? Todos já vimos você fazer isso... Você começa a ficar sombreado, e um pouco embaçado nas pontas.

— Quando eu entro no Mundo das Sombras, a realidade da minha presença aqui começa a se dissipar — falou James. Ele não mencionou que, no passado, tinha se "dissipado" tanto neste mundo que chegara ao ponto de atravessar uma parede sólida. Não pretendia fazer aquilo de novo. — Mas não é isso que me leva ao Mundo das Sombras. É mais um tipo de efeito colateral por estar lá.

— Em geral acontece quando você está chateado ou chocado — falou Christopher. — Acho que poderíamos tentar chatear ou chocar você.

— Considerando tudo o que aconteceu, não deveria ser tão difícil — falou James.

— Besteira — respondeu Matthew, sentando a uma mesa próxima. A peça do mobiliário parecia bastante frágil, com suas pernas finas pintadas de dourado, e James olhou para ela com preocupação. — A última vez que vi você chocado, foi quando aquele demônio Iblis mandou cartas de amor para Christopher.

— Eu tenho um charme sombrio — falou Christopher, triste.

— Por favor, lembre-se de que sou o pálido neurastênico e você é o sério heroico — disse Matthew a James. — É muito entediante quando você mistura nossos papéis. Vamos ter que pensar em algo impressionante para sobressaltar você.

— Então qual é o meu papel? — indagou Christopher.

— Inventor maluco, é claro — respondeu Matthew, prontamente. — E Thomas é o que tem o bom coração.

— Céus, eu pareço um chato — constatou Thomas. — Olhe, James, venha cá um segundo.

James foi até Thomas, que parecia ter decidido alguma coisa: em momentos como aquele, ele ficava muito parecido com sua mãe, os olhos castanho-claros reluzentes e a boca feroz.

Um punho se movimentou no ar e aterrissou em cheio no plexo solar de James. Ele foi empurrado para trás, atingindo o chão com um arquejo. A cabeça ficou zonza.

Matthew se abaixou ao lado de James, que se apoiou nos cotovelos, arquejando. A dor não era tão ruim assim, mas a sensação de tentar tomar fôlego era nauseante.

— Thomas! — gritou Matthew. — O que você estava tentando...?

— Eu estava tentando surpreendê-lo! — gritou Thomas de volta. — Isso é importante, Matthew! — Ele lançou um olhar preocupado para James, desmentindo suas palavras coléricas. — Você não se importa, não é, Jamie?

— Está tudo bem — disse James, sem fôlego. — Mas não funcionou. Se eu me transformasse em sombra sempre que alguma coisa me atingisse, eu não poderia patrulhar. — Ele encarou o teto, o qual tinha espelhos. Conseguia se ver deitado, estatelado no piso de paquete, o cabelo muito preto contra o branco, Matthew ajoelhado ao seu lado como um escudeiro sobre o corpo de um cavaleiro morto.

Também via Christopher e Thomas no espelho, ou pelo menos o topo das cabeças deles. Christopher estava esticando o braço para tirar algo da parede. Thomas estava de braços cruzados.

Matthew ficou de pé com um salto, com a agilidade de uma raposa, e estendeu a mão para ajudar James em seguida. James tinha acabado de recuperar o equilíbrio quando uma flecha passou raspando perto da cabeça dele. Uma das janelas se estilhaçou, e Matthew se jogou contra James. Eles rolaram no chão de novo, James perdendo o fôlego pela segunda vez em questão de minutos.

Ele rolou e se sentou, empurrando Matthew com o ombro, então flagrou Thomas de olhos arregalados para Christopher, que segurava um dos arcos que estava pendurado na parede.

— Caso alguém tenha se perguntado se aquelas eram *puramente* ornamentais — disse James, levantando-se —, elas não são.

— Em nome de um milhão de anjos, Christopher, que diabos você acabou de fazer? — indagou Matthew, saltando atrás de James. — Você tentou matar James?

Christopher baixou o arco. James teve a impressão de ouvir barulhos no Instituto: portas batendo ao longe e pés correndo. *Maldito inferno.*

— Eu não estava tentando matar James — explicou Christopher, em tom magoado. — Eu esperava que o choque da flecha disparada o assustasse para o Mundo das Sombras. Pena que não funcionou. Precisamos pensar em um novo plano para assustar James, agora mesmo.

— Christopher! — exclamou James. — Não consigo acreditar que você diria isso! Também não acredito que você atiraria em mim.

— Tinha 72 por cento de chance de funcionar, em perfeitas condições de laboratório...

— Não estamos em perfeitas condições de laboratório! — gritou James. — Estamos no salão de baile da minha casa!

Naquele momento, as portas do salão chacoalharam.

— O que está acontecendo? — Era a voz de Will. — James, você está aí dentro?

— Droga. Meu pai — disse James, olhando em volta. — Vamos lá, todos vocês, saiam pelas janelas. Bem, pela que está quebrada. Eu levo a culpa. Vou dizer que *eu* atirei na janela.

— No salão de baile? — indagou Thomas, de modo prático. — Por que você faria uma coisa tão esquentada?

— Eu sou capaz de qualquer coisa! — James fez menção de pegar o arco de Christopher, que correu para se esconder atrás de Thomas como se o amigo fosse um mastro. — Venha, Kit, entregue isso...

Thomas revirou os olhos.

— Ele vai dizer "Porque eu sou um Herondale", não vai?

As batidas à porta aumentaram. James voltou seu olhar mais destemido para os demais.

— Eu *sou* um Herondale — disse. — E estou mandando vocês saírem do meu Instituto para que o único punido aqui seja eu.

— Responda, James! — gritou Will. — Por que bloqueou a porta? Exijo saber o que está acontecendo!

— James não está aqui! — gritou Matthew, aproximando-se dele. — Vá embora!

James olhou para Matthew, confuso.

— Sério?

— Ouvi vidro quebrando! — gritou Will.

— Eu estava praticando movimentos de luta! — respondeu Matthew.

— No salão de baile?

— Estamos tentando distrair Thomas! Foi um dia muito emotivo! — gritou Matthew de volta.

— O quê? — A voz de Will soava incrédula.

— Não me culpe por isto! — sussurrou Thomas.

— James. — Matthew colocou as mãos nos ombros de James e o virou para si. Agora que a janela do salão de baile estava estilhaçada, uma brisa de ar mais fresco entrava, soprando os cabelos encharcados de suor de Matthew para longe da testa. Seus olhos estavam determinados, enegrecidos na escuridão, fixados em James. James, por sua vez, percebeu que se sobressaltava diante da seriedade do olhar de Matthew. — Se vai fazer isso, tem que ser agora.

— Eu sei — falou James. — Math... me ajude.

Era um apelido estranho para Matthew, dado a ele por Will, em homenagem ao rei galês Math ap Mathonwy — o guardião de toda sabedoria e conhecedor de todas as coisas. Will sempre dissera que Matthew nascera sabendo demais. Havia uma compreensão sombria no olhar dele agora ao se inclinar para a orelha de James.

— Jamie — sussurrou ele. — Desculpe por precisar fazer isso. — Ele engoliu em seco. — Você é amaldiçoado. Um filho de demônios. É por isso que consegue ver o Mundo das Sombras. Está vendo o lugar ao qual pertence.

James recuou, encarando Matthew. Matthew, que tinha cheiro de *brandy* e familiaridade. Matthew, que podia ser cruel, mas nunca com James.

A visão de James começou a deslizar para o cinza.

Matthew empalideceu.

— James — disse ele. — Eu não quis dizer...

Mas James já não sentia mais as mãos de Matthew em seus ombros. Já não sentia mais o piso do salão sob seus pés. As portas começavam a se entreabrir, mas ele não conseguia mais ouvi-las.

O mundo se tornara monocromático. James viu paredes pretas quebradas, o chão partido e a poeira que brilhava como joias opacas espalhada pelo lugar onde Barbara caíra. Ele se abaixou para tocar o local, quando o universo deu um solavanco sob seus pés e ele foi atirado contra o vazio.

Dias Passados:
Idris, 1900

James tinha acabado de se recuperar da febre escaldante, reunido com sua família nos campos alegres e nas florestas frescas de Idris. No entanto, sentiu-se inquieto ao abrir as janelas do quarto na Mansão Herondale, entrando ar fresco no quarto pela primeira vez em meses. Talvez fosse a rapidez com que se viajava, por meio de Portais. Ele acabara de acenar seu adeus a Cordelia e aos pais dela, e seus sentimentos em relação a Cordelia eram indescritíveis, era tudo tão excelente e estranho e desorientador. Ele poderia passar vários dias ao mar, ou a bordo de um trem, observando a paisagem e sentindo coisas complicadas. Em vez disso, dez minutos depois de chegar em Cirenworth, estava tirando os lençóis que protegiam os móveis e acendendo luzes encantadas, e seu pai estava proclamando a qualidade curativa do ar de Idris.

James desfazia suas malas quando a mãe entrou no quarto, separando a correspondência. Ela estendeu um pequeno envelope.

— Um para você — disse ela, e deixou o filho em privacidade com a carta.

James não reconheceu a letra. Era uma caligrafia feminina refinada. Ele pensou brevemente: *Mas não conheço ninguém em Idris para receber cartas de lá*, e então se deu conta: *Grace*.

Ele se sentou na cama para ler. Dizia apenas o seguinte: *Encontre-me em nosso Lugar. Amanhã ao anoitecer. Sua, GB.*

James se sentiu um pouco culpado; já fazia um tempinho que não pensava em Grace. Ele se perguntou se ela fizera algo no último ano e, sobressaltado, se deu conta de que era plausível que ela não tivesse ido a lugar algum ou mesmo falado com ninguém. Tatiana Blackthorn era conhecida por evitar toda a sociedade dos Caçadores de Sombras — principalmente os Herondale —, tinha pouquíssimos vizinhos, os quais também estavam bem distantes.

Pelo Anjo, pensou ele. *Sou o único amigo de Grace?*

―

— Não tenho mais ninguém — disse Grace.

Eles estavam sentados no leito da floresta, James encostado contra uma raiz de carvalho alta e curva, e Grace sobre uma pedra. O olhar de tristeza de Grace se transformou rapidamente na habitual compostura calma.

— Não tenho novidades a repostar desde nosso último encontro, temo — disse ela. — Mas você parece ter enfrentado alguma coisa. Mais do que cansativa.

— Ah! — falou James. — Bem, foi uma coisa que aconteceu comigo desde que vi você pela última vez. Acabo de me recuperar da febre escaldante, temo.

Grace se encolheu de modo debochado, então gargalhou.

— Não, eu já tive, não se preocupe. Meu pobre James! Espero que não tenha se sentido solitário.

— Tive sorte nisso — respondeu. E sentiu um leve puxão na boca do estômago, por motivos que não entendia. — Cordelia e a mãe dela também já tiveram, então elas puderam ficar. As duas cuidaram bem de mim. Principalmente Cordelia. Realmente tornou a situação mais tolerável. Menos ruim. Do que poderia ter sido. Caso não estivesse lá.

Até mesmo James entendia que estava tagarelando além da conta. Grace apenas assentiu.

No dia seguinte, James acordou tarde e descobriu que seus pais já haviam saído e que sua irmã estava jogada em uma das poltronas de estofado farto na sala de estar, escrevendo furiosamente em um caderno.

— Quer fazer alguma coisa? — perguntou ele a Lucie.

Sem erguer os olhos, ela respondeu:

— *Estou* fazendo alguma coisa. Estou escrevendo.

— Sobre o que está escrevendo?

— Bem, se não me deixar em paz, vou escrever sobre *você*.

Então, com nada mais para fazer, ele foi até a Mansão Blackthorn.

A mansão parecia, aos olhos dele, idêntica à primeira vez que estivera lá, um ano antes, para cortar os arbustos dos portões. A casa era cerrada e silenciosa, como um morcego gigante encolhido para dormir durante o dia, até que a escuridão lhe desse permissão para abrir as asas de novo. Na verdade, os arbustos espinhentos estavam mais longos do que quando James começou seu trabalho no ano anterior, os espinhos mais numerosos, mais longos e mais afiados. A primeira metade do lema acima dos portões estava escondida, e agora só se dava para ler LEX NULLA.

Ele caminhou pelo perímetro, em volta da muralha de pedra, se embrenhando na vegetação rasteira não aparada. Sentiu-se um tolo. Não tinha levado um livro ou uma espada ou algo para se fazer. Quando retornou aos portões da frente, no entanto, Grace estava esperando atrás deles.

— Eu vi você pela janela do meu quarto — falou Grace, sem preâmbulos. — Parecia perdido.

— Bom dia — saudou James, e Grace sorriu diante da educação dele. — Acha que sua mãe iria querer que eu cortasse os arbustos de novo?

Um silêncio desconfortável dominou. Então Grace falou:

— Não consigo imaginar que minha mãe se *incomodaria* se as trepadeiras fossem retiradas. Se eu lhe trouxesse tesoura, e você pudesse fazer a poda, eu faria companhia.

— Essa parece uma bela troca — disse James, sorrindo.

— Não posso prometer tanta conversa fiada a ponto de preencher o tempo, é claro — acrescentou Grace. — Eu poderia ler para você, se quisesse.

— Não! Não, obrigado — disse ele, rapidamente. Grace pareceu surpresa, então James acrescentou: — Eu preferiria ouvir sobre sua vida.

— Minha vida é esta casa — respondeu ela.
— Então — disse James —, me conte sobre a casa.

―

E ela contou. James jamais revelava aos pais para onde ia. Ele simplesmente saía de casa à tarde, aparava as trepadeiras e os arbustos altos na parte externa do muro da mansão, e conversava com Grace durante duas horas ou mais, até que se cansava, sentia sede, pedia licença a Grace e voltava para casa.

Grace contou a ele sobre a grandiosidade da mansão e as camadas de poeira e negligência que haviam dominado o lugar.

— Às vezes sinto como se eu vivesse em uma teia de aranha gigante, mas minha mãe não confia em ninguém para vir limpar, e o lugar é grande demais para que duas pessoas deem conta.

Ela confidenciou sobre as trepadeiras de espinhos entalhadas no corrimão de carvalho, sobre o brasão acima da lareira, a assustadora estátua de metal espreitando no segundo andar. As descrições soavam terríveis para James, como se a casa fosse uma carcaça, outrora algo lindo e vivo, mas que agora apodrecia.

Só de pensar nisso, ele sentia calafrios, mas quando voltava para casa, a sensação passava; à noite, ele caía no sono com a lembrança da voz de Cordelia, baixa e constante ao seu ouvido.

―

Lucie anunciou que planejava ler para James sua obra em andamento, *a Misteriosa Princesa Lucie é resgatada de sua terrível família*. James ouviu com uma expressão de interesse cuidadosamente estampada, embora estivesse sujeito a intermináveis contos do Malvado Príncipe James e seus muitos feitos terríveis.

— Acho que o Malvado Príncipe James foi, de certa forma, rotulado pelo nome dele — sugeriu James em certo momento. Lucie informou, então, que não estava em busca de críticas àquela altura do processo criativo.

— A Misteriosa Princesa Lucie só deseja ser bondosa, mas o Malvado Príncipe James é levado à crueldade porque ele simplesmente não suporta ver a Princesa Lucie superá-lo de novo e de novo, em todos os âmbitos — disse Lucie.

— Vou embora agora — falou James.

Lucie fechou o caderno e olhou para James.

— Como ela é... Grace Blackthorn? Você a vê às vezes quando está lá cortando os arbustos, não vê?

— Suponho que sim. — James foi pego de surpresa. — Ela é... triste. É terrivelmente solitária, acho. As únicas coisas que conhece são a mãe e a casa assustadora delas.

— Que terrível para ela.

— Sim, é terrível. Ela é realmente digna de pena.

— De fato — disse Lucie.

No cantinho deles na floresta, James contou a Grace sobre os amigos que fizera: Matthew (que Grace conhecia como o filho da Consulesa), Thomas e Christopher, aos quais ele se referia como "seus primos", sem incitar reação de Grace. Ela apenas dizia, timidamente:

— Devo dizer que estou um pouco feliz por eles não estarem com você aqui em Idris. Ah, tenho certeza de que estaria se divertindo mais se eles estivessem! Mas então não teríamos todo esse tempo juntos, e eu sentiria falta disso.

James se preocupava com Grace. Não ia dar certo se ele continuasse a ser seu único amigo; ele só conseguia vê-la de vez em quando. Pensou na visita de Cordelia no fim do verão, e se haveria alguma possibilidade de elas se conhecerem, considerando que a amizade dele com Grace deveria permanecer em segredo.

Agora Grace parecia hesitar.

— Será que eu o ofenderia se perguntasse o que aconteceu na Academia dos Caçadores de Sombras? Ouvi apenas boatos.

James contou a ela sobre seu estranho poder de passar para as sombras, sobre ter sido revelado diante de grande parte da Academia, e também sobre sua expulsão.

— Não é bem um segredo — falou James, perguntando-se por que parecia uma grande confissão. — É porque minha mãe é um tipo de feiticeira. Todos sabem, mas ainda cochicham e apontam.

— Em geral, me parece — começou ela —, que feiticeiros são bons parceiros para combater demônios, e que eles são em parte demônios. Não vejo por que os outros fariam tanto alarde.

— Caçadores de Sombras não gostam de diferenças — falou James. — Eles sempre veem o mal nela. Mas pronto, contei um segredo meu e agora você precisa me contar um.

Grace sorriu.

— Eu não tenho segredos.

— Não é verdade. De onde você vem, Grace Blackthorn? Lembra-se de seus pais?

— Sim — disse ela. — Eu tinha 8 anos quando eles... eles foram mortos por demônios. Teria sido deixada sozinha, não fosse por mamãe.

Isso explicava por que Grace tinha apenas uma única Marca, na mão esquerda. A Marca da Vidência era a primeira que os Caçadores de Sombras recebiam quando criança. Tatiana claramente não acolhera a ideia de dar prosseguimento à educação de Caçadora de Sombras de Grace.

— Você teria sido acolhida pelo Instituto — falou James. — Caçadores de Sombras não abandonam os seus.

— Creio que sim — comentou Grace —, mas eu não teria uma família. E agora tenho. Mãe e um sobrenome, e um lar. — Ela não parecia totalmente feliz com isso. — Eu queria ter podido guardar alguma coisa dos meus pais, no entanto.

James se sobressaltou.

— Você realmente não guardou nenhum objeto deles?

— Tem uma coisa — começou ela. — Minha mãe usava uma pulseira de prata. Mamãe diz que é muito valiosa, e ela a guarda numa caixinha no escritório. Diz que me deixará usá-la quando eu for mais velha, mas todo ano eu peço, e nunca atingi idade suficiente.

— Você não pode simplesmente pegar da caixa?

— A caixa está bem trancada — esclareceu ela. — Mamãe gosta de trancas. Pela casa toda há gavetas, armários, caixas que não abrem sem as chaves certas... Não consigo acreditar que mamãe sempre saiba qual chave vai em qual fechadura. Há tantas de cada. — A expressão dela mudou de forma sutil. — Mas chega desse assunto triste! Mamãe me contou que a família Carstairs vai visitar você no fim deste verão. Sem dúvida passará o tempo todo com eles, depois que chegarem.

— Não — falou James —, imagino que Cordelia vá querer passar todo o tempo com Lucie, elas serão *parabatai* um dia. E Lucie está escrevendo seu livro, então pode haver momentos em que eu *realmente* deva passar o tempo com Cordelia, como um bom anfitrião. Quero dizer, como ela preferir. Obviamente, se ela quisesse passar todos os dias comigo, isso não seria problema...

Ele parou, percebendo que se tornara completamente frenético nos últimos dez segundos. Grace estava sendo bastante educada sobre a situação toda.

— Desculpe — pediu ele. — Eu não quis sugerir...

Grace deu uma risada tranquila.

— Besteira! Sei que tem boa intenção, James. Você só está apaixonado por Cordelia.

James ficou horrorizado.

— Eu gosto dela, só isso. Somos amigos, como você e eu.

— Ah, é? — disse Grace. — E se ela chegasse aqui em Idris e contasse a você que conheceu o mais *maravilhoso* dos homens, e que eles tiveram um romance turbulento e agora estão prometidos um ao outro? Você apenas a parabenizaria como a qualquer um de seus amigos?

— Eu diria a ela que é jovem demais para se casar — respondeu James seriamente. A verdade é que quando pensava em Cordelia se casando com outra pessoa, era como se levasse um chute no coração. Com um sobressalto, ele percebeu que em sua vaga imaginação sobre o futuro, Cordelia sempre estivera lá, uma presença constante e bem-vinda, uma luz cálida na escuridão do desconhecido.

— O Malvado Príncipe James entrou no aposento, a capa esvoaçando às costas e o terrível, terrível bigode torto de ódio — narrou Lucie assim que James passou pela porta.

— Precisa mesmo dizer duas vezes que é terrível? — indagou James.

— Ele precisava de uma bebida quente para apaziguar sua garganta, seca por disparar seus comandos cruéis o dia todo. Chá, pensou ele, sim, chá e *vingança*.

— Vou pôr a chaleira no fogo — suspirou James.

— Que tipo estranho de amizade nós temos — falou Grace. Estavam de volta à Mansão Blackthorn, James cortando os arbustos ao longo do muro alto de pedra, e Grace do outro lado, passeando junto a ele. James via lampejos dela de vez em quando conforme caminhavam, através de aberturas na pedra. — Uma pena que você não possa se transformar em sombra e vir se juntar a mim, do meu lado do muro.

James parou de cortar.

— Eu não tinha pensado nisso. — *Talvez eu possa.* Ele soltou a tesoura na grama e olhou para suas mãos. Não sabia o que fazer. Concentrou-se em pensar no nada, no cinzento Mundo das Sombras. Com um sobressalto, tropeçou para a frente através do muro.

James se recuperou. Ainda era uma sombra, embora não estivesse no Mundo das Sombras: estava no jardim da Mansão Blackthorn, do lado de dentro do muro. Havia grama alta por todo lado — e Grace, encarando-o.

Você consegue voltar?, articulava ela, sem som, ou talvez em voz alta, e James, com enorme esforço, voltou. De volta à forma física, fechou e abriu os punhos.

— Isso foi incrível — falou Grace. — Imagino que você se acostumaria à sensação, se praticasse.

Talvez.

— Acha que eu poderia ir embora pelo portão?

Grace gargalhou. Junto ao portão, enquanto ele se preparava para ir embora, ela tocou o braço dele.

— Espere. James. Eu estava pensando. Se alguma noite você não conseguir dormir, e por acaso flagrar-se na forma de sombra... Talvez pudesse vir até aqui, e atravessar os arbustos, para dentro da casa, e para dentro do escritório de mamãe, e então enfiar a mão de sombra na caixa certa para recuperar a pulseira para mim.

James sentiu uma descarga de calor em relação a Grace. Temera que ela ficasse horrorizada por sua presença como sombra, mas ela não apenas o aceitou, como apresentou uma oportunidade para que seu poder fosse usado para ajudar. Por algum motivo, ele sentiu que devia a ela, embora não conseguisse explicar direito a sensação.

— Eu poderia. Eu vou.

— Dê-me um sinal se for mesmo — falou Grace —, e na noite seguinte eu o encontrarei na floresta. Você seria um verdadeiro amigo se pudesse fazer isso por mim.

— Eu posso — respondeu James. — Eu vou.

6
Não há mais alegria

Tudo ali dentro está escuro como a noite:
Nas janelas não há luz;
E murmúrio nenhum à porta,
Tão frequentemente aberta antes.

Fechada a porta; as persianas fechadas;
Ou pelas janelas veremos
A nudez e o vazio
Da escura e deserta casa.

Vamos embora: não há mais alegria
Aqui ou ruídos de animação.
A casa foi construída da terra,
E cairá novamente ao solo.

— Alfred, Lord Tennyson, *"The Deserted House"*

— Não pode ser aqui que elas moram — sussurrou Lucie, parte maravilhada e parte horrorizada.

Certa vez, a mãe lhe descrevera a Casa Chiswick. O jeito como o local era anos atrás, quando Tessa comparecera a um baile, disfarçada como

Jessamine. E, na verdade, seus pais não conseguiam falar sobre o baile sem trocar olhares melosos de afeição. Era bem nojento.

Tio Gabriel descrevera a casa, também, com uma história muito mais empolgante e apropriada — do dia em que ele, tia Cecily, tio Jem, os pais de Lucie e o tio Gideon mataram o malvado Benedict Lightwood, que se transformara em um verme demoníaco que perambulava pelos jardins dos Lightwood. Era uma história turbulenta e sangrenta, e ficara muito claro — para Lucie, pelo menos — que os jardins um dia foram gloriosos. A própria mansão fora gloriosa: pedra branca, jardins verdes extensos, até o Tamisa. Maravilhosas *follies* gregas, construções ornamentais que pareciam flutuar. Havia jardins italianos e sacadas banhadas em luar, e pilastras altas e imponentes, uma famosa reprodução da Vênus de Médici das Galerias Uffizi, em Florença, uma magnífica avenida de cedros que levava até a casa...

— Minha mãe disse que ouviu falar que a casa está degradada, mas eu não esperava algo assim — sussurrou Cordelia de volta. O olhar dela, assim como o de Lucie, estava colado ao exterior dos imensos portões que encerravam a propriedade. Palavras em latim estavam gravadas sobre o metal trabalhado.

ULTIMA FORSAN. *O fim está mais próximo do que se imagina.*

Elas lançaram calafrios pela espinha de Lucie. Ela pôs a mão na cintura, onde seu cinto de armas repousava. Bridget deixara lâminas serafim, cintos e estelas na carruagem para elas, e as duas tinham se Marcado cuidadosamente com vários símbolos — Força, Discrição, Visão Noturna. Nenhum cuidado era demais em um lugar possivelmente assombrado.

Lucie só queria que tivesse dado tempo de vestir os uniformes. Ainda estavam usando os vestidos do piquenique, rasgados e ensanguentados.

— Há degradação e há desastre — falou Lucie, levando a mão à estela. — Como Grace suporta viver aqui?

— Suponho que ela encontre outras coisas que a façam feliz — disse Cordelia com a voz tímida quando Lucie desenhou a Marca de Abertura nos portões e eles se escancararam, espalhando um pó de ferrugem vermelha.

Elas botaram os pés nas pedras quebradas e no mato alto do que um dia fora uma linda alameda ladeada com ciprestes e cedros plantados em vasos. Agora, a podridão do cedro morrendo enchia o ar e causava coceira na garganta de Lucie. As árvores tinham crescido enroscadas umas nas outras, os galhos se entrelaçando, dobrando-se e partindo-se. Galhos mortos cobriam o chão.

Ao deixar a alameda rumo à ampla entrada de carruagens circular diante da casa, Lucie ficou chocada com a beleza assolada da mansão. Um par de escadas, maravilhosamente construídas, levava a uma entrada ampla: trepadeiras escurecidas se enroscavam em volta de colunas caneladas. Se ela olhasse para cima, veria as sacadas das quais a mãe tinha falado — mas tinham sido tomadas por aglomerados de espinhos.

— Como o castelo da Bela Adormecida — murmurou Lucie.

— Eu estava pensando isso mesmo! — falou Cordelia. — Já leu os contos de fadas mais antigos? Eu me lembro de serem muito mais assustadores. Em um deles, o palácio da Bela Adormecida era todo cercado por arbustos espinhosos afiados, e os príncipes que tentavam passar morriam e pendiam dos espinhos, e os ossos deles embranqueciam ao sol.

— Maravilhoso! — disse Lucie. — Vou me certificar de incluir isso em um livro.

— Não vai ser no *A bela Cordelia*, não — replicou Cordelia, aproximando-se para inspecionar a casa com mais atenção. — Lucie, não tem uma única luz acesa, sequer um pingo de iluminação. Talvez elas não estejam em casa?

— Olhe... ali — falou Lucie, e apontou. — Vi uma luz passando por uma das janelas. Se não quiser bater à porta, não precisa. Admito que é bem perturbador aqui.

Cordelia aprumou os ombros.

— Não estou perturbada.

Lucie escondeu um sorriso.

— Então vou atrás de um fantasma enquanto você distrai os habitantes. Voltarei a encontrar você perto dos portões em 15 minutos.

Cordelia assentiu e começou a subir os degraus rachados de mármore até a porta da frente. O som das batidas dela à porta foi ficando menos nítido conforme Lucie foi dando a volta de fininho pela casa, até os fundos, onde a grama seguia em declive em direção às águas escuras do rio. Ela se flagrou olhando para cima, para a parede de pedra da mansão, rachada pela idade e coberta por veios de milhões de trepadeiras espessas e retorcidas.

Corrente de Ouro

Lucie deu um salto correndo e agarrou as trepadeiras. Ela começou a subir rapidamente, mão após mão, do jeito como sempre subira a corda na sala de treinamento, esperando encontrar uma janela aberta pela qual pudesse entrar. Para sua felicidade, a meio caminho da parede percebeu que chegara a uma sacada. Melhor ainda.

Ergueu-se e passou pelo parapeito, então pousou com uma cambalhota. Ficou de pé antes que qualquer dos espinhos pudesse furar sua capa e causar um arranhão feio. Sentia-se terrivelmente satisfeita consigo — perguntava-se se seu pai teria sentido orgulho caso tomasse conhecimento de sua hábil escalada.

Provavelmente não, teve de concluir. Ele apenas iria querer esganá-la ao sequer tomar conhecimento de que ela estivera ali. Os pais realmente eram incapazes de ver as realizações de seus filhos, infelizmente. Lucie levou a mão à maçaneta das portas francesas rachadas, os vitrais manchados com sujeira preta e podridão esverdeada. Ela empurrou para dentro...

A porta se escancarou, exibindo um imenso e vazio salão de baile. Bem, quase vazio. Jesse Blackthorn estava diante dela, os olhos verdes brilhando de ódio.

— Em nome de Raziel, o que você está fazendo aqui? — sibilou ele.

O Mundo das Sombras estava dolorosamente frio. James nunca sentira o frio antes: ele sempre ficara, de algum modo, separado do lugar escuro, mas agora ele estava *dentro*. Também não estava silencioso mais. Ele ouvia o vento soprando, e um som distante, como vidro estilhaçando.

Ao redor, a poeira subia. Talvez um dia aquele lugar tivesse sido um oceano e tivesse secado, soprado para longe com o vento forte. Certamente não parecia haver nada diante dele, a não ser um interminável mar de areia.

James se virou, perguntando-se se conseguia ver algum caminho de volta ao salão de baile. Para sua surpresa, viu a linha do horizonte de Londres — a cúpula da catedral de St. Paul, as ameias da Torre de Londres, e os familiares arcos da Tower Bridge. A Tower Bridge parecia brilhar, estranhamente vermelha. James tossiu; havia poeira em sua boca, amarga como sal.

Amarga como sal. Ele se ajoelhou e pegou um punhado de terra da cor de ossos daquele mundo. James nunca conseguira tocar nada ali até então. Mas a terra era sólida, poeirenta, como qualquer outra terra. Ele colocou um punhado no bolso da calça e ficou de pé quando a visão de Londres sumiu.

Agora havia apenas escuridão ao redor, exceto por um fraco e sinistro brilho cuja fonte ele não conseguia distinguir. Um deserto sem rastros dava para todas as direções. Ele tentou conter o terror que emergia, a parte dele que dizia que morreria ali, na completa escuridão: congelado no lugar sem um caminho a seguir.

E então ele viu. Um minúsculo lampejo de luz dourada de vaga-lume ao longe.

Acenou para a luz, lentamente a princípio, então mais rápido, quando a luz se tornou uma chama. O frio começou a sumir, e o cheiro de coisas vivas o cercou — raízes e folhas e flores — quando James retornou para o mundo normal.

Cordelia já estava quase desistindo de continuar a bater, quando as portas da frente da Casa Chiswick finalmente se abriram. Grace estava de pé à soleira. Para a surpresa de Cordelia, ela estava sozinha. Moças não atendiam a porta — criados realizavam essa tarefa. Mas, por outro lado, que ser humano normal, mesmo um dotado de Visão, estaria disposto a trabalhar em tal lugar? Não era surpreendente que Grace tivesse insistido em ser buscada e entregue junto aos portões.

Grace estava usando o mesmo vestido do piquenique, embora a bainha estivesse rasgada e ele estivesse sujo de grama. Não que Cordelia se importasse. Havia algo humano no fato de Grace exibir até mesmo pequenas imperfeições.

Grace levava uma tocha acesa na mão direita; atrás dela, o saguão estava escuro. Havia um cheiro úmido no ar. Grace encarava Cordelia, a expressão entre a imperturbabilidade e a surpresa.

— Srta. Carstairs — disse a jovem, por fim. Mas não convidou Cordelia para entrar, ou perguntou por que ela estava ali. Tendo reconhecido a presença de Cordelia, ela pareceu contente em permanecer como estavam.

Cordelia pigarreou.

— Srta. Blackthorn — disse ela. Aquilo *era* uma distração? Em algum lugar, Lucie estava à espreita, procurando um fantasma. Cordelia pensou que Tatiana viria até a porta também, mas ela precisaria se virar com Grace.

— Vim ver se você estava bem depois dos eventos de hoje — disse Cordelia.

— Como uma semelhante recém-chegada a Londres, sei que pode ser difícil...

— Estou muito bem — disse Grace. Cordelia teve a sensação perturbadora de que, por trás da expressão vazia, a jovem a avaliava de cima a baixo.

— Não somos tão diferentes, você e eu — falou Cordelia. — Nós duas viajamos um longo caminho para chegar até aqui...

— Na verdade, tem um Portal na estufa da Mansão Blackthorn — disse Grace, friamente. — Leva ao jardim daqui. Então foi uma curta jornada.

— Ah. Bem, isso é diferente, mas nenhuma de nós conhece bem o Enclave, ou os jovens nesta cidade, exceto por Lucie e James. Estamos simplesmente tentando melhorar nossa vida aqui o tanto quanto possível...

A luz da lanterna projetava estranhas sombras no semblante de Grace.

— Não somos semelhantes — disse ela, sem raiva alguma. — Tenho obrigações que você não tem como entender.

— Obrigações? — A palavra espantou Cordelia. — Você não pode estar se referindo a... — *James. Não pode estar se referindo a James.* Um entendimento com um homem poderia ser considerado uma obrigação, mas apenas se o relacionamento fosse indesejado. Como Grace entrara naquele relacionamento com James secretamente, sem o conhecimento da mãe dela, certamente era algo ansiado, não?

Grace deu um sorriso contido.

— Você veio porque acha a situação engraçada?

— Não sei do que está falando.

Com um suspiro, Grace começou a virar as costas. Cordelia fez menção de agarrar a manga dela. Grace deu um gritinho de dor e puxou o braço.

— Eu não... — Cordelia a encarou com surpresa; ela tocara Grace apenas levemente. — Está ferida? Posso ajudar?

Grace balançou a cabeça violentamente quando uma sombra escura surgiu acima, atrás dela. Era Tatiana Blackthorn.

Tatiana tinha a mesma idade de Cecily Lightwood, mas parecia anos mais velha, as rugas de ódio e raiva cortavam seu rosto como marcas de faca. Ela usava um vestido fúcsia manchado, os cabelos castanho-acinzentados soltos em cascata. Ela olhou para Cordelia com desprezo.

— Exatamente como seu primo — disse com escárnio. — Sem senso de adequação algum. — Ela segurou a porta. — Saia de minha propriedade — concluiu, e bateu a porta ruidosamente na cara de Cordelia.

Cordelia estava fazendo o trajeto de volta aos portões quando ouviu o barulho.

Imaginava que não houvesse nada a fazer senão esperar por Lucie na carruagem — afinal, Tatiana ordenara que ela saísse da propriedade. De fato, a mulher era muito peculiar. Havia um ódio reluzente em seus olhos ao mencionar Jem, fato que inquietou Cordelia. Como era possível odiar as pessoas por tanto tempo? Principalmente quando você as culpava por algo que, embora terrível, não tivesse sido culpa delas? Benedict Lightwood tinha se tornado um monstro quando Will, Jem e os outros o mataram. Muitas escolhas não eram fáceis — eram quase impossíveis, e não havia motivo para odiar as pessoas que eram forçadas a fazê-las.

O barulho interrompeu os pensamentos dela: era como o sibilar de vozes furiosas. Parecia vir da estufa nos jardins da frente: uma estrutura de madeira e vidro com uma cúpula no telhado. As janelas estavam escuras, sem dúvida tão imundas quanto o restante da casa. Mas por que haveria alguém ali *dentro*? Estava de noite, e ninguém vivia na mansão exceto por Grace e Tatiana.

Cordelia hesitou, então desenrolou as ataduras de suas mãos. Para seu alívio, o bálsamo curara quase todas as queimaduras. Ela agitou os dedos livres e sacou Cortana da bainha antes de caminhar sorrateiramente para a porta da estufa.

Para sua surpresa, a porta se abriu sem o ranger de dobradiças enferrujadas. Parecia que dentre os artefatos dos jardins — as *follies* tomadas por plantas, o poço fundo de espinhos e arbustos que um dia fora um pequeno anfiteatro — unicamente a estufa ainda estava em uso.

Ela entrou, para um mundo de sombras profundas e cheiro forte de vegetação pútrida. Estava muito escuro, apenas o luar sutil brilhando através do vidro sujo iluminava o espaço.

Ela tirou a luz enfeitiçada do bolso com a mão livre. Fora um presente de Alastair em seu aniversário de 13 anos — um pedaço frio e redondo de *adamas* entalhado pelas Irmãs de Ferro, vivo com a promessa de luz dentro dele.

Ela fechou a mão em volta da pedra, e o objeto se acendeu em vida. Manteve a luz sob controle, não queria que a estufa brilhasse como uma tocha e traísse sua presença. A luz era de um amarelo fraco, iluminando um caminho entre fileiras do que um dia tinham sido laranjeiras plantadas em vasos.

O telhado se erguia alto, desaparecendo em sombras. Formas ondulavam de um lado a outro no alto — morcegos, desconfiava Cordelia. Ela não tinha medo de morcegos. Havia muitos no campo.

No entanto, estava menos animada com as aranhas. Teias espessas e prateadas se entremeavam às árvores. Ela fez uma careta ao seguir pelo caminho, o qual era, pelo menos, bem delimitado. Alguém tinha estado ali recentemente. Dava para ver as marcas de sapatos de salto na terra batida.

As teias estavam vazias, no entanto. Pendiam brilhantes como a renda de um vestido de noiva abandonado, livres de aranhas ou mesmo dos corpos de insetos presos. *Estranho*, pensou Cordelia, olhando em volta. Era fácil imaginar a beleza que um dia existira naquele lugar, a madeira trabalhada pintada de branco, o vidro deixando entrar lampejos do céu azul. Havia poucas flores restantes agora, embora desse para ver as pétalas arroxeadas e as frutas de botões escuros de beladonas espalhadas sob a sombra de uma única grande árvore que ainda estava de pé, rígida e desfolhada, contra uma parede distante.

Travessa, pensou Cordelia. Era malvisto que Caçadores de Sombras cultivassem plantas como beladona, as quais forneciam ingredientes-chave em feitiços de magia sombria. Havia plantas que ela não reconhecia tão bem — algo como uma tulipa branca, e outra semelhante a uma dioneia. Nenhuma parecia ter sido cultivada recentemente: ervas daninhas cresciam ao redor de tudo. O pesadelo de um jardineiro.

O cheiro pesado tinha se intensificado — como folhagem deixada para apodrecer, um jardim morrendo. Cordelia olhou adiante, e viu escuridão densa e um lampejo de movimento...

Ela se abaixou quando uma garra escura planou acima de sua cabeça. *Demônio!* gritou uma voz silenciosa em sua cabeça. O fedor, parcialmente encoberto pelo cheiro de folhas podres — a ausência de pássaros ou até mesmo aranha na estufa — é claro.

Houve movimento na escuridão — Cordelia viu um grande rosto de formato estranho pairando acima do dela, esbranquiçado, com presas e ossudo, antes de o demônio sibilar e recuar da luz.

Ela se virou para fugir, mas um tentáculo se enroscou em seu tornozelo, apertando como uma armadilha. Ela foi puxada num tranco, atingindo o chão com força. A luz enfeitiçada saiu voando. Cordelia gritou quando foi arrastada para as sombras.

Lucie ficou completamente de pé, a postura ereta — o que não era muito impressionante; de toda a família, ela era a mais baixa.

— Acho que parece claro — disse ela. — Estou espreitando, espionando.

Os olhos de Jesse brilharam.

— Ah, por favor... — Ele recuou um passo. — Entre, rápido.

Lucie obedeceu e se viu de pé dentro de um amplo salão. Jesse estava diante dela, usando as mesmas roupas que vestira no baile e, antes disso, na floresta. Raramente se via um cavalheiro sem paletó, e certamente não de camisa, a não ser que fosse seu irmão ou algum outro membro da família. Quando era jovem, ela jamais teria notado a vestimenta incompleta dele, mas agora estava muito consciente disso. Um disco de metal — um medalhão, talvez — brilhou na depressão do pescoço dele, a superfície gravada com um círculo de espinhos.

— Você é louca de vir até aqui — disse ele. — É perigoso.

Lucie olhou em volta. O tamanho do salão, o teto abaulado acima, que só fazia com que tudo parecesse mais deserto. O luar brilhava através de uma janela quebrada. As paredes um dia tinham sido azul-escuras, mas estavam quase pretas agora, com uma fina camada de poeira. Imensos emaranhados de tecido reluzente, agora opacos com poeira, pendiam do teto, oscilando à brisa das janelas quebradas. Ela foi até o centro do cômodo, onde pendia um enorme lustre de cristal. Parecia que originalmente tinha sido feito no formato de uma aranha brilhante, mas os anos tinham levado os cristais e os espalhado no chão como lágrimas solidificadas.

Ela se abaixou para pegar um — um falso diamante, mas ainda lindo, todo reluzente e empoeirado.

— Este era o salão de baile — disse ela baixinho.

— Ainda é — falou Jesse, e ela se virou para encará-lo. Ele estava de pé em um lugar totalmente diferente do que estivera antes, embora ela não tivesse ouvido nenhum sinal de movimentação. Ele era completamente preto e branco, a única cor nele era o anel Blackthorn prateado na mão direita coberta de cicatrizes, e os olhos verdes. — Ah, está acabado agora. Dá prazer à minha mãe deixar que o tempo leve este lugar, deixar que os anos o façam definhar e destruam o orgulho dos Lightwood.

— Será que algum dia ela vai deixar de odiá-los?

— Não são apenas os Lightwood que ela odeia — falou Jesse. — Ela odeia todos que considera responsáveis pela morte do meu pai. Os irmãos dela, seu pai e sua mãe, Jem Carstairs. E, além disso, a Clave. Ela os considera responsáveis pelo que aconteceu comigo.

— O que *aconteceu* com você? — perguntou Lucie, colocando o cristal quebrado no bolso de sua capa.

Jesse estava caminhando pelo salão: ele parecia um gato preto na escuridão, longo e esguio, com cabelos pretos desarrumados. Lucie se virou para observá-lo, aquele espectro entrando e saindo das sombras. O lustre balançou, os cristais restantes lançando raios de luz pelo salão, espalhando faíscas na escuridão. Por um momento, Lucie pensou ter visto um rapaz nas sombras — um rapaz com cabelos loiro-claros e uma expressão severa na boca inclemente. Havia algo de familiar nele...

— Há quanto tempo consegue ver os mortos? — perguntou Jesse.

Lucie piscou e o menino loiro sumiu.

— A maioria dos Herondale consegue ver fantasmas — disse ela. — Sempre consegui ver Jessamine. Assim como James. Nunca pensei nisso como algo especial.

Jesse agora estava de pé sob o lustre. Para alguém tão calmo, ele tinha uma inquietude surpreendente.

— Ninguém além da minha mãe e irmã me viram desde... desde que você me viu em Brocelind há seis anos.

Lucie franziu a testa.

— Você é um fantasma, mas não é como nenhum outro fantasma. Mesmo meu pai e meu irmão não conseguem ver você. É tão estranho. Você está enterrado?

— É bastante ousado perguntar a um cavalheiro se ele está enterrado.

— Quantos anos tem? — Lucie não iria se fazer de rogada.

Jesse suspirou e olhou para o lustre.

— Tenho duas idades — disse ele. — Tenho 24 anos. E tenho 17.

— Ninguém tem duas idades.

— Eu tenho — retrucou ele, inabalado. — Quando eu tinha 17 anos, morri. Mas minha mãe tinha... se preparado.

Lucie umedeceu os lábios secos.

— Como assim se preparado?

Ele apontou o próprio corpo.

— Isto, o que você está vendo, é uma manifestação da minha alma. Depois da minha morte, minha mãe disse aos Irmãos do Silêncio que jamais entregaria meus restos mortais a eles, que se recusava a permitir que eles me tocassem de novo, que queimassem meu corpo. Não sei se eles questionaram o que minha mãe fez, mas sei que ela trouxe um feiticeiro para o quarto horas depois da minha morte, para preservar e salvaguardar meu corpo físico. Minha alma foi cortada para perambular pelo mundo real e o reino dos espíritos. Por isso não envelheço, não respiro, vivo apenas durante as noites.

— As quais você passa assombrando salões de baile e perambulando pela floresta?

Ele lançou a ela um olhar sombrio.

— Normalmente passo meu tempo lendo. Tanto a mansão em Idris quanto a Casa Chiswick têm bibliotecas bem abastecidas. Até mesmo li os trabalhos não publicados do meu avô Benedict. Estavam escondidos na chaminé. Coisas horríveis, ele era obcecado por demônios. Socializando com eles, procriando seus diferentes tipos...

— Eca — disse Lucie, gesticulando para calá-lo. As peculiaridades de Benedict Lightwood eram bem conhecidas. — O que você faz durante o dia?

Ele deu um leve sorriso.

— Eu desapareço.

— Mesmo? Desaparece para onde?

— Você tem muitas perguntas.

— Sim — falou Lucie. — Na verdade, vim aqui fazer uma pergunta a você. O que quis dizer na noite passada quando falou "Há morte aqui"? Nada aconteceu no baile.

— Mas hoje sim — falou Jesse. — Grace me contou.

Lucie tentou imaginar Grace e Jesse sentados naquela sala sombreada, contando as novidades dos dias deles:

Eu vi um ataque de demônio no Regent's Park em plena luz do dia.

É mesmo? Bem, eu não fiz muita coisa, pois como você já sabe, ainda estou morto.

Ela pigarreou.

— Então você consegue ver o futuro?

Jesse parou. Ele parecia feito de luar e teias de aranha, sombras em suas têmporas, na depressão do pescoço, nos pulsos.

— Antes de eu revelar mais uma coisa — disse ele —, precisa jurar que não contará a ninguém a meu respeito, nem a seu irmão, nem a Cordelia, nem a seus pais. Entendeu?

— Um segredo? — Lucie amava e odiava segredos. Estava sempre pronta para que lhe fosse confiado um, e então se sentia imediatamente tentada a contar. — Por que precisa ser um segredo? Muitos sabem que vejo fantasmas.

— Mas conforme você tão perspicazmente notou, não sou um fantasma comum — falou Jesse. — Sou mantido neste estado por magia necromântica, e a Clave proíbe tais coisas. Caso descobrissem, buscariam meu corpo e o queimariam, e aí eu realmente estaria morto. Para sempre.

Lucie engoliu em seco.

— Então você ainda espera... acha que pode voltar? Totalmente à vida?

Jesse se encostou na parede, os braços cruzados.

— Você não prometeu.

— Dou minha palavra. Não contarei a ninguém sobre você. Agora explique o que quis dizer na noite passada com seu aviso.

Ela pensou que ele daria um risinho ou diria algo debochado, mas Jesse ficou bem sério.

— Ser o que sou me coloca entre dois mundos — começou ele. — Eu pertenço a este aqui, e, no entanto, não pertenço. Às vezes consigo ver lampejos de outras coisas que não pertencem exatamente. Outros fantasmas, é claro... e demônios. Havia uma presença sinistra naquele salão de baile, e acredito que seja a mesma que voltou hoje.

— Mas por quê? — sussurrou Lucie.

Jesse balançou a cabeça.

— Isso eu não sei.

— Será que vai voltar...? — começou Lucie. Houve um clarão. Jesse se virou, surpreso, para o muro dos fundos da casa: as portas francesas tinham se acendido, brilhando com um branco espantoso.

Lucie disparou para uma das janelas e olhou para fora. Dava para ver os jardins claramente em toda a escuridão emaranhada deles. A uma pequena distância ficava a estufa, e estava reluzindo como uma estrela.

Luz enfeitiçada.

Um momento depois, a luz se apagara. Um medo frio agarrou o peito de Lucie.

— Daisy — sussurrou ela, e escancarou as portas. Saindo aos tropeços para a sacada sem olhar de novo para Jesse, ela se atirou contra o muro e começou a descer.

Cordelia arranhava o chão com a mão livre, os dedos se enterrando na terra conforme era puxada para as sombras. O tentáculo do demônio enroscado em sua perna era doloroso — parecia que um milhão de pequenos dentes mordiam sua pele —, mas mais apavorante ainda era o calor em sua nuca, o hálito do que quer que estivesse pairando acima dela...

Corrente de Ouro

Algo segurou sua mão. *Lucie*, pensou ela. Cordelia gritou ao parar subitamente, a corda dolorosa em volta de sua perna se apertando mais, puxando seu corpo de lado. Ela estendeu o braço para se apoiar na mão que segurava a dela, e viu a quem pertencia.

A estufa estava sob a penumbra, mas ela o reconheceu imediatamente. Um choque de cabelos pretos, olhos dourados, o rosto que ela memorizara. James.

Ele não usava uniforme. Vestia calça e camisa, e seu rosto estava pálido de choque. Ainda assim, ele continuava a agarrar o pulso dela com firmeza, puxando-a para a porta ao mesmo tempo em que a corda em sua perna tentava arrastá-la estufa adentro. Se ela não agisse depressa, seria partida ao meio.

Usando a mão de James como âncora, Cordelia se virou para libertar Cortana — estava presa debaixo do seu corpo — e avançou com a lâmina na mão. Ela baixou a espada no tentáculo que a segurava.

Cortana reluziu dourada ao cortar a carne do demônio. Houve um grito grave e estrondoso, e subitamente Cordelia estava livre, se arrastando até James sobre uma mistura de icor e seu próprio sangue.

A dor a perfurou como fogo quando James a colocou de pé. Não havia nada elegante naquilo, nenhuma semelhança a um cavalheiro ajudando uma dama. Aquilo era a urgência da batalha, mãos segurando e puxando desesperadamente. Ela caiu contra James, que a aparou. A luz enfeitiçada de Cordelia pulsava fraca na terra, onde havia caído.

— Que inferno, Daisy...? — começou James.

Ela se virou, se desvencilhando dele para pegar a luz enfeitiçada. Sob o brilho renovado, ela percebeu que aquilo que pensara ser uma imensa árvore se erguendo contra a parede mais afastada da estufa era, na verdade, algo muito diferente.

Era um demônio, mas não como os que já tinha visto. De longe, quase parecia uma borboleta ou uma traça, preso à parede, as asas abertas. Um olhar mais atento revelou que as asas eram extensões membranosas, entremeadas por veias vermelhas pulsantes. Na junção das asas, elas se elevavam a um tipo de caule central, encimado por três cabeças. Cada cabeça era como a de um lobo, mas com olhos pretos de insetos.

Estendendo-se da base do caule havia um nodo de longos tentáculos, como os membros de uma lula. Lotados de cachos de vagens membranosas contendo sementes, eles tocavam o chão da estufa e se estendiam pela terra como raízes. Eles ziguezagueavam entre as árvores e as plantas nos vasos, sufocavam a base de arbustos em flor, estendiam-se pelo chão na direção de Cordelia e James.

O tentáculo que Cordelia cortara estava no chão, pulsando lentos filetes de icor. Não rápido, mas inexoravelmente, os demais foram deslizando atrás dele.

Ela colocou a luz enfeitiçada no bolso. Se fosse preciso lutar, gostaria de estar com as mãos livres.

James aparentemente teve ideia semelhante: pegou uma adaga do cinto de armas e olhou para seu braço, os olhos semicerrados.

— Daisy — disse James, sem olhar para ela. — Corra.

Ele realmente pretendia enfrentar a coisa com uma faca de arremesso? Seria suicídio. Cordelia segurou o braço livre dele e disparou numa corrida, puxando-o. Espantado demais para ficar para trás, ele a acompanhou. Ela virou o rosto uma vez e viu a investida fervorosa de garras pretas atrás deles, o que a fez pegar uma velocidade frenética. Por Raziel, o quão enorme era aquela estufa?

Cordelia avançou além das últimas laranjeiras em vasos e parou de súbito. Conseguia ver a porta, enfim, mas seu coração foi tomado pela decepção: estava fechada por garras pretas que se curvavam pelas paredes, as pontas pressionando a porta, mantendo-a cerrada. Cordelia apertou mais o pulso de James.

— Aquela é a porta? — sussurrou ele. Ela lhe lançou um olhar surpreso... como ele poderia não saber? Não tinha entrado pelo mesmo caminho que ela?

— Sim. Tenho uma lâmina serafim, mas só uma... poderíamos tentar...

James atirou a adaga, as Marcas na lâmina brilhando. Ele foi tão veloz: em um momento estava segurando a lâmina, no seguinte ela mergulhava na asa membranosa do demônio, estilhaçando o vidro atrás da criatura. Gritando, o demônio começou a se afastar da parede.

James xingou e sacou mais duas lâminas: eram arcos de prata girando nas mãos dele. O demônio gritou, um ruído alto e horrível, quando as facas mergulharam em seu torso. A criatura teve espasmos — pareceu quase murchar, as vagens encouraçadas de sementes caindo como chuva. O bicho deu um último sibilo sufocado e sumiu.

Não mais travada pelas garras, a porta da estufa se escancarou. Em meio ao vidro estilhaçado e ao fedor de sangue de demônio, James passou rapidamente pela porta, puxando Cordelia; juntos, os dois saíram aos tropeços noite afora.

Eles fugiram correndo da estufa, em meio à grama alta e às ervas daninhas emaranhadas. Quando estavam a certa distância, em uma clareira perto da entrada do que um dia tinham sido os jardins italianos, James parou de súbito.

Cordelia quase trombou nele. Estava zonza, sua visão embaçada. A dor na perna tinha voltado. Ela embainhou Cortana às costas e sentou no chão.

Estavam em um pequeno recuo da grama alta; a estufa era como uma grande estrela escura ao longe, coroando uma elevação do jardim. Árvores escuras se embolavam acima, os galhos entrelaçados. O ar estava limpo e fresco.

James ficou de joelhos, fitando-a na grama.

— Daisy, deixe-me ver.

Ela assentiu. James apoiou as mãos levemente no tornozelo de Cordelia, acima das botas de couro de cano baixo, e começou a subir a bainha do vestido. A barra da anágua estava ensopada de sangue, e Cordelia não conseguiu conter um gemido quando seu tornozelo foi exposto.

A pele parecia rasgada com uma faca de serra. O cano da bota encharcado de sangue.

— Parece feio — disse James, cuidadosamente —, mas é apenas um corte na pele. Não há veneno. — Ele sacou a estela do cinto. Com cuidado infinito, levou a ponta à panturrilha. O horror, pensou Cordelia, que sua mãe teria sentido à ideia de um menino tocar a perna de sua filhinha. James desenhou o esboço de uma Marca de cura.

Foi como se alguém tivesse jogado água fria em seu tornozelo. Cordelia observou a carne ferida começando a se fechar, a pele cortada selando como se semanas de cura tivessem sido comprimidas em segundos.

— Você age como se nunca tivesse visto o que uma *iratze* pode fazer — disse James, um sorrisinho de canto da boca. — Você nunca se feriu?

— Não tanto assim — falou Cordelia. — Eu sei que deveria... você deve estar achando que fui uma tola. E aquele demônio... eca... eu *nunca* deveria ter deixado que ele me derrubasse no chão...

— Pare com isso — disse James, com firmeza. — Todos são derrubados por um demônio vez ou outra; caso contrário, não precisaríamos de Marcas de cura. — Ele sorriu, aquele raro e lindo sorriso que perfurava a Máscara e iluminava seu rosto. — Eu estava pensando... Você me lembrou um pouco de Catherine Earnshaw de *O morro dos ventos uivantes*. Minha mãe tem uma passagem preferida, quando Catherine foi mordida por um buldogue: *Ela não gritou, não! Teria sido humilhante fazê-lo, mesmo que ela tivesse sido empalada pelos chifres de uma vaca louca.*

Fazia anos que Cordelia não relia *O morro dos ventos uivantes*, mas ela percebeu que sorria. Incrível como James era capaz de fazê-la sorrir mesmo depois do que tinham acabado de passar.

— Aquilo foi impressionante — disse ela. — Matar um demônio tão grande com apenas as facas de arremesso.

James jogou a cabeça para trás com uma risada baixinha.

— Dê crédito a Christopher. Ele fez as lâminas para mim, passou anos trabalhando em meios de desenvolver novas substâncias capazes de receber até as mais fortes Marcas. A maioria dos metais se estilhaçaria. Mas isso significa que pago caro sempre que perco uma — acrescentou James, olhando com tristeza para a estufa.

— Ah, não — disse Cordelia firmemente. — *Não pode* voltar para lá.

— Eu jamais abandonaria você — rebateu ele, simplesmente, derretendo o coração dela. — Daisy, se eu lhe contar algo, promete não contar a mais ninguém?

Ela não conseguia negar nada a James quando ele a chamava de Daisy.

— Você sabe que consigo me transformar em sombras — começou ele. — Que a princípio eu tinha pouco controle sobre a mudança.

Ela assentiu; jamais se esqueceria da forma como ele a procurara durante a febre escaldante, de como ela tentara segurar a mão dele, mas ele se transformara em vapor.

— Durante anos, tenho trabalhado com seu primo Jem para aprender a controlar... a mudança, as visões. — Ele mordeu o lábio. — No entanto, esta noite eu entrei no Mundo das Sombras espontaneamente. Depois que entrei, ele me trouxe até aqui.

— Não entendo — disse Cordelia. — Por que aqui dentro todos os lugares? Ele a observava atentamente.

— Eu vi uma luz nas sombras — falou James. — E a segui. Acredito que tenha sido a luz de Cortana.

Ela combateu a vontade de levar a mão às costas e tocar a lâmina apenas para se certificar de que ainda estava ali.

— É uma espada especial — admitiu ela. — Meu pai sempre disse que não conhecíamos a extensão do poder desta arma.

— Quando apareci na estufa, eu não fazia ideia de onde estava — disse ele. — Eu estava engasgando em pó. Pó branco-acinzentado, como ossos queimados. Eu trouxe um punhado dele do outro mundo... — Ele levou a mão ao bolso da calça e pegou uma pitada do que pareciam ser cinzas. — Vou levar para Henry e Christopher. Talvez eles possam analisar a composição. Eu nunca tinha conseguido trazer nada do Mundo das Sombras até então; talvez tenha acontecido porque entrei lá voluntariamente.

— Acha que é porque eu estava combatendo o demônio... com Cortana... que você foi atraído para este lugar? — disse ela. — Qualquer que fosse o demônio...

James olhou de novo para a estufa.

— Era um demônio Cérbero. E provavelmente está aqui há anos.

— Já vi imagens de demônios Cérbero. — Cordelia ficou de pé, cambaleante. James se levantou e passou o braço em volta dela para equilibrá-la. Ela ficou tensa com a proximidade dele. — Eles não têm aquela aparência.

— Benedict Lightwood era um grande entusiasta de demônios — falou James. — Quando limparam este lugar, depois que ele morreu, encontraram uma dúzia de demônios Cérbero. São criaturas vigilantes; ele as colocou aqui para proteger a família e a propriedade. Creio que tenham deixado passar aquele na estufa.

Cordelia se afastou um pouco de James, embora fosse a última coisa que quisesse fazer.

— E acha que ao longo dos anos ele mudou? Tornou-se mais parte do lugar?

— Já leu *A origem das espécies*? — perguntou James. — É sobre a adaptação dos animais ao ambiente ao longo de gerações. Demônios não têm gerações, eles não morrem, a não ser que os matemos. Esse se adaptou aos arredores.

— Acha que há mais por aqui? — A dor lancinante no tornozelo de Cordelia passara a um latejar suportável quando ela começou a vasculhar o jardim em busca de Lucie. — Poderíamos estar em perigo. Lucie...

James empalideceu.

— Lucie?

O coração de Cordelia deu um salto. *Pelo Anjo.*

— Lucie e eu viemos até aqui juntas.

— De todas as coisas tolas... — Subitamente, ele começou a ficar preocupado. Ela via a aflição no rosto dele, nos olhos. — Por quê?

— Lucie queria se certificar de que Grace estivesse bem, e me pediu que viesse junto — mentiu Cordelia. — Na verdade, ela entrou na casa, onde Grace e Tatiana estão. E num gesto de estupidez, eu saí para ver os jardins...

Um olhar estranho de choque percorreu o rosto de James, como se ele tivesse acabado de se lembrar de algo terrivelmente importante.

— Grace — disse ele.

— Eu sei que talvez você queira ir lá vê-la — falou Cordelia. — Mas preciso avisar que Tatiana está de muito mau humor.

James continuou silenciosamente chocado. Ouviu-se um farfalhar e Lucie irrompeu do mato alto.

— Cordelia! — arquejou ela, o rosto se iluminando de alívio. — E Jamie! — O rosto de Lucie se fechou; ela parou subitamente. — Oh, céus. Jamie. O que está fazendo aqui?

— Como se você tivesse uma desculpa perfeitamente racional para espreitar pela propriedade de alguém na calada da noite, não é? — ralhou James, passando de um rapaz preocupado a um irmão mais velho imponente em questão de segundos. — Papai e mamãe vão matar você.

— Só se você contar a eles. — Os olhos de Lucie brilharam. — De que outra forma eles descobrirão?

— É claro que vão descobrir — disse James, sombriamente. — A existência de um demônio Cérbero na estufa mal poderia...

Corrente de Ouro

Lucie arregalou os olhos.

— Um o quê na onde?

— Um demônio Cérbero na estufa — repetiu James —, para onde, incidentalmente, você mandou sua futura *parabatai* completamente sozinha...

— Ah, não, está tudo bem, eu entrei por conta própria — disse Cordelia, e se sobressaltou. — Eu ia tirar a carruagem da frente dos portões. Se Tatiana olhar pela janela e a vir, ficará furiosa.

— É melhor irmos embora — chamou Lucie. — James, você vem conosco ou vai voltar por onde veio? — Ela semicerrou os olhos. — Por *onde* você veio?

— Não importa — falou James, dando seu sorriso torto de sempre. — Vá tomar a carruagem. Irei em seguida e verei vocês duas em casa.

—

— Imagino que James tenha ficado porque quer ver Grace — disse Lucie, com a voz baixa, enquanto ela e Cordelia corriam de volta pelas trilhas de mato alto dos jardins da Casa Chiswick. Elas passaram abaixadas pelos portões e encontraram a carruagem exatamente onde estava, Xanthos parecendo montar guarda. — Provavelmente vai fazer serenata à janela dela ou algo assim. Espero que Tatiana não arranque a cabeça dele.

— Ela certamente não parece *querer* visitas — falou Cordelia quando as duas entraram na carruagem. — Eu me senti muito mal por Grace.

— James costumava sentir pena dela — comentou Lucie quando a carruagem começou a se movimentar. — E então parece que de algum modo ele se apaixonou por ela. O que é muito estranho, na verdade. Sempre pensei em compaixão como o oposto de amor...

Ela se calou, seu rosto empalidecendo. A luz era visível entre os galhos emaranhados das árvores. Figuras corriam pela rua, em direção à mansão.

— É papai — disse Lucie, em tom sombrio, como se tivesse acabado de ver o demônio Cérbero. — Na verdade, é *todo mundo*.

Cordelia olhou. A rua estava subitamente tomada por luzes enfeitiçadas. Brilhavam sobre os portões escuros da casa, sobre fileiras de faias de cada lado da rua, sobre o contorno irregular da mansão. Lucie podia ter exagerado um pouco ao dizer que todo mundo estava ali, mas certamente um grande grupo de Caçadores de Sombras caminhava para a residência dos Blackthorn. Cordelia via rostos familiares — Gabriel e Cecily Lightwood, o cabelo ruivo de Charles Fairchild — e, é claro, Will Herondale.

— O que eles estão fazendo aqui? — perguntou-se ela. — Deveríamos voltar... avisar a James para que ele se esconda?

Mas a carruagem já começara a acelerar, Xanthos trotando rapidamente enquanto os últimos membros do Enclave passavam pelos portões.

Conforme a casa foi ficando mais distante, Lucie fez que não com a cabeça, parecendo triste.

— Ele não nos agradeceria por isso — disse ela. E suspirou. — Ele apenas ficaria com raiva por termos nos metido em confusão também... além do mais, James é menino; ele não vai acabar no mesmo tipo de enrascada que a gente se o pegarem perambulando por aí. Se eles nos encontrassem, você estaria em apuros terríveis com sua mãe. Não é nada justo, mas é a verdade.

O luar entrou pela estufa através dos painéis de vidro estilhaçados. Os Nephilim tinham partido fazia muito tempo, tendo examinado o lugar e feito suas perguntas à senhora da casa. Estava finalmente quieto.

As vagens que o demônio Cérbero soltara com seus espasmos à morte começavam a se agitar e a tremer, como ovos prestes a rachar. As cascas encouraçadas delas se partiram quando dentes afiados como espinhos as abriram de dentro. Cobertos por uma película pegajosa e sibilando como baratas, os demônios recém-nascidos rolaram para o chão de terra batida da estufa, cada um deles não muito maior do que a mão de uma criança.

Mas não permaneceriam desse tamanho por muito tempo.

Dias Passados:
Idris, 1900

Decidir entrar de fininho na Mansão Blackthorn como uma sombra era uma coisa, mas de fato prosseguir com o plano era outra. Depois que Grace pedira a ele, James começara a inventar pretextos durante dias para adiar o evento: seu pai acordado até tarde notaria sua partida; as condições climáticas estavam ruins para se perambular lá fora; o luar estava intenso demais para lhe dar cobertura o suficiente de escuridão...

Então, uma noite, James acordou de sonhos agitados corado e sem fôlego, como se estivesse fugindo de algo monstruoso. Os lençóis estavam revirados. Ele se levantou e ficou perambulando pelo quarto por um tempo, incapaz de pensar em dormir. Então vestiu calça e camisa e saiu pela janela.

Estivera pensando em Cordelia, não em Grace, mas se viu diante do muro da Mansão Blackthorn mesmo assim. Incapaz de dar as costas, já tendo ido até ali, ele desejou virar sombras. Rapidamente, estava do outro lado do muro, atravessando a propriedade até o corredor de entrada.

Não se preparara para o estado da Mansão Blackthorn no meio da noite, o silêncio mortal, a aura de ameaça como um túmulo aberto. Pó prateado espesso cobria corrimões e mobília, e se emaranhava em teias em todo canto. Em sua visão periférica, um borrão cinza: ele sabia que era o limite do Mundo das Sombras. Sabia que estava cortejando aquele mundo ao transformar sua carne em sombras.

Mas fizera uma promessa.

James era capaz de ver fantasmas, e não havia fantasmas ali. Mas o lugar parecia assombrado mesmo assim. Era como se as sombras pudessem ouvir seus passos. O mais estranho de tudo era que por cada relógio que ele passava na casa os ponteiros estavam parados exatamente no mesmo horário: vinte para as nove.

James subiu as escadas. Ao fim de um longo corredor, diante de uma parede com ameias, havia uma armadura horrorosa, sem dúvida com o dobro do tamanho de um humano. Ainda bem que era apenas decoração: feita de aço e cobre, não se parecia com nada, exceto um imenso esqueleto humano, com o peitoral no formato de uma caixa torácica e um elmo que formava um crânio que o fitava. Aquilo o fez parar de súbito, e ele ficou encarando a peça até se dar conta do que deveria ser: uma das famosas criaturas mecânicas de Axel Mortmain, uma casca vazia que um dia abrigara um demônio. Os mesmos monstros que os pais de James derrotaram quando eram pouco mais velhos do que ele hoje.

Grace lhe dissera que Tatiana deixara a casa intocada por todos esses anos, mas isso não era completamente verdade: ela instalara o cadáver daquela criatura mecânica na galeria. Por quê? O que isso significava para ela? Seria admiração a Mortmain, que quase destruíra os Caçadores de Sombras?

James odiava dar as costas para aquela coisa, mas foi adiante, e rapidamente encontrou a porta do escritório de Tatiana. O cômodo estava cheio de caixas e engradados, pilhas de páginas amareladas e livros em decomposição. Na parede, havia o retrato de um menino, mais ou menos da mesma idade que James, olhos verdes brilhantes dominando o rosto macilento. James sabia quem deveria ser, embora jamais o tivesse visto: Jesse Blackthorn.

Havia uma caixa de metal disposta na mesinha baixa de ferro retorcido, abaixo do retrato do menino morto, entalhada de todos os lados com trepadeiras espiraladas que os Blackthorn usavam para decorar aparentemente tudo. O fecho era embutido na tampa, com um simples buraco de fechadura na superfície lisa.

Sem olhar diretamente para a caixa, ele tocou a tampa; sentiu seu corpo lampejar, entrando e saindo do estado de sombras com solavancos irregulares, e por um momento terrível viu aquela outra terra, o lugar devastado com árvores retorcidas.

Meteu a mão etérea através da tampa da caixa, agarrando uma serpente fria de metal, e então a puxou. Era a pulseira da mãe de Grace, exatamente como ela descrevera.

Saiu correndo do cômodo, da mansão. O luar através das janelas empoeiradas dos corredores ondulava e se contorcia como um monte de cobras prateadas.

Já quase em casa, James percebeu que ainda era sombra. Então parou num trecho de estrada ladeado por árvores densas e folhagem, nem a casa Blackthorn, nem a Herondale à vista. O céu estava escuro, a lua era de um prateado claro. O tom cinza ondulava em sua visão periférica quando James fechou os olhos e desejou se tornar sólido de novo.

Nada aconteceu.

Naquele momento, ele não era um ser que respirava, mas sentia que respirava mesmo assim, ainda que de maneira dificultosa e trêmula. Quando se tornara sombra durante a febre escaldante, fora apenas por momentos. E também não mais do que isso na Academia dos Caçadores de Sombras. Mas ele não fizera a mudança de propósito, em nenhuma das vezes.

Estranhamente, sua mente se voltava o tempo todo para Cordelia, para a voz dela buscando-o através da febre, das sombras. Ele caiu de joelhos, as mãos sem deixar marcas na poeira da estrada. Fechou os olhos. *Deixe-me voltar. Deixe-me voltar.*

Não me deixe sozinho nestas sombras.

Ele sentiu um solavanco, como se tivesse caído e atingido o chão com força: seus olhos se abriram rapidamente. Ele não era mais sombra. Levantou-se com dificuldade, agarrando o ar frio, límpido. O cinza sumira da periferia de sua visão.

— Bem — disse em voz alta, para ninguém —, nunca mais. Com certeza acabou. Nunca mais.

Na noite seguinte, Grace estava esperando por ele sob a sombra de um teixo, logo na entrada da Floresta Brocelind. Sem uma palavra, ele colocou a pulseira na mão dela.

Ela virou o objeto cuidadosamente várias vezes entre os dedos pálidos, e James viu o luar atingir a frase gravada na curva do metal.

LOYAULTÉ ME LIE. James sabia o significado. Fora a máxima de um rei da Inglaterra há muito falecido. *Lealdade Me Ata.*

— Era o lema dos Cartwright — disse Grace, com a voz muito baixa. — Fui Grace Cartwright um dia. — Um sorriso tocou os lábios dela, suave como o luar invernal. — Enquanto esperava por você, percebi o quanto fui tola ao pedir isso. Não tenho como usar sem que minha mãe veja. Nem mesmo ouso guardar em meu quarto caso ela encontre. — Grace se virou para ele. — *Você* usaria? — pediu ela. — Como meu amigo. Como meu único amigo verdadeiro. Então quando eu o vir, serei lembrada de quem sou.

— É claro — disse ele, seu coração se partindo por ela. — É claro que usarei.

— Estenda o braço — sussurrou Grace, quase inaudível, e ele obedeceu.

James disse a si mais tarde que jamais iria se esquecer de como foi sentir os dedos dela em sua pele, no jeito como toda a Floresta Brocelind, talvez toda Idris, dera um grande suspiro quando Grace suavemente travara o fecho da pulseira.

James abaixou o rosto para Grace. Como ele jamais notara que os olhos dela eram quase da exata cor da prata, como a pulseira?

Ele a usou durante todo o verão, no ano seguinte e no outro. Aliás, até hoje, ele não havia tirado a pulseira.

7

QUEDA DAS CANÇÕES

> *Alegre é o ecoar das palavras*
> *Quando o homem certo as ecoa,*
> *Bela é a queda das canções*
> *Quando o cantor as canta.*
>
> — Robert Louis Stevenson, *"Bright is the Ring of Words"*

— Você precisa entender — disse Charles, os olhos brilhando de seriedade. — Que o Enclave está extremamente irritado com você, James. Eu diria que alguns estão até mesmo com raiva.

Era a manhã subsequente à estranha visita dele a Chiswick; James estava sentado diante da escrivaninha de seu pai. Tessa jamais redecorara o escritório do Instituto, por isso o local ainda tinha uma atmosfera vitoriana sombria, com papel de parede da cor de pinho e tapeçaria de Aubusson. A cadeira de Will era de mogno pesado, os descansos dos braços lascados e arranhados. Charles Fairchild estava encostado na parede próxima à porta, a qual ele fizera questão de trancar. O cabelo ruivo brilhava como uma moeda velha e opaca à luz de pedras enfeitiçadas.

Após o café da manhã, Lucie fora recrutada por Tessa para ajudar na enfermaria. Os Irmãos do Silêncio tinham colocado Barbara, Piers e Ariadne em um sono profundo, imperturbado e encantado: tinham esperanças de que os três resistiriam ao veneno enquanto descansavam. Era possível sentir a sombra na casa, a atmosfera de enfermaria, juntamente à pesada tensão naquele cômodo.

— Isso parece muito perturbador para o Enclave, então — disse James. — Ruim para a dispepsia deles.

Ele estava tentando não olhar com raiva para Charles, mas estava perdendo a batalha. Mal dormira na noite anterior, depois de voltar para o Instituto com o pai. Uma situação teria sido se seu pai estivesse com raiva, mas estava claro que Will parecia mais preocupado do que qualquer outra coisa, e o fato de James ter ficado insistindo em dizer que saíra apenas para caminhar e acabara em Chiswick não ajudava a melhorar sua condição.

— Você precisa levar isso a sério, James — disse Charles. — Foi necessário usar uma Marca de Rastreamento para encontrar você...

— Eu não diria que foi *necessário* — retrucou James. — Eu não estava precisando de ajuda, nem estava perdido.

— James — chamou Will, sem se exaltar. — Você *desapareceu*.

— Eu deveria ter dito que estava saindo — falou James. — Mas... demônios nos atacaram à luz do dia ontem. Ainda temos três Caçadores de Sombras na enfermaria, e nenhuma cura para a condição deles. Por que o Enclave está concentrado em mim?

Um tom rubro invadiu o rosto de Charles.

— O Enclave está se reunindo agora para discutir a situação dos demônios. Mas somos Caçadores de Sombras, a vida simplesmente não para por causa de um ataque demoníaco. De acordo com Tatiana, você foi à casa dela na noite passada e exigiu ver Grace, e quando ela se negou, você quebrou a estufa dela em pedaços...

Will ergueu as mãos.

— Por que James vandalizaria uma construção aleatória por não conseguir ver uma menina? Isso é ridículo, Charles, e você sabe.

James semicerrou os olhos. Não queria encarar o pai e constatar sua inquietação: a gravata dele estava torta e o paletó, amassado; seu rosto evidenciava uma noite em claro.

— Eu disse a você, Charles. Jamais falei com a Sra. Blackthorn ou com Grace. Havia um demônio Cérbero naquela estufa.

— Talvez — disse Charles. Ele estava começando a fazer James se lembrar de um cãozinho relutante em entregar o sapato que mastigava. — Mas você jamais estaria em posição de vê-lo caso já não estivesse na propriedade da Casa Chiswick e tivesse invadido a estufa.

— Eu não invadi a estufa — disse James, o que era tecnicamente verdade.

— Então me diga o que você fez! — Charles bateu o punho direito na palma da mão oposta. — Se Tatiana está mentindo, então por que você não me conta o que aconteceu?

Fui para o Mundo das Sombras ver se conseguia encontrar uma conexão com os ataques demoníacos. Segui uma luz, que acredito ter sido Cortana, e de repente me vi na estufa, onde Cordelia Carstairs já estava sendo atacada por um tentáculo.

Não. Ninguém ia acreditar. E ainda pensariam que estava louco, e ele também arranjaria problemas para Cordelia, Matthew, Lucie, Thomas e Christopher.

Calado, James trincou os dentes.

Charles suspirou.

— Você nos deixa presumir o pior, James.

— Que ele é um vândalo irracional? Sinceramente, Charles — falou Will. — Sabe como Tatiana se sente em relação à nossa família.

— Eu matei um demônio naquela estufa — disse James, em tom contido. — Fiz o que deveria fazer. No entanto, é a mim que o Enclave culpa, e não a Caçadora de Sombras que mantém um demônio em sua propriedade.

Foi a vez de Will suspirar.

— Jamie, sabemos que Benedict tinha demônios Cérbero.

— Aquele que estava lá, e acredito em você quando diz que ele estava lá, não pode ser atribuído a Tatiana — falou Charles. — O restante da propriedade foi vasculhado e não havia mais nada. Foi um azar seu ter esbarrado naquele.

— Aquela estufa está cheia de plantas de magia sombria — disse James. Certamente alguém reparou nisso.

— Está — admitiu Charles —, mas considerando a gravidade das queixas dela, James, ninguém vai notar a presença de alguns arbustos de beladona no canteiro. E mesmo assim você não teria esbarrado no demônio se já não estivesse invadindo.

— Diga a Tatiana que pagaremos pelos reparos à estufa — falou Will, cansado. — Devo dizer que tudo isso me soa como um grande exagero, Charles. James por acaso estava lá, esbarrou num demônio, e as coisas tomaram seu curso natural. Você preferiria que ele o tivesse deixado à solta para devorar a vizinhança?

Charles pigarreou.

— Vamos nos ater aos aspectos práticos. — Às vezes James tinha dificuldade de se lembrar que Charles era um Caçador de Sombras, e não um dos milhares de banqueiros de chapéu-coco e terno que invadiam a Fleet Street toda manhã a caminho dos escritórios na cidade. — Tive uma longa conversa com Bridgestock mais cedo...

Will disse algo grosseiro em galês.

— Não importa o que você pensa dele, ele ainda é o Inquisidor — falou Charles. — E no momento, com minha mãe em Idris lidando com o caso Elias Carstairs, represento os interesses dela aqui em Londres. Quando o Inquisidor fala, eu preciso dar ouvidos.

James se sobressaltou. Não tinha conectado a viagem de Charlotte a Idris com a situação do pai de Cordelia. Mas supunha que deveria ter imaginado isso: lembrou-se de ter entreouvido a irmã e Cordelia em Kensington Gardens, Cordelia dizendo que seu pai havia cometido um erro. O medo em sua voz.

— Nenhuma punição é recomendada a James neste momento — prosseguiu Charles. — Mas James... sugiro que evite a Casa Chiswick, e também Tatiana Blackthorn e a filha dela de vez.

James ficou imóvel. As mãos do relógio antigo eram como lâminas, descendo lentamente sobre o mostrador, cortando o tempo.

— Deixe-me pedir desculpas a ela — falou James; a pulseira de prata parecia queimar em seu pulso. Ele não sabia se estava se referindo a Tatiana ou a Grace.

— Ora, James — começou Charles. — Você não deveria tentar fazer uma moça escolher entre você e a família dela. Não é educado. A própria Grace me contou que, se ela fosse se casar com um homem não aprovado por sua mãe, seria deserdada...

— Você mal a conhece — disparou James. — Uma viagem de carruagem...

— Eu a conheço melhor do que você pensa — falou Charles, com um lampejo de superioridade jovial.

— Vocês dois estão falando da mesma moça? — indagou Will, erguendo as sobrancelhas. — Grace Blackthorn? Não vejo...

— Não é nada. Nada. — James não suportava mais. Levantou-se, abotoando o paletó. — Preciso ir. Tem um laranjal em Kensington Gardens que precisa ser destruído. Moças, tranquem suas estufas. James Herondale está na cidade e ele foi rejeitado!

Charles pareceu ofendido.

— *James!* — exclamou, mas James já havia deixado o cômodo, marchando de raiva e batendo a porta ao sair.

Cordelia puxava nervosamente o tecido de seu vestido de visita. Muito surpreendentemente, um convite oficial para o chá de Anna Lightwood — em papel de carta com monograma, nada menos — chegara por correio naquela manhã. Cordelia ficou chocada por, depois de tudo o que acontecera, Anna ainda se lembrar da oferta aleatória. Mesmo assim, ela se agarrou à oportunidade de sair de casa com o mesmo afinco que um afogado se agarra a uma corda.

Cordelia mal pregara os olhos depois de chegar em casa na noite anterior. Aninhada sob a coberta, ela não conseguia evitar pensar no primo Jem e em seu pai, e, impotentemente, em James, como ele fora cuidadoso com seu tornozelo, o olhar dele ao falar sobre o Mundo das Sombras que só ele conseguia ver. Ela não conseguia encontrar um jeito de ajudá-lo, não mais do que podia ajudar ao pai. Cordelia se perguntava se essa impotência ante as pessoas que amava seria a pior sensação do mundo.

Então, no almoço, a mãe dela e Alastair ficaram se ocupando com as últimas fofocas — só Raziel sabia onde haviam descoberto —, sobre James ter sido flagrado perambulando pelos jardins de Tatiana Blackthorn, tendo quebrado todas as janelas dela e apavorado a mulher e a filha ao correr bêbado pelo gramado. Até mesmo Risa pareceu divertir-se ao encher o bule de chá.

Cordelia ficou horrorizada.

— *Não* foi isso o que aconteceu!

— E como *você* saberia? — disse Alastair, soando bem consciente do por quê ela saberia. Mas ele não poderia ter adivinhado, poderia? Cordelia não tinha como confirmar; Alastair costumava parecer saber muito mais do que deixava transparecer. Ela pensou com saudade no passado distante em que os dois resolviam suas diferenças acertando seus cocurutos com bules de brinquedo.

Então, que bom que houve o convite para o chá com Anna, mesmo que ela não tivesse nada decente para vestir. Cordelia, por fim, se avaliou no espelho de moldura decorada entre as janelas do hall. Embora seu vestido de princesa cor de maçã-verde com bordado rosa estivesse na moda e fosse bonito, todos os babados a faziam parecer um abajur antigo; e seu rosto acima do colarinho de renda parecia amarelado. Com um suspiro, pegou as luvas e a bolsa da mesa do corredor e foi até a porta.

— Cordelia! — Sona correu até ela, o salto das botas estalando no piso de paquete. — Aonde vai?

— Tomar chá com Anna Lightwood — falou Cordelia. — Ela me convidou ontem.

— Foi o que seu irmão disse, mas não dei atenção. Quero que você faça amigos, Layla. — Sona raramente usava o apelido que dera a Cordelia, uma homenagem à heroína do poema que as duas amavam, a não ser que estivesse preocupada. — Sabe que quero. Mas não tenho certeza se você deveria visitar a Srta. Lightwood.

Cordelia sentiu suas costas enrijecerem. Alastair viera presenciar a conversa das duas. Ele estava encostado à porta da copa, rindo.

— Aceitei o convite — disse ela. — Eu vou.

— No baile, na outra noite, entreouvi muitas conversas sobre Anna Lightwood — falou Sona —, e nenhuma delas foi lisonjeira. Há aqueles no Enclave que a veem como inadequada e impetuosa. Viemos aqui para fazer amigos e formar alianças, não para alienar os poderosos. Tem certeza de que ela é a melhor escolha para uma visita social?

— Ela me parece bastante adequada. — Cordelia levou a mão ao novo chapéu de palha, decorado com um buquê de seda e fitas.

Alastair falou da porta:

— Pode haver aqueles na geração mais antiga que reprovam Anna, mas em nossa faixa etária ela é uma das Caçadoras de Sombras mais populares de Londres. Não seria sábio que Cordelia recusasse o convite.

— Mesmo? — Sona pareceu curiosa. — Será verdade?

— É. — Alastair ajeitou uma mecha dos cabelos claros. Cordelia se lembrava de quando os cabelos do irmão eram negros como a asa de um corvo, antes de ele começar a tingir. — O tio de Anna é o chefe do Instituto. A madrinha dela é a Consulesa. Sem dúvida, as famílias mais proeminentes a se conhecer em Londres são os Herondale, os Lightwood e os Fairchild, e Anna está ligada a todas elas.

— Muito bem — disse Sona depois de uma pausa. — Mas Alastair, vá com ela. Faça uma breve visita e observe a etiqueta. Depois, se quiser, vocês dois podem fazer compras em Leadenhall Market.

Cordelia meio que esperava protestos de Alastair, mas ele apenas deu de ombros.

— Como quiser, mãe — disse ele, passando por Cordelia a caminho da porta. Já estava vestido para sair, pensou Cordelia com um misto de surpresa e interesse. Ele usava paletó de flanela cinza intenso, que combinava com seus olhos escuros. O contorno do cinto de armas estava levemente visível sob a bainha do paletó; o Enclave sugerira que todos os Caçadores de Sombras se armassem como precaução quando saíssem, mesmo à luz do dia. A própria Cordelia tinha Cortana presa às costas, enfeitiçada para que ficasse invisível aos mundanos.

Talvez Alastair realmente soubesse mais do que deixava transparecer.

O sol do fim da tarde brilhava forte em Grosvenor Square quando o pai de Matthew, Henry, atendeu a porta na casa da Consulesa.

James parou o que ele desconfiava ser uma batida excessivamente alta quando a porta foi aberta. Henry sorriu ao vê-lo; ele tinha um rosto comum, porém bondoso, cabelos ruivos desbotados a uma tonalidade marrom com traços grisalhos, e um indício do sorriso de Matthew.

— Entre, entre, James — pediu ele, dando ré na cadeira de rodas. Henry fora terrivelmente ferido 25 anos atrás, na Batalha de Cadair Idris, e jamais voltara a andar. Ele pegara uma cadeira de rodas Bath e debruçara seu espírito inventivo nela — agora estava equipada com uma versão menor das rodas de um automóvel. Acima de um dos ombros, havia um apêndice curvo com luz elétrica. E junto ao outro ombro, uma peça acoplada em formato de garra permitia que ele alcançasse objetos posicionados no alto. Uma prateleira sob o assento carregava livros.

Christopher adorava seu padrinho Henry e passava horas no laboratório dele, trabalhando em todo tipo de invenção, as quais incluíam as melhorias à cadeira de rodas Bath. Algumas tinham sido muito úteis, como o elevador a vapor instalado para que Henry pudesse chegar facilmente ao laboratório no porão; já outras, como a tentativa de Henry e de Christopher de criar um unguento repelente de demônios, não.

Henry tinha um espírito bondoso e acolhera James como *parabatai* de Matthew mesmo antes de os dois passarem pela cerimônia na Cidade do Silêncio.

— Matthew está no quintal lá atrás — dizia ele agora, seus olhos se enrugando nos cantinhos. — Ele falou algo sobre ler um livro cercado pelas belezas menos críticas da natureza.

James admitia que isso realmente era típico de Matthew.

— Ele está sozinho?

— A não ser que conte com Oscar. — Oscar Wilde era o cachorro de Matthew, o qual James encontrara perambulando pelas ruas de Londres e apresentara a Matthew. O cachorro adorava Matthew sem reservas, assim como as belezas da natureza.

James pigarreou.

— Tem algo que encontrei... um tipo estranho de pó... estava pensando se você poderia examinar para mim? Sabe, em seu laboratório?

A maioria das pessoas teria considerado aquele um pedido estranho. Não Henry Fairchild. Os olhos dele se iluminaram.

— Mas é claro! Dê aqui.

James passou o pequeno frasco de pó, o qual enchera do conteúdo de seu bolso na noite anterior.

— Vou dar uma olhada o mais rápido possível. Partirei em breve para ver Charlotte em Idris, mas não me demorarei lá. — Henry deu uma piscadela para James e manobrou a cadeira para o elevador que o levaria ao laboratório.

James passou pela antessala, pela sala de jantar, pela cozinha — onde fez uma reverência para a cozinheira, que acenou para ele com uma colher, como se cumprimento ou ameaça, ele não soube dizer muito bem —, e então saiu pela porta dos fundos, a qual dava para o quintal. Ele e Matthew tinham passado horas treinando ali: era um espaço verde e quadrado, acolhedor, com um imenso plátano no centro. Matthew estava de pé à sombra da árvore, lendo um livro. Estava tão concentrado que não ouviu a porta se fechar, nem mesmo reparou em James chegando pelo gramado.

Ele ergueu o rosto e arregalou os olhos verdes.

— James — disse ele, e a palavra soou como uma exalação de alívio. Ele rapidamente controlou a expressão, fazendo uma careta. — Não sei se abraço você como meu irmão ou se lhe golpeio como um inimigo.

— Eu voto na primeira opção — respondeu James.

— Creio que não seja realmente justo estar com raiva por causa da noite passada — refletiu Matthew. — Imagino que você tenha pouco controle sobre o acontece quando vai para o Mundo das Sombras. Mas depois que seu pai terminou de gritar com todos nós em galês por termos quebrado a janela dele e deixado você sair, chegou a notícia de que tinham rastreado você na Casa Chiswick, e eu *me perguntei*.

— Perguntou-se o quê? — James se empoleirou no braço de um banco branco de jardim.

— Se você tinha usado o Mundo das Sombras para visitar Grace — falou Matthew. — Quero dizer, o que mais há em Chiswick? Nada interessante.

— Não fui até lá voluntariamente — falou James.

— Então me conte o que aconteceu — pediu Matthew, enfiando o romance na fenda de uma árvore. — Na verdade, espere. — Ele estendeu a mão assim que James começou a falar. — Espere... espere...

— Vou matar você se continuar com isso — falou James.

Matthew sorriu, e ouviu-se o som de latidos. Cumprimentos barulhentos ecoaram pelos muros do jardim. Thomas e Christopher, tendo parado para cumprimentar um Oscar empolgado, desciam pelos degraus que levavam ao quintal.

— James! — gritou Christopher quando se aproximaram. — O que aconteceu ontem à noite? Para onde você desapareceu?

— Aí está, James — disse Matthew, presunçosamente. — Agora não precisa contar a história mais de uma vez.

— Sim, o que aconteceu com você ontem à noite? — ecoou Thomas.

— Você simplesmente sumiu, sabe. Matthew estava prestes a destruir o Instituto tijolo por tijolo para ver se você tinha caído na cripta, quando seu pai o rastreou em Chiswick.

— Por que Chiswick? — perguntou-se Christopher em voz alta. — Nada de interessante jamais acontece lá.

— Agora aconteceu — disse Matthew alegremente.

Antes que a conversa desandasse ainda mais, James explicou como fora para o Mundo das Sombras, como seguira uma luz e então se flagrara na estufa. Ele descreveu o demônio Cérbero distorcido e contou como o matou. Quando chegou na parte sobre Lucie e Cordelia, começou a parecer menos animado.

— Que diabos elas estavam fazendo lá?

— Foram verificar a Srta. Blackthorn e ver se ela estava bem — falou James, que também não tinha certeza se acreditava nessa história. Lucie estava com seus olhinhos alegres de contadora de histórias. E quanto a Cordelia... ele percebera com um leve abalo que não sabia se seria capaz de dizer se ela estava mentindo. Não a conhecia tão bem, embora sentisse como se devesse.

— Parece perigoso sair por aí à noite depois daqueles ataques — falou Matthew. — Lucie... as meninas não deveriam estar correndo tais riscos.

— Como se você fosse parar de sair à noite — observou Thomas. Ele e Christopher estavam estatelados na grama enquanto James relatava tudo. Matthew estava encostado no plátano, acariciando distraidamente a cabeça de Oscar. — Eis minha pergunta: por que a Casa Lightwood... quero dizer, Chiswick? Por que a *estufa*?

— Não faço ideia — disse James, guardando para si os pensamentos a respeito de Cortana; eram vagos demais e só fariam confundir as coisas. — Talvez porque o demônio estivesse lá?

— Demônios gostam mesmo de fazer residência em ruínas, principalmente aquelas onde há resquícios de ocultismo — falou Christopher. — E todos sabemos o que vovô Benedict estava tramando naquela casa. Foi por isso que ele se transformou em um verme.

— Ah — disse Matthew —, calorosas lembranças familiares.

— Bem, a Clave concorda com você — começou James. — Acreditam que o demônio esteja lá desde a época de Benedict. E embora pareça completamente desconectado aos ataques, eu sinto que temos visto um número incomum de demônios ultimamente, em lugares excepcionais.

— Demônios em lugares excepcionais era o lema de Benedict — falou Matthew, jogando um graveto para Oscar. — Como poderemos saber a opinião da Clave? Charles tem andado incrivelmente calado.

— Não comigo — falou James. — Ele veio me ver esta manhã.

A expressão de Thomas se fechou.

— Não me diga que ele acredita em toda aquela baboseira sobre você ter ido ver a Srta. Blackthorn e ter sido rejeitado...?

— Ele acredita — falou James, sem querer ouvir a história de novo. Já estava irritado consigo por ter deixado Charles provocá-lo falando de Grace; é claro que Charles não sabia nada de muito relevante a respeito dela. — Ou, no mínimo, eu fui incapaz de dar explicação melhor. Não posso dizer que estava passeando pelo Mundo das Sombras. Melhor, suponho, eles acharem que sou um lunático apaixonado.

— Mas você mal conhece a Srta. Blackthorn — disse Christopher, beliscando um pedaço de grama.

Os olhos de James encontraram os de Matthew, que o fitava com empatia, mas ao mesmo tempo exibia uma clara afirmação nos olhos verdes. *Está na hora.*

— Eu conheço Grace — falou James. — E eu a amo. — Ele contou sobre os verões em Idris, a Mansão Blackthorn ao lado, e as horas que passara com Grace em Brocelind, pintando imagens de Londres nas descrições para ela, a grande cidade que a jovem jamais vira. Revelou também que

Tatiana Blackthorn o odiava, e falou do aviso de Charles para ficar longe dos Blackthorn. Quando terminou, as primeiras estrelas começavam a sair no céu noturno.

Christopher foi o primeiro a falar.

— Eu não sabia que você estava apaixonado, James. Sinto muito. Devia ter prestado atenção.

— Eu também não sabia — falou Thomas —, e eu *estava* prestando atenção.

James falou:

— Sinto muito por não ter contado antes. Grace sempre se preocupou que a mãe dela pudesse descobrir e ficar furiosa. Nem mesmo Lucie sabe.

Embora, ele percebeu, Cordelia soubesse. Nem mesmo parecera estranho contar a ela.

Thomas franziu a testa.

— Minha tia Tatiana é louca. Meu pai sempre disse isso, que a irmã foi levada à loucura por causa do que aconteceu ao pai e ao marido dela. Ela culpa nossos pais pela morte deles.

— Mas James nunca fez nada para ela — falou Christopher, contraindo as sobrancelhas.

— Ele é um Herondale — informou Thomas. — Isso basta.

— Isso é ridículo — retrucou Christopher. — É como se a pessoa fosse mordida por um pato, e anos depois matasse um pato totalmente diferente e o comesse no jantar, alegando vingança.

— Por favor, não use metáforas, Christopher — disse Matthew. — Isso me dá arrepios.

— Já é ruim o bastante sem mencionar patos — acrescentou James. Ele jamais gostara de patos, desde que fora mordido por um em Hyde Park, quando era pequeno. — Sinto muito, Thomas. Sinto como se tivesse fracassado em ajudar Barbara.

— Não — interveio Thomas rapidamente. — A gente mal começou. Eu estava pensando, talvez você e Matthew devessem ir à Taverna do Diabo e verificar os livros. Há volumes lá que a Clave jamais encontrará se esquadrinhar a biblioteca do Instituto. Poderíamos ver se há menção a essas criaturas demoníacas da luz do dia.

— E quanto a Christopher? — indagou Matthew.

Christopher ergueu um frasco cheio de uma substância vermelha.

— Consegui pegar um pouco do sangue que os Irmãos do Silêncio colheram de um dos pacientes ontem à noite — disse ele, orgulhoso. — Pretendo misturar ciência moderna e magia de Caçadores de Sombras para tentar criar um antídoto para o veneno demoníaco. Henry disse que posso usar o laboratório enquanto ele estiver em Idris.

Thomas semicerrou os olhos.

— É melhor que este não seja o sangue da minha irmã.

— É de Piers — acrescentou Christopher —, mas, pelo bem da ciência, não deveria fazer diferença.

— E, no entanto, estamos todos aliviados — falou James. — Matthew e eu podemos ir à Fleet Street, e talvez Thomas devesse ajudar Christopher no laboratório?

Thomas suspirou.

— Sempre acabo ajudando Christopher no laboratório.

— É porque você é notoriamente bom em evitar explosões — explicou James —, e também porque sabe xingar em espanhol.

— Como isso ajuda? — perguntou Thomas.

— Não ajuda — falou James —, mas Christopher gosta. Agora...

— *James!* — Era Henry, chamando de dentro da casa.

James saiu correndo. Oscar tinha caído no sono no gramado, as patinhas apontadas para o ar.

Houve um breve silêncio. Matthew pegou o livro da árvore e alisou a capa.

— Grace — disse Thomas, por fim. — Como ela é? Não creio que tenhamos trocados mais do que duas palavras.

— Muito tímida — começou Matthew. — Muito calada, parece dolorosamente assustada grande parte do tempo, mas é sempre admirada em eventos sociais.

— Isso é estranho — falou Thomas.

— Não muito — retrucou Christopher. — Homens gostam dessa ideia da mulher à espera do salvamento.

Tanto Matthew quanto Thomas olharam para ele, surpresos. Christopher deu de ombros.

— Ouvi minha mãe dizer certa vez — assumiu ele. — Parece verdade neste caso.

— Acha que ela está apaixonada por James? — perguntou Thomas. — Porque ele parece caidinho por ela. Espero que ele seja correspondido.

— É bom mesmo que ela retribua — rebateu Matthew. — Ele merece.

— Nem sempre amamos pessoas que merecem — falou Thomas, baixinho.

— Talvez não — disse Matthew. — Mas geralmente não amamos aqueles que não merecem, e com muita razão também. — Os dedos dele agarraram o livro que ele segurava com tanta força, que ficaram pálidos.

Thomas levou um dedo aos lábios. James tinha voltado, trazendo uma carta. O endereço escrito com letra definitivamente feminina: *J.H., aos cuidados de Matthew Fairchild. URGENTE.*

— Alguém mandou uma carta para você aqui? — perguntou Thomas, curioso. — É de Grace?

James, que já havia lido as primeiras linhas, assentiu.

— Ela não queria arriscar me deixar em maus lençóis com o Enclave. Ela sabia que ou eu estaria aqui, ou Matthew me encontraria e entregaria o recado. — James tinha certeza de que os amigos falavam dele em sua ausência, mas não se importava: seu alívio ao ver a letra de Grace pareceu palpável. As curvas e os arabescos dos traços dela eram tão familiares quanto a floresta perto da Mansão Herondale.

— Então, o que diz? — indagou Matthew. — Ela adora seu rosto e anseia por passar os dedos entre seus embaraçados cabelos pretos de corvo?

— Ela quer que eu a encontre esta noite, às dez horas — falou James. Enfiou a carta no bolso, a mente acelerada. — É melhor eu ir. Não tenho como enviar uma resposta, e vou ter que andar... as ruas estão tomadas pelo tráfego.

— Não pode andar até Chiswick... — protestou Thomas.

James balançou a cabeça.

— É claro que não. Ela propôs um lugar em Londres, um lugar em que Matthew e eu costumávamos fazer exercícios de equilíbrio. Descrevi para ela certa vez.

— Mesmo assim. — Matthew pareceu hesitante. — É inteligente? Meu irmão é um idiota, mas se o Enclave quer que você fique longe dos Blackthorn...

— Eu preciso ir — falou James, sem querer explicar; ele conhecia seus amigos, e eles iriam insistir em ir junto se ele explicasse. Melhor partir agora e deixar que pensassem que a preocupação era puramente romântica. Ele se abaixou para acariciar a cabeça de Oscar e disse: — Thomas, Christopher, cuidem do trabalho de laboratório. Matthew, vejo vocês depois que voltar do encontro com Grace, e então iremos até a Diabo.

— Estou sempre indo à Diabo — falou Matthew, com um brilho no olho.

— Estarei na taverna à meia-noite. Junte-se a mim lá quando puder.

James pediu licença e saiu apressado da casa. A carta em seu bolso parecia pulsar contra o peito, como um segundo coração. Repetidas vezes, ele lera a última linha que Grace escrevera:

Esperarei lá, e rezarei para que você venha. Ajude-me, James. Estou em perigo.

Alastair deixou Cordelia na casa de Anna com um mecânico tapinha na cabeça e a promessa de voltar pouco antes das nove da noite. Como a mãe deles costumava servir o jantar às nove, Cordelia achou um tanto em cima da hora, mas ele saiu chacoalhando na carruagem antes que ela pudesse sequer perguntar seu destino. Ela não podia dizer que estava completamente surpresa.

Com um suspiro, Cordelia se virou para encarar a Percy Street, uma ruazinha lateral perto de Tottenham Court Road. Era composta de longas fileiras de casas de tijolo vermelho muito semelhantes entre si. Todas tinham janelas de caixilho, portas pintadas de branco, chaminés de tijolos, um conjunto de degraus curtos e uma cerca para a entrada dos criados feita de ferro retorcido preto.

Diante do número 30, uma jovem sentada na escadaria estava chorando. Seu traje era o que havia de mais moderno, um vestido de passeio de seda azul com bainha de renda e acres de babados na saia. Usava um arco bordado com rosas de seda, as quais tremelicavam no ritmo dos soluços da moça.

Cordelia verificou o endereço anotado, esperando que tivesse se enganado. Infelizmente, era mesmo o número 30. Ela suspirou, aprumou os ombros e se aproximou.

— Com licença — disse ao chegar aos degraus. A jovem os bloqueava completamente; não havia jeito de passar por ela educadamente. — Estou aqui para ver Anna Lightwood?

A cabeça da moça se levantou. Ela era muito linda: loira e de bochechas rosadas, embora estivesse chorando.

— Quem é você, então? — indagou ela.

— Eu, ah... — Cordelia olhou com mais atenção para a moça. Definitivamente mundana: sem Marca, sem feitiço de disfarce. — Sou a prima dela? — Não era exatamente verdade, mas parecia a coisa certa a se dizer.

— Ah. — Parte da desconfiança abandonou o rosto da jovem. — Eu... eu estou aqui porque... bem, porque é simplesmente tão, tão terrível...

— Posso perguntar qual é o problema? — indagou Cordelia, embora não estivesse animada para descobrir qual era, pois parecia o tipo de coisa que exigiria dela uma solução.

— Anna — choramingou a jovem. — Eu a amava... eu ainda a amo! Teria desistido de tudo por ela, tudo, etiquetas sociais e todas as regras, só para estar com ela, mas ela me jogou fora como um cão na rua!

— Ora, Evangeline — cantarolou uma voz, e Cordelia ergueu o olhar e flagrou Anna debruçada em uma janela do andar de cima. Ela usava um luxuoso penhoar masculino de brocado roxo e dourado, e o cabelo era uma touca de ondas soltas e curtas. — Não pode dizer que foi jogada fora como um cachorro quando tem sua mãe, dois cocheiros e um mordomo vindo buscá-la. — Ela acenou. — Oi, Cordelia.

— Oh, Céus — falou Cordelia, e deu leves tapinhas no ombro de Evangeline.

— Além do mais, Evangeline — disse Anna. — Você vai se casar na quarta-feira. Com um baronete.

— Não quero ele! — Evangeline se levantou com um salto. — Quero você!

— Não — disse Anna. — Você quer um baronete. Não quer viver em meu apartamentinho bagunçado. Agora vá, Evangeline, seja uma boa menina.

Evangeline caiu em uma nova torrente de lágrimas.

— Achei que eu fosse especial — choramingou ela. — Depois de todas as outras moças... achei que elas não significassem nada...

— Não significaram — disse Anna, alegremente. — E você também não. Suba, Cordelia, a água já está fervida.

Evangeline soltou um gritinho que fez Cordelia recuar num salto, temendo pela própria vida. Daí a outra ficou de pé, os cachos dourados esvoaçando.

— Não aceitarei isto! — anunciou ela. — Vou entrar de novo!

Anna pareceu alarmada.

— Cordelia, por favor, impeça-a, minha senhoria odeia confusões...

Ouviu-se o som de cascos estalando pela rua, ficando rapidamente mais altos. Uma carruagem leve puxada por dois cavalos cinza iguais disparava pela rua; uma mulher majestosa usando saia rodada e redingote estava no assento do cocheiro. Ela parou bruscamente diante da casa e virou um rosto furioso para o número 30.

— Evangeline! — rugiu. — Entre na carruagem neste instante!

Todo o fulgor se extinguiu de Evangeline.

— Sim, mamãe — disse a moça, esganiçada, e correu para a carruagem.

As plumas do chapéu da mãe de Evangeline tremiam enquanto ela olhava seriamente para Anna, que estava sentada na janela de caixilho, examinando um charuto apagado.

— Você! — gritou ela. — Você é uma desgraça! Partindo o coração de moças dessa forma! Uma desgraça absoluta, senhor! Se fosse um século atrás, eu lhe daria um tapa na cara, decididamente!

Anna caiu na gargalhada. A porta da carruagem bateu, e os cavalos saíram galopando. As rodas da carruagem rangeram conforme o transporte foi seguindo em disparada em direção à esquina, e estava logo fora de vista.

Anna olhou para Cordelia, agradavelmente.

— Suba — disse ela. — Estou no segundo andar e deixarei a porta aberta para você.

Sentindo-se como se tivesse sido carregada por um tufão, Cordelia subiu as escadas e entrou em um corredor um pouco surrado. Uma lâmpada brilhava em uma alcova a meio caminho dos degraus internos. O tapete estava em frangalhos e o corrimão tão cheio de farpas que ela temia tocá-lo, e quase tropeçou nos últimos três degraus baixos.

A porta de Anna estava, como ela dissera, bem aberta. Por dentro, o apartamento era muito mais agradável do que Cordelia imaginara, considerando o estado do corredor. Papel de parede vitoriano antigo em verde-escuro e dourado, uma diversidade casualmente disposta de móveis que não combinavam, mas gloriosos mesmo assim, como exércitos rivais de encontro a uma paz peculiarmente harmônica. Havia um sofá assustadoramente grande de veludo dourado e desgastado, algumas poltronas de encosto alto e forradas com almofadas de tweed, um tapete turco e um abajur Tiffany com dezenas de vitrais coloridos. A cornija da lareira estava decorada com uma diversidade de facas posicionadas em diversos ângulos, cada uma com um reluzente cabo encrustado de joias; sobre uma mesinha ao lado da porta do quarto, havia uma grande cobra de duas cabeças empalhada, de cores vibrantes.

— Vejo que está examinando Percival — falou Anna, apontando a serpente. — Espetacular, não é?

Ela estava de pé diante da janela de caixilho, olhando para fora enquanto o sol mergulhava atrás dos telhados de Londres. O penhoar estava aberto no corpo longilíneo, revelando a Cordelia a calça escura e uma camisa de cavalheiros branca simples. Estava desabotoada até abaixo da clavícula; a pele dela era apenas um tom mais escuro do que a brancura da camisa, e o cabelo, cacheado na nuca, era do mesmo tom dos fios de James Herondale. Preto Herondale, a cor da asa de um corvo.

— Ele certamente é bem colorido — disse Cordelia.

— Ele foi um presente de amor. Jamais cortejo moças entediantes. — Anna se virou para olhar para Cordelia, o penhoar esvoaçando como asas. Suas feições não eram o que Cordelia consideraria bonitas, ela era deslumbrante, estonteante, até. "Bonita" parecia uma palavra trivial e imprecisa demais para Anna.

— Aquela mulher chamou você de "senhor"? — indagou Cordelia com curiosidade. — Ela achou que você fosse um homem?

— Possivelmente. — Anna atirou o charuto na lareira. — Melhor deixar as pessoas acreditarem no que quiserem, de acordo com minha experiência.

Ela se jogou no sofá. Nenhum suspensório segurava sua calça, mas, diferentemente dos homens para os quais elas eram feitas, Anna tinha quadril, e a calça se colava nele, agarrando-se, justa, a suas curvas suaves.

— Pobre Evangeline — disse Cordelia, soltando a alça que prendia Cortana e apoiando a espada na parede. Alisando a saia, ela se acomodou em uma das poltronas.

Anna suspirou.

— Esta não é a primeira vez que tentei romper com ela — falou. — Das últimas vezes fui mais cuidadosa, mas conforme o dia do casamento dela foi se aproximando, senti que era preciso ser cruel para ser bondosa. Jamais quis arruinar a vida dela. — Ela se inclinou para a frente, sua atenção toda em Cordelia. — Agora, Cordelia Carstairs... conte-me todos os seus segredos.

— Acho melhor não. Não conheço você muito bem.

Anna gargalhou.

— Você é sempre tão direta? Por que veio para o chá se não queria fofocar?

— Eu não disse que não queria fofocar. Só não quero falar de mim.

O sorriso de Anna se intensificou.

— Você é uma coisinha irritante — disse ela, embora não soasse irritada. — Ah! A chaleira.

Ela deu um salto num redemoinho de brocados brilhantes e se ocupou na pequena cozinha com paredes de pintura alegre e uma janelinha que dava para a fachada de tijolos do prédio vizinho.

— Ora, então, se quiser fofocar, mas não quiser me contar sobre você, por que não me fala de seu irmão? Ele é tão terrível quanto costumava ser na Academia?

— Você frequentou a Academia com Alastair? — Cordelia ficou surpresa; certamente Alastair teria mencionado.

— Não, James e Matthew e o restante dos Ladrões Alegres frequentaram, e Matthew diz que ele era uma peste miserável e atormentava a todos eles. Sem querer ofender. Admito, Thomas jamais falaria mal dele. Açúcar? Não tenho leite.

— Sem açúcar — disse Cordelia, e Anna se virou de volta para a sala com o chá numa xícara lascada e um pires. Ela entregou a Cordelia, que equilibrou o conjunto desajeitadamente nos joelhos.

— Alastair é bastante horrível — admitiu ela —, mas não acho que ele tenha a intenção de ser.

— Acha que ele está apaixonado? — indagou Anna. — As pessoas podem ser terríveis quando estão apaixonadas.

— Não sei por quem ele estaria apaixonado — disse Cordelia. — Ele mal teve tempo de se apaixonar por alguém, pois acabamos de chegar a Londres, e duvido que os últimos acontecimentos tenham dado motivos a qualquer um para se apaixonar...

— O que seu pai fez exatamente? — quis saber Anna.

— O quê? — Cordelia quase derramou o chá.

— Bem, todos sabemos que ele fez algo terrível — falou Anna. — E que sua mãe veio até aqui para voltar às graças da sociedade dos Caçadores de Sombras. Espero que as pessoas não sejam muito esnobes em relação a isso. Eu gosto bastante da sua mãe. Ela me lembra uma rainha saída de um conto de fadas, ou um peri de *Lalla Rookh*. Você é meio persa, não é?

— Sim — disse Cordelia, um pouco cautelosa.

— Então por que seu irmão é tão loiro? — perguntou Anna. — E você é tão ruiva... achei que persas tivessem o cabelo mais escuro.

Cordelia apoiou a xícara.

— Há todo tipo de persas, cada um com suas diferenças — explicou ela. — Você não esperaria que todos na Inglaterra se parecessem, não é? Por que seria diferente para nós? Meu pai é britânico e muito branco, e o cabelo da minha mãe era ruivo quando ela era menina. Então escureceu, e quanto a Alastair... ele pinta o cabelo.

— Ele pinta? — As sobrancelhas de Anna, graciosamente arqueadas, subiram. — Por quê?

— Porque ele odeia seu cabelo, pele e olhos escuros — disse Cordelia. — Sempre odiou. Temos uma casa de campo em Devon, e as pessoas costumavam ficar olhando quando íamos à cidade.

As sobrancelhas de Anna tinham parado de subir e assumiram uma aparência decididamente ameaçadora.

— As pessoas são... — Ela se calou, dando um suspiro e então soltando uma palavra que Cordelia não conhecia. — Agora sinto empatia por seu irmão, e essa era a última coisa que eu queria. Rápido, me faça uma pergunta.

— Por que você queria me conhecer? — indagou Cordelia. — Sou mais jovem do que você, e você deve conhecer um monte de gente mais interessante.

Anna ficou de pé, e o penhoar de seda ondulou.

— Preciso me trocar — disse ela, sumindo para o quarto. Fechou a porta, mas as paredes eram finas: Cordelia conseguiu ouvi-la perfeitamente bem quando ela falou de novo. — Bem, a princípio, foi porque você é uma novata em nosso grupo, e eu estava me perguntando se você seria boa o bastante para nosso Jamie ou nosso Matthew.

— Boa o bastante para eles em que sentido?

— Bem, casamento, é claro — disse Anna. — Qualquer outra coisa seria escandalosa.

Cordelia cuspiu. Ela ouviu Anna gargalhar. A moça tinha uma risada macia e densa, como manteiga derretida.

— É divertido demais provocar você — disse ela. — Quis dizer boa o bastante para conhecer os segredos deles, e os de Christopher e Tom também. Eles são meus preferidos, aqueles quatro, você deve ter notado. E, bem, a leva atual de moças em Londres é bastante ruim... é claro que Lucie é um encanto, mas ela jamais enxergará nenhum dos meninos como nenhuma outra coisa senão irmãos.

— Parece racional — resmungou Cordelia —, principalmente no caso de James.

— Eles precisam de uma musa — falou Anna. — Alguém que os inspire. Alguém para conhecer seus segredos. Você gostaria de ser a musa deles?

— Não — falou Cordelia. — Eu gostaria de ser uma heroína.

Anna colocou a cabeça para fora da porta e fitou Cordelia sob os densos cílios escuros por um bom tempo. Então sorriu.

— Eu já desconfiava disso — comentou, sumindo de novo. A porta bateu. — Foi *esse* o motivo pelo qual chamei você aqui.

A cabeça de Cordelia estava girando.

— Como assim?

— Estamos em perigo — gritou Anna. — Todos nós, e a Clave não quer enxergar isso. Temo que se medidas não forem tomadas, será tarde demais para Barbara e Piers e... Ariadne. — Havia um leve tremor na voz dela. — Eu preciso da sua ajuda.

— Mas o que eu posso... — começou Cordelia, e parou ao ouvir a porta da frente, do andar de baixo, se escancarar.

— Anna! — Uma voz masculina grave ecoou escadaria acima. Foi logo acompanhada pelo ritmo de pés correndo, e Matthew Fairchild surgiu na sala de estar de Anna.

8
Não em uma terra estranha

*Mas (quando tão triste que não se pode mais entristecer)
Chore; — e sobre vós tão dolorida perda
Brilhará o caminho da escada de Jacó
Inclinada entre o Céu e Charing Cross.*

— Francis Thompson, *"In No Strange Land"*

Matthew usava um colete de brocados e um chapéu de seda novo, que neste momento estava amassado em sua mão, embora a cabeça estivesse exposta, os cachos desarrumados. Pedras reluziam no alfinete de sua gravata e nos punhos, e o anel com a insígnia brilhava na mão.

— Anna, você não vai acreditar... — Ele parou ao ver Cordelia. — O que você está fazendo aqui?

Cordelia não tinha certeza se uma pergunta tão grosseira merecia resposta.

— Tomando chá.

O olhar dele percorreu a sala. Os olhos de Matthew eram da cor mais peculiar, um tom verde-claro sob alguns tipos de iluminação, um tom mais escuro em outros.

— Não vejo Anna — disse ele, soando chocado e um pouco desconfiado, como se suspeitasse que Cordelia tivesse escondido Anna no bule de chá.

— Ela está no quarto — falou Cordelia com o máximo de frieza possível.
— Sozinha? — indagou Matthew.
— Matthew! — gritou Anna do quarto. — Não seja ridículo.

Matthew seguiu até a porta do quarto de Anna, virando a cabeça para falar com ela pela fresta. Estava claro que não se importava se Cordelia ouvisse.

— Eu tive um dia enlouquecedor — disse ele. — James foi caluniado por Tatiana Blackthorn, e meu irmão mais velho a está apoiando até a última palavra; James saiu para se encontrar com Grace. Estou aqui para ficar bêbado e me esquecer da coisa tola que meu *parabatai* está fazendo. — Ele olhou para o relógio. — E também preciso estar em Fleet Street à meia-noite.

Anna surgiu, espetacular num paletó de veludo preto, calça combinando e uma camisa de seda branca amarrada na altura da gola. Um monóculo pendia do pescoço e as botas eram pretas lustrosas. Entre ela e Matthew, era difícil dizer quem tinha saído de uma ilustração da revista *Punch* sobre a glamorosa juventude de hoje.

— Um conto terrível — falou Anna. — Vamos?
— Certamente — concordou Matthew. — Cordelia, foi encantador, senão surpreendente, ver você.
— Não precisa se despedir — falou Anna, calçando um par de luvas brancas. — Cordelia virá conosco. Por isso eu a convidei para cá.
— Achei que você quisesse tomar chá! — protestou Cordelia.
— Ninguém jamais quer apenas tomar chá — disse Anna. — Chá é sempre um pretexto para um compromisso clandestino.
— Anna, Cordelia é uma moça respeitável — falou Matthew. — Ela pode não querer arriscar sua reputação saindo por aí com integrantes do Submundo e réprobos.
— Cordelia quer ser uma heroína — falou Anna. — Não se consegue isso ficando em casa costurando. — Os olhos dela reluziram. — Eu estava na reunião do Enclave hoje; você não estava. Sei como o Enclave decidiu lidar com a atual situação, e não acho que vá ajudar aqueles que estão enfermos, ou que vá evitar um novo ataque demoníaco.

Quando Matthew falou, a grosseria tinha abandonado sua voz.

— Achei que Barbara estivesse melhorando. Thomas disse...

— Os Irmãos do Silêncio sedaram todos os feridos — disse Cordelia, que soubera por Alastair. — Eles têm esperanças de que eles se curem, mas...

— Ter esperança não é uma solução — falou Anna. — A Clave insiste que foi um ataque aleatório de demônios, o qual aconteceu não à luz do dia, mas sob a cobertura das nuvens. Eles colocaram patrulhas no Regent's Park.

— Não foi aleatório — falou Cordelia. — Havia mundanos no parque também, nenhum deles foi atacado.

— E os demônios vieram antes de a cobertura das nuvens aparecer — falou Matthew. — Quando Piers caiu gritando, o sol ainda estava visível.

— Você está começando a enxergar o problema — disse Anna. — Vários membros do Enclave fizeram essas observações, dentre eles meus pais, mas a maioria prefere pensar nisso como um problema conhecido. Não como algo novo.

— E você acha que é algo novo — sugeriu Cordelia.

— Tenho certeza de que é — respondeu Anna. — E quando uma nova ameaça sobrenatural chega a Londres, quem são os primeiros a ficar sabendo? *Integrantes do Submundo.* Deveríamos estar investigando no Submundo. Houve uma época em que a Clave tinha conexões com Altos Feiticeiros, com os líderes dos clãs dos vampiros e dos lobisomens. Com a Rainha da Corte Seelie. — Ela balançou a cabeça, frustrada. — Sei que tio Will e tia Tessa fizeram o possível, mas essas alianças foram abandonadas até se deteriorarem, e agora Caçadores de Sombras só podem contar com eles mesmos.

— Entendo — falou Matthew, cujos olhos começavam a brilhar. — Vamos para a Hell Ruelle, então.

— Matthew e eu costumamos frequentar um salão artístico em um prédio cujo dono é o Alto Feiticeiro de Londres — disse Anna. — Malcolm Fade.

— Malcolm Fade? — Cordelia ouvira falar dele. Altos Feiticeiros das cidades às vezes eram eleitos. Às vezes eles simplesmente reivindicavam o título. Malcolm Fade aparecera em Londres em algum momento da virada do século e anunciara que seria o Alto Feiticeiro, pois Ragnor Fell estava deixando o posto e Magnus Bane já não era visto por ninguém há um tempinho.

Lucie ficara eletrizada, principalmente quando ele fizera uma visita ao Instituto e conversara com Will e Tessa. Ela contou que o feiticeiro tinha os cabelos da cor do sal e olhos da cor de violetas, e ficara quase uma semana apaixonada por ele, só falando disso nas cartas.

— Todo integrante do Submundo relevante estará lá — falou Anna. — Está na hora de fazermos o que fazemos de melhor.

— Beber? — falou Matthew.

— Sermos encantadores — replicou Anna. — Fazermos perguntas. Vermos quais informações podemos conseguir. — Ela estendeu a mão enluvada. — Venha, venha. Levante-se. A carruagem está lá embaixo, Matthew?

— Ao seu dispor — brincou ele. — Tem certeza de que quer vir, Cordelia? Será escandaloso.

Cordelia nem se deu ao trabalho de responder, simplesmente pegou Cortana ao saírem do apartamento. Estava escuro lá fora; o ar estava frio e úmido. Uma carruagem com o brasão da Consulesa pintado na porta esperava por eles na rua. Alguém deixara um buquê de rosas, só que com as flores decepadas, nos degraus da frente. Evangeline ou uma menina diferente?

— Então, que tipo de *salon* é esse, exatamente? — perguntou Cordelia quando a porta da carruagem foi aberta e Matthew a ajudou a entrar. Um dos criados da Consulesa, um homem de meia-idade com cabelo castanho, estava sentado impassivelmente no lugar do cocheiro.

Ela ouvira falar dos *salons*, é claro — reuniões onde os grandes e famosos e os nobres se encontravam para apreciar arte e poesia. Dizia-se que mais coisas ousadas aconteciam lá também, às sombras e nos jardins escuros, casais se reunindo para encontros românticos onde ninguém podia vê-los.

Anna e Matthew subiram depois dela, Anna desdenhando da mão prestativa de Matthew.

— Um exclusivo — falou Anna, acomodando-se no banco de veludo. — Alguns dos membros mais famosos do Submundo frequentam.

A carruagem partiu depressa.

Anna continuou:

— De alguns você pode ter ouvido falar; de outros, não. Alguns têm reputações injustas, e outros têm reputações mais do que merecidas.

— Jamais pensei em integrantes do Submundo como interessados em pintura e poesia — falou Cordelia. — Mas imagino que não haja motivo para não se interessarem, não é? É que não são coisas que Caçadores de Sombras fazem. Não criamos assim.

— Nós podemos — disse Matthew. — Simplesmente nos é dito que não deveríamos. Não confunda condicionamento com inabilidade nata.

— Você cria, Matthew? — perguntou Cordelia, olhando-o com atenção.

— Você desenha, pinta ou escreve poesia?

— Lucie escreve — explica Matthew, seus olhos como água escura. — Achei que ela escrevesse para você, às vezes.

— Lucie se preocupa — falou Cordelia. — Ela não diz, mas eu sei que se preocupa que toda a escrita não dê em nada, porque é uma Caçadora de Sombras e isto precisa vir primeiro. — Ela hesitou. — O que significa "Hell Ruelle"?

Os olhos de Anna brilharam. Ela respondeu:

— Reuniões acadêmicas oficiais em Paris sempre foram controladas por homens, mas *salons* são um mundo governado por mulheres. Uma famosa senhora nobre sentava seus convidados artísticos em sua *ruelle*, o espaço entre a cama dela, a cama de qualquer dama, na verdade, e a parede. Um lugar *escandaloso*. Informalmente, uma reunião artística presidida por uma mulher ficou conhecida como "ruelle".

— Mas pensei que você tivesse dito que Malcolm Fade liderava esse.

— Ele é dono do prédio — falou Anna. — Mas quanto a quem lidera, você verá em breve.

Cordelia não gostava de ter que esperar para descobrir as coisas. Ela suspirou e olhou pela janela.

— Para onde estamos indo?

— Berwick Street — respondeu Anna, e deu uma piscadela. — No Soho.

Cordelia não conhecia muito de Londres, mas sabia que o Soho era onde os boêmios perambulavam. Escritores devassos e artistas famintos, socialistas sem dinheiro e aspirantes a músicos, ombro a ombro com uma mistura de donos de lojas, comerciantes, aristocratas decadentes e damas que não eram lá muito melhores do que eles.

Sempre parecera incrivelmente empolgante, e exatamente o tipo de lugar ao qual sua mãe jamais a deixaria ir.

— Soho — sussurrou ela quando a carruagem passou chacoalhando por uma rua escura e estreita com barracas de uma feira pública montadas na calçada. Lamparinas de nafta iluminavam os rostos dos donos das barracas, que conversavam e negociavam com clientes seus pratos e canecas de porcelana lascada e roupas de segunda mão. Cavalheiros... bem, não eram cavalheiros, muito provavelmente, pensou Cordelia, experimentavam sobretudos e paletós na rua, suas esposas tateando o tecido e exclamando sobre o corte. O açougueiro de Boswell tinha aberto as portas e vendia cortes de carne, "Aqui você encontra qualquer coisa que vá estragar antes de amanhã, querida", explicou Anna, reparando o olhar curioso de Cordelia sob a luz das lamparinas a gás, e havia padeiros e mercadores fazendo o mesmo. Eles passaram por uma loja de chá e então pelo pub Blue Posts, as janelas vivas com luz.

— Aqui — disse Anna, e a carruagem parou. Eles saíram e se viram na esquina da Berwick, num pequeno beco chamado Tyler's Court, que saía da rua principal. O ar estava tomado por risadas e gritaria, e pelo cheiro de castanhas tostando.

Depois de uma breve e sussurrada conferência com Matthew, Anna desapareceu beco adentro, a figura alta de trajes pretos se misturando quase imediatamente às sombras. Cordelia foi deixada a sós com Matthew. Ele tinha o chapéu inclinado sobre um dos olhos e a olhava pensativamente.

Cordelia olhou para as placas das lojas. Via as silhuetas de mulheres paradas às portas. Pensou em sua mãe dizendo, *Uma mulher caída, sabe.* Como se a moça em questão tivesse meramente perdido o equilíbrio. Cordelia tentou imaginar. Beijar homens por dinheiro, fazer mais do que apenas beijar...

— Em que está pensando? — perguntou Matthew.

Cordelia desviou seu olhar de uma mulher com bochechas vermelhas que sorria para um homem com um uniforme laboral mal ajustado no corpo.

— O que é um lapidário? — perguntou ela, não porque queria realmente saber, mas porque a placa diante dela dizia A. JONES, LAPIDÁRIO, e Matthew a estava deixando nervosa.

— Uma frase de lapidário é uma que vale a pena gravar em pedra — disse Matthew — e preservar para sempre, um ditado sábio, como "nós somos pó e sombras", ou, então, qualquer palavra que saia de minha boca.

Cordelia apontou para a placa.

— Eles vendem frases ali?

— Eles vendem objetos com frases gravadas neles — disse Matthew. — Por exemplo, se quisesse que palavras de amor fossem gravadas em sua aliança de casamento. Ou palavras de arrependimento e tristeza em seu túmulo. Em minha lápide, torço para que seja algo grandioso.

— Você me surpreende — falou Cordelia. — Sou espantada.

Matthew ergueu os braços, seu rosto brilhando sob as lamparinas de nafta.

— Talvez um simples "Ó, túmulo, onde está vossa vitória? Ó, Morte, onde está vossa lança?" Mas isso realmente captura a luz que eu trouxe para as vidas de amigos e conhecidos, a tristeza que eles sentirão quando for apagada? Talvez:

> "Não derrames por ele amargo pranto
> Nem entregues o coração ao vão lamento;
> É apenas seu caixão neste recanto,
> Brilha ainda a gema que havia dentro."

Matthew recitara os versos em voz alta; aplausos eclodiram da multidão do lado de fora do Blue Posts assim que ele terminou. Ele abaixou os braços no momento em que Anna saiu do beco.

— Pare de balbuciar podridão, Matthew — disse ela. — Agora vamos lá, vocês dois, estão nos esperando.

Era tarde da noite, a floresta estava profunda e escura. A bela Cordelia, montada em seu palafrém branco, galopava pela estrada sinuosa que brilhava branca à graciosa luz do luar. O brilhoso cabelo escarlate esvoaçava, e o rosto radiantemente lindo estampava determinação irredutível.

Subitamente, ela gritou. Um garanhão preto surgira, bloqueando a estrada à sua frente. Ela puxou as rédeas, derrapando até parar, com um arquejo.

Era ele! O homem da estalagem! Ela reconhecia seu belo rosto, seus olhos verdes radiantes. A cabeça dela girava. O que ele poderia estar fazendo ali no meio da noite, usando calças tão apertadas?

— Minha nossa — disse ele, a voz pesada com sarcasmo. — Fui alertado que as damas desta região eram rápidas, mas não imaginei que deveria entender literalmente.

Cordelia arquejou. A audácia dele!

— Por favor, retire-se de meu caminho, senhor! Pois tenho uma tarefa urgente esta noite, muitas vidas dependem de sua conclusão!

Lucie chegou ao fim da frase — e da fita de sua máquina de escrever — e uniu as mãos, satisfeita. *Por favor, retire-se de meu caminho, senhor!* Cordelia era tão espirituosa! E logo haveria muitas faíscas entre ela e o belo ladrão de estrada, que, na verdade, era o filho de um duque, condenado por um crime que não tinha cometido e forçado a ganhar a vida na estrada. Era tudo tão romântico...

— Senhorita Herondale? — disse uma voz baixinha atrás dela.

Lucie, sentada à escrivaninha diante da janela, se virou, surpresa. Tinha se esquecido de acender a pedra de luz enfeitiçada no quarto ao cair da noite, e, por um momento, só conseguira ver uma figura masculina usando roupas escuras, de pé bem no centro do quarto.

Ela gritou. Quando nada aconteceu, gritou de novo, e então ergueu a organizada pilha de páginas completas que tinha colocado ao lado e as atirou contra a figura.

Ele reagiu num salto, rapidamente, mas não o bastante. O manuscrito o atingiu e explodiu numa nuvem branca de papel.

Lucie esticou o braço para o abajur na mesa. Com a iluminação súbita, deu para vê-lo claramente: cabelos pretos, arrumados na mesma proporção de rebeldia dos cabelos de James. Olhos verdes a fitavam sob cílios escuros.

— Então é isso o que as pessoas querem dizer quando falam que as páginas passaram voando — disse Jesse sarcasticamente quando o último pedaço de papel aterrissou aos pés dele. — Isso era mesmo necessário?

— Era necessário invadir meu quarto? — indagou Lucie, as mãos nos quadris. Ela conseguia sentir o coração acelerado, e ficou um pouco surpresa consigo. Não era como se enxergar fantasmas fosse uma ocorrência tão rara para ela. Jessamine entrava e saía flutuando do quarto de Lucie frequentemente: a fantasma amava ver as roupas de Lucie e dar conselhos de moda indesejados. Lucie tinha quase 10 anos quando se dera conta, bem quando Rosamund e Piers Wentworth riram dela, de que a maioria das meninas não tinha uma amiga fantasminha irritante.

Jesse pegou uma página e a estava olhando criticamente.

— Uso excessivo da palavra "radiante" — disse ele. — Pelo menos três vezes na mesma página. E também "dourado" e "brilhante".

— Não me lembro de ter pedido conselhos — falou Lucie, ficando de pé. Graças aos céus tinha trocado de roupa para o jantar e não estava mais sentada ali de camisola. Às vezes Lucie se esquecia de se trocar quando estava mergulhada numa história, as palavras saíam voando de seus dedos. — Qual foi o último livro que leu?

— *Grandes esperanças* — respondeu Jesse, prontamente. — Eu já disse, leio bastante.

Ele se sentou na beira da cama de Lucie, e imediatamente se colocou de pé num salto, corando. Lucie tirou as mãos dos quadris, achando tudo muito engraçado.

— Um fantasma com senso de adequação. Isso *é* engraçado.

Ele a olhou sombriamente. Jesse realmente tinha o rosto mais impressionante, pensou Lucie. Os cabelos negros e os olhos verdes formavam um contraste glacial contra a pele pálida. Como escritora, era preciso prestar atenção a essas coisas. Descrições eram muito importantes.

— Há realmente um propósito em minha vinda até aqui — disse ele.

— Que não seja debochar de mim e me humilhar? Fico tão feliz!

Jesse ignorou a zombaria.

— Minha irmã e seu irmão marcaram um encontro secreto esta noite...

— Ah, pelo Anjo. — Foi a vez de Lucie de se sentar pesadamente na beira da cama. — Isso é terrivelmente esquisito.

Antes que Jesse pudesse dizer mais uma palavra, a porta do quarto foi aberta e o pai de Lucie parou à soleira da porta, parecendo alarmado.

— Lucie? — disse ele. — Você me chamou? Pensei ter ouvido alguma coisa.

Lucie ficou tensa, mas a expressão nos olhos azuis do pai não mudou — leve preocupação misturada a confusão curiosa. Ele realmente não conseguia ver Jesse.

Jesse olhou para ela e, muito irritantemente, deu de ombros, como se para dizer: *Eu não falei?*

— Não, papai — respondeu Lucie. — Está tudo bem.

Ele olhou para as páginas manuscritas espalhadas pelo tapete.

— Um pouco de bloqueio de escritora, Lulu?

Jesse ergueu uma sobrancelha. *Lulu?*, articulou ele.

Lucie se perguntou se era possível morrer de humilhação. Ela não ousou olhar para Jesse; em vez disso, encarou seu pai. Ele ainda parecia preocupado.

— Tem algo errado, papai?

Will balançou a cabeça. Lucie não conseguia se lembrar de quando os fios brancos em suas têmporas tinham surgido, salpicando o preto dos cabelos.

— Há muito tempo — disse ele —, fui eu quem avisou à Clave que algo terrível estava vindo. Uma ameaça que não sabíamos como enfrentar. Agora eu *sou* a Clave, e ainda não consigo convencer os meus de que devemos tomar medidas mais enérgicas além de simplesmente posicionar patrulhas num parque.

— É só isso o que estão fazendo?

— Sua mãe acredita que a resposta será encontrada na biblioteca — disse Will, passando os dedos distraidamente pelos cabelos. As costas da mão dele eram cobertas por cicatrizes devido a um ataque demoníaco anos antes, quando Lucie era criança. — Seu tio Jem acredita que os feiticeiros possam ter conhecimento útil escondido no Labirinto Espiral.

— E no que você acredita? — falou Lucie.

— Acredito que sempre há os vigilantes que buscam a verdade em vez de respostas fáceis — disse ele, com um sorriso, o qual Lucie notou ter sido mais para ela do que para ele mesmo. — Enquanto isso, estarei com sua mãe na biblioteca. Ainda estamos na letra *A* do livro *Demônios Incomuns*. Quem diria que haveria uma criatura chamada Aaardshak, semelhante a um verme, comum no Sri Lanka?

— Cordelia, talvez — disse Lucie. — Ela já esteve em muitos lugares. — Ela franziu a testa. — É terrivelmente egoísta me preocupar que toda essa confusão atrase nossa cerimônia *parabatai*? Sinto que serei uma Caçadora de Sombras melhor depois que selarmos nosso vínculo. Não foi assim com você, depois que se tornou *parabatai* de tio Jem?

— Um Caçador de Sombras e um homem melhor — disse Will. — Tudo de melhor em mim, aprendi com Jem e sua mãe. Só quero que você e Cordelia tenham o que eu tive, uma amizade que vai moldar todos os seus dias. E que jamais se afastem.

Lucie sabia que seus pais tinham feito grandes realizações, as quais se tornaram narrativas ilustres entre os Nephilim, mas eles também sofreram muito. Lucie tinha há muito concluído que viver em uma narrativa importante seria terrivelmente desconfortável. Muito melhor escrevê-las, e controlar a história para que jamais ficasse triste ou assustadora demais, apenas o bastante para ser intrigante.

Will suspirou.

— Vá dormir um pouco, *fy nghariad bach*. Espero que nossos residentes da enfermaria estejam melhores amanhã.

Ele fechou a porta com um leve estalo, e Lucie olhou em volta do quarto sombreado. Onde estava seu fantasma?

— Bem, isso foi interessante — disse Jesse com a voz pensativa.

Lucie se virou e olhou com raiva para ele, que estava sentado no parapeito da janela, a pele pálida e as sobrancelhas escuras como talhos no rosto. Ele não fazia reflexo nas vidraças. Estavam negras e vazias atrás dele.

— Você tem sorte por eu não ter delatado sua presença — disse ela. — Ele teria acreditado em mim. E se achasse que tinha um menino no quarto da filha dele, teria descoberto como destroçá-lo membro após membro, ainda que não pudesse vê-lo.

Jesse não pareceu particularmente preocupado.

— Do que foi que ele chamou você? Quando estava saindo do quarto?

— *Fy nghariad bach*. Significa "minha querida" em galês. "Minha queridinha."

Ela o olhou de forma desafiadora, mas Jesse não parecia inclinado ao deboche.

— Minha mãe fala bastante do seu pai. Não pensei que ele fosse desse jeito.

— Assim como?

Jesse desviou o olhar do dela.

— Meu pai morreu antes de eu nascer. Achei que talvez eu o veria quando morresse, mas não vi. Os mortos vão para algum lugar distante. Não posso segui-los.

— Por que não? — Certa vez, Lucie perguntara a Jessamine o que acontecia depois que alguém morria: Jessamine respondera que não sabia, que os fantasmas do limbo não habitavam a terra dos mortos.

— Estou preso aqui — falou Jesse. — Quando o sol nasce, entro na escuridão. Só volto a ganhar consciência quando a noite chega. Se há vida após a morte, jamais vi.

— Mas você consegue falar com sua irmã e sua mãe — disse Lucie. — Elas devem ter noção da estranheza disso tudo. Mas elas mantêm em segredo? Grace já contou a James?

— Ela não contou — respondeu Jesse. — Os Blackthorn estão acostumados a guardar segredos. Foi só por acidente que descobri que Grace ia se encontrar com seu irmão esta noite. Eu a vi escrevendo para James, embora ela não tivesse se dado conta da minha presença.

— Ah, sim... o encontro secreto — disse Lucie. — Está preocupado que Grace acabe arruinada?

Era irritantemente fácil uma moça ser "arruinada" — sua reputação destruída caso ela fosse flagrada a sós com um cavalheiro. A mãe sempre esperava que o cavalheiro fizesse o certo e se casasse com a jovem em vez de condená-la a uma vida de vergonha, ainda que não a amasse, mas estava longe de ser garantido. E se ele não casasse, era certo que nenhum outro homem chegaria perto dela. Ela jamais viria a se tornar a esposa de alguém.

Lucie pensou em Eugenia.

— Nada tão trivial — falou Jesse. — Você conhece as histórias sobre meu avô, não é mesmo?

Lucie ergueu uma sobrancelha.

— Aquele que se transformou em um imenso verme por causa da varíola demoníaca e foi morto por meu pai e meus tios?

— Temia que seus pais não considerassem esse tipo de história adequado para os ouvidos de uma moça — falou Jesse. — Vejo que foi uma preocupação vã.

— Eles contam todo Natal — falou Lucie presunçosamente.

Jesse ficou de pé. Lucie não conseguia evitar olhar para o espelho sobre a penteadeira, onde via o reflexo do próprio rosto, mas não o de Jesse. Uma jovem em um quarto vazio, falando sozinha.

— Vovô Benedict mexia bastante com ocultismo — disse ele. — E seu relacionamento com demônios... — Ele deu de ombros. — Quando ele morreu, deixou um demônio Cérbero para trás, na estufa. Sua ordem é proteger nossa família.

— O demônio que James viu na estufa? Mas ele o matou. E quando a Enclave fez busca na propriedade, não encontraram nada.

— O Cérbero foi cruzado com uma espécie de planta demoníaca — falou Jesse. — Quando morto, ele solta vagens, que a princípio parecem inofensivas. Depois de algumas horas, elas chocam e se tornam novos demônios Cérbero. A essa altura devem estar totalmente desenvolvidos.

Lucie sentiu um calafrio.

— O que você teme?

— Grace saiu de casa sem minha mãe saber... na verdade, indo de encontro às ordens expressas dela. Os demônios Cérbero recém-nascidos teriam pressentido. Meu avô os imbuiu com a ordem de proteger nossa família. Eles vão avançar até encontrar Grace e trazê-la de volta — falou Jesse.

— Mas você tem certeza? Por que os novos demônios herdariam as ordens do antigo?

— Eu li nas anotações de meu avô — falou Jesse. — Ele esperava criar um demônio obediente, que daria à luz novos demônios quando morto, demônios que replicariam as memórias de seu genitor. Acredite, jamais achei que esse plano *daria certo*. Vovô era maluco como o Chapeleiro. Mas quando tomei ciência do que estava acontecendo, era tarde demais.

— Mas... — Lucie engasgou. — Eles vão ferir Grace?

— Não. Eles a veem como uma Blackthorn. Mas se um Herondale... se seu irmão estiver com ela, vão vê-lo como um inimigo. Ele matou o progenitor deles na estufa. Então vão atacá-lo, e não será fácil se defender sozinho de um grupo de demônios Cérbero.

Não só James estaria sozinho, como Lucie nem mesmo tinha certeza se ele estaria armado.

— O que sua mãe sabe sobre isso? Certamente ela não iria querer um demônio em sua propriedade...

— Minha mãe se ressente de todos os Caçadores de Sombras, e não é sem motivo. Acho que ela sempre se sentiu protegida pela presença do Cérbero na estufa. — Jesse suspirou. — Para ser sincero, nem mesmo tenho certeza se ela sabe sobre os novos demônios. Eu só me dei conta do que acontecera quando os vi deixando a mansão, e, como fantasma, não teria como impedi-los. — A voz dele estava tomada pela frustração. — Nem mesmo consegui encontrar minha mãe para avisá-la do que está acontecendo.

Sacudindo a cabeça, Lucie caiu de joelhos diante do baú aos pés de sua cama, no qual guardava suas armas. Ela o abriu. Uma nuvem de poeira subiu: dentro, havia pilhas de adagas, lâminas serafim, facas, correntes, dardos e outros itens do tipo, todos embrulhados cuidadosamente em veludo dobrado.

Sem fazer barulho, Jesse apareceu ao lado dela.

— Demônios Cérbero não são pequenos. Pode ser que você queira levar reforços.

— Eu estava planejando fazer isso — disse Lucie, tirando um machadinho do baú. — O que você vai fazer nesse meio-tempo?

— Tentar encontrar minha mãe e mandá-la atrás de Grace. Ela pode impedir os demônios Cérbero; eles dão ouvidos a ela. Você tem ideia de onde James e Grace poderiam estar?

Lucie pegou uma sacola que continha várias adagas e lâminas serafim e passou a alça pelo ombro.

— Quer dizer que você não sabe?

— Não; eu não li a carta toda — falou Jesse. — Acha que consegue encontrá-los?

— Eu certamente vou tentar. — Lucie ficou de pé, machado na mão. — Deixe-me dizer uma coisa, Jesse Blackthorn. Sua mãe pode ter motivo para se ressentir dos Caçadores de Sombras, mas se os demônios ridículos dela ferirem meu irmão, eu não terei pena. Eu a espancarei até a morte com aquele chapéu idiota que ela usa.

E, com isso, ela abriu a janela do quarto, escalou pelo parapeito e saltou silenciosamente noite afora.

9
Vinho mortal

Nenhuma planta de pântano ou souto,
Nenhuma flor de urze ou vinha,
Além de botões sem flor de papoulas,
Uvas verdes de Prosérpina,
Canteiros pálidos de sussurros soprados
Onde folha alguma floresce ou cora
Exceto por essa da qual ela esmaga
Para homens mortos vinho mortal.

— Algernon Charles Swinburne, *"The Garden of Proserpine"*

Cordelia e Matthew avançaram por um curto caminho pelo beco antes de uma porta se assomar diante deles. Ela brilhava na lateral de uma parede de aparência desgastada, e Cordelia desconfiava de que, para os mundanos, a abertura não seria sequer visível.

Lá dentro havia um corredor estreito cujas paredes eram cobertas de pesadas tapeçarias de tecido que iam do teto ao chão, obscurecendo o que quer que estivesse atrás delas. Ao fim do corredor havia outra porta, também pintada de vermelho.

— Quando este lugar não abriga o *salon*, é uma casa de jogos — sussurrou Matthew para Cordelia quando eles se aproximaram da porta. — Tem até mesmo uma escotilha no telhado, assim, se forem vistoriados pela polícia, os jogadores podem escapar pelo beiral.

A porta foi subitamente escancarada. O ambiente revelou um homem alto, descontraído, usando paletó e calça cinza. Na escuridão, seus cabelos pareciam completamente brancos. Cordelia pensou inicialmente que ele devia estar na casa dos 60 anos, no mínimo, mas quando eles se aproximaram ela percebeu que o rosto dele era jovial e atento, os olhos de um roxo-escuro.

Aquele devia ser Malcolm Fade, Alto Feiticeiro de Londres. A maioria dos feiticeiros tinha um traço que os diferenciava, um sinal físico de seu sangue de demônio: pele azul, chifres, garras feitas de pedra. Os olhos de Malcolm eram certamente de um tom sobrenatural, como ametistas.

— Três de vocês desta vez? — disse ele a Anna.

Ela assentiu.

— Três.

— Tentamos limitar o número de Caçadores de Sombras no *salon* — disse Malcolm. — Prefiro que os Nephilim se sintam sobrepujados pelos integrantes do Submundo, pois tão frequentemente acontece o contrário. — A voz de uma mulher chamou atrás dele: Malcolm não se virou, mas sorriu. — Você alegra o lugar, no entanto, conforme Hypatia me lembra. — Ele escancarou a porta e lhes deu passagem. — Entrem. Estão armados? Esqueçam, é claro que estão. São Caçadores de Sombras.

Anna passou pela porta, então Matthew, Cordelia por último. Quando ela passou perto de Malcolm, ele olhou para o rosto dela.

— Não tem sangue Blackthorn em sua família, tem? — perguntou ele, de súbito.

— Não... nenhum, acho — falou Cordelia, surpresa.

— Que bom. — Ele indicou para que prosseguissem. Por dentro, o *salon* era uma série de salas interconectadas, decoradas com tons incandescentes de joias vermelhas, verdes, azuis e douradas. Eles seguiram por um corredor pintado de bronze e para uma sala octogonal cheia de integrantes do Submundo. Conversas e gargalhadas se elevavam ao redor como as marés.

Cordelia sentiu o coração tiritar um pouco — havia algo naquela noite que soava perigoso, e não porque ela estava numa sala cheia de seres do Submundo. O fato de nenhum deles estar fazendo qualquer tentativa de esconder isso fazia parecer, de alguma forma, menos preocupante. Vampiros passavam andando orgulhosamente, os rostos reluzindo à luz elétrica; lobisomens caminhavam pelas sombras usando elegantes trajes de festa. Havia música, obra de um quarteto de pé num palco elevado de madeira de cerejeira, no centro do salão. Cordelia viu um belo violinista com os olhos verde-dourados de um lobisomem, e um clarinetista com cachos castanho-avermelhados, as panturrilhas terminando em cascos duros de bode.

As paredes eram de um azul intenso, e imensas pinturas de moldura dourada estavam penduradas nelas, retratando cenas da mitologia. Pelo menos Cordelia achava que fossem cenas de mitologia. Normalmente, quando as pessoas estavam nuas em pinturas, descobrira ela certa vez, era porque o pintor acreditava que os gregos e os romanos não tinham necessidade ou utilidade para roupas. Fato que Cordelia achava confuso, principalmente quando os indivíduos estavam absortos em atividades como combate a minotauros ou lutas contra serpentes. Qualquer Caçador de Sombras sabia que, na batalha, era crucial ter um uniforme que cobrisse o corpo.

— Eu simplesmente não consigo entender por que alguém faria um piquenique nu — disse Cordelia. — Entrariam formigas em lugares bem complicados.

Anna gargalhou.

— Cordelia, você é como uma lufada de ar fresco — disse ela quando uma mulher com cabelos escuros se aproximou deles, carregando uma bandeja de prata. Os fios estavam presos em torno de um pente de marfim, do qual pendiam peônias de seda, e o vestido bordado era de um carmesim intenso. Brilhando na bandeja, taças de cristal cheias de líquido gasoso.

— Champanhe? — disse a mulher, e quando ela sorriu, o brilho de dentes pontiagudos se destacou contra o lábio inferior. Uma vampira.

— Obrigada, Lily — disse Anna, pegando uma taça. Matthew fez o mesmo, e depois de um momento de hesitação, Cordelia imitou a ambos. Ela jamais bebera champanhe, ou nada parecido: de acordo com sua mãe, moças só bebiam licores doces como xerez e ratafia.

Matthew virou o champanhe numa golada só, colocou a taça vazia de volta na bandeja de Lily e pegou outra. Cordelia ergueu a taça dela no momento em que um garboso feiticeiro com um colar de penas passou de braços dados com uma vampira loira usando um vestido vermelho-granada. Ela era linda, e pálida como neve recém-caída: Cordelia pensou nas mulheres mundanas que pagavam para ter seus rostos pintados de branco para preservar a juventude e manter a compleição na moda.

Elas deveriam simplesmente se tornar vampiras, pensou ela. Sairia mais barato.

— Que sorrisinho é esse? — perguntou Matthew. — Você parece prestes a gargalhar.

Cordelia tomou um gole de champanhe — tinha gosto de bolhas arejadas — e olhou para ele maliciosamente.

— Qual é o problema nisso?

— A maioria das moças teria medo — disse ele. — Quero dizer, não Anna. Ou Lucie. Mas a maioria.

— Eu não me assusto com tanta facilidade — disse Cordelia.

— Estou começando a sentir isso. — Ele olhou para Anna e Lily: a moça vampira estava rindo, a cabeça dela próxima à de Anna. — Anna é capaz de seduzir qualquer um — disse Matthew a Cordelia em voz baixa. — Qualquer um mesmo. É o talento dela.

— Não é meu único talento, espero — falou Anna, olhando para cima quando Malcolm Fade ressurgiu. Ele gesticulou para dispensar Lily; ela deu as costas num redemoinho de seda.

— Hypatia deseja ver você, Anna — falou Malcolm. — Ela tem um amigo de fora da cidade que pediu para conhecer você.

Anna abriu um sorriso lento.

— E esse amigo está vindo de onde?

— Do litoral — disse Malcolm. — Venha logo, você sabe como Hypatia fica.

Anna piscou para Cordelia e Matthew, e se virou para seguir Malcolm por uma passagem coberta com papel de parede damasco. Eles logo saíram de vista.

— Ela é tão linda — falou Cordelia. — Anna, quero dizer.

— Anna tem algo. — Matthew ergueu uma sobrancelha pensativa. — Os franceses chamariam de *Jolie laide*.

Cordelia sabia o bastante de francês para franzir a testa.

— Bonita-feia? Ela não é feia!

— Não quer dizer isso — explicou Matthew. — Significa beleza exótica. Estranhamente bonita. Denota ter um rosto com personalidade. — O olhar dele passou do alto do cabelo dela para as pontas dos sapatos de Cordelia. — Como você tem.

Ele estendeu a mão para pegar mais uma taça de champanhe de uma bandeja que passava, quando o lindo lobisomem do quarteto cruzou com eles, dando um sorriso. De algum modo, Matthew esvaziara e descartara a taça em sua mão com impressionantes velocidade e discrição. Ele tomou uma golada da nova taça e encontrou os olhos de Cordelia por cima da borda.

Cordelia não sabia bem como se sentia ao ser chamada de "bonita-feia", mas havia problemas mais importantes à mão. Ela não sabia quando voltaria a ficar a sós com Matthew, então disse:

— Você se lembra de como perguntei sobre sua mãe, lá no baile?

— Sempre gosto de falar sobre minha mãe nesse tipo de festa — zombou ele.

Ela tomou outro gole de champanhe e tentou segurar um soluço.

— Sua mãe é a Consulesa — prosseguiu ela.

— Eu tinha reparado nisso, sim.

— E no momento ela está em Idris, onde estão se preparando para julgar meu pai.

Ele semicerrou os olhos.

— Eu pensei... — Ele sacudiu a cabeça. Um grupo de bailarinas vampiras olhou para os dois e deu risinhos. — Não importa. Penso demais e bebo demais. Esse é sempre o meu problema.

— Tem algo que não entendo — falou Cordelia. — Por que ainda não julgaram meu pai com a Espada Mortal? Então teriam a prova de que ele é inocente.

Matthew pareceu levemente surpreso.

— De fato. Faz pouco sentido possuir um objeto mágico que obriga quem o toca a contar a verdade se ele não é utilizado em julgamentos criminais.

A palavra "criminal" ainda fazia Cordelia tremer até os ossos.

— Temos pouca informação, mas meu irmão tem amigos da Academia em Idris. Ele ouviu dizer que não planejam usar a Espada Mortal no julgamento. Acha que você poderia convencer sua mãe da necessidade da espada?

Matthew tinha pegado outra bebida, possivelmente de uma planta num vaso. Ele ainda observava Cordelia por cima da borda da taça. E ela, por sua vez, se perguntava quantas pessoas tinham visto Matthew sorrindo junto a um copo de bebida e deixaram de notar que ele as observava com aqueles olhos verde-escuros.

— Você está muito aborrecida com isso, não está? — disse ele.

— É minha família — justificou ela. — Se meu pai for declarado culpado, não apenas o perderemos, mas ficaremos como os Lightwood ficaram depois da morte de Benedict. Tudo o que temos será destituído de nós. Nosso nome cairá em desgraça.

— Você se importa tanto assim? Com a desgraça?

— Não — disse Cordelia. — Mas minha mãe e meu irmão sim, e eu não sei se eles sobreviveriam.

Matthew apoiou a taça numa mesa de canto de marchetaria.

— Tudo bem — disse ele. — Vou escrever para minha mãe em Idris.

O alívio foi quase doloroso.

— Obrigada — falou Cordelia. — Mas peça que ela mande a resposta para Lucie, por favor, no Instituto. Não quero que minha mãe veja a carta antes de mim, caso sua mãe negue o pedido.

Matthew franziu a testa.

— Minha mãe não... — Ele se calou, olhando para além dela, para onde Lily acenava, do outro lado do salão. — Aquele é o sinal de Anna. Precisamos ir.

Cordelia sentiu uma leve empolgação de inquietude.

— Ir para onde?

— Para o coração de tudo — falou Matthew, apontado o corredor com papel damasco ao fim do qual Anna sumira. — Prepare-se. Feiticeiros podem ser tão traiçoeiros quanto fadas se estiverem determinados.

Curiosa, Cordelia acompanhou Matthew pelo corredor. Lanternas de papel iluminavam o caminho. No fim da passagem, havia um armário de ébano entalhado com uma variedade de objetos estranhos dispostos detrás da vitrine. Matthew deu uma batidinha brincalhona no vidro.

O armário avançou para dentro.

Ali dentro, havia uma gruta dourada. O cômodo inteiro reluzia, desde o teto pintado ao piso onde o carpete brilhava como lenço de papel encerado.

Havia mesas de madeira folheada contendo todo tipo de tesouros: pássaros mecânicos encristados de lápis-lazúli e ouro, manoplas e adagas de delicado artesanato das fadas, uma caixa de madeira polida decorada com o símbolo de um *ourobouros* — uma serpente mordendo a própria cauda — e uma maçã lapidada a partir de um único rubi. No final do cômodo havia uma cama com dossel do tamanho do quarto inteiro de Cordelia, embutida em cobre e bronze, coberta com dezenas de almofadas com tecido de ouro. Sentada na beira da cama, como se fosse um trono, estava uma mulher, uma feiticeira reluzente que parecia habilidosamente moldada com materiais encantados: a pele era escura, o cabelo era bronze, o vestido era de um ouro lustroso.

Cordelia hesitou à soleira da porta. Havia outras pessoas ali além da mulher feiticeira: o próprio Malcolm Fade e Anna Lightwood, recostados num conjunto de sofás de nogueira e veludo com debrum de ouro, as longas pernas dobradas sobre os finos braços de madeira.

Malcolm Fade sorriu.

— Bem-vindos, pequenos Caçadores de Sombras. Poucos de sua classe veem os aposentos de Hypatia Vex.

— Ela é bem-vinda, eu me pergunto? — indagou Hypatia, com um sorriso felino. — Deixe que ela se aproxime.

Cordelia e Matthew avançaram juntos, Cordelia contornando cautelosamente as cadeiras e mesas rococó, reluzentes com moldura de ouro e pérolas. De perto, as pupilas de Hypatia Vex eram do formato de estrelas: sua marca de feiticeira.

— Não posso dizer que gosto da ideia de tantos Nephilim infestando meu *salon*. Você é interessante, Cordelia Carstairs?

Cordelia hesitou.

— Se precisa pensar — disse Hypatia —, então não é.

— Isso não faz muito sentido — falou Cordelia. — Certamente, se você não pensa, não pode ser interessante.

Hypatia piscou, criando o efeito de estrelas se apagando e acendendo como lâmpadas. Então ela sorriu.

— Suponho que você possa ficar um momentinho.

— Bom trabalho, Cordelia — falou Anna, balançando as pernas da beira do sofá. — Arabella, como estão as bebidas?

Cordelia se virou e percebeu a presença de uma mulher fada com cabelo cacheado azul e verde. Ela estava de pé em uma alcova, parcialmente escondida: à sua frente, uma mesa de canto onde ela misturava bebidas. Suas mãos se movimentavam como frondes na água, abrindo decantadores e frascos de cristal cheios de líquido vermelho, e servindo-os com diligência em uma variedade de taças de vinho e champanhe.

Cordelia semicerrou os olhos.

— Acabaram de ficar prontas, querida! — disse Arabella, e se aproximou para distribuir bebidas. Matthew aceitou de bom grado. Cordelia notou que Arabella andava com um requebrado, vacilante, como se fosse uma marinheira sem o costume de caminhar em terra.

Quando Arabella deu a Anna a bebida dela, Anna puxou Arabella para seu colo. Arabella gargalhou, tirando os sapatos franceses. As pernas estavam escandalosamente nuas, e cobertas com um leve e iridescente padrão de escamas. Elas brilhavam à luz dourada como um arco-íris.

Uma sereia. Então aquela era a amiga de Hypatia "do litoral". Era um tipo de fada raramente visto fora d'água, pois as pernas humanas lhe causavam dor ao andar.

Arabella reparou no olhar de Cordelia e deu de ombros, o movimento fluido sob a pesada cascata de cabelo azul e verde.

— Não piso em terra há muitos anos. Da última vez que visitei esta cidade feia, os seres do Submundo e os Caçadores de Sombras estavam tentando formar os Acordos. Eu não fiquei muito impressionada com os Nephilim naquela visita, e não sou afeita a Caçadores de Sombras desde então. Mesmo assim, exceções podem ser abertas.

Antes de os Acordos serem formados. Aquela mulher não pisava em terra havia mais de trinta anos.

Arabella se recostou em Anna enquanto falava, e os dedos cheios de cicatrizes de Anna percorreram ligeiramente as ondas do cabelo da sereia. Minúsculos peixes, tão pequeninos quanto fagulhas de uma fogueira e de um azul intenso, se agitavam quando perturbados e saltavam de mecha a mecha, acompanhando os movimentos de Anna.

— Que adorável, seu cabelo é como uma linda correnteza — murmurou Anna. — Porque há peixes nele.

Aparentemente, Anna era capaz de seduzir diversas pessoas em uma noite. Arabella corou e saltou de pé para pegar mais bebidas do aparador.

— Sabemos por que Anna trouxe *você*, Matthew — disse Malcolm.
— Você é divertido. Mas tem algum motivo pelo qual esta jovem menina Carstairs os esteja acompanhando nesta noite?

— Porque precisamos da ajuda de vocês — disse Cordelia.

Todos no quarto riram. Malcolm sorriu e ergueu a taça vazia para Cordelia, como se ela tivesse feito uma piada especialmente boa; Arabella ainda estava junto ao aparador, salpicando flores em duas taças de champanhe e cantarolando.

Anna e Matthew pareceram ofendidos.

— Magnus Bane os ajudaria — disse Hypatia, as estrelas nos olhos brilhando. — Por isso eles vieram. Magnus os fez acreditar que um feiticeiro sempre os ajudará.

— Magnus não está aqui — falou Malcolm. O olhar distante. — Não pretendo lhe fazer mal, criança, mas certa vez amei uma Caçadora de Sombras e isso só me trouxe tristeza.

— Ela se tornou uma Irmã de Ferro, e partiu o coração dele — disse Hypatia.

— Ah! — exclamou Cordelia, surpresa. As Irmãs de Ferro eram ainda mais cheias de segredos do que os Irmãos do Silêncio. Sérias e isoladas, elas forjavam *adamas* em armas com Marcas para os Nephilim, lá de sua fortaleza escondida. Faziam isso há mil anos. Como os Irmãos do Silêncio, elas não se casavam, e tinham a responsabilidade de colocar feitiços de proteção nos bebês dos Caçadores de Sombras quando eles nasciam. Ninguém que não fosse da irmandade tinha permissão para entrar na Cidadela Adamant. Apenas mulheres podiam escolher ser Irmãs de Ferro, embora parecesse tão solitário para Cordelia quanto a Fraternidade do Silêncio. — Isso parece muito triste.

— De fato — falou Malcolm. — Nossa classe e a sua ficam melhor separadas, não importa o que Bane diga.

— Não conheci Bane — disse Hypatia, tamborilando os dedos dourados.
— Antes de ele deixar Londres, ajudou os Nephilim, mas eles se lembram da gentileza dele, ou apenas esperam ajuda ao primeiro sinal de problema? Deixei que você entrasse em meu *salon* porque você me diverte, Matthew

Fairchild. Porque você é uma criança, uma criança tola e bela, que toca o fogo porque é lindo, e se esquece que ele o queimará. Não presuma que isso significa que pode pedir favores.

— Pode ser divertido para você descobrir o que eles querem — sugeriu Anna.

— Como se você já não soubesse — disse Hypatia, mas o olhar que ela deu a Anna foi de afeição, e Anna sorriu.

— E se fizéssemos algo por você? — disse Cordelia. Arabella estava distribuindo as rodadas, colocando as bebidas enfeitadas com flores diante dos feiticeiros. Malcolm ergueu sua bebida e olhou o fundo da taça como se buscasse conforto ali. Apressadamente, Cordelia falou: — E se eu salvasse suas vidas?

Desta vez, eles não riram. Apenas a encararam.

— Adorável — falou Hypatia. — Mas não estamos em perigo.

— Eu discordo — falou Cordelia.

Ela sacou Cortana. Cada luz no quarto refletiu ao longo da lâmina.

Cordelia atingiu a taça de cristal de Hypatia com um golpe da espada. A taça explodiu, lançando vidro e vinho em todas as direções. Arabella deu um grito de indignação e Cordelia girou a espada até apontá-la diretamente para a sereia.

— Uma pena — disse Cordelia. — Jamais conheci uma sereia. Queria que você não tivesse se revelado uma envenenadora.

Matthew, que já havia entornado sua bebida toda, apoiou a taça na mesa com um tinido alto.

— *Veneno?*

— Apenas para os feiticeiros — falou Cordelia. — Eram eles que ela estava tentando matar.

Hypatia pareceu indignada.

— Posso perguntar como chegou a essa conclusão mirabolante?

— Minha mãe conhece muito sobre plantas medicinais, e compartilhou seu conhecimento comigo — falou Cordelia. — Há uma planta cultivada por sereias, uma variedade subaquática da mortal beladona, que não se vende nem nos Mercados das Sombras. Uma gota é a morte. Eu a vi salpicar essas flores em suas taças.

Malcolm Fade agitou a mão sobre a própria taça. Fagulhas roxas despertaram e dançaram no líquido. A mancha de vinho tinto no tapete desabrochou como uma flor e se tornou fumaça roxa. Hypatia olhou para a taça quebrada como se esta tivesse se transformado em um rato.

— Eu fui criança na Cornualha há muito tempo, onde *Atropa belladonna* cresce livremente — disse Malcolm, baixinho. — Sou especialista nos usos da beladona mortal, e já vi essa espécie que é prima dela, a mortal beladona aquática. A senhorita Carstairs está certa. Ela *salvou* nossas vidas.

— Peguem a sereia — disse Hypatia entredentes.

Anna já estava de pé, com uma adaga na mão, os movimentos leves como os de um gato. Arabella mexia em seu corpete, os dentes expostos, mas Anna agarrou o pulso da sereia, torcendo-o com força. Um objeto caiu dos dedos de Arabella e rolou pelo carpete dourado: era o chifre de uma criatura marinha, afiado, a ponta mortal.

— Deixe-me acabar com minha vida — sibilou Arabella, contorcendo-se, mas Anna continuava a contê-la, um braço em torno de seu pescoço. Marcas se iluminaram no braço esguio e nu de Anna; a adaga na outra mão reluzia como diamante. — Deixe-me morrer com honra como faz o povo do mar.

— Honra? Não há honra no envenenamento. É um truque covarde — falou Hypatia. Pretendia envenenar a mim e Malcolm Fade. E por quê? Que poder você busca?

— Ela busca vingança — disse Malcolm. — Ouvi falar de você, Arabella. Você se considerou insultada pelos Nephilim anos antes. Deve ter sido uma questão muito mais séria do que pensávamos, pois quando Hypatia lhe disse que eles estavam aqui esta noite, você tentou retribuir. — Ele estreitou os olhos. — Hypatia e eu teríamos morrido, feiticeiros envenenados por Caçadores de Sombras, é o que você alegaria. Todo ser do Submundo de Londres iria querer sangue de Nephilim.

Com a expressão como pedra, Hypatia pegou um pequeno sino dourado e o agitou; o som ecoou pelo quarto. Uma jovem fada de pele azul com flores digitális nos cabelos enfiou a cabeça pela fresta da porta.

— Chamou, senhora?

A boca de Hypatia estava comprimida.

— Hyacinth, peça que os guardas levem esta sereia e a coloquem na adega.

— Por favor, pense bem antes de colocar uma envenenadora na adega — disse Matthew. — Eu imploro, pelo bem de minhas visitas futuras.

Hypatia acenou.

— Coloque-a na Sala do Sussurro, então. Ela não deve conseguir causar problemas lá; nós a levaremos para o Labirinto Espiral em breve.

— E então? — perguntou Cordelia quando dois trolls usando uniformes com fio de ouro entraram, tiraram Arabella das mãos de Anna e escoltaram a sereia sibilante para fora do quarto. — O que vai acontecer com ela?

— Um julgamento — disse Hypatia. — Um assunto dos integrantes do Submundo que não interessa a você. Será justo. Seres do Submundo são sempre justos.

— Creio que agora não deve ser um problema oferecer ajuda a Cordelia — falou Anna, limpando a poeira dos punhos de sua camisa. — Pois ela salvou sua vida.

— Anna está certa — disse Malcolm. — Uma dívida é uma dívida. Com o que deseja ajuda, Nephilim?

Cordelia deixou que Matthew contasse a história; o piquenique, a visão de James do Mundo das Sombras, os demônios que atacaram à luz do dia, os Caçadores de Sombras feridos e o veneno que os Irmãos do Silêncio não conseguiam curar.

— Seu amigo viu uma terra de sombras que ninguém mais pode ver? — disse Hypatia. — Ele é o filho da jovem feiticeira que pode se transformar e do Caçador de Sombras louco o bastante para se casar com ela? Eu sabia que isso causaria problemas.

Matthew pareceu furioso. Cordelia falou:

— Ele consegue, de fato, ver o que outros não conseguem. É um raro talento.

— Então esse é um tipo de demônio que vem à luz do dia — falou Malcolm. — E transmite um veneno que seus estudiosos desconhecem.

— Se tais demônios estão à solta em Londres, não seria bom para ninguém — falou Anna.

— É claro que todos os demônios vêm de outros mundos — falou Hypatia. — Mas se acha que, como filhos de demônios, estamos intimamente familiarizados com a geografia deles e com aqueles que a habitam, estão bastante enganados.

— Não estamos insultando você, senhorita Vex — disse Cordelia. — Mas você é atenta a tudo que ocorre no Submundo. Nada acontece nele sem que você saiba. Se houve mais notícias sobre esses estranhos demônios...

— Não houve — disse Hypatia, firmemente. — Toda conversa tem sido sobre a ausência de demônios em Londres, na verdade, e de como isso é estranho.

— Ragnor chamou de "a calma antes da tempestade", mas ele é um arauto do apocalipse até nos melhores momentos — falou Malcolm.

— Bem, parece que eles estão retornando — disse Anna. — Um bando de demônios Shax apareceu em Seven Dials no outro dia.

— E demônios Deumas foram vistos na cidade — acrescentou Matthew.

— Criaturas nojentas e imundas.

Hypatia e Malcolm trocaram um olhar. Demônios eram um problema de todos, seres do Submundo e Caçadores de Sombras. Um único ataque contra os Caçadores de Sombras por criaturas desconhecidas era uma coisa, mas demônios Shax e Deumas eram assassinos que não discriminavam ninguém.

— Houve um boato — recomeçou Malcolm —, embora seja apenas um boato, vejam bem, de que algum tipo de indivíduo poderoso, um feiticeiro, talvez, espalhou entre os grupos de demônios que Londres deveria ser evitada.

— Desde quando demônios dão ouvidos a alguém? — indagou Anna.

Malcolm deu de ombros.

— Como eu disse, um boato. Além do mais, em tal situação, parece inteligente deixar estar.

— A época de deixar estar já passou — falou Cordelia. — Esses demônios diurnos podem ser um agouro de que o pior está por vir para todos nós; certamente deveríamos trabalhar juntos para descobrir se esse é o caso.

— Detesto quando os Caçadores de Sombras estão certos. — Hypatia suspirou. — Ragnor Fell está de volta a Londres, e ele já atuou ao lado de Caçadores de Sombras. Ele sabe muito sobre mundos demoníacos, sendo ele mesmo um estudante de magia dimensional. Se houver uma dimensão dando origem a demônios capazes de suportar a luz do sol, ele saberia a respeito.

— Parece um ponto de partida. Como podemos encontrá-lo? — perguntou Matthew.

— Vamos enviar uma mensagem urgente a ele — falou Hypatia. — Ele entrará em contato com vocês. — Ela afundou de novo na cadeira. — Agora vão — ordenou ela, fechando os olhos estrelados. — Estou cansada de anjos.

Parecia haver pouco mais a se dizer. Matthew, Anna e Cordelia voltaram pela sala principal do *salon*, onde um vampiro recitava poesia sobre sangue. Logo estavam na Berwick Street e no mundo exterior: Cordelia inspirou uma boa dose do ar frio da noite. Tinha gosto de poeira e cidade.

— Nephilim! — Era a jovem fada de pele azul que Hypatia chamara de Hyacinth. Ela olhou ao redor com nojo antes de entregar a Matthew um embrulho de veludo. — Fade queria que você ficasse com isto — disse ela. — Ele é grato pelo que todos vocês fizeram. *O que* vocês fizeram? — acrescentou ela, curiosa. — Jamais soube de um feiticeiro que demonstrasse gratidão.

Anna deu uma piscadinha para ela.

— Já, já eu lhe conto a história.

Cordelia e Matthew olharam para Anna, surpresos. Hyacinth corou e saiu dando risadinhas pelo beco.

— Vou ficar um pouco mais — disse Anna, espreguiçando-se como um gato. — Vocês dois podem levar a carruagem; voltarei sozinha para casa.

Matthew abriu uma ponta do veludo. Acomodadas cuidadosamente ali dentro, estavam talvez meia dúzia de lâminas de um requintado e cuidadoso artesanato de fadas.

Matthew assobiou.

— Um verdadeiro presente. — Ele olhou para Cordelia com admiração, seu cabelo bronze brilhando à luz de nafta. — Eu jamais teria adivinhado que Arabella estava envolvida com envenenamento.

— Eu lhe disse mais cedo — falou Anna, apontando a carruagem. — Eu jamais cortejo jovens entediantes.

Dias passados: Paris, 1902

— Você precisa ir a Paris — dissera Matthew a Thomas na véspera da partida de Thomas para Madri. Ele, James e Matthew estavam jogados nas cadeiras da Taverna do Diabo, esperando por Christopher. — Já que você finalmente vai conseguir fugir desta ilha chata e conhecer um lugar culto, precisa ir a Paris primeiro.

— Não fica a caminho da Espanha — dissera Thomas. — E só isso já será empolgação bastante para mim.

— Besteira — disse Matthew. — Só Paris é como Paris. E você precisa ficar no meu lugar preferido, o Hotel d'Alsace. Na margem esquerda. Todos chamam de L'Hotel.

— Isso não quer simplesmente dizer "o hotel" em francês? — perguntara James, mal tirando os olhos de seu livro.

— Isso é porque é o hotel no qual todo mundo que não é um zé-ninguém se hospeda.

— Eu não sou um zé-ninguém — protestara Thomas.

— Oscar Wilde se hospedava lá — falou James. — Quando Matthew diz "não é um zé-ninguém", geralmente está se referindo a ele.

— Não *só* Oscar Wilde — falou Matthew. — Mas sim, Oscar Wilde. Ele morreu lá.

— Creio que você se divertirá mais — falou James.

Thomas realmente pretendia confinar sua viagem à Espanha, mas as palavras de Matthew o influenciaram, e quando o chefe do Instituto de Madri sugeriu que Thomas tirasse duas semanas de folga para ver um pouco mais do mundo, Thomas se lembrou das promessas de Matthew de que o mundo todo mudaria aos seus olhos caso ele contemplasse a Cidade das Luzes.

L'Hotel dava a sensação de se estar na casa de alguém, ainda que fosse um alguém um pouco desleixado. Ficava no sexto *arrondissement*, o que, no todo, tinha um aspecto bem amigável, mas levemente acabado. Era cheio de mundanos que estudavam na Sorbonne, que ficava nos arredores, e Thomas achava fácil se sentir parte da multidão conforme caminhava pelas ruas do bairro ao pôr do sol, escolhendo um lugar para jantar. Ele se recusou a comparecer ao Instituto de Paris, viu apenas um punhado de seres do Submundo, e saiu para se divertir.

Infelizmente, Thomas se acostumara ao fácil alcance dos amigos mais próximos, e até mesmo o Instituto de Madri era um lugar alegre onde sempre havia companhia. A solidão começou a extenuá-lo rapidamente. Ali ele não conhecia ninguém e não falava praticamente nada do idioma. Dias inteiros se passaram e sua única conversa foi com um garçom, ou um funcionário de museu, ou o recepcionista no L'Hotel.

Ele foi ficando cada vez mais solitário, e, em sua solidão, ficou entediado. Ele ia diligentemente ao Louvre e formulava opiniões sobre o que via, mas não tinha ninguém com quem compartilhá-las. Ele as escrevia num caderno e se perguntava se algum dia as leria de novo. Contava os dias até retornar à Espanha, perguntando-se como revelar a Matthew que a cidade em si não era companhia o suficiente para satisfazê-lo.

E então, inesperadamente, ele viu alguém que conhecia.

Não um amigo. Alastair Carstairs definitivamente não era um amigo. Mas era mais do que um conhecido, certamente. Eles estudaram juntos na Academia. Época em que Carstairs fora, para não ser preciso demais, terrível. Ele fora um dos "meninos maus", aqueles que pregavam peças cruéis e perigosas. Aqueles que identificavam uma característica marcante de outro garoto e se certificava de esmagá-la com a força de seu desprezo e de suas gargalhadas. No caso de Thomas, era a estatura dele. Ele era baixo para a idade, e tinha ombros estreitos, e parecia mais jovem do que era.

É claro que isso fora anos antes. Thomas agora estava mais alto do que a maioria das pessoas. Na verdade, ele só viu Alastair porque conseguia enxergar acima das cabeças na multidão que os separava.

Matthew indicara a Thomas a Librairie Galignani, na Rue de Rivoli, como um local cuja visita era obrigatória — "É a mais antiga livraria de língua inglesa no continente inteiro!". Thomas se deteve sobre livros de poesia, permitindo-se demorar para decidir qual comprar. E então Alastair apareceu.

Thomas ainda não havia decidido se reconheceria a presença de Alastair, mas não teve muita escolha. Alastair o fitava diretamente. Thomas viu em seu rosto uma série de expressões: leve reconhecimento, confusão, choque, exasperação, resignação sofrida.

Thomas deu um breve aceno.

Alastair abriu caminho pelas pessoas entre eles.

— Pelo Anjo, Lightwood — disse ele. — Você ficou gigantesco.

Thomas ergueu as sobrancelhas. Algumas pessoas próximas fizeram o mesmo.

— Essa é sua vingança, creio — prosseguiu Alastair, como se Thomas tivesse feito aquilo como forma de ataque pessoal —, por todas as vezes que o chamei de "Thomaszinho", ou de "baixote" ou... não me lembro, tenho certeza de que eu sempre tinha algo mordaz e sarcástico para dizer.

— O que você está fazendo em Paris? — quis saber Thomas.

— O que *você* está fazendo em Paris? — retrucou Alastair num tom superior, como se tivesse flagrado Thomas fazendo algo condenável.

— Estou na quinzena de férias do meu intercâmbio na Espanha.

Alastair assentiu. Um silêncio recaiu. Thomas começou a entrar em pânico. Eles não eram amigos. O que Thomas sabia sobre Alastair era, em boa parte, negativo. Ele não sabia quais eram suas obrigações ali.

Estava pensando em maneiras de pedir licença educadamente, talvez fugir da livraria e voltar algumas horas depois, quando Alastair falou:

— Quer ir ao Louvre, então? Vou lá depois daqui.

Thomas poderia ter respondido *Já fui, obrigado*, ou *Na verdade, tenho um compromisso urgente no almoço*, mas não o fez. Estava sozinho havia dias. Então falou:

— Tudo bem.

Então eles foram. Estava cheio, e Alastair ficou mal-humorado, mas não descontou em Thomas. Ele não menosprezou a arte. Mas também não fez comentários entusiasmados; para surpresa de Thomas, Alastair parecia satisfeito em se postar diante de uma obra e simplesmente admirá-la por um bom tempo, deixando que ela estimulasse seus sentidos. O rosto dele estava sério, com a testa franzida, mas Thomas tinha certeza de que era o máximo de contentamento que já vira Alastair.

De sua parte, Thomas tinha visitado aquele mesmo museu e reunira várias, de acordo com ele, observações perspicazes sobre várias obras. Chegara a partilhar algumas delas com Alastair, hesitantemente. Ficara esperando deboche em resposta, mas Alastair apenas reconhecera os comentários com um menear de cabeça. Thomas não tinha motivo para gostar de Alastair; na verdade, tinha todos os motivos para não gostar, mas naqueles breves momentos juntos, na presença de um lindo objeto, ele se sentia grato pela presença do sujeito, e o reconhecimento de Alastair, ainda que sutil, fazia com que ele se sentisse melhor do que nunca desde sua chegada a Paris.

Talvez Alastair tivesse mudado, pensou Thomas. Talvez todos crescessem, cedo ou tarde. Talvez ele nem tivesse sido tão ruim assim, para começo de conversa.

Thomas se lembrou de sua época na Academia e concluiu que, não, Alastair tinha sido terrível desde o início, definitivamente. Mas agora parecia mais calmo, mais sério.

Depois que eles deixaram o museu, Thomas e Alastair foram caminhar ao longo do Sena. Alastair queria saber tudo sobre Madri, e Thomas conseguiu até mesmo arrancar algumas histórias de Alastair sobre a temporada dele em Damasco, no Marrocos e na própria Paris. Tendo crescido em Idris e Londres, Thomas achava que Alastair devia ser muito viajado. No entanto, ele se perguntava se tantas mudanças deixariam uma pessoa solitária.

Agora a Torre Eiffel se assomava diante deles, e Alastair apontou para ela.

— Já subiu lá?

— Já — respondeu Thomas. — A vista é deslumbrante.

— O que acha da vista daqui? — perguntou Alastair.

Thomas teve a distinta sensação de que era uma armadilha montada para ele, mas não sabia muito bem o motivo, ou como evitar pisar nela.

— Acho que é uma estrutura fascinante — disse ele. — Não há nada igual.

Alastair deu uma risada desprovida de qualquer sarcasmo.

— De fato não há. Na verdade, muitos parisienses ficam horrorizados por ela. Eles acham feia, até mesmo horrorosa, e a chamam de a *folly* de Eiffel.

Thomas olhou para a torre de novo. O sol estava se pondo, manchando o metal com um brilho laranja-rosado. Por um momento, aquilo o lembrou das imponentes torres de *adamas* que protegiam a capital dos Caçadores de Sombras, Alicante, do modo como elas refletiam a luz do sol poente e a sustentavam por um pouco mais de tempo do que era esperado.

— Não é feia — disse ele. — Apenas incomum.

Alastair pareceu satisfeito.

— Certíssimo. Gustave Eiffel é um gênio, e tenho certeza de que ele um dia será devidamente estimado. Às vezes é preciso dar espaço e permitir às pessoas que façam aquilo em que são boas, mesmo que pareça loucura no momento.

Eles jantaram juntos em um bistrô nos arredores, o qual Thomas considerou relativamente decente, mas Alastair descreveu como "indiferente". Eles conversaram até tarde da noite; fecharam o restaurante, pois todos foram embora e eles ainda estavam conversando: sobre livros, viagem, música, história. Thomas disse a Alastair que planejava tatuar uma rosa dos ventos na parte interna do braço. Não tinha contado isso a ninguém, e Alastair pareceu curioso.

— Onde no braço? — perguntou ele, e quando Thomas mostrou, Alastair passou as pontas dos dedos no local, sem timidez, traçando um caminho desde a pele sensível do pulso até a dobra do cotovelo.

Thomas permaneceu sentado, chocado e trêmulo, embora sentisse calor pelo corpo todo. Alastair não pareceu notar, apenas tirou a mão dali e pediu a conta ao garçom, a qual ele pagou. Alastair se recusou a contar a Thomas onde estava hospedado, mas pediu que eles se encontrassem num certo endereço na tarde seguinte, para uma surpresa.

Quinze minutos depois do horário marcado do encontro, Thomas concluiu que Alastair não apareceria, e que provavelmente estava em algum lugar rindo daquilo, mas Alastair realmente apareceu, e até mesmo pediu desculpas pelo atraso. Então levou Thomas às portas do Théâtre Robert-Houdin.

— Sei que deveríamos evitar coisas mundanas — falou Alastair —, mas você precisa ver isso. É um filme. Uma imagem que se mexe! Este é o mais recente. Chama-se *Viagem à lua*.

Até mesmo Thomas conseguia traduzir aquilo, e durante 17 minutos eles se maravilharam juntos diante da obra dos mundanos, imagens que se mexiam, como um teatro, mas projetadas em uma tela. Havia um narrador, o qual Thomas supunha estar contando a história, mas ele não conseguia acompanhar. Ele se divertiu mesmo assim, vendo aqueles mundanos usando fantasias estranhas e entrando numa grande caixa de metal semelhante a uma cápsula de munição, indo até a lua e sendo perseguidos por estranhas criaturas que já moravam lá.

— Você acha que é real? — perguntou ele a Alastair quando iam embora, piscando contra a súbita luz do dia.

— O quê? Não, não seja idiota — disse Alastair, colocando uma mecha de cabelo preto atrás das orelhas. As pessoas sempre faziam alarde por cabelos loiros, como o de Matthew, como se fosse especial, mas intimamente Thomas achava que cabelos e olhos escuros eram muito mais atraentes. — É como uma peça ou um truque de mágica. É o que os mundanos fazem; eles não são capazes de fazer magia, então fazem truques que parecem magia, mas não são de verdade.

Alastair se despediu de Thomas no fim da rua; disse que deixaria Paris no dia seguinte, mas continuava se recusando a contar o motivo de sua visita, seu novo destino ou mesmo por que iria partir no dia seguinte. Thomas supôs que eles não fossem amigos, embora tivesse gostado do tempo que passaram juntos. Ele não sabia definir muito bem o que era um amigo, senão alguém com quem se gostava de passar o tempo.

A viagem toda parecera destacada e onírica. Alastair viera de lugar nenhum e agora voltava para lugar nenhum, e Thomas não fazia ideia de quando se veriam de novo, ou como agiriam quando se vissem. Eram amigos agora? Será que tinham sido amigos nesses últimos dias?

— Volto para a Espanha em alguns dias também — falou Thomas.

Alastair deu uma risadinha.

— É estranho que você tenha vindo até aqui de Madri. É como tirar férias das férias.

— Creio que sim — falou Thomas. Então franziu a testa. — Não, não é estranho. Um ano viajando não são férias. É uma alocação em um posto. Você precisa fazer piada de tudo?

Alastair pareceu espantado.

— Desculpe — disse ele, depois de um longo momento. — Eu não tive intenção nenhuma com isso.

Ele pareceu preocupado naquele momento, e humano e vulnerável de um jeito que fez Thomas querer... bem, ele não tinha certeza do que queria fazer, mas estendeu a mão para Alastair, que a fitou por um momento, então a apertou lentamente.

A mão era morna e calejada contra a de Thomas, que de repente se lembrou da sensação dos dedos de Alastair em seu braço e tentou não mudar a expressão. Eles deram um aperto de mãos.

Alastair não perguntara a Thomas sobre os amigos ou familiares. Thomas também não perguntara a Alastair. Naqueles dias, foi como se ninguém mais existisse no mundo.

— Bem — disse Thomas. — Adeus, Carstairs.

— Adeus, Lightwood. Tente não ficar mais alto. Está começando a ficar repulsivo na outra direção.

Thomas ficou observando Alastair indo embora, e esperou que ele virasse uma última vez, mas Alastair jamais virou para trás antes de dobrar a esquina e desaparecer.

10

A LEALDADE ATA

Próximos, lado a lado, da manhã à noite,
Beijar e flertar, seu deleite,
Enquanto vós que do consolo humano fugis
De amor não retribuído sucumbis.

— Nizami Ganjavi, *Layla e Majnun*

O proprietário não deixou Lucie subir até os aposentos particulares na Taverna do Diabo, então ela se limitou a mandar uma mensagem por Polly, a atendente lobisomem. Ela se acomodou em uma cadeira de madeira desconfortável e fervilhou de ódio enquanto seres do Submundo começaram a encará-la com curiosidade: uma jovem mignon com Marcas de Nephilim, agarrada a um machado. No canto, um *kelpie* que parecia marinar num tanque de gim deu a ela um olhar de pena.

— Um gole de destilado? — indagou um vampiro de cabelos bagunçados, oferecendo a ela uma garrafa de gim já pela metade.

— Ela não bebe. — Era Thomas, com expressão de raiva. O vampiro se encolheu. Christopher surgiu junto ao ombro de Thomas, piscando.

— Eu sabia que vocês estariam aqui — disse Lucie, triunfante.

— Por pouco não estávamos — falou Christopher. — Decidimos usar o laboratório do andar de cima em vez do outro em Grosvenor Square, pois Matthew e James não estariam aqui para se incomodar ou acabarem explodidos...

Thomas fez um "shhh" para ele.

— Christopher, já chega. Lucie, qual é o problema? Aconteceu alguma coisa?

Depois de arrastar os dois para fora, Lucie fez o possível para explicar a situação sem mencionar Jesse. Em vez disso, ela inventou uma historinha na hora, culpando Jessamine e uma rede de fofocas entre fantasmas. Felizmente, nem Christopher nem Thomas eram do tipo desconfiado.

— Precisamos de Matthew, e ele foi à maldita casa de Anna — disse Thomas, depois de contar a ela o pouco que sabiam: a carta que chegara para James na casa de Matthew, a determinação dele em encontrar Grace, o encontro marcado para a noite, às dez horas. — Ele vai saber para onde James foi. James disse que era onde eles dois costumavam treinar equilíbrio.

— Mas e se chegarmos tarde demais? — falou Christopher, tremendo de ansiedade.

Lucie verificou o relógio no alto da igreja de St. Dunstan-in-the-West, do outro lado dos limites sombrios da Fleet Street. Eles estavam bem perto do Instituto. Dava para ver a torre espiral característica erguendo-se acima dos telhados de Londres.

— Nove horas — disse ela. — Um de vocês deve ter uma carruagem. Vamos para a casa de Anna.

E foi assim que eles se encontraram quinze minutos depois em Percy Street, Thomas ajudando Lucie a descer da carruagem vitoriana da família dele. A rua estava livre de pedestres, embora houvesse luzes em muitas janelas. Lucie discerniu uma silhueta sentada nas escadas de Anna, sob a penumbra. Ela não ficou surpresa — sempre havia damas se fazendo de tolas à porta de Anna.

Então Lucie discerniu os ombros largos na silhueta e percebeu que a pessoa à porta de Anna era um homem.

Ele ficou de pé num salto, e a luz da lâmpada de arco voltaico o destacou. Na Percy Street, os postes eram mais antigos e menos confiáveis, a luz amarela intensa deles despia o mundo a linhas severas. Lucie viu cabelos claros e um rosto fechado.

— *Alastair?* — Thomas pareceu chocado.

Christopher resmungou quando Alastair Carstairs foi correndo até eles, um redemoinho usando paletó aberto. Sob o paletó, o colete estava amarrotado, e um lado do colarinho alto estava torto.

— Você perdeu o chapéu, Alastair — disse Lucie.

Alastair respondeu:

— Eu perdi minha *irmã*!

Lucie ficou gelada.

— Como assim? Aconteceu alguma coisa a Cordelia?

— Mas que diabo, eu não sei, não é? — disse Alastair. — Eu a deixei tomar chá com Anna Lightwood e agora volto para buscá-la no horário combinado e as duas *sumiram*. Eu jamais deveria tê-la deixado sozinha com...

— Cuidado com o que vai dizer sobre Anna — alertou Christopher. Lucie pensou que deveria ter achado graça: Christopher, que jamais se irritava, falando naquele tom gélido com Alastair. Mas, de alguma forma, não era nada engraçado.

Alastair avançou contra Christopher perigosamente, mas Thomas o conteve agarrando seu braço. Lucie observou com grande satisfação quando Alastair ficou completamente imóvel, sem que Thomas precisasse fazer qualquer esforço. Os músculos do braço de Alastair se retesaram sob a manga do paletó quando ele se retraiu sob a mão de Thomas. Alastair era alto o suficiente, e parecia forte o suficiente, mas não conseguiu avançar.

— Calma, Alastair — disse Thomas. — Sei que está preocupado com sua irmã. Nós estamos preocupados com James. Melhor discutirmos como resolver as coisas do que brigarmos em público.

Alastair empinou o queixo para encarar Thomas, a mandíbula rígida.

— Solte-me — grunhiu ele. — E pare de se referir a mim pelo meu primeiro nome. Você não é mais um garotinho franzino da Academia me seguindo por aí.

Thomas, com as bochechas incendiando de tão vermelhas, puxou a mão de volta como se tivesse sido queimada.

— Parem! — disparou Lucie. Thomas só estivera tentando ser gentil. — Matthew provavelmente está com Anna e Cordelia. Ele pode supervisionar...

A expressão de Alastair se desfez.

— Você acha que eu ficaria aliviado por ela estar com *Matthew*? Acha que não reconheço um bêbado quando vejo um? Acredite, reconheço muito bem. Se ele colocar Cordelia em perigo...

Ouviu-se o súbito e bem-vindo chacoalhar de rodas sobre a rua de pedras. Todos se viraram para ver a carruagem da Consulesa se aproximando da casa de Anna. A porta da carruagem foi aberta e regurgitou Cordelia e Matthew, que segurava um pedaço de veludo embrulhado.

Os dois congelaram ao verem os visitantes.

— O que estão fazendo aqui? — perguntou Matthew. — Aconteceu alguma coisa com Barbara e os outros?

— Não — disse Thomas, apressadamente. — Nada do tipo. Mas é urgente. James está em perigo.

James caminhava noite adentro pela King's Road, em direção ao Tamisa. Matthew frequentemente o levava em passeios espontâneos por Chelsea, passando por construções de estilo Rainha Ana com os grandes lances de degraus de pedra e painéis de terracota que ficavam dourados à luz do sol, apontando as residências de poetas e artistas famosos que tinham vivido experiências escandalosas. Agora as janelas acesas das casas brilhavam fracamente em meio a uma névoa pesada, a qual ia ficando mais pesada conforme James se aproximava do rio.

A margem do rio em Chelsea Embankment era um passeio sob plátanos carregados de folhas, visíveis apenas como nuvens escuras acima da cabeça de James, os troncos molhados iluminados pelos globos fantasmagóricos dos postes de ferro fundido que ladeavam a margem. O Tamisa, para além da mureta do rio, mal era discernível na névoa densa: apenas o som de um barco policial movido a gasolina cuspindo água ao passar e o brilho de uma lanterna balançando atrás dele traíam a presença do rio.

James tinha chegado cedo. Pôs-se a caminhar lentamente até o arco da ponte Battersea Bridge, tentando acalmar a impaciência e a preocupação. *Grace*. Ele se lembrou do beijo deles no parque, da dor incipiente que o consumira. Como se estivesse sendo perfurado com uma agulha. Uma premonição de demônios, talvez, o perigo desconhecido tão próximo, o Mundo das Sombras praticamente tocando este. Era complicado entender, mas, por outro lado, era difícil que qualquer coisa tivesse a ver com Grace. Havia momentos em que, quando pensava nela, ele sentia tanta dor que todos os seus ossos pareciam presos por um único fio, e ele imaginava que se o fio fosse puxado, aquilo o mataria.

— O quanto o amor deveria doer? — perguntara ele ao pai certa vez.

— Ah, terrivelmente — dissera Will, com um sorriso. — Mas nós sofremos por amor porque o amor vale a pena.

Subitamente ela estava ali, como se tivesse surgido entre um momento e outro, de pé sob um poste ornamentado de três lâmpadas, na extremidade mais próxima da ponte: uma pequena e nebulosa figura na névoa, vestida como sempre, em cores claras, o rosto uma lua pálida à iluminação do poste. James começou a correr, e ela disparou degraus abaixo até onde ele estava, no aterro.

Quando se encontraram, ela o abraçou. As mãos dela estavam frias de encontro à nuca dele, e James se sentiu zonzo e tomado por lembranças: as paredes carcomidas da Mansão Blackthorn, as sombras na floresta onde costumavam sentar-se e conversar, a mão dela prendendo a pulseira de prata em seu pulso...

James se afastou o suficiente para olhar o rosto dela.

— O que aconteceu? — indagou ele. — Sua carta dizia que você estava em perigo.

Nesse momento ela abaixou a mão para circundar o pulso dele, os dedos deslizando no aro de metal, como se para se certificar de que ainda estava ali. Ela tocou o ponto onde se sentia a pulsação dele.

— Mamãe está louca de ódio. Não sei o que fará. Ela disse a Charles que...

— Eu sei o que ela disse a Charles — falou James. — Por favor, diga que você não está preocupada *comigo*, Grace.

— Você veio até a casa para me ver — disse ela. — Sabia que Cordelia estava lá?

Ele hesitou. Como revelar que não tinha ido até a casa para visitá-la? Que houvera um momento, um terrível momento, em que Cordelia mencionara a presença de Grace na casa, e ele se dera conta de que não havia pensado nela? Como era possível sentir tanta dor quando o nome de alguém era mencionado, mas se esquecer da pessoa nos momentos difíceis? Ele se lembrou de Jem lhe dizendo que o estresse podia fazer coisas terríveis com a mente de uma pessoa. Certamente era apenas isso.

— Eu só fiquei sabendo depois que cheguei e vi as duas — disse ele. — Acho que elas queriam verificar se você estava bem. Quando cheguei, ouvi os barulhos na estufa, e... — Ele parou, dando de ombros. James odiava mentir para Grace. — Eu vi o demônio.

— Você estava sendo corajoso, eu sei, mas mamãe não vê desta forma. Ela acha que você veio só para humilhá-la e fazer o mundo se lembrar das maldades do pai dela.

James queria muito chutar um poste.

— Deixe-me falar com ela. Poderíamos nos sentar, todos nós, meu pai e você e sua mãe...

— James! — Grace pareceu quase furiosa por um instante. — O que minha mãe faria comigo se eu sequer sugerisse tal coisa... — Ela balançou a cabeça. — Não. Ela vigia tudo o que faço. Quase não consegui sair hoje à noite. Achei que vir até Londres pudesse amenizar o que ela acha de você, mas ela se tornou mais severa do que nunca. Diz que da última vez que os Herondale estiveram na Casa Chiswick, o pai e o marido dela morreram. Ela diz que não vai deixar que vocês nos destruam.

Tatiana está completamente louca, pensou James, impotentemente. Ele não percebera o quanto aquilo estava fora do controle.

— Grace, o que está dizendo?

— Ela diz que vai me levar de volta para Idris. Que estava errada ao me deixar comparecer a festas e eventos nos quais você e sua irmã estariam, e os Lightwood... Ela diz que serei corrompida e arruinada. Ela vai me trancafiar, James, pelos próximos dois anos. Não verei você, não poderei escrever para você...

— Esse é o perigo ao qual você se referiu — disse ele, baixinho. James entendia. Tal solidão pareceria um perigo para Grace. Seria semelhante à morte. — Então venha até nós no Instituto — disse ele. — O Instituto está *lá* para fornecer abrigo aos Nephilim em perigo. Meus pais são pessoas boas. Nós protegeríamos você dela...

Grace fez que não com a cabeça com tanta força que deslocou seu chapeuzinho com a barra de flores.

— Minha mãe simplesmente solicitaria que a Clave me devolvesse a ela, e eles teriam de obedecer, pois não tenho 18 anos ainda.

— Você não sabe disso. Meus pais têm influência na Clave...

— Se você realmente me ama — disse ela, os olhos cinzentos se incendiando —, então case-se comigo. Agora. Precisamos fugir. Se fôssemos mundanos, poderíamos fugir para Gretna Green e nos casar, e nada poderia nos separar. Eu passaria a pertencer a você, e não a ela.

James ficou chocado.

— Não somos mundanos. A cerimônia de casamento deles não seria considerada válida pela Clave. Case-se comigo numa cerimônia de Caçadores de Sombras, Grace. Você não precisa da permissão dela...

— Não podemos fazer isso — protestou Grace. — Não podemos continuar no mundo dos Caçadores de Sombras, onde minha mãe pode nos alcançar. Precisamos escapar da influência dela, da habilidade que ela tem de nos punir. Precisamos nos casar em Gretna e, se necessário, deixaremos nossas Marcas serem removidas.

— Remover nossas Marcas? — James ficou completamente gélido. Ter as Marcas removidas era a punição mais severa que um Caçador de Sombras poderia sofrer. Significava exílio e tornar-se um mundano.

Ele tentou imaginar como seria jamais ver seus pais novamente, ou Lucie, ou Christopher ou Thomas. Ter o laço que o unia a Matthew cortado seria como ter a mão direita arrancada. Tornar-se mundano e perder tudo que fazia dele um Caçador de Sombras.

— Grace, *não*. Essa não é a resposta.

— Essa não é a resposta para *você* — disse ela friamente —, pois você sempre foi um Caçador de Sombras. Eu jamais fui treinada, jamais ganhei mais do que poucas Marcas. Não sei nada sobre a história, não tenho parceiro guerreiro ou amigos... eu poderia muito bem ter sido criada mundana!

— Em outras palavras — disse James —, você não perderia nada, e eu perderia tudo.

Grace saiu dos braços de James. A dor tomou o lugar dela, a dor de estar sem ela. Era física, inexpressível e inexplicável. Era simplesmente o que era: quando ela não estava, ele a sentia como uma ferida.

— Você não estaria *me* perdendo — falou Grace.

— Não quero perder você — disse ele, com o máximo de firmeza possível, apesar da dor. Mas só precisamos esperar um pouco, e então poderemos ficar juntos sem também perder todo o restante.

— Você não *entende* — gritou Grace. — Não consegue entender. Não sabe...

— Então *me conte*. O que é? O que eu não sei?

A voz dela soava rouca.

— Eu preciso que você faça isso por mim, James — disse Grace. — Eu preciso. É tão importante. Mais do que você poderia saber. Apenas diga que fará. Apenas diga.

Era quase como se ela estivesse implorando a ele que dissesse, mesmo que não houvesse sinceridade em sua resposta, mas qual seria o objetivo disso? Não. Ela precisava desejar a sinceridade dele. Uma disposição genuína para fazer aquilo: arriscar o fim da única vida que ele conhecia, arriscar jamais voltar a ver qualquer um dos que amava. Ele fechou os olhos e viu, contra as pálpebras fechadas, o rosto de seus pais. Da irmã. Jem. Thomas. Christopher. Matthew. Matthew, a quem ele provavelmente magoaria de maneira irreparável.

James se esforçou para dizer as palavras, para dar forma a elas. Quando finalmente falou, a voz soou rouca, como se estivesse gritando.

— Não. Não posso fazer isso.

Ele a viu se encolher.

— Isso é porque você não foi a Idris — disse ela, os lábios trêmulos. — No início deste verão. Você... você se esqueceu de mim.

— Eu jamais poderia me esquecer de você. Não depois de semanas, ou meses, ou anos, Grace.

— Qualquer homem se casaria comigo — prosseguiu ela. — Qualquer homem faria isso se eu pedisse. Mas você não. Você precisa ser diferente. — Ela comprimiu os lábios. — Você é feito de algo diferente se comparado aos outros homens.

James ergueu a mão em protesto.

— Grace, eu *quero* me casar com você...

— Não é o suficiente. — Ela deu um passo para trás, então arregalou os olhos e soltou um grito. James agiu mais rápido do que um pensamento. Ele se atirou contra Grace e os dois atingiram a calçada com força. Grace arquejou e se deitou no aterro quando um demônio passou por eles, à distância de um fio de cabelo.

E *era* um demônio. Uma silhueta escura e retorcida como uma raiz de árvore torta, sem olhos e sem nariz, com dentes marrons afiados como espinhos, o corpo coberto com gosma preta. Não tinha asas, e sim longas pernas flexionadas como as de um sapo: o bicho saltou contra os dois de novo, e desta vez James sacou uma lâmina do cinto e a arremessou. As Marcas brilharam na lâmina como fogo quando ela disparou pelo ar e atingiu o alvo, quase abrindo o peito do demônio. Icor foi derramado e a criatura sumiu de volta para a própria dimensão.

Grace tinha ficado de pé com dificuldade; James a guiou degraus acima em direção à ponte, para um ponto onde pudessem ficar em vantagem.

— Um demônio Cérbero — disse ela, piscando. — Mas estava morto... aquele na estufa estava morto... por isso eu achei que pudesse sair... — Ela inspirou. — Ai, Deus. Há mais deles vindo.

Grace estendeu as mãos como se pudesse empurrá-los. Os demônios se aproximavam, de fato: silhuetas escuras em meio à névoa do meio da ponte, rastejando e saltando como monstros-sapos infernais, escorregando na rua molhada. Quando uma criatura saltou contra eles, projetou uma língua longa, preta e pegajosa, capturou um pombo azarado e cerrou a ave na boca cheia de presas.

James disparou mais facas de arremesso: uma, duas, três vezes. Em todas as vezes, um demônio caiu. Ele deu uma faca a Grace, os olhos dele suplicantes. Ela recuou contra o parapeito da ponte, a faca apertada em sua mão trêmula. Um demônio avançou para ela e Grace o esfaqueou; o demônio soltou um guinchar estranho, como um uivo, quando icor preto-avermelhado jorrou do ombro dele. A criatura saltou para longe dela, sibilando, depois avançou de novo. Grace se abaixou. James atirou uma faca e destruiu a coisa, mas ele sabia que já estava quase sem facas. Quando elas acabassem, só lhe restaria uma arma: a lâmina serafim.

Não seria o suficiente para proteger a ambos. E não dava para fugir. Os demônios os alcançariam facilmente.

Duas criaturas mergulharam para eles de novo. James atirou a última lâmina, matando um demônio Cérbero numa chuva de icor. O outro desabou ao lado dele, partido ao meio por um machado de arremesso delicadamente talhado.

James congelou. Ele conhecia aquele machado.

Virando-se, ele viu Lucie correndo a toda velocidade para eles, vindo da rua. E ela não estava sozinha.

Cordelia estava lá, Cortana brilhando em sua mão. Matthew estava ao lado dela, armado com *chalikars* indianas: facas de arremesso circulares com as pontas de aço afiadas como navalha. Então veio Christopher com duas lâminas serafim estalando, e Thomas, empunhando suas boleadeiras. Bastou um impulso e um giro do braço forte de Thomas, e um demônio voou da ponte para dentro do rio.

Alastair Carstairs também estava com eles. Enquanto James olhava, ele saltou sobre o parapeito de ferro da ponte, equilibrando-se como James e Matthew tinham feito certa vez em treino. Em sua mão, uma lança de lâmina longa. Dois golpes cortaram uma das criaturas ao meio. Ela explodiu em nada, sujando Alastair de icor, o que pareceu a James um resultado positivo em duas frentes. Alastair desceu do parapeito com um gemido de nojo e avançou para a briga.

Quando os Caçadores de Sombras se espalharam ao redor das criaturas, um grito se elevou dos demônios — um som denso, carregado. Se um cadáver apodrecendo na terra fizesse barulho, pensou James, seria aquele. Ele saltou para trás, girou e deu um chute giratório num demônio que se aproximava. Houve um borrão dourado e o demônio sumiu; James ergueu o rosto e viu Cordelia de pé acima dele com Cortana na mão. A lâmina estava suja de sangue de demônio.

Não havia tempo para agradecer. Mais um demônio avançava; James pegou a lâmina serafim.

— *Zerachiel!* — gritou ele, e a lâmina se transformou numa varinha de fogo.

Os amigos dele estavam no centro da batalha — exceto por Grace, que tinha recuado, ainda agarrada à adaga que ele lhe dera. James pensou amargamente em Tatiana, que jamais deixara Grace treinar, e então deu um giro para se defender de um demônio que se aproximava. Antes de concluir o movimento, no entanto, uma lâmina serafim incandescente cortou lateralmente a carne da criatura. O demônio saltou para trás, sibilando como uma chaleira no fogo, deixando James com uma linha de visão nítida de Christopher. Seu amigo estava de pé, segurando a lâmina serafim, que faiscava como uma batata no óleo quente.

— Christopher — disse James —, o que *é* esta coisa?

— Uma lâmina serafim! Tentei aprimorá-la com eletricidade!

— Funcionou?

— De jeito nenhum — confessou Christopher no momento em que um demônio surgiu, gritando diante do rosto dele. A criatura foi esfaqueada, mas a lâmina serafim saltitava com uma linha de fogo aleatória. Lucie e Thomas vieram em socorro antes que o demônio pudesse tocar Christopher, o machado de Lucie e as boleadeiras de Thomas quase tocando a carne da criatura. Ela deixou de existir com um lampejo, mas outro demônio ocupou seu lugar imediatamente, se assomando diante deles como uma nuvem ameaçadora.

Abandonando a lâmina serafim, Christopher pegou uma adaga em seu colete e a cravou na criatura. O demônio cambaleou para trás, no mesmo momento que uma longa lâmina disparou pela névoa e o atingiu. A criatura se dobrou como papel e sumiu, deixando uma mancha de icor.

James olhou desnorteadamente ao redor e viu Alastair Carstairs, segurando uma lança correspondente à outra na mão esquerda e olhando pensativamente para o ponto em que o demônio desaparecera.

— Você está com lanças? — indagou James.

— Eu jamais saio de casa sem minhas lanças! — gritou Alastair, fazendo com todos olhassem para ele, até mesmo Grace.

James tinha perguntas, mas não teve a chance de fazê-las. De repente ouviu sua irmã gritar e avançou para ajudá-la, apenas para flagrá-la junto a Cordelia, lutando, uma protegendo a retaguarda da outra, uma adaga na mão de Lucie e Cortana na de Cordelia. Cortana formava um largo arco dourado, e cada criatura que conseguia passar pela guarda de Cordelia, Lucie matava. Matthew estava de pé sobre o parapeito, atirando uma *chalikar* atrás da outra para dar cobertura às meninas.

Um demônio pairou subitamente atrás de Thomas, cujas boleadeiras estavam envolvendo outro demônio: possivelmente pelo pescoço, embora no caso daquelas criaturas fosse difícil dizer.

— *Lightwood*! — gritou Alastair. — Atrás de você!

James sabia que era Alastair porque ninguém mais seria tão tolo a ponto de gritar aquilo no meio de uma luta. É claro que Christopher se virou e é claro que Thomas, para quem o grito se destinara, não se virou. James mergulhou para Thomas, rolando no chão para chegar mais rápido, bem no momento que o demônio avançou. Os dentes e garras arranharam o braço de Thomas, tirando sangue. Não havia espaço para Thomas usar as boleadeiras. Ele então começou a gritar e a socar o demônio: a criatura cambaleou e James, ficando de pé, a esfaqueou nas costas.

Mas não havia tempo para descansar: mais demônios tinham chegado. Matthew saltou do parapeito e correu até eles. Ele se atirou no chão e deslizou os últimos poucos centímetros sobre a calçada molhada — um grande sacrifício para Matthew, que amava suas roupas —, atirando uma *chalikar* contra a massa de demônios. Um caiu, mas parecia haver uma dúzia de outros. Alastair estava atirando lanças com uma precisão mortal, Cordelia atacava com Cortana como uma deusa guerreira. Estavam todos lutando bem, no entanto...

O maior dos demônios se levantou diante de James. Sem hesitar um segundo, ele mergulhou a lâmina serafim na criatura. Icor jorrou, preto, contra a mão dele, empoçando-se no chão aos seus pés. O demônio gorgolejou e pareceu desabar, as pernas de sapo cedendo. James ergueu a lâmina para matá-lo ao mesmo tempo que a criatura virou a cabeça para ele com seus olhos pretos fatais.

Ele se viu refletido naqueles olhos como se fossem espelhos. Viu seus cabelos negros, o rosto pálido, o dourado de suas pupilas. Viu a mesma expressão que vira no rosto do Deumas no beco perto da Fleet Street.

Reconhecimento.

— *Garoto Herondale* — disse o demônio, com uma voz que parecia o último chiado de uma fogueira morrendo numa grelha. — *Eu conheço você. Eu sei tudo sobre você. O sangue de demônios queima em suas veias. Por que você mataria aqueles que adoram o pai de sua mãe? Por que destruir sua própria espécie?*

James congelou. Agora notava os outros se virando para olhá-lo: Matthew parecia furioso, os outros, horrorizados. Lucie tapava a boca com a mão. Alastair, que estava mais perto dele, o encarava com olhos pretos arregalados.

James exalou um suspiro trêmulo.

— Não sou da sua espécie — disse ele.

— *Você não sabe o que é.*

Basta, pensou James. *Já basta disso.*

— Se você adora meu avô — disse ele furiosamente —, então *vá*, em nome dele. Não volte para a Casa Chiswick, volte para a dimensão de onde veio.

O demônio hesitou e, quando o fez, todos os outros demônios ficaram parados. Todos às margens do rio estavam concentrados em James.

— *Nós iremos então, como você diz, para mostrar que honramos seu sangue* — falou o demônio. — *Mas há uma condição. Se você ou seus amigos disserem uma palavra sobre o que aconteceu aqui, esta noite, a qualquer membro da Clave, nós voltaremos. E suas famílias pagarão em sangue e morte por sua traição.*

— Não ouse... — começou James.

O demônio sorriu.

— *Em nome do príncipe mais astuto do Inferno* — disse ele, com a voz tão baixa que apenas James conseguiu ouvir.

Então sumiu — todos eles sumiram. E o mundo, na mesma velocidade que tinha explodido em movimento e barulho, ficou quieto de novo. James ouvia o rio, a respiração ofegante de Alastair ao seu lado, o latejar do próprio coração.

Ele soltou a lâmina ainda incandescente no chão. Viu Lucie e Cordelia abaixarem as armas. Thomas e Matthew ficaram de pé, cambaleantes; havia um corte no rosto de Matthew, e a camisa de Thomas estava rasgada, o braço sangrava feio.

Estavam todos encarando James. Ele se sentiu entorpecido.

Sabia que seu avô era um Demônio Maior. Mas Príncipes do Inferno eram outra história. Eram anjos caídos. Tão poderosos quanto Raziel, mas malignos e podres até a alma.

O príncipe mais astuto do Inferno. Ele não conseguiu evitar olhar para Lucie, mas estava claro que ela não ouvira as últimas palavras do demônio: estava sorrindo e falando algo a Cordelia.

Demônios mentiam. Por que Lucie deveria se atormentar por uma possível inverdade? A mente dele estava acelerada: precisava falar com tio Jem de novo, o mais rápido possível. Era Jem quem vinha buscando o avô deles. Jem saberia o que fazer.

Foi Christopher quem quebrou o silêncio.

— O que acabou de acontecer?

— Os demônios sumiram — respondeu Matthew, limpando sangue do rosto. — O líder pareceu achar que era um velho amigo do avô de James.

— Ah, o avô demoníaco? — falou Christopher.

— Sim, obviamente o demoníaco, Christopher — zombou James.

— O outro é galês — falou Thomas, como se isso explicasse tudo. Ele direcionou a frase para Alastair e Cordelia.

— Não precisa dar explicações sobre Herondale — falou Alastair, com um sorriso desagradável. — Imagino que isso aconteça com relativa frequência.

Cordelia pisou no pé dele.

Grace surgira das sombras. Ela caminhou até o restante do grupo, as mãos unidas na frente do corpo, o rosto branco e rígido.

— Desculpem, eu não sei lutar...

— Está tudo bem — falou James —, está tudo bem, vamos treinar você direito...

— James! Grace! — Era Lucie. Ela apontou a rua; um segundo depois, James ouviu um sino e viu uma antiquada carruagem de duas rodas surgindo da neblina, puxada por dois cavalos marrons esquálidos. Sentada na carruagem estava Tatiana Blackthorn.

Ela parou subitamente e desceu da carruagem. Como sempre, apresentava uma aparência bizarra: usava saias fartas e renda extravagante, um vestido de outra época feito para uma moça muito mais jovem e mais rechonchuda. Na cabeça, um chapéu alto com frutas falsas e pássaros empalhados. O chapéu tremelicava com a raiva da mulher conforme ela observava o grupo com seu ódio furioso, o qual pousou sobre a filha.

— Grace — disparou ela. — Entre na carruagem. Agora.

Grace se virou para James; o rosto branco. Em voz baixa, ele disse:

— Você não precisa fazer o que ela manda. Volte para o Instituto comigo. Estou implorando.

O rosto de Grace ainda estava manchado de lágrimas, mas a expressão se fechara como um cofre de banco.

— James. Não posso. Acompanhe-me até a carruagem, por favor.

James hesitou.

— Por favor — disse ela. — Estou falando seriamente.

Com relutância, James estendeu o braço para que Grace o tomasse. Notou os lábios de Tatiana se contraindo numa linha fina. Ele meio que aguardava que ela fosse perder as estribeiras, mas a mulher permaneceu calada: claramente não esperava tantos Caçadores de Sombras ali. E tantos das famílias que ela odiava: Herondale, Lightwood, Carstairs... desejaria ir embora o mais rápido possível, suspeitava James.

Ela olhou com ódio para James conforme ele foi andando com Grace até a carruagem, apoiando-a com o braço. Ele a ajudou a entrar, e ela afundou no assento. Fechou os olhos, extenuada. James desejou poder dizer algo a respeito da discussão que tiveram mais cedo. Ele e Grace jamais tinham discutido até então. Queria implorar a ela que não voltasse para a Casa Chiswick, mas suspeitava que só tornaria as coisas piores para ela.

— Vou escrever para você amanhã — começou ele.

— Não — disse Grace, os lábios brancos. — Não. Preciso de tempo, James. Eu escreverei para você.

— Chega — sibilou Tatiana, enxotando James da carruagem. — Deixe minha filha em paz, Herondale. Não preciso que você a atraia aos problemas...

— O único problema que encontramos foram os demônios Cérbero da *sua* família — falou James num tom baixo e furioso. — Sugiro que pare com suas ameaças, a não ser que queira que eu conte à Clave a respeito deles.

Ele não podia contar a ninguém, é claro, considerando a ameaça do demônio, mas Tatiana não sabia disso. Não que fizesse diferença. Um riso baixo emergiu da garganta dela.

— *Meus* demônios? — repetiu ela. — E onde estão eles agora, Herondale?

— Mortos — disse James brevemente. — Nós os matamos.

— Que impressionante — disse ela. — Delate, menino. Eu direi à Clave que Grace criou os demônios sozinha. Direi a eles que ela está mergulhada em estudos de magia proibida até as lindas orelhinhas. Eu a libertarei e a deixarei à mercê deles, com a reputação maculada para sempre. Vou arruinar a vida dela se você quiser jogar esse jogo. — Ela apontou o dedo para o peito dele. — Você *se importa*, Herondale. É essa a sua fraqueza.

James deu um passo para trás, enojado, quando Tatiana subiu na carruagem. Logo depois, o veículo chacoalhava pela rua, os cavalos relinchando e as rédeas balançando.

Houve um longo e desconfortável silêncio enquanto o grupo de Caçadores de Sombras observava a carruagem Blackthorn sumindo na névoa.

— Bem — disse Alastair, por fim. — Acho que está na hora de Cordelia e eu irmos embora.

— Ainda não posso ir — falou Cordelia. Ela estendeu o braço e seu irmão arregalou os olhos. Um corte longo e sangrento descia desde o cotovelo até o pulso. Cordelia mal sentira durante a batalha, mas estava começando a doer. — Preciso de uma Marca de cura. Se eu voltar para casa assim, mamãe vai desmaiar.

— Vários de nós estamos feridos — disse Christopher. — A não ser que queiramos explicar o que aconteceu aqui, e aparentemente seria uma péssima ideia, provavelmente deveríamos aplicar *iratzes*. — Ele se virou para Thomas. — Eu faço a sua.

— Por favor, não — negou Thomas. Christopher nem sempre tinha a melhor das sortes com Marcas.

— Ah, mas que diabo, eu faço — disse Alastair, e saiu pisando forte até Thomas, que ficou observando sob um aparente choque quando Alastair sacou uma estela e começou a desenhar na pele exposta do braço, onde a camisa tinha sido rasgada.

Ao lado de Cordelia, Lucie pegou a estela com um floreio.

— Nossa primeira Marca de cura! — anunciou ela, levando a ponta da estela ao pulso de Cordelia. — Um momento histórico para um par de *parabatai* que em breve se tornarão famosas.

— Detesto parecer ingrato pela ajuda — falou James. — Mas o que diabo trouxe todos vocês aqui? Como sabiam o que aconteceria?

— Quem me contou sobre o Cérbero foi Jess... Jessamine — falou Lucie, aplicando os retoques finais à Marca de Cordelia. As duas estavam encostadas na mureta que percorria o aterro. — Fantasmas, eles fofocam. — Ela repetiu para James a história que tinha contado ao restante deles a caminho de Chelsea, concluindo com: — Então parece que o demônio que você matou na estufa teve tempo de se multiplicar, e os novos demônios vieram procurar Grace quando ela deixou Chiswick.

— Certamente havia muitos deles — falou Cordelia. — Muito pior do que apenas aquele na estufa.

— Talvez todos tivessem acordos secretos com Grace — disse Lucie.

Alastair riu com deboche.

— Aquela mulher Blackthorn deve ser louca por deixar esses demônios Cérbero à solta em seu jardim — disse ele, guardando a estela. Thomas tocou o próprio braço com um olhar curioso; o ferimento já começava a se fechar. Alastair podia ser irritadiço, mas era habilidoso com uma estela.

James e Matthew tinham se sentado no chão para que James pudesse posicionar o rosto de Matthew direito. Ele desenhou uma *iratze* de leve na bochecha do *parabatai* enquanto Matthew se contorcia e reclamava.

— É difícil dizer o quanto ela sabia — respondeu James. — Tenho certeza de que estava ciente do demônio original na estufa, mas provavelmente não das crias vingativas.

— Ela sabia o suficiente para vir até aqui — observou Christopher. — Embora ela pudesse simplesmente estar seguindo Grace.

James pareceu pensativo; Cordelia não conseguia evitar se perguntar o que Tatiana tinha dito a ele na carruagem. Ele parecera um tanto chocado, como se ela o tivesse golpeado no rosto.

— Eles desapareceram porque você os mandou, não foi? — disse Cordelia.

— É o que parece. — James examinava a bochecha de Matthew, aparentemente avaliando seu trabalho com a Marca. Satisfeito, recostou-se na mureta. Matthew tirou um frasco do bolso com um ar de alívio, abriu a tampa e tomou um gole demorado. — Eles voltaram para qualquer que seja a dimensão onde vivem os demônios Cérbero. Em nome de meu avô.

Ele soou amargo.

— Que legal você ser parente de um tipo tão importante de demônio — disse Alastair sarcasticamente.

— Se fazia diferença para o demônio o fato de James ser parente de um demônio "importante", ele deveria ter dito algo para mim também — falou Lucie. — Eu *sou* a irmã dele. Não gosto de ser ignorada.

James sorriu — o que Cordelia desconfiava ter sido o objetivo de Lucie. As covinhas dele eram letais, e cintilavam quando ele sorria. Esse tipo de charme deveria ser considerado ilegal.

— Eles são leais à família Blackthorn, do jeito sórdido deles — falou Lucie, pensativa. — Por isso queriam que não disséssemos nada sobre o ocorrido esta noite.

— Ah — falou Alastair. — Porque a Clave não vai ver com bons olhos o fato de os Blackthorn estarem criando um bando de demônios Cérbero e soltando-os atrás dos Herondale, embora ele seja muito irritante.

— Eu te disse, Benedict Lightwood foi quem os criou — disse Lucie, irritada.

— Por mais desagradável que esse episódio tenha sido — falou Matthew —, há algo de reconfortante nos combates ao tipo comum de demônio, sob o véu da noite, em vez daqueles venenosos que aparecem durante o dia.

— Ah! — exclamou Cordelia. — Isso me faz lembrar de que deveríamos contar a eles o que Hypatia disse, Matthew. Que poderíamos falar com Ragnor Fell sobre os demônios no parque.

Todos começaram a disparar perguntas. Matthew ergueu a mão.

— Sim, falamos com Hypatia Vex na Hell Ruelle. Ela disse que mandaria uma mensagem para Ragnor. Dificilmente é algo certo.

— Talvez, mas Anna estava certa — contestou Cordelia. Precisamos falar com mais integrantes do Submundo, independentemente disso. Houve muitas menções a Magnus Bane...

— Ah, Magnus Bane — disse Matthew. — Meu herói particular.

— De fato, certa vez você o descreveu como "Oscar Wilde se ele tivesse poderes mágicos" — falou James.

— Magnus Bane deu uma festa na Espanha à qual compareci — disse Thomas. — Foi um pouco complicado, pois eu não conhecia uma alma. Fiquei muito bêbado.

Matthew baixou o frasco com um sorriso.

— Foi aí que você fez *sua tatuagem*?

Lucie bateu palmas.

— Os meninos brincam sobre a tatuagem que Thomas fez na Espanha, mas Thomas jamais me deixa vê-la. Não é a coisa mais maldosa que você já ouviu, Cordelia? Sou uma *escritora*. Acredito que eu deveria ter a experiência de examinar uma tatuagem de pertinho.

— Eu acredito que você não deveria — disse Thomas, convicto.

— O problema é que fica em um lugar inominável? — perguntou Lucie.

— *Não*, Lucie — respondeu Thomas num tom de presa da caçada.

— Eu gostaria de vê-la — disse Alastair, com a voz surpreendentemente baixa.

Thomas hesitou, então desabotoou o punho da camisa do braço que não estava ferido e a enrolou até o cotovelo. Todos se aproximaram. Contra a pele pálida da parte interna do musculoso braço de Thomas estavam os traços em cinza e preto de uma rosa dos ventos. Norte, sul, leste e oeste estavam delineados por lâminas como as pontas de adagas, e no centro da rosa dos ventos, com pétalas negras desabrochando, havia uma rosa.

Cordelia achou que uma tatuagem seria mais parecida com as marcas deles, mas, em vez disso, acabou se lembrando de outra coisa. Era tinta, da forma como livros e poemas eram feitos de tinta, contando uma história permanente.

Lucie aplaudiu. Alastair fez um ruído esquisito. Ele estava com o rosto virado para o outro lado, como se a visão de Thomas o incomodasse.

— Acho que é linda, Thomas — falou Cordelia. — O Norte aponta para cima do seu braço, ao longo da veia que corre até o coração.

— Então isso quer dizer que você é amigo íntimo de Magnus Bane, Thomas? — disse Lucie. — Pode chamá-lo para pedir ajuda?

— Ele nem mesmo apareceu na festa — respondeu Thomas, desenrolando a manga. — Mas contatar Ragnor Fell é uma boa ideia.

— Contanto que ele guarde segredo sobre tudo isto — disse Christopher, ajeitando os óculos no nariz. — Não podemos contar a nenhum Caçador de Sombras o que aconteceu aqui esta noite. Todos ouvimos o que aquele demônio falou.

Houve um murmúrio de concordância, interrompido por Alastair.

— Cordelia e eu precisamos ir — avisou ele. — E quanto a seus segredinhos, vocês não podem confiar em demônios. Não importa o que eles aleguem.

Cordelia conhecia aquele tom na voz dele.

— Alastair, você precisa prometer que não vai revelar tudo o que aconteceu aqui esta noite.

— Por que eu deveria prometer? — indagou Alastair.

— Porque mesmo que demônios sejam mentirosos, o risco é grande demais — disse Cordelia, um pouco desesperada. — O demônio disse que atacaria nossas famílias se qualquer um de nós contasse. Pense em mamãe e papai.

Alastair pareceu prestes a se amotinar.

— Se não prometer — acrescentou Cordelia —, não voltarei para casa com você. Ficarei fora a noite inteira e estarei completamente arruinada. Precisarei me casar com Thomas ou Christopher.

— Ei! — disse Christopher, parecendo surpreso. Thomas sorriu.

— Se você se preocupa com sua família, precisa prometer — disse Cordelia. — Por favor, Alastair.

Houve um burburinho generalizado; Lucie pareceu preocupada. James estava olhando para Cordelia com uma expressão que ela não conseguia decifrar.

Alastair semicerrou os olhos.

— Muito bem, eu prometo — resmungou. — Agora venha logo embora. Temos muito a discutir quando chegarmos em casa.

Era quase meia-noite quando os cinco — Lucie, James, Matthew, Thomas e Christopher — finalmente voltaram para o Instituto. Lucie olhava para as janelas iluminadas com curiosidade conforme adentraram o pátio. Era incomum que àquela hora todas as lâmpadas estivessem acesas.

James levou um dedo aos lábios antes de abrir as amplas portas da frente — elas se abriam ao toque das mãos de qualquer Caçador de Sombras — e liderar o caminho adentro e escadarias acima.

O corredor do primeiro andar tremeluzia com pedras de luz enfeitiçadas. A porta da sala de estar estava aberta, e o som de uma canção galesa ecoava no corredor.

Nid wy'n gofyn bywyd moethus,
Aur y byd na'i berlau mân:
Gofyn wyf am galon hapus,
Calon onest, calon lân.

James e Lucie trocaram um olhar preocupado. Se Will estava cantando, isso significava que ele estava num humor sociável e os pegaria assim que os visse, e aí começaria uma nostalgia com o país de Gales e patos.

— Talvez — disse James, sussurrando — devêssemos todos sair rapidamente, e então entrar pela janela de um quarto mais alto usando um gancho de escalada.

Tessa surgiu à porta da antessala. Ao ver todos os cinco, ela ergueu as sobrancelhas. Lucie e James trocaram um olhar: tarde demais para o gancho.

Lucie deu um passo à frente e passou o braço pela cintura da mãe.

— Desculpe, mamãe, fizemos um piquenique tardio na margem do rio. Estamos encrencados?

Tessa sorriu.

— Vocês são todos travessos, mas espero que tenham se divertido. Podemos conversar sobre isso depois. Seu pai tem um convidado. Entrem e apresentem-se. Vou passar na enfermaria e já volto.

James liderou a expedição conjunta até a sala de estar, com Thomas, Matthew e Christopher resmungando cumprimentos para Tessa ao passar. Na sala de estar, sentados em um conjunto de poltronas de encosto largo e veludo cinza, estavam Will e um feiticeiro alto e verde com chifres enroscados em seus cabelos brancos como a neve. Ele ostentava uma expressão séria.

Will fez as apresentações.

— Ragnor Fell, meus amados filho e filha. E também um bando miserável de invasores de lares. Acho que todos vocês conhecem Ragnor Fell, o antigo Alto Feiticeiro de Londres?

— Ele nos deu aula na Academia — falou Christopher.

Ragnor Fell olhou para ele com irritação.

— Em nome de Lilith — cantarolou o feiticeiro. — Escondam os objetos frágeis. Escondam a casa inteira. Christopher Lightwood está aqui.

— Christopher está frequentemente aqui — falou James. — A casa permanece em grande parte intacta.

Will fez uma careta.

— O Sr. Fell está aqui para uma visita social — disse ele. — Não é agradável?

Will tentara deixar claro que as portas do Instituto estavam abertas aos seres do Submundo, mas poucos tinham aceitado a hospitalidade. Will e Henry sempre falavam de Magnus Bane, mas desde que Lucie se entendia por gente, Bane sempre estivera nos Estados Unidos.

— O Sr. Fell expressou um interesse aguçado em música galesa, então entoei algumas canções — falou Will. — Além disso, tomamos algumas taças de vinho do porto. Estávamos nos divertindo.

— Estou aqui há horas — falou Ragnor, com a voz sofrida. — Foram muitas canções.

— Eu sei que você gostou delas — falou Will. Os olhos dele brilhavam. Bem acima deles, Lucie ouviu um ruído estranho: como se algo na casa tivesse caído e se quebrado. Talvez um abajur.

— Eu realmente sinto como se tivesse ido até o País de Gales e voltado — disse Ragnor. Os olhos dele se iluminaram ao focar em Matthew. — O filho da Consulesa. Lembro-me de você. Sua mãe é uma mulher bondosa... ela já superou a doença?

— Isso foi há alguns anos — disse Matthew. Ele tentou dar um sorriso e fracassou; Lucie mordeu o lábio. Poucos sabiam que Charlotte estivera muito doente quando Matthew tinha 15 anos, e que ela perdera um bebê. Pobre Matthew, ser lembrado disso.

Matthew foi até a cornija da lareira e se serviu de um copo de xerez com as mãos levemente trêmulas. Lucie viu os olhos de Will acompanharem Matthew, mas antes que ele pudesse falar qualquer coisa, a porta da sala foi aberta e Tessa surgiu, carregando uma vela acesa. O rosto dela estava na sombra.

— Will, *bach* — disse ela em voz baixa. — Venha comigo um instante; preciso lhe pedir uma coisa.

Will saltou de pé com entusiasmo. Sempre fazia isso quando era Tessa quem o chamava. Lucie sabia que o amor entre seus pais era extraordinário. Era o tipo de amor que ela tentava capturar nas páginas que escrevia, mas jamais encontrava as palavras certas.

Assim que a porta se fechou atrás dos pais de Lucie, Ragnor Fell avançou até James.

— Vejo que esta geração de Caçadores de Sombras não tem mais bom senso do que a anterior — disse em tom mordaz. — Por que estão perambulando por Londres a esta hora da noite quando preciso falar com vocês?

— O quê, e interromper uma visita social? — disse James, sorrindo. — Papai disse que você ficou ouvindo músicas galesas durante horas.

— Sim, pior ainda. — Ragnor fez um gesto impaciente. — Minha amiga Hypatia me informou que alguns jovens Caçadores de Sombras foram até o *salon* dela esta noite, fazendo perguntas sobre demônios incomuns e indicando um futuro sombrio para todos nós. Ela mencionou o *seu* nome.

— Ele apontou o indicador para Matthew. — Ela disse que tinha um tipo de dívida com seu bando e perguntou se eu podia ajudar.

— Você vai ajudar? — perguntou Thomas, se manifestando pela primeira vez desde que tinham entrado na sala. — Minha irmã é um dos feridos.

Ragnor pareceu chocado.

— Thomas Lightwood? Céus, está enorme. *Com que tipo de coisa* os Nephilim vêm alimentando você?

— Eu cresci um pouco — disse Thomas, impaciente. — Pode ajudar Barbara? Os Irmãos do Silêncio sedaram todos os feridos, mas até agora não há cura.

Thomas agarrou o encosto de madeira de uma cadeira, entalhado para representar lâminas serafim cruzadas. A pele dele estava bronzeada, mas ele segurou a cadeira com tanta força que suas mãos ficaram brancas. Ragnor Fell examinou a sala, suas sobrancelhas pálidas se elevando.

— A escassez de demônios em Londres nos últimos anos não escapou à minha observação — disse ele. — Também ouvi boatos de que um poderoso feiticeiro está por trás dessa ausência.

— Você acredita nisso? — disse Lucie.

— Não. Se nós, feiticeiros, pudéssemos manter demônios fora das cidades com facilidade, certamente faríamos. Mas isso não exigiria um feiticeiro poderoso, apenas um corrupto basta para brincar com esse tipo de magia.

— Como assim? — disse James. — Certamente manter demônios à distância é algo bom, não ruim.

Ragnor assentiu a cabeça desgrenhada lentamente.

— É o que se poderia pensar — disse ele. — E, no entanto, o que estamos vendo aqui é que alguém varreu os demônios inferiores de Londres para abrir caminho para aqueles ainda mais perigosos. — Ragnor hesitou. — Entre feiticeiros, meu nome costuma ser invocado quando se fala em magia dimensional, o tipo mais difícil e instável de magia, a que envolve outros mundos que não o nosso. Eu me tornei um estudante dela, e ninguém sabe mais do que eu. Demônios não podem aparecer à luz do dia. É uma regra da natureza. E ainda assim... Há formas de trazer demônios para este mundo que os tornariam imunes a ela?

— Sim? — arriscou Lucie.

Ragnor a olhou com irritação.

— Não esperem que eu lhes diga quais são — falou ele. — Apenas que são proibidas pelo Labirinto Espiral, pois envolvem magia dimensional complexa que representa um perigo ao tecido do mundo em si. — Ele sacudiu a cabeleira branca. — Não tenho informações sólidas, apenas boatos e palpites. Eu não trairia um dos meus a um membro da Clave, a não ser que tivesse certeza de que é culpado de um crime, pois a Clave o prenderia primeiro e examinaria as provas depois. Mas vocês... vocês são crianças. Ainda não estão na Clave. Se fossem investigar isso...

— Não contaremos ao meu pai nada que você não queira — prometeu James. — Não contaremos a ninguém. Eu juro pelo nome de Raziel.

— Exceto por Cordelia — disse Lucie, às pressas. — Ela vai ser minha *parabatai*. Não posso esconder coisas dela. Mas não contaremos a mais ninguém, e certamente a nenhum adulto.

Houve um murmúrio conforme os outros prometeram juntamente a ela. Para um Caçador de Sombras, jurar alguma coisa era muito sério; jurar em nome do Anjo era mais sério ainda.

Ragnor se virou para James.

— Poucos feiticeiros poderiam realizar essa magia, e menos ainda estariam dispostos. Na verdade, só consigo pensar em um que seja tão corrupto. Emmanuel Gast. Os rumores entre os feiticeiros dizem que o preço foi alto o bastante, não há trabalho vil demais para ele. Não sei se o boato é verdade, mas conheço o endereço dele.

Ragnor foi até a escrivaninha no canto da sala e rabiscou o endereço em um pedaço de papel. Lucie fitou a caneta-tinteiro Waterman folheada a ouro nas mãos pesadas de Ragnor Fell, uma articulação a mais em cada dedo fazia a sombra na mão dele sobre a página parecer quase uma garra.

— Obrigado — disse James quando o feiticeiro terminou.

— Não imagino que precise pedir a vocês que não contem a Gast quem os enviou — disse ele, esticando-se da escrivaninha. — Se eu descobrir que contaram, transformarei todos em um conjunto de xícaras. E quanto a mim, vou a Capri. Meus nervos estão abalados. Se Londres vai ser devorada por demônios, não desejo estar presente para tal evento. Boa sorte a todos.

Aquela pareceu uma postura estranha para um antigo Alto Feiticeiro, mas Lucie ficou de boca fechada conforme Ragnor foi seguindo para a porta. Ela achou que ele fosse partir sem mais uma palavra, mas ele se deteve por um momento.

— Nunca sei bem como tratar vocês Herondale — admitiu o feiticeiro. — Nenhuma feiticeira havia gerado um filho até então. Não consigo evitar me perguntar: o que vocês se tornarão?

Ele olhou firmemente para James, então para Lucie. O fogo estalou na lareira, mas nenhum deles falou nada. Lucie pensou no demônio na ponte, dizendo a James que honraria o sangue dele. O sangue dela.

Ragnor deu de ombros.

— Que seja — disse ele, e partiu.

Lucie disparou para a escrivaninha e pegou o pedaço de papel, então se virou, sorrindo. Thomas e James retribuíram o sorriso; Thomas com esperança, James com cautela. Matthew olhava inexpressivamente para o copo em sua mão.

Então a porta se abriu e Will e Tessa entraram.

Por um instante Lucie ficou preocupada que eles tivessem ouvido algum indício traiçoeiro da informação de Ragnor Fell, então enfiou o papel rapidamente no bolso do vestido de passeio. Depois verificou as expressões de seus pais e tudo o mais foi esquecido.

Foi como o fim do verão em Idris. Um dia ela e James estavam brincando na floresta entre as árvores verdes e os canteiros de flores musguentos. Então de repente veio uma mudança quase imperceptível no ar e ela soube: haveria geada no dia seguinte.

Thomas deu alguns passos para trás, o rosto ficando pálido sob o bronzeado. O ombro dele atingiu o de Matthew, que deixou o copo cair, se estilhaçando aos pés deles, espalhando cacos diante da lareira.

Não haveria mais espera pela geada, pensou Lucie. Ela havia chegado.

— Thomas, sentimos muito — falou Tessa, estendendo as mãos. — Seus pais estão a caminho. Barbara faleceu.

11
Talismãs e feitiços

*Conhecimento está orgulhoso por ele
ter aprendido tanto;
Sabedoria sente-se humilde por ele não saber mais.
Livros não raro são talismãs e feitiços.*

— William Cowper, "The Task, Book VI: Winter Walk at Noon"

— **O *tahdig* está frio. — Sona estava de pé, imponente, à porta da** casa geminada, de braços cruzados enquanto olhava com raiva para seus dois filhos. — Risa serviu o jantar há mais de duas horas. *Onde* vocês estavam?

— Fomos até a enfermaria no Instituto — mentiu Alastair, com os olhos arregalados e inocentes. Ele era mesmo o filho de uma mãe persa com um temperamento difícil, pensou Cordelia, achando um pouco de graça. Na carruagem, ela ajeitara o cabelo e alisara a saia o máximo que conseguira, mas estava bastante ciente de que sua aparência estava um desastre. — Pensamos em levar flores, para mostrar nossa preocupação como parte da comunidade de Londres.

Parte da raiva sumiu do rosto de Sona.

— Aquelas pobres crianças na enfermaria — disse. Então recuou e apressou os dois para dentro. — Entrem, então. E tirem os sapatos antes que sujem os tapetes de lama!

O jantar foi uma rápida refeição de *tahdig* e *khoresh bademjan* frios. Ao final, Sona estava convencida de que a ideia de ajudar na enfermaria tinha sido dela.

— Você é um bom menino, Alastair *joon* — disse ela, beijando-o no alto da cabeça ao se levantar da mesa. — E você também, Cordelia. Embora não devesse ter colhido as flores pessoalmente. Seu vestido está destruído. Tanta lama! — Ela balançou a cabeça.

— Que bom — disse Cordelia. — É um vestido horrível.

Sona pareceu magoada.

— Quando eu tinha sua idade... — começou ela. Isso, Cordelia sabia, pressagiava uma história sobre como Sona fora perfeitamente obediente aos pais quando era menina, uma Caçadora de Sombras dedicada, que sempre mantivera as roupas em condição impecável.

Alastair jogou o guardanapo na mesa.

— Nossa Layla parece exausta — disse. — Ajudar os enfermos é muito cansativo. Vou levá-la para cima.

Havia três andares na casa geminada, o andar superior abrigava os quartos de Alastair e Cordelia e um pequeno escritório. Janelas com treliças com padrão de losangos davam para o céu escuro acima de Kensington. Alastair parou no alto das escadas e se recostou no papel de parede damasco.

— Vamos combinar de nunca mais falar com aquelas pessoas terríveis? — sugeriu ele.

Estava girando uma das lanças chinesas entre os dedos, a lâmina em formato de folha refletindo a luz que escapava do andar de baixo. Alastair tinha uma coleção de lanças, algumas dobráveis que podiam ser guardadas nos bolsos, e havia várias destas guardadas no forro de seu paletó.

— Eu gosto delas — disse Cordelia, irritada. — De todas elas.

Ela ouvia a mãe cantando sozinha no quarto; há muito tempo, o próprio Alastair costumava cantar e tocar piano. Outrora eles tinham sido uma família musical. Outrora as coisas eram muito diferentes. Esta noite lembrou a Cordelia de quando ela e o irmão eram crianças e conspiradores, como irmãos isolados costumam ser. Da época antes de Alastair ir para a Academia, e de voltar tão impenetrável.

— Verdade? — perguntou Alastair. — Qual delas acha tão agradável? Se for Herondale, ele jamais vai gostar de você mais do que da Srta. Blackthorn, e se for Fairchild, ele jamais vai gostar de você mais do que da garrafa.

Cordelia comprimiu os lábios.

— Independentemente de você gostar ou não delas, são pessoas influentes, e prefiro pensar que você está visando o bem-estar de nosso pai acima de tudo.

Alastair riu com deboche.

— Seu plano é salvar papai fazendo as pessoas *gostarem* de você?

— Obviamente você jamais achou que fazer as pessoas gostarem de você fosse importante, Alastair, mas eu não sou assim.

Alastair pareceu chocado, mas se recuperou rapidamente.

— Você deveria pensar menos em fazer as pessoas gostarem de você e mais em fazer com que lhe *devam*.

— Alastair...

Mas alguém batia fraquinho à porta no andar de baixo. O som ecoou no silêncio. Quem quer que estivesse lá fora, bateu três vezes em rápida sucessão, então parou.

A expressão de Alastair mudou.

— Já falamos disso o suficiente. Boa noite, Cordelia.

Não mais Layla. *Cordelia*. A expressão dele estava séria quando se virou para correr ao andar inferior.

Cordelia agarrou o paletó dele.

— Quem poderia estar nos visitando tão tarde? Acha que são más notícias?

Alastair se sobressaltou, parecendo chocado por Cordelia ainda estar ali, e seu paletó escapuliu dos dedos dela.

— Eu sei quem é. Vou cuidar da situação. Vá dormir imediatamente, Cordelia — ordenou Alastair, sem olhar para ela. — Se mamãe pegar você fora da cama, vai ser uma confusão infernal.

Ele disparou escada abaixo.

Cordelia se debruçou no corrimão. Dois andares abaixo, via os ladrilhos de pintura encáustica do corredor, as superfícies recém-pintadas retratando estrelas amarelas brilhando em um labirinto de espadas. Ela viu seu irmão abrir a porta, e viu a sombra se projetar nas espadas e estrelas quando o visitante entrou. O homem tirou o chapéu. Um pouco surpresa, Cordelia reconheceu Charles Fairchild.

Alastair olhou ao redor, preocupado, mas pareceu claro que tanto a mãe deles quanto Risa tinham ido dormir. Ele pegou o chapéu e o paletó de Charles, e os dois seguiram juntos para a antessala.

O coração de Cordelia estava acelerado. Charles Fairchild. Charles, que dissera a James que não chegasse perto de Grace. Charles, em quem Matthew claramente não confiava — mas em quem Alastair claramente confiava.

Alastair prometera a ela que não contaria os segredos de James. Ele *prometera*.

Mas ele fizera a promessa a contragosto. Cordelia mordeu o lábio, xingou baixinho e desceu os degraus. As escadas da casa nova eram de carvalho, pintadas de cinza com uma faixa amarela no centro e um corrimão de ferro retorcido também pintado de cinza. Cordelia enfrentava a própria consciência conforme ia descendo cuidadosamente, os pés calçados em meias silenciosos.

Havia uma entrada de fundos na antessala. Cordelia se esgueirou pela sala de jantar, onde os pratos ainda estavam na mesa, por um corredor de criados. No fim do corredor havia uma porta para a antessala, já entreaberta. Ela colou à porta, olhando pela fenda — mal conseguia ver Charles, aquecendo as mãos na lareira que estalava no nicho de gesso branco.

Seus cabelos ruivos pareciam escuros à luz fraca, e muito arrumados. Enquanto Cordelia observava, Alastair se aproximou de Charles: agora ela via o irmão completamente. Ele passava os dedos pelos cabelos embaraçados numa tentativa inútil de abaixá-los.

— Alastair. — Charles se virou de modo que suas costas ficassem contra a lareira. — Por que está nesse estado? O que aconteceu?

— Fui procurar você hoje, mais cedo — disse Alastair. Havia um tom emburrado na voz dele, que surpreendeu Cordelia. — Minha irmã estava com Anna... Fui até sua casa, e até mesmo ao clube. Onde você estava?

— Eu estava no Instituto, é claro. Minha noiva ainda está doente, a não ser que você tenha se esquecido.

— Seria muito improvável — disse Alastair, friamente — que eu me esquecesse da sua noiva.

Nas sombras, Cordelia piscou, confusa. Alastair não gostava de Ariadne? Ela não se lembrava de ele tê-la mencionado até então.

— Alastair — falou Charles, em tom de aviso. — Já discutimos isso.

— Você disse que seria temporário. Um noivado político temporário. Mas falei com Ariadne, Charles. Ela acredita bastante que esse casamento vai acontecer.

Alastair estava de pé próximo a Charles, tão próximo que as sombras deles se tocavam. Agora ele dava as costas para Charles e ia até as estantes de livros. Cordelia tentou recuar e quase pisou no vestido. Felizmente, Alastair parou antes que pudesse vê-la e encarou os livros, porém sem enxergá-los de fato. Cordelia raramente vira tanta tristeza no rosto do irmão.

— Não é justo com ela, Charles — protestou Alastair. — Ou comigo.

— Ariadne não se importa com o que eu faço. Os interesses dela estão em outro lugar. — Charles parou pelo mais breve momento. — Ela vai agradar aos pais com um bom casamento e eu acharei útil estar conectado ao Inquisidor. Se eu me tornar Cônsul, poderia fazer bem tanto pela Clave, assim como por você. Minha mãe é sentimental demais, mas posso tornar nosso povo forte de novo. É o que eu sempre quis minha vida toda. Você entende. Eu lhe contei sobre todas as minhas esperanças em Paris.

Alastair fechou os olhos, como se a palavra "Paris" o magoasse.

— Sim — disse ele. — Mas você disse... eu achei...

— O que eu disse? Eu não faria nenhuma falsa promessa. Você sabe como deve ser. Somos homens do mundo.

— Eu sei — respondeu Alastair, abrindo os olhos. Ele se virou para encarar Charles. — É que... eu amo você.

Cordelia inspirou profundamente. *Ai, Alastair.*

A voz de Alastair falhou quando ele falou. A voz de Charles também falhou, mas a dele não soou como algo se espatifando. Soou como uma chibatada.

— Você não pode dizer isso, de forma alguma — censurou Charles. — Não onde alguém pode ouvi-lo. Sabe disso, Alastair.

— Ninguém pode nos ouvir — disse Alastair. — E amo você desde Paris. Eu achei que você me amasse.

Charles não disse nada. E, por um momento, Cordelia só conseguia pensar no quanto odiava Charles Fairchild por magoar seu irmão. Então ela viu o ínfimo tremor na mão de Charles quando ele a levou ao bolso, e percebeu que talvez Charles também estivesse com medo.

Charles respirou fundo e avançou sobre o piso de carpete até se postar ao lado de Alastair. Cordelia via os dois muito nitidamente. Até demais, talvez, pensou assim que Charles tirou as mãos dos bolsos e as colocou sobre os ombros de seu irmão. Os lábios de Alastair se entreabriram.

— Eu também — falou Charles. — Você sabe que eu também.

As mãos dele se enroscaram nos cabelos de Alastair. Ele ainda estava de luva, os dedos escuros em contraste aos fios claros; ele puxou Alastair para si, e os lábios se encontraram. Alastair emitiu um gemido, como rendição. Passou um braço pelo pescoço de Charles e o puxou para o sofá.

Os dois se deitaram juntos, Charles sobre Alastair. Foi a vez de Alastair de enterrar as mãos no cabelo de Charles, de pressionar o corpo contra o de Charles e de abrir o colete dele. As mãos de Charles estavam espalmadas contra o peito de Alastair, e ele o beijava sem parar...

Cordelia fechou os olhos, bem apertados. Aquilo era da conta apenas de seu irmão, assunto dele, assunto *muito* íntimo dele. Ai, céus, ela não tinha ido até ali para ver aquilo, *não mesmo*. Conseguia ouvir gemidos baixos, conseguia ouvir Alastair sussurrando para Charles em persa, palavras carinhosas que jamais imaginaria que seu irmão fosse capaz de proferir.

Houve um arquejo. Ela ia arriscar, concluiu. Ia fugir dali, e tinha esperanças de que eles estivessem tão envolvidos um com o outro que não ouviriam sua saída estratégica.

Então ela ouviu Charles dizer:

— Alastair. Não posso... não posso. — Houve um estampido e Cordelia abriu os olhos, então viu Alastair sentado no sofá, desarrumado, e Charles de pé, arrumando o colete. O paletó de Alastair estava jogado no encosto do sofá. — Agora não.

Embora Alastair não tocasse mais piano, ainda tinha as mãos de músico. Cordelia observou quando aquelas mãos se ergueram, se entrelaçaram em um breve instante de dor, e pararam.

— Qual é o problema, Charles? — disse ele, a voz rouca e áspera. — Se não foi por isso que veio, por que está aqui então?

— Achei que você tivesse aceitado a situação com Ariadne — disse Charles. Eu jamais abandonaria você, Alastair. Nós ainda seríamos... o que somos. E achei que você fosse concordar em se casar também.

— Que *eu* fosse me casar? — Alastair ficou de pé. — Já lhe disse diversas vezes, Charles, mesmo que não tivesse você, eu jamais me casaria com uma pobre mulher para enganá-la com relação ao meu amor e atenção. Convenci minha mãe de que posso ser mais útil para a família na política...

— Você vai descobrir que é difícil ser bem-sucedido na política sem uma esposa — falou Charles. — E não precisa enganar uma mulher.

— Ariadne é um caso fora do comum — disse Alastair. — Se ela não preferisse mulheres, provavelmente não estaria disposta a se casar com você.

Charles ficou muito quieto, seus olhos fixados no rosto de Alastair.

— E se não fosse Ariadne?

Alastair pareceu pasmado.

— Seja claro, Charles. O que quer dizer?

Charles fez que não com a cabeça como se estivesse se desvencilhando de teias de aranha.

— Nada — disse ele. — Estou... inquieto. Muitas coisas aconteceram esta noite, todas ruins.

Cordelia ficou tensa. O que ele queria dizer? Ele não teria como saber sobre o encontro deles com os demônios na ponte Battersea. Será que mais alguém ficara doente?

Charles falou com a voz pesarosa:

— Barbara Lightwood morreu.

Cordelia sentiu como se tivesse levado um soco no estômago. Ouviu a voz de Alastair como se estivesse bem longe, chocado:

— A irmã de Thomas morreu?

— Eu não esperava que você se importasse — falou Charles. — Achei que você odiasse aqueles sujeitos.

— Não — disse Alastair, surpreendendo Cordelia. — Mas... Ariadne está bem?

— Ela ainda vive — falou Charles. — Mas só Raziel sabe o que acontecerá. A qualquer um deles.

Alastair se sentou de novo.

— Talvez devêssemos deixar Londres. Pode não ser seguro para Cordelia, para minha mãe...

Cordelia sentiu um abalo de surpresa por constatar que o irmão pensava nela.

Alastair levou a cabeça às mãos.

— *Nemidoonam* — sussurrou ele. Charles pareceu confuso, mas Cordelia entendeu: *Eu não sei. Não sei o que fazer.*

— Somos Caçadores de Sombras — afirmou Charles, e Cordelia se perguntou... será que ele não se preocupava se Matthew adoeceria? Ou Henry? — Nós não fugimos, nem gastamos tempo com luto. Este é o momento de lutar e vencer. O Enclave precisará de um líder, e com minha mãe em Idris, este é o momento de eu mostrar minhas melhores qualidades. — Ele tocou levemente o ombro de Alastair, que ergueu o rosto. Cordelia fechou os olhos. Havia algo pessoal demais na forma como Alastair olhava para Charles, despido de toda a pose defensiva.

— Preciso ir — falou Charles. — Mas não se esqueça, Alastair, que o que quer que eu faça, é sempre pensando em você.

— Jogue isso de volta para cá, Alexander — disse Lucie num sussurro.

"Isso" era uma bolinha vermelha de borracha. O jovem primo de Lucie saiu correndo pelo piso de mármore da biblioteca, mas a bola quicou para fora do alcance dele e diretamente para o colo de Lucie.

Alexander pareceu revoltado.

— Não é justo — queixou-se. Estava cansado e agitado, como se tivesse ficado acordado por muitas horas além de seu horário habitual de ir para a cama. Lucie não sabia muito bem que horas eram, mas tinha certeza de que muitas horas haviam se passado desde que soubera da morte de Barbara, só que, estranhamente, tudo parecia como um pesadelo, atemporal e impreciso.

Lucie olhou para cima e franziu a testa.

— Jessamine. Não tire a bola da criança.

— Só quero me sentir incluída — falou Jessamine. Ela estava flutuando entre as prateleiras, no cômodo para onde Lucie levara Alexander a fim de diverti-lo enquanto os pais dele e os dela se reuniam para conversar. Em algum momento, Jessamine surgira, sensível à atmosfera inquieta do Instituto. Pusera-se a pairar perto de Lucie, seus longos cabelos loiros soltos esvoaçando.

— Talvez seja melhor que eles deixem Londres — dizia Tessa. Ela e Will estavam sentados com a tia Cecily e o tio Gabriel à longa mesa no centro da sala imensa. Luminárias verdes de mesa projetavam um brilho fraco na sala. — Será bom para Sophie e Gideon se juntarem a Henry e Charlotte em Idris, pois eles são sempre uma presença reconfortante. E certamente estar aqui neste momento só os fará se lembrar de Barbara.

Lucie vira tio Gideon e tia Sophie apenas brevemente, quando eles chegaram para ver o corpo de Barbara e buscar Thomas. Ambos pareciam ocos, como bonecos no formato de tio e tia, meramente cumprindo as formalidades. Mesmo assim, eles tentaram consolar Oliver, que estava sentado aos prantos ao lado do corpo imóvel de Barbara. Ao que parecia, em seus últimos momentos ela se debatera e gritara bastante, pouco antes de Tessa chegar e encontrá-la morta: ela agarrara as mãos de Oliver, e o sangue manchara os punhos brancos da camisa dele e se misturara com suas lágrimas.

Oliver, arrasado, iria voltar para York e para os pais; Gideon e Sophie, ao que parecia, estavam a caminho de Idris, onde Eugenia desmaiara ao saber da morte da irmã, e por isso não estava bem para viajar por Portal. Thomas, no entanto, não iria com eles. Ele insistira em permanecer em Londres, e, assim, ficaria com Cecily e Gabriel na casa deles, em Bedford Square.

— Cuidaremos de Thomas da melhor forma possível — dissera Cecily. — Christopher ficará tão feliz em tê-lo conosco. Mas não consigo evitar me perguntar se Thomas não vai se arrepender por não ir a Idris. Certamente será doloroso estar longe da família nesse momento.

— Você também é a família dele — falou Will. — Christopher e Thomas são como irmãos, Cecily.

— Não acho que ele vá se arrepender — disse Gabriel. Ele era um bom tio, mas suas feições aquilinas, como as de Anna e Christopher, faziam com que parecesse mais severo do que era de fato. — Thomas é muito parecido com Gideon. O tipo que precisa ter algo para fazer quando a tragédia o atinge. Christopher deseja a ajuda dele para trabalhar em um antídoto...

— Mas Kit é só um menino — falou Cecily. — Não dá para se esperar que ele realize algo tão monumental.

— Não há nada que indique que os esforços de Christopher e Thomas serão em vão — disse Will. — Precisamos todos nos lembrar de que houve uma época em que a Clave duvidava de nós e duvidava de Henry, e nós vencemos.

— Pobre Sophie — disse Jessamine, inesperadamente. — Ela sempre foi uma menina tão boa. Exceto pela vez que me golpeou na cabeça com um espelho e me amarrou à cama.

Lucie preferiu não perguntar. As histórias de Jessamine em geral escalavam de baboseiras inofensivas para alarmantes. Em vez disso, ela pegou Alexander no colo e apoiou o queixo na cabeça dele.

— Parece ser o fardo dos vivos que a tragédia os visite — refletiu Jessamine.

Lucie não mencionou que a alternativa parecia pior. Jessamine jamais parecia desejar esta viva; pelo contrário, ela parecia contente com seu papel como guardiã fantasma. *Tão diferente de Jesse*, pensou Lucie. Jesse, que pedira a ela que não revelasse sobre sua presença, para que sua estranha meia-vida não fosse descoberta e encerrada pela Clave. Jesse, que parecia tanto querer viver.

— Éramos todos muito corajosos à época — falou Tessa. — Eu me pergunto algumas vezes se é mais fácil ser corajoso quando se é jovem, antes que se saiba realmente quanto se tem a perder.

Cecily murmurou algo em resposta; Lucie abraçou Alexander, que estava quase dormindo em seus braços. Ele era um conforto, embora tivesse só 3 anos e fosse um tanto agitado. Ela sentiu em algum lugar no fundinho do seu coração a verdade do que sua mãe acabara de dizer. *E era preciso* colocar a verdade nos livros, pensou ela, mas aquele jamais seria o tipo de coisa que ela colocaria nas páginas de *A bela Cordelia*. Livros eram sobre viver alegria. Aquilo ali era a matéria crua e horrível da vida.

Era terrível demais.

James estava sentado à escrivaninha, tentando ler, mas seus olhos estavam pulando as palavras na página. Ele ficava pensando em Barbara. Se não fosse extremamente próximo do primo dela — a diferença de idade entre eles significava que ela complacentemente o enxergava como criança, e o mesmo valia para Thomas —, mas ela estivera presente durante a vida dele inteira, bondosa e alegre, sem a língua afiada da irmã, sempre esperando o melhor de todos. Ele desconhecia um mundo sem Barbara.

Lucie estava na biblioteca, ele sabia, absorvendo a companhia de outros. Mas James sempre encontrava conforto nos livros. De fato, não no tipo de livro que ele estava lendo no momento, no entanto.

Ele ficara surpreso com o pouco de material sobre os Príncipes do Inferno disponível na biblioteca. Afinal, não era o tipo de demônio que Caçadores de Sombras *combatiam* — na mitologia, eram os correspondentes a anjos como Raziel. Os interesses deles pareciam superar a humanidade, que era como formigas para eles. As batalhas deles eram contra anjos e governantes de domínios — de outros mundos que não fossem a Terra, dimensões que os príncipes pareciam colecionar como peças de xadrez. Era impossível matá-los, embora às vezes se ferissem de forma que ficavam vulneráveis durante anos.

Havia nove deles no total. Havia Sammael, o primeiro a soltar demônios na Terra. Azazel, o ferreiro de armas que caíra ao presentear os humanos com os instrumentos da violência. Belial, aquele que "não caminhava entre os homens", descrito como o príncipe dos necromantes e feiticeiros, um ladrão de mundos. Mammon, o príncipe da ganância e da riqueza, que podia ser subornado com dinheiro e riquezas. Astaroth, que tentava os homens a prestar falso testemunho, e que tirava vantagem daqueles em luto. Asmodeus, o demônio da luxúria e, diziam os rumores, general do exército do

Inferno. Belphegor, o príncipe da preguiça e, estranhamente, dos trapaceiros e vendedores de óleo de cobra. Leviathan, o demônio da inveja, do caos e do mar, um tanto monstruoso e raramente conjurado. E por fim, é claro, Lúcifer, o líder dos arcanjos, o mais lindo de qualquer príncipe, o líder da rebelião contra o Céu.

Parecia impossível para James que qualquer um deles pudesse ser seu avô. Era como ter uma montanha como avô, ou uma estrela em combustão. Nada maligno era mais poderoso do que os Príncipes do Inferno, exceto talvez por Lilith, a mãe dos demônios.

Ele suspirou e fechou o livro, tentando afastar um pensamento intruso sobre Grace. Não gostara da forma como se despediram às margens do rio: ela alegara precisar de tempo, e ele sabia ser necessário lhe conceder isso. Mesmo assim, pensar em Grace fazia seu estômago queimar, como se ele tivesse engolido a ponta de um fósforo.

Uma batida à porta o tirou dos devaneios. Ele largou o livro, ficando de pé. Seus músculos doíam.

— Entre — falou.

Era Will, mas não estava sozinho: tio Jem estava com ele, uma presença muda em suas vestes de pergaminho esvoaçantes. O capuz estava recuado, como sempre ficava quando ele estava dentro do Instituto. Há muitos anos, Will dissera a James que assim que Jem se tornara um Irmão do Silêncio, ele resistira a permitir que as pessoas vissem suas cicatrizes. Era estranho pensar em tio Jem vivenciando tais sentimentos.

— Tem alguém aqui para ver você — disse Will, dando passagem a Jem para que ele entrasse no quarto. Ele olhou do filho para seu antigo *parabatai*. James sabia que debaixo de todas aquelas canções e piadas, de todas as esquivas cautelosas, seu pai era um homem que sentia as coisas profundamente. E ele era como o pai nesse aspecto: os dois amavam intensamente, e podiam ser intensamente magoados.

Se incomodava a Will o fato de James e Jem partilharem segredos dos quais ele não podia saber, e que eles não podiam revelar, ele não demonstrava. James estivera um caco até Jem lhe mostrar como controlar o poder das sombras. Para Will, a única coisa que importava era que, depois das lições com Jem, James sempre parecia mais feliz.

Os olhos azuis de Will estavam com olheiras; James sabia que ele e Tessa estavam em claro há horas, primeiro na enfermaria e depois na biblioteca. James e Lucie ficaram com Thomas tanto tempo quanto puderam, até ele voltar para a casa de Christopher, mudo devido ao luto e à exaustão. Depois, Lucie fora para a biblioteca para cuidar de Alexander, mas James retornara ao seu quarto. Ele sempre preferira sentir sua dor reservadamente.

Will bagunçou o cabelo de James e antes de sair do quarto disse algo sobre se fazer necessário em outro lugar. Quando ele se foi, James se sentou de volta à escrivaninha e ergueu os olhos para seu tio Jem.

Você mandou me chamar?, perguntou Jem.

— Sim. Preciso lhe dizer uma coisa. Ou talvez perguntar uma coisa. Não tenho certeza de qual das alternativas.

É sobre Barbara? Ou os outros?, perguntou Jem. *Não sabemos por que ela morreu, James. Achamos que o veneno chegou ao coração. Piers e Ariadne permanecem estáveis, mas a necessidade de os Irmãos encontrarem a cura se tornou ainda mais desesperada.*

James pensou no sangue que Christopher pegara da enfermaria, no laboratório na casa de Grosvenor Square. Ele sabia que Christopher vinha fazendo o possível para encontrar uma cura para o veneno demoníaco, mas era difícil não nutrir esperanças de que Henry voltasse de Idris em breve para ajudar. Sem falar que havia a questão da terra que James encontrara no Mundo das Sombras...

— Eu mandei a mensagem para você antes de saber sobre Barbara — disse James, trazendo os pensamentos de volta ao presente. — Sinto-me tolo agora. Meus problemas não se comparam àqueles...

Diga-me por que mandou me chamar, falou Jem. *Eu julgarei se é importante ou não.*

James hesitou.

— Não posso lhe contar tudo — começou ele —, por motivos que não posso explicar totalmente. Apenas saiba que encontrei um demônio, que me disse que meu avô era um Príncipe do Inferno. — Ele olhou para o rosto do tio. — Sabia disso?

A mecha branca no cabelo de Jem dançou quando ele fez que não com a cabeça.

Enquanto eu estava buscando o nome do seu avô, ouvi muitas histórias de fontes diferentes. De acordo com uma delas, uma feiticeira que me contou, ele era um Príncipe do Inferno. Mas houve também outros que nomearam demônios diferentes. Como eu não sabia em quem confiar, achei que seria melhor não incomodar sua família até que eu tivesse certeza da verdade.

— Talvez haja pistas no Mundo das Sombras — disse James. — Estou vendo cada vez mais, assim como parece haver mais demônios em Londres. Se houver alguma conexão...

Os demônios no lago falaram com você? Mencionaram seu avô?

James fez que não com a cabeça.

Presumo que o demônio que identificou seu avô fosse o demônio Cérbero na estufa de Chiswick, falou Jem. James não protestou; estava próximo o suficiente da verdade. *Pode ser que esse demônio — porque estava ligado a Benedict e Tatiana — tivesse ouvido seu nome e escolhido dizer o que ele achava que pudesse feri-lo mais. Demônios são traiçoeiros. Pode não ser a verdade.*

— Mas e se for verdade? O que significa? — sussurrou James. — Se eu for descendente de um Príncipe do Inferno?

Não significa nada em relação a quem você é, respondeu Jem. *Olhe para sua mãe, sua irmã. Você diria que elas têm algum defeito? Você é a imagem e semelhança de sua mãe e seu pai, James. É isso o que importa. O que sempre importou.*

— Você está sendo gentil — disse James. — Mais do que a Clave seria, se tudo isso se revelar verdade.

Jem tomou o rosto de James nas mãos. O toque era frio, como sempre, e seu rosto era jovem e velho ao mesmo tempo. Como ele poderia não parecer mais velho do que James e, ao mesmo tempo, atemporal?

Se você visse a humanidade como eu consigo ver, disse tio Jem. *Há pouquíssima claridade e calor neste mundo para mim. Há apenas quatro chamas, no mundo todo, que queimam tão intensamente para que eu sinta algo próximo da pessoa que eu fui. Sua mãe, seu pai, Lucie e você. Vocês amam e bruxuleiam e queimam. Não deixem que aqueles incapazes de ver a verdade lhes digam quem são. Vocês são a chama que não pode ser apagada. Vocês são a estrela que não pode ser perdida. Vocês são quem sempre foram, e isso é mais do que o suficiente. Qualquer um que olhe para vocês e veja escuridão, é cego.*

Ele soltou James abruptamente, como se tivesse falado demais.

Mas não é o suficiente, é?, disse Jem, seu tom silencioso de alguma forma resignado. *A incerteza foi semeada. Você sente que necessita saber.*

— Sim — respondeu James. — Sinto muito.

Muito bem, falou Jem. *Vou visitar um velho amigo, com uma condição. Você não mencionará isto novamente, a ninguém, até que tenhamos uma resposta dele.*

James hesitou. Ele já vinha guardando segredos demais... segredos para Grace, o segredo do ataque em Chelsea, o segredo de Emmanuel Gast. Antes que pudesse responder, no entanto, o som de rodas chacoalhando ecoou do lado de fora; houve um estrondo e James ouviu as portas da frente do Instituto sendo escancaradas.

Ele correu até a janela. Jem estava ao seu lado imediatamente, silencioso como um fantasma.

Várias carruagens tinham parado no pátio: à luz fria da lua, James discernia os brasões dos Baybrook e dos Greenmantle, mas não os demais. Ouviu gritos — Will e Gabriel corriam para os degraus da entrada. A porta da carruagem dos Greenmantle se escancarou e dois homens saíram com dificuldade, segurando o corpo de um homem entre eles. A frente da camisa branca estava ensopada de sangue e a cabeça dele estava tombada, como a de uma boneca quebrada.

Ao lado de James, seu tio ficara rígido. O olhar de Jem se tornou distante; James sabia que Jem podia se comunicar mentalmente com os demais Irmãos do Silêncio, reunindo informações deles. *Aconteceu*, falou Jem. *Houve outro ataque.*

A luz do fim da manhã estava amarela como manteiga. Ela feria os olhos de Cordelia conforme ela ia caminhando pelos ladrilhos de espadas e estrelas do hall da casa em Cornwall Gardens. Sona e Alastair estavam num sono pesado. Risa estava na cozinha, resmungando enquanto preparava *nân-e--barbari*, um pão ao estilo sírio que era sua especialidade.

Cordelia não conseguira dormir nadinha. Entre a preocupação desesperada com o pai, a notícia sobre Barbara e sua nova preocupação com Alastair, ela sequer conseguira se deitar, muito menos fechar os olhos.

Pobre Thomas, pensou. E pobre Barbara, que ficara tão feliz ao dançar com Oliver, ao passear com ele no Regent's Park.

Caçadores de Sombras conheciam a morte. Eles aceitavam que a morte vinha: na batalha, por faca, presas ou espada. Mas ter a vida roubada por um veneno estranho durante o sono, como um fantasma ou um ladrão, não era parte da vida dos Caçadores de Sombras. Parecia errado, como uma bota colocada ao contrário. Exatamente a sensação de imaginar perder seu pai para a injustiça da Clave.

O som de uma batida à porta da frente quase fez Cordelia pular de susto. A criada dos Lightwood tinha a manhã de folga. Cordelia olhou para a cozinha, mas Risa provavelmente não ouvira a batida. Não havia ninguém para abrir a porta, a não ser ela. Cordelia se preparou e a escancarou sem dó.

James Herondale estava no degrau da entrada. Ela prendeu o fôlego. Jamais o vira de uniforme, e a negritude do traje fazia o cabelo dele parecer ainda mais preto, seus olhos de um dourado incandescente leonino. Em torno do braço direito havia uma faixa de seda em sinal de luto.

Ele a encarou sem vacilar. Seu cabelo preto continuava com aspecto embaraçado, como se tivesse sido surpreendido por uma tempestade invisível ao restante das pessoas.

— Daisy — disse ele. — Eu tenho... notícias muito ruins.

Ela poderia fingir que não sabia, mas de repente não conseguiu aguentar mais.

— Barbara — sussurrou ela. — Eu sei. Sinto muito, James. Charles passou aqui ontem à noite, ele é amigo de Alastair e...

— Acho que eu deveria saber que eles eram amigos... os dois estiveram em Paris na mesma época, não? — James passou a mão pelos cabelos embaraçados. — Mas por que Charles passaria aqui tão tarde para ver seu irmão? Ele ainda não teria como saber sobre o ataque...

— Ataque? — Cordelia enrijeceu. — Que ataque?

— Houve uma reunião na casa dos Baybrook ontem à noite. Quando os visitantes foram embora, eles foram atacados por um grupo dos mesmos demônios que nos atacaram no parque.

A mente de Cordelia estava acelerada.

— Alguém foi morto?

— Randolph Townsend — respondeu James. — Eu não o conhecia bem, mas vi quando trouxeram o corpo dele. Vespasia Greenmatle e Gerald Highsmith foram feridos e envenenados. — James correu as mãos por sua coroa já selvagem de cabelos pretos.

— A Clave está admitindo agora que não é um problema limitado ao Regent's Park?

— Sim — respondeu James amargamente —, e vão disponibilizar mais patrulhas em uma área mais ampla, embora meus pais estejam implorando para que chamem feiticeiros e o Labirinto Espiral. O ataque ocorreu à noite, pelo menos, então o pânico está menor, mas... não tenho certeza se deveria estar. Estamos falando de um grupo de Caçadores de Sombras adultos. Estavam armados. Todos têm andado preparados desde o piquenique. Mas de acordo com os Baybrook, as armas foram cortadas num instante. Apenas Randolph teve a chance de erguer a lâmina serafim antes de demônios afundarem os dentes na carne deles.

— Os demônios sumiram de repente, da mesma forma que aconteceu no lago?

— Aparentemente os Baybrook relataram que se foram quase tão depressa quanto surgiram.

— A mim parece que eles não estão simplesmente buscando matar. Eles querem morder. Adoecer.

James franziu a testa.

— Mas Randolph foi morto.

— Ele foi o único a reagir — falou Cordelia. — A mim parece que eles estão *dispostos* a matar, Barbara ou Piers poderiam ter morrido facilmente devido à perda de sangue, mas a diretriz deles é espalhar essa... essa infecção.

— Então você acha que alguém os está controlando — falou James. — Que bom. Eu também. Espero que possamos descobrir junto a Gast, o autor de tudo.

— Gast? — ecoou Cordelia.

Os olhos dele brilharam com um dourado sombrio.

— Uma coisa boa aconteceu ontem à noite. Parece que sua viagem ao Hell Ruelle foi bem-sucedida. Hypatia Vex mandou Ragnor Fell para nos ajudar e forneceu o nome de um feiticeiro que pode ter conjurado esses demônios. Emmanuel Gast. — Ele olhou para cima, para as janelas da casa dela. — Ragnor insistiu que mantivéssemos a informação em segredo.

— Mais um segredo — falou Cordelia. — Parece haver tantos agora. E pobre Thomas... ele sabe...?

— Sobre Gast? Sim. Ragnor chegou pouco antes de ficarmos sabendo sobre Barbara. — A dor percorreu o rosto de James. — Thomas se culpa pela morte da irmã, embora não houvesse nada que ele pudesse ter feito.

James parecia exausto, percebeu Cordelia. Tinha se desviado bastante de seu caminho para dar a notícia a ela, para que ela não precisasse ouvir de pessoas que não conheciam Thomas ou que não se importavam com ele ou com seus amigos.

Ele deve estar desesperado para ir embora, pensou ela. Cordelia não podia mantê-lo ali falando, quando James sem dúvida gostaria de estar com a família, ou com Grace.

— Foi bondade sua vir me contar — disse ela, encostando no batente da porta. — Eu lhe convidaria a entrar para tomar chá, mas sei que deve estar ansioso para voltar para sua família.

— Na verdade, não vou voltar para o Instituto. Montei um plano com Matthew e Lucie de confrontar Gast no apartamento dele. Vou encontrar os dois lá. Só vim ver se você gostaria de se juntar a nós.

Surpresa, Cordelia falou:

— Ah, Lucie pediu a você que viesse me buscar?

James hesitou.

— Sim. Ela pediu.

— Qualquer coisa para minha futura *parabatai*, é claro — falou Cordelia. E ela estava sendo sincera. Queria tanto ver Lucie, e mais ainda ter algo útil para fazer. Alguma forma de ajudar. Durante a noite inteira, ela pensara em Barbara, a quem conhecia tão pouco, mas que era tão jovem, e sempre parecera tão gentil.

— Duvido que esse feiticeiro vá ficar feliz em nos ver — falou James. — Traga seu uniforme e Cortana; precisamos estar prontos para lutar.

Emmanuel Gast vivia em um apartamento acima de um fabricante de lenços, perto do cruzamento da Cheapside com a Friday Street. Matthew apontou para a Friday Street quando passaram.

— Naquela rua tinha um pub chamado Mermaid Tavern, onde Shakespeare costumava beber.

Como escritora, Lucie *não* achava aquela avenida artisticamente inspiradora. De cada lado da rua havia prédios marrons sujos, com janelas de vidro colorido estreitas e telhados com arestas holandesas encardidas. Toldos projetados de vários prédios de um marrom sarapintado, mas não devido ao padrão da pintura, e sim à sujeira das ruas e à poluição da cidade. Cheapside era umas das vias mais movimentadas de Londres, multidões avançavam das barracas dos peixeiros até a torre branca do sino da igreja St. Mary-le-Bow.

Ela franziu o nariz.

— Não me agrada muito o gosto de Shakespeare.

Matthew sorriu, embora parecesse tão cansado quanto Lucie se sentia. Ele usava uniforme preto, assim como ela, com uma faixa branca de luto no pulso e uma flor branca na lapela. Ele estivera fazendo piadas a manhã toda, e Lucie tentara ao máximo acompanhar. Era difícil não deixar a mente vagar para pensamentos em Barbara, ou na enfermaria do Instituto, agora ainda mais apinhada. Ou se perguntar quando o ataque seguinte aconteceria, e quem terminaria ferido ou morto.

— Luce. — Matthew tocou o braço dela levemente. Eles estavam sob um feitiço de disfarce, e a multidão circulava ao redor, se abrindo como um rio se bifurcando em torno de uma ilha central. Meninos jornaleiros anunciando o *Evening Standard* disparavam de um lado a outro das ruas: Matthew cumprimentara um mais cedo, explicando a Lucie que era um Irregular, um dos muitos meninos de rua do Submundo que realizavam afazeres fora da Taverna do Diabo. — Tem uma coisa muito estranha que preciso mencionar. Tem a ver com Charles... Bem, Charles é sempre estranho, mas Charles e Grace...

— James! Cordelia! — Lucie ficou nas pontas dos pés, acenando em meio à multidão. James e Cordelia tinham descido da carruagem a certa distância e agora caminhavam até eles. Estavam claramente absortos numa conversa, as cabeças unidas como se estivessem trocando segredos.

Lucie se abaixou de novo, um pouco confusa. Ela raramente via James perdido numa conversa com qualquer um que não fossem seus três amigos mais chegados.

— Interessante — disse Matthew, seus olhos verdes semicerrados. Ele acenou, e desta vez James os viu. Ele e Cordelia dispararam em meio à multidão para alcançá-los na esquina. Lucie encarou um pouco: Cordelia parecia tão diferente sem aquelas roupas horríveis que a mãe a obrigava a vestir. Ela estava de uniforme: uma longa túnica com botas e calça, o cabelo ruivo preso numa trança e uma sacola de couro sobre um dos ombros. Ela parecia ainda mais jovem e bela do que no baile do Instituto.

— É um internato — disse Matthew assim que James e Cordelia se aproximaram. — Já entramos. A senhoria disse que nosso amigo Emmanuel Gast estava "fora de casa por um período indefinido".

— Matthew não conseguiu seduzi-la — disse Lucie. — A mulher é um bloco de concreto em formato de gente. Mas conseguimos descobrir que o apartamento é aquele no terceiro andar.

Um sorriso percorreu o rosto de James. Uma das coisas de que ele mais gostava numa patrulha era a escalada de telhados.

— Então vamos subir pela lateral do prédio.

— Era isso o que eu temia — murmurou Matthew conforme seguiam James para um beco estreito e cheio de lixo. — Minhas botas são novas.

— Contraia os tendões, Matthew — falou James. — E rogue a Deus por Harry, a Inglaterra e São Jorge!

— Shakespeare — disse Cordelia. — *Henrique V.*

— Bem observado — falou James, e pegou um gancho de escalada. Ele o passou pela ponta de uma corda e fez um leve recuo para atirá-lo. Sua mira, como sempre, foi excelente: o gancho mergulhou no parapeito de uma janela do terceiro andar; a corda se esticou ao longo da lateral do prédio. — Mais uma vez até a brecha — anunciou ele, com mais analogias a *Henrique V* e começou a subir.

James foi acompanhado por Cordelia, então Lucie e Matthew finalmente, este ainda amaldiçoando a terra em suas botas novas. Lucie estava a meio caminho da janela quando ouviu um grito. Olhando para baixo, viu que Matthew estava de gatinhas no beco. Provavelmente desabara da corda.

— Você está bem? — perguntou ela num sussurro alto.

Quando ele ficou de pé, suas mãos estavam trêmulas. Matthew deliberadamente evitou o olhar de Lucie ao segurar a corda.

— Já falei — respondeu ele. — Botas novas.

Lucie recomeçou sua escalada. James tinha chegado à janela: apoiado no parapeito, ele olhou em volta e chutou a vidraça; a coisa toda desabou do lado de dentro, caixilho, vidro e tudo. Ele sumiu para dentro, seguido por Cordelia. Lucie e Matthew subiram logo atrás.

O apartamento estava na penumbra e tomado por um fedor de lixo. Havia papel de parede marrom, manchado de gordura. Páginas rasgadas de revistas coladas às paredes. Havia pouca iluminação, embora Lucie pudesse ver um sofá velho cheio de calombos e um tapete turco manchado. Uma estante de livros alta estava cheia de volumes de aparência surrada; James os olhou com curiosidade.

— Acho que Ragnor estava certo — disse ele. — Há uma verdadeira concentração no estudo de magia dimensional aqui.

— Nada de roubar os livros e levá-los para a Taverna do Diabo — falou Matthew. — Não seria a primeira vez que sua cleptomania literária nos causaria problemas.

James ergueu as mãos inocentemente e iniciou uma busca debaixo dos móveis. Cordelia o imitou e verificou atrás da moldura de madeira barata de uma pequena pintura a óleo que estampava a rainha Elizabeth, toda de cabelo escarlate e pó branco, fazendo uma cara bastante desagradável.

— Vejam só isso. — Havia poeira no cabelo de James, e ele estava franzindo a testa. — Eu me pergunto se são algum tipo de arma?

Ele apontou o que parecia uma pilha de pedaços de madeira quebrados, espalhados pelo chão atrás do sofá.

— Estão terrivelmente empoeirados — falou Cordelia. — Como se ninguém encostasse neles há eras.

James se abaixou para pegar um no momento em que Matthew se virou para dar uma olhadinha. Ele estava vasculhando uma escrivaninha surrada coberta com papéis avulsos. Ele ergueu um desenho confuso.

— James, olhe aqui.

James semicerrou os olhos.

— É uma caixa. Cercada por rabiscos.

— Não é uma caixa — disse Matthew a ele prestativamente. — É um desenho de uma caixa.

— Obrigado, Matthew — falou James sarcasticamente. Ele inclinou a cabeça para o lado. — Há algo de familiar nessa caixa.

— Faz lembrar alguma caixa que você já viu? — questionou Matthew. — Avalie os rabiscos com um pouco mais de atenção. Não fazem lembrar Marcas?

James pegou o papel de seu *parabatai*.

— Sim — disse ele, parecendo um pouco surpreso —, bastante... não Marcas que nós usamos, mas ainda terrivelmente parecidas...

Cordelia, que se ajoelhara para ver as lascas de madeira, falou:

— Estas têm mesmo Marcas entalhadas nelas... nosso tipo de Marcas... mas também parece que foram parcialmente corroídas por algum tipo de ácido.

— E vejam só estes arranhões na madeira — falou James, juntando-se a ela. Ele olhou para o desenho de Gast, então de volta para as lascas. — É como se...

Lucie ouviu parte da resposta de Matthew, mas ela já estava se aproveitando da distração deles para passar por uma porta entreaberta do quartinho do apartamento.

Sua mão disparou à boca. Ela teve ânsia de vômito e mordeu o polegar, a dor cortando a náusea como uma faca.

O quarto estava quase vazio, exceto por uma cama de mastros de ferro, uma única janela e o que restava de Emmanuel Gast, dilacerado nas tábuas nuas do piso. Carne e osso tinham sido destrinchados, costelas abertas exibiam uma caverna vermelha desabada. O sangue entranhara nas fendas pretas do piso de madeira. A parte mais aparentemente humana que restara dele eram as mãos, os braços estirados com as palmas viradas para cima como se estivessem implorando por uma clemência que não lhe fora concedida.

Estava morto há muito tempo. O fedor era pútrido.

Lucie recuou um passo. A porta atrás dela se fechou subitamente, batendo com tanta força que fez vibrar a parede. Ela baixou a mão, sentindo gosto de sangue quando a *coisa* no chão exalou e uma sombra preta se projetou entre as costelas brancas pontiagudas.

Era um fantasma. Aquele fantasma não era como Jessamine, ou Jesse Blackthorn, que parecia sólido e humano. Havia um brilho horrível em volta dele, como se seu fim violento tivesse rasgado uma fenda no mundo. Aquilo — *ele* — tinha os contornos irregulares, o rosto pálido como uma caveira num ninho de cabelos castanhos embaraçados. Dava para se ver o papel de parede estampado através do corpo transparente da criatura.

O fantasma de Emmanuel Gast piscou olhos azuis aquosos para ela.

— Por que me conjurou, tola? — indagou ele, a voz como o chiado de vapor escapando de um cano.

— Eu *não* conjurei você — falou Lucie. — Eu não fazia ideia de que você sequer estava morto, até este exato momento nojento. — Ela olhou com raiva para ele.

— Por que me arrastou de volta para este lugar de agonia? — sibilou Gast. — O que você quer, Caçadora de Sombras?

Lucie estendeu a mão para a maçaneta da porta atrás de si e a chacoalhou, mas estava travada. Ela mal conseguia ouvir as vozes dos outros na sala, chamando seu nome.

Respirou fundo, quase engasgando no ar fétido. Embora estivesse morto, Gast ainda era sua única conexão tênue com os demônios que mataram Barbara.

Lucie se aprumou.

— Você conjurou os demônios? Aqueles que estão atacando os Nephilim em plena luz do dia?

O fantasma ficou calado. Lucie via o ponto onde a garganta dele fora cortada, a coluna aparecendo pelo buraco lacerado no pescoço. Quem quer que tivesse assassinado Emmanuel Gast, quisera se certificar de que ele estava bastante morto.

— Responda! — gritou Lucie.

Para a surpresa de Lucie, os limites tremeluzentes do feiticeiro se assentaram em um formato mais sólido. Os olhos do fantasma estavam incandescentes com um ódio vermelho, mas ele falou, com a voz vazia:

— Fui eu quem os conjurou. Eu, Emmanuel Gast, o mais desprezado dos feiticeiros. Anos atrás, o Labirinto Espiral se voltou contra mim. Eles me expulsaram da sociedade dos feiticeiros. Minha recompensa dourada foi tirada de mim. Fui forçado a aceitar os empregos mais desprezíveis para me alimentar e me vestir. No entanto, durante todo esse tempo, eu estudei. Eu aprendi. Fui mais sábio do que eles pensavam.

Sábio?, perguntou-se Lucie. Pelo estado das coisas, as decisões recentes de Gast tinham sido qualquer coisa, exceto sábias.

— Vejo a forma como você me olha. — Sangue gotejava das feridas do fantasma, um pinga-pinga silencioso de manchas pretas no chão de tábuas. — Você debocha de mim por ter conjurado tal demônio... um negociante da morte, o envenenador da vida. Mas o ouro. Eu precisava dele. E o demônio só mata Caçadores de Sombras.

— Alguém pagou você para fazer isso — sussurrou Lucie. — Quem? Quem fez isso?

O fantasma sibilou.

— O que você é? Você é uma Caçadora de Sombras, mas não é uma Caçadora de Sombras. Você me arranca do limiar entre vida e morte? — Ele esticou a mão incorpórea, fechando-a em garra. — O que é esse poder monstruoso...?

— Monstruoso? — disparou Lucie. — Monstruoso é você ter conjurado essas criaturas para este mundo, sabendo do dano que elas causariam...

— Você não sabe nada a meu respeito — protestou Gast. — Fui até a ponte para despertar o demônio. Eu o trouxe para este mundo, então o capturei, mantive onde estaria a salvo, um presente para quem me deu ouro. Mas quando voltei aqui, fui traído. Não pude impedir. Meu sangue e minha vida escorreram pelo chão quando meu assassino arrancou o demônio do esconderijo dele.

Lucie não aguentava mais.

— Quem fez isso? Quem contratou você?

Por um instante, Lucie acreditou que Gast simplesmente iria evaporar para as sombras e a fumaça de Londres. Ele começou a tremer, como uma borboleta presa por um alfinete, mas ainda viva.

— Não vou contar...

— *Vai,* sim! — gritou Lucie, as mãos estendidas, e ela sentiu algo percorrer seu corpo, como eletricidade num fio, como a sensação de uma Marca queimando em sua pele...

O fantasma jogou a cabeça para trás e rugiu, revelando a marca de feiticeiro de Gast, múltiplas fileiras de dentes, como um tubarão. Algo atingiu a porta atrás de Lucie; ela desviou bem no segundo em que James invadiu o quarto incitando uma nuvem de pó de gesso: ele havia arrombado a porta. Cordelia entrou a seguir, com a sacola sobre o ombro, e Matthew logo atrás dela. Estes últimos congelaram, piscando horrorizados para o cadáver no chão.

Lucie olhou para James. Ele assentiu: também conseguia enxergar os fantasmas, tal como todos os outros Herondale. Era uma aparição de fantasma perfeitamente normal, dissera Lucie a si. Aquele fantasma não era nenhum Jesse.

— Quem me contratou veio até mim usando máscara, o rosto envolto em tecido, e muitas camadas de túnicas — respondeu Emmanuel Gast lentamente, quase com relutância. — Não sei se era homem ou mulher, jovem ou velho.

— O que mais você sabe? — indagou James, e o fantasma se contorceu.

— Quem está controlando os demônios agora?

— Alguém mais poderoso do que você, mísero Nephilim — grunhiu o fantasma. — Alguém que destruiu minhas proteções, dilacerou meu corpo...

— A voz dele se elevou a um choro. — Não vou pensar nisso! Não reviverei minha morte! Na verdade, vocês são monstros, apesar de seu sangue de anjo.

Lucie não suportava mais.

— Vá! — gritou ela. — Deixe-nos!

O fantasma tremeluziu e deixou de existir, entre um fôlego e o seguinte. Cordelia já estava perto da cama, arrancando a colcha suja, jogando-a por cima do que restava de Gast. O ar fedia; Lucie estava sufocando. James tentou tocá-la.

— Preciso sair — sussurrou ela, dando as costas ao irmão. — Preciso respirar.

Ela passou pelos amigos e foi para a sala de estar. A porta do apartamento não estava trancada. Lucie se agarrou ao corrimão quando desceu os degraus estreitos aos tropeços, se dirigindo à rua.

Vozes em dialeto *cockney* pairavam ao redor, homens usando chapéus-coco passavam com pacotes sob os braços. Ela lutava para tomar fôlego. Fantasmas jamais a haviam assustado, eram os mortos desassossegados, em luto e inquietos, raramente vistos. Mas havia algo diferente a respeito de Gast.

Um paletó foi acomodado nos ombros de Lucie, verde-garrafa, fios superfinos, e quente, com cheiro de colônia cara. Lucie olhou para cima e viu o rosto de Matthew, a luz do sol cintilando seus cabelos. Ele estava sério pela primeira vez, enquanto abotoava cuidadosamente o paletó ao redor do tronco dela. As mãos de Matthew, normalmente ágeis e reluzentes por causa dos anéis, disparavam conforme ele falava, se movimentando com grande deliberação para uma tarefa tão simples. Ela percebeu que ele tomou fôlego lentamente.

— Luce — disse ele. — O que aconteceu lá dentro? Você está bem?

Ela tremeu.

— Estou bem. Raramente vi um fantasma em tal... tal condição.

— Lucie! — James e Cordelia se juntaram a eles na rua. Cordelia pegou a mão de Lucie e a apertou. James bagunçou o cabelo da irmã.

— Gast não morreu sem sofrimento — disse ele. — Bom trabalho, Lucie. Sei que aquilo não deve ter sido agradável.

Ele me chamou de monstro. Mas ela não disse em voz alta.

— Encontraram alguma coisa no apartamento depois que eu entrei no quarto? — perguntou ela.

James assentiu.

— Pegamos algumas coisas... desenhos, e Cordelia guardou as lascas de madeira na sacola.

— Isso me lembra — falou Matthew, aliviando Cordelia do peso da sacola. Ele se aproximou do jovem jornaleiro de rosto sujo que apontara a

Lucie mais cedo e começou uma discussão espirituosa com o menino, por fim oferecendo a sacola.

— Matthew está vendendo minha sacola para um jornaleiro? — questionou Cordelia, curiosa.

James deu um sorriso torto.

— Estou vendo que é melhor explicar os Irregulares a você, caso pense que temos como passatempo levar as crianças de Londres para a depravação e o crime.

Matthew voltou, o vento bagunçando seus cabelos loiro-escuros.

— Eu disse a Neddy que levasse a sacola para Christopher — avisou ele. — Pode ser que a identificação daquelas lascas ajude. — Ele olhou para Cordelia, que parecia levemente confusa. — Duvido que Christopher tenha saído do lado de Tom desde ontem à noite... talvez isto forneça uma distração para os dois.

— Talvez — disse Lucie. — Se pudermos retornar ao Instituto, eu gostaria de escrever o que Gast falou, para que eu me lembre de cada detalhe.

Era apenas metade do que ela pensava de fato. Lucie mentira para os demais a respeito de Jessamine ser parte de uma rede de fofocas de fantasmas. Jessamine jamais deixava o Instituto, e evitava a companhia de outros fantasmas. Mas Lucie sabia que nem todos os espíritos eram assim. Muitos vagueavam. Ela desejou saber subitamente se outro fantasma teria como saber da morte de Emmanuel Gast. Ela queria falar com Jesse.

12
O FIM

Ela me ama tanto quanto pode,
E seus modos aos meus se curvam;
Mas ela não foi feita para homem nenhum,
E jamais será inteiramente minha.

— Edna St. Vincent Millay, *"Witch-Wife"*

Quando a carruagem avançou sob os portões do Instituto, James viu seus pais de pé no pátio. Will usava um fraque diurno e um alfinete de gravata de safira azul que Tessa lhe dera no vigésimo aniversário de casamento. E Tessa usava um vestido diurno formal. Eles estavam claramente prontos para sair.

— E onde vocês estavam? — quis saber Will quando James saiu aos tropeços da carruagem. Os demais saltaram atrás dele, as moças, usando uniforme, não precisaram de ajuda para descer. — Vocês roubaram nossa carruagem.

James desejou poder contar ao pai a verdade, mas isso quebraria a promessa deles a Ragnor.

— É apenas a segunda melhor carruagem — protestou James.

— Lembra-se de quando papai roubou a carruagem do tio Gabriel? É uma orgulhosa tradição familiar — disse Lucie assim que o grupo se aproximou dos degraus do Instituto.

Corrente de Ouro

— Eu não criei vocês para serem ladrões de cavalo e vigaristas — afirmou Will. — E lembro-me muito claramente de que lhes disse...

— Obrigada por ter emprestado a carruagem para que eles me buscassem — interveio Cordelia. Ela estava de olhinhos arregalados, a inocência em pessoa. James sentiu uma pontada de surpresa divertida: que bela mentirosa curiosamente hábil. Pelo menos seus pais não se perguntariam por que estavam todos usando uniforme: quando James e Lucie saíram de casa mais cedo, Will dissera a ambos que durante anos confiara nos filhos para patrulhar na escuridão, mas que agora precisavam se armar o tempo todo, tratando o dia como se fosse noite. Ele também aconselhara James a levar Matthew, o que James planejava fazer de qualquer forma. — Eu queria muito vir ao Instituto ver o que podia fazer para ajudar.

Will se tranquilizou imediatamente.

— É claro. Você é sempre bem-vinda aqui, Cordelia. Embora estejamos de saída, como pode ver... Charles invocou a autoridade da Consulesa e convocou uma reunião em Grosvenor Square a fim de discutir o ataque de ontem à noite. Apenas para membros do alto escalão do Enclave, aparentemente.

Matthew fez uma careta.

— Pelo Anjo, isso parece terrível. Espero que não tenha problema eu ficar aqui esta noite.

Tessa sorriu.

— Já preparamos um dos quartos de hóspedes para você.

— Como conheço Charles desde que ele nasceu, acho difícil levá-lo a sério como figura de autoridade — falou Will pensativamente. — Suponho que se ele disser algo de que eu não goste, posso solicitar que leve umas palmadas.

— Ah, sim, por favor — disse Matthew. — Faria muito bem a ele.

— Will... — começou Tessa, exasperada, assim que Bridget surgiu das portas da frente. Ela carregava o que parecia ser uma enorme lança medieval: o cabo estava desgastado, a longa ponta de ferro manchada de poeira. Ela se dirigiu ao assento do cocheiro da carruagem e se acomodou sombriamente, à espera de Tessa e Will.

— Espero que disfarcem esta carruagem com um feitiço — falou James. — As pessoas vão pensar que os romanos voltaram para reconquistar as Ilhas Britânicas.

Tessa e Will entraram na carruagem. Quando Bridget recolheu as rédeas, Tessa se debruçou para fora da janela.

— Tio Jem está na enfermaria com outros Irmãos do Silêncio, cuidando dos enfermos — gritou ela. — Por favor, tentem não causar nenhum problema a eles, e certifiquem-se de que eles tenham tudo do qual necessitam.

James assentiu quando a carruagem deixou o pátio. Ele sabia que haveria guardas em volta do Instituto também; vira alguns, os quais se sobressaíam no uniforme preto, diante dos portões quando chegaram. Os pais dele tinham passado por coisas demais para deixar o Instituto sem vigilância.

Ele olhou para a irmã, se perguntando se ela estaria pensando o mesmo que ele. Lucie estava parada, olhando para os andares mais altos do Instituto... talvez a enfermaria? Ele estava acostumado com uma Lucie ativa, não uma Lucie estagnada, pálida e calada, obviamente perdida em pensamentos.

— Vamos então, Luce — disse ele. — Vamos entrar.

Ela franziu a testa para o irmão.

— Não precisa usar essa voz de preocupação. Estou perfeitamente bem, James.

Ele passou o braço sobre o ombro dela.

— Não é todo dia que você vê um feiticeiro desmembrado no próprio quarto — constatou ele. — Pode muito bem tomar um tempinho para se recuperar. Raziel sabe que nenhum de nós teve muito tempo para se restabelecer de nada recentemente.

Na verdade, pensou James quando os quatro se aproximaram do Instituto, ele mal tivera um momento para pensar em Grace. Sua mãe sempre dizia que a cura para a preocupação era se ocupar, e ele certamente fizera isso, mas não podia deixar a situação com Grace daquele jeito. Ele não tinha se dado conta da gravidade da situação em relação à Tatiana. Certamente Grace o procuraria em algum momento, e juntos eles a levariam a um lugar seguro.

Certamente isso aconteceria em breve.

— Então, Jessamine — começou Lucie. — Fantasmas conseguem mentir?

Estavam todos no quarto de Lucie: Matthew e James tinham acomodado Lucie no sofá e a embrulhado em cobertores, apesar da resistência dela, alegando que estava bem e que não precisava de assistência. James insistira que ela não parecia bem, que apresentara palidez intensa quando saíram do apartamento de Gast.

Cordelia estava ao lado de Lucie no sofá, enquanto James e Matthew ocupavam as duas poltronas daquele jeitinho que apenas rapazes faziam: pernas e braços jogados, casacos do uniforme atirados casualmente na cama, botas enlameadas sujando o carpete. Ambos olhando para cima, para Jessamine, embora apenas James conseguisse enxergá-la.

— Certamente que não! — Jessamine pareceu maliciosa. — Fantasmas são completamente honestos. Eu já cansei de dizer a você, foram ratos que derrubaram seu espelho prateado atrás da mesa e o quebraram.

— Parece-me que se fantasmas conseguem mentir, então são péssimos mentirosos — falou James.

Matthew suspirou.

— É muito estranho ver você conversando com o invisível.

— Humpf — disse Jessamine. Ela oscilou um pouco e se firmou, seus contornos se tornando nítidos conforme ela flutuava até o chão. Caçadores de Sombras, por terem a Visão, geralmente conseguiam ver fantasmas que queriam ser vistos, mas Lucie sabia que era um esforço para Jessamine se fazer visível a todos os olhos.

— Ah! — disse Cordelia. — É muito bom conhecer você, Jessamine. Lucie fala de você frequentemente.

Jessamine sorriu.

— Você é uma fantasma muito atraente — afirmou Matthew, tamborilando os dedos cheios de anéis contra o peito. — Espero que Lucie e James tenham mencionado isso.

— Eles não mencionaram — observou Jessamine.

— Muito displicentes — falou Matthew, seus olhos brilhando.

— Você é bem diferente de Henry — disse Jessamine, olhando para Matthew especulativamente. — Ele estava sempre ateando fogo nas coisas, e jamais dizia um elogio.

— Jessamine — disse Lucie. — Esse assunto é importante! Diga-nos, fantasmas conseguem mentir? Não você, é claro, minha querida.

— Fantasmas *conseguem* mentir — admitiu Jessamine. — Mas há certas formas de necromancia que podem compeli-los a dizer a verdade, e até mesmo permitir que os vivos os controlem. — Ela estremeceu. — É por isso que a necromancia é tão terrível e proibida.

— É por *isso*? — Cordelia pareceu duvidar. Virando-se para Lucie, ela disse: — Está preocupada que o fantasma de Gast pudesse estar mentindo?

Lucie hesitou. Parte dela tinha *esperanças* de que ele estivesse mentindo, pois tinha alegado que o demônio se visava a matar Caçadores de Sombras. Era uma ideia assustadora.

— Eu só não quero que nós saiamos numa perseguição sem fundamento. Gast foi insistente que alguém extraordinariamente poderoso o contratou para conjurar aqueles demônios. Precisamos descobrir quem foi.

— Também precisamos saber que tipo de demônios eles são — falou Cordelia. — Não podemos ir até o Enclave apenas para reportar que Gast conjurou um bando de demônios venenosos: já sabemos que esses demônios têm veneno. Não sabemos por que o veneno deles é tão mortal, ou o que Gast fez para que eles ataquem à luz do dia.

— Tudo isso parece muito entediante — falou Jessamine. — Se não precisam de mim, vou embora. — Ela evaporou com um suspiro de alívio, sem dúvida por não mais precisar se manter visível a todos.

Lucie esticou o braço para pegar um de seus cadernos na beira da escrivaninha. Talvez estivesse na hora de começar a registrar as ideias de todos.

— Há outra coisa estranha. Sabemos que Gast conjurou múltiplos demônios, mas ele ficava se referindo a um demônio apenas. Ele disse que *o* conjurou, não *os*.

— Talvez o demônio tenha tido crias — sugeriu James. — Alguns demônios têm dezenas de crias, como aranhas...

Pela janela de Lucie ouviu-se o chacoalhar de rodas e o relinchar de cavalos. Um momento depois, gritos vindos do pátio. James e Lucie correram até a janela.

Uma carruagem sem cocheiro tinha parado diante dos degraus da frente do Instituto. Lucie imediatamente reconheceu o brasão na lateral: os quatro Cs da Consulesa. Era a carruagem de Charles Fairchild.

A porta da carruagem se escancarou e Grace saiu aos tropeços, seus cabelos cascateando sobre os ombros, o vestido manchado de sangue. Ela gritava.

Ao lado de Lucie, James se retesou como ferro.

As portas da frente do Instituto se abriram com um estrondo e o Irmão Enoch veio correndo pelos degraus. Ele passou por Grace, se enfiou na carruagem e ergueu o corpo trêmulo de uma mulher, usando um vestido fúcsia manchado. O braço dela estava ensanguentado, envolto numa atadura improvisada.

Tatiana Blackthorn.

Cordelia e Matthew tinham se juntado a eles na janela. Cordelia estava com a mão sobre a boca.

— Pelo Anjo — disse Matthew. — Mais um ataque.

Lucie se virou para dizer a James que corresse até Grace, mas não houve necessidade. Ele já tinha ido.

James irrompeu pela enfermaria e encontrou uma cena de horror. Havia telas instaladas entre as camas ao longo da parede oeste, onde os doentes jaziam em seu sono envenenado. James conseguia ver apenas as silhuetas deles — formas escuras sob as cobertas, imóveis como cadáveres. No final da sala, duas camas tinham sido unidas: Tatiana fora carregada pela sala, e o sangue manchara o chão num rastro que levava até o leito dela, deitada na transversal, seu corpo convulsionando e tremendo. O ombro tinha sido lacerado, bem como o braço; o chapéu tinha caído, e os finos tufos de seu cabelo grisalho estavam grudados ao couro cabeludo.

Irmão Enoch estava debruçado sobre Tatiana, pingando fluido azul-escuro de um béquer na boca da mulher, que arquejava para tomar fôlego. James pensou freneticamente num bebê pássaro sendo alimentado pela mãe. Jem estava próximo, segurando ataduras encharcadas em antisséptico. Grace se ajoelhou nas sombras ao pé da cama da mãe, as mãos unidas com força.

James se aproximou, passando pelas camas nas quais os demais pacientes estavam deitados em sua sedação inquieta. Ariadne, Vespasia e Gerald poderiam estar apenas dormindo, não fosse pelos mapas escuros de veias pretas sob a pele. Elas pareciam ficar mais visíveis a cada dia.

Oi, James.

Era a voz de Jem, carinhosa na mente dele. James desejou ter algo a dizer ao tio mais útil do que as tramas frustrantes de um mistério que se recusava a se encaixar. Mas Jem já estava buscando a identidade do avô de James. Ele não podia impor a Jem mais perguntas desprovidas de respostas.

Ela vai sobreviver?, perguntou ele, silenciosamente, apontando Tatiana.

A voz de Jem estava incomumente contida. *Se ela morrer, não será por causa destes ferimentos que você vê aqui.*

O veneno. *Negociante da morte, envenenador da vida*, dissera Gast. Mas o que, em nome do Anjo, ele havia conjurado?

— James. — Ele sentiu a mão de alguém em seu braço; virou-se e viu Grace, o rosto lívido, os lábios mortalmente brancos. Ela agarrava o braço dele com as duas mãos. — Tire-me daqui.

Ele se virou levemente para proteger os dois dos olhares.

— Para onde posso levá-la? Do que você precisa?

As mãos dela tremiam, sacudindo o braço de James.

— Preciso falar com você, James. Leve-me para algum lugar onde possamos ficar a sós.

— James saiu há séculos — disse Lucie. Ela estava escrevendo no caderno, mas estava começando a parecer preocupada. — Você poderia procurar por ele, Cordelia?

Cordelia não queria procurar por James. Ela notara o olhar dele quando Grace saíra aos tropeços da carruagem de Charles no pátio. O desejo que se transformara tão rapidamente em temor por Grace; a forma ágil e inconsciente como ele tocara sua pulseira. Ele odiava Tatiana, ela sabia, e por um bom motivo. Mas ele teria feito qualquer coisa para protegê-la e poupar Grace do sofrimento.

Ela se perguntou como seria ser amada daquele jeito. Ainda que sentisse tristeza, ela também sentia uma estranha admiração pela forma como James amava Grace, a plenitude do gesto.

Isso não significava que ela queria se intrometer entre James e a moça que ele amava. Mas Lucie estava pedindo, e Cordelia não via motivo para recusar. Ela deu um sorriso fraco.

— Não tenho certeza se deveria deixar você a sós com um homem — disse ela. — Parece escandaloso.

Lucie riu.

— Matthew não é um homem. Nós costumávamos lutar com conchas de sopa quando éramos crianças.

Cordelia meio que esperava que Matthew fosse gargalhar também, mas em vez disso ele virou o rosto, subitamente ocupado com uma mancha de sujeira na manga da camisa. Com um suspiro discreto, Cordelia bagunçou o cabelo de Lucie e saiu para o corredor.

Ela ainda estava aprendendo a andar pelo Instituto. Os símbolos de famílias de Caçadores de Sombras estavam por toda parte, e conforme Cordelia ia passando por eles, a luz de pedra enfeitiçada tocava as formas de asas e as curvas de torres. Cordelia encontrou um conjunto de degraus de pedra e desceu, só para levar um susto quando Anna Lightwood saiu de baixo de um friso de mármore de um anjo posando sobre uma colina verde. O dragão do País de Gales estava retratado no fundo.

Anna usava calça e paletó de alfaiataria francesa, um tanto elegante. Seus olhos azuis eram exatamente como os de Will, mais escuros dos que os de Lucie: combinavam com seu colete, e a ponta de lápis-lazúli de sua bengala.

— Você viu James? — indagou Cordelia sem preâmbulos.

— Não — falou Anna brevemente. — Não faço ideia do paradeiro dele.

Cordelia franziu a testa, não por causa de James, mas por causa da expressão de Anna.

— Anna? Qual é o problema?

Anna fez uma careta.

— Eu tinha vindo dar um sermão em Charles, mas parece que ele está em outro lugar.

— Charles Fairchild? — repetiu Cordelia, inexpressiva. — Acredito que ele esteja em casa, ele convocou uma reunião para membros do alto escalão do Enclave. Você pode passar um sermão nele lá, mas seria uma reunião muito estranha.

— Membros do alto escalão do Enclave? — Anna revirou os olhos. — Bem, não é surpresa que eu não saiba disso. Então creio que eu vá ter de esperar até mais tarde para dar um soco nele por ser aquela pústula virulenta. — Anna começou a caminhar de um lado a outro no confinamento da escadaria. — Charles — recomeçou ela. — Maldito Charles, tudo a serviço de suas ambições... — Ela se virou, batendo a bengala num degrau. — Ele fez algo terrível, terrível. Preciso ir até a enfermaria. Ela não deveria ficar sozinha. Preciso vê-la.

— Ver quem? — Cordelia estava confusa.

— Ariadne — falou Anna. — Cordelia... Você me acompanharia até a enfermaria?

Cordelia olhou para Anna, surpresa. A elegante e composta Anna. Embora no momento o cabelo dela estivesse com mousse e as bochechas estivessem coradas. Ela parecia mais jovem do que de costume.

— É claro — respondeu Cordelia.

Felizmente, Anna sabia o caminho até a enfermaria: elas não falaram durante o trajeto, ambas perdidas em pensamentos. A enfermaria estava mais silenciosa do que estivera da última vez em que Cordelia estava lá. Ela não reconhecia a maioria daqueles que estavam deitados imóveis e febris nas camas. Nos fundos do cômodo, uma grande tela tinha sido instalada para proteger uma paciente: Tatiana Blackthorn, presumivelmente. Cordelia conseguia ver as silhuetas do Irmão Enoch e Jem projetadas contra a tela conforme eles circulavam junto à cama de Tatiana.

A atenção de Anna estava concentrada numa única paciente. Ariadne Bridgestock, deitada tranquilamente contra os travesseiros brancos. Seus olhos estavam fechados, e a pele marrom exuberante estava pálida e retesada sobre as veias negras que se ramificavam em sua extensão. Ao lado de sua cama havia uma mesa na qual repousava um rolo de ataduras e vários frascos tampados com poções de cores diferentes.

Anna passou entre as telas que cercavam a cama de Ariadne, e Cordelia a seguiu, sentindo-se um pouco desconfortável. Estava se intrometendo? Mas Anna ergueu o rosto, como se para se assegurar de sua presença, antes de se ajoelhar ao lado da cama de Ariadne, apoiando sua bengala no chão.

Os ombros murchos de Anna pareciam estranhamente vulneráveis. Uma das mãos pendia junto ao corpo: a outra, ela começou a passear bem devagarinho sobre os lençóis de linho branco, até que quase tocasse a mão de Ariadne.

Mas não tocou. No último momento, Anna cerrou a mão e a recuou, apoiando-a ao lado de Ariadne, mas sem encostar. Com a voz baixa e firme, Anna disse:

— Ariadne. Quando você acordar... e você vai acordar... Quero que se lembre disso. O fato de Charles Fairchild querer se casar com você jamais foi um indicativo de seu valor. Na verdade, o fato de Charles ter escolhido terminar tudo de tal maneira é um indicativo do valor dele.

— Ele rompeu com ela? — sussurrou Cordelia. Ela estava chocada. O término de um noivado era uma questão séria, feito somente quando uma das partes em questão cometia algum tipo de crime ou era pega tendo um caso. E Charles ter quebrado a promessa a Ariadne enquanto ela estava inconsciente era estarrecedor. As pessoas presumiriam que ele havia descoberto algo terrível sobre sua noiva. Quando ela acordasse, poderia estar arruinada.

Anna não respondeu a Cordelia. Apenas levantou o rosto e olhou para Ariadne, um olhar demorado como uma carícia.

— Por favor, não morra — disse ela, com a voz baixa, e ficou de pé. Depois de pegar a bengala, saiu andando, deixando Cordelia encarando suas costas, surpresa.

Lucie colocou o caderno de lado. Matthew estava desenhando círculos no ar com o indicador e franzindo a testa preguiçosamente, como se fosse um paxá olhando para sua corte e achando-a mal-educada e despreparada para inspeção.

— Como você está, Luce? — perguntou ele. Matthew tinha trocado de lugar e agora estava ao lado dela no sofá. — Diga a verdade.

— Como *você* está, Matthew? — respondeu Lucie. — Diga a verdade.

— Não fui eu quem viu o fantasma de Gast — disse Matthew, e sorriu. — Parece um romance inacabado de Dickens, não é? *O fantasma de Gast*.

— Não fui eu quem escorregou de uma corda quando deveria ter conseguido subir facilmente — falou Lucie, baixinho.

Matthew semicerrou os olhos. E que olhos extraordinários, tão escuros que só dava para se afirmar que eram verdes ao chegar bem pertinho. E Lucie chegara, muitas vezes. Estavam próximos agora, tão próximos que ela conseguia ver a barba dourada sutil, e também suas olheiras.

— Isso me lembra — disse ele, e enrolou a manga. Havia um arranhão comprido em seu antebraço. — Preciso de uma *iratze*. — Ele lançou um sorriso choroso para ela. Todos os sorrisos de Matthew eram chorosos. — Aqui — acrescentou ele, e ofereceu a estela a ela. — Use a minha.

Ela gesticulou para tirá-la dele e, por um momento, a mão de Matthew se fechou carinhosamente sobre a dela.

— Lucie — disse ele, baixinho, e ela quase fechou os olhos, lembrando-se de como ele a envolvera com o paletó na rua, do calor do toque dele, do leve cheiro dele, *brandy* com folhas secas.

Mas em grande parte de *brandy*.

Ela olhou as mãos entrelaçadas deles, a de Matthew com mais cicatrizes do que a dela. Os anéis dele. Matthew começou a virar a mão de Lucie sobre a dele, como se pretendesse beijar a palma.

— Você é um Caçador de Sombras, Matthew — afirmou ela. — Deveria conseguir escalar uma parede.

Ele se recostou.

— E eu sou — respondeu Matthew. — Minhas botas novas são escorregadias.

— Não foram suas botas — disse Lucie. — Você estava bêbado. Está bêbado agora também. Matthew, você está bêbado na maior parte do tempo.

Ele soltou a mão dela como se Lucie o tivesse golpeado. Em seus olhos, confusão, além de uma mágoa visível.

— Não estou...

— Sim, está. Acha que não consigo reconhecer?

A boca de Matthew se contraiu.

— Beber me torna divertido.

— Não me diverte ver você se ferir — disse ela. — Você é como um irmão para mim, Math...

Ele se encolheu.

— Eu sou? Ninguém mais tem queixas sobre o que faço, ou sobre meu desejo por fortificação.

— Muitos têm medo de mencionar — comentou Lucie. — Outros, como meu irmão e meus pais, não veem o que não querem ver. Mas eu vejo, e estou preocupada.

Ele sorriu sutilmente.

— Preocupada comigo? Estou lisonjeado.

— Estou preocupada — falou Lucie — que meu irmão acabe morrendo por sua causa.

Matthew congelou. Permaneceu tão imóvel quanto se tivesse sido transformado em pedra pelo Gorgon das velhas histórias. O Gorgon era um demônio, contara o pai de Lucie a ela, embora naquela época não houvesse Caçadores de Sombras. Em vez disso, deuses e semideuses caminhavam sobre a terra, e milagres choviam dos céus como folhas de uma árvore no outono. Mas não havia milagre aqui. Apenas o fato de que ela poderia muito bem ter esfaqueado Matthew no coração.

— Você é o *parabatai* dele — disse Lucie, a voz um pouco trêmula. — Ele confia em você... Para protegerem a retaguarda um do outro em batalha, para ser seu escudo e espada, e se você não for você mesmo...

Matthew ficou de pé, quase derrubando a cadeira. Os olhos dele estavam sombrios com fúria.

— Se fosse qualquer outra pessoa dizendo essas coisas para mim, Lucie, então...

— Então o quê? — Lucie também ficou de pé. Ela mal chegava ao ombro de Matthew, mas o encarou colericamente mesmo assim. Quando eles faziam as batalhas de concha de sopa da infância, ela sempre batia e apanhava em igual medida. — O que você faria?

Matthew saiu batendo os pés, sem responder.

No fim, James levou Grace até a antessala.

Estava silencioso ali, e deserto: a lareira estava acesa, e ele a ajudou a se acomodar numa poltrona próxima do fogo, abaixando-se para tirar as luvas dela. James queria beijar as mãos expostas de Grace — tão vulnerável, tão familiar dos dias e noites deles na floresta —, mas escolheu recuar e deixá-la sozinha para se aquecer diante das chamas. Não estava um dia frio, mas o choque era capaz de fazer alguém tremer até os ossos.

A luz das chamas dançava sobre o papel de parede William Morris e sobre as cores intensas dos tapetes Axminster que cobriam o piso de madeira. Por fim, Grace ficou de pé e começou a caminhar diante da lareira.

Havia tirado os últimos grampos do cabelo, e as mechas escorriam sobre seus ombros como água gelada.

— Grace? — Naquele momento, naquela sala, com apenas o som do relógio tiquetaqueando para quebrar o silêncio, James hesitou, pois não tivera tempo ou descanso para fazer isso na enfermaria. — Pode falar sobre o que aconteceu? Onde foi o ataque? Como você escapou?

— Mamãe foi atacada na mansão — disse Grace, a voz inexpressiva. — Não sei como aconteceu. Eu a encontrei inconsciente aos pés da escadaria da entrada. Os ferimentos no ombro e no braço eram ferimentos de dentes.

— Sinto muito mesmo.

— Não precisa dizer isso — falou Grace. Ela havia recomeçado a perambular pela sala. — Há coisas que você não sabe, James. E coisas que eu preciso fazer, agora que ela está doente. Antes que ela acorde.

— Fico feliz que pense que ela vai se recuperar — falou James, aproximando-se. Ele não tinha certeza se deveria tocá-la, nem mesmo quando ela parou de andar e ergueu os olhos para os dele. Ele não se lembrava de já ter visto Grace daquele jeito até então. — É importante nutrir esperança.

— É certeza. Minha mãe não vai morrer — falou Grace. — Todos esses anos, ela viveu de amargura, e essa mesma amargura vai mantê-la viva agora. É mais forte do que a morte. — Ela estendeu o braço para acariciar o rosto de James. Ele fechou os olhos quando os dedos trilharam pela maçã de seu rosto, leve como o toque da asa de uma libélula.

— James — disse ela. — Ah, James. Abra os olhos. Deixe-me olhar para você enquanto ainda me ama.

Ele abriu os olhos subitamente.

— Eu amo você há anos. Sempre amarei você.

— Não — protestou Grace, abaixando a mão. Havia um grande cansaço em seu rosto, seus movimentos. — Você vai me odiar em breve.

— Eu jamais poderia odiá-la — falou James.

— Vou me casar — disse ela.

Foi o tipo de choque tão imenso que mal era possível senti-lo. *Ela cometeu algum erro,* pensou James. *Está confusa. Vou resolver isso.*

— Vou me casar com Charles — prosseguiu Grace. — Charles Fairchild. Temos passado bastante tempo juntos desde que vim para Londres, embora eu saiba que você não chegou a notar.

Uma pulsação tinha começado a latejar atrás dos olhos de James, ao ritmo do tique-taque do relógio antigo.

— Isso é loucura, Grace. Você *me* pediu para casar com você ontem à noite.

— E você disse não. Foi bastante claro. — Ela deu de ombros levemente. — *Charles* disse sim.

— *Charles* está noivo de Ariadne Bridgestock.

— Esse noivado foi desfeito. Charles contou ao Inquisidor Bridgestock que estaria terminando tudo esta manhã. Ariadne não amava Charles; ela não vai se importar se houver casamento ou não.

— Mesmo? Você perguntou a ela? — indagou James, ferozmente, e Grace se encolheu. — Nada disso faz sentido, Grace. Você está em Londres há menos de uma semana...

Os olhos dela brilharam.

— Posso fazer bastante coisa em menos de uma semana.

— Aparentemente. Inclusive magoar Ariadne Bridgestock, que jamais fez nada contra você. Charles é uma pessoa fria. Ele tem um coração frio. Mas eu teria esperado mais de *você* do que se embrenhar em algo assim.

Grace corou.

— Acha que Ariadne está desesperada? Ela é linda e rica, e Charles está preparado para contar a todos que *ela* terminou com *ele*.

— Enquanto estava inconsciente?

— Obviamente ele dirá que foi antes de ela adoecer — disparou Grace.

— E se ela morrer, que conveniente para você — zombou James, sua dor semelhante a uma chama branca atrás de seus olhos.

— Eu disse que você me odiaria — falou Grace, e havia algo quase selvagem em sua expressão. — Estou lhe dizendo, ela não quer Charles, e se ela morrer, sim, precisará dele ainda menos do que precisa agora! — Grace tomou fôlego. — Você não consegue enxergar. Estou mais desesperada do que Ariadne jamais poderia estar.

— Não tenho como enxergar o que você não me conta — disse James, a voz baixa. — Se você está desesperada, me deixe ajudar...

— Eu *ofereci* a você a chance de me ajudar — justificou ela. — Pedi que se casasse comigo, mas você negou. Tudo o que você tem aqui ainda é mais importante do que eu.

— Isso não é verdade...

Ela deu uma gargalhada cortante.

— Para me amar, James, você precisa me amar acima de qualquer coisa. Se nos casarmos, seremos eternamente o alvo da minha mãe... e depois nossos filhos também serão... e como isso poderia ser vantajoso para você? Eu já sei que não é. Quando pedi que se casasse comigo ontem à noite, foi apenas um teste. Eu queria ver se você me amava o suficiente. O suficiente para fazer qualquer coisa para me proteger. Você não ama.

— E Charles ama? — A voz de James saiu baixa. — Você mal o conhece.

— Não importa. Charles tem poder. Ele será o Cônsul. Não precisa me amar. — Ela o encarou do outro lado da estampa desgastada do tapete. — Preciso fazer isso agora, antes que minha mãe acorde. Ela proibiria. Mas se acordar e estiver definido, ela não vai enfrentar a Clave e o Cônsul. Você não vê? É impossível entre nós, James.

— Só é impossível se você tornar impossível — disse James.

Grace ajeitou o xale em volta dos ombros, como se estivesse com frio.

— Você não me ama o suficiente — insistiu ela. — Vai perceber isso logo e ficará grato por eu ter feito isso. — Ela estendeu a mão. — Por favor, devolva minha pulseira.

Foi como o açoite de um chicote. Lentamente, James tocou o fecho do bracelete de prata. Tinha ficado ali por tanto tempo que, quando ele retirou, viu uma faixa de pele mais clara circundando seu pulso, como a palidez que restava quando uma aliança de casamento era retirada.

— Grace — disse ele, estendendo-a para ela. — Você não precisa fazer isso.

Grace pegou a pulseira, deixando o pulso de James com a sensação anormalmente nua.

— O que tínhamos era o sonho de crianças — justificou ela. — Vai se dissipar como neve no verão. Você vai esquecer.

Ele sentiu uma dor na cabeça como se seu crânio estivesse rachando; mal conseguia respirar. Ele ouviu a própria voz como se viesse de muito longe.

— Sou um Herondale. Amamos apenas uma vez.

— Isso é lenda.

— Nunca ouviu falar? — disse James amargamente. — Todas as histórias são verdadeiras.

Ele escancarou a porta, desesperado para se afastar de Grace. Ao acelerar pelo corredor, os rostos de estranhos foram passando como um borrão; ele ouviu alguém chamar seu nome, mas logo estava no fim das escadas e na entrada, pegando o paletó. O céu estava nebuloso e sombras tinham se reunido, espessas, no pátio, repousando entre os galhos das árvores como corvos.

— Jamie...

Matthew surgiu da escuridão, os cabelos claros à entrada escura, a expressão preocupada.

— Jamie, qual é o problema?

— Grace vai se casar com Charles. Esqueça, Math. Preciso ficar sozinho.

Antes que Matthew pudesse dizer mais uma palavra, James escancarou as portas e fugiu, sumindo pelos portões em arco que marcavam a entrada do Instituto, as palavras entalhadas brilhando sob a luz fraca do sol.

Nós somos pó e sombras.

Matthew soltou um palavrão, seus dedos se atrapalhando com os botões do paletó. James acabara de sumir nas sombras do lado de fora do Instituto, sem uma única arma consigo, mas Matthew tinha certeza de que conseguiria alcançá-lo. Conhecia os refúgios de James tão bem quanto o próprio James: todos os lugares na cidade que James poderia buscar quando estava chateado.

No entanto, suas mãos tremiam tanto que ele não conseguia fechar os botões. Xingou de novo e levou a mão ao frasco no colete. Só um gole para firmar as mãos...

— James estava... ele pareceu bem? — disse uma voz atrás dele.

Matthew se virou, abaixando a mão. Grace estava aos pés da escada, um xale cinza semelhante a teia de aranha envolto em seus ombros magros. Matthew sabia que ela era considerada assombrosamente bela por todos, mas, para ele, ela sempre parecera a sombra de uma sombra, faltava-lhe entusiasmo e cor.

— É claro que ele não está bem — disse Matthew. — Nem eu. Você vai se casar com Charles, e nenhum de nós quer isso.

Ela puxou o xale mais fechado no corpo.

— Você não entende. Todos fazemos o necessário. Estou fazendo o que preciso fazer.

— James ama você, sinceramente, desde que era criança — disse Matthew. — E agora você parte o coração dele? E em troca de quê? Charles jamais sentirá metade do que James sente por você.

— Sentimentos — disse ela, com desprezo. — É só isso que os homens pensam que as mulheres querem, não é? Compaixão... sentimento... besteira. Jamais senti nenhum carinho por nada ou ninguém vivo...

— Você realmente nunca sentiu nada por ninguém? — indagou Matthew, parte irritado e parte curioso.

Ela ficou calada por um momento.

— Meu irmão — disse por fim, com um meio-sorriso peculiar. — Mas, por outro lado, ele agora não é vivo mais.

— Então você jamais se importou com James — disse ele, a percepção se assentando lentamente. — James a decepcionou de alguma forma? Ou você estava apenas cansada dele antes de sequer chegar a Londres? O tempo todo que passou com Charles, todas os passeios de carruagem, todos os sussurros pelos cantos... Céus, você planejou isso como uma campanha militar, não foi? Se o primeiro regimento cair, sempre tenha um substituto a postos. — Ele riu amargamente. — Eu disse a mim mesmo que fui um tolo por desconfiar que você estivesse agindo pelas costas de James. Não imaginei metade da verdade.

Ela pareceu mais pálida do que o habitual.

— Não seria sábio espalhar tais boatos. Deixe isso para lá, Matthew.

— Não posso. — Ele recomeçou a mexer no paletó; estranhamente, suas mãos estavam firmes, como se o ódio tivesse acalmado seus nervos. — Charles é um canalha, mas nem mesmo ele merece...

— Matthew — disse ela, aproximando-se e apoiando a mão no cotovelo dele. Matthew parou, surpreso, olhando para o rosto arrogante dela, encarando-o. Ele agora prestava atenção no formato e era, de fato, encantador, quase semelhante a uma boneca em sua perfeição.

Ela roçou a mão na manga da camisa dele. Matthew disse a si que deveria se afastar, mas seus pés pareciam enraizados. Era como se ele estivesse sendo atraído para ela, embora a odiasse ao mesmo tempo.

— Sente algo por mim agora, não sente? — disse Grace. — Beije-me. Exijo que me beije.

Como se em um sonho, Matthew estendeu as mãos para ela. Envolveu a cintura delgada. Pressionou a boca voraz contra os lábios dela e a beijou, e beijou de novo. Grace tinha gosto de chá adocicado e esquecimento. Ele não sentiu nada, nenhum desejo, nenhuma ânsia, apenas uma compulsão desesperada e vazia. Beijou-lhe a boca e a bochecha, e Grace se virou nos braços dele, ainda segurando o pulso dele, com o corpo colado ao dele...

E então ela recuou, soltando-o. Foi como despertar de um sonho.

Matthew se encolheu, horrorizado, tropeçando para longe de Grace. Não havia nada tímido naquele olhar, nada da menina cabisbaixa do baile. A cor dos olhos dela tinha se tornado aço.

— Você... — começou ele, e parou. Não conseguia dizer o que queria: *Você me obrigou a fazer isso*. Era ridículo, uma abdicação bizarra de responsabilidade por uma ação ainda mais bizarra.

Quando Grace falou, a voz dela não continha emoção. Seus lábios estavam vermelhos onde Matthew a havia beijado; ele sentia vontade de vomitar.

— Se você me atrapalhar depois disso, se fizer qualquer coisa para impedir meu casamento com Charles, contarei a James que você me beijou. E contarei ao seu irmão também.

— Como se eles já não soubessem que sou uma pessoa terrível — disse Matthew com uma coragem que não sentia.

— Ah, Matthew. — A voz dela soou fria quando deu as costas a ele. — Você não faz ideia de como funcionam as pessoas terríveis.

13
Ruína azul

Vinte pontes, da Tower até a Kew
Queriam saber o que o rio sabia,
Pois eram jovens, e o Tamisa era velho,
E este é o conto do que o Rio contou.

— Rudyard Kipling, *"The River's Tale"*

James estava sentado na beira de um bastião de pedra, no alto da ponte Blackfriars, as pernas balançando. A água jade-escura do Tamisa fluía abaixo. Pequenos barcos a remo e barcaças avançavam ao lado de balsas, distintas por suas velas características em marrom-avermelhado, como manchas de sangue contra o céu escurecido pelas nuvens. A bordo delas, homens usando quepes chatos gritavam uns com os outros em meio aos espirros d'água.

Ao norte, a cupula de St. Paul brilhava contra um fundo de nuvens carregadas; do outro lado do rio, a Usina de Energia Bankside soprava fumaça preta.

O bater ritmado do rio corrente contra os píeres de granito da ponte era tão familiar para James quanto uma canção de ninar. A Blackfriars era um lugar especial para sua família: figurava em muitas das histórias de seus pais.

James costumava achar reconfortante ali. O rio corria, independentemente do tumulto nas vidas das pessoas que atravessavam a ponte ou passavam de barco pela água. Elas não podiam deixar marcas de verdade no rio, pois seus problemas não deixavam marcas de verdade no tempo.

Mas naquele momento não era reconfortante. James não se sentia capaz de respirar. A dor que sentia era física, como se hastes de aço afiadas tivessem sido enfiadas em suas costelas, parando seu coração.

— James?

Ele olhou para cima. Matthew caminhava em sua direção, o paletó aberto. Ele estava sem chapéu, o cabelo claro emaranhado à brisa que vinha do rio, perfumada com carvão e sal.

— Procurei por você pela cidade toda — falou Matthew, saltando para o bastião de pedra ao lado de James. James combateu a ânsia de dizer a ele que tomasse cuidado. Era uma longa queda até o rio, mas as mãos de Matthew estavam firmes quando ele se apoiou. — Conte o que aconteceu.

James não conseguia explicar — a sensação sufocante, a tontura. Ele se lembrava de seu pai dizendo que amor era dor, mas aquilo não parecia dor. Parecia uma privação de oxigênio, ao ponto de ficar à beira da morte, e agora ele parecia sufocar e arquejar, tentando desesperadamente puxar ar suficiente para seus pulmões. Não conseguia encontrar palavras, não conseguia fazer nada senão se aproximar e deitar a cabeça no ombro de Matthew.

— Jamie, Jamie — disse Matthew, e ele tocou com força as costas de James, entre as escápulas. — Não fique assim.

James manteve o rosto no tecido de tweed do paletó de Matthew. Tinha cheiro de *brandy* e da colônia de Penhaligon que Matthew surrupiava de Charles. James sabia que seu corpo estava curvado de um jeito esquisito, a mão agarrando a camisa de Matthew e o rosto enterrado no ombro dele, mas havia algo de especial no conforto de seu *parabatai* — algo que ninguém mais poderia lhe oferecer, nem mãe nem irmã ou pai ou amante. Era transcendental a tudo isso.

As pessoas eram rápidas em ignorar Matthew — por causa de suas roupas, de suas piadas, pela forma como ele não levava nada a sério. Presumiam que ele corria o risco de desabar, de ceder quando as coisas ficassem difíceis.

Mas não era assim. Ele segurava as pontas de James agora, como sempre fizera — fazendo com que tudo parecesse muito fácil, como sempre.

— Suponho que haja um monte de coisas inúteis que eu poderia lhe dizer — falou Matthew em voz baixa, quando James recuou. — Que provavelmente foi melhor ter acontecido logo, e que é melhor ter amado e perdido do que sequer ter amado, e coisa e tal. Mas isso é tudo besteira, não é?

— Provavelmente — respondeu James. Ele estava ciente de que suas mãos tremiam de um jeito que o fazia se lembrar de alguma coisa. Ele só não sabia dizer muito bem do quê. Vinha tendo problemas para se concentrar, as ideias corriam como ratos fugindo de um gato à espreita. — Achei que minha vida seria de um jeito. Agora parece completamente diferente.

Matthew fechou a cara da forma que pais costumavam achar adorável. James achou que aquela careta o deixava parecido com Oscar.

— Acredite — disse ele. — Eu sei qual é a sensação.

James ficou levemente surpreso ao ouvir aquilo. Já havia flagrado Matthew em circunstâncias comprometedoras com moças e rapazes, mas jamais imaginara que o coração de Matthew tivesse chegado a se envolver com qualquer um deles.

Havia Lucie, é claro. Mas James desconfiava de que Matthew não a amasse para além dos resquícios de uma paixão infantil. Em algum lugar pelo caminho, pressentia James, Matthew tinha perdido a fé na maioria das coisas. Seria fácil para ele manter a fé em Lucie, mas fé sozinha não era amor.

James levou a mão ao paletó de Matthew, que grunhiu, mas não repeliu quando James desabotoou o bolso interno e puxou o frasco prateado de seu *parabatai*.

— Tem certeza? — perguntou Matthew. — Da última vez que teve seu coração partido, você atirou num lustre com uma arma de fogo mundana e quase se afogou no lago Serpentine.

— Eu não estava *tentando* me afogar — observou James. — Além do mais, Magnus Bane me salvou.

— Não mencione isso — disse Matthew quando James abriu o frasco. — Sabe como fico irritado com aquilo. Idolatro Magnus Bane, você teve uma chance de conhecê-lo e envergonhou a todos.

— Tenho quase certeza de que jamais mencionei nenhum de vocês a ele — disse James, e virou o frasco. Engasgou. Era ruína azul: o tipo mais barato e mais forte de gim. Desceu como relâmpago. James tossiu e devolveu o frasco a Matthew.

— Pior ainda — disse Matthew. — Mais afiado do que a presa da serpente é ter um *parabatai* ingrato.

— Tenho quase certeza de que isso não é um Shakespeare original — falou James. — Que bom que Bane estava lá — acrescentou. — Eu estava péssimo. Mal me lembro. Sei que foi por causa de Grace, ela tinha escrito para mim para dizer que deveríamos cortar o contato. Eu não consegui compreender. Saí para beber, para esquecer... — Ele parou, sacudindo a cabeça. — No dia seguinte, ela escreveu de novo para pedir desculpas. Disse que fora tudo fruto do medo. Eu me pergunto agora se teria sido melhor se as coisas tivessem terminado naquela época.

— Não podemos escolher quando vamos sentir dor — falou Matthew. — Vem quando tem que vir, e tentamos nos lembrar, embora não possamos imaginar um dia em que não teremos essas amarras, que toda dor se vai. Que toda tristeza passa. A humanidade é atraída para a luz, não para a escuridão.

O céu estava tomado pela fumaça preta londrina. Matthew era uma marca pálida contra o céu escuro de tempestade; o tecido alegre do colete brilhava, assim como seus cabelos claros.

— Math — falou James. — Eu sei que você jamais gostou de Grace.

Matthew suspirou.

— Não importa o que penso dela. Jamais fez diferença.

— Você sabia que ela não me amava — falou James. Ele ainda se sentia zonzo.

— Não. Eu temia que fosse verdade. Mesmo assim eu jamais poderia ter adivinhado o que ela faria. Charles jamais conseguirá fazê-la feliz.

— Ela me pediu em casamento ontem à noite, pediu para fugirmos e casarmos secretamente — explicou James. — Eu neguei. Hoje, ela me disse que foi um teste. Foi como se ela tivesse decidido que nosso amor já era algo quebrado e arruinado, e estivesse tentando provar. — Ele respirou fundo, trêmulo. — Mas não consigo imaginar amando-a mais do que amei... mais do que amo.

Os dedos de Matthew se esbranquiçaram ao apertar o frasco. Depois de um longo momento, falou com certa dificuldade.

— Não se atormente com isso — disse ele. — Se não tivesse sido aquele teste, teria sido outro. Isso não é uma questão de amor, mas de ambição. Ela quer ser a mulher do Cônsul. Amor não tem espaço nesse plano.

James tentou se concentrar no rosto de Matthew. Não era tão fácil quanto deveria. Luzes dançaram atrás de suas pálpebras quando James as fechou, e suas mãos ainda estavam tremendo. Certamente não tinha como ser efeito de um mero golinho na ruína azul. Ele sabia que não estava bêbado, mas havia uma sensação de distanciamento. Como se nada que fizesse agora importasse.

— Diga-me, Matthew — recomeçou ele. — Diga-me o nome da sombra que está sempre pairando acima de você. Eu posso me tornar uma sombra. Eu posso combatê-la para você.

Matthew fechou os olhos com força, como se sentisse dor.

— Ah, Jamie — suspirou ele. — E se eu lhe dissesse que não há sombra?

— Eu não acreditaria em você — falou James. — Eu sei o que sinto no meu coração.

— James. Você está começando a escorregar da ponte.

— Que bom. — James fechou os olhos. — Talvez eu consiga dormir esta noite.

Matthew saltou bem a tempo de segurar James quando ele caiu para trás da mureta.

James se ajoelhou no telhado do Instituto. Sabia que estava sonhando, mas ao mesmo tempo parecia impossível que aquele acontecimento não fosse real: ele conseguia ver Londres disposta adiante tão claramente quanto uma pintura, conseguia ver ruas e becos e avenidas, ver as estrelas pairando alto, branco-pálidas como os dentes perolados de uma boneca. E também via a si mesmo, como se de longe, a negritude de seus cabelos, e o preto ainda mais intenso das asas que se abriam de suas costas.

Ele se viu atrapalhar-se com o peso das asas. Eram pontiagudas e escuras, com camadas sobrepostas de penas que variavam do preto profundo ao cinza.

E então ele se deu conta... não eram suas asas: um monstro estava ajoelhado em suas costas, uma criatura cujo rosto ele não podia ver. Uma coisa curva e disforme, usando retalhos cinza-claro, as garras afiadas enterradas profundamente em suas costas.

Ele sentiu a dor. Intensa como fogo, queimando sua pele; cambaleou de pé, girando e virando-se numa tentativa de pegar a criatura e jogar longe. Uma luz se acendeu ao redor — luz pálida e dourada, a mesma luz que ele vira ao passar para o Mundo das Sombras e então para a estufa de Chiswick.

A luz de Cortana.

Ele a viu ali, com a espada na mão, o cabelo como fogo. Ela cortou a criatura nas costas de James, e, com uma dor lancinante, a criatura se desgarrou dele com Cortana enterrada profundamente em seu corpo. Então caiu, rolando pela inclinação íngreme do telhado.

A camisa de James estava em frangalhos, encharcada de sangue. Ele sentia mais sangue escorrendo entre suas escápulas. Cordelia correu até ele. Sussurrou seu nome: James, James, como se ninguém jamais o tivesse dito.

Ao redor deles, o céu desabrochava com luzes brilhantes. Agora ele não via mais Cordelia. As luzes tomavam formas e padrões — não lhe eram inéditas, os rabiscos no papel no apartamento de Gast. A compreensão do que eram foi como uma comichão no fundo de sua mente. Ele chamou Cordelia, mas ela se fora, como o sonho que ele sabia que ela era.

Quando James acordou, pela manhã, estava deitado em sua cama. Estava com a roupa que tinha usado no dia anterior, embora alguém tivesse tirado seu paletó e sapatos e os colocado numa cadeira. Em uma poltrona de veludo de encosto largo ali perto, Matthew dormia, a bochecha apoiada na mão.

Matthew sempre parecia muito diferente quando estava dormindo. O movimento constante que era uma grande distração quando ele estava acordado, desaparecia, e ele se tornava uma daquelas pinturas que amava: um Frederic Leighton, talvez. Leighton era famoso por pintar crianças em sua inocência, e quando Matthew dormia, era como se a tristeza jamais o tivesse tocado.

Como se soubesse que estava sendo observado, ele se agitou e se aprumou, concentrando-se em James.

— Você está acordado. — Ele começou a sorrir. — Como está sua cabeça? Tinindo como um sino?

James sentou-se lentamente. Tinha presenciado as muitas manhãs de Matthew em que seu *parabatai* reclamava da cabeça latejando, ou de dores e tristeza, e falava da necessidade de engolir um copo de ovo cru e pimenta antes de encarar o dia. Mas James não sentia nada assim. Nada doía ou latejava.

— Não, mas... como está minha aparência?

— Terrível — relatou Matthew alegremente. — Como se tivesse visto o fantasma da Velha Mol e seu cabelo ainda estivesse arrepiado.

James olhou para as mãos, virando-as. O pulso exposto dele ainda parecia estranho, a ausência da pulseira era como uma ferida aberta. Mas não havia dor de verdade, nem física nem mental.

— Por outro lado — disse Matthew, os olhos diabolicamente iluminados —, não posso dizer que seus pais ficaram muito felizes quando eu o trouxe carregado ontem à noite...

James saltou da cama. Suas roupas estavam tão amarrotadas, como se ele tivesse dormido sob uma ponte.

— Você me carregou? Meus pais estavam aqui?

— Eles tinham voltado da reunião com meu irmão — respondeu Matthew —, a qual aparentemente foi muito chata, coisa que eu poderia ter dito a eles.

— MATTHEW — berrou James.

Matthew ergueu as mãos inocentemente.

— Eu não disse nada a eles, mas aparentemente Charles contou sobre o noivado dele com Grace na reunião, e eles deduziram que você estivesse tentando afogar as mágoas. Eu falei que você tinha tomado apenas um gole de gim e eles desdenharam de você por ser fraco demais.

— Céus. — James cambaleou até o banheiro. Ainda bem que havia água na bacia, e uma barra de sabonete de sândalo. Lavou-se apressadamente e molhou o cabelo. Sentindo-se menos nojento, vestiu roupas limpas e retornou para o quarto, onde Matthew estava sentado aos pés da cama com as pernas cruzadas. Ele entregou a James uma caneca de chá sem dizer uma palavra, exatamente da forma como gostava: forte e açucarado, sem leite.

— De onde saiu isso? — perguntou-se James, em voz alta, aceitando a xícara.

Matthew ficou de pé com um salto.

— Vamos lá — chamou. — A comida foi servida na copa. Vamos provar os deliciosos ovos de Bridget e explicarei tudo.

James olhou para seu *parabatai* com desconfiança. Os ovos de Bridget eram notoriamente horríveis.

— Vai explicar o quê?

Matthew fez um gesto para que ele se calasse. Revirando os olhos, James enfiou os pés nos sapatos e seguiu Matthew pelos corredores sinuosos até a copa, onde a comida ainda estava posta. Um bule de prata com café agora frio, pratos de costela de vitela e, o prato do qual James menos gostava, *kedgeree*. Ele se sentou à mesa com um prato de cogumelos e torrada. Sua mente parecia surpreendentemente clara, como se tivesse saído de uma estranha névoa. Mesmo a torrada e os cogumelos tinham sabor diferente.

Ele franziu a testa.

— Algo aconteceu — comentou, percebendo como estava silencioso. Apenas o som de relógios tiquetaqueando no Instituto. Os corredores estavam livres. Ele ficou de pé e foi até a janela, a qual dava para o pátio. Nenhuma carruagem. Ele apertou o parapeito. — Matthew, alguém...

— Não — respondeu Matthew rapidamente. — Não, Jamie, ninguém mais morreu. O Enclave decidiu transferir os feridos para a Cidade do Silêncio. Estavam doentes demais para serem levados por Portal, então seus pais estão ajudando com a tarefa, assim como os de Christopher. Até mesmo Charles emprestou nossa carruagem.

— E Grace? — perguntou James. O nome dela agora soava estranho em sua boca, como se tivesse adquirido um novo som. Ele se lembrou da dor nauseante que sentira no dia anterior, impelindo-o para a escuridão. Como se seu peito estivesse rachando, os ossos se partindo. James não sentia nada disso agora. Ele se lembrou da dor, mas intelectualmente, não fisicamente. Certamente voltaria, pensou. James deveria se preparar enquanto era possível.

— Os Pounceby a acolheram — disse Matthew. — Eles estão em Highgate, perto da entrada da Cidade do Silêncio. Ela poderá visitar a mãe. — Ele parou. — Ela vai ficar bem, James.

— Sim, sei que ficará — respondeu James. — E Lucie? Ela sabe o que está acontecendo?

Matthew pareceu surpreso.

— Sim, mas... ouviu o que eu disse sobre Grace?

Antes que James pudesse responder, Lucie entrou na copa. Usava trajes de treino — uma túnica com cinto flexível sobre calça legging e botas — e carregava um punhado de cartas. Provavelmente o carteiro havia passado. Ela soltou a correspondência na bandeja na cômoda e foi até James com um olhar preocupado.

— Jamie! Ah, ainda bem. Mamãe me contou sobre Charles e Grace, mas guardei a notícia para mim. Você está bem? Sua alma está angustiada?

— O Malvado Príncipe James está bem, obrigado — disse ele. Muito estranhamente, reparou James, Matthew tinha passado por trás de Lucie e parecia mexer na correspondência. — Por onde você andou, Luce?

— Na sala de treino com Cordelia — explicou ela. — Alastair foi com Charles ajudar a transferir alguns dos doentes, e ela ficou comigo. Achamos que seria bom estarmos um pouco mais preparadas, sabe, caso você tenha outro encontro romântico secreto que acabe em um ataque de demônios.

— Não acho que seja provável — disse James, e viu Matthew lhe dando mais uma olhadinha peculiar.

— James — disse Lucie seriamente. — Você não precisa fingir toda essa coragem, assim como fez Lorde Wingrave quando a mão dele foi rejeitada em casamento.

James se perguntou se aquela era uma pessoa que ele deveria conhecer.

— Quem diabos é esse?

— Ele está em *A bela Cordelia* — disse Lucie. — Juro que li esse trecho em voz alta no último Natal. Papai ficou muito impressionado.

Matthew se virou, as mãos às costas.

— Ah, Lucie — disse ele um pouco alto demais. — Você andou treinando, estou vendo, como uma grande guerreira da Inglaterra. Como Boadicea, que derrotou os romanos. Sente-se! Deixe-me preparar um sanduíche de mel para você.

Lucie pareceu hesitante, então deu de ombros e aceitou de bom grado.

— Você é maluco, Matthew — disse ela. — Mas adoro sanduíches de mel. — Ela se acomodou em uma cadeira e pegou o bule de chá. — Suponho que Charles e Grace não tenham anunciado o noivado formalmente ainda, mas isso seria terrivelmente grosseiro da parte deles com Ariadne tão doente. Estou surpresa porque o Inquisidor não tentou pedir a prisão de Charles.

Quando Matthew atravessou a sala para pegar o pote de mel no aparador, ele colocou um papel fino na mão de James.

— Sei que está endereçado a Lucie — disse ele baixinho. — Mas é para Cordelia. Leve para ela.

Quando um *parabatai* lhe fazia um pedido, você não questionava.

— Esqueci de vestir meias — anunciou James. Lucie o encarou como se o irmão tivesse perdido a razão. Ele avançou até a porta, tentando evitar que Lucie visse seus pés. — Voltarei em um instante.

James tomou a escadaria para os andares superiores, dois degraus por vez. Há meses não se sentia tão leve, como se tivesse soltado um imenso fardo que nem mesmo sabia estar carregando. Quando ele chegou ao patamar do terceiro andar, examinou o objeto que Matthew lhe entregara: uma carta, com a caligrafia inconfundível da Consulesa, endereçada a Lucie Herondale.

A porta da sala de treino estava aberta. Era um cômodo grande, o qual tinha sido ampliado alguns anos antes, quando fizeram um anexo ao sótão. O piso era de madeira polida coberta de tatame, e cordas flexíveis pendiam das vigas de sustentação acima, com nós em vários pontos para facilitar a escalada. Tochas de pedras de luz enfeitiçadas iluminavam o ambiente, e luz do sol nebulosa entrava pelas janelas no alto.

Cordelia estava na extremidade norte da sala, diante de um grande espelho prateado, com Cortana brilhando em sua mão. Usava trajes de treino provavelmente emprestados de Lucie: estavam apertados e curtos nela, os tornozelos visíveis sob a bainha da calça.

Ela se virou, movimentando-se com a espada como se dançassem juntas. A pele marrom de Cordelia brilhava à luz enfeitiçada, coberta de suor na clavícula, no pescoço. O cabelo tinha se soltado dos grampos. Os fios caíam pelas costas como uma cachoeira de folhas outonais. Juntas, ela e Cortana eram um poema escrito em fogo e sangue.

James certamente fizera barulho, pois ela se virou para ele, olhos arregalados, o peito se elevando e descendo com respirações breves. Um sobressalto percorreu o corpo de James. Algo como uma lembrança — Cordelia deitada ao lado dele, os cabelos macios na lateral do pescoço dele, o calor do quadril dela de encontro ao dele...

James tentou afastar o pensamento; nada daquilo acontecera em sua vida. Um fragmento de sonho da noite anterior, talvez?

Ele sacou a carta do bolso e a estendeu para Cordelia.

— Daisy. Tenho uma coisa para você.

Muitos anos de prática tinham familiarizado Cordelia com o treinamento sozinha. Seu pai sempre dizia que um parceiro era necessário para aprender certos aspectos da arte da espada — como seria possível aprender a virar uma espada corpo a corpo, por exemplo, se não houvesse um oponente para apartar? Alastair replicara que o treinamento dos Caçadores de Sombras era algo único: você raramente enfrentava outro oponente com uma espada, afinal, era muito mais frequente encarar um monstro de aparência peculiar.

Cordelia rira, e Elias revirara os olhos e cedera. Afinal, eles se mudavam tanto pela saúde de Elias que nem Cordelia, nem Alastair tinham parceiros de treino regulares, exceto um ao outro, e os dois não se igualavam em altura ou peso. Então, quando Lucie saiu para pegar uma xícara de chá, Cordelia caiu nos velhos padrões de praticar as posições de pé — avançando com Cortana na mão, praticando sequências de ataque de novo e de novo, até que ficassem tão naturais para ela quanto descer as escadas. Ela ergueu Cortana, se virou, girou e avançou — e quase perdeu o equilíbrio de surpresa quando James entrou pela porta aberta.

Ela o encarou por um momento, pega desprevenida. Algo nele parecia diferente. Suas roupas eram comuns — paletó casual, calça cinza —, e o cabelo era o emaranhado escuro habitual. Ele tinha leves olheiras, o que não era surpreendente para alguém que ficara fora até tarde.

Ela guardou Cortana na bainha às suas costas quando James sacou uma carta do bolso e a entregou com um sorriso; Cordelia via o nome de Lucie escrito na frente.

— Como sabia que isto era para mim? — perguntou ela. Suas mãos tremiam quando ela pegou a carta de James e começou a abrir.

— Matthew me contou — disse ele. — Acredito que ele esteja distraindo Lucie na copa, embora não seja possível dizer quanto tempo vai levar.

— Não tem problema, sabe... confio em Lucie — disse Cordelia. — Se eu não estivesse preparada para que ela lesse a carta, não teria feito com que fosse enviada para cá.

— Eu sei — falou James. — Mas é a *sua* carta. Por que você não deveria ler primeiro? Na verdade, se quiser que eu vá embora, não tem problema.

— Não — disse Cordelia, baixando o olhar para ver as linhas escritas por Charlote. — Não... por favor, fique.

Querida Lucie,

Espero que esteja bem, e querida Cordelia também. Temo que tenha apenas um fragmento de notícia, pois a situação com Elias Carstairs foi adiada enquanto a emergência atual é tratada. Fizemos, de fato, uma tentativa de julgar Elias com a Espada Mortal, mas infelizmente a situação não foi esclarecida, pois Elias não tem lembranças do evento da noite da batalha. É uma questão muito complicada. Por favor, dê minhas lembranças a Cordelia. Estou ansiosa para retornar a Londres e ver você em breve.

Com amor,
Charlotte

Cordelia se sentou no parapeito da janela.

— Não entendo — sussurrou ela. — Por que ele não se lembraria?

James franziu as sobrancelhas.

— O que quer dizer? O que aconteceu?

— Você sabe que meu pai será julgado em breve — disse ela lentamente.
— Em Idris.

— Sim — respondeu ele. — Eu não queria me intrometer. Nem mesmo pedi detalhes a Lucie, embora estivesse curioso. — Ele se sentou ao lado dela no parapeito. — Não vou mentir. Ouvi cochichos por aí. Mas não me fio muito em cochichos. Houve muitos a respeito de mim e minha família, e muitos deles falsos, de modo que prefiro meu julgamento ao dos outros.
— Ele apoiou a mão na dela. — Se quiser compartilhar a verdade comigo, eu ficaria feliz em ouvir, mas a escolha é sua, Daisy.

Os dedos dele estavam quentes e calejados, ásperos com cicatrizes. James parecia diferente, pensou Cordelia de novo. Mais... presente. Como se ele estivesse ali no momento, e não mantendo o mundo a um braço de distância.

A história toda saiu num jorro: a doença do pai nos últimos anos, levando à necessidade das muitas mudanças de um lugar para outro, a aquiescência dele em ajudar com a expedição, o desastre que se seguira, a prisão, a jornada da família para Londres, o julgamento iminente, as tentativas de Cordelia de encontrar uma forma de salvar a família.

— Matthew foi bastante gentil em planejar para que eu recebesse esta carta, mas é outro beco sem saída. Não sei como ajudar meu pai.

James pareceu pensativo.

— Daisy, sinto muito mesmo. Essa ajuda... isso é uma missão para seus amigos, e sou um desses amigos.

— Não há nada que ninguém possa fazer — disse Cordelia. Pela primeira vez se sentiu desesperançosa em relação ao pai.

— Não necessariamente — falou James. — Considerando quem é a mãe de meu *parabatai*, ouço mais sobre o processo legal da Clave do que acharia ideal. Posso lhe dizer que se o julgamento vai ocorrer sem a Espada Mortal, precisará depender de testemunhos e de testemunhas abonatórias, a fim de atestar o caráter dele.

— Testemunhas abonatórias? Mas meu pai conhece tão pouca gente — falou Cordelia. — Sempre fomos nômades, não ficamos nem mesmo em Cirenworth por longos períodos de tempo...

— Ouvi muitas histórias sobre seu pai — prosseguiu James. — A maior parte delas de Jem. Depois que os pais de Jem foram mortos pelo demônio

Yanluo, foi Elias quem rastreou o demônio com Ke Yiwen e o matou, salvando inúmeras vidas. Seu pai pode ter estado cansado e doente nos últimos anos, mas antes disso ele foi um herói, e a Clave precisa ser lembrada disso.

A esperança começou a voltar para o coração de Cordelia.

— Meu pai raramente fala sobre a vida antes de ele montar nossa família. Acha que poderia me ajudar a descobrir os nomes dessas testemunhas? Embora — acrescentou ela apressadamente — eu entenda se não puder. Sei que Grace vai precisar de você agora, com a mãe dela doente.

James hesitou.

— Não tenho mais um entendimento com Grace.

— O quê?

Ele puxara as mãos de volta; estavam trêmulas. Cordelia percebeu com um leve choque que a pulseira não estava mais no pulso dele. Grace provavelmente pegara de volta.

— Você é a primeira pessoa para quem conto, à exceção de Matthew. Ontem à noite...

Christopher explodiu na sala como um pequeno ciclone. Estava sem chapéu e usava uma sobrecasaca que provavelmente pertencera ao pai dele, com estampa estilo espinha de peixe e vários buracos queimados nos punhos.

— Aqui estão vocês — disse ele, como se o tivessem traído por não estarem em um lugar mais fácil de ser descoberto. — Trago notícias.

James ficou de pé.

— O que é, Kit?

— Aquelas lascas de madeira que me mandou — começou Christopher. — Thomas e eu conseguimos analisá-las usando o laboratório na taverna.

— As lascas de madeira? Aquelas que achamos que pudessem ser armas? — disse Cordelia.

Christopher assentiu.

— O curioso é que o ácido que queimou a madeira era o sangue de algum tipo de demônio, e havia resíduo demoníaco na madeira, mas apenas em um dos lados de cada lasca.

Os olhos de James se arregalaram.

— Como é?

— Apenas um lado de cada lasca — repetiu Christopher, obedientemente.

— Como se tivesse sido colocado ali deliberadamente.

— Não. — James levou a mão ao bolso e pegou um papel dobrado. Cordelia reconheceu o desenho que ele e Matthew encontraram na casa de Gast. Ele o estendeu para Cordelia. — Eu pretendia perguntar a você antes — disse ele com urgência na voz. — Quando vi isto pela primeira vez, pensei que fossem Marcas, não sei o que diabo estava em minha cabeça. Alguns destes são símbolos alquímicos, mas os outros são claramente uma escrita persa antiga, provavelmente da era Aquemênida.

Cordelia pegou o papel de James. Não tinha conseguido analisá-lo com calma antes, mas James estava certo — sob os estranhos símbolos havia um nome em persa antigo. A escrita cuneiforme *parecia* um pouco com Marcas, mas ela a reconheceu imediatamente; sua mãe insistira que ela e Alastair aprendessem pelo menos um pouco da língua de Dario, o Grande.

— *Merthykhuwar* — disse ela lentamente. — É um nome para um tipo de demônio que existia na Pérsia há muito tempo. Caçadores de Sombras o chamam de Mandikhor.

— Até mesmo os mundanos têm um nome para ele — disse James. — Mantícora. — Ele olhou para Christopher. — Sei o que são as lascas agora. Como não percebi? São restos de uma caixa Pyxis.

— Uma Pyxis? — Cordelia se espantou. Há muito tempo, Caçadores de Sombras tinham desenvolvido compartimentos de madeira chamados caixas Pyxis para prender a essência dos demônios caçados; depois da Guerra Mecânica, quando Axel Mortmain usou uma Pyxis para transferir almas de demônios para monstros mecânicos, elas foram abandonadas pelos Nephilim. Ninguém as usava havia anos.

— Já vi uma Pyxis, na Academia — falou James. — Se um demônio estivesse preso numa Pyxis e escapasse, isso explicaria por que havia resíduo de demônio em apenas um lado da madeira, o de dentro. E as marcas nas lascas lembram os símbolos alquímicos que eram entalhados em caixas Pyxis...

O som de passos pelo corredor os interrompeu. A porta se escancarou de novo; desta vez eram Matthew e Lucie, com cara de preocupados. Christopher, que tirara uma lâmina serafim do cinto, a abaixou aliviado.

— Graças a Raziel. Achei que fosse um demônio atacando.

Matthew deu a Christopher um olhar sombrio.

— Guarde isso — disse ele. — Não quero ser esfaqueado; sou jovem e belo demais para morrer.

— Vejo que se distraiu em sua busca pelas meias, James — zombou Lucie. — Bridget veio e nos disse que Christopher estava aqui. O que está havendo? Aconteceu alguma coisa?

— Muitas coisas, na verdade — falou Christopher. — Podemos discutir tudo isso na Taverna do Diabo. Thomas está esperando lá, e não quero deixá-lo sozinho.

A Taverna do Diabo era uma construção parcialmente revestida em madeira na Fleet Street, com amplas vidraças reluzentes que pareciam dividir a luz, deixando o interior do pub escuro e sombreado. Havia poucas pessoas lá dentro, apenas alguns homens curvados sobre canecas altas de cerveja. Um lobisomem grisalho que atendia no bar e sua garçonete de olhos arregalados ficaram observando quando Lucie, Cordelia, James, Christopher e Matthew atravessaram o salão e subiram os degraus, os olhares curiosos.

Cordelia não ficou surpresa ao ver que as paredes dos aposentos dos Ladrões Alegres estavam cheias de livros de aparência fascinante. Havia um painel de dardos que parecia antigo, com várias adagas de arremesso cravadas na tábua vermelha e preta já um tanto marcada. Havia um canto com placas de metal fixadas às paredes e uma mesa de trabalho robusta com tampo de aço, sobre a qual havia um conjunto de balanças de bronze reluzentes e uma caixa de madeira de cerveja relativamente surrada cheia de tubos de ensaio de vidro, retortas e outras parafernálias de química. Um laboratório móvel para Christopher, presumiu Cordelia.

Um sofá baixo com estofado de crina de cavalo estava posicionado diretamente na frente de uma lareira cuja cornija exibia um busto de Apolo, no qual estava gravado um verso sobre vinho. Thomas estava sentado no sofá com um livro na mão. Os ombros largos estavam caídos, os olhos tomados de olheiras pela exaustão. Mesmo assim, seu rosto se iluminou quando ele viu os amigos.

— Tom — disse James. Então avançou e afundou ao lado do amigo no sofá desgastado, apoiando a mão no ombro dele. James olhou para cima e notou os demais ainda hesitantes. Indicou para que se aproximassem. Era sempre James, pensou Cordelia enquanto eles puxavam cadeiras. Sempre James mantendo o grupo unido, reparando quando precisavam uns dos outros.

Thomas apoiou o livro no colo; Cordelia ficou impressionada ao ver que era um livro de poesia Sufi, os versos de Hafiz e Ibn al-Farid, escritos em persa e árabe.

— Cordelia — disse Thomas. Parecia cansado, como se sua voz tivesse ficado lenta devido ao luto. — Lucie. Fico feliz em ver vocês.

— Bem-vindas ao nosso santuário, moças — disse Matthew, abrindo a tampa de seu frasco de bebida. — Christopher recuperou bastante desta mobília para nós. Como rei Arthur e seus cavaleiros, preferimos nos sentar a uma mesa redonda para que sejamos todos iguais.

— E também — acrescentou Christopher, tirando um livro das prateleiras e entregando a James —, era a única mesa que minha mãe estava disposta a dar.

— Eu não podia ir para Idris — disse Thomas, muito subitamente, como se alguém tivesse perguntado por que ele ainda estava em Londres. — Quero ver Eugenia, mas preciso ficar aqui. Preciso ajudar Kit a encontrar a cura para essa doença demoníaca ou veneno, ou o que quer que seja. O que aconteceu com minha irmã não pode acontecer com outra pessoa.

— Às vezes o luto e a preocupação precisam tomar a forma de ação — disse Cordelia. — Às vezes é insuportável ficar sentado esperando.

Thomas lançou a ela um olhar de gratidão.

— Exatamente isso — disse. — Então... Christopher contou a vocês sobre as lascas?

— Sim — exclamou Christopher —, e James percebeu que as lascas são de uma Pyxis.

— Uma Pyxis? — repetiu Thomas. — Mas elas foram destruídas depois da Guerra Mecânica. Não são seguras... lembrem-se do que aconteceu na Academia.

— *A maioria* das Pyxis foram destruídas depois da Guerra Mecânica — falou James. — No apartamento de Gast, no entanto, eu achei um desenho.

Parecia-se bastante com o desenho de uma caixa comum, ele não era um artista muito bom...

— Ah, o desenho com as Marcas trêmulas ao redor? — comentou Matthew.

— Não eram Marcas — falou James. — Eram símbolos alquímicos... do tipo que se entalha numa caixa Pyxis.

— Ah! — exclamou Lucie. — As marcas nas lascas. Eram símbolos alquímicos também. É claro.

— Não era só isso — continuou James. — No papel, Gast rabiscara uma palavra em persa antigo. Cordelia conseguiu traduzir.

Ele olhou para ela com expectativa.

— Era o nome de um demônio — falou Cordelia. — *Merthykhuwar.* — Ela franziu a testa. Tais demônios tinham figurado em antigas histórias de sua infância; ela sempre pensara neles como quase míticos, como dragões. — Em persa moderno seria *Mardykhor*. Mas Caçadores de Sombras... Caçadores de Sombras chamam de Mandikhor. Diz-se que são terrivelmente venenosos.

— Acha que Gast conjurou um demônio Mandikhor? — perguntou Matthew. — Mas não deveriam estar extintos? E o que eles têm a ver com caixas Pyxis?

James abriu o livro que Christopher lhe entregara e pôs no rosto um par de pequenos óculos de leitura, de armação dourada. Cordelia sentiu um aperto no peito, como se tivesse rasgado um pedacinho de seu coração, como um pedaço de tecido agarrado num espinho. Ela desviou o olhar de James e seus lindos óculos. Precisava encontrar outra pessoa para despejar aqueles sentimentos. Ou alguém para lhe despertar outro tipo de sentimento. Qualquer coisa para parar de se sentir daquele jeito.

Ela ainda tentava não pensar nas coisas que ele dissera na sala de treino. *Eu não tenho mais um entendimento com Grace.* Mas por quê? O que poderia ter acontecido entre eles, e assim tão rapidamente?

— O Mandikhor está tanto aqui quanto lá, pode ser um ou muitos — citou James. — Veja bem, uma das coisas mais terríveis sobre o Mandikhor é que ele é capaz de se dividir em muitos pedaços, cada um deles é um demônio individual e uma parte da criatura original. É por isso que é melhor capturá-los em caixas Pyxis. O Mandikhor é difícil de matar, em parte porque pode produzir um fluxo interminável de demônios menores; você se veria incapaz de sequer se aproximar dele. Mas com uma Pyxis, se usar a caixa para capturar o Mandikhor, os demônios menores desaparecerão.

— Ele ergueu os olhos do livro. — Comecei a imaginar que fosse uma Pyxis quando Christopher me contou sobre as lascas. A tradução de Cordelia confirmou. Eu sabia que Gast devia ter conjurado um dos poucos demônios cuja captura exigiria uma Pyxis. Nesse caso, o Mandikhor.

— Mas não se parece em nada com aquelas criaturas que nos atacaram no parque — falou Christopher, olhando por cima do ombro de James. O livro era ilustrado, mas Cordelia não precisava vê-lo: sabia qual era a aparência de um Mandikhor. Cauda de escorpião, corpo de leão, fileira tripla de mandíbulas pingando veneno.

— Tenho quase certeza de que aqueles eram os Khora — sugeriu Cordelia. — Os demônios menores que se sintetizaram do Mandikhor. Eles não se parecem com o principal. E deve ser por isso que Gast se referiu ao demônio no singular, ele conjurou *mesmo* um demônio. Ele se dividiu em demônios menores depois.

— Então alguém contratou Gast para conjurar um Mandikhor e prendê-lo em uma Pyxis — disse Lucie. — Mas quando ele voltou para o apartamento com o demônio preso na caixa, eles o emboscaram e mataram, e libertaram a criatura.

— Gast não é a mente por trás disso — concordou James. — Ele era uma ferramenta, útil apenas para construir uma Pyxis e conjurar o demônio. Outra pessoa está organizando os movimentos e os ataques dele.

— Não *apenas* conjurar o demônio — falou Lucie. — Lembrem-se do que Ragnor disse: Gast o conjurou de tal forma, usando magia dimensional, que ele está protegido da luz do sol.

Todos trocaram olhares. Cordelia sabia o que os demais estavam pensando: quem poderia ter contratado Gast? Não havia outra motivação senão espalhar o derramamento de sangue, o contágio e a morte?

Thomas passou a mão pelos cabelos densos.

— Se o demônio fosse preso e morto, o que aconteceria com os nossos que estão envenenados? Eles melhorariam?

James fez que não com a cabeça.

— Os doentes não serão curados. Ainda precisamos de um antídoto. Mas os demônios irão embora, e isso é um belo começo. — Ele apoiou o livro. — O Enclave tem buscado esses demônios sem sucesso, como poderiam adivinhar que estavam buscando as crias de uma criatura extinta? Mas agora que sabemos que é um Mandikhor...

— Nas histórias sobre os demônios *Merthykhuwar*, eles fazem seus lares entre espaços — disse Cordelia lentamente. — Por exemplo, na fronteira entre dois países, ou no meio de uma ponte. Em algum lugar que não é nem aqui, nem lá.

James tirou os óculos; ele estava mordendo o lábio pensativamente.

— Quando fui para o Mundo das Sombras, do salão de baile — disse ele —, vi, entre outras coisas, a Tower Bridge. Uma luz vermelha estranha se projetava dela. Acho...

Matthew se aprumou.

— Sabemos que Gast conjurou o demônio de uma ponte — disse ele. — Um lugar entre dois, como Cordelia disse. Talvez ainda resida lá.

— Então se fôssemos até a Tower Bridge, com uma Pyxis, é possível que possamos recapturar o Mandikhor? — disse Lucie. — E então os Khora desapareceriam... como se o demônio tivesse morrido?

— Sim, mas precisaríamos obter uma Pyxis primeiro — disse Christopher, de modo prático. — Isso seria difícil.

— Mas talvez não impossível — falou Matthew. Ele estava tamborilando incansavelmente no braço da cadeira, os cabelos e a gravata desarrumados. — Se a maioria foi destruída depois da Guerra Mecânica...

— Restam algumas — falou James. — Infelizmente, estão em Idris.

— Eu temia que você fosse dizer isso — murmurou Matthew, pegando o frasco de novo. — Acho que a Clave notará se desaparecermos de Londres e reaparecermos em Idris, perambulando pela Gard como caçadores de tesouro.

James deu a ele um olhar exasperado.

— As únicas Pyxides que a *Clave* possui estão em Idris. Há outras. Só precisamos encontrar uma. Há uma loja em Limehouse...

— Esperem — disse Cordelia de repente. — Uma caixa coberta de símbolos alquímicos... o *ourobouros* é um símbolo alquímico, não? Matthew, não vimos uma caixa com um desenho de serpente nela? Na Hell Ruelle?

Matthew se sobressaltou.

— Sim — disse ele. — No aposento de Hypatia Vex. Uma caixa de madeira com um símbolo de *ourobouros* pirogravado nas laterais. Faz sentido; Hypatia é uma colecionadora inveterada.

— Excelente — disse Christopher. — É só dizermos a ela que precisamos da caixa, então.

— Vá em frente, se você gosta de ser transformado em armário para porcelanas — disse James. — Hypatia não gosta de Caçadores de Sombras. — Ele pareceu pensativo. — Mas bem lembrado, Daisy. Deve haver um jeito de chegarmos a ela.

— Poderíamos roubar a Hell Ruelle — falou Thomas.

— E usar máscaras — disse Lucie, ansiosa. — Como saqueadores de estrada.

— Apenas um tolo roubaria Hypatia Vex — disse Matthew. — E que não seja dito que Matthew Fairchild é um tolo. Pelo menos que não seja dito em meu julgamento. Eu acharia muito ofensivo.

— Acho que Christopher está certo — falou Cordelia. — Deveríamos pedir a Hypatia.

Christopher pareceu igualmente chocado e satisfeito.

— Deveríamos?

— Bem, não nós — disse Cordelia. — É verdade que ela não gosta da maioria dos Caçadores de Sombras. Mas há com certeza pelo menos uma de quem ela gosta muito.

— Daisy, querida, estou encantada em ver você — declarou Anna. — Embora seja absolutamente rude aparecer sem avisar na hora do chá. Simplesmente não haverá bolo para todos. As moças comerão bolo e os rapazes não comerão nada. Não há outro jeito justo de fazer isso.

O apartamento na Percy Street permanecia um alegre oásis de caos. Talvez fosse ainda mais caótico do que na última visita de Cordelia. Uma fita com ponta de renda, a qual Cordelia suspeitava ter vindo do corselete de uma moça, adornava uma das facas presas à cornija de Anna, balançando vistosamente de um cabo encrustado de joias. O sofá dourado de Anna e as poltronas descombinadas estavam todos ocupados pelas pessoas ali. Thomas, alto demais para as poltronas, estava esticado no tapete diante da lareira, com as botas apoiadas no balde de carvão. Sobre a mesinha, Anna dispusera, com o ar de uma anfitriã magnífica, um bolo de fruta que ela chamava de *barmbrack*, e um bolo esponja vitoriano que comprara de um confeiteiro.

— Estas são sobremesas injustas — disse James.

— O mundo é injusto, meu amor — disse Anna a ele. Ela estava empoleirada no braço da poltrona alta e de encosto largo onde Christopher estava, balançando um pé calçado em bota diante do corpo, e distraidamente abaixou a mão para acariciar o cabelo de Thomas. As mechas finas deslizavam entre seus longos dedos cheios de cicatrizes. — É claro que eu ofereceria bolo a *você*, querido primo, se achasse que isso aliviaria seu coração.

Thomas deu a ela um olhar carinhoso, porém cansado.

— Acho que, neste caso, ajuda seria melhor do que bolo.

— Por favor — disse Anna. — Contem-me o que está acontecendo.

Conforme James ia explicando que eles precisavam de uma Pyxis, embora não precisamente por quê, deixando implícito que estava relacionado aos ataques de demônios, Cordelia olhava de um lado a outro entre os primos, James e Anna. De muitas formas, os dois pareciam mais irmãos do que James e Lucie, ou Anna e Christopher. Tinham os mesmos cabelos negros de corvo, como o de Will e Cecily, e o mesmo rosto delineado e anguloso. E os dois usavam a inteligência como armadura, mentes aguçadas e respostas afiadas protegendo qualquer vulnerabilidade que houvesse por baixo.

— Então — concluiu James —, achamos que talvez esta noite na Hell Ruelle...

Anna ergueu uma sobrancelha.

— Ah, sim, quanto a isso. Deixe-me ser perfeitamente clara em relação ao que estão pedindo: querem que eu seduza uma feiticeira para pegar para vocês uma caixa tragicamente antiquada a qual, sem dúvida, abrigará um perigoso demônio? — Anna examinou todos no cômodo. — Como vocês se decidiram por esse plano? E por que, em nome de Raziel, não contaram a ninguém mais sobre isso?

— Porque é um palpite nosso? — arriscou Matthew.

— Porque não podemos — disse Lucie rigorosamente. — Fizemos um juramento para proteger a fonte que nos deu a informação na qual nossos *palpites* se baseiam. Não podemos nem contar a você, querida Anna. Precisa simplesmente confiar em nós que é por um bom motivo.

Anna ergueu as mãos.

— Tudo bem. Perderam a cabeça, todos vocês.

James deu um sorriso torto.

— Não acha que conseguiria?

— Humpf. — Anna brincava com seu relógio, de modo que a corrente captou a luz e brilhou. — Eu conseguiria. Mas é completamente contra meu código. É contra minha política rigorosa seduzir alguém duas vezes.

— Eu não sabia que você tinha seduzido Hypatia uma vez — disse Matthew.

Anna acenou, impaciente.

— Faz séculos. Como acha que fui convidada para a Hell Ruelle para início de conversa? Sinceramente, Matthew.

— Como acabaram as coisas com Hypatia? — perguntou Lucie. — Ela saiu de coração partido? Nesse caso, ela pode querer... vingança.

Anna revirou os olhos.

— Espere um momento, minha querida romancista. Na verdade, todos vocês esperem aqui, exceto Cordelia. Você vem comigo, Daisy.

Ela se levantou do braço da poltrona e caminhou até o outro lado da sala, saltitando por alguns passos e desaparecendo atrás de uma porta de madeira. Cordelia ficou de pé, alisou os babados do vestido, meneou as sobrancelhas para Lucie e marchou ao infame quarto de Anna Lightwood.

Era surpreendentemente comum. Se Cordelia esperava desenhos escandalosos ou cartas de amor manchadas de lágrimas presos às paredes, não havia nenhum. Em vez disso, havia charutos espalhados com garrafas de colônia numa mesa de nogueira surrada, um colete azul como as penas de um martim-pescador jogado negligentemente sobre um biombo envernizado. A cama estava desfeita, os lençóis um emaranhado de seda.

Quando Cordelia fechou a porta cuidadosamente, Anna ergueu o rosto, lançando um sorriso e um embrulho de cores alegres. Cordelia o pegou por reflexo. Era um longo rolo de tecido: uma seda azul.

— O que é isto? — perguntou Cordelia.

Anna se apoiou num dos mastros da cama, as mãos nos bolsos.

— Faça-me um agrado. Segure isto contra o corpo.

Cordelia fez como lhe foi pedido. Talvez Anna estivesse mandando fazer um vestido para uma amante? E usando Cordelia como modelo?

— Sim — murmurou Anna. — O tom se adequa bem à sua cor. Assim como vinho, acho, ou um dourado ou açafrão intensos. Nada desses tons pastel insípidos que todas as moças estão usando.

Cordelia passou a mão pelo tecido.

— Não achei que você gostasse de vestidos.

Anna deu de ombros, um gesto breve.

— Usá-los era como ter minha alma numa prisão de anáguas, mas estimo profundamente uma linda mulher em um vestido que combina com ela. Na verdade, uma das minhas amantes preferidas, uma moça que me distraiu por quase duas semanas, era uma *belle* que você deve conhecer dos jornais de moda mundanos.

— Isto é para ela? Ela é... — começou Cordelia, encantada.

Anna gargalhou.

— Eu jamais contarei. Agora largue isto e venha comigo. Já tenho o que eu precisava.

Ela estendeu um pequeno livro de memorandos de capa preta. Cordelia nem mesmo a vira pegá-lo. As duas saíram do quarto, Anna agitando o livro acima da cabeça, triunfante.

— Isto — anunciou ela — vai ter as respostas a todas as suas perguntas.

Os ocupantes da sala ergueram o rosto. Lucie, Christopher e Matthew estavam brigando por bolo — embora, Cordelia vira, Thomas já tivesse se servido de um pedaço. James olhava para o buraco frio da lareira, a expressão distante.

Matthew ergueu o rosto, seus olhos febrilmente brilhantes.

— Esta é sua lista de conquistas?

— É claro que não — declarou Anna. — É um livro de memorandos... sobre minhas conquistas. Há uma importante, porém significativa distinção nisso.

Cordelia afundou novamente no sofá ao lado de Lucie, que conseguira garantir um pedaço do bolo. Matthew se recostou na estrutura do sofá ao lado dela; James olhava para Anna agora, seus olhos da cor da luz do sol entre folhas amarelo-claro.

Anna folheou o livro. Havia muitas páginas, e muitos nomes escritos com a caligrafia firme e alongada.

— Hum, vejamos. Katherine, Alicia, Virginia... uma escritora muito promissora, você deveria ficar de olho no trabalho dela, James... Mariane, Virna, Eugenia...

— Não é minha irmã Eugenia, não é? — Thomas quase virou o bolo.

— Ah, provavelmente não — disse Anna. — Laura, Lily... ah, Hypatia. Bem, foi um breve encontro, e suponho que seja possível dizer que ela me seduziu...

— Bem, isso não me parece muito justo — disse James. — Como alguém resolvendo um caso antes de Sherlock Holmes. Se eu fosse você, iria encarar como um desafio, como se para um duelo.

Matthew riu. Anna fuzilou James com um olhar sombrio.

— Sei o que está tentando fazer — disse ela.

— Está funcionando? — falou James.

— Possivelmente — respondeu Anna, voltando a olhar o livreto. Cordelia não podia deixar de se perguntar: o nome de Ariadne estaria ali? Ela era considerada uma conquista agora, ou algo... alguém diferente?

— Gosto do rigor científico com o qual você aborda esse projeto, Anna — disse Christopher, que sujara de geleia a manga da camisa. — Mas não acho que conseguiria colecionar tantos nomes e também me dedicar à ciência. Consome tempo demais.

Anna gargalhou.

— Quantos nomes você gostaria de colecionar, então?

Christopher inclinou a cabeça, um breve franzir de testa de concentração percorrendo seu rosto, e não respondeu.

— Eu só gostaria de um — disse Thomas.

Cordelia pensou nos traços delicados da rosa dos ventos no braço de Thomas, e se perguntou se ele teria uma pessoa especial em mente.

— Tarde demais para eu ter uma só — declarou Matthew distraidamente. — Pelo menos posso ter esperança de reunir vários nomes numa lista cuidadosa, porém entusiasmadamente seleta.

— Ninguém jamais tentou me seduzir — anunciou Lucie, triste. — Não precisa me olhar assim, James. Eu não cederia à sedução, mas poderia imortalizar a experiência em meu romance.

— Seria um romance muito curto, até colocarmos as mãos no cafajeste e o matarmos — disse James.

Houve um coro de risadas e discussão. O sol da tarde estava mergulhando no céu, os raios refletindo-se nos cabos encrustados de joias das facas na cornija de Anna. Elas projetavam imagens de arco-íris tremeluzentes nas paredes douradas e verdes. A luz iluminava o apartamento surrado e alegre, causando uma dorzinha no coração de Cordelia. Era um lugar tão aconchegante, de uma forma que sua grande e fria casa em Kensington não era.

— E você, Cordelia? — disse Lucie.

— Hum — respondeu Cordelia. — Esse é o sonho de todos, não é? Em vez de muitos que lhe deem pedacinhos deles, um que lhe dê tudo.

Anna gargalhou.

— Procurar por seu alguém especial é o que leva a toda a tristeza deste mundo — disse ela. — Buscar muitos é o que leva a toda a diversão.

Cordelia encontrou o olhar de James, em parte por acidente. Ela viu a preocupação nos olhos dele — havia algo de amargo na risada de Anna.

— Então isso vai ser divertido — disse Cordelia rapidamente. — Seduzir Hypatia. Afinal, para que servem as regras se não para serem quebradas?

— É um excelente argumento — disse Matthew, roubando um pedaço de bolo do prato de Lucie. Ela bateu na mão dele.

— E obter essa Pyxis pode ajudar muita gente — falou Cordelia. — Poderia ter ajudado Barbara. Ainda pode ajudar Ariadne.

O azul dos olhos de Anna escureceu.

— Ah, muito bem. Vamos tentar. Pode ser divertido. No entanto...

— No entanto o quê? — disse Christopher. — Se não tem as roupas adequadas, posso lhe emprestar meu colete novo. É laranja.

Anna estremeceu.

— Laranja não é a cor da sedução, Christopher. Laranja é a cor do desespero, e de abóboras. Independentemente disso, tenho todas as roupas das quais preciso. No entanto — ela estendeu um dedo, a unha bem curtinha —, a Hell Ruelle não se reúne toda noite. O próximo *salon* será amanhã.

— Então iremos amanhã — disse James.

— Não podemos de modo algum ir todos ao Hell Ruelle — disse Anna. — Hypatia não gostaria se aparecêssemos em bando. Um bando não é digno.

— Faz sentido que eu vá — disse Matthew. — Eles me conhecem lá.

— Eu também deveria ir — sugeriu James. — É possível que meu poder de sombras seja útil. Já usei antes para... adquirir certas coisas.

Todos pareceram confusos, mas a expressão de James sugeria que um pedido de esclarecimento não seria bem aceito.

Anna deu seu sorriso lento e doce, como uísque e mel.

— E Cordelia também, é claro — disse ela. — Uma bela moça é sempre uma distração, e precisaremos distrair bastante.

James e Matthew olharam, ambos, para Cordelia. *Não vou corar,* disse ela a si, ferozmente. *Não vou.* Ela desconfiava estar prestes a engasgar.

— Mas que diabo — disse Lucie. — Já vi que vou ser excluída.

Anna se virou para ela.

— Lucie, você é muito necessária. No Instituto. Veja bem, há uma reunião de todo o Enclave amanhã à noite, e eu tinha planejado participar. Aparentemente há notícias relevantes.

Lucie pareceu confusa. Reuniões do Enclave eram restritas a membros da Clave maiores de 18 anos. Apenas Anna e Thomas se qualificavam.

— Eu posso participar — disse Thomas com certa relutância. — Embora não esteja animado para ficar numa sala cheia de gente me olhando com uma porcaria de compaixão.

Todos olharam para ele surpresos; Thomas raramente xingava.

— Eu não estava pensando em participação direta — disse Anna. — Pode ser que eles moderem o que têm a dizer se você estiver lá. É melhor espioná-los.

— Ah, espionagem — disse Lucie. — Perfeito. Eles vão se reunir na biblioteca; sei qual sala fica acima dela. Podemos espioná-los do alto. Christopher conseguirá analisar o que dizem de uma perspectiva científica, e Thomas se lembrará de tudo com sua memória excelente.

Ela sorriu, e Cordelia também teve vontade de sorrir. Escondida na praticidade de Lucie havia grande bondade, ela sabia, Thomas perdera a irmã e estava desesperado para se ocupar, para agir. Lucie estava lhe proporcionando justamente isso.

Thomas pareceu entender também. Ele sorriu para Lucie... o primeiro sorriso que Cordelia vira nele desde a morte de Barbara.

— Espionagem então — disse ele. — Finalmente alguma coisa para se ansiar.

14
Entre leões

Ela deixou cair sua luva, para provar o amor dele,
e então olhou para ele e sorriu;
Ele se curvou, e em um momento saltou entre os
selvagens leões:
O salto foi rápido, o retorno foi rápido, ele recuperou
seu lugar,
Então atirou a luva, mas não com amor, bem no rosto
da moça.
— Por Deus! — disse Francis —, perfeito! — E ele se
levantou de onde estava sentado:
— Não amor — recitou ele —, mas a vaidade impõe
ao amor tal tarefa.

— Leigh Hunt, "The Glove and the Lions"

James insistiu em acompanhar Cordelia até sua casa, embora a distância entre a Percy Street e a Kensington não fosse pequena. Anna levara Matthew embora numa tarefa secreta, e Thomas, Christopher e Lucie tinham retornado à Taverna do Diabo para pesquisar o funcionamento das caixas

Pyxis. Cordelia desejara poder ficar com eles, mas conhecia os limites da paciência de sua mãe. Sona certamente estaria imaginando seu paradeiro.

    O crepúsculo se aproximava, a sombra se adensando sob as árvores da Cromwell Road. Apenas algumas carruagens puxadas por cavalos passavam sob a luz azul. Era quase como se tivessem a cidade só para eles; não estavam disfarçados por encantamento, mas ainda assim ninguém lhes lançava mais do que olhares de esguelha de curiosidade distraída ao passar pela grande pilha de tijolos que era o Museu de História Natural. Estavam provavelmente olhando para James, pensou Cordelia: assim como o pai, ele atraía olhares sem fazer esforço. E sob o anoitecer, os olhos dele a faziam se lembrar dos olhos de tigres que ela vira no Rajastão, dourados e atentos.

    — Foi astuto da sua parte pensar em Anna — disse James. Cordelia olhou para ele com alguma surpresa; estavam conversando levianamente sobre escolaridade: Cordelia fora educada por Sona e um grupo de tutores que eram trocados frequentemente. James fora para a Academia de Caçadores de Sombras por apenas alguns meses; e lá conhecera Thomas, Matthew e Christopher, responsáveis por explodir uma ala da Academia. O episódio rendeu uma expulsão coletiva, exceto para Thomas, mas ele não quisera ficar na Academia sem seus amigos, e assim retornara para Londres espontaneamente após o fim do período letivo. Durante os últimos três anos, os Ladrões Alegres foram educados por Henry Fairchild e Sophie Lightwood.

    — Eu fiquei feliz por ter você com a gente hoje.

    — A presença tranquilizante da mão feminina? — provocou Cordelia.

    — Lucie poderia fazer isso.

    James riu. Havia uma leveza graciosa no andar dele que Cordelia não notara assim que chegara a Londres. Como se ele tivesse soltado um fardo pesado que vinha carregando, embora isso fizesse pouco sentido sob as circunstâncias.

    — Lucie não se incomodaria. Familiaridade leva a rancor, receio, e, para nós, somos seu irmão e seus amigos ridículos. Eu me preocupo às vezes...

    Ele se calou. O vento soprou as abas de seu paletó diurno preto. Elas voavam como asas junto ao corpo.

    — Está preocupado com Lucie? — perguntou Cordelia, um pouco confusa.

— Não é isso — falou James. — Suponho que eu me preocupe que todos caiamos em nossos papéis com muita facilidade, Christopher, o cientista, Thomas, o gentil, Matthew, o libertino. E eu... não sei o que eu sou, exatamente.

— Você é o líder — disse Cordelia.

Ele pareceu divertir-se.

— Sou?

— Vocês quatro são muito unidos — disse Cordelia. Qualquer um vê isso. E nenhum de vocês é tão simples. Thomas é mais do que apenas gentil, e Christopher é mais do que béqueres e tubos de ensaio, Matthew mais do que esperteza e coletes. Cada um de vocês segue a própria estrela, mas você é o fio que une os quatro. Você é aquele que vê do que todos precisam, se alguém requer cuidados essenciais dos amigos, ou mesmo se requer ser deixado em paz. Alguns grupos de amigos se separam, mas você jamais deixaria isso acontecer.

A diversão de James se fora. Quando ele falou, a voz saiu levemente embargada:

— Então eu sou aquele que mais se importa, é isso?

— Você tem um grande poder de se importar dentro de você — disse Cordelia, e por um momento foi um alívio dizer essas palavras, dizer o que ela sempre achara de James. Mesmo quando o observara apaixonado por Grace, e sentira dor diante daquilo, também se perguntara sobre o significado de ser amada por alguém com tal capacidade para amar. — É sua força.

James virou o rosto.

— Algum problema? — perguntou ela.

— Naquela noite em Battersea Bridge — começou James. Agora tinham chegado à casa de Cordelia, mas permaneciam na calçada, à sombra de uma faia. — Grace me perguntou se eu fugiria com ela. Se cortaria os laços com minha família, me casaria com ela na Escócia, e recomeçaríamos como mundanos.

— Mas... Mas seus pais, e Lucie... — Os pensamentos de Cordelia foram imediatamente para a amiga. Ao jeito como Lucie ficaria arrasada por perder o irmão daquela forma. Como se ele tivesse morrido, mas quase pior, porque ele teria escolhido deixá-los.

— Sim — falou James. — E meu *parabatai*. Todos os meus amigos. — Os olhos de tigre brilharam no escuro. — Eu me recusei. Fracassei com ela. Fracassei em amá-la como deveria. Não tenho certeza se essa coisa de me importar pode ser considerada minha força.

— Não foi amor que ela pediu — disse Cordelia, subitamente furiosa. — Isso não é amor. Isso é um teste. E o amor não deveria ser testado dessa forma. — Ela parou. — Desculpe. Eu não deveria... Não consigo entender Grace, então eu não deveria julgá-la. Mas certamente não é o motivo pelo qual sua compreensão terminou, não é?

— Não tenho certeza se conheço a verdadeira razão — disse James, unindo as mãos às costas. — Mas sei que é definitivo. Ela pegou a pulseira de volta. E vai se casar com Charles.

Cordelia congelou. Provavelmente ouvira errado.

— *Charles?*

— O irmão mais velho de Matthew — falou James, parecendo surpreso, como se achasse que talvez ela tivesse esquecido.

— Não — sussurrou Cordelia. — Ela não pode. Eles *não podem*.

Por algum motivo James ainda estava explicando, falando alguma coisa sobre Ariadne, sobre noivados cancelados, mas a mente de Cordelia estava em Alastair, Alastair e Charles na biblioteca, Alastair sofrendo pelo noivado de Charles. Alastair dizendo que pelo menos era Ariadne... ele não teria como saber *disso*.

Ah, Alastair.

— Você está bem? — James se aproximou, a expressão preocupada. — Você está muito pálida.

Preciso ir para casa, Cordelia estava prestes a dizer. James estava muito próximo dela agora; Cordelia sentia o cheiro dele, de sabão de sândalo e uma mistura de couro e tinta. Ela sentiu o roçar da mão dele em sua bochecha, o polegar passeando suavemente ali.

— *Cordelia!* — Tanto James quanto Cordelia se viraram, sobressaltados: Sona estava de pé à soleira da porta da casa, luz de velas queimando atrás dela. Um *roosari* de seda cobria seus cabelos escuros e ela estava sorrindo.

— Cordelia *joon*, entre antes que pegue um resfriado. E Sr. Herondale, foi bondade sua acompanhar Cordelia até em casa. É realmente um cavalheiro.

Cordelia olhou surpresa para a mãe. Ela não esperava que Sona estivesse de tão bom humor.

James ergueu uma sobrancelha preta como a asa de um corvo, se a asa de um corvo tivesse um ar levemente sarcástico.

— É um prazer acompanhar Daisy a qualquer lugar.

— Daisy — repetiu Sona. — Um apelido tão encantador. É claro, vocês passaram a infância juntos, e agora estão reunidos e bem crescidos. É tudo tão encantador.

Ah. Cordelia entendeu o que estava acontecendo com a mãe. James era um pretendente aceitável — muito aceitável. Como o filho do diretor do Instituto de Londres, era esperado que tivesse significativa influência no futuro, ou mesmo que se tornasse o diretor de um Instituto também, um trabalho que pagava muito mais do que o salário fornecido pela Clave para um Caçador de Sombras comum.

Além do mais, ele era encantador quando não estava usando a Máscara, e esse tipo de coisa causava efeito nas mães. A pedido de Sona, Cordelia e James subiram os degraus até a porta da casa: uma luz quente vinha do hall, junto ao cheiro da comida de Risa.

Sona ainda exclamava por James.

— Encantador — dizia de novo. — Posso lhe oferecer algo para beber, James? Chá, talvez?

Cordelia foi tomada pelo impulso de fugir da cena, mas só o Anjo sabia o que sua mãe diria a James nesse caso. Além do mais, ela não podia fugir — Alastair precisava ouvir diretamente dela aquela notícia, e não de um fofoqueiro qualquer.

James sorriu. O tipo de sorriso que poderia derrubar grande parte da Inglaterra.

— Lembro-me do chá que você fez em Cirenworth — disse ele. — Tinha gosto de flores.

Sona se alegrou.

— Sim. Uma colher de água de rosas, esse é o segredo de um bom *chai*.

— Você tinha um lindo samovar também, eu me lembro — disse James.

— De bronze e ouro.

Sona estava alegre como um farol.

— Era da minha mãe — explicou ela. — Infelizmente ainda está entre as coisas que ainda não desempacotamos, mas o conjunto de chá da minha mãe...

— James precisa ir — interrompeu Cordelia, firmemente, e guiou James pela escada. — James, despeça-se.

James deu um breve adeus a Sona; Cordelia esperava que ele não tivesse notado o evidente olhar de decepção de sua mãe. Ela soltou o paletó dele quando Sona voltou para dentro.

— Eu não fazia ideia de que sua mãe gostava tanto de mim — disse James. — Eu deveria vir mais vezes quando estivesse precisando de uma força na autoestima.

Cordelia soltou um gemido de exasperação.

— Temo que minha mãe vá ficar igualmente entusiasmada por qualquer solteiro elegível que finja se interessar por chá. Por isso lhe pedi para me encontrar um pretendente, lembra-se?

Ela tornara a voz leve e brincalhona, mas James parou de sorrir mesmo assim.

— Certo — respondeu ele. — Quando tudo isso acabar...

— Sim, sim — interrompeu Cordelia, começando a subir de novo as escadas.

— Eu gosto mesmo de chá! — gritou James dos pés da escadaria. — Na verdade, eu amo! EU AMO CHÁ!

— Bom para você, amigo! — gritou de volta o cocheiro de uma charrete que passava.

Apesar de tudo, Cordelia não conseguiu conter o sorriso. Ela entrou e fechou a porta; quando se virou, sua mãe estava de pé bem ali, ainda parecendo encantada.

— Ele é bonito, não é? — disse Sona. — Jamais teria imaginado. Era um menino tão esquisito.

— *Mâmân* — protestou Cordelia. — James é só um amigo.

— Por que ter um amigo tão belo? Parece um desperdício. Além do mais, não acho que ele veja você apenas como amiga. A forma como ele olha para você...

Cordelia jogou as mãos para o alto.

— Preciso falar com Alastair sobre... sobre treino — disse ela, e fugiu correndo.

A porta do quarto de Alastair estava aberta. Cordelia ficou parada um momento no corredor, olhando para o irmão: ele estava sentado à escrivaninha de pau-cetim-indiano, jornais mundanos espalhados à sua frente. Alastair esfregava os olhos enquanto lia, o cansaço evidente na postura dos ombros dele.

— Alguma notícia interessante? — perguntou ela, encostando-se no batente da porta. Cordelia sabia que não deveria entrar sem convite; Alastair mantinha o quarto impecavelmente limpo, desde o armário de nogueira até o conjunto de poltronas azuis imaculado diante da janela.

— Charles diz que uma onda de ataques de demônios costuma ser acompanhada por um aumento do que os mundanos relatam como crimes — respondeu Alastair, virando a página que estava lendo com o dedo manchado de tinta de impressão. — Não dá para dizer que estou vendo alguma coisa aqui, no entanto. Nem mesmo um único assassinato intrigante ou algo assim.

— Na verdade, eu tinha expectativa de conversar com você sobre Charles — iniciou Cordelia.

Alastair ergueu os olhos para ela. As pessoas costumavam observar que os dois tinham os mesmos olhos pretos, a íris apenas um tom mais claro do que a pupila. Um efeito estranho, considerando que os olhos de Sona eram castanho-claros e os de Elias eram azuis.

— Sobre Charles?

Ela assentiu.

— Bem, então entre e feche a porta — disse ele, se recostando de novo na cadeira.

Cordelia fez conforme pedido. O quarto de Alastair era maior do que o dela, mobiliado em cores escuras de cavalheiros: paredes verdes, um tapete persa desbotado. Alastair tinha uma coleção de adagas, e ele trouxera muitas delas de Cirenworth. Pelo que Cordelia se lembrava, eram as únicas coisas belas às quais Alastair dava atenção: uma delas tinha um estojo esmaltado de azul e branco, a outra era encrustada com desenhos dourados de dragões, kylins e pássaros. Uma *pesh-kabz* entalhada de um único pedaço de marfim estava pendurada acima da pia, e perto dela havia uma *khanjar* cuja lâmina estampava uma frase em persa: *Eu tanto quis uma adaga reluzente que todas as minhas costelas se transformaram em adaga.*

Cordelia se acomodou numa poltrona azul. Alastair se virou levemente para olhar para ela; seus dedos tamborilando ritmadamente no jornal.

— O que tem Charles? — perguntou ele.

— Eu soube que ele ficou noivo mais uma vez — respondeu ela. — De Grace Blackthorn.

As mãos inquietas de Alastair pararam.

— Sim — disse ele. — Uma pena para seu amigo James.

Então ele sabe, pensou Cordelia. Charles provavelmente contara a ele.

— Então... você está bem? — perguntou ela.

Os olhos pretos de Alastair eram indecifráveis.

— Do que está falando?

Cordelia não aguentava mais.

— Ouvi você e Charles conversando na biblioteca — confessou ela. — Ouvi você dizer que o amava. Não vou contar a mais ninguém, prometo. Sabe que sempre mantenho minha palavra. Não faz a menor diferença para mim, Alastair.

Alastair ficou calado.

— Eu não teria dito nada, mas... como Charles ficou noivo de novo, depois de saber o quanto você já estava infeliz por causa de Ariadne... Alastair, não quero que ninguém seja cruel com você. Quero que você fique com alguém que lhe faça feliz.

Os olhos de Alastair brilharam.

— Ele não é cruel. Você não o conhece. Ele e Grace têm um entendimento. Ele me explicou. Tudo o que Charles faz é para que nós possamos ficar juntos. — Havia algo mecânico nas palavras dele, como se tivessem sido ensaiadas.

— Mas você não quer ser o segredo de alguém — argumentou Cordelia. — Você disse...

— Como sabe o que eu disse? Como poderia ter ouvido nossa conversa sem fazer um grande esforço para isso? Você estava no andar de cima, nós estávamos no de baixo... a não ser que você tenha me seguido — concluiu Alastair lentamente. — Você estava entreouvindo. Por quê?

— Eu fiquei com medo — disse Cordelia, com a voz baixa. — Achei que você fosse contar a Charles... o que eu tinha feito você prometer não dizer.

— Sobre aquela criatura demoníaca na ponte? — questionou ele, incrédulo. — Sobre seus amiguinhos, as tramoias e os segredos deles? Eu lhe dei minha palavra.

— Eu sei — respondeu ela, quase chorando —, e eu devia ter confiado em você, Alastair. Desculpe. Não tive a intenção de ouvir nada. Eu sei que é assunto particular. Só queria dizer que amo você de qualquer forma. Não faz diferença para mim.

Ela pensou que a afirmação fosse ajudar, mas, em vez disso, a boca de Alastair se deformou com uma violência repentina.

— Verdade — disse ele friamente. — Bem, para mim, faz diferença ter uma irmã bisbilhoteira e espiã. Saia do meu quarto, Cordelia. Agora.

— Jesse — sussurrou Lucie. — Jesse, onde você está?

Ela estava sentada no chão, diante da lareira de ferro fundido na antessala do Instituto. Tinha chegado em casa, vindo da Taverna do Diabo, já tarde da noite. Thomas e Christopher estavam distraídos e preocupados, e Lucie não tinha certeza do quanto de pesquisa já havia sobre a caixa Pyxis. Christopher tivera algum tipo de epifania com o antídoto no qual vinha trabalhando e sumiu para o canto revestido de aço no quarto na taverna, onde dera continuidade a um estardalhaço tentando destilar algo em uma retorta.

Mas esse não era o verdadeiro motivo pelo qual ela quisera ir embora. A noite tinha nova importância agora. A noite significava que podia falar com Jesse.

— Jesse Blackthorn — dizia Lucie agora, sentindo-se um pouco ridícula. — Por favor, venha até aqui. Quero falar com você.

Ela olhou em volta do quarto, como se Jesse pudesse estar escondido sob um sofá. Aquela era a sala da família, onde os Herondale costumavam se reunir à noite. Tessa mantivera parte da antiga decoração, um espelho com moldura dourada ainda pendurado sobre a lareira, e a mobília surrada, desde as poltronas floridas ao lado da lareira à grande e velha escrivaninha, marcada pelos anos de sulcos feitos com a ponta de canetas. As paredes eram de tons damasco-claro, e livros bastante manuseados ao longo das paredes.

Era um lugar que Lucie associava a grande conforto e tardes rabiscando à mesa. Tessa lia em voz alta um livro novo, e os demais se espalhavam em volta do fogo; às vezes compartilhavam fofocas, ou Will e Tessa contavam histórias familiares do passado. Então talvez tivesse sido duplamente inquietante quando Jesse surgiu, emergindo das sombras com a camisa branca, o rosto pálido sob os cabelos pretos.

— Você veio! — exclamou ela, sem se dar ao trabalho de esconder o espanto. — Eu realmente não sabia se daria certo.

— Imagino que você não tenha se perguntado se agora era um momento conveniente para *mim* — disse ele.

— O que você poderia estar fazendo? — perguntou-se ela, em voz alta.

Jesse soltou uma risada nada fantasmagórica e se sentou na mesa bamba. O peso de uma pessoa viva provavelmente teria derrubado o móvel, mas ele não era uma pessoa viva.

— Você queria falar comigo. Então fale.

Ela contou apressadamente sobre Emmanuel Gast, sobre o encontro com o fantasma e o que ele lhe contara. Enquanto ouvia, Jesse brincava com o medalhão dourado em seu pescoço.

— Sinto desapontá-la, mas não ouvi nada sobre esse feiticeiro. Ainda assim, está claro que tem magia sombria envolvida — disse ele quando Lucie terminou. — Por que se meter nisso? Por que não deixar seus pais resolverem esses mistérios?

— Barbara era minha prima — retrucou ela. — Não posso ficar sem fazer nada.

— Não precisa fazer isso.

— Talvez estar morto tenha feito você se esquecer do quanto a vida é perigosa — disse Lucie. — Não acho que James, ou Cordelia, ou qualquer um de nós tenha escolhido ser o responsável por resolver esse mistério. Ele nos escolheu. Não vou colocar meus pais em perigo também, quando não há nada que eles possam fazer.

— Não tenho certeza se há alguma coisa que qualquer um possa fazer — falou Jesse. — Há um mal deliberado em ação aqui. Um desejo de destruir os Caçadores de Sombras e de feri-los. Não será derrotado tão cedo.

Lucie inspirou.

— Luce? — A porta se abriu. Era James. Lucie se sobressaltou e Jesse sumiu, não da forma como Jessamine desaparecia às vezes, com o rastro de fumaça, mas simplesmente deixando de existir num estalo entre um segundo e outro. — O que você está fazendo aqui?

— Por que eu não deveria estar na antessala? — retrucou ela, sabendo que soava desagradável. Lucie sentiu culpa imediatamente, ele não teria como saber que ela estava no meio de um interrogatório com um fantasma.

James jogou o casaco numa poltrona florida e se sentou ao lado dela, pegando um atiçador da lareira.

— Sinto muito por Grace — disse ela. — Matthew contou a Thomas e Christopher.

James suspirou, remexendo os carvões no fogo inquietamente.

— Provavelmente é melhor assim. Não é como se eu quisesse anunciar a notícia para todos.

— Se Grace não quer você, ela é uma idiota terrível — falou Lucie. — E se ela quer se casar com Charles, é ainda mais idiota terrível, então é uma idiota terrível duas vezes.

James ficou imóvel, as mãos paradas no atiçador. As faíscas subiam.

— Achei que eu sentiria um luto horroroso — disse ele por fim. — Em vez disso, não tenho certeza do que sinto. Tudo está mais aguçado e nítido, cores e texturas estão diferentes. Talvez isso *seja* luto. Talvez seja só porque não sei bem qual deveria ser a sensação diante dessa perda.

— Charles vai se arrepender por se casar com ela — disse Lucie, convicta. — Ela vai infernizá-lo até o dia em que ele morrer. — Ela fez uma careta. — Espere. Ela vai ser cunhada de Matthew, não é? Pense nos jantares desconfortáveis.

— Quanto a Matthew... — James apoiou o atiçador. — Luce, você sabe que Matthew sente algo por você, e você não corresponde a esses sentimentos.

Lucie piscou. Não esperava que a conversa fosse tomar aquele rumo, embora não fosse a primeira vez que eles discutissem o assunto.

— Não posso me obrigar a sentir algo que não sinto.

— Não estou dizendo que deveria. Você não deve seus sentimentos a ninguém.

— Além do mais, é uma quedinha — disse Lucie. — Ele não *gosta* de mim realmente. Na verdade, acho que...

Lucie parou. Era uma teoria que tinha desenvolvido ao notar o modo como o olhar de Matthew vinha pairando nos últimos dias. Mas não estava pronta para compartilhar.

— Não discordo. — A voz de James soou baixa. — Mas temo que Matthew esteja sofrendo por motivos que nem eu entendo.

Lucie hesitou. Sabia o que deveria dizer sobre a forma como Matthew escolhera lidar com a dor, mas não suportava verbalizar aquilo ao irmão. Um momento depois, foi poupada da escolha quando passos soaram no corredor. Tessa e Will entraram, com os olhos úmidos devido ao vento forte do lado de fora. Tessa parou para colocar as luvas sobre a mesinha marroquina ao lado da porta, enquanto Will deu um beijo em Lucie e bagunçou o cabelo de James.

— Céus — disse James, em tom brincalhão. — Qual é o significado dessa afeição descarada?

— Estávamos com sua tia Cecily e seu tio Gabriel — falou Tessa, e Lucie percebeu que os olhos da mãe estavam um pouco úmidos *demais*. Tessa se acomodou no sofá. — Meus pobres amores. Todos estamos arrasados por Sophie e Gideon.

Will suspirou.

— Lembro-me de quando Gideon e Gabriel mal se suportavam. Agora Gabriel está lá todos os dias com o irmão. Fico feliz por você e James terem um ao outro, Luce.

— Suponho que a boa notícia seja que não houve novos ataques hoje — disse Tessa. — Precisamos nos ater a isso. Esse terror pode acabar a qualquer momento.

Will se sentou ao lado da esposa e a puxou para o colo.
— Vou beijar a mãe de vocês agora — anunciou ele. — Fujam se quiserem, crianças. Caso contrário, podemos jogar Ludo depois que o romance acabar.
— O romance nunca acaba — disse James, triste.
Tessa gargalhou e ofereceu o rosto para ser beijado. James pareceu exasperado, mas Lucie não estava prestando atenção: não conseguia parar de ouvir a voz de Jesse em sua cabeça.

Há um mal deliberado em ação aqui. Um desejo de destruir os Caçadores de Sombras e de feri-los. Não será derrotado tão cedo.

Ela estremeceu.

De manhã, um grande pacote enfeitado com laços de fita chegou ao número 102 da rua Cornwall Gardens. Estava endereçado a Cordelia, e Sona foi acompanhando Risa conforme a criada seguiu carregando a encomenda até o quarto de Cordelia.
— Um presente! — disse Sona quando Risa colocou a caixa na cama de Cordelia. Sona estava completamente ofegante. Cordelia a fitou com preocupação... sua mãe costumava ter bastante energia, então alguns lances de escada não deveriam tê-la cansado. — Talvez seja de um cavalheiro?
Cordelia, que estava sentada à penteadeira escovando os cabelos, suspirou. Tinha passado metade da noite chorando, terrivelmente ciente de que envergonhara seu irmão. Certamente não sentia que merecia um presente, ou uma excursão à Hell Ruelle à noite, nesse caso.
— Deve ser de Lucie...
A mãe dela já rasgara o embrulho e abrira a caixa. Risa recuara um passo, obviamente achando a animação de Sona alarmante. Conforme Sona ia arrancando uma delicada camada de papel, ia arquejando cada vez mais alto.
— Oh, Layla!
A curiosidade a venceu e Cordelia foi se juntar à mãe ao lado da cama. Ficou boquiaberta. Na caixa, dezenas de vestidos: vestidos diurnos e trajes para o chá, assim como um deslumbrante vestuário noturno, todos em cores exuberantes: renda azul como as penas de um martim-pescador, algodão em

cor de canela e vinho, sedas em verde-prússia, tons de vinho e Borgonha, ouro reluzente e rosé-escuro.

Sona estendeu um vestido de seda bronze, com um debrum macio de chiffon no corpete e na bainha.

— É tão lindo — disse ela, quase relutante. — São de James, não são?

Apesar da surpresa, Cordelia sabia exatamente de quem eram. Ela vira o cartãozinho assinado *A* enfiado entre os vestidos de chá. Mas se a crença de que eram de James fosse necessária para Sona permitir vesti-los, então deixaria que sua mãe pensasse o que quisesse.

— É muita bondade dele — comentou ela. — Não acha? Posso vestir esta noite... há uma pequena festa no Instituto.

Sona sorriu, encantada, o sorriso como um peso no coração de Cordelia. Os vestidos eram tão extravagantes: e agora Sona certamente acreditaria que as intenções românticas imaginárias de James em relação a Cordelia eram sérias de fato. Era meio que uma ironia, pensou Cordelia, que pela primeira vez tanto ela quanto a mãe estivessem desejando a mesma coisa. E que nenhuma delas a conseguiria.

Anna buscou Cordelia pontualmente às nove horas naquela noite, numa carruagem preta que fazia lembrar couro escuro. Cordelia correu porta afora, embrulhada no casaco apesar do calor da noite. Entrou na carruagem aos tropeços, ignorando os berros de sua mãe de que deveria levar luvas também, ou talvez um regalo para aquecer as mãos.

O interior da carruagem brilhava com detalhes de bronze e assentos estofados com veludo vermelho. As longas pernas de Anna estavam descuidadamente cruzadas na frente do corpo. Usava um fraque elegante, a frente da camisa engomada e branca. Havia um broche ametista, da cor dos olhos do irmão dela, brilhando no peitilho, e o paletó era bem ajustado aos ombros estreitos. Ela parecia completamente composta. Cordelia invejava a confiança de Anna.

— Obrigada — disse Cordelia, sem fôlego, quando a carruagem começou a se deslocar. — Os vestidos são absolutamente lindos, não precisava...

Anna acenou casualmente para interromper o agradecimento.

— Não me custou nada. Uma costureira lobisomem me devia um favor, e Matthew me ajudou a escolher os tecidos. — Ela ergueu a sobrancelha. — Então, qual você decidiu usar?

Cordelia tirou o casaco e mostrou o vestido bronze reluzente por baixo. A seda era fria e pesada contra a pele, como o toque da água; o chiffon na bainha acariciava as pernas e tornozelos. Era prático também, sua mãe a ajudara a sabiamente esconder Cortana numa bainha às costas que descia sob o tecido.

Anna riu em aprovação.

— Cores intensas são as certas para você, Cordelia. Vermelho-vinho, azul-martim-pescador, verde-esmeralda. Cortes justos e simplicidade, nada desses frufrus bobos que todas estão usando.

A carruagem tinha virado na direção de West End. Havia algo emocionante numa ida ao coração de Londres, longe do verde de Kensington, para as multidões e a vida que pulsava em meio a elas.

— Temos um plano? — perguntou Cordelia, olhando pela janela para Picadilly Circus. — O que faremos quando chegarmos lá?

— Eu vou seduzir — respondeu Anna. — Você vai distrair, ou pelo menos não vai me atrapalhar.

Cordelia sorriu. Recostou-se na janela enquanto Anna apontava marcos da cidade: a estátua de Eros no centro da rotatória, e o restaurante Criterion, onde Arthur Conan Doyle narrara o primeiro encontro entre Holmes e Watson. Logo estavam seguindo pelo Soho com suas ruas mais estreitas. A névoa pairava como teias de aranha esticadas entre as construções. A carruagem passou por uma loja de café argelino, a vitrine cheia de cobre e latão reluzentes das embalagens de café. Ao lado havia uma loja de lamparinas com uma cintilante fachada preta e dourada novinha em folha, onde se lia as palavras w.sitch & co., e, mais além, um monte de barracas de feira. Na rua escura e estreita, lamparinas a óleo brilhavam como fogueiras de alerta, e os tecidos pendurados protegendo as fachadas das barracas esvoaçavam ao vento.

A carruagem parou, por fim, diante de Tyler's Court. O ar estava cheio de fumaça e sombras e do tagarelar de vozes falando uma dúzia de idiomas diferentes. James e Matthew estavam recostados nas paredes de pedra. Ambos usavam paletós sociais pretos bem ajustados. Matthew acrescentara uma gravata verde-garrafa e calça de veludo. James tinha levantado o colarinho para se proteger do vento, seu rosto pálido entre o cabelo preto e o tecido luxuoso do traje.

Anna escancarou a porta da carruagem e saltou, deixando a porta aberta. Cordelia tentou imitá-la, só para descobrir que era bem mais complicado se movimentar com o novo vestido. Ela escorregou sobre o assento, fazendo um leve som de derrapagem, e saiu parcialmente aos tropeços pela porta da carruagem.

Anna a apoiou antes que ela despencasse na calçada. James a segurara pela cintura. Seus cabelos roçaram a bochecha dele e ela inspirou a colônia masculina: cedro, como as florestas do Líbano.

Ele a equilibrou de pé, ainda com as mãos em seu quadril. Cordelia sentiu na lateral de seu corpo a gravação do anel Herondale que ele usava. James a encarava, e Cordelia percebeu com um sobressalto que esquecera o casaco na carruagem. Estava de pé diante de Matthew e James usando um vestido novo e nada mais para cobri-la.

Ela não conseguiu evitar a vergonha ao se lembrar do caimento justíssimo do tecido. O tecido sobre seu quadril estava tão apertado que não dava nem para usar uma anágua por baixo, só a combinação e um espartilho leve. Qualquer um podia ver o formato de sua cintura, o volume de seus seios, e até mesmo a seda descendo sobre a curva da barriga. As mangas estreitas escorregavam pelos ombros, revelando o topo dos seios; o peso e a maciez do tecido eram como uma carícia. Ela se sentia elegante de uma forma que jamais se sentira antes, e um pouco inconsequente também.

— Cordelia — disse Matthew. Ele parecia levemente chocado, como se tivesse trombado numa parede. — Você está diferente.

— Diferente? — debochou Anna. — Ela está deslumbrante.

James estava congelado. Ele estava olhando Cordelia, e suas pupilas estavam dilatadas, agora seus olhos tinham migrado da cor dos olhos de um tigre para algo mais intenso e profundo. Algo como o dourado de Cortana quando brilhava no ar. Ele exalou e finalmente soltou Cordelia, recuando. Já

Cordelia sentia seu coração batendo na garganta, uma pulsação forte, como se tivesse consumido em demasia o chá forte de sua mãe.

— É melhor entrarmos — falou James, e Cordelia viu Anna sorrir de esguelha, um sorriso felino, antes de guiá-los pela viela estreita.

A fada à porta reconheceu Anna e Matthew, e deixou todos entrarem na Hell Ruelle com um mero erguer das sobrancelhas lavanda. Eles se flagraram na estonteante intersecção de salas interconectadas da Ruelle. Conforme seguiam Anna, que caminhava com propósito, Cordelia percebeu algo que não havia notado: que as salas se ramificavam de uma câmara central ampla, como os braços de uma estrela do mar. Os tetos das passagens eram baixos, mas cada sala era iluminada por luz elétrica, brilhante e mais forte do que luz de pedra enfeitiçada.

Encontraram Hypatia Vex fazendo a corte no salão central. A decoração do salão octogonal tinha mudado. Agora as paredes estavam cobertas de pinturas de bacanais: dançarinas nuas envoltas por fitas em movimento, demônios com olhos pintados de vermelho e a testa adornada com flores, os corpos com verniz dourado como os olhos de James. Atrás de Hypatia Vex havia um imenso tríptico de uma mulher de cabelos escuros segurando uma coruja preta com olhos dourados.

O palco no centro do salão estava vazio agora, embora houvesse cadeiras e sofás dispostos ao redor dele. Estavam cheios de seres do Submundo. Cordelia reconheceu a menina vampira, Lily, com pentes encrustados de joias no cabelo preto, bebericando sangue em uma taça de cristal. Ela ofereceu uma piscadela a Anna, mas Anna estava concentrada em Hypatia, que estava num sofá de carvalho intricadamente trabalhado, estofado com tecido jacquard vermelho e verde. Ela usava mais um vestido brilhante, este de seda preta que fazia parecer que as exuberantes curvas de seu corpo tinham sido mergulhadas em nanquim.

E também não estava sozinha. Ao lado dela havia um belo lobisomem com olhos verde-dourados. Cordelia o vira da última vez que estiveram lá. Ele era o violinista no quarteto. Agora não havia música e ele estava concentrado em Hypatia, seu corpo voltado para o dela com atenção, os longos dedos brincando suavemente com uma alça do vestido dela.

Anna semicerrou os olhos azuis.

— Anna — falou James, com a voz baixa. — Talvez você tenha uma tarefa mais difícil pela frente.

— Aquele Claude Kellington — disse Matthew. — Ele é o chefe do entretenimento aqui. Responsável pelo palco.

Anna se virou para eles, os olhos brilhando.

— Matthew — respondeu ela. — Distraia-o.

Matthew deu uma piscadinha e caminhou até o sofá. Quando ele passou, Lily virou a cabeça, possivelmente avaliando-o como um potencial lanchinho. Ele era muito bonito, pensou Cordelia; ela não sabia por que não reagia a Matthew da forma como reagia a James. Mas, por outro lado, ela não reagia a ninguém da forma como reagia a James.

Erguendo uma sobrancelha, Kellington ficou de pé e seguiu Matthew pela multidão. Cordelia e James trocaram olhares quando Matthew se dirigiu até eles, com o lobisomem em seu encalço.

— Por favor, não me diga que vocês três têm algum tipo de espetáculo — disse Kellington ao se aproximar, e Cordelia percebeu sobressaltada que Anna tinha saído de fininho, silenciosa como um gato. — Ninguém quer ver Caçadores de Sombras cantando e dançando.

— Eu estava esperando que meu *parabatai* e eu pudéssemos recitar uma poesia — retrucou Matthew. — Talvez sobre o laço do amor fraterno.

Kellington deu a Matthew um olhar divertido. O lobisomem era dono de uma beleza marcante, e tinha cabelos cacheados castanhos. Um anel dourado estampando as palavras *Beati Bellicosi* brilhou em sua mão.

— Lembro-me da poesia que você recitou uma vez — instigou ele. — Embora não tenha sido particularmente fraternal. No entanto, estamos buscando novos artistas esta noite. — Ele olhou para James. — Você tem algum talento, além de ficar parado aí bonitão e calado?

— Sou bastante habilidoso no arremesso de facas — disse James calmamente. Ele passou para o lado, o olhar de Kellington o acompanhou, bem quando Anna deslizou para o sofá ao lado de Hypatia e levou a mão da feiticeira até seus lábios para um beijo. Hypatia pareceu mais do que um pouco surpresa.

— Se um Caçador de Sombras subir e começar a arremessar facas, teremos um tumulto — respondeu Kellington. — Hypatia quer divertir os convidados, não matá-los. — O olhar dele passou para Cordelia. Foi a mesma sensação de ser tocada, pensou ela. Não completamente agradável, mas certamente algo novo. Kellington pareceu examiná-la da cabeça aos pés, e não ficar nada insatisfeito. — E *você*?

Matthew e James a fitaram.

— Suponho que eu possa me apresentar no palco — respondeu Cordelia, sem fôlego.

Ela ouviu a própria voz como se estivesse longe. Estava louca? O que estava sugerindo? O que ela sequer *faria*? Ouviu Kellington concordar e sentiu os dedos finos e cobertos de cicatrizes de James em seu braço.

— Cordelia, não precisa... — começou ele.

— Eu consigo — disse ela.

Ele a encarou diretamente, e ela viu que não havia dúvida em sua expressão. Ele a olhava exatamente com a mesma fé que exibia quando olhava para Matthew, Lucie ou Thomas. Com uma crença total de que ela era capaz de qualquer coisa caso lhe fosse requisitado.

Foi como se ela subitamente conseguisse puxar ar o suficiente para seus pulmões: Cordelia inalou, assentiu para James e se voltou para Kellington.

— Estou pronta — disse ela.

Com uma reverência, o lobisomem a levou para o palco.

PARTE DOIS

Estás presente em cada linha que li, desde que cheguei aqui pela primeira vez, um menino grosseiro cujo pobre coração tu machucaste já naquele dia. Estás presente em toda paisagem que vi desde então — no rio, nas velas dos navios, nos charcos, nas nuvens, na luz, na escuridão, no vento, no bosque, no mar, nas ruas. És a concretização de todas as fantasias belas que minha mente já conheceu. As pedras de que são feitos os mais sólidos prédios de Londres não são mais reais, nem mais impossíveis de ser deslocadas por tuas mãos do que tua presença e tua influência sobre mim, lá e em toda parte, no passado e no futuro. Estella, até as últimas horas de minha vida, tu hás de ser uma parte de meu caráter, do pouco que há de bom em mim, e do que há de mau.

— Charles Dickens, *Grandes esperanças*

15
A Sala dos Sussurros

*Onde a beleza não tem vazante,
a decadência não tem cheia,
Mas a alegria é sabedoria,
o Tempo é uma canção sem fim.
Beijo você, e o mundo começa a se dissolver.*

— William Butler Yeats, *Land of Heart's Desire*

De sua janela, Lucie via o fluxo constante de carruagens chegando pelo arco de entrada do Instituto. Ela recuou, franzindo a testa. Onde *estavam* Thomas e Christopher? Ela não culpava nenhum dos dois pela dificuldade de concentração no dia anterior. A morte de Barbara enchia a cabeça de todos. Mas isso *significava* que os três tinham fracassado na construção de um plano adequado para se encontrarem esta noite.

Bem, pensou ela, se fosse preciso espionar a reunião do Enclave sozinha, então assim seria. Tinha acabado de pegar sua estela na cômoda quando ouviu um chacoalhar na vidraça. Presumindo serem Thomas e Christopher tentando chamar sua atenção com pedrinhas — o método de praxe —, ela correu e abriu a janela.

Algo semelhante a uma borboleta incandescente passou voando pela cabeça dela, e Lucie soltou um gritinho. Correu para o objeto quando ele se acendeu em sua escrivaninha e explodiu em chamas vermelho-alaranjadas. Era pequeno, não muito maior do que sua mão, e Lucie se apressou em apagar o fogo com um mata-borrão que estava por ali.

— Desculpe, Luce! — Era Christopher, que agora entrava pela janela. Ele desabou no piso e um instante depois foi acompanhado por Thomas, cujo colarinho da camisa exibia um furo de queimadura, fato que pareceu irritá-lo bastante. — Foi um experimento, um método para enviar mensagens usando Marcas de fogo...

Lucie olhou com ceticismo para o ponto chamuscado em sua escrivaninha, onde a mensagem terminava de se apagar. Tinha acertado várias páginas manuscritas de *A bela Cordelia*, que agora se encontravam bastante arruinadas.

— Ora, não me façam de cobaia! — disse ela. — Vocês destruíram uma cena muito importante, quando Cordelia é cortejada por um rei pirata.

— Pirataria é antiético — falou Thomas.

— Não neste caso — disse Lucie. — Veja bem, o rei pirata é secretamente o filho de um conde...

Christopher e Thomas trocaram olhares.

— Nós realmente precisamos ir — interrompeu Christopher, pegando a estela de Lucie e colocando na mão dela. — A reunião do Enclave está prestes a começar.

Eles saíram de fininho do quarto e correram para uma das despensas vazias no segundo andar, acima da biblioteca. Foi o pai de Lucie quem a ensinara a desenhar aquela Marca em particular, então ela fez as honras quando todos se ajoelharam num círculo improvisado no chão: a Marca era grande, ocupava um bom espaço. Quando Lucie concluiu um desenho, fez um floreio e se sentou.

O chão entre as pernas ajoelhadas deles tremeluziu e ficou transparente. Agora Lucie, Thomas e Christopher estavam olhando para a biblioteca abaixo deles como se pelas lentes de um telescópio. Conseguiam ver todos reunidos na sala muito nitidamente, até a cor dos olhos e os detalhes das roupas.

Fileiras extra de mesa tinham sido postas no salão, totalmente ocupado por Caçadores de Sombras. O pai e a mãe de Lucie estavam presentes, é claro, além de tio Gabriel, de frente para a sala onde Will estava de pé, acompanhado pelo Inquisidor Bridgestock e um Charles Fairchild muito sisudo. Lucie não conseguia evitar se perguntar como estaria o relacionamento deles desde que Charles rompera o noivado com Ariadne.

Charles bateu com força numa das mesas, fazendo Lilian Highsmith se sobressaltar na cadeira.

— Ordem — falou ele. — Ordem. Muito obrigado aos membros do Enclave que puderam se juntar a nós. Embora tal informação não tenha se tornado pública, já contabilizamos um total de seis grandes ataques contra os Nephilim em Londres, todos realizados por um tipo desconhecido de demônio. E, à exceção do ataque à residência dos Baybrook, todos aconteceram à luz do dia.

Lucie se virou para Thomas e Christopher.

— Seis ataques? — sussurrou. — Eu só estou sabendo de três. Vocês sabiam de mais?

Thomas fez que não com a cabeça.

— Nem mesmo eu sabia. Imagino que o Enclave esteja temendo deixar as pessoas em pânico. Se serve de consolo, acho que muita gente não sabia.

Lucie olhou para baixo novamente. Muitos membros do Enclave pareciam resmungar entre si com agitação. Ela via seu pai de pé, braços cruzados, expressão congelada. Era óbvio que ele também não sabia.

— Há agora vinte e cinco Caçadores de Sombras muito doentes na Cidade do Silêncio — falou Charles. — Devido à gravidade da situação, por enquanto a Clave suspenderá a entrada e saída de Londres.

Lucie, Christopher e Thomas trocaram olhares surpresos. Quando isso tinha acontecido? Quando um burburinho percorreu a multidão na biblioteca, ficou claro que muitos dos adultos presentes ficaram igualmente surpresos.

— Como assim "por enquanto"? — gritou George Penhallow. — Por quanto tempo ficaremos proibidos de viajar?

Charles uniu as mãos às costas.

— Por tempo indeterminado.

Os resmungos no salão se transformaram num rugido.

— E aqueles que estão em Idris? — gritou Ida Rosewain. — Vão poder voltar? E quanto a nossas famílias lá?

Bridgestock balançou a cabeça.

— Toda viagem por Portal está suspensa...

— Que bom — murmurou Lilian Highsmith. — Jamais confiei nessas invenções modernas. Ouvi falar de um rapaz que passou por um Portal com seu *parabatai* e acabou com a perna do outro sujeito grudada a ele.

Bridgestock ignorou o comentário.

— Não haverá entrada ou saída de Londres, nenhuma circulação para além dos limites protegidos da cidade. Ao menos não por enquanto.

Lucie e Christopher olharam para Thomas, decepcionados, cuja reação se limitou a um comprimir de lábios.

— Que bom — comemorou ele. — Minha família estará a salvo em Idris.

— Mas Henry... — disse Christopher, a voz preocupada. — Ele tinha que voltar e nos ajudar com o antídoto.

Lucie não sabia disso. Ela deu tapinhas de consolo na mão de Christopher, tentando ser o mais empática possível.

— Os Irmãos do Silêncio também estão buscando uma cura — sussurrou ela. — Não é só você, Christopher. Além do mais, tenho muita confiança de que você consegue sozinho.

— E eu vou ajudar — acrescentou Thomas, mas Christopher apenas lançou um olhar deprimido para a cena que se desenrolava abaixo.

— O que significa isso tudo? Por que estamos sendo aprisionados em Londres? — gritava Martin Wentworth, que tinha ficado de pé. — Esta é a hora em que precisamos da assistência da Clave...

— É uma quarentena, Martin — disse Will, a voz firme. — Deixe o Inquisidor explicar.

Mas foi Charles quem falou.

— Todos vocês — recomeçou, em voz alta. — Sabem que minha... que Barbara Lightwood foi atingida por um ataque demoníaco. O veneno tomou o organismo dela. Ela não conseguiu resistir e morreu alguns dias atrás.

Thomas estremeceu, e o rosto de Martin Wentworth passou de vermelho a branco ao nitidamente pensar no filho, Piers.

Charles prosseguiu:

— Oliver Hayward estava ao lado de Barbara quando ela se foi. Nos últimos suspiros de agonia, sem reconhecer os amigos e entes queridos, ela o atacou, com tapas e arranhões.

Lucie se lembrou do sangue nas mãos de Oliver, nos punhos da camisa. A biblioteca ficou silenciosa. Ela não conseguia suportar olhar para Thomas.

— Como vocês também devem saber — prosseguiu Charles —, a família Hayward gerencia o Instituto de York, e Oliver, compreensivelmente, quis voltar para casa depois de perder sua amada.

— Como qualquer rapaz decente faria — murmurou Bridgestock.

Charles ignorou o comentário.

— Ontem recebemos a notícia de que Oliver adoeceu. Os arranhões necrosaram e ele foi acometido pelos mesmos sintomas que tombaram aqueles que foram atacados por demônios aqui em Londres. — Ele fez uma pausa. — Oliver morreu esta manhã.

Houve um arquejo audível. Lucie começou a sentir engulhos.

Laurence Ashdown ficou de pé num salto.

— Mas Hayward não foi atacado por um demônio! E o veneno demoníaco não é contagioso!

— O veneno causa uma doença — argumentou Will, calmamente. — Foi constatado pelos Irmãos do Silêncio que tal doença pode ser transmitida por mordida ou arranhão. Embora não seja altamente contagiosa, ainda é contagiosa. Por isso a quarentena.

— Foi por isso que todos os doentes foram levados para a Cidade do Silêncio e não têm permissão para receber visitas? É isso? — indagou Wentworth.

Lucie mais uma vez estava surpresa: até então não sabia que os doentes não podiam receber visitas. Thomas, ao notar sua inquietação, sussurrou:

— A determinação contra visitantes foi entregue esta manhã. Christopher e eu ouvimos tio Gabriel conversando a respeito.

— A Cidade do Silêncio é o lugar certo para eles — falou Charles. — Os Irmãos podem dar o melhor cuidado aos doentes, e nenhum demônio é capaz de entrar lá.

— Então qual é o plano da Clave? — A voz de Ida Rosewain se elevou.

— A intenção deles é nos prender em Londres, com demônios carregando uma doença venenosa que não sabemos tratar, para todos simplesmente *morrerem*?

Até mesmo Bridgestock pareceu chocado. Foi Will quem falou.

— Somos Caçadores de Sombras — disse ele. — Não ficamos esperando ser salvos por terceiros. Temos a nós mesmos. Aqui em Londres estamos tão bem equipados para resolver o problema quanto qualquer membro da Clave, e será resolvido.

Lucie sentiu uma fagulha de calor no peito. Seu pai era um bom líder. Era uma das coisas que ela gostava nele. Ele sabia quando as pessoas precisavam ser acalmadas e encorajadas. Charles, que queria tanto ser líder, só sabia intimidar e fazer exigências.

— Will está certo — comentou Charles com cautela. — Temos o auxílio dos Irmãos do Silêncio, e eu mesmo vou atuar como Cônsul no lugar de minha mãe, pois ela não pode voltar de Idris.

Charles olhou para a multidão e, por um momento, pareceu encarar Alastair Carstairs. Estranho ele estar ali e Sona não estar, pensou Lucie. Embora Alastair certamente fosse relatar a situação para a família.

Alastair retribuiu o olhar de Charles e virou o rosto; Lucie sentiu o ombro de Thomas se retesar ao lado do dela.

— Vamos nos dividir em três grupos — disse Bridgestock. — Um grupo será encarregado de pesquisar, vasculhando tudo em nossas bibliotecas sobre possíveis ocorrências de casos semelhantes no passado, doença demoníaca, demônios que surgem à luz do dia, e assim por diante. O grupo dois cuidará das patrulhas noturnas, e o grupo três, das patrulhas diurnas. Todo Caçador de Sombras entre 18 e 55 anos será encarregado de patrulhar uma área de Londres.

— Não entendo por que os demônios permaneceriam dentro dos limites da cidade — disse Lilian Highsmith sombriamente. — Podemos estar em quarentena, mas eles não estão.

— Não somos os únicos — disse Will. — York também está sob quarentena, embora ainda não tenha havido mais casos da doença lá, mas os Caçadores de Sombras do Instituto da Cornualha, assim como alguns Caçadores de Sombras de Idris vão patrulhar fora de Londres, e também haverá patrulhas posicionadas por todas as ilhas britânicas. Se os demônios fugirem de Londres, serão capturados.

— Esses demônios não surgiram do nada simplesmente — disse Bridgestock. — Eles foram conjurados. Precisamos interrogar todos os usuários de magia em Londres para rastrear o culpado.

— Não são exatamente demônios, não é? — sussurrou Lucie. — Se é um Mandikhor, então é realmente apenas um demônio. Talvez... Será que deveríamos contar a eles?

— Agora não — disse Thomas. — A última coisa de que precisam é de adolescentes caindo do teto para anunciar a teoria de que pode ser um demônio que se segmenta em partes.

— Na verdade, nem mesmo uma teoria, mas uma hipótese — falou Christopher. — Ainda não comprovamos, nem mesmo testamos. E não tenho certeza de como isso mudaria os planos ou o comportamento deles. Pode ser um único demônio, mas age como um conjunto de demônios, e é isso que eles estão tentando combater.

Na biblioteca, Will franziu a testa.

— Maurice, isso já foi discutido. Isso não apenas vai estimular o pânico em todos os feiticeiros e seres do Submundo de Londres, como não temos garantias de que o responsável por conjurar esses demônios sequer ainda esteja na cidade. Seria um desperdício de forças muito necessárias em outras regiões.

— Mas alguém é culpado e precisa pagar! — disparou Bridgestock.

Will começou a falar, com surpreendente delicadeza.

— E isso vai acontecer, mas precisamos encontrar esse demônio primeiro...

— Minha filha está morrendo! — berrou Bridgestock, tão subitamente que sobressaltou a sala. — Ariadne está morrendo, e exijo saber quem é o responsável!

— Bem, minha sobrinha já está morta. — Dessa vez foi tio Gabriel, após se levantar. Ele parecia furioso, os olhos verdes quase pretos. Lucy desejou que tia Cecily estivesse ali, pois ela certamente seria um belo apoio a ele. — E, no entanto, em vez de desperdiçar minha energia imaginando vingança, vou patrulhar as ruas de Londres, esperando evitar que outro inocente seja acometido pelo mesmo destino que ela...

— Muito bom, Lightwood — disse Bridgestock, os olhos brilhando —, mas sou o Inquisidor, e você não. É minha tarefa arrancar o mal pela raiz...

A cena escureceu e a biblioteca abaixo sumiu. Lucie olhou para cima, surpresa, e notou que Thomas desenhara uma linha sobre a Marca dela, fechando a janela deles para a biblioteca abaixo. Seus olhos, como os do tio Gabriel, estavam brilhando de ódio.

Christopher colocou a mão no ombro de Thomas.

— Lamento muito, Tom. Por Oliver e...

— Não precisa lamentar — falou Thomas com a voz suave. — É melhor a gente conhecer a situação direito. Assim que tivermos a Pyxis, vamos cuidar de tudo por conta própria, pois se ficarmos esperando o Enclave chegar a um consenso, creio que teremos muito mais mortes.

James ficou observando Cordelia subir os degraus até o palco alto de madeira de cerejeira no meio do salão. Ele estava ciente da presença de Matthew ao seu lado, xingando baixinho. Não o culpava — compreendia os sentimentos de seu *parabatai*: como se de alguma forma eles tivessem atirado Cordelia aos lobos da Hell Ruelle.

Kellington, de pé ao lado dela, bateu palmas e a multidão se calou. Não foi rápido o bastante, pensou James. Ele começou a aplaudir audivelmente, e, ao seu lado, Matthew imitou o gesto. Anna, acomodada ao lado de Hypatia no sofá, também acompanhou, fazendo Kellington olhar na direção dela e franzir a testa. Hypatia o encarou de volta com os olhos arregalados e deu de ombros.

Kellington pigarreou.

— Caríssimos convidados — disse ele. — Esta noite temos algo incomum. Uma *Caçadora de Sombras* se ofereceu para nos entreter.

Um burburinho percorreu a sala. James e Matthew continuavam a aplaudir, uma vampira de cabelos escuros e acessórios reluzentes no cabelo se juntou aos aplausos. Anna se aproximou e sussurrou alguma coisa ao ouvido de Hypatia.

— Por favor, aproveitem a apresentação da bela Cordelia Carstairs — anunciou Kellington, virando-se apressadamente para descer as escadas.

Cordelia pôs a mão no braço dele.

— Vou precisar que você me acompanhe — disse ela. — No violino.

Matthew riu, quase relutante.

— Ela *é* esperta — disse ele quando Kellington, parecendo um tanto irritado, saiu pisando duro para pegar seu instrumento. Conforme ele avançava pela multidão, Cordelia, parecendo muito mais calma do que James desconfiava que ela estivesse, soltou os cabelos.

James prendeu o fôlego quando os fios caíram sobre os ombros, cascateando pelas costas, com o vermelho intenso de pétalas de rosas. Os cabelos acariciavam a pele como se fossem seda. O vestido bronze brilhoso colou ao corpo de Cordelia quando ela levou a mão para trás e desembainhou Cortana, sacando-a. Cada luz da Hell Ruelle se incendiou ao longo da extensão da lâmina.

— Sempre amei histórias — disse ela, e o tom vibrante de sua voz viajou pelo salão. — Um dos meus contos preferidos é aquele da criada Tawaddud. Depois da morte de um rico mercador, o filho dele gastou toda sua herança, até não lhe restar nada além de uma criada, uma jovem conhecida em todo o califado por sua inteligência e beleza. O nome dela era Tawaddud. Ela implorou ao filho que a levasse à corte do califa Harun al-Rashid, e que lá a vendesse por uma grande quantia. O filho insistiu que não conseguiria um valor tão alto pela venda de uma criada. Tawaddud insistiu que convenceria o califa de que não haveria mulher mais sábia, eloquente ou estudada em toda a terra. Por fim, o filho foi convencido. Ele a levou até a corte, e a jovem se pôs diante do califa, que então lhe disse o seguinte...

Cordelia assentiu para Kellington, que tinha se posicionado ao lado do palco. Ao sinal, começou a tocar uma melodia fantasmagórica no violino, e Cordelia começou a se movimentar.

Era uma dança, mas não era uma dança. Ela se movia fluidamente com Cortana. A espada era ouro, e ela acompanhava aquele ouro com fogo. E falava, e sua voz baixa e rouca combinava com a dança e com a música do violino.

— *Oh, meu Senhor, sou versada em sintaxe, poesia, jurisprudência, exegese e filosofia. Sou habilidosa com música e no conhecimento das ordenações divinas, e em aritmética, geodesia, geometria e nas fábulas antigas.*

Cortana tecia as palavras dela, ressaltando cada uma com aço. Cordelia se virava ao sabor da espada, e seu corpo serpenteava como água ou fogo, como um rio sob uma infinidade de estrelas. Era lindo — *ela* era linda, mas não era uma beleza distante. Era uma beleza que vivia e respirava e estendia suas mãos para esmagar o peito de James e deixá-lo sem fôlego.

— *Estudei as ciências exatas, geometria e filosofia, e medicina, lógica, retórica e composição.*

Cordelia caiu de joelhos. A espada açoitando ao redor, um círculo estreito de fogo. O violino cantava, e o corpo dela cantava junto, e James enxergava a corte do califa, e a corajosa moça ajoelhada diante de Harun al-Rashid, explicando a ele seu valor.

— *Sei tocar o alaúde e conheço sua escala, notas, partitura e o crescendo e o diminuendo.*

Ao lado de James, Matthew inspirou fundo. James olhou rapidamente para seu *parabatai*. Matthew ostentava aquela expressão que estampava, às vezes, quando achava que ninguém estava olhando para ele. Havia uma solidão assombrada naquele olhar, um desejo quase além da compreensão por algo que nem mesmo o próprio Matthew entendia.

O olhar dele estava fixado em Cordelia. Mas, por outro lado, todos no salão estavam olhando para ela, para seu corpo arqueado e para os cabelos que balançavam, um arco de fogo. A pele marrom de Cordelia brilhava; o suor reluzia sob o pescoço. O sangue de James latejava pelo corpo como um rio numa barragem rompida.

— *Se eu canto e danço, eu seduzo.* — Cordelia retesou o corpo com um estalo. Os olhos dela encontraram o olhar do público, diretos e desafiadores.

— *E se eu me arrumo e me perfumo, eu mato.*

Ela enfiou Cortana na bainha. Kellington tinha parado de tocar o violino; agora ele também estava encarando Cordelia como uma ovelha encantada. James sentiu uma vontade sobrepujante de dar um chute no lobisomem.

Cordelia ficou de pé, o peito subindo e descendo com a respiração resfolegante.

— E homens sábios foram trazidos de todo o território para testar Tawaddud, mas ela se provara mais sábia do que todos eles. Tão sábia e linda que, no fim, o califa lhe concedeu o que ela quisesse, todos os desejos do coração da moça.

Cordelia fez uma reverência.

— E este é o fim da história — anunciou ela, e começou a descer os degraus.

Cordelia jamais tinha sido fitada por tantas pessoas. Fugindo do palco, ela serpenteou entre a multidão, embora fosse uma multidão diferente em relação a alguns minutos antes — agora todos pareciam dispostos a lhe oferecer um sorriso, ou um meneio de cabeça em aprovação, ou uma piscadela. Conforme ela passava, vários seres do Submundo comentavam:

— Lindamente representado.

Ela murmurou os agradecimentos e ficou imensamente aliviada quando chegou a James e Matthew. James completamente contido; Matthew com olhos arregalados.

— Minha nossa — disse ele, com admiração, assim que Cordelia se aproximou. Ele parecia muito mais sério do que o normal. — O que foi *aquilo*?

— Foi um conto de fadas — disse James brevemente. — Muito bem, Cordelia. — Ele apontou o sofá de jacquard agora vazio. — Anna sumiu com Hypatia, então eu diria que sua distração foi um sucesso.

Cordelia. Ele não usara o apelido Daisy. Ela ficou sem saber o que pensar daquilo. Levou a mão ao peito; seu coração estava acelerado, por nervosismo e pela dança.

— O que fazemos agora? — quis saber ela. — Quanto tempo a sedução costuma durar?

— Depende da sua habilidade — falou Matthew, com um lampejo do antigo sorriso.

— Bem, espero, pelo bem de Hypatia, que Anna faça direito, mas, pelo nosso bem, espero que seja rápido — falou James.

Matthew se pôs num estado de atenção de repente.

— Vocês dois — disse ele. — Ouçam.

Cordelia ficou atenta, e a princípio só escutou o zumbido e os murmúrios da multidão. Então, abaixo de toda a profusão de sons, o sussurrar de uma palavra familiar, dita em voz baixa e com urgência.

Um Caçador de Sombras. Tem um Caçador de Sombras aqui.

— Estão falando da gente? — Ela olhou em volta, confusa, e flagrou Kellington olhando para a porta, sua boca contraída de irritação. Alguém acabara de entrar no salão, alguém com cabelos ruivos e usando um pesado paletó de tweed.

— Charles. — Os olhos de Matthew eram fendas verdes. — Pelo Anjo. O que ele está fazendo aqui?

James xingou baixinho. Charles avançava pela multidão, o paletó abotoado até o pescoço, olhando ao redor com desconforto. Parecia desesperadamente deslocado.

— É melhor a gente ir embora — sugeriu James. — Mas não podemos deixar Anna.

— Vocês dois, se escondam — ordenou Matthew. — Charles vai perder a cabeça se vir vocês aqui.

— Mas e você? — perguntou Cordelia.

— Ele está acostumado quando faço esse tipo de coisa — falou Matthew, e seu rosto pareceu ter se contraído. Porém os olhos brilhavam como lascas de vidro. — Eu cuido de Charles.

James olhou para Matthew por um longo momento. Cordelia sentiu o sussurro de palavras implícitas sendo trocadas entre eles, a comunicação silenciosa dos *parabatai*. Talvez um dia ela viesse a ter isso com Lucie; naquele momento, pareceu quase mágica.

James assentiu para Matthew, se virou e pegou a mão de Cordelia.

— Por aqui — disse, e os dois mergulharam na multidão. Atrás de si, Cordelia ouviu Matthew dizendo o nome de Charles com uma surpresa exagerada e ruidosa. A multidão se agitava e se deslocava conforme seres do Submundo iam se encolhendo para longe de Charles; James e Cordelia contornaram Kellington e entraram num corredor com painéis vermelhos, que levava para longe do salão principal.

Havia uma porta aberta mais ou menos na metade do corredor; e uma placa proclamava que aquela era A SALA DOS SUSSURROS. James entrou, puxando Cordelia. Quando James bateu a porta atrás do dois, ela só teve tempo de constatar que eles estavam em uma sala vazia e de iluminação fraca. Ela encostou na parede, recuperando o fôlego enquanto os dois olhavam em volta.

Estavam numa espécie de antessala, ou talvez fosse um escritório. As paredes tinham papel prateado, decorado com imagens de escamas e penas douradas. Havia uma escrivaninha alta de nogueira, ampla como uma mesa, com uma superfície elevada e cheia de pilhas ordenadas de papel sob uma tigela de cobre contendo pêssegos. A escrivaninha de Hypatia, talvez? Um fogo claramente enfeitiçado queimava na lareira, as chamas prata e azul. A fumaça formava desenhos delicados no ar, no formato de folhas de acanto. Tinha cheiro doce, como essência de rosas.

— O que acha que Charles está fazendo aqui? — perguntou Cordelia.

James observava os livros nas prateleiras; um gesto bem típico dos Herondale.

— Onde aprendeu a dançar daquele jeito? — questionou ele, abruptamente.

Ela se virou para olhá-lo, surpresa. Ele estava encostado na estante agora, observando-a.

— Eu tive um instrutor de dança em Paris — explicou Cordelia. — Minha mãe acreditava que aprender a dançar conferia graciosidade na hora da batalha. *Aquela* dança — acrescentou ela — era proibida para as moças solteiras, mas meu instrutor de dança não ligava.

— Bem, graças ao Anjo que você estava aqui — disse ele. — Matthew e eu certamente não teríamos dado conta de fazer aquela dança sozinhos.

Cordelia deu um sorriso fraco. No palco, dançando, ela se imaginara sendo observada por James, ele considerando-a linda, e o poder que a percorreu diante de tal pensamento foi como eletricidade. Agora ela desviava o olhar do dele, passando a mão pelo tampo da escrivaninha, perto da pilha de papéis presa sob a tigela de cobre.

— Cuidado — falou James, com um breve gesto de alerta. — Suspeito que sejam frutas das fadas. Não têm efeito em feiticeiros... nenhum efeito mágico, pelo menos. Mas em humanos...

Ela recuou.

— Não creio que possam nos fazer mal se não as comermos.

— Ah, não mesmo. Mas já conheci quem as provou. Dizem que quanto mais se come, mais se quer, e mais dói quando não se pode comer mais. No entanto... Eu sempre pensei... será que *não* saber o gosto não seria apenas mais uma forma de tortura? A tortura da dúvida?

As palavras dele saíram leves, mas seu olhar carregava certa estranheza, pensou Cordelia, havia um tipo de profundidade ali que não parecia familiar. Os lábios dele estavam entreabertos, os olhos de um dourado mais profundo do que o habitual.

A beleza era capaz de dilacerar um coração como dentes, pensou ela, mas Cordelia não amava James porque ele era lindo: ele era lindo para ela porque Cordelia o amava. Tal pensamento fez com que suas bochechas corassem; Cordelia virou o rosto bem no momento em que a porta chacoalhou na ombreira.

Alguém tentava entrar. James se virou, os olhos selvagens. A mão de Cordelia disparou para o cabo de Cortana.

— Não deveríamos estar aqui... — começou ela.

Não houve tempo para concluir a frase. Um instante depois, James a puxou para si. Seus braços a envolveram, levantando o corpo dela de encontro ao dele. A boca de James era suave, mesmo enquanto comprimia a de Cordelia bruscamente; apenas um segundo depois ela se dera conta da intenção de James, quando a porta foi aberta e ela ouviu vozes. Cordelia arquejou baixinho, e sentiu a pulsação de James acelerar; a mão direita dele nos cabelos dela, a palma com a cicatriz das Marcas na bochecha dela conforme ele a beijava.

James a estava beijando.

Ela sabia que não era genuíno. Sabia que ele estava fazendo parecer que eram seres do Submundo num encontro romântico na Sala dos Sussurros — mas não importava, nada importava exceto o modo como ele a beijava, gloriosamente a beijava.

Cordelia envolveu o pescoço dele com os braços, arqueando o corpo para ele. Ela sentiu o hálito dele chiando em sua boca; ele a beijava com delicadeza, ainda que os movimentos das mãos e do corpo mimetizassem a paixão.

Mas Cordelia não queria delicadeza. Ela queria que fosse arrebatador e extraordinário, queria que a paixão fosse real, que o beijo fosse o tudo-desesperado com que sempre sonhara.

Ela abriu os lábios de encontro aos de James. Os dele eram macios, e tinham gosto de açúcar de cevada e especiarias. Cordelia ouviu risinhos nervosos à porta da sala e sentiu a mão de James apertando mais sua cintura. A outra mão migrou da bochecha para a nuca, em concha, conforme ele foi intensificando o beijo, subitamente, como se não conseguisse se conter. E então James se inclinou para ela, a língua traçando o formato de sua boca, fazendo Cordelia estremecer.

— Oh — suspirou ela baixinho colada a ele, e ouviu a porta se fechar. Quem quer que estivesse por ali, agora tinha ido embora. Ela manteve os braços em volta do pescoço dele. Se ele quisesse que aquilo acabasse, então ele teria de tomar a iniciativa para cortar.

James interrompeu o beijo, mas não a soltou. Ele ainda a segurava contra si, seu corpo um ninho firme para o dela. Cordelia acariciou a lateral de seu pescoço com os dedos; havia uma leve cicatriz branca logo acima do colarinho, em formato de estrela...

James estava ofegante.

— *Daisy*... minha *Daisy*...

— Acho que tem mais gente vindo — sussurrou ela.

Não era verdade, e ambos sabiam disso. Não importava. Ele a puxou com tanta força que Cordelia quase tropeçou, seu salto ficou preso no tapete. O sapato saiu, e Cordelia chutou longe o outro pé, ficando na pontinha dos dedos para alcançar a boca de James — os lábios firmes e doces, provocadores agora, conforme iam passeando pela fenda dos lábios dela, pela maçã do rosto, até a mandíbula. Cordelia estava nadando em tontura quando sentiu James abrindo a alça de Cortana com uma das mãos, e a outra já no corpete do vestido. Jamais tivera noção de que seu corpo poderia sentir aquelas coisas, tenso e rígido de desejo, ao passo que ela parecia flutuar.

James foi beijando seu pescoço e Cordelia jogou a cabeça para trás. Sentiu quando ele se abaixou para apoiar Cortana na parede; quando ele se aprumou outra vez, tornou a abraçá-la. Então foi arrastando-os para longe da estante de livros, em parte carregando-a, a boca urgente no beijo. Os dois tropeçaram pelo tapete, as mãos e os lábios frenéticos quando se apoiaram na imensa escrivaninha. Cordelia arqueou mais ainda o corpo, agarrando a borda da escrivaninha, curvando-se contra James de uma forma que o fez inalar profundamente.

As mãos dele percorriam as curvas dela, do quadril até a cintura, e voltando a subir para agarrar os seios. Cordelia arquejou, inspirando a nova sensação, ávida por sentir as mãos dele. Os dedos de James se enfiaram no decote do vestido. Ele tocava a pele, a pele exposta de Cordelia. Ela estremeceu, maravilhada, e ele a fitou, seus olhos selvagens e quentes e dourados. James então tirou a sobrecasaca, jogando-a de lado; quando voltou para Cordelia, ela pôde sentir o calor do corpo dele através do fino vestido de seda.

Mesmo durante a dança, mesmo na sala de treinamento, Cordelia jamais sentira o próprio corpo tão absolutamente confortável como agora. James a ergueu na escrivaninha de nogueira, de forma que agora ela estava sentada num patamar de madeira acima dele. Ela então enlaçou a cintura dele com as pernas. James aninhou o rosto dela entre as mãos. Os cabelos dela eram uma cortina de chamas esvoaçando ao redor de ambos conforme o beijo prosseguia infinitamente.

Por fim, Cordelia o puxou para si. As costas delicadas encontraram a madeira do tampo quando ele se debruçou em cima dela, uma das mãos conferindo apoio à sua cabeça. Ao sentir o copo de James ao longo do dela, foi como se seu sangue incendiasse. Agora ela entendia por que poetas diziam que o amor era como chama. O calor a dominava completamente, e tudo o que Cordelia queria era mais e mais — mais beijos, mais toques, ser devorada pelas sensações do mesmo jeito que uma floresta é devorada por uma queimada.

E o rosto de James — ela jamais o vira daquele jeito, olhos queimando e perdidos para o desejo, as pupilas arregaladas e negras. James gemeu quando ela o tocou, passando as mãos pelo peito firme, os braços rígidos firmando o tronco e mantendo-o apoiado acima dela. Cordelia emaranhou os dedos na confusão escura dos cabelos dele quando James se abaixou para beijar cada seio volumoso, o hálito quente contra a pele.

A porta da sala foi aberta de novo. James congelou, e um momento depois se levantou aos trancos, se afastando da escrivaninha, pegando o paletó. Ele o entregou a Cordelia enquanto ela se sentava às pressas.

Matthew estava parado à ombreira da porta, encarando os dois. Cordelia agarrou o paletó contra o corpo, embora ainda estivesse completamente vestida. Ainda assim, a peça fez as vezes de escudo contra o olhar chocado de Matthew.

— James — disse ele, e pareceu incrédulo apesar da evidência diante dos próprios olhos. A expressão dele estava tensa e aguçada enquanto seu olhar passeava de James para os sapatos de Cordelia, largados no chão.

— Não deveríamos estar aqui — disse Cordelia, às pressas. — James achou que se fingíssemos... quero dizer, se alguém entrasse e pensasse...

— Eu entendo — falou Matthew, olhando não para ela, mas para James. E James, pensou Cordelia, parecia composto, tão composto, como se nada tivesse acontecido. Apenas o cabelo dele estava um pouco bagunçado, e a gravata meio torta, mas a expressão era trivial: calma, levemente curiosa.

— Charles ainda está aqui? — perguntou ele.

Apaticamente, Matthew encostou na soleira da porta. As mãos se movimentando lentamente conforme falava, descrevendo arcos despretensiosos no ar.

— Ele foi embora. Mas antes ganhei um belo sermão, garanto, por ter passado tanto tempo em tal pântano de devassidão e ruína. Ele disse que imaginaria que eu ao menos teria a decência de trazer você ou Anna para cuidarem de mim. — Matthew fez uma careta.

— Que azar, amigo — disse James, virando-se para Cordelia, e estendendo a mão para ajudá-la a descer da escrivaninha. O calor sumira dos olhos dourados dele; estavam frios e indecifráveis. Ela lhe entregou o paletó e James o vestiu. — Por que ele estava aqui?

— O Enclave está investigando as informações que os seres do Submundo têm sobre a situação — falou Matthew. — Dias depois de já termos tido a ideia, é claro.

— Temos que ir embora — falou James. — Charles pode ter ido, mas nada impede que outros membros da Clave façam uma visita indesejada.

— Precisamos avisar Anna — disse Cordelia, pigarreando. Ela se achou espantosamente calma, considerando tudo.

Matthew deu um sorriso fraco.

— Hypatia não vai gostar disso.

— Mesmo assim — disse Cordelia, teimosa, recuperando um sapato, e então o outro. — Temos que ir.

Ela pegou Cortana da parede onde James a apoiara e seguiu os rapazes para o corredor; mordeu o lábio conforme eles foram seguindo em silêncio pelo corredor com papel de parede damasco. O cheiro da fumaça na Sala dos Sussurros grudara em seu cabelo e suas roupas, nauseantemente doce.

— Aqui — apontou Matthew quando uma porta dourada de entalhe ornamentado surgiu à frente deles, a maçaneta moldada no formato de uma ninfa dançando. Aparentemente Hypatia modificara a entrada do quarto, assim como mudara as paredes da câmara central. — O quarto de Hypatia Vex. Cordelia, presumo que você queira bater?

Cordelia se conteve para não olhar com raiva para Matthew. Ele estava bem perto dela, quase ombro a ombro, e ela sentia o cheiro de álcool que exalava dele — algo intenso e escuro, como *brandy* ou rum. Cordelia pensou na deliberação lenta demais dos gestos dele, na forma como Matthew piscara para ela e James. Antes de ir buscá-los na Sala dos Sussurros, tinha se embebedado, percebeu ela. Estava provavelmente muito mais bêbado do que deixava transparecer.

Antes que Cordelia fizesse qualquer coisa, a maçaneta da ninfa virou, e Anna abriu a porta, banhada em luz bronze e uma pesada torrente de perfume que lembrava flores brancas: jasmim e angélica. Anna estava descabelada e o colarinho da camisa estava aberto, exibindo um colar de rubi que brilhava vermelho como sangue contra o pescoço. Ela estendeu a mão esquerda, exibindo uma caixa de madeira entalhada com o *ourobouros* e já escura pela pátina dos anos.

— *Shhh* — sussurrou, olhando com raiva para o trio. — Hypatia está dormindo, mas não vai permanecer assim por muito tempo. Levem!

E atirou a Pyxis para James.

— Então terminamos — disse Matthew. — Venha com a gente.

— E deixar Hypatia desconfiada? Não seja ridículo. — Anna revirou os olhos azuis. — Vão embora, conspiradores. Já fiz minha parte, e o restante da minha noite não requer vocês.

— Anna? — A voz de Hypatia veio de algum lugar da sala de luz bronze. — Anna, querida, onde você está?

— Levem minha carruagem — sussurrou Anna. Então sorriu. — E você se saiu muito bem, Cordelia. Vão comentar sobre aquela dança durante eras.

Ela deu uma piscadela e bateu a porta na cara deles.

—

O sono abandonou Cordelia naquela noite. Muito depois de os rapazes a deixarem em casa, em Kensington, muito depois de ela ter subido os degraus até o quarto, exausta, muito depois de seu novo vestido ter sido jogado no chão numa pilha de seda bronze, ela ficou deitada, acordada, encarando o teto de gesso branco do quarto. Ainda sentia os lábios de James, o toque das mãos e dos dedos dele em seu corpo.

Ele a beijara com desespero violento, como se estivesse morrendo de vontade dela. Dissera seu nome: *Daisy, minha Daisy.* Não dissera? Mas quando eles chegaram a Kensington, James a ajudara a descer da carruagem e lhe desejou uma boa-noite casualmente, como se fossem os amigos de sempre. Cordelia tentava conter na mente as sensações de beijá-lo, mas as lembranças táteis lhe escapuliam e sumiam, restando apenas a recordação da doçura, como a fumaça na Sala dos Sussurros.

16
LEGIÃO

*O mar entregou os mortos que nele havia,
e a morte e o Hades entregaram os mortos que neles
havia.*

— Apocalipse 20:13

Quando Cordelia chegou ao Instituto no final da tarde, encontrou Lucie e os Ladrões Alegres no salão de baile, claramente tirando vantagem do fato de Will e Tessa terem saído numa patrulha diurna. Lençóis brancos tinham sido jogados sobre a mobília e o piano, e a única luz era aquela oriunda das janelas em arco, pois as pesadas cortinas de veludo tinham sido abertas. Mesmo tendo se passado pouco tempo desde o baile, o piso já estava levemente empoeirado.

Lucie, Christopher, James, Matthew e Thomas estavam de pé ao redor de um objeto que fora colocado no meio do salão. Quando Cordelia se aproximou deles, reconheceu ali no centro a Pyxis que Anna entregara a James na noite anterior.

À luz aquosa do dia, Cordelia via a caixa com mais clareza. Era feita de madeira dourada escura, com o desenho do *ourobouros*, a serpente que engolia a própria cauda, gravado com fogo nos quatro lados. Um puxador se projetava da tampa.

— Cordelia! — exclamou Lucie. — Estávamos agora mesmo trocando informações. Descobrimos muitas coisas importantes na reunião do Enclave ontem à noite, e parece que vocês conseguiram uma ou outra coisinha na Hell Ruelle. Nada tão emocionante, sem dúvida, mas não podemos todos ser espiões.

— Meu irmão me contou sobre a reunião esta manhã — informou Cordelia, juntando-se aos demais no círculo improvisado. Assim como Cordelia, Lucie e os rapazes também estavam de uniforme. James usava um paletó Norfolk sobre o dele, com a gola virada para cima. Mechas de cabelo preto caíam sobre sua testa e beijavam o alto das bochechas. Ela virou o rosto rapidamente, antes que os olhares deles se encontrassem. — A quarentena e... tudo o mais.

Alastair ainda estava com raiva dela, mas, para ser justa com ele, seu irmão fora cuidadoso ao dar a péssima notícia sobre Oliver Hayward. No entanto, ela não sabia o que dizer sobre aquela situação. Não conhecera Oliver, exceto como uma presença ao lado de Barbara, mas os demais conheceram. Ela não conseguia imaginar o que sentiam, principalmente Thomas, que parecia ainda mais tenso e contido do que antes.

— Pelo visto agora é ainda mais urgente encontrar e prender o demônio responsável por esse contágio, antes que ataque mais alguém — disse ela, por fim.

Christopher agitou um enorme livro com empolgação, os óculos equilibrados na ponta do nariz. As palavras *Sobre os usos de Pyxides e outras Phylacteries* estavam estampadas em dourado na capa.

— Parece que esta geração de Pyxis é relativamente simples. Quando se deseja prender um demônio, primeiro você o fere ou enfraquece. Então coloca a Pyxis no chão e recita as palavras *Thaam Tholach Thechembaor*, fazendo com que o demônio seja sugado para dentro da caixa.

A Pyxis chacoalhou com força, quase tombando de lado. Todos saltaram uns bons centímetros para trás.

— Está *vivo* — exclamou Thomas, encarando. — Não a Pyxis, quero dizer... bem, vocês entenderam o que quero dizer.

— De fato — disse James. — Vejo um defeito em nosso plano.

Matthew assentiu.

— Eu também. E se a Pyxis tiver um ocupante? Não há motivo real para presumir que a caixa de Hypatia esteja *vazia*. Pode ser que um demônio esteja nela durante todos esses anos.

Todos se encararam.

— O que aconteceria se tentássemos colocar *outro* demônio ali dentro? — perguntou Cordelia, por fim. — Será que caberiam os dois?

— Não é uma boa ideia — informou Christopher, consultando o livro. — Como não sabemos que tipo de demônio já está aí dentro, não temos certeza se haverá espaço o suficiente. Pyxides são maiores por dentro do que parecem, mas ainda assim são finitas.

— Bem, então precisamos esvaziar esta Pyxis — disse Lucie com praticidade. — Pode haver qualquer coisa aí dentro. Poderia ser um Demônio Maior.

— Ai, não — disse Christopher, com tristeza.

— Tenho certeza de que não é — falou James. — Ainda assim, vamos levar para o Santuário. Não importa o que aconteça, ao menos vamos conseguir mantê-lo contido até que chegue ajuda.

— Por que não? — disse Matthew. — Certamente não tem como esse plano dar errado.

James ergueu uma sobrancelha.

— Você tem outra ideia?

— Acho que é a solução — falou Thomas. — Seria ridículo recuar depois de ter chegado até aqui.

Lucie fungou.

— Bem, é melhor vocês torcerem para que dê certo. Principalmente você, James, porque se mamãe e papai descobrirem que vocês soltaram um demônio no Santuário, vão fazer questão de dar você como oferenda ao bicho.

James disparou um olhar sombrio de irmão mais velho para Lucie, o que quase fez Cordelia rir. Ela sempre sentira inveja da proximidade entre Lucie e James, algo que ela sempre desejara com Alastair, mas jamais tivera. Era bom que em alguns momentos eles fossem perfeitamente comuns.

O grupo se deslocou para o Santuário, James carregando a Pyxis com cuidado, como se fosse um instrumento infernal prestes a explodir a qualquer momento. Cordelia se viu caminhando ao lado de James e Lucie. E se perguntou se ela e James algum dia viriam a conversar sobre o ocorrido na Sala dos Sussurros, ou se ela enlouqueceria solitária e silenciosamente pensando naquilo.

— Não se preocupe — disse Lucie ao irmão. — Não será como foi com papai.

— Como assim? — perguntou Cordelia.

James respondeu:

— Quando era criança, meu pai abriu uma Pyxis, e as consequências foram trágicas. Minha tia Ella foi morta.

Cordelia ficou apavorada.

— Talvez não devêssemos...

— Desta vez será diferente — disse Lucie, e Cordelia ficou sem saber se Lucie estava confortando a si ou a James. — Sabemos no que estamos nos metendo. Papai não sabia.

Eles chegaram ao Santuário, o único cômodo no Instituto onde seres do Submundo podiam entrar livremente sem serem convidados por um Caçador de Sombras. Estava protegido por feitiços que impediam que eles entrassem no corpo principal do Instituto. Reuniões com membros proeminentes do Submundo costumavam acontecer ali, e seres do Submundo podiam até mesmo buscar refúgio em um Santuário sob a proteção dos Acordos.

Era nítido que o Instituto de Londres fora uma catedral um dia, uma das grandes. Imensos pilares de pedra se erguiam até um teto abaulado. Thomas arranjara uma caixa de fósforos e circulava pela sala, acendendo uma dúzia de candelabros, as arandelas cheias de enormes velas brancas que projetavam uma luz tremeluzente. As tapeçarias e as pilastras eram todas decoradas com desenhos de Marcas, bem como os ladrilhos. Cordelia teve de admitir que se alguém fosse soltar um demônio, aquele parecia um dos melhores lugares para fazê-lo.

No meio da sala havia uma fonte de pedra, seca, e em seu centro a estátua de um anjo com asas encolhidas, o rosto manchado de linhas pretas, como lágrimas.

James colocou a caixa no chão, diretamente sobre a Marca de poder angelical. Ele se ajoelhou, estudando a Pyxis. Depois de um momento, sacou do casaco uma lâmina serafim apagada.

— Armem-se, todos — disse James.

Cordelia desembainhou Cortana; os demais sacaram lâminas serafim como James tinha feito, exceto Thomas, que pegou as boleadeiras. James esticou o braço e segurou o puxador da Pyxis.

A mão de Cordelia apertou o cabo da espada.

James torceu o puxador como se girasse uma rolha. Um *clique* alto ressoou quando a Pyxis se abriu. Por todo o Santuário, as chamas das velas brancas se espicharam e tremeluziram. James saltou para trás, erguendo a lâmina.

Ouviu-se um som semelhante ao assobio de um trem noturno, e uma fumaça subiu da Pyxis aberta, trazendo consigo um cheiro horrível de queimado. Cordelia tossiu, erguendo Cortana. Então ouviu James gritar *Barachiel*, e a luz da lâmina serafim dele cortou a fumaça, seguida pelas lâminas dos outros — Matthew, Christopher e Lucie.

Algo estava se elevando em meio à fumaça — algo como uma imensa lagarta, de cor esverdeada, com um corpo segmentado e ondulando, e uma cabeça lisa rasgada de um lado a outro pela boca sem lábios. A boca se entreabriu, exibindo fileiras de dentes pretos. Então, para a surpresa de Cordelia, a criatura falou:

— *Livre enfim* — sibilou ela. — *Eu, Agaliarept, estou livre para recuperar os domínios de meu mestre, roubados dele por um demônio de grande astúcia. Recuperarei o mundo perdido pertencente a ele e inundarei este aqui com sangue e morte.* — A cabeça cega do demônio se virou para os Caçadores de Sombras. — *Aqueles que me libertaram, qual é o seu desejo? Falem! Sou obrigado a conceder qualquer coisa que pedirem.*

— Qualquer coisa? — disse Matthew, curiosamente.

Houve um lampejo de luz quando a lâmina serafim de James formou um arco através da fumaça e mergulhou no tronco do demônio. Icor preto respingou quando o demônio guinchou com uma voz esganiçada. As velas tremeluziram e se apagaram quando James desencravou a lâmina; ele estava salpicado com fluido preto, a mandíbula trincada, os olhos brilhando.

O demônio urrou e sumiu, deixando apenas fumaça e fedor. Lucie cambaleou para trás, tossindo, o rosto contraído de nojo.

— Mas ele teria feito a nossa vontade! — protestou Matthew.

— Não pareceu confiável — justificou James, limpando icor do rosto com a manga da camisa. Sua lâmina serafim tinha se apagado.

— Achei que ele parecia legal, para um demônio — falou Christopher.

— Você sabe.

— *O quê* está acontecendo aqui? — disse uma voz alta.

Todos se viraram, Cordelia erguendo Cortana por reflexo. Ela abanou a fumaça para longe do rosto e encarou a cena.

Alguém tinha entrado pela porta que dava para a rua. Um homem alto — muito alto, com uma cabeleira preta. A pele dele era marrom, um tom mais escuro do que a de Cordelia, os olhos verde-dourados com pupilas em fenda como as de um gato. Seus trajes eram pertinentes a um casamento de verão, ele vestia sobrecasaca cinza e calça, com luvas de camurça cinza e botas. O toque final do traje ficava por conta de um magnífico colete de brocado cinza e magenta, uma bengala e perneiras magenta chamativas.

— Magnus *Bane*? — disse Matthew, com uma mistura de assombro e horror.

Magnus Bane adentrou no Santuário, balançando a cabeça enquanto estudava a cena diante de si.

— Quero saber o que estão fazendo, mas devo confessar que tenho medo de descobrir — ironizou. — Um tiquinho de conjuração de demônio, suponho?

— É meio complicado — respondeu James. — Oi, Magnus. É bom ver você.

— Da última vez que vi você, estava com o rosto para baixo no rio Serpentine — disse Magnus alegremente. — Agora está brincando com uma Pyxis. Vejo que decidiu seguir a extensa tradição dos Herondale na tomada de péssimas decisões.

— Eu também! — disse Lucie, determinada a não ser excluída.

— Vim lá de Jacarta para uma reunião com Tessa e Will sobre toda essa coisa de praga demoníaca à luz do dia — disse Magnus. — No entanto, quando bati à porta da frente, ninguém atendeu. Então fui obrigado a entrar pelo Santuário.

— Que estranho eles pedirem que você viesse agora — comentou Thomas.

— Todos os maiores de 18 anos estão nas ruas procurando pelos demônios responsáveis pelos ataques.

Magnus franziu a testa. Então ergueu a mão para olhar o relógio — que parecia caro — em seu pulso e resmungou.

— Parece que esqueci de atrasar meu relógio, por isso cheguei seis horas adiantado. Inferno.

Matthew pareceu encantado.

— Podemos tomar chá. Sou um verdadeiro entusiasta do seu trabalho, Sr. Bane. E, além disso, do seu estilo pessoal. Só os seus coletes...

— Matthew, cale a boca — ralhou Thomas. — O Sr. Bane não quer falar sobre coletes.

— Uma inverdade — respondeu Magnus. — Sempre quero falar sobre coletes. Mas admito que estou mais curioso com esta Pyxis. — Ele se aproximou e cutucou a caixa com sua bengala de madeira de Malaca. — Estou certo em deduzir que vocês abriram a caixa de propósito e soltaram um demônio Palpis?

— Sim — respondeu James.

— ...e por quê? — questionou Magnus.

— Precisamos que a Pyxis esteja disponível — disparou Matthew. — Para prender um demônio. Então precisava estar vazia. Estávamos apenas... desocupando-a.

James suspirou.

— Matthew, você daria um péssimo espião. Talvez não ceda sob tortura, mas diria tudo que uma pessoa gostaria de saber em troca de um belo par de calças.

— Ah, misericórdia — disse Cordelia. Ela se virou para Magnus. — Você quer que esse negócio de demônios acabe, certo? E não quer que mais Caçadores de Sombras morram, não é?

Magnus pareceu surpreso por ser interpelado tão impetuosamente.

— Geralmente não fico do lado dos demônios assassinos.

— Então talvez você possa nos ajudar — interveio James, e rapidamente expôs o plano deles, ou pelo menos o tanto quanto podia revelar sem quebrar a promessa a Ragnor. A convicção de que estavam procurando um tipo de demônio que só podia ser preso numa Pyxis. A visão de James do Mundo das Sombras e o motivo para achar que o demônio estaria na Tower Bridge. Conforme ele falava, Magnus parecia cada vez mais curioso. Ao fim da história, Magnus tinha se sentado na beira da fonte, as longas pernas esticadas diante do corpo.

— Que bela coletânea de suposições — comentou ele quando James terminou. — Mas preciso perguntar, principalmente a vocês, Lucie e James... por que não procuraram a ajuda de seus pais? Por que o segredo?

— Porque fizemos uma promessa — disse Matthew. — À pessoa que nos deu a chave que revelou grande parte dessas informações. E não podemos quebrá-la.

Magnus deu um estranho sorriso torto.

— Ragnor me contou que confiou alguma informação a vocês, e parece que vocês não traíram a confiança dele. Não são muitos os Caçadores de Sombras que honrariam tal promessa feita a um ser do Submundo. Como sou o melhor amigo de Ragnor, ou pelo menos a única pessoa que consegue tolerá-lo por longos períodos, vou guardar seu segredo. — Ele olhou de James para Lucie. — No passado, quando eu era bem próximo de seus pais, eles provavelmente estariam liderando esse plano. — Magnus se levantou. — Mas agora eles não são mais crianças. São pais, e, portanto, dedicados a algo que amam mais do que as próprias vidas. Então, de fato, talvez não devessem ficar a par de toda a história.

Nem Matthew teve resposta para aquele comentário.

— Bem, boa sorte — disse Magnus, pegando a bengala. — Acho que vou até Hatchards por algumas horas. Não há distração melhor neste mundo do que se perder em livros por um tempo.

Cordelia deu um passo adiante, as mãos estendidas, como se para impedi-lo de sair.

— Sr. Bane — disse ela. — Eu sei que é algo grandioso para se pedir, principalmente quando você prometeu guardar nossos segredos. Mas você poderia nos ajudar?

Magnus tamborilou os dedos enluvados na ponta da bengala.

— Você é uma Carstairs, certo? Cordelia Carstairs?

— Sim, sou prima de Jem — disse Cordelia. — Veja bem... Sabemos que é um plano insano, mas poderia salvar muitas vidas. Não precisa nos ajudar diretamente, ou se envolver na luta. Entendo sua lealdade aos nossos pais. Mas seria de grande ajuda se você pudesse simplesmente lançar um feitiço para manter os mundanos longe da Tower Bridge enquanto nos aventuramos nela. Seria mais seguro para eles também.

Magnus hesitou. O Santuário estava absolutamente silencioso. Cordelia tinha a impressão de estar ouvindo o som do sangue latejando em seus ouvidos enquanto Magnus pensava em seu pedido.

Por fim, o feiticeiro deu de ombros sob o traje de seda.

— Muito bem — concordou. — Embora aquele maldito do Ragnor tenha fugido para Capri, não acho justo vocês se colocarem em perigo por causa de uma promessa a ele. Vou ficar de olho em vocês, mas lembrem-se... se eu vir qualquer coisa que deva chegar ao conhecimento de Will e Tessa, contarei a eles imediatamente.

Depois de pegar o que precisavam da sala de armas — James estava carregado com mais de uma dúzia das facas de arremesso especialmente projetadas por Christopher —, o grupo seguiu para Ludgate Hill e Cannon Street conforme o sol se punha sobre a cidade. James se surpreendeu por estar dando várias olhadinhas de relance para Cordelia sempre que tinha certeza de que não estava sendo observado; ela estava absorta numa conversa com Lucie, ambas de cabeças juntinhas enquanto caminhavam. O cabelo de fogo de Cordelia tinha sido preso num coque sedoso, deixando a pele marrom da nuca exposta.

James tentou não pensar no fato de que sabia como era tatear aquela nuca durante um beijo ardente. Tinha certeza de que se continuasse a pensar a respeito, aquilo o levaria à loucura, e ele não seria mais útil para ninguém.

Aqueles momentos na Sala dos Sussurros com Cordelia tinham sido diferentes de tudo na vida dele. Nenhuma outra experiência era comparável, e certamente nenhum momento com Grace. Mas o que isso dizia a respeito dele? Será que não amava Grace, e que o amor não era o mesmo que desejo? Um não vinha do outro? E ele não tinha como amar Cordelia. Não era possível ter estado apaixonado por Grace há meros dias e então ter transferido a afeição tão rapidamente.

Ele desejava desesperadamente conversar com Cordelia, mas que diabos poderia dizer a ela? Não podia dizer que a amava, mas também não poderia expressar arrependimento pelo evento na noite anterior. Se tivesse que escolher entre uma longa vida de paz e felicidade e mais cinco minutos como aqueles que passara com Cordelia na Sala dos Sussurros, não ousaria revelar sua escolha.

— Você está bem? — Para a surpresa de James, Magnus se juntara a ele no momento em que passavam pela igreja de St. Margaret Pattens. — Tenho de admitir — acrescentou Magnus —, eu tinha expectativas de conseguir falar com você esta noite, então talvez esse acontecimento seja fortuito.

— Por que você queria falar comigo? — James enfiou as mãos nos bolsos do casaco do uniforme. O traje abotoado era bem ajustado ao corpo, o que facilitava os movimentos durante uma luta. — Se você está preocupado com a continuidade da minha carreira de destruidor de lustres, vai ficar aliviado em saber que, de acordo com a Clave, evoluí para um vândalo das estufas.

Magnus apenas ergueu uma sobrancelha.

— Henry — começou ele. — Antes de ir para Idris, ele me enviou um frasco de terra para analisar. Disse que não conseguia entender nada daquilo. Também disse que foi você quem deu a terra a ele.

James quase se esquecera de que Magnus e Henry eram bons amigos e tinham, notoriamente, inventado juntos a magia que alimentava os Portais.

— E? — disse ele, com cautela.

— É uma substância esquisita — falou Magnus. — Na verdade, não é deste mundo.

Eles haviam chegado ao final da Great Tower Street e estavam se aproximando da Torre de Londres. Bandeiras tremulavam das torres da White Tower, fracamente iluminadas por trás pelos últimos brilhos hesitantes do sol poente. Magnus desviou com destreza de um grupo de turistas com câmeras e guiou James pela Tower Hill, uma das mãos no ombro dele.

James baixou a voz, embora os demais estivessem longe. Matthew, que estava levando a Pyxis, tinha parado para apontar algo na torre para Cordelia.

— Como assim?

— Você sabe que há outros reinos — disse Magnus. — Outros mundos diferentes deste.

Pense então no universo como um favo de mel, cada uma das câmaras é uma realidade diferente. Então algumas câmaras estão lado a lado.

— Demônios vêm desses reinos, sim. Eles viajam pelas dimensões para chegar ao nosso mundo e a outros.

Magnus assentiu.

— Há alguns mundos governados por demônios, em geral Demônios Maiores. Esses mundos podem estar imbuídos com a essência dessas criaturas. A terra que você deu a Henry vem de um desses lugares. Uma dimensão sob o poder do demônio Belphegor.

— Belphegor? — O nome soou imediatamente familiar. — Ele é um dos Príncipes do Inferno, não é?

— Eu sei o que você está pensando — falou Magnus, batendo a bengala nos paralelepípedos. — Jem também me procurou para falar de você. Todas as estradas levam a James Herondale ultimamente, ao que parece.

James esfregou as mãos frias. A brisa que vinha do rio era intensa.

— Jem contatou você?

— Para falar do seu avô — explicou Magnus. — Jem me contou que ele era um Príncipe do Inferno. — Ele olhou para o céu que escurecia. — E agora você está se perguntando se pode ser Belphegor porque o reino que você visita pertence a ele.

— Isso não faria sentido? — disse James.

— Talvez. Talvez não signifique nada. Mas posso afirmar que há mais de um século não há registros de aparições de Belphegor. — Magnus hesitou. — Jem me contou que você estava desesperado para saber a identidade de seu avô. Meu pai é um Príncipe do Inferno. Eles são anjos sombrios, James. Inteligentes e astutos e manipuladores. Eles carregam o conhecimento de milhares de anos de vida. E, como anjos, já viram o rosto do divino, mas deram as costas a ele. Escolheram a escuridão, e tal escolha reverberou pela eternidade. Não podem ser mortos, apenas feridos, e nenhum bem pode vir de um relacionamento com um Príncipe do Inferno. Eles não causam nada senão mágoa.

— Mas não seria melhor que eu soubesse...

— Certa vez, conjurei meu pai. Foi o pior erro da minha vida. James, você não é definido por esse... por esse sangue em você. E não encontrei traços, nenhum indício de quem seja seu avô, e aconselhei Jem a parar de procurar. Não importa. Você é quem você é, formado pela soma de suas escolhas e ações. Não uma colher de chá de sangue de demônio.

— Então você *não* acha que seja Belphegor? — perguntou James. — E quanto a Sammael?

Magnus riu com deboche.

— Meu bom Senhor, você está mesmo determinado. Lembro-me de ter procurado um demônio para seu pai certa vez. Ele era igualmente teimoso. — Ele apontou com a bengala. — Veja só. Cá estamos.

Estavam diante da ponte; embora estivesse bastante escuro agora e as lamparinas a gás estivessem acesas, ainda havia uma boa quantidade de tráfego — mesmo o ocasional carro a motor roncando ao longo da Tower Bridge.

Os outros tinham começado a se reunir. Relutantemente, James parou de falar do avô.

— Então, acha que consegue fazer isso? — perguntou ele a Magnus. — Criar uma distração? Ou deveríamos voltar mais tarde, quando houver menos mundanos por aqui?

Os olhos de Magnus brilharam.

— Não há necessidade disso — respondeu. Então se aproximou da grade que percorria a margem do rio, onde um muro alto descia até uma praia de pedras que corria ao lado e abaixo da ponte. Com um floreio, tirou as luvas e as enfiou no bolso do colete. Então estendeu as mãos. Fogo azul brilhou nas pontas de seus dedos.

Um arco de luz se formou sobre o Tamisa. Intenso como milhares de faróis de nafta, ele compôs um caminho reluzente de uma margem à outra. James ouviu Cordelia arquejar, maravilhada, quando a luz subiu e se entrelaçou, formando a figura fantasmagórica de uma Tower Bridge brilhante composta de luz. Era perfeita, até o último detalhe, desde as torres às teias de aranha e às correntes lustrosas.

Magnus baixou as mãos. Estava ofegante.

— É espetacular — disse Thomas, e exibiu uma expressão de verdadeiro espanto que James gostou de ver. — Mas...

— Não vai aparecer aos mundanos como aparece para vocês — disse Magnus. — Eles não verão a verdadeira ponte. Verão isto no lugar. Olhem.

Ele apontou uma carruagem de aluguel que se aproximava. O pequeno grupo de Caçadores de Sombras olhou boquiaberto conforme o veículo desviava para a ilusão reluzente da Tower Bridge e até o deque da ponte. As rodas da carruagem seguiram chacoalhando sobre o asfalto brilhante.

— Ah, que bom, eu estava com medo de que a ponte fosse cair — disse Lucie quando mais carruagens acompanharam a primeira.

Magnus parecia ter lançado um encantamento sobre a entrada da verdadeira ponte, pois todo o tráfego, pedestres e até mesmo diligências pareciam desviar inconscientemente para a estrutura secundária e reluzente criada por ele.

— Magnus jamais faria uma ponte propensa a desabar — disse Matthew. Seus olhos verdes brilhavam, e James sentiu uma corrente de afeição por seu *parabatai*; Matthew sempre fora amante da magia. E este provavelmente era o motivo pelo qual ele parecia tão confortável na Hell Ruelle e em lugares semelhantes, cercado por fogo encantado e feiticeiros de olhos estrelados.

— Obrigado — disse Magnus sarcasticamente. — Se vocês vão capturar aquele demônio, melhor irem logo. Só consigo manter esta ilusão em curso por tempo limitado.

James inclinou a cabeça.

— Obrigado.

Magnus apenas balançou levemente a cabeça.

— Boa sorte. Não morram.

James já havia se virado e agora atravessava o arco que dava para os degraus até a ponte, os demais logo em seu encalço. Todos tinham lâminas serafim, exceto Cordelia; como sempre, Cortana reluzia em sua mão.

James teve a impressão de estar vendo algum tipo de sombra pairando sobre a ponte, uma escuridão que ele atribuíra à sombra do feitiço de Magnus. Mas conforme foram chegando ao topo da escadaria, as lâminas serafim em punho, o mundo começou a escurecer diante de seus olhos. Os postes a gás tremeluziram descontroladamente e se apagaram.

As torres de pedra estalaram e escureceram, linhas irregulares profundas se espalhavam pela calçada abaixo. O vento acelerou, e as pesadas correntes de suspensão de aço pareceram balançar: as nuvens começaram a avançar e a escurecer no céu cinza-escuro. Havia um cheiro ácido no ar, como se uma tempestade estivesse chegando.

— Jamie. — Matthew ainda estava ao lado dele; quando James se virou para olhar para seu *parabatai*, percebeu que seus cabelos pareciam brancos, como os de um velho. A cor estava se esvaindo de tudo, transformando o mundo numa fotografia. Ele inspirou. — Estão todos bem? Vocês parecem...

— Eu consigo ver o Mundo das Sombras. — A voz de James parecia vazia para ele mesmo, distante e cheia de eco. — Está ao meu redor, Math. A ponte está se estilhaçando...

Matthew agarrou o braço dele. Os dedos do *parabatai* pareciam a única coisa cálida num mundo feito de gelo e cinzas.

— Não tem nada errado com a ponte. Está tudo bem, Jamie.

James não tinha certeza se aquilo era verdade. A ponte parecia distorcida e quebrada. Pelas fendas no granito, escapulia uma luz avermelhada. A luz vermelho-sangue da visão dele.

Os outros estavam se espalhando, vasculhando a ponte. Nuvens iam e voltavam, como mensageiros ansiosos.

James tombou a cabeça para trás. Mais nuvens estavam se acumulando diretamente acima deles. Eram pesadas e avermelhadas, quase de aparência úmida, como se estivessem tomadas de sangue. James semicerrou os olhos. Imaginou estar vendo as estrelas entre as nuvens, algumas de brilho fraco pairando sobre as passagens superiores da ponte. Não eram estrelas, percebeu, instintivamente sacando uma faca de arremesso da bainha na cintura. Estrelas não tinham pupilas, ou as íris escarlate. Estrelas não piscavam.

James recuou o braço para dar impulso e atirou a faca.

—

A criatura veio gritando como um falcão num mergulho — um demônio do tamanho de uma diligência, a pelagem amarelada manchada com sangue seco. Disparou diretamente para James, um borrão de dentes pretos e garras vermelhas — e um cabo de ouro: o punho da faca de James se projetando do ombro da criatura.

James ficou de pé na ponte, o braço direito esticado, e atirou uma segunda faca. O demônio se abaixou para se desviar e aterrissou na ponte, os pés com garras abertas. Começou a avançar para os Nephilim.

Cordelia ergueu Cortana, a lâmina dourada cortando o ar. Ao redor dela, um burburinho de vozes conforme lâminas angelicais eram batizadas e se acendiam com luz:

— *Eleleth!*
— *Adamiel!*
— *Jophiel!*

O demônio exibiu os dentes quando a luz serafim iluminou a ponte. Cordelia conseguia vê-lo com mais clareza agora: o corpo de um leão sarnento com pernas longas, cada uma rematada por uma pata imensa com garras. A cabeça era semelhante à de uma cobra e escamosa, com olhos vermelhos brilhantes e uma fileira tripla de mandíbulas serrilhadas. A cauda de escorpião açoitava para trás e para a frente conforme a criatura avançava em direção a James, e grunhia baixinho.

Pelo anjo, pensou Cordelia. *Estávamos certos. É um Mandikhor.*

James pegou uma lâmina serafim quando o demônio avançou contra eles.

— *Raguel!*

A lâmina se acendeu assim que o demônio saltou, os dentes expostos. James se jogou para o lado, evitando as garras afiadas. Matthew soltou a Pyxis e correu para flanquear James, sua lâmina serafim brilhando também. O demônio foi atingido no ombro e saltou para trás, uivando. Então ficou de pé sobre as patas traseiras, e Cordelia ouviu Lucie dar um grito quando o Mandikhor pareceu estremecer todo. Um calombo grotesco inchou sob a pele na lateral do corpo dele — inchou e inchou e então estourou numa *coisa* pegajosa e preta. Cordelia tentou não vomitar quando a coisa se destacou do Mandikhor, caindo no chão. Quando aquela ramificação que havia se soltado do bicho ficou de pé, Cordelia a reconheceu como uma das criaturas que os havia atacado em Regent's Park. Um demônio Khora.

Ele disparou contra Matthew, que soltou um palavrão e saiu cortando a criatura com a lâmina serafim. Cordelia avançou também, só para ser recebida por outro dos demônios Khora. O demônio tinha soltado vários outros: dois pularam contra Christopher e Thomas, saltitando como aranhas pretas. Lucie correu para se juntar aos rapazes, empalando um dos Khora por trás; a criatura sumiu, jorrando cinzas e icor, enquanto Christopher e Thomas davam um jeito de despachar o outro.

Cordelia açoitou Cortana para a frente com um movimento de corte, dilacerando o demônio diante dela com tanta força que a lâmina atravessou o bicho e cravou no parapeito de granito da ponte. Cordelia a arrancou da rocha bem no momento em que o demônio desapareceu com um uivo. A lâmina de Cortana estava manchada de preto, porém intacta. *Suponho que seja* mesmo capaz de *cortar qualquer coisa*, pensou ela, maravilhada, antes de se virar para retornar à batalha.

Cordelia avançou quando James atirou uma faca, a qual prendeu um dos demônios de sombras aos cabos da ponte como uma borboleta horrorosa. O bicho se debateu e sibilou quando Matthew e James saltaram para cima do parapeito, as lâminas serafim nas mãos conforme cortavam sombra atrás de sombra.

Mas não importava quantas criaturas matassem, Cordelia sabia disso. O Mandikhor podia criar um número infinito de Khoras: ele era a fonte dos demônios, e a fonte precisava ser destruída.

— Christopher! — Cordelia ouviu Thomas gritar. Ela se virou e viu que um grupo de Khora estava começando a cercar Christopher. Mesmo com ele tentando lutar para se desvencilhar, o círculo se fechou. Lucie e Thomas correram para salvá-lo, James e Matthew saltaram do parapeito, mas Cordelia, erguendo a espada, correu na direção oposta, rumo ao Mandikhor.

A criatura estava observando Christopher e os demais, lambendo os beiços enquanto os Khora se aproximavam. Agora o demônio se erguia nas patas traseiras ao perceber a aproximação de Cordelia, mas já era tarde demais — ela investiu, Cortana mergulhando profundamente no torso nojento da criatura. Icor quente jorrou na mão dela, e o mundo pareceu se inclinar ao redor, a cor se esvaindo como sangue escorrendo de uma ferida. Ela ficou de pé na ponte entre sombras pretas e brancas e dentes retorcidos e tortos — os cabos de suspensão pendiam como videiras podres, escurecendo o ar noturno. Ela puxou Cortana, arquejando, e caiu de joelhos. Subitamente, sentiu a mão de alguém em seu braço. Foi colocada de pé e olhou surpresa para Matthew, que a encarava com o rosto muito branco.

— Cordelia...

— Ela está bem! — Falou Lucie, suja de sangue e icor, agarrando a caixa Pyxis. Os demais tinham se espalhado em torno de Cordelia: James segurava sua lâmina, o olhar fixo no Mandikhor rugindo e ferido.

A ponte estava livre dos Khora. Cordelia tinha distraído o Mandikhor apenas por tempo o suficiente para que os demais matassem as criaturas das sombras; mas o Mandikhor estava grunhindo agora, outro calombo já começava a inchar em suas costas.

— *Agora*! — gritou Lucie. — Precisamos colocá-lo na Pyxis!

— Ponha a caixa no chão! — Exclamou Thomas, saltando sobre o parapeito, as boleadeiras na mão. — Christopher, diga as palavras!

Christopher se aproximou da Pyxis. O Mandikhor, finalmente percebendo o que estava acontecendo, atacou.

Christopher berrou, numa voz que cortou o ruído da batalha.

— *Thaam Tholach Thechembaor!*

Os símbolos alquímicos gravados na caixa Pyxis se iluminaram como se os talhados da madeira estivessem queimando: pareciam florescer, brilhando como carvão.

Uma lança de luz disparou da Pyxis, então outra, e mais outra. Os feixes de luz eram como flechas pela ponte, envolvendo o Mandikhor numa jaula luminosa. A criatura soltou um uivo — a jaula de luz se intensificou uma última vez e foi sugada de volta para a Pyxis, e o Mandikhor sumiu com ela.

Houve um longo silêncio. James limpou o sangue no rosto, os olhos dourados incandescentes. A mão de Matthew ainda agarrava o braço de Cordelia.

— Não quero estragar o momento — disse Thomas, por fim —, mas... aquilo funcionou? Porque pareceu muito...

A Pyxis explodiu. Os Caçadores de Sombras gritaram e mergulharam em defesa quando lascas de madeira voaram em todas as direções. O vento fustigou a ponte, jogando Cordelia de joelhos, um furacão uivante com cheiro de fogo.

Por fim os uivos cessaram. A ponte estava vazia e silenciosa, apenas o vento soprando um pouco do lixo jogado pela rua. Cordelia ficou de pé e esticou a mão para ajudar Lucie atrás dela. Adiante, ainda conseguia ver a luz brilhosa da ponte de Magnus, o tráfego mundano ainda passava por ela.

— ...fácil demais — concluiu Thomas. O rosto dele estava manchado de fuligem.

— Inferno — disse James, pegando uma faca bem no momento em que o mundo pareceu explodir em volta deles.

—

Do vento e do ar, o Mandikhor surgiu subitamente, duas vezes maior do que antes, e trajando a escuridão em frangalhos. Ele se assomou diante do grupo como uma sombra feita de sangue, a cabeça tombada para trás, cada uma das garras brilhando como uma adaga.

James arremessou a faca assim que o Mandikhor saltou para ele, sombras escorrendo da criatura e correndo pela ponte em todas as direções. O mundo tinha ficado cinza e preto novamente. James via Londres às margens do rio, mas era uma Londres destruída, a Torre estilhaçada e quebrada, incêndios ao longo do cais, as cúpulas das igrejas carbonizadas, se erguendo como esqueletos contra um céu manchado de fumaça. Ele conseguia ouvir seus amigos ao redor, os gritos e súplicas deles enquanto combatiam as sombras, mas não conseguia mais vê-los. Estava sozinho naquele pesadelo.

O Mandikhor saltou para James e o agarrou. James estivera preparado para um ataque, mas aquilo era diferente: o demônio o segurava firme, as garras enterradas na fronte do casaco do uniforme. Os lábios da criatura se arreganharam.

— Venha comigo — sibilou o demônio. — *Venha comigo, filho de demônios, para onde você será honrado. Verá o mesmo mundo que eu vejo. Verá o mundo como realmente é. Eu sei quem é sua mãe, e quem é seu avô. Venha comigo.*

James ficou gelado.

Sei quem é sua mãe, e quem é seu avô. Ele pensou no demônio no parque: *Por que destruir sua raça?*

— Sou um Caçador de Sombras — retrucou ele. — Não darei ouvidos a suas mentiras.

— *Você sabe que falo a verdade* — replicou o Mandikhor, o hálito quente queimando a pele de James. — *Juro pelos nomes de Asmodeus, de Belial, de*

Belphegor e de Sammael, que posso acabar com esse sofrimento se você vier comigo. Ninguém mais precisa morrer.

James congelou. Um demônio, jurando sobre os nomes dos Príncipes do Inferno. Uma voz no fundo de sua mente gritava: *Obedeça! Vá com ele! Dê fim às doenças, aos mortos!* Outra voz, mais baixa, porém mais firme, sussurrava: *Demônios mentem. Mesmo quando juram, eles mentem.*

— Não — insistiu James, mas sua voz vacilou.

O Mandikhor sibilou.

— *Tão ingrato. Só você pode caminhar entre a Terra e o Mundo das sombras.*

James encarou os olhos injetados do demônio.

— Está falando do reino de Belphegor?

O Mandikhor soltou um ruído terrível; depois de um momento, James percebeu ser uma risada.

— *Tão típico de um humano* — disse ele —, *saber tanto, e, no entanto, tão pouco.*

James fez menção de falar bem quando um arco de luz dourada queimou o ar.

— Deixe-o em paz! — gritou Cordelia quando Cortana dividiu a escuridão.

James se desvencilhou, rolando para longe do demônio e ficando de pé quando Cordelia avançou para o Mandikhor. O dourado da espada era a única cor no mundo preto e branco — o dourado e o vermelho-chama dos cabelos dela. Cortana açoitou para trás e para a frente — a lâmina cortando o peito do demônio, abrindo um longo talho escuro — o demônio uivou e contra-atacou, a imensa pata atingindo Cordelia e fazendo-a voar. Cortana caiu de sua mão, quicando pela ponte ao mesmo tempo que ela caía por cima do parapeito com um grito.

James ouviu Lucie gritar *Daisy!* e o som distante de um corpo atingindo a água. O mundo pareceu ficar em silêncio quando ele se abaixou para pegar Cortana, em seguida caminhando até o Mandikhor; seu sangue fervia.

O demônio tinha apoiado as pernas dianteiras no chão. Sangrava do ferimento que Cordelia infligira, icor se espalhando ao seu redor como uma sombra.

— *Não pode me matar aqui* — grunhiu ele quando James se aproximou. — *Minhas raízes estão profundas em outro reino. Conforme me alimento aqui, fico mais forte. Sou uma legião intocável.* — Com um sibilo derradeiro, o demônio sumiu.

Cor voltou ao mundo. James se virou, Cortana na mão: via a ponte de sempre, com seu dourado esmaecido e branco ao luar, e seus amigos corriam em sua direção. Menos Lucie. Lembrou-se de ter ouvido sua irmã chamando o nome de Cordelia. Lembrou-se do som de algo batendo na água. *Cordelia. Cordelia.*

— Onde ela está? — arquejou Matthew ao se aproximar de James. — Onde está Cordelia?

— Ela está no rio — disse James, e começou a correr.

—

Lucie olhava desesperadamente para o rio. De onde estava via degraus que davam na margem, no que parecia ser uma passagem por uma construção ao lado da ponte. Lucie disparou pelas escadas até o térreo e se flagrou numa rua pouco iluminada e estreita com armazéns altos, escurecidos por fuligem e sujeira. Lá estava a passagem, um buraco escuro no prédio mais próximo. Ela correu até lá e viu degraus de pedra descendo até um brilho fraco na base: o rio. Então avançou para onde uma antiga rampa de paralelepípedos dava na água, uma barca vazia atracada ao lado. O rio corria, preto e silencioso, sob o céu nublado; névoa subia da água.

Não havia sinal de Cordelia. O pânico se acumulava no estômago de Lucie enquanto ela encarava a água escura. Não sabia se Cordelia sabia nadar, e mesmo uma nadadora experiente poderia se afogar nas correntezas do Tamisa. E se Cordelia tivesse batido a cabeça ou tivesse desmaiado pela longa queda da ponte?

Um choro ficou preso em sua garganta. Lucie soltou a lâmina serafim, a qual tremeluziu contra as pedrinhas lamacentas da margem, e começou a abrir atabalhoadamente os botões do casaco do uniforme. A água não parecia ser muito profunda. Ela não era uma boa nadadora, mas podia tentar.

Ao longe, viu a silhueta encoberta por névoa de uma barca avançando lentamente pelo centro do rio.

— Ajudem! — gritou. — Ajudem! Alguém caiu no rio! — Lucie correu pela margem, acenando freneticamente para a barca, que estava desaparecendo na névoa. — Tirem ela daí, por favor! — gritou Lucie. — Ajudem!

Mas a barca tinha sumido. Ela via silhuetas na ponte acima, a luz estranha de lâminas serafim. Os meninos ainda estavam lutando. Ela jamais conseguiria chegar até Magnus a tempo, e ele também não poderia abandonar suas funções: precisava permanecer completamente concentrado na ilusão da ponte falsa. Ela teria que entrar no rio, mesmo sob o risco de se afogar.

Lucie deu um passo, sua bota afundando na água rasa e escura. Tremeu quando o líquido gélido penetrou o couro. Deu mais um passo e congelou.

O rio estava se mexendo de um jeito diferente, ondulando, a cerca de três metros da ponte. A água tinha começado a se agitar, uma espuma cinza amarelada deslizando pela superfície escura. Um cheiro amargo soprava pela água: peixes podres, sangue velho e a lama velha do leito do rio.

O pé de Lucie escorregou numa pedrinha solta. Ela ficou de joelhos quando as águas do Tamisa começaram a subir e se abrir como as águas do Mar Vermelho. Um brilho branco cortou a superfície negra da água. Ela encarou por um instante, sem compreender, até se dar conta do que estava vendo. O brilho era o luar sobre ossos lavados pelo rio.

Figuras erigiram da água, pálidas como cinzas. Uma mulher com cabelos longos em cascata, o rosto inchado e preto. Uma mulher usando um vestido de saia ampla, a garganta cortada, os olhos pretos e vazios. Um homem enorme com as marcas de uma corda ainda escuras em volta do pescoço, usando o uniforme de prisioneiro com o símbolo de uma flecha.

Ele carregava Cordelia. Fantasmas se erguiam ao redor dele, um verdadeiro exército dos afogados e mortos. No centro de todos, o fantasma prisioneiro trazendo o corpo de Cordelia, os cabelos lustrosos ensopados e caindo pelos ombros. O uniforme dela estava escuro com a água do rio, que escorria sem parar enquanto os fantasmas a carregavam inexoravelmente adiante até a margem do rio e a deitavam.

— Obrigada — sussurrou Lucie.

O fantasma prisioneiro se aprumou. Por um longo momento, todos eles simplesmente ficaram encarando Lucie, os olhos como buracos ocos de escuridão. Então eles sumiram.

— Cordelia? — Lucie tentou ficar de pé, ir até Cordelia, mas seus joelhos úmidos cederam. Ao longe, ela estava ciente de que a luta na ponte tinha chegado ao fim. Sabia que James e os demais viriam até ela, mas cada segundo parecia se estender e durar um ano. Suas forças pareciam ter fugido do corpo. Respirar era um esforço.

— Cordelia — sussurrou ela de novo, e desta vez Cordelia se mexeu. Com um alívio tão sobrepujante que Lucie quase sentiu náusea, ela viu os cílios da amiga tremularem contra as bochechas. Cordelia virou de lado e começou a tossir, seu corpo tendo espasmos enquanto engasgava com a água do rio.

Lucie tombou para trás, em parte delirante. Agora os meninos desciam os degraus da ponte, correndo até elas, chamando os nomes das duas. A certa distância, atrás deles, vinha Magnus, apressando-se, mas com aparência exausta. Conforme foi se aproximando, o feiticeiro reduziu a velocidade e ofereceu a Lucie um olhar peculiar, como se estivesse procurando alguma coisa. Ou talvez tivesse sido imaginação dela... Pelo menos havia braços em volta dela, pensou Lucie, braços levantando-a, envolvendo-a.

Só então ela se deu conta do quanto tudo aquilo estava estranho. Olhou para cima e viu um rosto pairando acima do seu, branco como sal, com olhos verde-jade. Atrás da cabeça dele, o céu parecia girar. Em volta do pescoço, o medalhão de ouro queimava como uma estrela. Enquanto ela observava, ele tocou o objeto com dois dedos, seus lábios se contraindo.

— Jesse Blackthorn — sussurrou Lucie conforme o mundo ia flutuando para longe e a luz fraca se apagava. Foi ele, percebeu ela. Ele tinha chamado os fantasmas. Tinha salvado Cordelia. — Por que fez isso?

Mas a escuridão a nocauteou antes que Jesse pudesse responder.

Dias passados:
Cirenworth Hall, 1900

— É minha!

— Não mesmo! — Transtornado, Alastair tentou pegar a espada mais uma vez. Cordelia deu um passo ágil para trás, segurando Cortana acima da cabeça, mas Alastair era mais alto. Ele pisou no pé dela e arrancou a espada, os cabelos pretos caindo nos olhos enquanto ele fazia uma careta.

— Diga a ela, papai — falou ele. — Diga que não é dela!

— *Kerm nariz*, Alastair. Basta. — Alto e cansado, com os cabelos loiros começando a ficar grisalhos, Elias Carstairs tinha uma voz lenta que correspondia a seus gestos preguiçosos e econômicos. Seu estado de saúde estava satisfatório naquele dia, por isso Cordelia estava feliz. Havia muitos dias em que seu pai ficava ausente da sala de treino, deitado, doente, na penumbra do quarto, com um pano úmido sobre os olhos.

Ele se afastou da pilastra na qual estava encostado e olhou para os filhos com indulgência atenciosa. Elias sempre fora o mestre de armas deles, aquele que os treinara nas artes físicas dos Caçadores de Sombras desde que eram crianças.

Fora ele quem transformara o salão de baile de Cirenworth numa área de treino. Ele comprara a enorme casa de mundanos e parecia sentir prazer em remover evidências da mundanidade deles. Arrancara o piso laminado e instalara a madeira mais delicada das árvores de Idris, melhor para amortecer quedas. Lustres foram substituídos por ganchos para pendurar armas, e as paredes foram pintadas de amarelo açafrão, a cor da vitória.

Elias vivera em Pequim por muitos anos e favorecia as armas e estilos de luta dos Nephilim de lá, desde a *zhǎn mǎ dāo*, passando pela *jiàn* de dois gumes, à *qiāng* de punho longo. Elias ensinou aos filhos a *shuāngdāo*, a arte de empunhar duas espadas ao mesmo tempo. Ele pendurava dardos de corda e chicotes de correntes nas vigas e construíra uma *lei tai*, uma plataforma elevada para luta, na ponta oeste da sala. Alastair e Cordelia estavam de pé na *lei tai* agora, encarando-se com raiva.

— Cordelia — falou Elias, unindo as mãos às costas. — Por que exatamente você quer Cortana?

Cordelia parou por um momento. Contava 13 anos e raramente se dava ao trabalho de se colocar entre Alastair e as coisas que ele queria. Não havia ninguém no mundo mais teimoso e inquieto do que seu irmão, na opinião de Cordelia. Mas Cortana era diferente. Ela sonhava em empunhar Cortana desde menina — o peso do cabo de ouro, o arco que a lâmina formava no ar.

E Alastair, ela sabia, jamais sonhara com aquilo: ele era um bom lutador, mas, em grande parte, desinteressado. Preferia acompanhar a política e as tramoias dos Caçadores de Sombras a perseguir demônios de fato.

— Cortana foi feita por Wayland, o Ferreiro — disse ela. — Ele fez espadas para todos os grandes heróis. Excalibur para Arthur. Durendal para Roland e Hector. Sigurd, que matou o dragão Fafnir, carregava uma espada chamada Balmung, feita por Wayland...

— Cordelia, nós sabemos de tudo isso — interrompeu Alastair, irritado. — Não precisamos de uma aula de história.

Cordelia o encarou com raiva.

— Então você quer ser uma heroína — disse Elias, com um sorriso interessado.

Cordelia refletiu.

— Cortana tem uma ponta afiada e uma cega — disse ela. — Por causa disso, foi frequentemente intitulada uma espada de misericórdia. Quero ser uma heroína misericordiosa.

Elias assentiu e se virou para o filho.

— E você?

Alastair corou.

— É uma espada Carstairs — disse ele brevemente. — Sou Alastair Carstairs e sempre serei. Quando Cordelia se casar e tiver uma penca de pirralhos, um deles vai acabar com Cortana... e eles não serão Carstairs.

Cordelia fez um muxoxo de indignação, mas Elias ergueu a mão pedindo silêncio.

— Ele está certo — disse o pai. — Cordelia, deixe seu irmão ficar com a espada.

Alastair deu um risinho sarcástico, girou a espada na mão e foi até a beira da *lei tai*. Cordelia ficou onde estava, ódio e indignação subindo por sua espinha. Recordou-se de todas as vezes que fora até a sala de treino para olhar Cortana na caixa de cristal. As palavras gravadas na lâmina foram a primeira coisa que aprendera a ler: *Sou Cortana, do mesmo aço e temperamento de Joyeuse e Durendal.* Pensou na forma como sempre batia levemente na caixa, mal tocando-a com os dedos, como se para assegurar à espada de que algum dia ela seria tirada e empunhada de novo. E quando Elias finalmente abriu a caixa, declarando que aquele era o dia em que escolheria o dono de Cortana, o coração dela disparara.

Cordelia não podia suportar.

— Mas Cortana é minha! — disparou quando seu irmão chegou à beira da plataforma. — Eu sei que é!

Alastair fez menção de responder — mas apenas ficou olhando boquiaberto quando a espada abandonou a mão dele e voou pela sala até sua irmã. Cordelia estendeu a mão num gesto de proteção, espantada, e o cabo encontrou sua palma. Ela fechou a mão em torno dele por reflexo, e sentiu uma descarga lhe subir pelo braço.

Cortana.

Alastair parecia prestes a esbravejar, mas não o fez. Ele era inteligente e retraído demais para dar chiliques.

— Pai — disse ele, em vez disso. — Isso é algum truque?

Elias apenas sorriu como se já soubesse o que ia acontecer.

— Às vezes a espada escolhe seu portador — disse ele. — Cortana será de Cordelia. Agora, Alastair...

Mas Alastair saíra da sala pisando duro.

Elias se virou para a filha.

— Cordelia. Uma lâmina de Wayland, o Ferreiro, é um grande presente, mas é também uma grande responsabilidade. Uma que um dia pode lhe causar mágoa.

Cordelia assentiu. Tinha certeza de que seu pai estava certo, daquele modo distante que os adultos às vezes estavam. Mesmo assim, ao baixar os olhos para a lâmina dourada de Cortana, ela não conseguiu imaginar algum dia sentir outra sensação senão felicidade por empunhar a bela espada.

17
O MAR OCO

"Oh, de onde você vem, querida amiga, até mim,
Com seu cabelo dourado todo caído além do joelho,
E seu rosto branco como neve no prado,
E sua voz tão oca quanto o mar oco?

"Do outro mundo eu retorno para você:
Meus cachos estão desfeitos com orvalho pingando e úmido.
Você conhece o velho, enquanto eu conheço o novo:
Mas amanhã você também o conhecerá."

— Christina Rossetti, *"The Poor Ghost"*

— Então — disse Will Herondale, com um tom sombrio na voz —, por algum motivo vocês acharam que era uma boa ideia enfrentar um demônio Mandikhor sozinhos?

Os olhos de Lucie se abriram trêmulos. Por um momento, achou que o pai estivesse falando com ela, e cogitou fugir. Mas descartou a ideia imediatamente — seu corpo estava envolto em lençóis e cobertores pesados. Lucie piscou para o entorno familiar; de algum modo fora acomodada na própria cama em casa. O quarto tinha um cheiro reconfortante de chá e da colônia de seu pai. O que não era de se surpreender, afinal, ele estava sentado numa cadeira ao lado da cama. Sua mãe também estava presente, com a mão no ombro de Will, e James estava encostado numa parede próxima. Ele obviamente não tinha trocado de roupa desde a batalha na ponte, embora suas mãos e seu rosto não tivessem mais vestígios do sangue e do icor, e uma nova Marca de cura brilhasse em seu pescoço.

Alguém havia colocado a lâmina dourada de Cortana sobre a penteadeira. Lucie imaginava que não tivesse havido a oportunidade de devolver a espada a Cordelia depois que a amiga se recuperara do rio.

— Christopher estava usando um de seus novos dispositivos — mentiu James. — Era para captar vestígios de magia sombria. Não achamos que realmente fosse dar em alguma coisa. Por isso não chamamos vocês.

As sobrancelhas de Will se ergueram.

— Vocês seis apareceram na Tower Bridge de uniforme, apesar de acharem que não daria em nada?

Lucie apertou os olhos semicerrados. Sem dúvida seria melhor se achassem que ela estivesse dormindo. James definitivamente podia cuidar daquilo sozinho: afinal, ele jamais se cansava de lembrá-la de que era o mais velho dos dois.

— Achamos que seria melhor estarmos preparados — falou James. — Além do mais, eu sei que você fez coisas muito mais arriscadas quando tinha a minha idade.

— É terrível o modo como fica jogando isso na minha cara — disse Will.

— Bem, acho que eles se saíram muito bem — falou Tessa. — Não é fácil derrotar um demônio Mandikhor.

— E nós não o derrotamos — falou James sombriamente. — Os ataques continuarão a acontecer. Os Nephilim ainda estão em perigo.

— Querido, a responsabilidade de consertar tudo isso não é sua — disse Tessa, com a voz carinhosa. — Só o fato de sabermos que o demônio é um Mandikhor já vai nos ajudar muito.

— Sim, e diga a Christopher que a Clave vai querer usar esse tal novo dispositivo dele, aparentemente pode ser muito útil — falou Will.

— Ah — disse James. — Tragicamente, o dispositivo foi devorado pelo demônio.

Incapaz de se controlar, Lucie deu uma risadinha.

— Você está acordada! — Tessa correu até a cama e abraçou a filha com intensidade. — Ah, Lucie!

Will se levantou e se juntou ao abraço. Por um momento, Lucie se permitiu aproveitar o amor e a atenção de seus pais, ainda que acompanhados por uma reprimenda do pai por ter saído correndo sozinha para a margem do rio.

— Mas eu fiz por Cordelia! — exclamou ela quando seus pais se afastaram do abraço, Tessa se sentando na beira da cama, segurando a mão da filha.

— Você teria feito por Jem, papai, quando vocês eram *parabatai*.

Will se recostou num dos mastros da cama.

— Você ainda não é *parabatai* de Cordelia.

— Não é exclusividade dos meninos arriscar a vida uns pelos outros — disse Lucie furiosamente. — Eu precisei pedir ajuda...

— Sim, graças ao Anjo um dos barqueiros que passava viu Cordelia e a levou até a margem — falou Tessa. — Você ajudou a salvá-la, Lucie.

Lucie olhou para James. Ela sabia que ele não tinha visto os fantasmas que tiraram Cordelia da água — até mesmo Magnus estivera longe demais para vê-los. Mesmo assim, seu irmão parecia pensativo.

— Cordelia ficou muito bem depois que expeliu a água do rio — disse ele de modo reconfortante. — Matthew, Christopher e Thomas a levaram para casa em uma carruagem alugada.

— Mas Cortana ainda está aqui — falou Lucie, apontando a lâmina reluzente. — Daisy vai ficar arrasada sem ela. Para ela, é mais do que apenas uma espada. — Ela começou a se esforçar para se sentar. — Preciso levar para ela imediatamente.

— Lucie, não — falou Tessa. — Você precisa descansar...

— Vou levar até Kensington — falou James. Havia uma expressão distante nos olhos dele. — Quero ver como Cordelia está, me certificar de que ela está se recuperando do rio.

Tessa ainda parecia preocupada.

— Leve a carruagem, James, por favor — disse ela. — Será mais seguro.

Carruagens Nephilim eram reforçadas com electrum repelente de demônios e Marcas astuciosamente embutidas na madeira. James suspirou e assentiu.

— E leve Bridget e a imensa lança dela — falou Will, fazendo um péssimo trabalho ao tentar ocultar um sorriso. — E seria de bom tom trocar o uniforme primeiro, não? Não seria de todo o mal estar com sua melhor aparência para uma visita social.

—

Se ao menos houvesse uma Marca para secar roupas, pensou Cordelia com pesar. Definitivamente, sentia-se como um pano de chão sendo torcido, com todos os sons característicos. Estava espremida contra Matthew na traseira da carruagem alugada, em um banco de frente para Thomas e Christopher. Matthew gentilmente colocara seu paletó sobre os ombros dela, pois seu casaco estava encharcado; ele estava só de camisa, um dos braços em volta dela, segurando-a com firmeza. Era uma sensação estranha, mas não desagradável.

Ainda era como um borrão — ela se lembrava da força com que fora atingida pela pata do demônio, da sensação de leveza quando seus pés deixaram a ponte. Da lua virando de ponta-cabeça e do rio correndo numa velocidade assustadora. Água escura amarga, o cheiro de umidade e podridão, a luta para se libertar do que agora imaginava serem as algas do rio. Sua primeira lembrança nítida foi de James inclinado acima de seu corpo estendido com uma estela na mão e Cortana na outra. Ela estava engasgando e arquejando, convulsionando conforme seus pulmões se esvaziavam de água. James desenhara *iratze* após *iratze* em seu braço conforme os Ladrões Alegres iam se reunindo ao redor.

Em algum momento, Matthew chegara para assumir, enquanto James corria até Lucie, que desmaiara à margem do rio. Magnus estava ali também, garantindo a todos que Lucie estava bem e que seu desmaio não passara de mero choque. A ponte reluzente que Magnus conjurara tinha desaparecido, de modo que o tráfego retornara sobre a verdadeira Tower Bridge, então fora fácil para ele chamar duas carruagens alugadas e separar rapidamente o grupo: Lucie e James iriam ao Instituto, e o restante dos Ladrões Alegres acompanharia Cordelia até Kensington.

Magnus também dissera a James, em termos nada hesitantes, que se ele não contasse a Will e Tessa que o demônio responsável pelo ataque era um Mandikhor, ele mesmo o faria.

Cordelia conseguira apertar a mão de Lucie uma vez antes de ser enfiada numa carruagem junto a James, indo embora a seguir. Então se viu a caminho de casa, tremendo de frio, o cabelo úmido e pegajoso com a água do rio.

— Tem certeza de que está bem? — perguntou Thomas, já pela enésima vez. Ele estava sentado diante de Cordelia, os joelhos batendo nos dela. Pessoas do tamanho de Thomas não eram feitas para carruagens de aluguel comuns.

— Estou bem — insistiu Cordelia. — Perfeitamente bem.

— Foi incrível o modo como você avançou naquele demônio, absolutamente perfeito — disse Christopher. — Eu realmente achei que ele estivesse na sua mira, isto é, até o momento que você caiu no rio.

Cordelia sentiu o ombro de Matthew tremer com uma risada silenciosa.

— Sim — falou Cordelia. — Eu também tive a mesma impressão equivocada.

— O que aconteceu exatamente? — quis saber Thomas. — Como Lucie tirou você da água?

Surpresa, Cordelia franziu a testa.

— Não sei — disse ela lentamente. — Não entendi nada. Eu ouvi Lucie chamando... chamando meu nome... e então eu simplesmente acordei na margem, tossindo.

— Talvez ela simplesmente tenha sido levada à margem pela correnteza — falou Christopher. — As correntes do Tamisa podem ser muito fortes.

Matthew olhou para ela com curiosidade.

— Quando estávamos na ponte, quando James estava combatendo o Mandikhor, parecia que o demônio estava falando com ele. Você ouviu?

Cordelia hesitou. *Venha comigo, filho de demônios, para onde você será honrado. Verá o mesmo mundo que eu. Verá o mundo como realmente é. Sei quem é sua mãe, e quem é seu avô.*

Venha comigo.

— Não — disse ela. — Foi tipo um grunhido, só isso. Nenhuma palavra.

A carruagem parou; tinham chegado à casa em Kensington, que reluzia branca ao luar. A rua estava silenciosa e tranquila, um vento leve soprava a copa dos plátanos.

Cordelia não soube dizer direito como as coisas foram decididas, mas Thomas e Christopher acabaram aguardando na carruagem enquanto

Matthew a acompanhou até a porta da frente, para além da grade preta e dourada que cercava os jardins.

— Sua mãe vai ficar brava? — perguntou Matthew.

— Já ouviu falar na morte por mil garfos? — respondeu Cordelia.

— Sempre preferi a morte por mil gatos, na qual a pessoa é enterrada sob um monte de gatinhos — falou Matthew.

Cordelia riu. Tinham chegado à porta lustrosa da frente. Ela então começou a retirar o paletó de Matthew para devolver a ele; Matthew estendeu a mão magra, cheia de cicatrizes, como as mãos de todos os Caçadores de Sombras. Ali estava a Marca de *parabatai* dele, gravada escura na parte de dentro do pulso.

— Fique com ele — falou. — Tenho pelo menos uns dezessete paletós, e este é o mais simples.

Dezessete paletós. Ele era ridículo. Também era rico, percebeu Cordelia. É claro que era. Sua mãe era Consulesa há mais tempo do que eles tinham de vida. As roupas de Matthew eram sempre um pouco exageradas, mas também tinham aparência cara e eram luxuosas. Havia uma flor de seda, pintada de verde e presa no ilhó da camisa. Ela tocou a pétala levemente com a ponta do dedo.

— O que isto significa?

— O cravo verde simboliza um amor pela arte e pelo estratagema, pois um cravo verde precisa ser criado, em vez de surgir na natureza. — Matthew hesitou. — Também celebra amar a qualquer um, seja homem ou mulher.

Homem ou mulher. Ela olhou para Matthew surpresa por um momento: seria ele como Alastair? Mas não, pensou ela — aparentemente Alastair se interessava apenas por homens, afinal, ele alegara jamais haver pretensão de sua parte de enganar uma mulher fingindo amá-la. Matthew estava dizendo claramente que gostava tanto de homens quanto de mulheres.

Agora ele olhava para Cordelia com hesitação, como se não conseguisse compreender a reação dela, ou talvez achasse que ela pudesse estar irritada. Cordelia pensou na mágoa nos olhos de Alastair quando ele percebera estar sendo espionado pela irmã. E também pensou nos segredos que as pessoas guardavam e no modo como eles faziam papel de cicatrizes ou feridas sob a pele. Não eram visíveis sempre, mas se fossem tocadas do jeito errado, podiam causar muita dor.

— Eu gosto disso — disse ela. — E tenho certeza de que qualquer um que você escolha para fazer parte da sua vida, seja homem ou mulher, seria uma boa pessoa com quem eu me daria muito bem.

— Eu não teria tanta certeza com relação a mim, Cordelia — disse Matthew —, ou em relação às minhas escolhas.

— Matthew — disse ela. — O que você pode ter feito de tão ruim assim?

Ele apoiou uma das mãos na ombreira da porta, acima da cabeça de Cordelia, e baixou o olhar para ela. O brilho fraco dos postes da rua iluminou os malares marcantes e o esvoaçar suave e desgovernado dos cabelos de Matthew.

— Você não acreditaria se eu contasse.

— Acredito que James não teria escolhido você como *parabatai* se houvesse algo tão terrível a seu respeito.

Ele fechou os olhos por um momento, como se sentisse uma pontada de dor. Quando os abriu, estava sorrindo, embora o sorriso não chegasse aos olhos.

— Você foi uma bela surpresa desde que entrou em nossas vidas — começou ele, e ela soube que ao dizer "nossas" ele se referia aos cinco: os Ladrões Alegres e Lucie. — Até você surgir, eu pensava que nosso grupinho estava completo, mas agora que você está aqui, não consigo imaginá-lo sem você.

Antes que Cordelia pudesse responder, a porta se abriu e Risa estava lá. Ela deu um olhar espantado para Cordelia e então chamou por Sona, olhando para trás. A mãe de Cordelia surgiu, usando um penhoar de seda. Olhou de Matthew para Cordelia, que pingava água nos degraus da entrada, e arregalou os olhos escuros.

— Ah — disse ela, a voz carregando aquela mistura de reprovação e preocupação que só a voz materna poderia ter. — Ah, Layla. O que aconteceu?

―

Se Cordelia esperava que sua mãe fosse ficar brava, então acabou por ter uma surpresa agradável. Como um mestre artesão da falsidade, Matthew teceu uma história para Sona sobre bravura, intrigas, perigo e um indício de romance. Cordelia estivera o tempo todo no Instituto, alegava ele, e teria permanecido lealmente ao lado de James — que por sua vez vinha sofrendo a perda de Barbara com muita tristeza —, no entanto, sabia que sua mãe ficaria um tanto preocupada caso ela não voltasse logo para casa. Matthew se oferecera para acompanhá-la, mas eles acabaram sendo atacados por demônios na trilha do Tamisa. Cordelia lutara bravamente, porém fora lançada no rio. Tinha sido tudo muito dramático.

Sona ainda fez Matthew comer uma barra de chocolate e usar um espesso cachecol antes de ele conseguir escapulir. E então foi até Cordelia com uma determinação gélida, certificando-se de tirar as roupas molhadas da filha e solicitando a Risa que preparasse um banho quente. Assim que Cordelia saiu do banho e colocou uma camisola e chinelos, flagrou-se reclinando no sofá da biblioteca diante de uma lareira furiosa. Usava um confortável penhoar em volta de seus ombros e bebericava uma xícara de chá fresco trazida por Risa, que lhe entregara a bebida balançando a cabeça com ar de reprovação.

Cordelia jamais sentira tanto calor na vida.

Sona se empoleirou no braço do sofá. Cordelia ficou olhando a mãe com cautela por cima da borda da xícara, quase certa de que iria ouvir um extenso sermão. Em vez disso, os olhos escuros de Sona demonstraram intensa preocupação.

— Cordelia — disse ela. — Onde está Cortana?

Cordelia se sobressaltou. Sabia quando tinha visto Cortana pela última vez — na mão de James, na margem do rio. Mas no caos que se seguiu, acabara se esquecendo de pegar a espada antes de entrar na carruagem que Magnus tinha chamado.

— Eu...

— Não quero que se preocupe, Cordelia, *joon delam* — disse Sona. — Sei como seu pai sempre fez você se sentir em relação àquela espada. Que era uma parte maior do destino dos Carstairs do que você... do que eu acredito que seja. — Cordelia a encarou; aquele era o mais perto de uma crítica que ela vira sua mãe direcionar a Elias. — Uma arma pode ser perdida durante a batalha. É sempre melhor perder a arma do que o guerreiro.

— *Mâdar* — começou Cordelia, se esforçando para se levantar contra o monte de travesseiros. — Não é o que você pensa...

Uma batida soou à porta. Um momento depois, Risa entrou de novo na biblioteca com James em seu encalço.

Ele tinha tirado o uniforme imundo e agora vestia um paletó escuro estilo *chesterfield*, o colarinho de veludo puxado para cima para o proteger do vento lá fora. James segurava Cortana com cuidado, o ouro intenso e afiado contrastando com o tweed escuro de suas roupas.

Risa limpou as mãos com ar satisfeito e seguiu para a cozinha. Sona sorria de orelha a orelha.

— Cordelia! James trouxe Cortana de volta para você.

Cordelia ficou sem palavras. Certamente esperava recuperar Cortana, mas não que James fosse aparecer em Cornwall Gardens depois da meia-noite.

— Vou deixar vocês a sós para conversarem — anunciou Sona, e saiu da sala, certificando-se de fechar a porta antes.

Cordelia estava um pouco chocada. Se Sona estava disposta a deixar a filha sozinha com James quando Cordelia estava de camisola, então devia estar um tanto convencida das intenções maritais dele. *Oh, céus.*

Colocando a xícara de chá na mesinha ao lado do sofá, Cordelia levantou a cabeça para olhar para James. Os profundos olhos dourados dele eram espantosos em sua intensidade; havia vários hematomas em sua pele, e seus cabelos estavam úmidos, provavelmente recentemente lavados.

O silêncio pareceu se estender entre os dois. Talvez nenhum deles jamais fosse voltar a falar novamente sobre o que aconteceu no *salon*.

— Você contou para os seus pais? — perguntou Cordelia. — Sobre o Mandikhor? E sobre o que aconteceu na ponte?

— A maior parte — respondeu James. — Não sobre a Pyxis, é claro, ou sobre Agaliarept, ou... bem, na verdade deixei de fora a maior parte do que fizemos recentemente. Eles sabem que o Mandikhor é responsável pelos ataques agora, e essa é a parte importante.

Por um instante Cordelia se perguntou se James mencionara aos pais o que o Mandikhor dissera a ele na ponte. *Filho de demônios.* Era a segunda vez que ela ouvira um demônio provocá-lo sobre sua ascendência. Era assim que os Demônios Maiores faziam: encontravam os pontos fracos nos humanos e os feriam. Ela esperava que James fosse capaz de ignorar as palavras deles, que fosse capaz de enxergar que ele era um filho de demônios tanto quanto Lucie ou Tessa ou Magnus Bane.

— Obrigado — disse ele, surpreendendo Cordelia. — Pelo que fez na ponte. Aquilo foi extremamente corajoso.

— Qual parte?

O sorriso dele brilhou como um raio de calor, transformando seu rosto.

— Isso é verdade. Você fez muitas coisas corajosas na ponte.

— Não era isso que eu... — começou ela, balbuciando, então aceitou quando ele estendeu Cortana para ela. Foi maravilhoso tê-la nos braços de novo.

— Cortana, *moosh moosh-am* — disse. — Fico feliz por você estar de volta.

— Você acabou de usar um nome carinhoso para sua espada? — indagou James. Ele parecera exausto quando entrara na sala, mas agora parecia bastante animado.

— Significa "camundongo", e sim, é um nome carinhoso. Cortana me acompanhou durante muitos momentos difíceis. Isso deve ser reconhecido.

— Ela apoiou a espada contra a lareira; o calor não danificaria a lâmina. Nada danificava.

— Eu queria conhecer um pouco mais do persa — disse James. Então afundou em uma das poltronas. — Gostaria de agradecer a você nessa língua, Daisy, por salvar minha vida e por arriscar a sua. E por nos ajudar como ajudou, principalmente quando ninguém que você conhece está doente. Vocês poderiam simplesmente ter se mudado de volta para Paris ou Cirenworth no momento em que tudo isso começou.

Cordelia frequentemente sonhara ensinar persa a James. Ela sempre achara que palavras carinhosas em outro idioma eram tão limitadas e insípidas em comparação: os persas não se constrangiam em dizer *fadat besham* a alguém que amavam, "eu morreria por você", ou em chamar a pessoa de *noore cheshmam*, "a luz dos meus olhos", ou *delbaram*, "o ladrão do meu coração". Ela pensou subitamente no fogo crepitante da Sala dos Sussurros e no cheiro de rosas. Então mordeu o lábio.

— Você não deveria me agradecer — disse ela. — Ou me tratar como se eu estivesse sendo completamente altruísta.

James ergueu as sobrancelhas pretas arqueadas.

— O que quer dizer?

— Tenho meus motivos para me envolver na busca por uma cura. É claro que quero ajudar aqueles que estão doentes, mas também não consigo deixar de crer que se auxiliarmos a Clave na erradicação dessa doença demoníaca, certamente eles concederiam leniência a meu pai em seu julgamento.

— Eu não chamaria isso de egoísta — falou James. — Você está falando em fazer o bem por seu pai e por sua família.

Cordelia deu um sorriso fraco.

— Bem, tenho certeza de que você vai acrescentar isso à lista de minhas muitas qualidades quando estiver me ajudando a encontrar um marido.

James não sorriu de volta.

— Daisy — disse ele. — Não consigo... não acho que eu... — Ele pigarreou. — Talvez, depois do que aconteceu na Sala dos Sussurros, eu não seja a pessoa certa para encontrar um marido para você. Não consigo imaginar que você confie em mim para...

— Eu confio em você. — Cordelia falou entre os lábios dormentes. — E entendo completamente. Você não tomou liberdades, James. Foi um pretexto. Foi falso, eu sei...

— Falso? — repetiu ele.

Apesar do calor, Cordelia estremeceu quando James ficou de pé. A luz da fogueira tremeluzia entre os cabelos dele, emoldurando as mechas pretas com escarlate, como se James usasse uma coroa de chamas.

— Eu beijei você porque quis. Porque eu jamais desejei uma coisa tanto assim.

Cordelia se sentiu corar.

— Não tenho mais vínculos com Grace — prosseguiu. — Ainda que eu a tenha amado por tantos anos. Eu sei... eu *lembro* que amava. Aquele amor dominava minha vida.

Os dedos de Cordelia agarraram um pedaço da camisola.

— Agora, às vezes me pergunto se foi um sonho — disse James. — Eu a idealizei, suponho, como fazem as crianças. Talvez fosse um sonho pueril do que o amor deveria e precisava ser. Eu acreditava que o amor fosse dor, e quando eu sangrava, sangrava por ela.

— Não precisa ser dor — sussurrou Cordelia. — Mas, James, se você ama Grace...

— Não sei — falou James, dando as costas ao fogo. Seus olhos estavam escuros, assim como estiveram na Sala dos Sussurros, e desesperados. —

Como posso tê-la amado tanto e sentir o que sinto agora por... — Ele fez uma pausa. — Talvez eu não seja quem eu achei que fosse.

— James... — A dor na voz dele foi demais. Ela fez menção de se levantar.

— Não. — Ele sacudiu a cabeça, a voz rouca. — Não. Se você se aproximar de mim, Daisy, eu vou querer...

A porta da biblioteca se escancarou. Cordelia ergueu o rosto, esperando ver a mãe.

Mas era Alastair, completamente vestido para sair, de botas e sobretudo. Ele bateu a porta depois de entrar e se virou para encarar os dois, seu olhar fulminando Cordelia, e então James.

— Minha mãe disse que vocês dois estavam aqui — disse ele com uma cadência que indicava que estava fora de si de tanto ódio. Cordelia sentiu seu coração pesar. Na última vez em que vira Alastair, ele estava furioso. Ainda parecia furioso. Ela se perguntava se ele havia em algum momento abandonado aquela fúria, ou se ficara temperamental o dia todo. — Não acreditei a princípio, mas agora vejo que é verdade. — O olhar negro disparou para James. — *Ela* pode achar permissível deixar você a sós com minha irmã, mas eu não acho. Você a trouxe para casa na calada da noite, ferida e parecendo um rato afogado.

James cruzou os braços. Seus olhos pareciam fendas douradas.

— Na verdade, Matthew a trouxe de volta. Eu acabei de chegar.

Alastair tirou o casaco pesado e o jogou com raiva no braço de uma poltrona.

— Achei que você tivesse mais bom senso, Herondale, em vez de se colocar numa posição que compromete minha irmã.

— Ele trouxe Cortana de volta — protestou Cordelia.

— Sua mãe me recebeu nesta sala — explicou James, a expressão gélida. — É dela a autoridade aqui, não sua.

— Minha mãe não entende... — Alastair se calou. Estava arrancando as luvas com os dedos trêmulos, e Cordelia percebeu, em choque, que Alastair estava muito mais chateado do que ela se dera conta. — Eu sei que você me odeia pelo modo como eu costumava tratá-lo na Academia, e com razão — disse Alastair, fitando James com um olhar contido. — Mas não importa o quanto me odeie, não desconte na minha irmã.

Cordelia notou um lampejo de surpresa nos olhos de James.

— Alastair, você tornou minha vida um inferno na Academia. Mas eu jamais descontaria em Cordelia. Isso é algo que você faria, não eu.

— Entendo. Na Academia, eu tinha o poder, e aqui você tem o poder de usar isso contra mim. O que você pretende? O que quer com minha irmã?

— Sua irmã — falou James, falando com uma frieza lenta e deliberada. — Sua irmã é a única coisa que me impede de socar sua cara. Sua irmã ama você, e só o Anjo sabe como, e você não tem um pingo de gratidão.

A voz de Alastair estava rouca.

— Você não faz ideia do que já fiz por minha irmã. Não sabe nada sobre nossa família. Não sabe nada sobre...

Ele parou de falar e encarou o outro ameaçadoramente.

Foi como se um solavanco tivesse atingido Cordelia. Ela sempre pensava em sua família como uma entidade relativamente comum, exceto pelas viagens constantes. O que Alastair estaria insinuando?

— James — começou ela. O ar crepitava com violência; era só uma questão de tempo até que um dos rapazes partisse para as vias de fato. — James, é melhor você ir.

James se virou para ela.

— Tem certeza? — perguntou ele baixinho. — Não vou deixar você sozinha, Cordelia, a não ser que você queira.

— Vou ficar bem — sussurrou ela de volta. — O latido de Alastair é pior do que a mordida. Juro.

Ele ergueu a mão, como se sua intenção fosse tocar a bochecha dela, ou afastar uma mecha do cabelo de seu rosto. Ela sentia a energia entre os dois, mesmo agora, mesmo com seu irmão a um metro de distância e enlouquecido de ódio. Pareciam faíscas de uma fogueira.

James abaixou a mão e, com um último olhar para Alastair, saiu da sala. Cordelia foi imediatamente até a porta, fechou e trancou. Então se virou para encarar o irmão.

— O que você quis dizer? — falou ela. — Com "você não faz ideia do que fiz por minha irmã"?

— Nada — respondeu Alastair, pegando as luvas. — Não quis dizer nada, Cordelia.

— Quis sim — replicou ela. — Sei que tem alguma coisa que você não está me contando, alguma coisa que tem a ver com papai. Todo esse tempo você agiu como se minhas tentativas de salvá-lo, de *nos* salvar, fossem infantis e tolas. Você sequer o defendeu. O que está escondendo?

Alastair fechou os olhos com força.

— Por favor, pare de perguntar.

— Não vou parar — disse Cordelia. — Você acha que papai fez algo errado. Não acha?

As luvas que Alastair segurava caíram no chão.

— Não importa o que acho, Cordelia...

— Importa, sim! Importa quando você esconde coisas de mim, você e *Mâmân*. Recebi uma carta da Consulesa. Dizia que não podiam julgar papai com a Espada Mortal porque ele não se lembrava de nada da expedição. Como isso é possível? O que ele fez...

— Ele estava bêbado — disse Alastair. — Na noite da expedição, ele estava bêbado, tão bêbado que provavelmente mandou aqueles pobres diabos para um ninho de vampiros por não ter noção de que não devia fazê-lo. Tão bêbado que não se lembra de nada. Porque ele está *sempre* bêbado, Cordelia. A única pessoa entre nós que não sabe disso é você.

Cordelia afundou no sofá. Sentia que suas pernas não eram capazes de sustentá-la mais.

— Por que não me contou? — sussurrou ela.

— Porque jamais quis que você soubesse! — explodiu Alastair. — Porque eu queria que você tivesse infância, algo que nunca tive. Queria que você fosse capaz de amar e respeitar seu pai como jamais consegui. Sempre que ele causava alguma confusão, quem você acha que precisava limpar? Quem dizia a você que papai estava doente ou dormindo quando ele estava bêbado? Quem saía para buscá-lo quando ele estava apagado em alguma taberna de gim, e então entrava com ele às escondidas pela porta dos fundos? Quem aprendeu aos 10 anos a completar as garrafas de *brandy* com água todas as manhãs de modo que ninguém notasse que os níveis tinham diminuído...?

Ele parou de falar, ofegante.

— Alastair — sussurrou Cordelia. Era tudo verdade, ela sabia. Era inevitável se lembrar de seu pai deitado dia após dia num quartinho escuro, a mãe dizendo que ele estava "doente". As mãos trêmulas de Elias. O vinho deixando de ser servido à mesa do jantar. Elias inapetente. Cordelia encontrando garrafas de *brandy* em lugares estranhos: num armário no corredor, num baú de roupas de cama. Alastair jamais reconhecendo nada daquilo, ignorando com uma gargalhada, voltando a atenção dela para outra direção, sempre, de modo que ela não pensasse muito naquelas situações. Para que ela não precisasse pensar naquelas situações.

— Ele jamais vai se safar nesse julgamento — falou Alastair. Seu irmão estava trêmulo. — Embora a Espada Mortal seja inútil, ele vai se condenar pela aparência, pela forma como fala. A Clave reconhece um bêbado quando vê um. É por isso que mamãe quer que você se case logo. Para que esteja em segurança quando a vergonha chegar.

— Mas e você? — disse Cordelia. — Vergonha nenhuma recairia sobre você também... a fraqueza de papai não é sua fraqueza.

O fogo na lareira estava quase apagado. Os olhos de Alastair estavam brilhando na escuridão.

— Já tenho minhas próprias fraquezas, como você bem sabe.

— O amor não é uma fraqueza, Alastair *dâdâsh* — disse ela, e por um momento viu Alastair hesitar diante do uso da palavra persa.

Então ele contraiu a boca. Suas olheiras pareciam hematomas; ela se perguntava onde ele havia estado para ter voltado tão tarde da noite.

— Não é? — disse ele, virando-se para sair da sala. — Não entregue seu coração a James Herondale, Cordelia. Ele está apaixonado por Grace Blackthorn e sempre estará.

— Você deveria escovar o cabelo — falou Jessamine, empurrando a escova de cabelo prateada na mesa da cabeceira em direção a Lucie. — Vai ficar embaraçado.

— Por que você precisa ser uma fantasma tão inquieta? — disse Lucie, sentando-se ereta contra os travesseiros. Tinha recebido ordens rigorosas para permanecer na cama, embora estivesse se coçando para se levantar, pegar a caneta e escrever. Qual era o objetivo de viver tantas coisas emocionantes se não houvesse a oportunidade de relatá-las na forma de ficção?

— Quando eu era menina, escovava o cabelo cem vezes por dia — falou Jessamine, que, por ser um fantasma, tinha cabelos que flutuavam como gaze e jamais precisavam ser escovados. — Ora, eu...

Ela gritou e disparou no ar, pairando uns trinta centímetros acima da mesa de cabeceira. Uma descarga fria percorreu o corpo de Lucie. Ela puxou os cobertores, olhando ao redor ansiosamente.

— Jesse?

Ele se materializou ao pé da cama, usando a calça preta e camisa de sempre. Seus olhos verdes estavam muito sérios.

— Estou aqui.

Lucie olhou para Jessamine.

— Posso ter um momentinho para falar a sós com Jesse?

— A sós? — Jessamine pareceu horrorizada. — Mas ele é um cavalheiro. E está em seu quarto.

— Sou um fantasma — disse Jesse secamente. — O que exatamente você imagina que eu poderia fazer?

— Por favor, Jessamine — insistiu Lucie.

Jessamine fungou.

— Na minha época isso jamais aconteceria! — anunciou ela, e sumiu em meio a um redemoinho de anáguas.

— Por que está aqui? — perguntou Lucie, agarrando os cobertores contra o peito. De fato, Jesse era um fantasma, mas ela ainda ficava desconfortável por ele vê-la de camisola. — Não me lembro de você indo embora. Na ponte.

— Seu irmão e seus amigos pareciam estar lidando bem com a situação — disse Jesse. O medalhão dourado dele brilhou no pescoço. — E seu irmão é capaz de ver fantasmas. Ele jamais me viu, mas...

— Hunf — disse Lucie. — Você percebe que tive de mentir para minha família e fingir que não sabia da sua existência ou que você levantou os mortos para tirar Cordelia do rio?

— *O quê?*

— Quero dizer, fico grata por ter feito aquilo. Por ter salvado Cordelia, quero dizer. Não pense que não haja gratidão da minha parte. É que...

— Você acha que evoquei os mortos do rio? — indagou Jesse. — Eu *atendi* ao chamado.

Mesmo sob o cobertor, Lucie subitamente se sentiu gelada.

— Do que está falando?

— Você chamou os mortos — disse Jesse. — Você evocou os mortos, e eles atenderam. Eu ouvi você, do outro lado da cidade, clamando por ajuda.

— Como assim? Por que eu teria qualquer habilidade de chamar os mortos? Eu consigo enxergá-los, mas certamente não posso comandar...

Ela se calou. Lembrou-se subitamente do quarto de Emmanuel Gast naquele pequeno apartamento horroroso. *Você vai contar*, dissera Lucie quando o fantasma declarara que jamais diria nada, e ele entregara os segredos mesmo assim. *Deixe-nos*, dissera ela, e ele sumira.

— Você era a única que conseguia me ver no salão de baile — disse Jesse. — Sempre foi a única capaz de me enxergar, além da minha família. Tem algo incomum em você.

Ela o encarou. E se desse qualquer ordem a Jesse? Será que ele teria de obedecer? Teria que atender ao seu chamado, assim como fizera na margem do rio?

Lucie engoliu em seco.

— Quando estávamos no rio, quando você estava comigo, estava segurando aquele medalhão em seu pescoço. Agarrado a ele.

— E você quer que eu diga o motivo? — perguntou Jesse, e Lucie percebeu que ele pensara o mesmo que ela. Não gostava nadinha daquela ideia. Não queria bancar a mandona com ele, ou com Jessamine. Talvez precisasse estar em pânico para o tal chamado funcionar, disse a si. Naquela ocasião no apartamento de Gast, ela sentira medo; e no rio também.

— Se você quiser — disse ela.

— Este medalhão foi colocado em volta do meu pescoço por minha mãe — disse ele. — Contém meu último fôlego.

— Seu último fôlego?

— Creio que eu deva lhe contar como morri — disse Jesse, sentando-se no parapeito da janela. Ele parecia gostar dali, pensou Lucie, sob um limiar. — Eu era uma criança doente. Minha mãe disse aos Irmãos do Silêncio que eu não era saudável o suficiente para suportar as Marcas, mas eu implorei e implorei. Ela conseguiu me deter até eu completar 17 anos. Você precisa entender que àquela altura eu estava desesperado para ser um Caçador de

Sombras igualzinho aos outros. Eu disse a ela que se não me deixasse obter as Marcas, eu fugiria para Alicante e as faria eu mesmo.

— E você fez isso? Fugiu?

Jesse fez que não com a cabeça.

— Minha mãe acabou cedendo, e os Irmãos do Silêncio vieram até nossa casa. A cerimônia da Marca ocorreu sem problemas, e eu achei que tivesse triunfado. — Ele ergueu a mão direita e Lucie percebeu que aquilo que ela pensara ser uma cicatriz era o leve contorno da Marca da Vidência. — Minha primeira e última Marca.

— O que aconteceu?

— Quando voltei para o quarto, desabei na cama. Então acordei à noite queimando de febre. Lembro-me de gritar, e de Grace ter corrido para o meu quarto. Ela estava parcialmente histérica. Sangue escorria da minha pele, tornando os lençóis escarlate. Eu me debati e gritei e rasguei os lençóis, mas eu estava ficando cada vez mais fraco, por isso não podiam usar Marcas de cura em mim. Lembro-me de me dar conta de que estava morrendo. Tinha ficado tão frágil. Grace me abraçava enquanto eu tremia. Ela estava descalça, e a camisola e o penhoar estavam encharcados com meu sangue. Lembro-me da minha mãe entrando. Ela segurou o medalhão contra meus lábios, como se quisesse que eu o beijasse...

— Você beijou? — sussurrou Lucie.

— Não — disse Jesse casualmente. — Eu morri.

Pela primeira vez, Lucie sentiu uma pontada de pena de Grace. Ver o irmão morrendo em seus braços daquela forma... Ela não conseguia imaginar a dor.

— Depois disso, fui começando a entender lentamente que eu era um fantasma — falou Jesse. — E levei meses tentando comunicação com minha mãe e minha irmã. Eu desaparecia toda manhã quando o sol nascia, e só voltava à consciência à noite. Passei muitas noites vagando sozinho na Floresta Brocelind, sendo visto apenas por outros mortos. E por você. Uma menininha que tinha caído numa armadilha de fadas.

Lucie corou.

— Fiquei surpreso quando você me viu — continuou ele. — E mais ainda quando consegui tocar sua mão e tirar você daquele poço. Na época achei que tudo aquilo fosse porque você era muito jovem, mas não. Tem algo incomum a seu respeito, Lucie. Você tem um poder que está ligado aos mortos.

Lucie suspirou.

— Se ao menos eu tivesse um poder ligado a pudim de pão amanteigado.

— Isso não teria ajudado Cordelia ontem à noite — falou Jesse. Ele recostou a cabeça na vidraça, e Lucie percebeu que obviamente ele não refletia no vidro escuro. — Minha mãe acredita que depois que tudo estiver em ordem, e que ela tiver todos os ingredientes requeridos por um feiticeiro, o último fôlego neste medalhão poderá ser usado para me ressuscitar. Mas à margem do rio, eu estava segurando-o porque...

Lucie ergueu as sobrancelhas.

— A princípio pensei que você pudesse estar na água. Afogando-se. A força vital no medalhão poderia ter esvaziado seus pulmões e permitido que você respirasse. — Ele hesitou. — Achei que se você estivesse morrendo, eu usaria o medalhão para ressuscitá-la.

Lucie inspirou profundamente.

— Você faria isso? Por mim?

Os olhos dele eram de um infinito verde profundo, tal como Lucie imaginava o oceano. Jesse entreabriu os lábios, como se pretendesse responder, bem no instante em que um feixe de luz do amanhecer penetrou o vidro da janela. Ele então enrijeceu, seus olhos ainda fixados nos de Lucie, como se tivesse sido atingido por uma flecha.

— Jesse — sussurrou Lucie, mas ele já havia sumido.

Dias Passados:
Londres,
Grosvenor Square, 1901

Na noite da morte da rainha Vitória, os sinos de Londres ecoaram em alarme ruidoso.

Matthew Fairchild também estava de luto, mas não por uma rainha morta. Estava enlutado pela perda de alguém que jamais conhecera, por uma vida que havia se findado. Por um futuro cuja felicidade seria sempre maculada pela sombra de seus atos.

Matthew se ajoelhou diante da estátua do Caçador de Sombras Jonathan na antessala de sua família, as mãos cobertas de cinzas.

— Perdoe-me — rogou, hesitante —, pois pequei. Eu... — Matthew se calou, incapaz de dizer as palavras. — Esta noite alguém morreu por minha causa. Por causa de minhas ações. Alguém que eu amava. Alguém que eu não conhecia. Mas que amava mesmo assim.

Ele imaginou que a oração poderia ajudar. Não ajudou. Tinha compartilhado seu segredo com Jonathan, mas jamais viria a partilhá-lo com mais alguém: nem com seu *parabatai*, nem com seus pais, sequer um amigo ou desconhecido. Daquela noite em diante, um abismo intransponível se abria entre Matthew e o mundo inteiro. Nenhum deles sabia, mas Matthew agora estava destacado deles para sempre, de todas as formas que importavam.

Mas era assim que deveria ser, pensou Matthew. Afinal, ele cometera assassinato.

18
Escuridão se inquieta

*Os mortos dormem em seus sepulcros:
E, decompondo-se enquanto dormem, um som inquietante,
Em parte, sentido, em parte, pensamento, entre a escuridão desperta,
Sopradas de suas camas verminosas todas as coisas que os cercam,
E, misturando-se à noite silenciosa e ao céu mudo,
Seu silêncio terrível é sentido inaudivelmente*
— Percy Bysshe Shelley, "A Summer Evening Churchyard, Lechlade, Gloucestershire"

Era fim de tarde quando James conseguiu se afastar do Instituto — parecia que todo membro do Enclave que passava pelos portões queria interrogá-lo sobre demônios Mandikhor — e seguir para Grosvenor Square para encontrar o restante dos Ladrões Alegres.

Depois de entrar sozinho na casa de Matthew usando a própria chave, James parou por um momento nos degraus que davam para o porão. Sabia que seus amigos estavam no laboratório: dava para ouvir as vozes deles subindo como fumaça; Christopher tagarelando e os tons graves e melodiosos de Matthew. Era possível *sentir* a presença de Matthew, tão perto do *parabatai*, como ímãs sendo aproximados.

Encontrou seus amigos sentados em torno de uma bancada de laboratório alta com tampo de mármore. Por todo lado havia instrumentos de formato curioso: um galvanômetro para medir correntes elétricas, uma balança de torção, e um modelo mecânico do sistema solar em ouro, bronze e prata — um presente de Charlotte para Henry anos antes. Uma dúzia de variados microscópios, astrolábios, retortas e instrumentos para mensuração estavam espalhados pela mesa e no alto de armários. Em um pedestal, estava o revólver *Colt Single Action Army* no qual Christopher e Henry vinham trabalhando há meses, antes de toda a confusão atual começar a acontecer. A chapa de níquel cinza como um rio estava profusamente gravada com Marcas e uma inscrição em letra cursiva: LUCAS 12:49.

Os óculos de proteção em cobre de Christopher estavam no alto da cabeça; ele usava uma camisa e calça já queimadas e manchadas tantas vezes que fora proibido de usá-las fora de casa. Já Matthew poderia ser seu oposto perfeito: de colete azul e dourado, e perneiras combinando, ele se mantinha bem longe das chamas dos bicos de Bunsen, cuja intensidade estava tão alta que o cômodo ostentava a temperatura de uma ilha tropical. Oscar tirava uma soneca tranquila aos seus pés.

— O que está acontecendo, Kit? — perguntou James. — Testando para descobrir o ponto de fusão dos Caçadores de Sombras?

— Meu cabelo certamente está arruinado — disse Matthew, passando as mãos pelas mechas escurecidas pelo suor. — Acredito que Christopher esteja trabalhando arduamente no antídoto. Estou prestando meu auxílio fornecendo observações sarcásticas e comentários apurados.

— Eu preferiria que você me passasse aquele béquer — disse Christopher, apontando para a vidraria. Matthew balançou a cabeça. James pegou o béquer e o entregou a Christopher, que acrescentou algumas gotas do conteúdo dele ao líquido que fervilhava numa retorta ao lado de seu cotovelo. Ele franziu a testa. — Não está indo bem, temo. Sem um ingrediente, é meio improvável que funcione.

— Que ingrediente? — perguntou James.

— Raiz de malos, uma planta rara. Caçadores de Sombras não devem cultivá-la porque viola os Acordos. Andei pesquisando e pedi que Anna tentasse conseguir um pouco para mim com seres do Submundo, mas não tivemos sorte.

— Por que alguém seria proibido de cultivar uma planta boba? — falou Matthew.

— Essa planta só cresce em solo encharcado pelo sangue de mundanos assassinados — falou Christopher.

— Parece que eu estava errado — admitiu Matthew. — Urgh.

— Planta de magia sombria, então? — Os olhos de James se semicerraram. — Christopher... consegue desenhar para mim um esboço da raiz?

— Certamente — afirmou Christopher, como se aquele não fosse um pedido estranho sob nenhum aspecto. Ele sacou um caderninho do bolso interno do paletó e começou a rabiscar. O líquido na retorta tinha começado a ficar preto. James fitou a fervura com cautela.

— Havia algumas plantas proibidas na estufa de Tatiana — explicou James. — Comentei com Charles na época, e ele não pareceu achar isso preocupante, mas...

Christopher estendeu o esboço de uma planta semelhante a uma tulipa com folhas brancas de pontas anguladas e uma raiz preta.

— Sim — falou James, sua animação crescendo. — Eu me lembro dessas... elas *estavam* na estufa em Chiswick. E me impressionaram porque as folhas pareciam facas. Poderíamos ir até lá agora... tem alguma carruagem livre?

— Sim. — A empolgação de Matthew se comparava à de James. — Charles tinha uma reunião ou algo assim, mas ele deixou a segunda carruagem no estábulo. Coloque os óculos, Christopher... Vamos fazer trabalho de campo.

Christopher grunhiu baixinho.

— Tudo bem, tudo bem... mas preciso trocar de roupa. Não tenho permissão para sair com estas roupas.

— Primeiro apague qualquer coisa que possa incendiar a casa — disse Matthew, segurando o braço de James. — Encontramos você no jardim da frente.

James e Matthew correram pela casa (seguidos por Oscar, que latia de animação), então pararam por um momento nos degraus da entrada, inspirando o ar frio. O céu estava pesado, com nuvens; a luz enfraquecida do sol passava por ele, iluminando o caminho dos degraus da entrada dos Fairchild até o muro do jardim e o portão que dava para a rua. Chovera mais cedo, e as pedras ainda estavam molhadas.

— Onde está Thomas? — perguntou James quando Matthew olhou para o alto para examinar as nuvens: embora não parecessem carregadas, tinham uma energia pluvial, como uma tempestade elétrica iminente. Assim como Matthew, pensou James.

— Patrulhando com Anna — respondeu Matthew. — Lembre-se, Thomas é o mais ancião do grupo. Ele é necessário para a patrulha diurna.

— Não tenho certeza se 18 anos é exatamente um ancião — disse James. — Ele deve ter alguns anos pela frente antes de a senilidade se estabelecer.

— Às vezes tenho a impressão de que ele gosta bastante de Alastair Carstairs. O que indicaria que a senilidade já se estabeleceu.

— Não tenho certeza se *gostar* é o verbo certo — falou James —, acho que, na verdade, ele sente que Alastair deveria receber uma segunda chance depois de seu comportamento na Academia. — James parou, pensando no rosto contraído de Alastair e no olhar de pânico na biblioteca, na casa de Cornwall Gardens. — E talvez ele esteja certo. Talvez todos mereçamos uma nova chance.

— Algumas pessoas não merecem. — A voz de Matthew soou destemida. — Se eu algum dia pegar você cogitando fazer amizade com Alastair, James...

— Vai fazer o quê? — provocou James, arqueando uma sobrancelha.

— Vou ter que contar a você o que Alastair me disse no dia que saímos da Academia — falou Matthew. — E eu preferiria não fazer isso. Cordelia jamais deveria saber, nem na pior das hipóteses. Ela o ama e deveria ter esse direito.

Cordelia. Houve um tom incomum na voz de Matthew ao dizer o nome dela. James se virou para seu *parabatai*, confuso. Sua vontade era dizer que, se Alastair dissera mesmo algo tão terrível, a ponto de ameaçar a afeição de Cordelia por ele, então Matthew não deveria sofrer em silêncio. No entanto, não houve chance de se manifestar. Christopher irrompera subitamente pela porta da frente, calçando as luvas. Ele usava um chapéu inclinado de lado na cabeça e um cachecol verde que não combinava com nenhuma peça de roupa.

— Onde está a carruagem? — perguntou ele, descendo os degraus.

— Estávamos esperando por você, Christopher, não chamando sua carruagem — respondeu James quando os três atravessaram o jardim até o estábulo, onde um grande abrigo para carruagens guardava os cavalos e os meios de transporte da Consulesa. — Além disso, tenho quase certeza de que Darwin disse alguma coisa sobre caminhadas serem saudáveis para os cientistas.

Christopher pareceu indignado.

— Ele certamente não disse...

O portão da frente chacoalhou. James se virou e viu sombras empoleiradas no topo das grades. Não, não sombras — demônios, maltrapilhos e pretos. Eles saltaram silenciosamente até o chão, um após o outro, avançando para os Caçadores de Sombras.

— Demônios Khora — sussurrou James; Matthew já estava com a espada em punho, e Christopher com uma lâmina serafim. Ela estalou quando ele a batizou, como um radiômetro com defeito.

James sacou uma faca de arremesso do cinto, virando-se e percebendo que não havia jeito de retornar à casa. Os demônios os cercavam, do mesmo modo que tinham tentado cercar Christopher na ponte.

— Não estou gostando disso — falou Matthew. Os olhos das criaturas estavam incandescentes, os dentes expostos. — Não mesmo.

O chapéu tinha caído da cabeça de Christopher; estava no chão, encharcado, no solo úmido e rochoso. Ele o chutou, frustrado.

— James? E agora?

James estava com a voz de Cordelia na mente, suave e firme. *Você é o líder.*

— Nós cortamos o círculo de demônios, ali — apontou, falando velozmente — e entramos no abrigo das carruagens. Depois de entrar, trancamos a porta com uma Marca.

— Isso dá um novo sentido à expressão "só não espante os cavalos" — murmurou Matthew. — Tudo bem. Vamos lá.

Eles se viraram na direção indicada, enquanto James arremessava facas como se fossem flechas voando de um arco. Todas acertaram o alvo, mergulhando profundamente na pele dos demônios. Os Khora se espalharam, uivando, e bem quando o céu estalou com um trovão, os rapazes dispararam pela fenda entre as criaturas, rumo ao estábulo.

Eles saltaram sobre cachos brancos de névoa; James chegou ao portão do estábulo primeiro e o abriu com um chute, então quase se curvou, a dor irradiando pelo seu corpo.

Ele se virou e viu que um Khora tinha agarrado Matthew e o arremessado longe. Christopher estava lutando contra outra das criaturas, a lâmina serafim descrevendo um arco de luz crepitante conforme ele a golpeava. James arquejou — provavelmente Matthew tinha perdido o fôlego — e se virou para correr até seu *parabatai*, quando de repente o Khora se ergueu sobre as patas traseiras bem acima dele...

Um lampejo dourado reluziu entre Matthew e a sombra, lançando um Khora cambaleante para trás.

Era Oscar. O golden retriever disparou para além do demônio, escapando de um golpe selvagem das garras demoníacas por meros três centímetros, e aterrissou perto de Matthew.

O Khora avançou novamente sobre o rapaz e o cachorro. Matthew abraçou Oscar — o filhote que James salvara e dera a ele há tanto tempo —, curvando o corpo sobre seu animalzinho de estimação. James girou, uma faca em cada mão, e as arremessou.

As facas se enterraram até os cabos no crânio do demônio. Ele explodiu; um dos demônios guinchou e Matthew saltou de pé, pegando sua espada caída. James ouvia Matthew gritando com Oscar para que o cãozinho voltasse para a casa, mas Oscar claramente sentia ter conquistado uma vitória grandiosa e não tinha intenção alguma de dar ouvidos à ordem. Ele rosnou quando Christopher parou ao portão do estábulo, gritando para que os outros entrassem.

James se virou.

— *Christopher...*

A criatura se erguia atrás de Christopher, uma sombra imensa, o maior demônio Khora que James já vira. Christopher começou a se virar, erguendo a lâmina serafim, mas era tarde demais. O Khora havia estendido o braço em volta de Christopher, quase como se quisesse abraçá-lo, puxando o rapaz contra si. A arma de Christopher saiu voando.

Matthew começou a correr para Christopher, derrapando no chão molhado. James não conseguia se mexer — estava sem facas; pegou a lâmina serafim no cinto, porém não houve o que fazer. A imensa mão em garra do demônio tinha lacerado o peito de Christopher.

Christopher gritou quando o demônio Khora o jogou longe. Ele aterrissou, se encolhendo de dor.

— *Não!* — James começou a correr, ziguezagueando para o corpo caído de Christopher. Algo o atacou; James ouviu Matthew gritar e um Khora que se aproximava foi cortado ao meio por uma *chalikar*. James sacou a lâmina serafim, avançando para o demônio que havia ferido Kit.

O demônio se virou para olhar para ele. Os olhos da criatura exibiam sabedoria, quase diversão. O Khora exibiu os dentes — e evaporou, assim como os outros demônios Khora tinham feito no parque.

— Jamie, eles foram embora — gritou Matthew. — Foram todos embora...

Os portões da frente se escancararam com um clangor ressoante de metal e uma carruagem avançou pelo jardim. As portas se abriram, expelindo Charles Fairchild; James percebeu vagamente que Alastair Carstairs também estava ali, olhando ao redor com uma expressão chocada. Quando James se ajoelhou ao lado de Christopher, ouviu Charles exigindo saber o que estava acontecendo.

Matthew gritou de volta, perguntando se Charles era cego, se não via que Christopher estava ferido e precisava ir à Cidade do Silêncio. Charles continuava indagando o que tinha acontecido com os demônios, para onde tinham ido, pois ele vira um assim que entraram pelos portões, mas onde estavam agora?

Eu levo Christopher, dizia Alastair. *Eu o levo para a Cidade do Silêncio.* Mas as palavras pareciam ecoar de um lugar distante, um lugar onde James não estava ajoelhado no molhado e em meio à névoa ao lado de um Christopher imóvel, cujo peito tinha sido talhado por garras de demônio. Algum lugar onde Christopher não estava imóvel e mudo, independentemente do quanto James implorasse a ele para que abrisse os olhos. Algum lugar onde o sangue de Christopher não estava misturado à chuva nos paralelepípedos, cercando-o numa poça carmesim. Algum lugar melhor do que aquele.

Corrente de Ouro

Cordelia tinha esperanças de conseguir conversar com seu irmão novamente, mas ela acordara tão tarde que, quando Risa terminara de ajudá-la a se vestir e dissera a ela para descer, Alastair já havia saído.

Embora a luz do sol vespertino entrasse pelas janelas, a casa parecia abafada e escura, o tique-taque do relógio artificialmente alto enquanto Cordelia comia mingau na sala de jantar. Tinha gosto de serragem. Ela ficava se lembrando das palavras de Alastair na noite anterior: *eu queria que você tivesse uma infância, algo que nunca tive. Queria que você pudesse amar e respeitar seu pai como jamais pude.*

Ela percebeu, com um calafrio de vergonha, que se enganara terrivelmente em relação à mãe e ao irmão. Pensava que eles não defendessem seu pai por causa de covardia e pressão social. Agora percebia que os dois sabiam que Elias podia mesmo ter cometido um erro — tão bêbado que sequer fora capaz de pensar na segurança daqueles que enviara em uma missão perigosa.

Cordelia achou que a mãe quisesse que ela se casasse logo para livrá-la da vergonha de ser a filha de um homem sob julgamento em Idris. Agora percebia que era muito mais complicado.

Não era à toa que Sona e Alastair viam com reservas suas tentativas de "salvar" o pai. Eles tinham medo que ela descobrisse a verdade. Sentiu o sangue gelar nas veias. Eles realmente poderiam perder tudo, pensou ela. Cordelia jamais acreditara nisso até então. Ela sempre achara que a justiça prevaleceria. Mas a justiça não era tão simples quanto ela pensava.

Cordelia se sobressaltou quando Sona entrou na sala de jantar. Sua mãe a fitou pensativamente antes de dizer:

— Este é um dos vestidos que James mandou para você?

Cordelia assentiu. Estava usando um vestido diurno de um rosa intenso, que estava no pacote de Anna.

Por um momento, Sona pareceu melancólica.

— É uma bela cor — disse ela. — Os vestidos são mesmo muito lindos, e provavelmente muito mais adequados a você do que os vestidos que te dei.

— Não! — Cordelia ficou de pé, abalada. — *Khāk bar saram!* — Uma frase que significava literalmente "eu deveria morrer", a forma mais extrema de pedir desculpas. — Sou uma filha horrível. Sei que você fez o melhor que pôde. *Eu sei que você fez, Mâmân. Sei que só estava tentando me proteger.*

Sona ficou chocada.

— Pelo Anjo. São apenas vestidos, Layla. — Ela sorriu. — Talvez você possa compensar me ajudando com a casa? Como uma boa filha deveria fazer?

Tapeada como sempre, pensou Cordelia, mas ficou mais do que satisfeita por ter aquela distração. Mais desempacotamentos tinham sido feitos, e havia decisões pendentes em relação ao posicionamento de certas peças de cerâmica na decoração, ou onde os tapetes Tabriz deveriam ser colocados para o melhor proveito. Enquanto Cordelia observava sua mãe se ocupar, nitidamente em seu habitat, ela sentiu as palavras rolarem até a ponta de sua língua: *você sabia quando se casou com ele, Mâmân? Ou você descobriu um dia, ou foi uma percepção vagarosa, um terrível assentar do conhecimento? Todas aquelas vezes em que disse que ele deveria ir para as Basilias, era porque você achava que eles poderiam curar a bebedeira dele? Você chorava quando ele se recusava a ir? Você ainda o ama?*

Sona recuou um passo para admirar uma pequena coleção de miniaturas emolduradas ao lado da escada.

— Isto fica bonito aqui, não? Ou acha que fica melhor no outro cômodo?

— Definitivamente melhor aí — falou Cordelia, sem fazer ideia de qual seria o outro cômodo a que sua mãe se referia.

Sona apoiou a mão na lombar da filha.

— Você estava prestando atenç... — começou, e se encolheu subitamente. Então encostou na parede. Cordelia correu até ela, preocupada.

— Está se sentindo bem? Você parece cansada.

Sona suspirou.

— Estou perfeitamente bem, Cordelia. — Ela se aprumou, as mãos pairando, como se não conseguisse decidir o que fazer com elas. Era um gesto que Sona só fazia quando estava muito nervosa. — Mas... estou esperando um bebê.

— O quê?

Sona deu um sorriso trêmulo.

— Você vai ter um irmãozinho ou irmãzinha, Layla. Daqui a alguns meses.

Cordelia queria abraçar a mãe, mas ficara subitamente apavorada. Sona já tinha 42 anos, idade avançada para uma mulher carregar um filho. Pela primeira vez, sua formidável mãe parecera frágil aos seus olhos.

— Há quanto tempo você sabe?

— Há três meses — disse Sona. — Alastair também sabe. E seu pai.

Cordelia engoliu em seco.

— Mas você não me contou.

— Layla, *joon*. — Sona se aproximou. — Eu não queria preocupar você mais do que você já estava preocupada com a família. Sei que vem tentando... — Ela parou, afastando uma mecha de cabelo do rosto da filha. — Você sabe que não precisa se casar, se não quiser — disse ela quase como um sussurro. — Nós vamos ficar bem, querida. Sempre ficamos.

Cordelia deu um beijo na palma da mão magra da mãe, marcada por muitas cicatrizes de um passado distante, quando ela costumava combater demônios.

— *Cheshmet roshan, mâdar joon* — sussurrou ela.

Os olhos de Sona marejaram, brilhantes.

— Obrigada, querida.

Uma batida pesada soou à porta da frente. Cordelia trocou um olhar de surpresa com a mãe antes de ir até a entrada. Risa atendera à porta, e no degrau estava o menino de recados sujinho para quem Matthew entregara a bolsa dela na frente do apartamento de Gast. Um dos Irregulares, lembrou-se ela, os meninos do Submundo que trabalhavam na Taverna do Diabo e faziam biscates para James e os outros.

— Tenho uma mensagem aqui para a senhorita Cordelia Carstairs — disse ele, agarrado a um pedaço de papel dobrado.

— Sou eu — disse Cordelia. — Você, hã, requer pagamento?

— Não — falou o menino, sorrindo alegremente. — Já fui pago pelo Sr. Matthew Fairchild. Tá aqui!

Ele entregou a mensagem e desceu os degraus correndo, assobiando. Risa fechou a porta, compartilhando um olhar confuso com Cordelia. *Por que Matthew enviaria um bilhete como aquele?*, refletiu Cordelia, abrindo o papel. *O que poderia ser tão urgente?*

O bilhete caiu no chão, aberto. Havia apenas algumas palavras na página, mas elas se destacavam em tinta preta escandalosa.

Venha imediatamente para a Taverna do Diabo. Houve um ataque. Christopher está gravemente ferido.

—*James*

— Cordelia? — Sona viera até a entrada. — O que está acontecendo?

Com as mãos trêmulas, Cordelia pegou o bilhete e o entregou para a mãe. Sona leu brevemente antes de devolvê-lo a Cordelia. — Você precisa ficar com seus amigos.

O alívio tomou conta de Cordelia. Ela começou a disparar escadaria acima para pegar suas coisas, mas parou no meio do caminho.

— É melhor eu vestir meu uniforme — disse. — Mas ainda está molhado do rio.

Sona sorriu para a filha — um sorriso cansado e preocupado, o sorriso de tantos pais de Caçadores de Sombras que ao longo das eras viam seus filhos marcharem para a noite, carregando lâminas bentas pelos anjos, sabendo que poderiam jamais retornar.

— Layla, minha filha. Pode usar o meu.

Cordelia correu escada acima na Taverna do Diabo e invadiu os aposentos dos Ladrões Alegres. O fim da tarde estava bem avançado agora, e os raios solares entravam pela janela leste, projetando barras douradas de luz sobre o pequeno espaço precário e seus ocupantes. Matthew estava esparramado no sofá, Lucie em uma poltrona puída. Ela ergueu o rosto e sorriu quando Cordelia entrou, mas os olhos dela estavam vermelhos. Apenas James estava de pé: encostado na parede ao lado da janela, tinha olheiras profundas. Todos os três Caçadores de Sombras usavam uniforme.

— O que aconteceu? — disse Cordelia, levemente ofegante. — Eu... o que eu posso fazer?

Matthew olhou para ela. A voz dele soou rouca:

— Estávamos na minha casa, usando o laboratório do meu pai — disse ele. — Eles... os demônios Khora... estavam nos esperando quando partimos.

— Deveríamos estar preparados — falou James. Ele abria e fechava a mão direita, como se desejasse esmagar alguma coisa. — Deveríamos ter nos lembrado. Estávamos com pressa para chegar à carruagem... eles nos atacaram na frente da casa. Um deles abriu uma laceração no peito de Christopher.

Christopher. Cordelia enxergava em sua mente o sorriso alegre dele, os óculos amassados; ouvia sua voz ansiosa e animada explicando algum novo aspecto da ciência dos Caçadores de Sombras.

— Eu... eu sinto muito — sussurrou ela. — Ele está doente? O que podemos fazer?

— Ele já estava febril quando o levaram para a Cidade do Silêncio — disse Matthew sombriamente. — Nós chamamos você e Lucie assim que foi possível, e...

Houve passos nas escadas. A porta se escancarou e Thomas irrompeu. Usava um longo sobretudo, mas Cordelia notava o uniforme por baixo.

— Desculpe — disse ele, sem fôlego. — Eu estava patrulhando com Anna... só recebi o recado depois que voltamos para a casa de tio Gabriel. Todos queriam ir à Cidade do Silêncio, é claro, mas o Irmão Enoch chegou... disse que era impossível... — Thomas afundou na poltrona, enterrando o rosto nas mãos. — Todos estão exaltados. Anna foi pedir ajuda a Magnus para intensificar as proteções em torno da casa. Tia Cecily quase perdeu a cabeça ao pensar em deixá-la ir, mas ela foi mesmo assim. Tio Will e tia Tessa vieram, é claro, mas, para mim, estava intolerável ficar lá, incomodando a todos, sendo uma intromissão no medo deles...

— Você não é uma *intromissão*, Thomas — disse Matthew. — Você é família. Lá e aqui.

A porta se entreabriu e Polly entrou, trazendo uma garrafa e algumas taças com as bordas lascadas. Ela as colocou na mesa, lançou a Thomas um olhar de preocupação, e desapareceu.

Matthew ficou de pé e pegou a garrafa, servindo as taças com a graciosidade do hábito de longa data. Pela primeira vez, até onde Cordelia se lembrava, Thomas pegou uma taça e bebeu.

James virou uma das cadeiras e se sentou, os braços cruzados sobre o encosto, as longas pernas entrelaçadas na frente.

— Tom — disse ele, os olhos brilhando com determinação. — Precisamos fazer o antídoto para o veneno do Mandikhor. Acho que você consegue.

Thomas engasgou, tossiu e começou a balbuciar quando Matthew tirou a taça dele e a colocou de volta na mesa.

— Não consigo — disse quando recuperou o fôlego. — Não sem Christopher.

— Sim, consegue — retrucou James. — Você fez tudo com ele. Esteve no laboratório com ele quase o tempo todo desde que Barbara morreu. Você *sabe* fazer.

Thomas ficou calado por um longo momento. James não se moveu. O olhar dele estava colado no amigo. Era um olhar que Cordelia não conseguia descrever — uma intensidade silenciosa misturada a uma convicção irredutível. Aquele era James exibindo seu melhor lado, pensou ela. A fé dele nos amigos era inabalável: era força, e eles partilhavam daquela força entre o grupo.

— Talvez — disse Thomas por fim, lentamente. — Mas ainda falta um ingrediente. Sem ele, o antídoto não vai funcionar, e Kit disse que era impossível encontrar...

— Raiz de malos — falou Matthew. — Sabemos onde tem e como conseguir. Só precisamos ir até a Casa Chiswick. Na estufa.

— A casa do meu avô? — indagou Thomas, incrédulo. Ele passou os dedos distraidamente pelo cabelo castanho-claro.

— Finalmente Benedict Lightwood será responsável por alguma coisa útil — zombou Matthew. — Se partirmos agora, conseguiremos chegar lá em meia hora...

— Esperem — disse Thomas, levantando-se. — James, eu quase me esqueci. Neddy me deu isto.

Ele entregou um pergaminho dobrado a James, cujo nome estava escrito na frente com uma letra cuidadosa. James abriu o bilhete e ficou de pé com uma agilidade violenta, quase derrubando a cadeira.

— O que foi? — quis saber Cordelia. — James?

Quando ele entregou o bilhete a ela, Cordelia notou o olhar pensativo de Matthew passando dela para James. Então olhou para baixo.

Venha para a Cidade do Silêncio. Eu o encontrarei na enfermaria. Não se revele para os outros Irmãos. Explicarei quando você chegar. Por favor, venha rápido.

—*Jem*

Ela o entregou, muda, para Lucie. James caminhava de um lado a outro, as mãos nos bolsos.

— Se Jem diz que preciso ir, então preciso — disse ele enquanto Matthew e Thomas liam o bilhete. — O restante de vocês vai até Chiswick...

— Não — disse Matthew. Tinha levado a mão ao frasco no bolso, um gesto já um tanto habitual, mas então a tirou depressa. Seus dedos tremiam levemente, mas sua voz estava tranquila. — Para onde fores irei, James. Ainda que seja o tedioso subúrbio de Highgate.

Jem, pensou Cordelia. Ela precisava falar com ele sobre seu pai. Não havia mais ninguém com quem pudesse conversar sobre o que Alastair lhe contara. Não havia ninguém mais para quem revelar que havia mudado de ideia.

Primo Jem, tenho algo a dizer sobre meu pai. Acho que ele precisa ir para Basilias. Acho que ele não deveria voltar de Idris, afinal. Acredito que preciso de sua ajuda.

Cordelia respirou fundo.

— Eu também vou. Preciso ver Jem. A não ser que... — Ela se virou para Lucie. — A não ser que você prefira que eu a acompanhe até Chiswick...

— Besteira — disse Lucie, com empatia nos olhos. — Nós só vamos lá para pegar uma planta, e estou familiarizada com a casa e a propriedade... na verdade, não — acrescentou ela apressadamente quando James a fitou com surpresa — porque é lógico que nunca espreitei por lá ou espionei o terreno, claro que não fiz isso.

— Você e Thomas podem levar minha carruagem — disse Matthew. — Está lá embaixo.

— E o restante de nós pode pegar uma carruagem alugada — disse Cordelia. — Onde fica a entrada mais próxima para a Cidade do Silêncio?

— No cemitério Highgate — falou James, tocando o cinto de armas enquanto os demais pegavam casacos do uniforme, cintos e lâminas. — Fica a uma boa distância daqui. Precisaremos correr... não há tempo a perder.

—

Houve pouco que freasse o progresso de Cordelia e os demais até chegarem a Highgate, onde as ruas estreitas estavam bloqueadas com o tráfego noturno. O condutor da carruagem alugada, recusando-se a desbravar o engarrafamento, deixou o grupo diante de um pub em Salisbury Road.

James pediu que Cordelia e Matthew aguardassem enquanto ele procuraria a entrada da Cidade do Silêncio, que costumava se deslocar no cemitério. James contara a Cordelia na carruagem, e podia ser encontrada em vários locais dependendo do dia.

Matthew deu um olhar desejoso para o pub, mas foi logo distraído por uma grande placa de pedra no cruzamento da Highgate Hill com a Salisbury Road. Estava cercada por grades de ferro e gravada com as palavras TRÊS VEZES LORDE PREFEITO DE LONDRES.

— "Dê meia-volta, Whittington, três vezes Lorde Prefeito da cidade de Londres" — falou Matthew, com um gesto dramático. — Aqui é onde deve ter acontecido, onde ele teria ouvido os sinos de Bow Church, quero dizer.

Cordelia assentiu; tinha ouvido a história muitas vezes quando criança. Richard Whittington fora um menino mundano que saíra de Londres com seu gato, determinado a fazer fortuna em outro lugar, apenas para ouvir os sinos de St. Mary-le-Bow chamando-o de volta para uma glória prometida caso ele obedecesse. E assim ele fizera, e se tornara prefeito de Londres, três vezes.

Cordelia não tinha certeza do que acontecera com o gato. Todas as histórias podiam ser verdade, pensou ela, mas seria absurdamente bom se tais sinais óbvios estivessem à disposição do destino dela.

Matthew tirou o frasco de prata do colete e começou a abrir. Embora estivesse de uniforme, ele não havia sacrificado as perneiras azuis para realizar seu dever. Cordelia apenas o fitou conforme ele inclinava a cabeça para trás e engolia, voltando a tapar o frasco em seguida.

— Coragem holandesa — disse ele.

— Os holandeses são especialmente corajosos, ou apenas especialmente bêbados? — perguntou ela, a voz um pouco mais mordaz do que pretendia.

— Um pouco de ambos, imagino. — O tom de Matthew era tranquilo, mas ele guardou o frasco. — Você sabia que talvez o gato de Dick Whittington jamais tenha existido? Ficção deslavada, aparentemente.

— Importa se ele teve ou não um gato?

— A verdade sempre importa — arrematou Matthew.

— Não quando se trata de histórias — falou Cordelia. — A intenção das histórias não é serem objetivamente verdadeiras, mas que tenham a alma mais verdadeira do que a realidade. Aqueles que debocham da ficção fazem isso porque temem a verdade.

Ela sentiu, em vez de ver, Matthew se virar para olhá-la sob a penumbra crescente. A voz dele estava rouca.

— James é meu *parabatai* — disse ele. — E eu o amo. A única coisa que jamais entendi ali foram os sentimentos dele por Grace Blackthorn. Eu há muito tempo venho desejando que ele deposite seu afeto em outro lugar, e, no entanto, quando o vi com você na Sala dos Sussurros, não fiquei feliz.

Cordelia não esperava tal franqueza.

— Como assim?

— Acho que eu duvido que ele saiba o que sente — falou Matthew. — Acho que me preocupo se ele vai magoar você.

— Ele é seu *parabatai* — disse Cordelia. — Por que você se importaria se ele me magoasse?

Matthew inclinou a cabeça para trás para olhar o céu noturno cada vez mais escuro. Seus cílios eram vários tons mais escuros do que seus cabelos loiros.

— Eu não sei — disse ele. — Mas descobri que me importo.

Cordelia desejou que estivessem discutindo qualquer outra coisa.

— Não se preocupe. Alastair me deu um aviso semelhante a respeito de James ontem mesmo. Fui muito bem informada.

Matthew cerrou a mandíbula.

— Eu sempre disse que o dia em que eu concordasse com Alastair Carstairs, seria o dia em que eu queimaria no Inferno.

— Ele foi realmente tão terrível assim com James na Academia? — perguntou Cordelia.

Matthew se virou para ela, e a expressão dele a espantou. Era a mais pura fúria.

— Foi mais do que isso...

James surgiu das sombras, o cabelo preto desgrenhado, e chamou os dois.

— Encontrei a entrada. Temos que ir logo.

Eles avançaram para o cemitério e passaram pelos portões altos. Ciprestes escuros pairavam, as folhas sobrepostas bloqueando o restinho de luz do crepúsculo. Às sombras deles elevavam-se elaborados monumentos aos mortos. Grandes mausoléus e obeliscos egípcios ao lado de colunas de granito quebradas, simbolizando a vida interrompida. Lápides eram moldadas no formato de ampulhetas com asas, urnas gregas e lindas mulheres com cabelo cascateante. E em toda parte, é claro, havia anjos de pedra: gordinhos e de aparência sentimental, com rostos doces como os de crianças. O quão pouco os mundanos entendiam sobre os anjos, pensou Cordelia, avançando pelo caminho coberto de galhos, logo no encalço de James. O quanto os humanos não entendiam dos aspectos apavorantes do poder deles.

James desceu de uma das trilhas cinzentas, e eles se flagraram num espaço aberto que parecia estar nas profundezas do bosque, as folhas acima aglomeradas tão densamente que a luz fraca estava tingida de verde. No centro da clareira havia uma estátua de anjo, mas não um querubim. Era a figura de mármore de um lindo homem, bastante alto. Uma armadura de escamas entalhada no corpo. O anjo empunhava uma espada na mão estendida, gravada com as palavras QUIS UT DEUS, e sua cabeça estava voltada para trás, como se estivesse gritando para o céu.

James deu um passo adiante, erguendo uma das mãos, a que carregava o anel Herondale com a gravura de pássaros.

— *Quit ut Deus*? — disse ele. — "Quem é como Deus?", pergunta o Anjo. A resposta é "Ninguém. Ninguém é como Deus".

Os olhos do anjo de pedra se abriram, completamente pretos, aberturas para um grande e silencioso escuro. Então, com um ruído de pedra sendo moída, o anjo deslizou para o lado, revelando na terra um grande poço e escadas descendentes.

James acendeu sua pedra de luz enfeitiçada conforme eles foram seguindo escadaria abaixo rumo a uma escuridão sombreada. Os Irmãos do Silêncio, vivendo como viviam, com os olhos costurados, não enxergavam como Caçadores de Sombras comuns, e por isso não requeriam luz.

A luz enfeitiçada branca e tremeluzente se projetou entre os dedos de James, pintando as paredes com barras de luz. Conforme fora se aproximando do pé da escadaria, James segurou o braço de Cordelia e a incitou por um arco sob os degraus. Matthew os acompanhou um momento depois. James fechou a mão sobre a pedra de luz, controlando a claridade; os três observaram em silêncio quando um grupo dos Irmãos do Silêncio, com as túnicas de pergaminho arrastando no chão, passaram por ali e sumiram por outro arco.

— Jem disse para não nos revelarmos aos outros Irmãos — sussurrou James. — A enfermaria fica do outro lado das Estrelas Falantes. Precisamos seguir rápida e silenciosamente.

Cordelia e Matthew assentiram. Um instante depois, estavam passando por uma enorme sala cheia de arcos de pedra em formato de buraco de fechadura. Pedras semipreciosas alternavam-se com mármore: olho de tigre, jade, malaquita. Sob os arcos aglomeravam-se mausoléus, muitos dos sobrenomes gravados neles: RAVENSCAR, CROSSKILL, LOVELACE.

Eles chegaram a um grande pátio cujo piso era encrustado de azulejos impressos com uma estampa de estrelas reluzentes. Em uma parede, muito além do alcance, pendia uma enorme espada de prata fosca cujo guarda-mão era entalhado no formato de asas de anjo.

A Espada Mortal. O coração de Cordelia deu um salto. A espada que o pai dela segurara, embora a arma não tivesse sido capaz de fazê-lo dizer a verdade da qual ele não se lembrava.

Eles atravessaram o pátio e entraram em um amplo espaço coberto com pedras de pavimentação rústicas. Um par de portas de madeira indicava um caminho; um grande arco quadrado indicava outro. As portas tinham Marcas de morte, paz e silêncio.

— Para trás! — sussurrou Matthew, subitamente; então estendeu o braço, incitando James e Cordelia de volta para as sombras. Cordelia permaneceu imóvel quando um Irmão do Silêncio passou por eles e subiu um lance de escadas próximo. Com um menear de cabeça, James saiu das sombras, seguido por Matthew e Cordelia. Eles passaram por baixo do arco quadrado e adentraram outro cômodo imenso com um teto de pedra abaulado, entrecruzado por vigas de pedra e madeira. As paredes estavam vazias, e de um lado a outro do cômodo havia camas enfileiradas, cada uma acomodando uma figura imóvel: Cordelia supunha haver umas trinta ou mais pessoas doentes ali. Jovens e velhos, homens e mulheres, todos tão mudos e inertes como se já tivessem morrido.

O cômodo estava em silêncio. Silêncio... e vazio. Cordelia mordeu o lábio.

— Onde está Jem?

Mas os olhos de Matthew já se iluminavam diante de uma figura familiar.

— Christopher — disse ele, e disparou até o amigo, seguido por James. Cordelia foi atrás deles mais lentamente, relutante em se intrometer. Matthew se agachou ao lado de uma cama de ferro estreita; James se pôs junto à cabeceira, inclinando-se.

Christopher estava sem camisa. Dúzias de ataduras brancas envolviam seu peito magro; o sangue já encharcara algumas delas, formando uma trilha escarlate sobre o coração. Os óculos não estavam ali, e os olhos de Christopher pareciam ter afundado bastante no crânio, ornados por olheiras roxo-escuras. Veias negras se enredavam como coral sob a pele.

— Matthew — disse Christopher, com descrença rouca. — Jamie.

James esticou o braço para tocar o ombro do amigo, e Christopher segurou o pulso dele. Seus dedos estavam se retorcendo; ele agarrou o punho do paletó de James nervosamente.

— Diga a Thomas — sussurrou ele. — Ele consegue terminar o antídoto sem mim. Só precisa da raiz. Diga a ele.

Matthew ficou calado; Christopher parecia nauseado de dor. James falou:

— Thomas sabe. Ele está com Lucie agora, pegando a raiz. Ele vai concluir, Kit.

Cordelia pigarreou, sabendo que sua voz sairia como um sussurro mesmo assim. E assim foi.

— Jem — sussurrou ela. — Jem esteve aqui, Christopher?

Ele deu um sorriso doce para ela.

— James Carstairs — disse ele. — Jem.

Cordelia olhou nervosamente para James, que assentiu para incentivá-la a continuar.

— Sim — afirmou ela. — James Carstairs. Meu primo.

— *James* — sussurrou Christopher, e então a figura na cama ao lado da dele ecoou a palavra.

— *James* — murmurou Piers Wentworth. — *James*.

E então mais um enfermo, na cama seguinte.

— *James*.

Matthew ficou de pé.

— O que está acontecendo?

Christopher arregalou os olhos lilases; sua mão apertando o pulso de James ainda mais ao puxá-lo. Com o rosto a centímetros do de James, ele sibilou:

— Saia daqui... você precisa sair daqui. Você precisa ir embora. James, você não entende. Isso tudo tem a ver com você. *Sempre teve a ver com você.*

— O que isso quer dizer? — indagou Matthew, conforme mais e mais vozes se uniam ao entoar:

— *James. James. James.*

Matthew agarrou a manga da roupa de James e o puxou para longe de Christopher, que, por sua vez, soltou o pulso do amigo com relutância. Cordelia levou a mão ao cabo de Cortana.

— O que está acontecendo? — indagou ela. — Christopher...?

Um a um, os doentes foram se levantando até estarem sentados, embora não parecesse um movimento voluntário. Parecia que estavam sendo içados como marionetes em fios; com as cabeças caídas, frouxas, de lado, os braços inertes e balançando. Os olhos estavam arregalados, brancos e brilhando na penumbra do cômodo. Cordelia notou com horror que a esclera de todos também estava com veios pretos.

— James Herondale. — Era a voz de Ariadne Bridgestock. Ela estava sentada na beira da cama estreita, o corpo curvado para a frente. A voz saíra rouca, desprovida de emoção. — James Herondale, você foi convocado.

— Por quem? — gritou Matthew. — Quem o está convocando?

— O Príncipe — falou Ariadne —, o Senhor dos Ladrões. Só ele pode impedir as mortes. Só ele pode evocar o Mandikhor, o portador do veneno.

Você agora carrega o sinal, Herondale. Seu sangue pode abrir a passagem.

— Ela tomou um fôlego profundo e trêmulo. — *Você não tem escolha.*

Afastando-se de Matthew, James deu um passo até ela.

— Que passagem? Ariadne...

Cordelia estendeu um braço para impedi-lo.

— Esta não é Ariadne.

O que está acontecendo aqui?

Todos se viraram. Era Jem, que entrara no cômodo como um redemoinho de vestes de pergaminho; carregava o cajado de carvalho. Apesar da quietude de sua expressão, Cordelia pressentia sua fúria. O sentimento irradiava das palavras que explodiam na mente dela: *o que vocês três estão fazendo aqui?*

— Recebi seu recado — falou James. — Você me disse para vir.

Eu não enviei recado algum, disse Jem.

— Sim, enviou — protestou Cordelia, indignada. — Todos vimos.

— Nosso mestre enviou a mensagem — disse Ariadne. — Ele espera nas sombras. Mesmo assim, ele controla tudo.

Jem sacudiu a cabeça. Seu capuz tinha caído para trás, de modo que Cordelia conseguia ver a mecha branca em seu cabelo preto.

Há vilania agindo aqui, disse ele. Jem ergueu o cajado de carvalho e Cordelia viu as letras WH entalhadas no cabo.

Os doentes estavam todos entoando o nome de James agora, as vozes se erguendo num murmúrio indistinto.

Jem desceu o cajado, e o barulho da madeira atingindo o piso de madeira ecoou nos ouvidos de todos. O entoar parou; os doentes ficaram quietos.

Jem se virou para Cordelia e os rapazes. *Algum mal trouxe vocês aqui,* disse Jem. *Saiam. Temo que vocês possam estar em perigo.*

Eles correram.

A fuga da Cidade do Silêncio foi quase como um borrão para Cordelia. James foi primeiro, a luz enfeitiçada na mão dele iluminando o caminho conforme eles se desviavam de vários Irmãos do Silêncio. Ela e Matthew vinham logo atrás; em segundos, todos tinham chegado ao último lance das escadas, o qual arqueava em direção ao céu.

Subitamente, Matthew arquejou. Então cambaleou, caindo contra a parede de pedra como se tivesse sido empurrado. Cordelia segurou o braço dele.

— Matthew! O que está acontecendo?

O rosto dele estava branco como papel.

— James — sussurrou. — Tem algo muito errado com James.

Cordelia olhou para as estrelas. James tinha sumido de vista. Provavelmente não se dera conta de que não mais era seguido pelos amigos.

— Matthew, ele está bem... ele saiu da Cidade...

Matthew se afastou da parede.

— Precisamos correr — disse ele simplesmente, e saiu em disparada outra vez.

Os dois se apressaram escadaria acima e irromperam na clareira no alto. Não localizaram James em lugar nenhum.

Matthew pegou a mão de Cordelia.

— Ele está por aqui — falou, e a puxou por um caminho estreito entre as árvores. Estava quase preto sob o dossel de folhas, mas Matthew parecia saber exatamente para onde ia.

Eles surgiram em um pomar sombreado cercado de tumbas, o céu já num azul profundo do crepúsculo avançado. James estava ali, de pé, imóvel como uma estátua. A estátua de um príncipe sombrio, todo de preto, com o cabelo semelhante às penas de um corvo. Ele estava jogando o paletó de lado, o que era confuso, pois tinha ficado frio agora que anoitecia.

Não olhava para Matthew ou Cordelia, mas para algo distante. A expressão severa, os olhos emoldurados em escuridão. Parecia doente, percebeu Cordelia, com receio. Como se, exatamente como Matthew dissera, houvesse algo muito errado.

Matthew uniu as mãos em concha em torno da boca.

— *James!*

James se virou lentamente, largando o paletó no chão. Estava se movimentando mecanicamente, como um autômato.

A inquietude de Cordelia aumentou. Ela avançou para James, lentamente, como se estivesse se aproximando de um cervo assustado na floresta. Ele a observava com olhos dourados agitados; suas bochechas estavam coradas, um rubor tuberculoso. Cordelia ouviu Matthew xingar baixinho.

— James — disse ela. — O que foi?

Ele arregaçou a manga da camisa. No dorso do pulso, logo acima de onde o punho da camisa teria terminado, havia quatro pequenas meias-luas ensanguentadas, cercadas por um rastro de veias que escureciam.

Marcas de unha.

— Christopher — disse James, e Cordelia se lembrou com horror da forma como Christopher agarrara o pulso de James na enfermaria. — Eu sei que ele não teve a intenção. — Sua boca se contorceu num sorriso doloroso. — Não contem a ele. Ele ficaria tão chateado.

Ah, James, não. Por favor, não. Cordelia pensou em Oliver Hayward, morto porque Barbara o arranhara em seus últimos suspiros. *James não.*

A voz de Matthew vacilou.

— Precisamos voltar para a Cidade do Silêncio. Precisamos levar você até Jem...

— Não — sussurrou Cordelia. — Não é seguro para James aqui. Se fôssemos para o Instituto... ou levássemos Jem até lá...

— De jeito nenhum — falou James com muita calma. — Não vou a lugar algum. Não em Londres, pelo menos.

— Mas que diabos, ele está alucinando — disse Matthew, com um resmungo.

Mas Cordelia não achava que ele estivesse. Com a voz baixa, ela disse:

— James. O que você está vendo?

James levantou a mão e apontou.

— Ali. Entre aquelas duas árvores.

E ele estava certo — subitamente Cordelia e Matthew também conseguiram ver o que James vinha fitando aquele tempo todo. Entre dois cedros havia um grande arco. Parecia feito de luz escura; ele se curvava com floreios góticos, como se fosse parte do cemitério, mas Cordelia sabia que não era. Através dele, ela viu de relance um redemoinho de caos escuro, como se estivesse olhando dentro de um Portal, para a vastidão do espaço negro em si.

— Uma passagem — frisou Matthew lentamente.

— Como Ariadne falou — sussurrou Cordelia. — James... seu sangue...
— Ela balançou a cabeça. — Não. Não faça isso, o que quer que seja. Tudo isso me passa uma sensação ruim.

Mas James simplesmente se virou e seguiu para o arco. Então esticou o braço para a abertura — o braço ferido pelas unhas de Christopher — e fechou o punho.

Os músculos do braço inflaram, e o sangue escorreu dos cortes no pulso — que, embora parecessem finos, despejavam gordas gotas vermelhas, que pingavam no chão. A vista do outro lado do arco pareceu se solidificar e ficar mais nítida, e agora Cordelia via o mesmo mundo que vira na ponte: um lugar com terra e céu como cinzas, e árvores como saliências de ossos.

— James — disse Matthew, encurtando a distância até seu *parabatai*. — Pare.

— Preciso fazer isso. — James abaixou o braço que sangrava. Seus olhos estavam febris, se de determinação ou devido ao veneno que agora corria nas veias dele, Cordelia não tinha certeza. — Math... não ponha a mão em mim. Não é seguro.

Matthew, que estava estendendo a mão para James, parou abruptamente e abriu bem os braços.

— *James...*

— É por isso que você está indo? — indagou Cordelia. Sentia o gosto das lágrimas no fundo da garganta. Queria quebrar alguma coisa, pegar Cortana e bater a lâmina nas laterais de granito das tumbas. — Porque acha que vai morrer? Thomas e Lucie estão pegando a raiz de malos neste momento. Podemos ter um antídoto dentro de um dia. Em *horas*.

— Não é isso. — James balançou a cabeça. — Estando infectado ou não, eu precisaria ir, e você teria de permitir.

— Por quê? — questionou Matthew. — Diga-nos por que, Jamie.

— Porque Christopher estava certo — respondeu James. — Assim como Ariadne. Apenas se eu atravessar a passagem posso impedir tudo isso. Isso tem a ver comigo. Sempre teve a ver comigo. *Não tenho escolha.*

19
Todos os lugares o inferno

Quando o mundo todo dissolver,
E toda criatura for purificada,
Todos os lugares serão o inferno, que não forem o céu.

— Christopher Marlowe, *Doctor Faustus*

Quando Lucie e Thomas chegaram à Casa Chiswick, estava quase escuro. O sol tinha se posto, e a mansão estava manchada de cinza contra a luz que esmorecia. Deixando a carruagem estacionada ao meio-fio, eles avançaram até a casa principal pela longa rua flanqueada por árvores retorcidas em silêncio. De alguma forma, o lugar parecia pior do que quando Lucie estivera lá com Cordelia.

Lucie via a sombra curva da estufa ao longe, e do outro lado os jardins italianos destruídos. Ao ver a mansão e a propriedade sob uma iluminação melhor, Lucie desejou não tê-lo feito. Não conseguia imaginar como era viver naquela casa.

— Pobre Grace — comentou. — Este lugar é um ninho de ratos. Na verdade, eu não desejaria isso nem a um rato.

— É porque você gosta de ratos — disse Thomas. — Lembra-se de Marie?

Marie Curie era um ratinho branco que Christopher criara no quarto da Taverna do Diabo e alimentara com pão e ossos de galinha. Marie era amigável o suficiente para se deitar no ombro de Lucie e cutucar o cabelo dela com o focinho. Por fim, Marie morreu de causas naturais e foi enterrada com pompa e circunstância no quintal de Matthew.

— Mas não sei se deveríamos sentir pena de Grace — falou Lucie. — Ela partiu o coração de James.

— Para alguém de coração partido, ele parece incrivelmente bem — disse Thomas. — Sinceramente, na verdade ele parece até *mais* alegre.

Lucie não podia negar.

— Mesmo assim — afirmou ela. — É o princípio da coisa.

Eles chegaram à estufa, uma longa estrutura de vidro e madeira. Há muito tempo, costumava prover a família Lightwood com abacaxis e uvas durante o inverno. Agora havia buracos nas paredes de vidro, e as janelas, um dia limpas, estavam manchadas e escuras.

Um cadeado imenso estava pendurado na porta. Lucie fez menção de pegar a estela, mas Thomas segurou o pulso dela.

— Posso dar a volta pelos fundos — disse ele. — Deve haver algum barracão ali com uma entrada para a estufa. Seria preciso aquecer o lugar por meio de um hipocausto.

— Não tenho ideia do que você está falando — falou Lucie. — Mas desconfio que você saiba disso por causa de todas as horas que passou ouvindo Christopher no laboratório. Naturalmente, vamos espreitar dentro de um barracão escuro e infestado de aranhas.

— Não são aranhas que me preocupam — assegurou Thomas. — E você não vai espreitar nada. Precisamos de você aqui fora como sentinela. Se vir alguma atividade incomum, dê o alarme.

— Odeio ser a sentinela. Tem certeza de que precisamos de uma?

— Sim — insistiu Thomas —, porque um de nós vai ser devorado por raízes de árvores demoníacas, então é melhor que o outro esteja por perto para conseguir ajuda, ou pelo menos para pegar a raiz de malos e sair correndo.

Lucie tinha de admitir que fazia sentido.

— Vá em frente, então.

Thomas seguiu para os fundos da estufa. Lucie tentou obedecer às ordens dele por pelo menos cinco minutos, mas era muito chato. Havia um limite de tempo no qual era aceitável ficar caminhando diante da estufa antes de se sentir como um peixinho dourado nadando para lá e para cá num aquário apertado. Ela ficou quase aliviada quando notou um lampejo pelo canto do olho.

Parecia uma fagulha de luz forte, perto dos jardins italianos. Lucie se afastou da estufa, semicerrando os olhos. A luz tinha cor pálida e oscilava contra o crepúsculo. Uma lanterna, talvez?

Ela se aproximou, mantendo-se nas sombras. Os jardins eram uma ruína. No passado, havia belas sebes podadas, mas agora estavam imensas, uma confusão de arbustos que davam em todas as direções. As estátuas de mármore de Virgílio, Sófocles e Ovídio tinham sido destruídas até se tornarem pedaços pontiagudos que se projetavam para cima em seus pedestais quebrados. No centro da confusão toda havia uma estrutura de tijolos quadrada, como um antigo barracão de depósito.

Conforme se aproximava da estrutura, Lucie voltava a ver o lampejo de luz. Estava mais forte agora, e parecia se elevar acima das paredes da pequena estrutura, que aparentava não ter telhado, embora isso não fosse incomum em construções muito antigas — o telhado era geralmente a primeira coisa a desabar. A estrutura certamente não tinha janelas, mas a luz continuava brilhando constantemente dali de dentro.

Consumida pela curiosidade, Lucie chegou à construção quadrada e a fitou. Parecia ter sido construída há muito tempo, feita com rochas grandes e parrudas. Havia uma porta em um lado; embora estivesse fechada, luz brilhava por baixo do vão.

Enquanto Lucie observava, a luz se mexeu. Definitivamente havia alguém, ou alguma coisa, lá dentro.

Atirando a precaução ao vento, Lucie começou a escalar uma das paredes.

Ela chegou ao topo quase imediatamente. A estrutura, de fato, não tinha telhado: exposta aos elementos apesar das quatro paredes espessas. Lucie se apoiou no alto da parede que havia escalado e olhou para baixo, para o espaço.

Era um cômodo só, despido de qualquer decoração, exceto por uma espada pendurada numa das paredes. A espada tinha o guarda-mão entalhado com espinhos, o símbolo da família Blackthorn. No centro havia uma mesa, na qual repousava um caixão. De pé ao lado do caixão estava Grace Blackthorn, com uma tocha de luz enfeitiçada na mão direita. A mão esquerda estava sobre o caixão, os dedos magros espraiados como se ela fosse capaz de atravessar a tampa e tocar o corpo ali dentro.

O caixão era feito de vidro, como a urna da Branca de Neve em contos de fadas. E deitado dentro dele estava Jesse Blackthorn — os cabelos pretos como ébano, a pele branca como a neve. Os lábios dele não estavam vermelhos como sangue, no entanto: estavam pálidos e rijos, e os olhos fechados. Ele usava terno branco, a cor fúnebre dos Caçadores de Sombras — era perturbador vê-lo em algo que não fossem as roupas nas quais havia morrido — e as mãos estavam cruzadas sobre o peito.

Lucie agarrou a parede com força. O corpo de Jesse. Provavelmente estava naquele barracão há pouco tempo — Tatiana teria mantido o filho em Idris até o momento da mudança para Londres. Mas por que ela simplesmente não colocara Jesse na casa principal, em vez de acomodá-lo naquela estrutura estranha e pequena? Por que não colocá-lo em algum lugar onde haveria um telhado para protegê-lo?

Pensar na chuva fria caindo sobre o caixão dele era uma ideia quase dolorosa. Jesse não parecia morto; parecia que o sono o havia encontrado enquanto ele estava deitado descansando em um jardim. Jesse parecia prestes a se levantar a qualquer momento e se libertar da prisão de vidro. Ele parecia... vivo.

— Jesse — falou Grace. — Jesse, estou com medo.

Lucie congelou. Jamais ouvira Grace falar daquele jeito. Grace parecia com medo, de fato, mas mais do que isso, havia afeto em sua voz.

— Jesse, sinto muito. Detesto deixar você aqui no frio, embora eu saiba que você não sente. — Grace soava como se estivesse segurando lágrimas. — Charles está sempre perambulando pelo interior da mansão. Acho que ele quer ver que tipo de propriedade vai herdar quando mamãe morrer. — Ela baixou a voz; Lucie precisou se inclinar para ouvi-la. — Ah, Jesse. Tenho medo que eles me impeçam de vir aqui à noite. Charles está constantemente dizendo que eu não deveria ficar sozinha nesta casa em ruínas. Ele não sabe que não estou sozinha. *Você* vem falar comigo. — Ela afastou a mão ornada pela luvinha de renda do caixão. — Você me perguntou por que vou me casar com Charles. Perguntou se é porque eu estava com medo do que mamãe poderia fazer com James.

Lucie congelou. Na penumbra, era impossível enxergar a expressão de Grace — parecia mudar conforme a luz enfeitiçada ondulava: carinhosa em um momento, maligna no seguinte.

— Mas sou muito mais egoísta do que isso — sussurrou Grace. — Estou fazendo isso porque vai me libertar de mamãe. Quero que ela se recupere, quero mesmo, mas quando ela se recuperar, preciso que se dê conta de que sou parte da família da Consulesa agora, e, portanto, intocável. E quanto a James...

As sombras se intensificaram no pequeno cômodo abaixo. Atrás de Grace, havia apenas escuridão. Lucie sabia que deveria voltar à estufa, mas estava desesperada para ouvir mais do discurso de Grace.

— Você me perguntou tantas vezes o que eu realmente sentia por James. E eu jamais lhe contei. Escondi tanto de você. Sempre quis lhe mostrar meu melhor lado, Jesse. Era você quem sempre me defendia contra mamãe. Eu queria...

As sombras atrás de Grace pareceram se mexer.

Lucie arquejou. Grace olhou para cima ao ouvir o barulho, bem no momento em que uma forma agachada emergiu da escuridão.

Era um demônio, metade reptiliano e metade humano, com asas de morcego encouraçadas e o queixo pontiagudo como a ponta de uma faca. Ele pairou acima de Grace, imenso e escamoso, e ela deu um grito alto, largando a tocha de luz enfeitiçada. Começou a recuar, mas o demônio foi rápido demais. A garra encouraçada disparou; ele agarrou Grace pelo pescoço e a ergueu. Os pezinhos da moça, calçando botas de salto, chutaram selvagemente.

O demônio falou, a voz ecoando pelas paredes de tijolos:

— *Grace Blackthorn. Sua menina* tola. — À luz da tocha, Lucie via que o rosto do demônio era chato, serpentino, os olhos ovoides brilhando como pedras pretas. Tinha duas bocas, mas apenas a inferior se movimentava conforme ele falava. Enormes chifres saindo das laterais da cabeça se curvavam para o alto, cobertos com escamas em preto e cinza. — *Você jamais deveria ter traído os juramentos que sua mãe fez àqueles mais poderosos do que ela. Alguns encantamentos não são seus para serem anulados. Está entendendo?*

— Já havia começado a enfraquecer — arquejou Grace. — Não estava funcionando...

Ela deve estar falando dos encantamentos colocados sobre Jesse, pensou Lucie. Talvez alguma coisa tivesse acontecido a eles quando Tatiana sucumbira ao veneno?

— *Você vai fazer como lhe é dito. Coloque o encantamento de volta onde estava; eu, Namtar, me certificarei de que ele se fortaleça.* — A voz do demônio era como cascalho. — *Caso contrário, quando nosso mestre descobrir que foi removido, a ira dele será maior do que você pode imaginar. Lembre-se, tudo o que lhe é importante pode ser destruído com uma palavra dele. Com um estalar de dedos dele.*

A mão livre da criatura se esticou para o caixão que guardava Jesse. Grace gritou. E Lucie se atirou da parede, pousando bruscamente nas costas do demônio, os braços no pescoço dele.

Com um rugido de surpresa, o demônio cambaleou para trás, soltando Grace, que tombou no chão com força, os olhos ferozes, os cabelos claros desgrenhados sobre o rosto. O demônio grunhiu e abaixou a cabeça, pronto para enterrar os dentes nas mãos de Lucie; ela soltou a criatura, caindo no chão, e pegou Grace pelo pulso.

Grace encarou Lucie num choque congelado.

— O que *você* está fazendo aqui?

Para Lucie, aquele não parecia ser o assunto mais importante no momento. Ela trincou os dentes e puxou Grace para a porta.

— *Fuja*, Grace!

Ao ouvir o próprio nome, Grace se libertou da paralisia. Começou a correr, puxando Lucie; as duas irromperam porta afora até o jardim. Então Grace largou Lucie e deu a volta para bater a porta do cômodo, mas o demônio já a segurava pelo outro lado. Ouviu-se um rangido de metal quando a porta foi arrancada das dobradiças e jogada de lado.

O demônio avançou nas duas moças. Lucie meio que ficara esperando que Grace fosse fugir para a casa, mas ela permanecia ali. Lucie sacou uma lâmina serafim do cinto no momento em que Grace se abaixou, pegou uma pedra e tacou no demônio. Lucie tinha de dar créditos à outra pela tentativa, pelo menos.

A pedra quicou no peito encouraçado do demônio. Ele sorriu com as duas bocas e segurou Lucie pelo torso, jogando longe a lâmina serafim dela. Lucie foi erguida ao mesmo tempo que o olhar escuro do demônio a observava de cima a baixo. Ele semicerrou os olhos.

— Eu conheço você — grunhiu a criatura. O bicho quase parecia surpreso. — Você é a segunda.

Lucie esperneou, atingindo o torso do demônio com um chute forte. Ele rosnou e ela gritou de dor quando a mão da criatura a apertou ainda mais. A boca inferior do demônio se abriu; Lucie viu o brilho das presas, e então veio uma torrente de icor negro. Cambaleando, o demônio soltou Lucie, que caiu no chão e rolou de lado ao mesmo tempo que o corpo do demônio arqueava para trás. A lâmina de uma espada atravessava o peito dele, manchada de icor preto-esverdeado. A criatura olhou, incrédula, para o aço que se projetava de seu torso, rosnou de novo, então sumiu.

De pé, bem atrás de onde o demônio tinha caído, estava Jesse.

Ele segurava a mesma espada que Lucie vira pendurada na parede da minúscula sala do caixão. Embora houvesse icor na lâmina e no chão aos pés dele, não havia manchas nas roupas do rapaz, ou nas mãos lisas. O céu estava preto: os olhos verdes de Jesse brilharam quando ele baixou a espada lentamente.

— Jesse — sussurrou Lucie. — Eu...

Ela parou quando Grace avançou num passo cambaleante. O olhar dela disparou de Lucie para Jesse, e então de volta, a expressão incrédula.

— Mas eu não entendo — disse ela, juntando as mãos num gesto de nervosismo. — Como você consegue ver Jesse?

James pensou que Matthew e Cordelia ainda poderiam tentar impedi-lo, mas depois que ele explicou — as palavras ecoando em seus ouvidos conforme ele contava aos dois como tinha juntado todas as peças —, percebeu que não o fariam. Os dois o encaravam com expressões exaustas e pálidas, mas não houve menção de impedi-lo.

Matthew — descabelado, sujo, ainda com suas botas inadequadas — se levantou, o queixo empinado.

— Então, se você precisa ir, eu vou junto — declarou.

James ficou de coração partido. Como poderia fazer aquilo com Matthew? Como poderia contemplar morrer em um lugar para o qual Matthew jamais conseguiria segui-lo?

No entanto...

— Não daria certo — disse ele, baixinho. — Ninguém pode me seguir nas sombras, Math. Nem mesmo você.

Matthew caminhou agilmente até o arco, mesmo enquanto James chamava seu *parabatai* num tom de alarme cortante. Ele esticou o braço para tocar o espaço vazio sob o arco, onde o solo verde do cemitério se transformava em pó e se tornava cinza.

Sua mão ricocheteou como se tivesse se chocado em vidro. Matthew se virou de novo para encarar os companheiros, e Cordelia viu que ele tremia.

— Cordelia, você tem corda? — perguntou Matthew.

Cordelia ainda estava com a corda que tinham usado para subir a janela de Gast. Entregou a Matthew; enquanto James e Cordelia olhavam, intrigados, ele prendeu uma ponta da corda na cintura de James.

Apesar do tremor em suas mãos, Matthew amarrou um nó excelente.

A outra ponta da corda, prendeu na própria cintura. Ao terminar, olhou com segurança para James.

— Vá em frente, então — disse. — Se alguma coisa acontecer... se precisar que puxemos você de volta, dê três puxões na corda.

— Tudo bem — disse James. Ele se virou para Cordelia; estava tão perto do arco que o contorno de seu lado esquerdo parecia cinzento, como se ele fosse um esboço sendo rapidamente apagado. — Cordelia...

Cordelia se inclinou e beijou James brevemente na bochecha. E então ele piscou e roçou os dedos no local, surpreso.

— Volte — disse ela.

James assentiu. Não havia mais nada a dizer. Com um último olhar para trás, James passou pelo arco e desapareceu.

O mundo para além do arco era preto e cinza. James primeiro passou entre silhuetas amorfas, então chegou a um lugar onde uma trilha fazia curvas entre dunas de areia seca. O ar era denso e acre, tinha gosto de fumaça, e a poeira parecia ser incessantemente soprada, obrigando-o a proteger os olhos com uma das mãos.

Logo acima, James viu um buraco nas nuvens preto-acinzentadas, e estranhas constelações. As estrelas brilhavam como olhos de aranhas. A certa distância, nuvens tinham se acumulado e uma chuva negra caía.

Seu único consolo era a corda em volta da cintura. Como todas as cordas de Caçadores de Sombras, o alcance era muito mais longo do que parecia: ela se estendia mais e mais atrás dele, sem dar sinais de término. Ele a segurava firmemente com a mão direita, e em algum lugar na outra ponta estavam Matthew e Cordelia.

Depois de um tempo, a paisagem mudou. Pela primeira vez, ele viu as ruínas do que um dia fora uma civilização. Colunas quebradas cobriam o solo seco, juntamente a restos despedaçados de antigas muralhas de pedra. Ao longe, ele pensou distinguir a silhueta de uma torre de vigilância.

A trilha fez uma curva em torno de uma duna. Quando James surgiu do outro lado, conseguiu ver a torre com mais clareza. Ela se assomava como uma lança contra o céu dividido. Diante dele havia um pátio cercado pelas ruínas de muros, e no meio do pátio estava um homem.

O sujeito estava todo vestido de branco, como um Caçador de Sombras enlutado. O cabelo era cinza-claro, embora o homem não parecesse velho: era da cor das penas de pombos, com um corte longo e antiquado. Os olhos dele eram de um cinza metálico familiar. James se lembrou da ilustração dos príncipes no livro que estudara, no entanto, aqueles eram retratos monstruosos: este era um Príncipe do Inferno se mostrando em sua forma mais humana. Ele parecia uma estátua entalhada pela mão divina, suas feições eram jovens, belas, tudo equilibrado. Era possível ver em seu rosto a terrível beleza dos caídos. Mesmo suas mãos pareciam ter sido um dia moldadas para atos de divindade: para oração e guerra santa ao mesmo tempo.

— Oi, vovô — disse James.

O demônio se aproximou, sorrindo reverentemente. O vento fustigante bagunçava seus cabelos pálidos.

— Você sabe quem eu sou, então?

— Você é Belial — falou James.

— Que menino esperto — disse Belial. — Tomei bastante cuidado para não deixar vestígios. — A mão dele descreveu uma graciosa parábola no ar; os nós de seus dedos eram como dobradiças curvas. — Mas, por outro lado, você é *meu* neto.

— Mas este não é o seu reino — disse James. — Era de Belphegor, não era? E você o tomou dele.

Belial deu uma risada benigna.

— Pobre Belphegor — disse. — Eu o feri muito gravemente de surpresa. Sem dúvida ele ainda está flutuando pelo espaço entre os mundos, tentando encontrar o caminho de casa. Não é um sujeito bondoso, Belphegor... eu não desperdiçaria sua empatia para com *ele*.

— Não é empatia — falou James. — No início, pensei que Belphegor fosse meu avô. Mas não fazia sentido. Não exatamente. Então Agaliarept disse que o reino do mestre dele tinha sido tomado...

— Você conheceu *Agaliarept*? — Belial pareceu positivamente surpreso. — Que sujeito. Passamos uns bons momentos juntos antes de ele ser preso naquela caixa. Você frequenta círculos muito interessantes, James.

James ignorou o comentário.

— E eu comecei a pensar, quem roubaria um mundo inteiro? E por quê? — Ele observou o rosto de Belial em busca de qualquer alteração, mas o Príncipe do Inferno não exibiu qualquer emoção. — Então me lembrei de ler um livro que mencionava seu nome.

— Muitos livros mencionam meu nome — disse Belial.

— Esse especificamente se referia a você como o ladrão de reinos, de mundos. E eu... eu achei que fosse um erro. Que queria dizer que você era o maior ladrão de todos os mundos, em qualquer mundo. Mas estava certo, não estava? Você *rouba reinos*. Roubou o reino de Belphegor. — James se sentiu zonzo; o ponto em seu pulso onde Christopher havia cravado as unhas doía e latejava. — Você achou que ninguém adivinharia que você estava por trás dos ataques de demônios. Achou que se deixasse vestígios, eles seriam atribuídos a Belphegor. O que eu não entendo é que durante toda minha vida você tem me mostrado este lugar, este mundo... — Ele se calou, se esforçando para manter o controle. — Eu sempre vejo este reino, querendo ou não. Mas por que me mostrar um mundo que não é o seu?

Belial fez uma careta.

— Você é mortal, e vocês medem suas vidas em dias e anos. Nós, demônios, medimos nossas vidas em séculos e milênios. Quando eu roubei este lugar de meu irmão, não havia Caçadores de Sombras. Não eram nem mesmo uma ideia na cabecinha estúpida de Raziel. Ao longo dos séculos, eu subordinei tudo neste reino à minha vontade. Cada árvore, cada rocha, cada grão de areia está sob meu comando, assim como você, meu rapaz. Por isso eu trouxe você aqui.

— Eu vim para cá espontaneamente — disse James. — Eu *escolhi* encontrar você cara a cara.

— Quando foi que você soube que eu não era Belphegor?

James se sentiu subitamente cansado.

— Isso faz diferença? Comecei a perceber quando o Mandikhor na ponte falou comigo. Não havia motivo para um Príncipe do Inferno querer tanto me ver, a não ser que tivéssemos laços consanguíneos, e nenhum motivo para ele ser tão esquivo sobre qual príncipe era, a não ser que estivesse fazendo algum truque. Agaliarept disse que o reino do mestre dele tinha sido roubado por um demônio mais ardiloso, e eu ouvi meu avô ser chamado de o príncipe mais ardiloso do Inferno. Quando Ariadne falou, quando ela chamou seu mestre de Senhor dos Ladrões, eu *soube*. O mestre do Mandikhor, o ladrão, o príncipe ardiloso, meu avô... eram o mesmo.

— E quem você acha que falou com você por meio de Ariadne e os demais? — indagou Belial. Ele gesticulou com a mão preguiçosa, e por um momento James viu de relance a enfermaria da Cidade do Silêncio. Os doentes deitados, imóveis, nas camas, Jem vigiando o arco, o cajado na mão. O cômodo silencioso. James não conseguiu evitar uma olhadinha em Christopher, inerte e arroxeado. — Eu tinha me cansado da sua lerdeza — disse Belial, abaixando a mão. A visão sumiu com um lampejo. — Você precisa entender que se não tivesse vindo até mim, as mortes jamais teriam cessado.

James pensou em Matthew e Cordelia. No modo como foi olhado pelos dois, incrédulos, quando ele contou por que precisava atravessar a passagem, por que não tinha escolha. *Preciso encontrar meu avô no reino dele, ainda que seja uma armadilha. Algumas armadilhas precisam ser ativadas. Pois se eu não o encontrar e negociar com ele, jamais haverá um fim para essa matança.*

— Você é o motivo pelo qual houve tão poucos demônios durante todos esses anos em Londres — falou James. *Tinham medo demais para dar as caras,* dissera Polly. — Eles ficaram longe porque tinham medo de *você*. Mas por quê?

— Para deixar todos vocês sem prática de combate — respondeu Belial. — O Mandikhor cortou vocês como uma faca corta pão, e por que não? Vocês não se lembram de nada da vida de guerreiros.

— E então você começou a deixar os demônios entrarem de novo — falou James, lentamente. — Para nos manter ansiosos e distraídos. Para desviar nossa atenção.

Belial espanou a areia da manga.

— Você e seus amigos parecem ter prestado bastante atenção.

James falou friamente:

— Nós, humanos, não somos tão tolos quanto você pensa.

O sorriso de Belial se alargou.

— Você me entendeu errado, criança, se acha que penso que humanos são tolos. Eles são a criação mais adorada do Céu. "*Nos atos, quão semelhante a um anjo, na apreensão, quão semelhante a um deus*" — citou ele, baixinho. — *A beleza do mundo. O modelo das criaturas.*

— Shakespeare — falou James — estava sendo sarcástico.

— Você não é verdadeiramente humano, independentemente das circunstâncias, é? — disse Belial. — Nenhum Nephilim é. Vocês caminham entre humanos, vocês se parecem com eles, mas seus poderes, até mesmo do mais fraco entre vocês, supera o ser humano mais forte.

James não tinha certeza do que estivera esperando de Belial. Não era essa postura em relação aos seres humanos. Mas demônios eram criaturas ardilosas, como fadas nesse sentido: eles deturpavam e moldavam a verdade para seus propósitos. E demônios, ao contrário das fadas, podiam mentir.

— Por que você queria tanto me conhecer? — falou James, mantendo a voz neutra. — E por que não ir até mim? Por que insistiu que eu viesse até você?

Belial jogou a cabeça para trás, mas se riu, não teve som.

— Você é uma surpresa — disse ele.

— Esperava mais medo? — falou James. — Então não conhece meu pai. Não conhece minha mãe. Não conhece minha família ou a mim.

— Eu esperava mais ódio — falou Belial. — Mas talvez você tenha superado essas coisas. Você parece já saber sobre mim. Vocês Nephilim e todos os seus livrinhos. O que aprendeu sobre seu avô, então?

— *"Você criou Belial para o abismo, anjo da hostilidade; na escuridão está o domínio dele, seu desígnio é trazer a perversidade e a culpa. Todos os espíritos de seu reino são anjos da destruição, eles caminham à lei da escuridão; em direção a ela segue seu único desejo"* — citou James.

Belial pareceu divertir-se.

— Você também aprendeu o significado do meu nome? *Beli ya'al* no aramaico original... ou seria no hebraico? Significa "jamais subir". Somente eu entre os Príncipes do Inferno não posso caminhar na Terra em minha forma original. Preciso possuir um corpo para existir em seu mundo.

— Você possuiu Ariadne — falou James. — Na enfermaria.

— Apenas por um momento — disse Belial amargamente. Quando meu espírito possui um corpo humano, é como uma fogueira queimando dentro de um frágil invólucro de papel. O corpo será destruído em horas. Lilith, Sammael, todos os outros... eles podem caminhar na Terra, mesmo na forma original. Apenas eu sou assim restrito, pois o Céu pune a todos nós de acordo com seu saber. Eu, dentre todos os príncipes, fui o que mais amou os seres humanos, então sou o único impedido de caminhar entre eles. — Enquanto o demônio falava, ele gesticulava. Suas mãos eram lindas e jovens como o restante dele, com dedos finos e longos. Suas unhas eram de um preto fosco. — E então aí está você.

O ardor tinha se intensificado nas veias de James. Ele conseguia sentir suor febril escorrendo pelas costas, umedecendo seu cabelo. James não ousou olhar para o braço.

— O único corpo hospedeiro que posso usar — disse Belial — é um de meu próprio sangue. Tentei o de sua mãe, mas aquele anjo mecânico que ela usava impediu minha aproximação. Mesmo quando o objeto se foi, Ithuriel a protegeu. Ela está envenenada demais com sangue angélico para me fornecer um lar. — O lábio dele se contraiu. — Mas *você*. Nós poderíamos compartilhar seu corpo, James. Minha presença curaria o veneno do Mandikhor em suas veias. Você viveria, e seu poder seria imenso. Pois você não é meu herdeiro, sangue do meu sangue?

James fez que não com a cabeça.

— Os ataques de demônios, a doença... você causou tudo isso porque precisava que eu me *voluntariasse*. — A última peça do quebra-cabeça se encaixou. O corpo inteiro de James latejava de dor. — Foi por isso que você quis que Belphegor fosse culpado pelo que você tem tentado fazer. Por tudo isso. Você tem tentado contornar a lei que diz que você não pode ascender. Você não estava tentando *nos* enganar, aos Caçadores de Sombras, sobre quem era meu avô. Estava tentando enganar aqueles que são como você.

— Anjos acima e demônios do Abismo — disse Belial, examinando suas unhas pretas. — De fato. Não nego isso.

— Você precisa que eu *me voluntarie* para a possessão. Que permita que você se transforme em mim.

— Exato — disse Belial. Soou um tanto entediado.

— Você tirou a felicidade da minha avó. Tirou a vida da minha prima Barbara. E quer que eu...

— Que ofereça seu corpo para minha ascensão — disse Belial, impacientemente. — Sim, sim. Porque posso fazer *parar* tudo. Minha criatura na ponte contou isso a você.

— O Mandikhor — falou James. — Você possuiu alguém e mandou essa pessoa até Emmanuel Gast. E fez com que ele evocasse o demônio.

— Gast foi um idiota útil — disse Belial. — Ele, por algum motivo, achava que depois de elevar o demônio eu o deixaria viver, embora em algum momento as pistas acabassem levando a ele, e Gast dificilmente é do tipo que resiste à tortura ou interrogatório. — Belial bocejou. — É realmente uma pena... Gast era muito talentoso em magia dimensional. Conseguiu elevar o Mandikhor de tal forma que ele existe parcialmente em seu mundo e parcialmente aqui, onde prospera.

— É por isso que ele suporta a luz do sol em nosso mundo — falou James.

— Precisamente. Os mundos estão sobrepostos: o Mandikhor e suas crias estão protegidos em seu mundo por este aqui. E aqui ele me serve inteiramente. Quando eu ordenar o fim dos ataques aos Nephilim, os ataques cessarão. As mortes cessarão. Mas se você me recusar, eles vão prosseguir. E você, meu rapaz, morrerá.

— Primeiro impeça o demônio — disse James, rouco. — Traga-o aqui e destrua-o, e você pode... pode me possuir. Eu permitirei.

— Não — ronronou Belial. — Não é assim que essas coisas funcionam, James Herondale. Este é *meu* mundo, e não haverá truques. Primeiro você se torna meu hospedeiro. Depois...

James balançou a cabeça.

— Não. O demônio primeiro. E você não pode simplesmente revogar suas ordens para a criatura. Precisa destruí-lo.

O olhar gélido de Belial ficou mais severo. *Os olhos dele são tão parecidos com os da minha mãe*, pensou James. Era estranho ver aqueles olhos tomados de tanto mal. De tanto ódio.

— Não cabe a você me dar ordens — disse Belial. — Venha cá, menino.

James não se mexeu. Os olhos de Belial se semicerraram, então se voltaram para ele, observando o rosto de James, o uniforme, o pulso ensanguentado.

— Você me recusa — disse ele lentamente, quase como se não conseguisse acreditar. James teria classificado aquela expressão como "choque", isto é, se Príncipes do Inferno fossem capazes de ficar chocados.

— Como eu disse — insistiu James. — Vim aqui espontaneamente.

— Entendo — disse Belial. — Você não é tão maleável quanto fui levado a crer. Mas vai perceber a sabedoria dos meus planos muito em breve. Eu preferiria um corpo masculino adulto — acrescentou ele, quase como uma ressalva. — Na verdade, eu preferiria que você fosse um pouco mais velho, mas a gente se vira com o que tem. Como dizem. — Ele sorriu. — Pelo que me lembro, você não é o único que eu posso abordar.

Belial gesticulou com a mão de unhas pretas, e uma luz multicolorida manchou o ar escuro. Ela tomou a forma de Lucie — Lucie de uniforme, o cabelo preso num coque determinadamente firme. A figura era perfeitamente igual à sua irmã, até as manchas de nanquim nas mãos. James sentiu seu estômago revirar.

— Não ouse tocá-la — ameaçou. — Além do mais, Lucie jamais concordaria.

Belial gargalhou.

— Não tenha tanta certeza disso. Pense no assunto, James. Apesar da força em seu sangue, o corpo que você ocupa é frágil. Veja do que está morrendo agora. Quatro pequenas marcas de unha no braço. Tão pouco para acabar com tanto. Você mora em uma casca fina que pode envelhecer e morrer e sentir dores terríveis. Mas se você se unisse a mim se tornaria imortal. Não iria querer isso para sua irmã? Para você?

— Não — respondeu James. — Não valeria a pena.

— Ah, a confiança tola dos Nephilim. — Os olhos de Belial se semicerraram. — Talvez seja hora de eu lembrar a você, rapaz, o quanto é realmente frágil.

Silêncio. Jesse estava parado, a respiração nada ofegante — na verdade, a respiração inexistente — com a espada na mão. Olhou de Grace para Lucie, que estava agachada, ainda no chão. Então ele inclinou a cabeça para Lucie, o mais sutil dos acenos.

Ela se virou para Grace.

— Sim — disse Lucie. — Eu consigo ver Jesse.

A mão de Grace disparou à boca.

— Mas como? — sussurrou ela. — James também é um Herondale, mas não é capaz de vê-lo... James nunca conseguiu vê-lo...

— Lucie é incomum — disse Jesse. — Ela parece conseguir ver mais do que fantasmas comuns.

Ele apoiou a espada ao lado do barracão e se aproximou da irmã.

— Grace — recomeçou Jesse, colocando os braços cuidadosamente em torno dela. Grace apoiou a cabeça no ombro do irmão. — Aquele demônio. Era o trabalho de vovô, ainda solto por aqui?

Grace recuou levemente.

— Não — disse ela. — Era... — Grace balançou a cabeça. — Não é seguro. Não podemos falar na frente dela sobre nada disso. Ela é a filha de Will Herondale, Jesse; é praticamente a sobrinha da Consulesa...

Lucie ficou de pé em silêncio, limpando grama das roupas. Sentia-se muito estranha. Pensou no demônio, no sussurro sibilado: *os juramentos que sua mãe fez àqueles muito mais poderosos do que ela*. O demônio era obra de Tatiana, Lucie sabia, e suspeitava, pela expressão dele, que Jesse também supunha isso.

— Eu conheço Lucie — falou Jesse, olhando para Lucie por cima dos cabelos loiros de Grace. — Confio nela. Assim como você confia em James.

Grace recuou e franziu a testa.

— Eu nunca contei a ele sobre você...

— Lucie! — Uma voz chamou seu nome; ela ergueu o rosto e viu Thomas correndo em sua direção. Ele atravessou a sebe baixa com facilidade e se aproximou, parecendo confuso, mas pronto para uma luta, as boleadeiras na mão.

Grace recuou apressadamente de Jesse, limpando o rosto. Ela se virou para encarar Thomas, com raiva.

— Por que vocês invadiram minha casa? O que está acontecendo aqui?

— Achamos que você não estaria em casa — falou Thomas.

— Isso não ajuda em nada — disse Lucie. — Conte sobre o antídoto, Thomas.

— Ah — falou Thomas, olhando nervosamente para Grace. — Christopher e eu estamos tentando fazer um antídoto para o veneno demoníaco.

— E? — zombou Grace, em tom impaciente. Ela estava observando Jesse de esguelha; ele havia recuado uns bons passos e os fitava em silêncio. Era nítido que Thomas não o via.

— Precisamos de algo de sua estufa — falou Thomas. — Uma planta em particular. Eu a peguei e desconfio que não fará falta, considerando o estado da estufa.

Jesse ergueu as sobrancelhas.

— Você tem o costume de invadir as casas das pessoas e insultar a jardinagem delas? — indagou Grace. — E por que a senhorita Herondale estava no jardim italiano?

— Eu... — começou Lucie.

O mundo ficou branco. Branco, então cinza. Lucie arquejou quando o jardim sumiu diante de seus olhos, substituído por um deserto vasto e um céu noturno repleto de estrelas estranhas. Diante dela, Lucie via James, as roupas dele sujas de sangue. Ele parecia doente, enjoado e febril. Enquanto o encarava, chocada, James avançava com uma lâmina na mão.

A visão sumiu. Ela estava de volta ao jardim da mansão em Chiswick, o corpo curvado, lutando para tomar fôlego. O que tinha visto era real; sabia disso.

— James — disse Lucie, engasgando. *James está em algum tipo de apuro. Precisamos ajudá-lo.* Mas ela não podia dizer isso na frente de Thomas; ele precisava se concentrar no antídoto, e, além do mais, ela pareceria louca aos olhos dele. Lucie tentou acalmar a voz. — Tenho que encontrá-lo.

Thomas pareceu confuso. E Grace também. Apenas Jesse pareceu entender.

— Onde ele está agora? — perguntou Jesse. — Vou ver se ele está bem. Você sabe que consigo viajar rápido.

Lucie e Grace trocaram um breve, quase conspiratório, olhar.

— Onde *está* James, afinal? — perguntou Grace em voz alta. — Ele não está com vocês?

— Está no cemitério Highgate — respondeu Lucie. — Ele foi à Cidade do Silêncio.

Jesse assentiu brevemente e sumiu.

— Que diabo, Lucie? — falou Thomas. — Que negócio é esse com James?

— Preciso ficar com ele em Highgate — disse Lucie. — Vou ser mais útil para nossos amigos lá do que para você no laboratório. Agora que temos o último ingrediente, o tempo é imprescindível para criar o antídoto, não é?

— Sim, mas você precisa ir a Highgate agora?

— Eu apenas pressinto que deveria estar com ele, e com Cordelia. Cumprimos o que viemos fazer aqui... E serei apenas uma distração para você no laboratório.

— Lucie pode pegar emprestada nossa carruagem de duas rodas — disse Grace rapidamente. — Deve bastar para levá-la até a Cidade do Silêncio, caso ela deseje.

Surpresa, Lucie lançou um olhar agradecido a Grace. Thomas pareceu dividido.

— Eu deveria ir com você, Lucie.

— Não — protestou. — Tom, você *precisa* ir à casa da Consulesa. Eu iria morrer de remorso se o antídoto fosse atrasado por minha culpa.

Fato que, pensou Lucie, certamente era verdade. Por fim, Thomas foi persuadido a se despedir e voltou para a longa entrada de carruagens da mansão.

Assim que ele saiu do alcance dos ouvidos, Grace deu um olhar severo para Lucie.

— O que você está planejando? Sei que o mandou embora por um motivo. Um motivo real.

— Eu o mandei embora por causa de Jesse — falou Lucie. — E porque... Eu ouvi você falando com aquele demônio, Grace. Ele estava ameaçando você por causa de algum feitiço. A Clave...

Grace adquiriu uma tonalidade horrível. Nos livros, quando as pessoas ficavam pálidas, era dramático. Mas naquele momento, a visão fez Lucie se sentir um pouco enjoada.

— Nem mesmo diga o nome deles — censurou ela. — Sim, minha mãe invocou magia proibida para tentar ressuscitar meu irmão, e com magia proibida vieram os demônios... demônios com os quais ela fez acordos, eles faziam exigências, vieram cobrar promessas. Eu queria muito, pelo Anjo, que ela não tivesse feito nada disso. Tentei esconder de Jesse as piores partes, mas eu... ele é tudo que eu tenho, e não posso perdê-lo. Se a Clave soubesse das ações da minha mãe...

— Eu sei — disse Lucie, tentando adotar um tom tranquilizador. — Entendo que ninguém pode saber que Jesse está aqui, que você o está escondendo porque seu corpo seria destruído caso fosse encontrado pelos Nephilim. Mas ele tem que ficar escondido, protegido? O Enclave não o encontrou quando vasculharam a propriedade...

— Mamãe mantinha o caixão de Jesse no quarto dela, e o Enclave não entrava lá — disse Grace, quase num sussurro. — Eu o trouxe para cá depois que ela ficou doente. Não conseguia suportar entrar lá. E não suportava o fato de ele precisar acordar lá durante todo pôr do sol.

— Isso é terrível... — começou Lucie, então ela soltou um grito de surpresa quando Jesse reapareceu. Grace, claramente mais acostumada com as idas e vindas fantasmagóricas de seu irmão, pareceu inabalada.

— Você o encontrou? — perguntou Lucie imediatamente. — Viu James?

Jesse hesitou.

— Eu não o vi, mas vi Matthew e Cordelia. James estava... ausente.

— Só isso? James estava *ausente*? — questionou Lucie. — Matthew e Cordelia não permitiriam tal coisa.

— Acho que ele os deixou, se é que escolheu ir — falou Jesse lentamente. — Havia... resquícios de magia sombria lá.

Lucie sentiu seu estômago se revirar.

— Precisamos ir até lá. Agora.

— Você pode pegar nossa carruagem, conforme sugeri — disse Grace, embora Lucie tivesse notado que ela não se oferecera para ir junto.

— Não. Obrigada, mas... — Lucie se virou para Jesse. — Por favor, pode me levar com você? Da forma como você viaja?

Jesse ficou chocado.

— Da forma como *fantasmas* viajam? — disse ele. — Não faço ideia se daria certo, Lucie. Eu jamais levei alguém comigo.

Lucie estendeu a mão. Jesse estava próximo dela, de modo que ela conseguia apoiar a mão no peito dele. Ele era sólido, a pele macia onde os dedos dela roçavam na clavícula dele. Mas não havia batidas de coração sob sua mão.

Lucie olhou nos olhos dele. Talvez Jesse jamais fosse perdoá-la por aquilo, ela sabia, mas não tinha escolha.

— Jesse Blackthorn — disse Lucie. — Eu ordeno que me leve com você até meu irmão. Leve-me para o cemitério Highgate.

Ele enrijeceu.

— Lucie. Não.

Grace deu um passo na direção deles, parecendo confusa. Ela começou a estender a mão para Jesse.

— Eu *ordeno* — disse Lucie, destemida. Com uma expressão de fúria, Jesse a abraçou, e o chão sumiu sob os pés dela.

20
Menos do que deuses

Vingança desesperada, e batalha perigosa
Àqueles inferiores a deuses. Do outro lado levantou-se
Belial, seus gestos mais graciosos e humanos.
Uma pessoa mais bela não perdia o Paraíso; ele parecia
Para a dignidade concebido e de grandes proezas.

— John Milton, *Paraíso perdido*

— **A corda ainda está frouxa** — disse Matthew depois que uma quantidade de tempo interminável tinha se passado no cemitério. Ele estava muito pálido; Cordelia estava preocupada. A passagem de James para o outro mundo parecia estar drenando a força de Matthew.

Cordelia havia se aproximado o máximo possível do arco. Imaginara que talvez conseguisse vislumbrar James de relance do outro lado, mas só vira mesmo um solo morto, árvores quebradas, e uma lua vermelha subindo.

— E se aconteceu alguma coisa com ele? — perguntou Matthew.

— Você disse a James para puxar a corda se ele precisasse sair — disse Cordelia. — Ele sabe o que fazer. — Ela olhou para baixo; conseguia ver as pegadas leves dele se aproximando do arco e sumindo abruptamente. Cordelia esticou o braço para tocar o espaço sob o arco, como um experimento... talvez houvesse um ponto fraco na barreira?

Não havia. Era tão firme quanto granito. Do outro lado, Cordelia via grãos individuais de areia agitados pelo vento de outro mundo. Parecia tão perto.

Um estalo soou quando a corda se retesou. Cordelia virou no momento em que Matthew gritou, a corda dando um solavanco e derrubando-o. Ele atingiu o chão com força, debatendo-se conforme era arrastado para o arco.

As unhas de Matthew arranhavam a terra, tentando frear o progresso, suas roupas se agarrando nas raízes que despontavam do solo e rasgando. Ele se chocou contra o arco, com força, pouco antes de a corda afrouxar — então rolou para longe, gemendo, enquanto Cordelia corria até ele, desembainhando Cortana.

Ela pousou de joelhos ao lado de Matthew. Havia terra e sangue no cabelo dele. Cordelia pegou a corda, erguendo a espada.

— Não — disse Matthew, rouco. — James...

Ele não queria que Cordelia cortasse a conexão com James, ela sabia disso. Mas ser atirado repetidas vezes contra a barreira entre este mundo e o outro acabaria matando Matthew. Cordelia também sabia disso; embora Matthew não se importasse, ela se importava.

Cordelia golpeou com Cortana, partindo a corda em volta da cintura de Matthew. Ele se virou de barriga para baixo, se esforçando para ficar de joelhos no mesmo momento que Cordelia pegou a ponta partida da corda, enrolando-a, frouxa, em torno do pulso e segurando o mais forte que conseguia.

— *Cordelia...* — Matthew esticou o braço para ela.

A corda deu um novo tranco. A força era incrível — puxou Cordelia de lado, quase empalando-a na própria espada. Ela gritou quando foi puxada na direção do arco. Viu a barreira se aproximando conforme a corda foi sendo puxada mais e mais. O espaço sob o arco tremeluzia. Ela rolou, girando o corpo e erguendo Cortana; estava sendo arrastada cada vez mais depressa.

Cordelia se lembrou do modo como a espada se enterrara no granito da Tower Bridge. E ouviu a voz de seu pai, um som doloroso, nos ouvidos. *Esta é uma lâmina capaz de cortar qualquer coisa.*

Então sentiu o cabo pulsar de novo contra a palma da mão — ouviu Matthew gritar — e golpeou com Cortana, voltada para o arco como se sua passagem fosse uma parede de papel.

O som de algo se estilhaçando soou quando Cortana atravessou a barreira entre este mundo e o seguinte. Cordelia gritou quando cacos semelhantes a placas de vidro passaram voando por ela, cada um contendo uma imagem — ela viu uma praia e uma lua vermelha, uma caverna subterrânea, uma cidadela numa colina, um demônio se erguendo diante de uma torre de vigia.

Os cacos passaram e sumiram. A corda ficou frouxa, fazendo o pulso e a mão de Cordelia queimarem. Ela rolou, engasgando e arquejando.

Estava no Mundo das Sombras: o céu estava repleto de nuvens cinza, pairando pesadas como blocos de granito. Por todo lado estendiam-se dunas de cinzas e areia. Os ossos esbranquiçados de animais estranhos, mortos há muito tempo, despontavam da terra.

— Daisy? — disse uma voz familiar.

A corda caiu da mão dela quando Cordelia se esforçou para se levantar. Ajoelhado na areia ao lado dela estava James. O rosto branco, as olheiras como hematomas, as bochechas sujas de terra.

— Como você está aqui? — sussurrou ele. — Como é possível você estar aqui?

— Cortana. A lâmina... ela cortou a passagem do arco...

— Daisy — sussurrou ele, e a abraçou.

Cordelia não esperava aquilo, e soltou o cabo de Cortana, surpresa — o que foi bom, pois, caso contrário, ela poderia ter perfurado um deles, ou os dois. O rosto de James estava colado ao dela; dava para sentir o palpitar do coração dele.

— Achei que jamais veria você de novo — murmurou ele. — Daisy, anjo...

Ela abraçou o pescoço dele.

— James.

Foram provavelmente apenas alguns segundos nos braços dele, mas pareceu ser eterno. Ela beijou os cabelos macios dele, ao mesmo tempo em que um barulho como o estalo de um trovão ecoou. James disparou de pé, puxando Cordelia.

— Volte, Daisy — disse ele, encarando o rosto dela. — Você precisa usar a espada para cortar o caminho de volta. Saia daqui.

O som de trovão surgiu de novo, agora mais próximo.

— James, não. Não vou deixar você.

James a soltou com um gemido. Pegou Cortana, colocando o cabo da espada na mão de Cordelia. Os dedos dela se fecharam automaticamente.

— Eu sei o que Belial quer agora. Prometo, não há nada que você possa... A mão dela apertou Cortana.

— Só se você voltar comigo — insistiu ela, teimosa. O som surgiu de novo; não era trovão, mas pareceu ecoar pela terra.

— Não posso — disse ele. O vento do deserto tinha aumentado, soprando os cabelos negros sedosos dele sobre a testa. — Preciso destruí-lo. É o único jeito de acabar com isso. — James tocou o rosto dela. — Volte, minha Daisy. Diga a Matthew...

Um rugido partiu a noite, fazendo o solo estremecer. Cordelia arquejou quando as dunas ao redor subitamente se abriram. A areia explodiu para o alto, encobrindo as estrelas; a terra se abriu, e *alguma coisa* se libertou usando as garras, rugindo como trovão.

Cordelia ergueu a mão para proteger o rosto. Quando estava prestes a cobrir os olhos, Cordelia piscou e fitou. Onde antes havia um deserto vazio, agora estava o demônio Mandikhor, com três vezes o tamanho que tivera na ponte, pairando acima dela e de James, sua imensidão dividindo o céu.

A mansão da Consulesa em Grosvenor Square tinha sido construída ao estilo da época georgiana, estuque em tons claros cobrindo tijolos para criar uma fachada de pilares que lembrava a Roma Antiga. Era uma casa grande: as copas das árvores tocavam as janelas do quarto andar. Para Thomas, era o lugar no qual ele brincara com os amigos desde criancinha, já há bastante tempo desprovido da habilidade de impressioná-lo ou espantá-lo.

Ou assim ele pensava. Ao descer da carruagem e começar a subir os amplos degraus até a porta da frente, a ansiedade se assentou em seu estômago. Ele e Lucie tinham infringido todas as regras do *Codex*, e agora ele corria direto para a casa da Consulesa. Devia estar louco.

Thomas pensou em James, Lucie e Matthew. Em Cordelia. Nenhum deles sequer hesitaria caminhar até a porta da frente. Pensou em Christopher, morrendo na Cidade do Silêncio. Sozinho na escuridão, sem os amigos, o veneno queimando suas veias. Christopher, primo de Thomas, e seu irmão de coração.

Thomas disparou escada acima e esmurrou a porta da frente.

— Charles! — gritou. — Charles, é Thomas Lightwood, me deixe entrar!

Como se Charles já estivesse esperando, a porta se abriu imediatamente.

Charles usava um terno preto impecável, o cabelo ruivo engomado para trás. Thomas sentiu um misto de mágoa e ódio, tal como já vinha sentindo na presença de Charles ultimamente. Em outros tempos, Charles fora apenas o irmão mais velho irritante de Matthew, Thomas mal pensava nele. Agora ele percebia a forma como Alastair olhava para Charles, e sentia uma dor sufocada.

— Se isso diz respeito a Christopher, sei mais do que você — disse Charles, parecendo impaciente. — Ele está na Cidade do Silêncio. Creio que Matthew tenha ido até o Instituto para ficar com James. Sugiro que você faça o mesmo.

Ele começou a fechar a porta. Sem pensar, Thomas prendeu seu considerável ombro no espaço entre a porta e a soleira.

— Já sei sobre Christopher — disse ele. — Preciso usar o laboratório lá embaixo. Christopher não tem como fazer isso, então eu farei.

— Não — falou Charles. — Não seja ridículo. As pessoas estão morrendo. Este não é um momento para brincadeiras...

— Charles. — Alastair surgiu à entrada. Usava calça e camisa, estava sem paletó. Seus antebraços expostos eram levemente musculosos, o queixo estava empinado naquele ângulo arrogante de sempre, mesmo quando ninguém estava olhando. — Deixe Thomas entrar.

Charles revirou os olhos, mas recuou da porta. Thomas entrou no corredor meio que aos tropeços.

— O que você quer fazer? — disse Alastair. Estava olhando para Thomas, as sobrancelhas escuras franzidas.

Thomas explicou rapidamente a ideia de Christopher para um antídoto, pulando, é claro, todas as partes que envolveram visitas ilegais a estufas.

— Eu só preciso do laboratório para ver se vai funcionar — concluiu ele. — Alastair...

— Thomas, sinceramente — começou Charles. — Sua intenção pode ser boa, mas este não é o momento de fazer experimentos inconsequentes e tolos. Estou a caminho de encontrar o Enclave. Não tenho tempo para ficar aqui e me certificar de que você não vai explodir a casa.

Thomas pensou em Christopher — o tímido e inteligente Christopher — e nos anos e anos de determinação silenciosa que o transformaram num especialista em seus experimentos, respeitado por Henry, muito mais capaz do que o crédito que lhe fora dado até então.

Com determinação, Thomas segurou contra o peito a caixa que continha a raiz de malos.

— Minha irmã e meu primo foram acometidos por essa coisa... esse veneno de demônio — falou Thomas. — Minha irmã está morta. Christopher está morrendo. Como pode achar que não estou falando sério? Que isso é inconsequente ou tolo? Criar um antídoto é a *única* forma de salvarmos aqueles que ainda estão vivos.

— O Enclave... — começou Charles, abotoando o paletó.

— Mesmo que o Enclave localize e mate o demônio Mandikhor, isso não vai ajudar aqueles que estão doentes — falou Thomas. — Não vai ajudar Ariadne.

Charles contraiu a boca numa linha constrita de irritação, e, por um momento, Thomas teve a sensação bizarra de que o outro ia dizer que não se importava com Ariadne. Notou Alastair dando a Charles uma espécie de olhar sombrio — quase como se o mesmo pensamento tivesse ocorrido a ele.

Thomas pigarreou.

— Um dia alguém me disse que precisamos recuar e deixar as pessoas fazerem aquilo no qual são boas. Christopher é bom nisso, tenho fé nele. Esse antídoto vai *funcionar*.

Charles apenas pareceu confuso, mas Thomas não dissera nada daquilo por Charles. Ele olhou para Alastair, que estava calçando um par de luvas, e por sua vez olhou para cima casualmente, porém sem encarar Thomas, e então disse:

— Charles, permita que ele use o laboratório. Vou ficar aqui e me certificar de que ele não irá incendiar a casa.

Charles pareceu perplexo.

— Você faria isso?

— Parece a melhor opção, e você sabe que não tenho interesse em mais uma reunião do Enclave.

— Suponho que não — disse Charles, um pouco relutante. — Tudo bem. Venha quando puder então. — Ele estendeu a mão para Alastair, como se fosse um hábito, e a abaixou rapidamente. Ele e Alastair se olharam com um desconforto que pareceu um beliscão no coração de Thomas.

Charles começou a descer os degraus. Na metade do caminho, se virou, com uma expressão de raiva.

— Não destrua *nada* — disse ele a Thomas, e saiu pisando firme até o pé da escada, desaparecendo na esquina.

— Melhor irmos para o laboratório... — começou Thomas, avançando para a parte principal da casa.

— Pare — disse Alastair. Thomas congelou, mais surpreso do que qualquer coisa. Os olhos de Alastair eram lascas de gelo negro. — Não dou a mínima para o laboratório. Quero saber onde está minha irmã em meio a toda essa loucura. Para onde ela foi?

— Cemitério Highgate — falou Thomas. — A entrada da Cidade do Silêncio.

— Mas que diabo — disse Alastair. — Por quê? Quer saber, não me diga o motivo. Só vai servir para me deixar com raiva.

— Sinto muito — disse Thomas. — Não por ela estar lá... se houvesse perigo, e não acho que haverá, Cordelia seria capaz de se defender admiravelmente... mas por tudo isso que está acontecendo. Não é nossa culpa, mas eu só... sinto muito.

O olhar de Alastair se suavizou e, por um momento, Thomas se sentiu de volta a Paris, com as mãos nos bolsos, falando baixinho com Alastair Carstairs como se fossem apenas eles dois no mundo todo.

— Sinto muito também. Por sua irmã. Não tive a oportunidade de dizer antes.

Thomas prendeu o fôlego.

— Obrigado.

— Acha mesmo que o antídoto vai funcionar? — perguntou Alastair.

— Eu sei que vai.

Alastair ficou olhando para Thomas por um longo momento, então assentiu.

— E quanto tempo vai levar para fazer?

— Vinte minutos, se tudo der certo.

Alastair exalou.

— Tudo bem — disse ele. — Vinte minutos, então. Depois disso, vou procurar Cordelia. — Diante do olhar confuso de Thomas, ele apontou impacientemente os degraus que davam no laboratório. — Vou ajudar você — ofereceu. — Vamos ao trabalho.

O Mandikhor era enorme. Ele se erguia acima deles como a fumaça de uma fogueira. Não havia como se enganar: embora tivesse aumentado tremendamente em tamanho, tinha o mesmo corpo escamoso e de formato leonino, a mesma fileira tripla de mandíbulas cheias de presas. Havia outra novidade nele, além da estatura — ali no Mundo das Sombras, o corpo era marcado por mil tipos de doenças. Conforme a criatura avançava para eles, as garras arranhando a areia, Cordelia sentia ânsia de vômito. Demônios, de modo geral, eram bem nojentos; era preciso praticar para lidar com o horror. Mas havia algo visceral nos indicadores da morte que cobriam aquela criatura — os horrendos bubões da Peste Bubônica decoravam seus braços, enquanto o tronco estava caloso com a varíola, o peito rachado e cheio de sulcos de lepra. Trechos de pele tinham sido carcomidos por uma podridão ácida, enquanto outros estavam vermelhos com a escarlatina. Icor preto escorria das orelhas e da boca da criatura.

James recuou, puxando Cordelia, mas areia e terra tinham se acumulado em volta deles como dunas íngremes. Não havia jeito de recuar.

Uma risada mordaz ecoou. De pé, no alto de uma das dunas de areia, havia um homem com cabelo e olhos cinza-claro. Era jovem e espantosamente belo, mas havia um tom sombrio em sua beleza — era como a beleza do sangue na neve, ou o brilho de osso branco nas sombras.

Ele fazia lembrar James. Não de alguma forma específica, mas o formato dos olhos, talvez, a ossatura do rosto, a curva da boca. Ela precisou se lembrar: *Este é Belial, Príncipe do Inferno. Se ele faz você se lembrar de James, isso é deliberado de sua parte. Em sua verdadeira forma, pode ser bem diferente disto.*

Quando a poeira assentou em volta deles, Belial estendeu a mão para o demônio Mandikhor. O demônio pareceu congelar quando Belial se virou para fitar Cordelia com um olhar sombrio.

— Tsc, tsc, James — disse ele. — Trazer reforços assim é trapaça. E quanto às regras de um jogo justo?

James sacou uma espada curta reluzente do cinto de armas. Estava ofegante e muito pálido: manchado de terra e areia, não se assemelhava mais a um jovem rapaz do período eduardiano, mas algo mais primitivo do que isso.

— Deixe-a voltar para nosso mundo — disse ele. — Apenas deixe-a em paz. É comigo que você tem negócios a tratar...

— Não — disse Cordelia com afinco. — Não vou abandonar você!

Belial fez um gesto entediado, um giro preguiçoso do pulso. Cordelia arquejou quando gavinhas pretas explodiram da terra, enroscando em volta dos pés e das pernas dela, prendendo-a. James deu um passo na direção dela; Cordelia ergueu Cortana e a baixou, com o intuito de cortar as gavinhas...

A lâmina evaporou de sua mão. Ela se desequilibrou, caindo de joelhos; as gavinhas se retorceram mais apertadas em volta de suas pernas e ela segurou um grito. A dor era insuportável, dilacerante. Ela ouviu James gritar alguma coisa e olhou para cima, entre os olhos embaçados, e viu Belial dando um sorriso terrível, com Cortana bem apertada em sua mão.

Ele riu da expressão dela.

— Neste mundo, todas as coisas me obedecem — disse ele. — Até mesmo uma espada de Wayland, o Ferreiro. — Ele estalou os dedos, o som alto como um tiro de revólver.

O demônio Mandikhor se ergueu nas patas traseiras e disparou contra James.

—

James rolou para o lado quando o demônio Mandikhor saltou. Ele ouviu a criatura atingir o chão bem ao seu lado, lançando ondas de choque pela areia. James rolou de costas quando o demônio se levantou acima dele, dando um golpe para o alto com a espada. Ele ouviu um grunhido, e icor incandescente sujou seu braço.

O demônio recuou, dando a James espaço suficiente para se colocar de pé. De soslaio, viu Cordelia, lutando desesperadamente contra as gavinhas. James deu saltos mortais para a frente, rolando de novo e de novo até se levantar e girar: o Mandikhor estava atrás dele, golpeando com a pata roliça em formato de maça. James se abaixou quando ela passou zunindo por ele, errando-o por pouco.

Sua cabeça doía e latejava. A pele parecia quente e repuxada. No pulso, uma dor ardente. Ele recuou, tentando concentrar a visão no Mandikhor. Era uma sombra se movimentando contra uma luz mais forte que feria seus olhos. Belial observava atentamente conforme o Mandikhor circundava, rosnando.

Cordelia deu um grito de aviso. O Mandikhor tinha saltado — era peculiarmente ágil, apesar das chagas e feridas — com as garras esticadas. Uma delas arranhou o braço de James, que se desvencilhou para o lado, a lâmina açoitando e fazendo um corte no torso do demônio. Mais icor jorrou, misturando-se ao sangue de James agora. James sentiu um gosto metálico e se colocou numa posição agachada que lhe deu impulso para um salto: o Mandikhor estendeu um punho cheio de garras, agarrando a lâmina da espada. O demônio soltou um uivo, a pele sendo dilacerada, enquanto segurava a lâmina e empurrava, atirando James para trás.

James atingiu o chão com força o suficiente para arrancar seu fôlego. Sua espada tinha caído. Ele se esticou para pegá-la no momento em que um dos pés do Mandikhor pisou na lâmina. Então rolou para o lado ao ser tomado por uma tosse incontrolável; rastejando até ficar de joelhos, James cuspiu sangue. Dali, ouvia Belial gargalhando.

James limpou o sangue da boca. Mandikhor tinha se erguido sobre as patas traseiras, atingindo sua altura máxima: o bicho olhou para baixo com os olhos vermelhos semicerrados.

— Desista, James — falou Belial. — Admita a derrota. Ou ordenarei que o Mandikhor mate você.

James se levantou dolorosamente sobre os joelhos. Olhou para Cordelia, as mãos ensanguentadas de arrancar as gavinhas. James queria pedir desculpas a ela, dizer que lamentava muito por tê-la arrastado para aquela confusão irreparável.

Cordelia olhou para ele — era como se tentasse dizer alguma coisa, tentasse falar com ele pelo olhar. Ela ainda agarrava as gavinhas. Não desistira, apesar do sangue, apesar da dor. Afinal, era Cordelia; jamais desistiria.

Continue lutando, disse James a si, mas não conseguia se levantar: seu corpo estava desligando. Os cantos de sua visão estavam sendo tomados por sombras. O Mandikhor pairava junto a ele, esperando por uma palavra, um gesto de Belial — aquele que governava o lugar todo, que dobrava aquele reino à vontade dele.

James esticou o braço direito. O corte feito pela garra do Mandikhor ainda sangrava livremente: gotas atingiam o chão e a areia as sorvia. Ele teve a impressão de ouvir a areia sussurrando, um murmúrio baixo, mas talvez fosse apenas o veneno em seu corpo.

Sombras, sussurrava a areia, e James pensou em todas as coisas que Jem ensinara a ele. Concentração. Clareza. Respiração. *Você precisa construir uma fortaleza de controle ao seu redor. Precisa conhecer esse poder para conseguir dominá-lo.*

Belial tinha dominado aquele mundo. Curvava tudo à sua vontade — *cada árvore, cada rocha, cada grão de areia está sob meu comando.* Cada parte daquele mundo respondia àquilo que fazia de Belial quem ele era.

Você não é meu herdeiro, sangue do meu sangue?

James se concentrou. Reuniu toda sua concentração como luz convergindo numa lupa. Dominou com sua vontade, sua determinação, com o sangue em suas veias. De repente sentiu o chão se mover e mudar; clamou a substância daquele reino: a madeira petrificada das árvores retorcidas, as pilhas vacilantes de ossos, as dunas de areia, a sombra do Mandikhor.

Belial urrou: o demônio Mandikhor foi lançado ao alto. James ficou de pé. Estava canalizando a própria força para o mundo ao redor, o qual respondia diligentemente: a terra rugiu sob seus pés, o ar explodiu como fogo escuro de suas mãos, de seus dedos. O Mandikhor cambaleou de volta para James, mas o vento formava um redemoinho de areia, criando um tornado escuro.

Belial gritou, mas o Mandikhor não conseguia mais ouvi-lo: sua voz estava perdida no vento fustigante. James permaneceu de pé, com os braços abertos, vento e areia açoitando-o como em uma tempestade no deserto. O Mandikhor estava uivando sem parar agora: toda a substância daquele mundo havia se voltado contra ele. Galhos arrancados das árvores, voando como facas; ossos haviam se tornado mísseis. O demônio deu um último uivo quando o ar escuro e revolto se elevou num círculo em torno dele antes de mergulhar para ele, esmagando-o e dilacerando-o.

O Mandikhor sumiu. Imediatamente, James relaxou: o vento se aquietou, a terra se acalmou sob seus pés. Os destroços foram baixando suavemente ao chão. Ele limpou a areia e o sangue dos olhos, fitando ao redor desesperadamente. A paisagem toda tinha mudado: as dunas tinham se deslocado, a areia tinha se aplanado diante dele. Então James viu Cordelia: ela estava deitada, imóvel, os cabelos ruivos como um jorro de sangue contra a areia.

— *Daisy* — disse James, rouco, e avançou para ela.

Mas mal conseguiu dar um passo. Belial surgiu diante dele, embora não estivesse ali um segundo antes. Não havia pegadas na areia para mostrar o deslocamento. Em sua mão esquerda, ele segurava Cortana, a lâmina de um dourado intenso brilhando contra sua pele cinzenta.

— *Ora* — disse Belial, o rosto se contorcendo num arremedo de sorriso. — Como você é tão, mas tão inteligente.

James se limitou a fitá-lo. Ele sentia a exaustão, o veneno em suas veias, esperando para correr de volta para reivindicá-lo. Estava desesperado para chegar até Cordelia antes que desabasse.

— Saia do meu caminho — rosnou, a voz rouca devido à garganta seca.

Belial riu.

— *Resista ao diabo, e ele fugirá de você.* É um belo conceito, não é? Do livro de Tiago. — Belial se referia a relação dos nomes James e Tiago, oriundos da mesma origem hebraica: Jacó. Ele se inclinou para James, que sentiu o odor de giz queimado do outro. — Vejo que você começa a entender uma fração do poder que poderia ter caso aceitasse sua verdadeira ascendência — sussurrou Belial. — O sangue que compartilha comigo é muito mais poderoso do que o sangue que compartilha com Raziel. Que poder acha que terá, caso permaneça quem é agora?

— Me deixe em paz — exclamou James, rouco. — Não vou permitir que você...

— *Basta!* — rugiu Belial. De repente, foi como se o demônio tivesse perdido o controle das feições: seus olhos ficaram estranhamente alongados, assim como a boca, esticando-se mais e mais sobre o queixo num grunhido de ódio terrível. — Você acha que eu permitiria que você deixasse este corpo morrer? Você não tem escolha, você...

O braço esquerdo de Belial foi puxado para trás. James arregalou os olhos quando Cortana voou da mão de Belial, desvencilhando-se dos dedos cheios de garras do demônio. Belial gritou, virando-se para ver o que James acabara de ver: Cordelia de pé atrás deles, o uniforme rasgado dos joelhos para baixo. Cortana voou para ela como um pássaro; Cordelia estendeu a mão para a espada, a qual alcançou seu lar com um estampido contra a palma da mão ensanguentada.

— É muito grosseiro pegar a espada de alguém sem pedir — disse ela.

Belial semicerrou os olhos; ele ergueu a mão, e o chão sob os pés de Cordelia começou a rachar. James cambaleou para a frente às cegas, com a intenção de segurá-la antes que ela caísse — mas Cordelia se manteve firme de pé. Ela saltou contra Belial, enterrando Cortana no peito do demônio com um único e suave movimento.

Belial jogou a cabeça para trás e rugiu de dor.

— Daisy! — James avançou quando Cordelia puxou a espada de volta; Belial ainda estava uivando. Sangue escorria do ferimento, da cor de rubis escuros, um preto-avermelhado reluzente. James agarrou Cordelia, que arquejava e tremia; os olhos dela estavam fixos em Belial.

— *Tolos* — sibilou Belial. — Não têm ideia do que fizeram.

Ele ergueu a mão como se pretendesse atacá-los, mas a mão desmoronou como areia. Belial escancarou a boca quando seu corpo tremeu e se despedaçou, como o quebra-cabeça de uma criança jogado no ar desordenadamente. Ele pareceu querer rugir ou gritar, mas seu rosto afundou antes que conseguisse emitir qualquer ruído — Belial se despedaçou, dissolvendo-se contra o ar enquanto James encarava, horrorizado.

Cordelia gritou. O chão começou a inchar debaixo dele. O céu começava a rachar, uma luz preto-avermelhada como o sangue do ferimento de Belial escorrendo das fissuras. O mundo estava se desfazendo ao redor deles. James puxou Cordelia assim que o chão daquele reino desabou.

Não era como viajar de Portal, pensou Lucie, um redemoinho de som e paisagens. O caminho pelo qual os mortos viajavam era completamente silencioso e escuro. Ela não conseguia ver ou ouvir nada. Se não fosse pelos braços de Jesse ao seu redor, o tato sólido do corpo dele, ela teria achado que perdera o mundo vivo para sempre — que estava morta, ou sendo levada para dentro de um terrível vazio amórfico.

A sensação de alívio quando o mundo voltou a se abrir foi imensa. Seus pés sentiram o solo; ela tropeçou, sendo aparada pelos braços ao seu redor. Piscou para afastar a tontura e olhou ao redor.

Lucie viu Jesse primeiro. Ele a abraçava com cuidado, mas a expressão em seus olhos verdes era absolutamente furiosa.

— Maldição, Lucie Herondale — disse ele, e a soltou.

— Jesse — começou ela, e percebeu que não fazia ideia de onde estava. Olhou ao redor desesperadamente. Eles estavam em uma clareira no meio do cemitério Highgate, sob um dossel de cedros. Estava escuro, as fendas entre as folhas acima deixavam entrar um pouco da luz das estrelas.

Com mãos trêmulas, Lucie tirou do bolso uma pedra enfeitiçada. A luz se acendeu: agora ela via os túmulos erguidos ao redor deles num círculo. A terra ali estava aberta, revirada como se tivesse havido uma luta recente. Deitada na grama a certa distância, havia uma figura curvada.

Lucie arquejou.

— *Matthew!*

Ela disparou pela clareira e se abaixou ao lado do *parabatai* de James. Sob o brilho da luz enfeitiçada, viu os hematomas no rosto dele. O paletó e a camisa de Matthew estavam rasgados e sujos de sangue. Ela tirou a estela do cinto, buscando sua mão.

A runa de *parabatai* de Matthew se destacava contrastante e preta na parte interna do pulso. Lucie conteve as lágrimas.

— Lucie. — Jesse agora estava de pé próximo a ela. O vento chacoalhava as folhas acima, mas nem as roupas nem o cabelo dele se movimentavam à brisa. — Ele está bem. Inconsciente, mas não está em perigo.

Ela pressionou a ponta da estela contra a palma de Matthew e desenhou uma *iratze* rapidamente.

— Como você sabe?

— Se ele estivesse morrendo, eu veria — falou Jesse, baixinho. — E ele me veria.

Lucie finalizou a *iratze* e a viu se incendiar ao ganhar vida na pele de Matthew. Ele gemeu e se agitou, abrindo os olhos.

— Matthew — disse ela, debruçando-se em cima dele. Ela enfiou a estela de volta no cinto e pôs a mão na bochecha dele, onde os hematomas e os arranhões começavam a desvanecer. Os olhos de Matthew se fixaram em Lucie, as pupilas dilatadas e desfocadas.

— Cordelia? — sussurrou ele.

Ela piscou.

— Math, não — disse ela. — É Lucie. — Ela pegou a mão dele. — Onde está Cordelia? E James? Matthew, onde eles estão?

Ele começou a se esforçar para ficar sentado.

— O arco — respondeu, e Lucie o encarou, confusa. — Eles entraram. Primeiro James, depois Cordelia. Ela usou Cortana. — O olhar verde-escuro dele percorreu a clareira. — O arco — disse ele de novo, um tom de pânico na voz. — Onde está?

Preocupada, Lucie olhou para Jesse. O maxilar dele ainda estava contraído de raiva, ao menos ele não a abandonara. Não desaparecera. Jesse deu de ombros — obviamente, ele não vira um arco também.

— Matthew, tente se lembrar... — começou ela, e então o céu se abriu, silenciosa e inacreditavelmente, ao meio. Por um momento uma fenda surgiu no centro dele, e por ali Lucie viu as constelações de outro mundo. Viu sombras que se erguiam como torres de fogo estelar, resplandecendo escuras. Por um momento, viu de lampejo um par de olhos brilhantes.

Então James e Cordelia vieram dali.

Cordelia caiu primeiro. Ela saltou para a existência como uma estrela cadente, aparecendo entre um momento e o seguinte a três metros do chão.

Atingiu a terra com força, Cortana voando de sua mão. James veio um instante depois, o corpo inerte. Ele pousou com um baque ao lado de Cordelia e permaneceu deitado, imóvel.

— Me ajude a levantar — disse Matthew, segurando a mão de Lucie. Enquanto Jesse observava, Lucie ajudou Matthew a se levantar. James e Cordelia estavam caídos a poucos metros; Lucie e Matthew correram para se ajoelhar ao lado deles.

Cordelia já estava se esforçando para se levantar. Ela estava imunda de areia e terra. O cabelo tinha se soltado das presilhas e descia pelos ombros como fogo.

— James — arquejou ela, os olhos escuros arregalados de medo. — Cuidem dele, por favor, não de mim... o veneno do demônio...

Veneno do demônio? Gelada de medo, Lucie se abaixou sobre o irmão. Ele estava deitado, inerte, as mãos pretas com icor, perfeitamente pálidas e imóveis. O cabelo preto indomável estava duro por conta do sangue.

Cordelia tentou ficar de pé, mas gritou de dor e desabou de joelhos de novo. Lucie, ajoelhada sobre James, olhou para ela com um pânico súbito.

— Daisy...

— Não é nada — disse Cordelia. — Por favor, deve haver alguma coisa que possamos fazer por James... — Ela tomou fôlego, vacilante. — Ele matou o Mandikhor. Ele o destruiu. *Não pode* morrer. Não é justo.

Matthew estava ajoelhado ao lado de James, a estela já na mão. Marcas feitas por um *parabatai* eram sempre mais poderosas: as mãos de Matthew eram firmes conforme ele desenhava Marcas de cura nas mãos, pulsos e base do pescoço de James.

Todos estavam congelados, prendendo a respiração. Cordelia, dolorosamente, foi se arrastando para perto dele, o cabelo escarlate solto tocando as folhas verdes no chão. O olhar dela estava fixado em James.

As *iratzes* na pele dele brilharam... e sumiram.

— Não vão funcionar. — Era Jesse. O ódio tinha abandonado o rosto dele agora; ele estava perto de Cordelia, sem ser visto por ninguém além de Lucie, e havia uma tristeza terrível em seus olhos. — Ele está próximo demais da morte.

Matthew arquejou. A mão dele disparou para o peito, apertando com força, como se uma faca tivesse entrado em seu coração e ele estivesse tentando conter a hemorragia. Seu rosto estava completamente branco.

— Ele está morrendo — falou Matthew, a voz falhando. — Consigo sentir.

Lucie pegou as mãos do irmão. Estavam frias, imóveis. Lágrimas escorriam de seus olhos e pingavam no rosto dele, formando rastros na sujeira.

— Por favor, Jamie — sussurrou ela. — Por favor, não morra. Por favor, só mais um suspiro. Por mamãe e papai. Por mim.

— Dê o meu a ele — disse Jesse.

Lucie levantou a cabeça. Ela encarou Jesse. Ele exibia um olhar singular: com uma resignação estranha, quase luminosa.

— O que quer dizer?

Cordelia encarou a amiga.

— Com quem está falando? Lucie?

Jesse se aproximou deles. Então se ajoelhou, mas a grama não afundou sob seu peso. Ele tirou a velha corrente do medalhão por cima da cabeça e a estendeu para Lucie.

Ela se lembrou do que ele dissera depois da luta na Tower Bridge. Que teria dado seu último suspiro a ela. Que teria tido força vital o suficiente para esvaziar a água dos pulmões dela caso Lucie estivesse se afogando. Assim como James se afogava em veneno agora.

— Mas o que vai acontecer com você? — sussurrou ela. Lucie estava ciente de que Cordelia a encarava; Matthew estava curvado de dor, cada respirada vinha em arquejos irregulares.

— Isso importa? — falou Jesse. — Essa é a vida dele. Não uma sombra de vida. Não anos esperando na escuridão.

Lucie estendeu a mão, que se fechou sobre o medalhão, e ela sentiu o objeto sopesando em sua palma, frio e sólido. Por um momento, hesitou — apenas por um instante, com os olhos fixos em Jesse, ajoelhada na grama.

Então olhou para seu irmão, cujos lábios estavam azulados, os olhos afundados na cabeça. Ele mal respirava. Cuidadosamente, como se estivesse segurando um frasco contendo a última gota de água do mundo, Lucie abriu o pequeno medalhão e pressionou a curva do metal contra os lábios dele.

Houve uma pausa, tempo suficiente para um suspiro.

Então o peito de James inflou com o último suspiro de Jesse Blackthorn. Os olhos dele se abriram, de um dourado forte, e um fluido preto escorreu dos quatro ferimentos em meia-lua em seu pulso — seu corpo estava expulsando o veneno do Mandikhor.

Lucie apertou o medalhão com força, com tanta força que a borda do metal cortou sua palma. Cordelia gritou; Matthew levantou a cabeça, a cor voltando ao seu rosto. Ele avançou para James e puxou o *parabatai* para seu colo.

James, afundando no peito de Matthew, lutava para se concentrar. Lucie sabia o que ele estava vendo. Um rapaz debruçado em cima dele: um rapaz com cabelos tão pretos quanto os deles, um rapaz com olhos verdes da cor das folhas de espinheiro, um rapaz cujas extremidades já começavam a se dissipar, como um desenho que se forma a partir de uma nuvem e desaparece quando o vento muda.

— *Quem é você?* — sussurrou James, com a voz falhando.

Mas Jesse já tinha sumido.

— Como assim "quem é você"? — indagou Matthew. — Sou seu *parabatai*, seu tonto.

Ele estava ocupado desenhando Marcas de cura em todos os pedacinhos de James que conseguia alcançar, algo pelo qual Cordelia só podia aplaudir. Ela não fazia ideia do que Lucie fizera para curar o irmão, mas não era isso que importava agora.

— Não estava falando de você, Matthew — explicou James. Ele estava de olhos fechados, os cílios escuros tocando levemente o alto das maçãs do rosto. — Obviamente.

Matthew passou a mão cheia de anéis pelos cabelos indomáveis de James e sorriu.

— Agora vai nos contar o que aconteceu? Não é todo dia que um sujeito entra no reino de um demônio e depois cai do céu. Acho que você iria querer compartilhar essa experiência com seus amigos.

— Acredite quando digo que é uma longa história — falou James. — Prometo que vocês não estão em perigo agora...

— Você matou mesmo o Mandikhor? — perguntou Lucie.

— Sim — falou James —, e Cordelia destruiu aquele que o convocou. — Ele estendeu a mão, marcada por cortes e imunda de terra. — Daisy? Você pode vir até aqui? — Ele deu um sorriso torto. — Eu iria até você, mas não creio que eu tenha forças para andar.

Cordelia tentou se levantar, mas uma ardência incandescente disparou por sua perna. Ela segurou um grito.

— Acho que minha perna está quebrada. Mas estou bem.

— Ah! *Daisy!* Sua perna! — Lucie ficou de pé num salto e correu até Cordelia, se abaixando e passando a estela na amiga. Ela começou a desenhar uma *iratze*. — Sou terrível — resmungou. — A pior futura *parabatai* que já viveu. Por favor, me perdoe, Daisy.

Enquanto a runa de cura fazia efeito, Cordelia conseguia sentir o osso de sua perna começando a se remendar. Não era uma sensação totalmente agradável. Ela arquejou e disse:

— Lucie, não é nada... eu mesmo poderia fazer isso, mas deixei minha estela cair... naquele outro lugar.

Lucie afastou o cabelo de Cordelia que caía nos olhos e sorriu.

— Não precisa nunca mais fazer em você mesma — disse ela. — Marcas feitas por um *parabatai* são sempre melhores.

— Deplorável — disse Matthew. — Veja só essas duas, afirmando o laço de amizade eterna. Em público.

— Eu questionaria sua definição de "público" — disse James. Lucie e Cordelia trocaram um sorriso: se James estava debochando de Matthew, então certamente estava se curando. — Este é um cemitério bastante deserto.

— Hummm — disse Matthew num tom surpreendentemente sério, os olhos semicerrados. Ele ficou de pé, ajudando James a se sentar encostado numa árvore. Conforme Matthew caminhava até o limite da clareira, James disse:

— Lucie. Deixe-me falar com Cordelia por um momento.

Lucie trocou um olhar com Cordelia, que assentiu e ficou de pé — ainda doía se firmar na perna, mas as *iratzes* de Lucie praticamente tinham dado conta do trabalho. Lucie foi se juntar a Matthew enquanto Cordelia foi mancando até James e mergulhou ao lado dele sob a sombra de um cipreste.

Por um momento, quando a respiração de James começara a se esvair, Cordelia vira sua vida se bifurcar em dois caminhos. Um em que James estava morto — no qual o mundo perdia o sentido, no qual Lucie ficava desamparada e Matthew destruído, no qual Thomas e Christopher ficavam arrasados e a família Herondale jamais voltaria a sorrir. E um segundo, no qual a vida continuava como estava agora — imperfeita, confusa, mas cheia de esperança.

Eles estavam no segundo caminho. Era isso o que importava — que James *estava* respirando, que seus lábios não estavam mais azulados, que ele estava olhando para ela com aqueles olhos dourados firmes. Muito embora o corpo inteiro de Cordelia doesse, ela se flagrou sorrindo.

— Você salvou minha vida — disse ele. — Assim como salvou a vida da minha irmã anos atrás. Deveríamos ter dado a você um apelido mais digno de um guerreiro. Não Daisy, mas Ártemis ou Boadicea.

Ela riu baixinho.

— Eu gosto de Daisy.

— Eu também — respondeu ele, e estendeu a mão para afastar suavemente uma mecha do cabelo dela. Cordelia sentiu seu coração quase parar. Com a voz baixa, ele continuou: — *"E quando a face dela a lua revelava, mil corações eram conquistados: orgulho nenhum, escudo nenhum podia conter seu poder. Layla, assim era chamada".*

— *Layla e Majnun* — sussurrou Cordelia. — Você... se lembra?

— Você leu para mim — disse ele. — Talvez agora que tudo isso acabou, nós pudéssemos ler de novo, juntos?

Ler juntos. Jamais Cordelia ouvira algo tão romântico. Ela começou a assentir, e no mesmo instante Matthew gritou, em tom de alerta:

— Alguém está vindo! Eu vejo luz enfeitiçada.

Cordelia se virou para ver. Luzes tinham surgido entre as árvores: conforme se aproximavam, era possível notar o brilho de tochas. Cordelia tentou se levantar, mas as *iratzes* já estavam sumindo: sua perna doía demais outra vez. Ela se sentou de novo.

— Ah, não — disse Lucie. — Os Irmãos do Silêncio não vão ficar nada satisfeitos, vão? Nem o Enclave. Nós provavelmente estaremos em apuros terríveis.

— Talvez a gente consiga fugir — sugeriu Matthew.

— Não vou a lugar nenhum — disse James. — Vou permanecer aqui, e aceitar qualquer punição que nos seja dada. O cavalete, a dama de ferro, morte por aranhas. Qualquer coisa, menos me levantar.

— Não acho que eu sequer *consiga* me levantar — disse Cordelia, como um pedido de desculpas.

— *"Sombras da prisão começam a cercar o Menino que amadurece"* — entoou Matthew. — Coleridge.

— Wordsworth — corrigiu James.

As luzes oscilavam mais para perto. Uma voz marcante invadiu a clareira. Uma voz *familiar*.

— Que diabo está acontecendo?

Cordelia se virou, tentando evitar mexer a perna ferida. Alastair surgiu na clareira. Parecia encantadoramente normal, usando um antigo paletó de tweed do pai, como se tivesse saído para um passeio. Seu cabelo artificialmente louro brilhava sob o brilho fraco das estrelas. Ao lado dele estava Thomas, o cabelo embaraçado, carregando o que parecia ser uma maleta de boticário.

— *Por que* vocês estão todos no chão? — perguntou Thomas, e então balançou a maleta no ar. — O antídoto... está pronto... qual é o caminho mais rápido até Christopher?

Houve um burburinho. Matthew ficou de pé e abraçou Thomas com força, com o cuidado de não derrubar a maleta da mão dele.

— Vamos alertar os Irmãos — disse ele, e começou a puxar o amigo para o caminho que levava até a Cidade do Silêncio.

— Não precisa vir comigo — protestou Thomas, divertindo-se.

— Só para o caso de haver entoação — disse Matthew. — Não acho que haverá, veja bem, mas nunca se sabe.

Alastair estava observando enquanto Thomas e Matthew sumiam nas sombras entre as árvores. Ele balançou a cabeça, e voltou a atenção para Cordelia novamente.

— *Biyâ* — disse, abaixando-se para tomá-la nos braços. — Vamos para casa.

Surpresa, ela passou um braço em volta do pescoço dele.

— Mas, Alastair... Não posso deixar meus amigos...

— Layla — disse Alastair, a voz incomumente suave. — Eles não vão ficar sozinhos. Thomas e eu tivemos o cuidado de enviar uma mensagem para o Instituto. Olhe.

Ela olhou, então, e constatou que a trilha larga atrás dos túmulos estava tomada pelo brilho de tochas de luz enfeitiçada carregadas por um bando de Caçadores de Sombras. Cordelia reconheceu uma dúzia de rostos familiares: Will Herondale, com a tocha iluminando fortemente seus cabelos com fios negros e grisalhos. Tessa, com uma espada na mão, os cabelos castanhos soltos nos ombros. Gabriel, Cecily e Anna Lightwood, Anna sorrindo, seus cabelos tão negros como o uniforme que usava.

Ela ouviu Lucie soltar um gritinho.

— *Papai!*

Will começou a correr. Carregou a filha e a abraçou. Tessa correu até James, se ajoelhando ao lado dele para avaliar os hematomas e cortes. Gabriel e Cecily acompanharam, e logo Lucie e James estavam cercados, sendo abraçados e ouvindo sermões em igual medida.

Cordelia fechou os olhos, aliviada. James e Lucie estavam bem. Por todo lado, Cordelia ouvia conversas: Gabriel e Cecily estavam perguntando de Thomas, e os demais informavam que ele estava sendo levado para a Cidade do Silêncio agora, onde o antídoto seria administrado. Outra pessoa — um dos Rosewain — dizia que ainda havia um perigo real, que os demônios poderiam atacar de novo, existindo o antídoto ou não.

— O Mandikhor foi derrotado — revelou Cordelia. — Ele não vai voltar.

— E como você sabe disso, mocinha? — perguntou George Penhallow.

— Porque James o matou — disse Cordelia, tão alto quanto conseguiu. — James matou o demônio Mandikhor. Eu o *vi* morrer.

Àquela altura, várias pessoas começaram a avançar para ela; foi Will quem as impediu, estendendo uma das mãos, protestando que não deveriam incomodar uma moça ferida. Alastair aproveitou a oportunidade para escapulir da clareira para as sombras, ainda carregando Cordelia nos braços.

— Imploro a você que não se envolva, *khahare azizam* — disse Alastair. — Tudo será esclarecido em breve, mas haverá muita confusão primeiro. E você precisa descansar.

— Mas eles precisam saber que foi James — disse Cordelia. Era estranhamente confortável ser carregada daquele jeito, a cabeça apoiada no ombro do irmão. O mesmo jeito como o pai costumava carregá-la quando Cordelia era bem pequena. — Eles precisam saber o que ele fez, porque... porque precisam.

Porque Belial é avô dele. Porque quando o Enclave descobrir isso, sabe-se lá o que vão pensar. Porque as pessoas podem ser tolas e cruéis.

— Eles vão ficar sabendo — disse Alastair, soando totalmente confiante. — A verdade sempre virá à tona.

Cordelia esticou a cabeça para trás para olhar seu irmão.

— Como você sabe que o antídoto funciona?

Alastair sorriu na penumbra.

— Tenho fé em Thomas.

— Você *tem*? — disse Cordelia. — Não achei que você sequer o conhecesse bem.

Alastair hesitou.

— Eu fiquei observando-o fazer o antídoto — falou ele, por fim. Tinham chegado à carruagem dos Carstairs agora, com o desenho de torres de castelo na porta. Muitas outras carruagens estavam enfileiradas na sarjeta. — Porque ele tinha tanta fé em Christopher, tinha fé em si. Eu jamais pensei na amizade dessa forma... como algo que torna você maior do que você é.

— Mas, Alastair...

— Chega de perguntas — ordenou Alastair, colocando Cordelia dentro da carruagem e entrando a seguir. Ele sorriu, aquele raro sorriso encantador que era ainda melhor por ser raro. — Você foi muito corajosa, Layla, mas também precisa de cura. Hora de ir para casa.

Dias passados:
Cirenworth Hall, 1898

Cordelia costumava se sentir sozinha quando eram apenas ela e os pais, mas nunca se sentira tão solitária do que quando Alastair fora para a Academia. Durante o período que ele estivera fora, o restante da família Carstairs ficara viajando para a Índia, para Paris, para Cidade do Cabo e para o Canadá, mas retornaram a Cirenworth nas férias, quando Alastair finalmente voltaria.

Ela esperara meses pelo retorno dele, mas quando o irmão saiu da carruagem — mais alto, mais anguloso e mais elegante do que nunca — ele parecia uma pessoa diferente. Alastair sempre tivera o pavio curto e fora implicante, mas agora ele mal se dirigia a ela. Quando falava, era em grande parte para lhe dizer que não o incomodasse.

Os pais de Cordelia ignoraram a transformação. Quando Cordelia perguntou ao pai por que Alastair não fazia mais nenhuma atividade com ela, ele sorria para a filha e dizia que rapazes adolescentes passavam por essas "fases", e que ela "entenderia quando fosse mais velha".

— Ele passou o ano todo se divertindo com rapazes da idade dele e agora teve que voltar ao campo para estar com gente como a gente — disse Elias, com uma risada. — Ele vai superar.

Mas não foi uma resposta satisfatória. Cordelia tentava ficar perto de Alastair o máximo que conseguia, a fim de obrigá-lo a reconhecer sua presença. Normalmente, no entanto, ela sequer conseguia encontrá-lo. Alastair passava horas trancado no quarto, e, quando ela batia à porta, ele nem se dava ao trabalho de mandá-la embora. Ele simplesmente a ignorava. Os únicos indícios da presença dele era quando Alastair aparecia para comer, ou para anunciar que estava saindo para uma longa caminhada sozinho.

Aquilo se deu durante algumas semanas. Os sentimentos de Cordelia foram mudando de decepção para tristeza, de culpa para irritação, e então para ódio. Certa noite, no jantar, ela jogou uma colher no irmão e gritou:

— Por que você não fala comigo? — Alastair pegou a colher no ar e a colocou na mesa, então olhou para ela com raiva, calado.

— Não atire coisas, Cordelia — ralhou Sona.

— *Mâmân!* — protestou Cordelia, em tom de traição. Elias ignorou a coisa toda e continuou comendo como se nada tivesse acontecido. Risa passou e colocou uma nova colher ao lado de Cordelia, que por sua vez achou o gesto extremamente irritante.

A recusa de Alastair em falar com Cordelia era, pelo que ela entendia, destinada a fazer com que ela desistisse e parasse de tentar. Então Cordelia redobrou os esforços.

— Bem — anunciava ela, caso estivesse no mesmo cômodo que ele —, vou colher amoras pretas selvagens no fim da rua. — (Alastair amava amoras pretas.) Ou: — Acho que vou treinar uns saltos na sala de treino depois do almoço. — (Alastair sempre a enchia para que treinasse quedas em segurança, e Cordelia precisaria de um parceiro para isso.)

Um dia, quando ele saiu para uma de suas caminhadas, Cordelia esperou um minuto, então seguiu. Era um bom treino, disse ela a si — movimentos sorrateiros, consciência dos arredores, aguçar os sentidos. Ela transformou aquilo num jogo: Por quanto tempo conseguiria seguir o irmão antes que ele notasse? Seria capaz de permanecer incógnita por tempo o suficiente para descobrir aonde ele ia?

No fim, Alastair não ia a lugar algum. Ele simplesmente ficava caminhando, conhecendo aquele bosque bem o suficiente para não se perder. Cordelia começou a se cansar depois de duas horas. Então ficou com fome.

No entanto, ela se distraiu e prendeu o pé numa raiz de árvore protuberante, e caiu com um estampido na terra batida. Adiante, Alastair se virou ao ouvir o barulho e flagrou a irmã bem quando ela ficava de pé, um tanto irritada. Cordelia cruzou os braços e empinou o queixo, teimosa e determinada a fazer seu orgulho sobrepujar qualquer reação desagradável que ele estivesse preparando: desprezo, ódio, descaso.

Em vez disso, Alastair soltou um suspiro e caminhou até ela. Sem preâmbulos, disse, rabugento:

— Machucou?

Cordelia levantou o pé e o balançou para testar.

— Vou ficar bem. Só dolorido, acho.

— Venha — disse ele. — Vamos para casa.

Os dois seguiram caminhando, Alastair alguns passos adiante, calado. Por fim, enlouquecida pelo silêncio, Cordelia disparou:

— Não quer saber por que eu estava seguindo você?

Ele se virou e a fitou.

— Presumo que você tenha achado que eu estivesse saindo para fazer algo emocionante.

— Desculpe — disse ela, como sempre ficando mais agitada diante da calma imperturbável de Alastair. — Desculpe, pois desde que foi para a Academia você ficou todo crescido e maduro, e ganhou um monte de amigos elegantes. Desculpe por eu ser apenas sua irmãzinha idiota.

Alastair a encarou por um momento, então soltou uma gargalhada breve. Não havia humor nela.

— Você não faz ideia do que está falando.

— Desculpe por você ser bom demais para a família agora! Desculpe por você ser bom demais para treinar comigo!

Ele balançou a cabeça, desconsiderando aquela provocação.

— Não seja tola, Cordelia.

— Apenas fale comigo! Não sei por que você anda tão rabugento. Você é o sortudo que pôde ir embora. Que pôde se divertir em Idris. Sabe como meu ano foi solitário?

Por um momento, Alastair pareceu perdido, hesitante. Fazia muito tempo desde que Cordelia vira uma expressão tão sincera no rosto dele. Mas logo a seguir ele se fechou como um portão de ferro novamente.

— Estamos todos solitários — disse ele. — No fim.

— Como assim? — indagou ela, mas Alastair se virou para ir embora. Depois de um momento, limpando as lágrimas com a manga da blusa, Cordelia o acompanhou.

Quando os dois chegaram em casa, ela o deixou na entrada enquanto foi buscar todo o estoque de facas de arremesso no guarda-louças que servia como arsenal da casa. Cordelia passou pelo irmão a caminho da sala de treino, olhando com raiva para ele, quase sem conseguir carregar a pilha de armas. Ele só ficou observando, em silêncio.

Na sala de treino, ela montou tudo e começou os arremessos. *Pof. Pof.* As facas de arremesso não eram sua arma mais forte, mas Cordelia precisava daquela sensação de impacto, precisava ferir alguma coisa, mesmo que fosse apenas um alvo num batente. Como sempre, o ritmo de treino a acalmava. Sua respiração foi ficando mais calma e tranquila. A repetição fazia com que se concentrasse: cinco arremessos, então a caminhada para recuperar as facas do alvo e a caminhada de volta para tentar de novo. Cinco arremessos. Caminhar. Recolher. Caminhar. Cinco arremessos.

Depois de vinte minutos, mais ou menos, ela percebeu que Alastair estava de pé à porta da sala de treino. Ela o ignorou.

Outra pessoa poderia ter dito que Cordelia tinha melhorado desde que a vira pela última vez, ou perguntado se podia tentar também. Alastair, no entanto, apenas pigarreou e disse:

— Você está virando o pé esquerdo quando solta a faca. Por isso está tão inconsistente.

Ela fez cara de raiva e voltou a arremessar. Mas prestou mais atenção aos seus pés.

Depois de um tempo, Alastair disse:

— É estúpido dizer que tenho sorte. Não tenho sorte.

— Você não passou o ano todo preso aqui.

— Ah é? — disse Alastair, com desprezo. — Quantas pessoas vieram aqui este ano para debochar de você? Quantas perguntaram qual era o seu problema por não ter tido um instrutor particular? Ou sugeriram que sua família era de vadios porque estamos sempre nos mudando de cidade?

Cordelia olhou para ele, esperando enxergar vulnerabilidade e tristeza ali, mas os olhos de Alastair estavam severos, a boca, uma linha fina.

— Eles tratavam você mal?

Alastair soltou mais uma risada desprovida de humor.

— Por um tempo. Percebi que eu tinha escolha. Havia apenas dois tipos de pessoas na Academia. Os que intimidam e os intimidados.

— E você...?

Alastair disse, tenso:

— Qual você teria escolhido?

— Se essas fossem minhas duas únicas escolhas — disse Cordelia —, eu teria voltado para casa.

— Sim, bem — disse ele. — Eu escolhi a opção que não fazia eu me sentir motivo de chacota.

Cordelia congelou, muda. A expressão de Alastair era impassível.

— E deu certo? — perguntou ela, o mais suavemente que conseguiu.

— Foi terrível — respondeu o irmão. — Terrível.

Cordelia não sabia o que dizer ou o que fazer. Ela queria avançar e abraçar o irmão, dizer que o amava, mas ele estava de pé, rígido, os braços cruzados, e assim ela não ousou. Por fim, Cordelia estendeu uma faca para ele.

— Quer tentar? Você é muito melhor do que eu.

Quando ele pareceu desconfiado, Cordelia falou:

— Preciso de ajuda, Alastair. Você está vendo como minha postura é descuidada.

Alastair se aproximou e pegou a faca dela.

— Muito descuidada — concordou. — Eu sei que luta com espadas é natural para você, mas nem tudo será. Precisa reduzir a velocidade. Prestar atenção aos pés. Agora, acompanhe meus gestos. Isso mesmo, Layla. Fique comigo.

E ela ficaria.

21
Queime

Meu coração está preso pelo feitiço da beleza.
Meu amor é indestrutível.
Embora eu como uma vela queime,
E quase uma sombra me torne,
O coração livre não invejo:
As correntes do amor que envolvem a alma são
o que desejo.

— Nizami Ganjavi, *Layla e Majnun*

James estava deitado na cama do quarto dele, sobre as cobertas, um braço debaixo da cabeça. Ele olhava uma rachadura familiar no teto, aquela que lembrava vagamente um pato. O pai dele ficaria horrorizado.

Matthew estava sentado ao seu lado, usando um casaco de veludo e calça combinando. Durante os primeiros dois dias depois da visita ao mundo de Belial, James oscilara entre os estados de consciência e a inconsciência. Às vezes ele sonhava com o mundo do demônio e acordava gritando, estendendo a mão para uma arma que não estava ali. Suas facas podiam até não estar ao seu lado, mas Matthew sempre estava.

Se havia alguém no mundo que entendia sobre *parabatai*, eram os pais de James. Na primeira noite após o retorno de Highgate, Matthew arrastara uma pilha de roupas de cama para o quarto de James, se enroscado nelas e dormindo ali. Ninguém sequer tentou obrigá-lo a ir embora — quando Tessa trazia sopa e chá para James, também trazia um pouco para Matthew. Quando Will trazia jogos de cartas para passar o tempo, Matthew também jogava, e normalmente perdia.

Não que os outros também não fossem gentis. Um dia, quando Anna trouxe para James uma elegante gravata nova para animá-lo, trouxe uma para Matthew. E quando Lucie roubou tortas da cozinha no meio da noite, houve um bocadinho para Matthew também. Como consequência de tanto mimo, era possível que Matthew jamais voltasse para casa. James não podia culpá-lo: Charles certamente vinha se provando um aborrecimento nos últimos tempos. Todos estavam enaltecendo Christopher como herói por ter criado o antídoto contra o veneno do Mandikhor — uma história romantizada ainda mais pelo fato de Christopher ter sido acometido pelo mal e se curado. Poucos sabiam que Charles quase não permitira que Thomas usasse o laboratório para fazê-lo. As palavras "se não fosse por Alastair Carstairs, tudo teria caído por terra" tinham, de fato, passado pelos lábios de Thomas, fazendo com que James se perguntasse se ele havia vagueado de volta ao mundo do demônio.

Thomas e Christopher visitavam James todos os dias, trazendo histórias das consequências da doença. Nenhum dos doentes se lembrava de ter entoado o nome de James, e Ariadne não se lembrava de sua breve possessão. A quarentena fora suspensa e Charlotte e Henry voltariam em breve; no momento, Christopher e James eram heróis, o que irritava James profundamente, pois, conforme ele fazia questão de observar, Cordelia estivera com ele no reino do demônio e, se não fosse por ela, ele teria morrido. Lucie também tinha salvo o dia, assim como Matthew. Thomas ajudara a pegar a raiz de malo da Casa Chiswick e fabricara o antídoto com as próprias mãos. Anna os levara à Hell Ruelle. Eram todos heróis, na opinião dele.

Foi Matthew quem lhe perguntou, quando estavam a sós, se ele achava que poderia estar sentindo falta de Cordelia. Ela era a única que não lhe dispensara uma única visita: a fratura na perna dela se revelara bem séria, no fim das contas, e levaria vários dias para melhorar. Lucie fora visitá-la e relatara que Cordelia estava de bom humor.

— Eu li *A bela Cordelia* para ela, e ela caiu no sono imediatamente — disse Lucie, encantada —, então devia estar cansada.

Thomas e Christopher também chegaram a visitá-la, levando chocolates. Eles perguntaram a James se ele gostaria de mandar alguma coisa para ela. James fizera que não com a cabeça, sem dizer uma palavra, com medo do que poderia sair caso ousasse abrir a boca. Não queria falar de Cordelia com ninguém. Só queria vê-la. Quando a visse, ele saberia o que dizer.

— Então — começou Matthew, cruzando os braços atrás da cabeça. — Com seu novo status de herói da Clave, planeja fazer alguma exigência? — Ele olhou para a rachadura no gesso do teto. — Eu pediria por um criado particular, e que Oscar Wilde fosse trazido para conversarmos um bocadinho.

— Ele não está morto? — disse James.

— Não há nada de errado com os mortos-vivos. — Matthew gargalhou.

— Espere até nossa próxima visita à Hell Ruelle.

James ficou calado por um momento. Preferia evitar a Clave, na verdade; havia muita coisa que eles não sabiam. Tudo o que fora relatado — por Lucie, Matthew e Cordelia — era que James havia encontrado e matado o Mandikhor no cemitério Highgate com a ajuda dos amigos. Ele não via motivo para que soubessem mais.

No entanto, com seus pais a situação fora diferente. Quando James finalmente se viu coerente o bastante para contar a história, ele explicou tudo com detalhes aos dois, e a Lucie. Contou a verdade sobre o encontro com Belial, sobre como Belial desmoronara até virar pó depois de ser ferido por Cortana. Por fim, contou sobre o laço consanguíneo entre os Herondale e o Príncipe do Inferno.

Todos reagiram fazendo jus às próprias personalidades. Tessa fora prática e dissera estar tentando descobrir quem era seu pai havia anos, e pelo menos agora sabiam. Lucie parecera abatida, mas disse que transformaria a história em um romance. Will ficara com raiva do mundo, então saíra para ver Jem.

Jem, que prometera guardar o segredo sobre a paternidade de Tessa, dissera a Will que embora um Príncipe do Inferno não pudesse ser morto, um ferimento tão grave manteria Belial fraco e incorpóreo por pelo menos um século.

James também contara os detalhes a Christopher e Thomas, mas por fim todos concordaram que era melhor manter os detalhes a respeito de Belial em segredo por enquanto, principalmente porque o Príncipe do Inferno não era uma ameaça vigente. O mundo dele tinha se despedaçado, explicara Jem, o que significava uma verdadeira perda de poder para o Senhor dos Ladrões. Era improvável que James voltasse a sentir aquele puxão para o mundo do demônio, ou que sequer voltasse a vê-lo.

— James? — A porta do quarto se entreabriu e sua mãe apareceu. Ela sorriu quando viu o filho e Matthew, mas havia uma linha de preocupação em sua testa. Ela colocou uma mecha de cabelo atrás da orelha e disse:

— Tem alguém aqui para ver você. Uma moça.

James se sentou.

— Cordelia?

Ele percebeu que Matthew olhou de esguelha para ele, mas Tessa já estava balançando a cabeça.

— Não é Cordelia — falou ela. — É Grace Blackthorn.

Foi a vez de Matthew de se sentar.

— Ah, não — disse ele. — Não, não. Mande-a embora. Diga que há uma infestação de ratos. Diga que comportamento vago e traiçoeiro foi declarado ilegal no Instituto e ela não tem permissão de entrar.

Tessa apenas ergueu as sobrancelhas.

— Ela disse que era um assunto importante.

Matthew se virou para James suplicantemente.

— Jamie. Não. Depois do que ela fez...

James deu um olhar feio para seu *parabatai*. Mesmo agora, Tessa e Will sabiam pouco do que ele um dia tivera com Grace, e James preferia manter assim.

— É sobre a mãe dela? — quis saber James. — Tatiana não está bem de novo?

— Ela está muito bem — falou Tessa. O antídoto tinha sido incrivelmente eficiente; até onde James sabia, nenhum Caçador de Sombras envenenado deixara de se recuperar. — James, se você não quiser vê-la...

— Vou vê-la — disse James, ficando de pé. — Mande-a entrar.

Quando Tessa foi buscar Grace, Matthew rolou da cama e calçou os sapatos. Já à porta, se virou para dar a James um olhar pungente.

— Tome cuidado — alertou, e partiu, deixando a porta aberta.

Um momento depois, como se estivesse esperando pela partida de Matthew, Grace entrou no quarto.

Estava linda, como sempre. O cabelo loiro-platinado estava preso, suavemente afastado do rosto oval. As bochechas estavam coradas de rosa-claro, como o interior de uma concha. Ela usava um vestido verde, a bainha molhada e um pouco amassada — estivera chovendo intermitentemente na maior parte do dia, e agora era o fim da tarde.

Aquela beleza um dia fora capaz de abalá-lo como uma tempestade. Agora, ao vê-la, ele só sentia um grande cansaço — uma exaustão turva, como se tivesse bebido demais na noite anterior. Queria que ela não estivesse ali. Não porque doía a ele olhar para ela, mas porque não doía.

Ele costumava pensar em si como alguém que amava mais profundamente do que isso.

— Você queria falar comigo a sós — falou James. — Tem certeza de que essa é uma boa ideia? Sua mãe...

— Ficaria furiosa se soubesse que estou aqui — completou Grace. — Sim. Mas eu precisava falar com você.

— É melhor você fechar a porta, então — disse ele. James jamais fora tão sucinto com Grace. Parecia estranho e desconfortável, mas, por outro lado, parecia estranho e desconfortável que ela estivesse ali.

Quando Grace fechou a porta, deu para ver que as mãos dela tremiam. Ela se virou e, para a imensa surpresa de James, se ajoelhou no chão diante dele.

Ele deu um passo para trás.

— Grace. Não.

— Eu preciso — disse ela. As mãos de Grace estavam em punhos. — Entendo por que você não quer me ouvir. Tem todo o direito. Mas preciso implorar que ao menos me ouça. — Ela exalou, um fôlego trêmulo. — Eu fiquei noiva de Charles porque acreditava que quando minha mãe se recuperasse, ela não seria capaz de me ferir. Ela me encontraria protegida pela família da Consulesa.

— Sim — falou James. — Eu sei. Eles vão proteger você, de fato. Os Fairchild são boas pessoas. — Ele expirou. — Grace, levante-se, por favor.

Ela ficou de pé, o queixo erguido.

— Voltei para a Casa Chiswick com Charles ontem, para pegar alguns de meus pertences — disse ela. — Pretendo ficar longe de casa até meu casamento. Vi minha mãe lá, e a princípio achei que eu tivesse sido bem-sucedida. Ela pareceu satisfeita por eu ter conseguido um pretendente poderoso. Então percebi que ela havia perdido o interesse no meu feito porque ela tem planos maiores.

James franziu a testa. Sob os olhos dela, James via as marcas de lágrimas recentes. A preocupação se agitou dentro dele, apesar de sua resistência.

— Que tipo de planos?

— Sabe que ela odeia você e seu pai — disse Grace, rapidamente. — E odeia os irmãos dela também. Sempre achou que um dia eles a matariam para recuperar a Casa Chiswick.

— No estado em que se encontra, ela teria sorte se qualquer pessoa quisesse a casa — falou James, mas Grace não pareceu ouvi-lo.

— Quando ela despertou da doença, descobriu de alguma forma... não sei como... que você quase tinha morrido, e ela acredita... — Grace pareceu se atrapalhar com as palavras. — Ela sempre acreditou que Jesse podia ser trazido dos mortos com o uso de necromancia. Ela chamou feiticeiros, na esperança que eles fizessem magia sombria para ela. Implorou a demônios que a ajudassem...

James ficou chocado.

— Mas isso é loucura. Meter-se com essas coisas é quase uma sentença de morte.

— Ela não se meteu. Ela se *dedicou* à ideia, colecionando livros sobre necromancia, vasculhando Mercados das Sombras em busca de Mãos da Glória...

— Mas o Enclave vasculhou a Casa Chiswick. Eles não encontraram vestígios de magia sombria.

— Ela mantém tudo em Idris.

— E você nunca me contou sobre nada disso? — questionou James.

— Como eu poderia? E envolver você? Ela fica maluca quando seu nome é mencionado. Desde que acordou do sono envenenado, tudo o que tem feito é esbravejar e tagarelar. Diz que agora sabe que não há chance alguma de Jesse retornar. Diz que é como se você tivesse roubado o último suspiro dele quando sobreviveu ao Mandikhor.

— O quê? — A cabeça de James estava girando. — Como isso seria possível?

— Eu contaria se soubesse. James, ela é *perigosa* — falou Grace. — Ela construiu para si um palácio de sonhos e mentiras, e quando essas mentiras são ameaçadas, ela se descontrola. Lembra-se do autômato no corredor da mansão de Idris?

— Sim, embora não entenda o que aquilo tenha a ver com qualquer coisa...

— Ele foi encantado por um feiticeiro há anos — explicou Grace. — Caso ela morra, está encantado para despertar e matar Caçadores de Sombras. Agora ela concluiu que Jesse jamais ressuscitará e que por isso não há mais motivo para viver. Ela planeja dar cabo à própria vida hoje à noite, e quando o fizer, o autômato vai causar o caos. Vai para Alicante...

O coração de James começou a disparar.

— Entendo as consequências — disse ele. — Grace, precisamos levar essa informação aos meus pais.

— Não! Ninguém deve saber, James. Se a Clave prender minha mãe, se buscarem a Mansão Blackthorn, constatarão o quanto ela está enterrada em necromancia e ocultismo, e eu também serei culpada, e Jesse... — Ela parou, suas mãos sacolejando como mariposas em pânico. — Se ela souber que eu entreguei seus segredos, vai fazer com que eu carregue a culpa por tudo, James. Eu poderia ser presa na Cidade do Silêncio.

— Isso não precisa acontecer. O pecado é de Tatiana, não seu. E ela obviamente está louca... pode haver clemência para os loucos...

Ela ergueu o rosto para ele, os olhos brilhando; se pelas lágrimas ou determinação, ele não sabia dizer.

— James — disse ela. — Desculpe-me.

— Pelo quê?

— Eu jamais quis fazer isso com você — afirmou Grace. — Mas ela insistiu. E *ele* insistiu. Precisava ser você. Minha mãe me transformou na arma dela, para destruir cada barreira erguida contra ela. Mas seu sangue, o sangue *dele*, é uma barreira que eu não posso destruir. Não posso atar você sem esta corrente.

Algo prateado brilhou na mão dela. Grace segurou o braço de James; ele tentou se desvencilhar, mas ela foi firme. Ele sentiu algo frio em sua pele, e ouviu um clique como uma fechadura girando quando o círculo de metal se fechou em seu pulso. Uma fagulha de dor percorreu seu braço, como um súbito choque de eletricidade.

James tentou dar um passo para trás. Imagens de caleidoscópio girando diante de seus olhos. No último momento antes de tudo mudar, ele viu Cordelia — ela estava a certa distância dele, na beira do telhado do Instituto. Quando ele tentou se virar, olhar para ela, Cordelia cobriu o rosto com as mãos e recuou, saindo do seu alcance. Ele viu a lua atrás dela, ou talvez não fosse a lua. Era uma coisa prateada que girava, uma roda girando na vastidão da noite, tão brilhante que cegava James para qualquer outra estrela.

Londres estava chuvosa, mas o tempo em Idris, mesmo na iminência do pôr do sol, estava quente. Lucie seguira Jem pelo caminho desde o ponto em que haviam chegado via Portal, nos limites de Alicante. Não se podia chegar de Portal diretamente dentro da cidade murada; era protegida contra tais coisas. Lucie não se importava. O destino dela não ficava dentro dos limites da cidade.

Jem — ela jamais conseguia pensar nele como Irmão Zachariah, por mais que tentasse — seguia caminhando ao seu lado conforme eles ladeavam os Campos Eternos. O capuz dele estava abaixado, e o vento embaraçava os cabelos negros. Embora seu rosto fosse coberto de cicatrizes, pela primeira vez ela percebia que era um rosto jovem — muito mais parecido com o de sua mãe do que o de seu pai. Será que era estranho para Will, perguntou-se ela, envelhecer enquanto Jem mantinha a aparência de um rapaz? Ou quando se amava alguém essas coisas eram ignoradas, assim como os pais dela não viam diferença entre um e outro?

Está ali. Jem apontou o que parecia uma cidade em miniatura de casas brancas. Era a necrópole de Alicante, onde famílias de Idris eram enterradas. Vias estreitas entremeavam os mausoléus, pavimentadas com cacos de pedras brancas. Lucie sempre amara a forma como as tumbas se assemelhavam a casinhas, com portas ou portões e telhados inclinados. Diferentemente dos mundanos, Caçadores de Sombras não costumavam decorar os túmulos com estátuas de anjos. Os nomes das famílias que possuíam as tumbas eram entalhados acima das portas, ou gravados em placas de metal: BELLEFLEUR, CARTWRIGHT, CROSSKILL, LOVELACE, até mesmo BRIDGESTOCK. A morte unia vizinhos improváveis. Lucie encontrou o que estava procurando por fim, uma grande tumba sob uma árvore sombreada, estampando o nome BLACKTHORN.

Parou e olhou. Era uma tumba como qualquer outra, exceto pelo desenho de espinhos ao longo do pedestal. Os nomes dos falecidos percorriam de cima a baixo o lado esquerdo da tumba como soldados organizados. Foi fácil encontrar o mais recente. JESSE BLACKTHORN, NASCIDO EM 1879, MORTO EM 1896.

Era apenas 1897 quando o conhecera na floresta, percebeu Lucie. Ele era um fantasma há tão pouco tempo. Jesse parecera muito mais velho do que ela naquela época; Lucie jamais pensara no quão assustado ele deveria estar.

Todos achavam que Jesse tinha morrido há muito tempo. Ninguém sabia o que ele havia sacrificado desde então.

Ela tocou o medalhão pendurado em seu pescoço e se virou para Jem.

— Pode me dar um momento sozinha aqui, por favor?

Jem abaixou o rosto para ela, claramente preocupado. Era difícil decifrar a expressão dele, os olhos fechados, mas de qualquer forma Jem hesitara desde que Lucie pedira que ele a levasse a Idris para prestar condolências no cemitério sem que seus pais soubessem. Ele só concordou quando ela disse que se ele não fizesse, ela encontraria um feiticeiro que a levasse.

Ele tocou no cabelo de Lucie suavemente. *Não pense muito na morte. Lucie significa luz. Olhe para o dia, não para a noite.*

— Eu sei, tio Jem — disse ela. — Vai ser rapidinho.

Ele assentiu e sumiu nas sombras, da forma como os Irmãos do Silêncio sempre faziam.

Lucie se virou para a tumba. Sabia que não havia nenhum pedacinho de Jesse ali, mas mesmo assim era reconfortante estar diante daquele túmulo.

— Não contei a ninguém o que vi na Casa Chiswick, e jamais contarei — disse ela, em voz alta. — Não fiquei calada para proteger Grace, ou sua mãe. Só para proteger você. Eu não esperava que você fosse se provar um amigo tão fiel, Jesse. Não esperava que você fosse dar a vida pela de meu irmão. Eu sabia que você estava com raiva de mim apenas um momento antes, e mais do que tudo, eu me arrependo de não ter podido pedir desculpas a você. Eu não devia ter usado meu poder daquela forma. Ainda é difícil imaginar que tenho um poder, e, mesmo agora, não o compreendo muito bem. — Ela tocou o nome dele com as pontas dos dedos, as letras cortadas simetricamente no mármore liso. — Sem você, não tenho certeza se jamais compreenderei.

— Compreenderá, sim.

Ela olhou para cima, e ali estava ele. Jesse, encostado ao lado da tumba como um rapaz do campo contra uma porteira. Dando aquele sorriso torto dele, o cabelo preto liso nos olhos. Lucie soltou as flores que segurava e esticou o braço, sem parar para pensar, para segurar a mão dele.

Os dedos dela roçaram o vazio. À exceção de um rastro de ar mais frio, não havia solidez nele como antes.

Ela puxou a mão de volta, pressionando-a contra o peito.

— Jesse.

— Percebo que minha força está se esvaindo — disse ele. — Talvez esse negócio do último suspiro fosse mais sério do que eu pensei.

— Sinto muito — sussurrou Lucie. — Isso é culpa minha.

— Lucie, não. — Jesse deu um passo adiante; ela sentiu o frio emanando do corpo dele e o encarou. Ele parecia menos humano e, ironicamente, mais peculiarmente bonito do que nunca: a pele estava lisa como vidro, os cílios bem negros e impressionantes. — Você me deixou ser algo que nunca consegui ser, mesmo quando era vivo. Um Caçador de Sombras. Você me deixou fazer parte do que você faz. Eu jamais pensei que voltaria a ter a chance de fazer a diferença.

— Você fez toda a diferença — disse Lucie. — Sem sua ajuda, não poderíamos ter feito o que fizemos, mesmo que os outros não saibam. E você salvou a vida de James. Eu sempre estarei em dívida com você.

Os olhos de Jesse estavam quase pretos.

— Você não precisa dever aos mortos, Lucie.

— Preciso — sussurrou ela. — Seu corpo ainda está na Casa Chiswick? Grace está cuidando de você?

— Sim. Ela vem me ver sempre que pode, sob a desculpa de cuidar da casa, agora que não podemos confiar... — Ele se calou. — Você me ensinou a ver as coisas de um jeito muito diferente, Lucie — disse ele depois de um momento. — Pensei que a loucura da minha mãe fosse inofensiva. Não percebi que ela vinha fazendo acordos com demônios até que vi aquela criatura atacar Grace.

— Sinto muito — sussurrou Lucie. — Por tudo.

A voz dele ficou mais suave.

— Nunca foi culpa sua. Minha mãe precisa de ajuda. Grace planeja se certificar de que isso aconteça. Não lamente por nada, Lucie. Você trouxe luz para meu mundo desprovido de luz, e por isso sou grato.

— Eu que sou grata — disse ela. — E vou encontrar um jeito de ajudar você, Jesse. Juro trazer você de volta se puder, ou, se não puder, ao menos te trazer descanso.

Ele balançou a cabeça.

— Não pode prometer algo tão sério.

— Posso prometer. Eu prometo. Sou uma Herondale, e nós mantemos nossas promessas.

— Lucie... — começou Jesse. As sobrancelhas dele se franziram. — Estou ouvindo algo. Quem está com você?

— Je... Irmão Zachariah — respondeu Lucie. Ela imaginou que não deveria estar surpresa por fantasmas poderem ouvir os Irmãos do Silêncio.

O fim da tarde deslizava para o crepúsculo. As torres demoníacas reluziam ao pôr do sol, ganhando as cores de uma árvore no outono: vermelhas e douradas, cobre e chamas.

— Preciso ir — falou Jesse. — James Carstairs é um Irmão do Silêncio. Pode ser que ele consiga me ver. Eu não gostaria de colocar você em apuros. — Ele deu a ela um último olhar demorado. — Prometa que não vai tentar me ajudar.

— Jesse — sussurrou Lucie, e estendeu a mão; sentiu a mais sutil pressão nos dedos, então se foi. Jesse tinha se dissipado em nada, como névoa se dissolvendo na chuva.

—

Grace estava de pé diante da janela. O sol tinha se posto, mas o brilho dos postes da rua era visível pelo vidro. Ele delineava o cabelo de Grace, a curva das bochechas, as depressões nas têmporas. Ela estivera ali durante todo aquele tempo? Devia estar — é claro que sim. O braço de James estava apoiado no encosto da poltrona. Ele se sentia zonzo. Talvez não estivesse tão recuperado quanto pensava.

— James? — Grace se aproximou dele, o farfalhar do vestido verde ressoando no quarto silencioso. — Vai me ajudar? Vai destruir o autômato?

James olhou para ela, chocado. Era Grace — a Grace dele, a quem James amava e sempre havia amado.

— Estou atado pela lealdade, Grace — disse ele, em voz baixa. — E mesmo que não fosse assim, sou seu e você é minha. Eu faria qualquer coisa por você.

Algo semelhante a dor brilhou nos olhos dela; Grace virou o rosto.

— Você sabe que preciso me casar com Charles.

James sentiu a boca seca. Ele havia se esquecido. Grace casando-se com Charles. Ela havia mencionado isso ao entrar no quarto? Ele não se lembrava mais.

— Se eu fosse me casar com você... — Ela balançou a cabeça. — Minha mãe encontraria formas de atormentar você e sua família para sempre. Ela jamais pararia. Eu não poderia causar isso a você.

— Você não ama Charles.

Ela ergueu o olhar para ele.

— Ah, James. Não. Não, não amo.

O pai dele sempre dizia que não havia emoção maior do que o amor: que ele esmagava qualquer dúvida ou desconfiança.

Ele amava Grace.

Sabia que amava.

Grace deslizou a mão até a dele.

— Não temos mais tempo — murmurou ela. — Beije-me, James. Só uma vez antes de você ir.

Ela era tão menor do que James que ele precisou levantá-la nos braços para beijá-la. Grace abraçou o pescoço dele, e, por um lampejo, enquanto os lábios se tocavam, ele se lembrou de lábios macios famintos de encontro aos dele, um corpo arqueado contra o seu, curvas suaves e cabelo cascateando. O desejo enlouquecedor e arrasador que o cegara para tudo o mais, exceto para a sensação de Cordelia em seus braços, exceto para o calor doce e macio que ela emanava.

Grace recuou. Ela o beijou levemente na bochecha. Não estava nem um tiquinho desarrumada quando ele a colocou no chão; Cordelia ficara descalça, o corpete puxado de lado, o cabelo tinha se soltado totalmente dos grampos. Mas aquilo tudo fora uma encenação, ele entendia agora. James e Cordelia estavam atuando para estranhos que tinham entrado na sala. E se ele sentira desejo por Cordelia naquele momento, nada mais natural: desejo físico não era amor, e James tinha certeza de que ela não sentia nada por ele. Cordelia era sua amiga; ela até mesmo pedira sua ajuda para encontrar um marido.

— Vamos ter que contar à Clave — disse ele. — Sua mãe não pode ficar por aí praticando magia sombria livremente. Mesmo que esse autômato seja destruído, ela ainda planejou matar Caçadores de Sombras. Pode fazer isso de novo.

O sorriso de Grace esmoreceu.

— Mas James... — Ela ficou olhando para o rosto dele por um momento, então assentiu. — Espere até meu noivado com Charles ser formalmente anunciado. Assim que eu estiver verdadeira e seguramente longe de minha mãe, a Clave pode saber.

Ele sentiu um alívio latente. Estava prestes a beijá-la de novo quando uma batida soou à porta. Grace tirou a mão da de James quando ele disse à pessoa do outro lado:

— Só um momentinho.

Mas o pedido veio tarde demais — a porta tinha sido escancarada, e Matthew estava de pé à soleira. Ao lado dele estava Cordelia, bonita em um vestido azul do tom de um martim-pescador e um casaco combinando, olhando de James para Grace com olhos arregalados e surpresos.

— É melhor eu ir — disse Grace. As bochechas dela estavam coradas, mas, à exceção disso, ela estava perfeitamente composta. Cordelia não conseguiu evitar encarar a outra; sabia que Lucie a havia encontrado nos jardins da Casa Chiswick, e que Lucie apenas se limitava a revelar que Grace se mostrara muito ansiosa para que Thomas e Lucie fossem embora logo.

Cordelia não vira Grace com James desde a luta em Battersea Bridge. Não tinha imaginado que seria tão doloroso.

Tinha se preparado cuidadosamente para aquela visita tão esperada. Escolhera um de seus vestidos novos preferidos, azul intenso; usava suas mais lindas argolas douradas, e estava trazendo consigo um exemplar traduzido de *Layla e Majnun*. Não era tão lindo em inglês quanto era no persa original, mas seria perfeito para ler com James.

Agora, enquanto fitava James e Grace, Cordelia ficava feliz por ter escondido o livro dentro do casaco.

— Senhorita Blackthorn — disse Cordelia, inclinando a cabeça com educação. Ao lado dela, Matthew permaneceu de pé, rígido. Ele não disse nada enquanto Grace murmurava uma despedida e saía do quarto, uma nuvem de perfume de angélica acompanhando-a.

Cordelia disse a si para deixar de ser tola. Aparentemente todo mundo tinha visitado James para ver como ele estava, por que Grace não faria o mesmo?

— James — disse Matthew, assim que Grace partiu. — Você está bem?

James pareceu um pouco chocado ao ver os dois. Estava usando camisa e uma calça de risca; Cordelia notou no rosto e nos braços dele as marcas dos hematomas que começaram a desaparecer. Um corte de cura percorria seu colarinho. Os cabelos eram aquela confusão escura e indomável de sempre, caindo nos olhos, e, como sempre, Cordelia resistiu à vontade de ajeitar os fios para trás.

— Estou bem. Melhor até do que bem — falou James, esticando as mangas da camisa e fechando os punhos. Cordelia viu um lampejo de prata brilhando no pulso dele.

A pulseira de Grace. Cordelia sentiu como se queimasse por dentro. Matthew fitou.

— Grace terminou tudo com meu irmão?

— Não. — O breve sorriso de James sumiu. — Eles ainda vão se casar.

— Então talvez ela esteja planejando matar Charles? — falou Matthew.

— Matthew, pare de parecer esperançoso diante da perspectiva de homicídio. — Abrindo o armário, James pegou um casaco do uniforme e vestiu. — Ela não vai se casar com Charles porque o ama. Vai se casar com ele para se ver livre da mãe. Ela acredita que a influência e o poder de Charles poderão protegê-la.

— Mas certamente *você* poderia protegê-la — falou Cordelia, com a voz baixa, incapaz de se conter.

Se a observação causou alguma impressão em James, ela não soube dizer. A Máscara parecia ter voltado com força total. Ela não conseguia decifrar o rosto dele.

— Tatiana quer que Grace faça uma aliança poderosa — falou James. — Ela pode até não estar totalmente satisfeita, mas se Grace fosse se casar comigo, haveria guerra. Grace não suportaria isso. — Ele abotoou o casaco. — Ela me fez entender que só fez o que fez porque me ama. Agora preciso fazer algo por ela.

No fundo de sua mente, Cordelia ouviu a voz de Alastair. *Tudo o que ele faz é para que nós possamos ficar juntos.*

Desde que tinham voltado de Highgate, Alastair não voltara a mencionar Charles nem nada ligado a ele. Tinha passado a maior parte do tempo em casa, em geral no quarto de Cordelia enquanto a perna dela se curava, lendo em voz alta os jornais do dia. Ele não saía à noite. Ela e Alastair formavam uma bela dupla, não era mesmo?, pensou Cordelia. Infelizes no amor.

— James — disse Matthew, tenso —, depois do que ela fez com você... você não deve nada a ela.

— Não é uma dívida — falou James. — É porque eu a amo.

Foi como se alguém tivesse enfiado um canivetinho afiado no coração de Cordelia e fatiado em pedaços que formavam o nome de James. Ela mal conseguia respirar; ouvia a voz dele em sua mente, baixa e doce:

Daisy, meu anjo.

Balançando a cabeça, James marchou para fora do quarto. Depois de trocarem um olhar, Cordelia e Matthew o acompanharam. Seguiram pelo corredor atrás de James, pelo Instituto, vez ou outra ziguezagueando para evitar colidir com a mobília.

— O que está acontecendo? — indagou Matthew, evitando uma armadura decorativa. — O que ela pediu para você fazer?

— Há um objeto na Mansão Blackthorn que deve ser destruído — falou James, e rapidamente contou a eles a história da loucura de Tatiana, o autômato mecânico e o encantamento de feiticeiro na iminência de animar o objeto. Que ele precisava destruir o autômato, ao mesmo tempo que Grace faria o possível para conter a mãe.

Havia algo diferente, não apenas na expressão de James, mas na forma como ele falava. Ele não pronunciara o nome de Grace com aquela mesma entonação desde que ela ficara noiva de Charles. Cordelia fechou as mãos, sentindo as unhas cravarem na pele. Sentia náusea; vontade de gritar. Sabia que não faria nem um nem outro. *Ela não gritou — não! Seria motivo de escárnio se o fizesse.*

— Tenho certeza de que não sou o único que não fica surpreso por Tatiana Blackthorn estar metida com necromancia — falou Matthew. — Mas precisamos contar à Clave.

James, já na escadaria, saltando dois degraus por vez, fez que não com a cabeça.

— Ainda não. Eu preciso fazer isso primeiro. Explicarei melhor depois, mas não podemos destruir a vida de Grace.

Eles haviam chegado a um lance de degraus de pedra, o qual descia rumo a sombras profundas. Cordelia ficou parcialmente aliviada ao ver no rosto de Matthew a mesma expressão que, tinha certeza, também estampava no dela. Surpresa e inquietação.

— Então você vai até *Idris?* — quis saber Cordelia. — Como?

— Há um Portal na cripta — disse Matthew brevemente quando terminaram a escada e chegaram a uma entrada para um enorme quarto de pedra. Não estava tão escuro quanto Cordelia tinha imaginado: lamparinas de cobre fosco reluziam nas paredes, iluminando as paredes e piso de pedra lisa. — Meu pai costumava mexer com os experimentos dele aqui embaixo quando ele e minha mãe chefiavam o Instituto. A maior parte de seu trabalho foi levada para o laboratório em nossa casa, mas...

Ele apontou para um quadrado brilhante do tamanho de um espelho, o qual adornava a parede mais afastada. A superfície ondulava como água, iluminada por brilhos esquisitos.

— O Portal ainda está aqui — disse James. — Foi fechado durante a quarentena, mas não mais.

— Ainda é proibido viajar de Portal até Idris sem permissão da Clave — disse Matthew.

— E você se tornou fascinado com as Leis, subitamente? — James sorriu. — Sou eu quem vai quebrar as regras, de toda forma. É algo simples para eu fazer: atravessar, destruir o objeto e voltar.

— Você deve estar louco se acha que não vou junto — disse Matthew.

James balançou a cabeça.

— Preciso que você permaneça aqui para abrir o Portal para mim, para que eu possa voltar. Dê vinte minutos. Eu conheço a casa por dentro e sei exatamente onde está a coisa. Então abra o Portal e eu voltarei por ele.

— Não sei se essa é uma ideia inteligente — falou Cordelia. — Já ficamos parados vendo você desaparecer por um Portal, e veja só no que deu...

— Nós sobrevivemos — rebateu James. — Matamos o Mandikhor e ferimos Belial. Muitos diriam que acabou muito bem. — Ele se postou diante do Portal. Por um momento, foi apenas uma silhueta, uma sombra escura contra a superfície prateada atrás dele. — Espere por mim — reforçou, e pela segunda vez em uma semana, Cordelia ficou observando enquanto James Herondale sumia por um Portal.

Ela olhou para Matthew. Usando paletó e calça bronze, ele brilhava como uma daquelas lamparinas de cobre na parede. Ele parecia pronto para voltar à Hell Ruelle, e não para montar guarda em uma cripta.

— Você não tentou impedi-lo — disse ela.

Matthew sacudiu a cabeça.

— Não desta vez. Pareceu-me inútil. — Ele olhou para ela. — Eu realmente achei que tivesse acabado. Mesmo quando Grace veio hoje, achei que ele a mandaria embora. Que talvez você o tivesse curado daquela doença específica.

As palavras aterrissaram como flechas. *Achei que você o tivesse curado.* Ela pensara o mesmo, por algum motivo — permitira-se acreditar naquilo, permitira-se ter esperanças de que a oferta de James de ler um livro com ela fosse algo mais do que uma oferta de amizade. Cordelia lera os olhos dele, as expressões, completamente errado — como poderia estar tão enganada? Como poderia ter acreditado que havia reciprocidade nos sentimentos dele quando ela mesma *sabia que não*?

— Por causa da Sala dos Sussurros? Aquilo foi mesmo só um pretexto. — As palavras pareceram frágeis aos ouvidos dela mesma. Não era a verdade, não para ela, pelo menos, mas não seria considerada digna de pena, não por Matthew ou mais ninguém. — Não foi nada além disso.

— Descobri que fico feliz por ouvir isso — disse Matthew. Os olhos dele estavam bastante escuros, o verde um mero filete em torno da pupila enquanto ele a olhava. — Feliz por você não estar magoada. E feliz...

— Não estou magoada. É que não entendo — falou Cordelia. A voz dela pareceu ecoar das paredes. — James parece uma pessoa totalmente diferente.

Matthew contorceu a boca num meio sorriso amargo.

— Ele tem estado assim há anos. Às vezes é o James de meu coração, o amigo que sempre amei. Às vezes está atrás de uma parede de vidro e eu não consigo alcançá-lo, não importa o quanto eu soque essa parede.

A Máscara, pensou Cordelia. Então Matthew também via.

— Você deve me achar ridículo. Os *parabatai* deveriam ser próximos, e, na verdade, eu não iria querer viver neste mundo sem James. Mas ele não me revela nada dos sentimentos dele.

— Não acho que você seja ridículo, e queria que você não dissesse tais coisas — falou Cordelia. — Matthew, não importa o quanto você se subestime, isto não dá veracidade às suas palavras. *Você decide a verdade a seu respeito. Ninguém mais. E a escolha sobre que tipo de pessoa você vai ser é apenas sua.*

Matthew a encarou — pela primeira vez, ao que parecia, sem palavras. Cordelia marchou até o Portal.

— Você sabe como é a Mansão Blackthorn?

Matthew pareceu voltar à realidade com um estalo.

— É claro — disse ele. — Mas tem só dez minutos que ele saiu.

— Não vejo por que precisamos obedecer às instruções dele — falou Cordelia. — Abra o Portal, Matthew.

Ele a encarou por um longo momento, e por fim o canto de sua boca se elevou com um sorriso.

— Você é muito mandona para uma moça cujo apelido é Daisy — disse ele, e caminhou até o Portal. Colocou a palma na superfície, a qual reluziu como um lado sendo perturbado. Uma imagem surgiu lentamente do centro: uma grande e antiga mansão parecida com uma pilha de pedras, disposta bem longe de um gramado verde extenso. O gramado estava alto demais, os portões de ferro preto diante da mansão estavam volumosos com ervas daninhas espinhentas. Eles se abriram e, pela abertura, Cordelia viu a face de pedra lisa da casa, encrustada com uma dúzia de janelas.

Enquanto ela encarava, uma das janelas se iluminou com chamas alaranjadas. Então outra. O céu acima da mansão se tornou de um vermelho-escuro e agourento.

Matthew xingou.

— Ele está queimando a casa, não está? — falou Cordelia.

— Malditos Herondale — disse Matthew com um tipo de desespero épico. — Vou atravessar...

— Sozinho você não vai mesmo — disse Cordelia e, levantando a saia do vestido azul, saltou pelo Portal aberto.

Embora Grace e Tatiana tivessem saído recentemente, a Mansão Blackthorn tinha o ar de um lugar há muito abandonado. Uma das portas laterais estava destrancada, e James se flagrou num saguão de entrada vazio, iluminado apenas pelo luar que entrava por grandes janelas. O chão estava coberto com uma poeira espessa e leve, e acima dele pendia um lustre, tão entrelaçado por teias de aranha que lembrava um novelo de lã cinza.

Ele passou pelo corredor vazio sob o silêncio do luar e subiu a curva íngreme da escadaria. Quando chegou ao segundo andar, uma película oleosa de escuridão caiu diante dele: as janelas do andar de cima tinham sido cobertas com cortinas pretas, e nenhuma luz escapava pelas extremidades.

Ele acendeu a luz enfeitiçada, que iluminou a longa passagem empoeirada que se estendia à frente. Conforme James ia prosseguindo, suas botas pressionavam desagradavelmente o piso, e ele se imaginava esmagando os ossos secos de minúsculos animais.

Ao final do corredor, diante de uma parede curva de janelas cobertas, estava a criatura de metal: um monstro imponente de aço e cobre. Na parede ao lado dele, tal como James se lembrava, pendia uma espada de cavaleiro com o pomo circular, uma antiguidade enferrujada.

James pegou a espada e, sem hesitar nem um pouco, a baixou num golpe.

A arma cortou o tronco do monstro mecânico, partindo-o ao meio. A parte superior do corpo caiu no chão com um tinido. James desceu a espada de novo, decapitando a criatura; ele se sentia meio ridículo, como se estivesse fatiando uma imensa lata de alumínio. Mas a outra parte dele estava cheia de ódio: ódio devido à amargura sem sentido que consumira Tatiana Blackthorn, que transformara aquela casa em uma prisão para Grace, que voltara Tatiana cruelmente contra a própria família e o mundo todo.

Ele parou, ofegante. A armadura mecânica era uma pilha de sucata aos seus pés.

Pare, disse James a si, e, estranhamente, viu Cordelia em sua mente, sentiu a mão dela em seu braço, acalmando-o. *Pare*.

Ele jogou a espada no chão e se virou para ir embora; quando o fez, ouviu uma explosão abafada.

A pilha de metal picado tinha se incendiado, as chamas subindo como se alimentadas por combustível. James recuou um passo, encarando, enquanto o fogo subia e alcançava as teias de aranha esticadas entre as paredes: elas se acenderam como renda em chamas. James enfiou a pedra de luz enfeitiçada de volta no bolso; o corredor já estava vivo em ouro e carmesim, estranhas sombras tremeluzindo contra as paredes. A fumaça que subia das cortinas incandescentes era espessa e sufocante, emitindo um cheiro acre e terrível.

Havia algo hipnótico nas chamas conforme elas saltavam de um conjunto de uma cortina a outra, como um buquê sendo jogado pelo corredor. Se James permanecesse ali, morreria de joelhos, engasgando nas cinzas da amargura de Tatiana Blackthorn. Ele se virou e avançou para as escadas.

—

Matthew não se deu ao trabalho de usar uma Marca de Abertura, simplesmente chutou a porta da frente e entrou, com Cordelia em seu encalço. A entrada estava cheia de fumaça efervescente.

Cordelia olhou em volta, horrorizada. Havia uma antessala com uma chaminé alta: provavelmente um dia fora um cômodo grandioso, mas agora estava coberto de poeira e mofo. No centro, uma mesa cheia de teias de aranha ainda com os pratos dispostos: estavam cobertos de comida podre, e ratos e baratas corriam livremente pela superfície.

O chão estava espessamente coberto por poeira cinza; um conjunto de pegadas subia as escadarias. Cordelia apontou e cutucou o ombro de Matthew:

— Por ali.

Os dois avançaram pelos degraus: lá no alto já acontecia um incêndio estrondoso. Cordelia arquejou quando James surgiu do centro das chamas, correndo pelas escadas. Ele se atirou pelo corrimão quando os degraus do alto se acenderam, caindo no centro da entrada. E encarou Cordelia e Matthew com incredulidade.

— O que vocês estão *fazendo* aqui? — indagou James, por cima do rugir do fogo.

— Viemos atrás de você, idiota! — gritou Matthew.

— E como vocês esperavam *voltar*?

— Tem um Portal na estufa daqui que se liga ao da estufa de Chiswick — falou Cordelia. Grace contara aquilo a ela; parecia ter sido há milhões de anos. — Podemos voltar por lá.

De algum lugar nas profundezas da mansão, veio um rangido grave, como os ossos de um gigante sendo macerados até virar poeira. Matthew arregalou os olhos.

— A casa...

— Está pegando fogo! Sim, *eu sei*! — gritou James. — Para a porta, rápido!

O caminho até a entrada da frente era curto. Eles correram, os pés levantando nuvens de poeira. Tinham quase alcançado a porta — Matthew já tinha passado da ombreira — quando a parede mais próxima cedeu. Cordelia cambaleou para trás quando uma onda de ar quente a atingiu; e viu quando uma viga de madeira coberta de gesso se soltou da parede, caindo em sua direção, naquele momento ouviu Matthew gritando seu nome, e então alguma coisa a atingiu na lateral. Ela rolou na poeira, enroscada com James, quando a viga atingiu o chão com força imensa, estilhaçando o piso.

Cordelia engasgou, arquejou e olhou para cima: James havia rolado com ela para evitar a viga que caíra. O corpo dele prendia o dela contra o chão. A cor dos olhos de James se igualava à das chamas em volta deles; ela sentiu o hálito dele, em baforadas breves e intensas, conforme os dois se encaravam quase cegamente.

— *James!* — gritou Matthew, e James piscou e ficou de pé, esticando o braço para pegar a mão de Cordelia. O azul do vestido dela brilhou quando Cordelia se levantou, pontuado por milhares de minúsculos pontinhos luminosos onde havia sido atingido pelas fagulhas.

Não era apenas o vestido dela: tudo estava em chamas. Zonzos, eles continuaram em seu curso rumo à porta da frente, onde Matthew os aguardava; ele tirara o paletó de veludo e o utilizava para bater as chamas que consumiam o batente. James se virou para pegar Cordelia nos braços como se estivessem em algum estranho e incandescente balé, carregando-a através da última explosão de chamas que subiram e consumiram as portas da frente da mansão.

Os três cambalearam até uma boa distância da casa, se embrenhando nas ervas daninhas e na grama irregular dos jardins. Por fim pararam, e James levantou a cabeça para fitar a casa. Queimava intensamente, lançando bolsões de fumaça preta, tornando o céu da cor do sangue.

— Pode colocar Cordelia no chão agora — disse Matthew, com o tom um pouco ácido. Ele estava ofegante, o cabelo cheio de fuligem, o paletó de veludo abandonado.

James apoiou Cordelia no chão cuidadosamente.

— Sua perna...? — começou ele.

Ela tentou afastar uma mecha de cabelo e viu que estava cheia de cinzas.

— Está tudo bem. Já está praticamente curada — disse ela. — Você, ah...

— Se eu queimei a casa? Não de propósito — respondeu James. Os cílios já pretos dele estavam cheios de fuligem, o rosto também manchado de cinzas.

— Ela coincidentemente queimou quando você estava dentro? — resmungou Matthew.

— Se eu pudesse explicar...

— Não pode. — Matthew sacudiu a cabeça, espalhando cinzas. — Estou completamente sem paciência. O banco de paciência está vazio! Eu não estou nem mesmo recebendo um aumento no meu crédito da paciência! Nós dois e Cordelia iremos para casa, e depois que chegarmos, vou repreender você extensamente. Prepare-se.

James escondeu um sorriso.

— Farei exatamente isso. Enquanto isso, a estufa. Não deveríamos permanecer aqui.

Cordelia e Matthew concordaram fervorosamente. Os três prosseguiram até a estufa, que estava vazia, exceto por uma videira caída, algumas garrafas e o próprio Portal, que brilhava como um espelho, refletindo de volta a luz vermelha intensa do fogo.

James apoiou a mão na superfície dele. O Portal brilhou, e Cordelia viu, como se de longe, a casa Blackthorn em Chiswick, e para além dela, o horizonte reluzente da cidade de Londres.

Ela atravessou.

O quarto na Taverna do Diabo era aconchegante, uma fogueira baixa queimava na lareira — Cordelia pensara que talvez jamais quisesse ver fogo de novo, mas ficou feliz naquele caso. Os Ladrões Alegres estavam esparramados por toda a mobília surrada: Christopher e Thomas no velho sofá, James numa poltrona e Matthew em um assento à mesa de madeira redonda.

James tinha tirado o casaco, o qual continha vários buracos de queimadura, e as mangas da camisa estavam arregaçadas. Todos tinham feito o possível para se limpar quando chegaram à taverna, mas ainda havia fuligem no colarinho dele, e no de Matthew, e no cabelo de Cordelia, e o vestido de cor azul como as penas de um martim-pescador estava, suspeitava Cordelia, completamente arruinado.

Matthew estava girando um copo na mão, olhando pensativamente para o conteúdo âmbar.

— Matthew, você tem que beber um pouco d'água — disse Christopher. — Álcool não vai ajudar com a desidratação depois que você inalou toda aquela fumaça.

Matthew ergueu uma sobrancelha. Christopher pareceu inabalado — Cordelia reparara, assim que Christopher chegara, que ele parecia um pouco diferente: menos tímido e esquivo, mais seguro.

— Água é a bebida do diabo — falou Matthew.

Cordelia olhou para James, que se limitou a dizer:

— É por isso que você está sempre com indigestão, Math. — A expressão dele era indecifrável. A Máscara caíra brevemente na Mansão Blackthorn, pensou ela, quando ele salvara sua vida. Estava de volta agora.

Ela se perguntava se James estaria pensando em Grace. A dor em seu peito tinha passado de uma pontada para um latejar dormente que era sentido a cada batida do coração.

Passos soaram nos degraus e Lucie irrompeu, quase tropeçando sob o peso de uma pilha de roupas: dois ternos para James e Matthew, e um vestido de algodão simples para Cordelia.

Ela foi recebida com uma salva de palmas. Assim que Cordelia, James e Matthew saíram da estufa em Chiswick, perceberam que nenhum dos três poderia voltar para casa naquele estado chamuscado. Mesmo Will teria um ataque apoplético, James tinha de admitir.

— Precisamos começar a guardar roupas sobressalentes na Taverna para ocorrências como esta — dissera James.

— É melhor não haver mais ocorrências como esta — respondera Matthew, com raiva.

Eles tinham chamado uma carruagem de aluguel até Fleet Street, onde receberam muitos olhares curiosos de frequentadores da Taverna do Diabo. Matthew e Cordelia tinham se abrigado no quarto de cima, enquanto James buscara alguns dos Irregulares a fim de enviar recados para Thomas e Christopher dizendo para virem imediatamente e trazerem roupas limpas para todos os três. Thomas e Christopher, infelizmente, não conseguiram pegar nada: vieram correndo, mas sem roupas sobressalentes. Então um Irregular fora enviado imediatamente para Lucie, algo que, Cordelia observou, devia ter sido feito desde o início. Lucie sabia fazer as coisas.

Lucie soltou as roupas no colo do irmão e olhou com raiva para ele.

— Não acredito que você queimou a Mansão Blackthorn sem mim!

— Mas você não estava por aqui, Luce — protestou James. Você tinha ido ver tio Jem.

— É verdade — respondeu ela. — Eu só queria ter estado com você. Jamais gostei da mansão quando éramos crianças. Além do mais, eu sempre quis queimar uma casa.

— Eu asseguro a você — disse James — que é superestimado.

Lucie pegou o vestido do colo de James e indicou que Cordelia a seguisse até o quarto adjacente. Começou a ajudar a amiga a abrir os ganchos nas costas do vestido azul.

— Eu vou ficar de luto por este aqui — disse Lucie quando o vestido caiu no chão em uma pilha chamuscada, deixando Cordelia de pé só de anágua e combinação. — Era tão lindo.

— Estou com cheiro de torrada queimada? — perguntou Cordelia.

— Um pouco, sim — disse Lucie, entregando a Cordelia o vestido de algodão. — Experimente este. Peguei emprestado do armário de minha mãe. Um vestido de passeio, então deve caber. — Ela olhou para Cordelia, pensativa. — Então... O que aconteceu? Como James chegou ao ponto de queimar a Mansão Blackthorn?

Cordelia contou sua versão da história enquanto Lucie agilmente ajudava a limpar as cinzas de seus cabelos e a prendê-lo de novo num penteado passável. Quando Cordelia terminou o relato, Lucie suspirou.

— Então foi a pedido de Grace — disse ela. — Achei que... esperava... bem, não importa. — Ela apoiou a escova na penteadeira. — Grace ainda vai se casar com Charles, então só podemos torcer para que James a esqueça.

— Sim — disse Cordelia. Ela também tinha pensado e torcido por isso. Ela também se enganara. A dor latente no peito aumentou, como se estivesse faltando um pedaço de si mesma, algum órgão vital sem o qual mal era possível respirar. Ela sentia o formato rígido de *Layla e Majnun* ainda preso sob o casaco. Talvez devesse ter jogado nas chamas da mansão.

Elas voltaram à sala principal, onde os Ladrões Alegres pareciam estar discutindo alguma coisa. Thomas tinha se juntado a Matthew bebendo *brandy*; os outros dois, não.

— Ainda não acredito que você queimou uma casa — disse Thomas, brindando a James.

— A maioria de vocês jamais viu o interior daquela casa — disse Lucie, sentando-se na beira do sofá, perto de James. — Quando era menina, eu espiava pelas janelas. Todos os cômodos cheios de podridão seca e besouros, e os relógios todos parados às vinte para as nove. Ninguém pensará que queimou por outro motivo exceto negligência.

— É isso que estamos alegando? — disse Christopher. — Para o Enclave, quero dizer. Temos que levar em conta a reunião amanhã.

James apoiou os dedos sob o queixo. A pulseira em seu pulso direito brilhou.

— Eu deveria mostrar disposição para confessar o que fiz, mas quero deixar Matthew e Cordelia fora disso, e não posso falar sobre o motivo pelo qual fui, para início de conversa. Isso quebraria minha promessa para Grace.

Christopher pareceu confuso.

— Então devemos inventar um motivo?

— Você sempre pode dizer que queimou para melhorar a vista da Mansão Herondale — disse Matthew. — Ou talvez para aumentar o valor da propriedade.

— Ou você poderia alegar ser um piromaníaco incorrigível — falou Lucie, alegremente.

Thomas pigarreou.

— Parece-me que muitas pessoas serão prejudicadas se você contar o que aconteceu esta noite. Se vocês guardarem a história para vocês, uma casa velha e maligna cheia de itens de magia sombria terá sido destruída, juntamente a um autômato perigoso. Eu insistiria fortemente para que não dissessem nada.

Matthew pareceu chocado.

— Mesmo? Nosso Thomas, o Verdadeiro, que tão frequentemente aconselha a honestidade?

Thomas deu de ombros.

— Não em todas as situações. Eu acho, sim, que em algum momento a Clave precisará ser informada sobre as inclinações perigosas de Tatiana. Mas parece que a perda da Mansão Blackthorn a deixará inofensiva por um tempo.

— Depois que Grace e Charles anunciarem formalmente o noivado — disse James, em voz baixa. — Então poderemos contar.

— Fico feliz por me manter calada por enquanto — disse Cordelia. — Afinal, esse foi o pedido de Grace, e devemos protegê-la.

James lançou a ela um olhar de gratidão. Ela abaixou o rosto, retorcendo o tecido do vestido entre os dedos.

— É uma pena, na verdade, que ninguém jamais saiba do heroísmo de James, Cordelia e Matthew por terem frustrado um plano demoníaco de atacar Idris — disse Lucie.

— Nós sempre saberemos — lembrou Thomas, e ergueu seu copo. — Um brinde ao fato de sermos heróis secretos.

— Um brinde ao apoio que damos uns aos outros, não importa o que aconteça — disse Matthew, erguendo o dele, e enquanto todos comemoravam e brindavam, Cordelia sentiu a corrente de ferro em volta de seu coração se afrouxar, mas só um pouquinho.

22
As regras do compromisso

"O'Melia, minha cara, isso a tudo melhora!
Quem poderia supor que eu a encontraria afora?
E por isso tão belos vestidos, tanta prosperidade?"—
"Ah você não sabia que fui arruinada?" disse ela...

—"Queria eu ter penas, um belo vestido rodado,
E um rosto delicado, e que pudesse passear em tal estado!"—
"Minha cara — uma moça do campo, como você, simplória,
Não pode esperar tal coisa. Você não está arruinada", disse ela.

— Thomas Hardy, "The Ruined Maid"

Cordelia jamais havia comparecido a uma reunião do Enclave com todos os membros. A família dela tinha se mudado com tanta frequência até aquele verão, e ela ainda era menor de idade. Por sorte, como muitos Caçadores de Sombras jovens tinham sido diretamente envolvidos nos incidentes em pauta, o limite de idade acabara abolido para esta reunião. Todos ficaram empolgados diante da oportunidade de participar; Lucie até mesmo levara seus materiais de escrita, para o caso de se sentir inspirada.

O Santuário tinha sido montado para ser um local de reunião, com fileiras de cadeiras voltadas para um atril. Estátuas douradas de Raziel estavam dispostas em cada alcova, e Tessa pendurara nas paredes tapeçarias com os brasões de todas as famílias de Caçadores de Sombras de Londres. James e Christopher foram posicionados sentados à frente da sala. Todas as cadeiras estavam ocupadas e muitos estavam de pé; o lugar estava abarrotado. Cordelia tinha vindo com a família, mas se separara de Alastair e Sona para poder se sentar com Lucie e Matthew.

Will Herondale estava de pé diante do atril, bonito com seu paletó e colete cinza e calça de risca; ele parecia estar tendo uma discussão amigável com Gabriel Lightwood enquanto Tessa observava. O Inquisidor Bridgestock estava por ali nos arredores, irritadiço.

Lucie rapidamente listou para Cordelia todos os presentes que tinham se recuperado do envenenamento: Ariadne Bridgestock estava lá, parecendo calma e muito linda com um vestido de tom berinjela intenso, e um laço combinando no cabelo escuro. Cordelia não pôde deixar de se lembrar de Anna segurando a mão de Ariadne enquanto esta estava deitada, mortalmente quieta, os olhos inchados fechados.

Por favor, não morra.

Rosamund Wentworth também estava lá, assim como Anna e Cecily Lightwood, que estavam brincando um pouco com Alexander na beira da fonte seca. Alexander parecia jogar alguma coisa brilhante e provavelmente quebrável.

Sophie e Gideon Lightwood, recém-chegados de Idris, estavam sorrindo para Cecily e o pequeno Alex, mas os olhos de Sophie estavam tristes. Thomas e a irmã dele, Eugenia, estavam sentados próximos. Eugenia fazia lembrar uma versão mais alerta de Barbara: era pequena, mas de feições angulosas, com cabelo escuro preso num coque frouxo estilo *Gibson Girl*.

Sentada na ponta de um grupo de Caçadores de Sombras, perto da Sra. Bridgestock, estava Tatiana Blackthorn, rigidamente aprumada na cadeira; ela não tirara o chapéu, e o pássaro empalhado que ornamentava o topo fitava ameaçadoramente. Estava mais magra do que nunca, as mãos firmemente fechadas no colo, o rosto severo de fúria.

Grace estava a certa distância da mãe, ao lado de Charles, que estava tagarelando ao ouvido dela. Ela e Tatiana não se olhavam. Cordelia sabia por James que na noite anterior Grace tentara impedir a mãe de tomar providências desesperadas: pelo visto funcionara, mas era impossível evitar se perguntar como fora o desenrolar dos acontecimentos entre as duas — isso sem falar na curiosidade em relação às duas já estarem sabendo ou não do destino da Mansão Blackthorn.

O convidado mais surpreendente era Magnus Bane, sentado do outro lado da sala com as pernas elegantemente cruzadas. O feiticeiro pareceu sentir o olhar de Cordelia e se virou para ela, piscando.

— Eu o idolatro — disse Matthew melancolicamente.

Lucie deu tapinhas na mão dele.

— Eu sei.

Matthew pareceu achar engraçado; Cordelia sentiu que algo havia mudado nas interações dele com Lucie. Mas ela não conseguia identificar muito bem em qual aspecto. Era como se uma certa tensão os tivesse abandonado.

— Boas-vindas a todos. — A voz de Will ecoou pela sala; o atril tinha sido entalhado com Marcas para ampliar sua voz. — Acabo de receber a notícia de que a Consulesa vai se atrasar, mas está a caminho. Seria ideal se todos pudessem ser pacientes por mais um tempo e evitar quebrar qualquer objeto de valor no Santuário.

Ele lançou um olhar cheio de significado para Cecily, que retribuiu com uma expressão fraternal.

— Enquanto isso...

Will se calou de repente, surpreso, quando Charles se juntou a ele no atril. Ele usava uma sobrecasaca formal, o cabelo ruivo penteado para trás com gel brilhava.

— Eu apenas gostaria de agradecer a todos por terem depositado sua confiança em mim como Cônsul em exercício — disse ele, a voz ecoando pelas paredes. — Como todos sabem, o antídoto para esta terrível doença foi desenvolvido no laboratório de meu pai em Grosvenor Square.

Cordelia olhou para Alastair. Para sua surpresa e satisfação, Alastair revirou os olhos. Na verdade, se Charles estivera esperando por uma salva de palmas, ela não veio: a sala estava silenciosa.

Charles pigarreou.

— Mas é claro que há muitos Caçadores de Sombras corajosos que devem ser reconhecidos, além de mim. Christopher Lightwood, é claro, assim como Cordelia Carstairs e James Herondale.

Tatiana Blackthorn ficou de pé num salto. O pássaro no chapéu dela tremeu, mas, naquele momento, ela não pareceu ridícula como de costume. Ela pareceu ameaçadora.

— James Herondale é uma fraude! — gritou Tatiana com a voz rouca. — Ele tem vínculos com demônios! Sem dúvida trabalhou em conluio com eles para orquestrar esses ataques!

Lucie soltou um ruído engasgado. Um murmúrio de choque percorreu a sala. O Inquisidor Bridgestock pareceu absolutamente pasmado. Cordelia olhou para James: ele estava sentado, congelado, completamente inexpressivo. Christopher estava com a mão no ombro de James, que por sua vez não se mexeu.

Matthew cerrou as mãos.

— Como ela ousa...

Tatiana pareceu se elevar sobre a multidão.

— Negue, menino! — gritou ela para James. — Seu avô era um demônio.

Cordelia tentou não olhar para nenhum dos Ladrões Alegres, ou mesmo para Lucie. Certamente Tatiana não teria como saber sobre Belial, não é? Certamente estava apenas repetindo o que a Clave inteira já sabia — que Tessa era uma feiticeira e, por isso, James tinha sangue demoníaco.

James chutou a cadeira para trás e ficou de pé, virando-se para encarar a todos no salão. Atrás dele, Will e Tessa estavam em choque; Tessa agarrava o ombro de Will, como se implorasse a ele para não intervir.

— Não vou negar — disse ele, em um tom de voz que pingava desprezo. — Todos sabem disso. É verdade, sempre foi verdade, e ninguém aqui tentou esconder.

— Não estão vendo? — revoltou-se Tatiana. — Ele conspirou com o inimigo! Eu tenho reunido provas das tramoias dele...

— Então onde estão tais provas? — indagou Will. Ele estava vermelho de ódio. — Mas que diabos, Tatiana...

— Estão em minha casa — sibilou ela. — Em minha casa em Idris, reuni tudo, mas então este menino, esse filho de demônio, queimou minha casa inteira! Por que outro motivo ele faria isso, senão para proteger seu segredo?

Cordelia sentiu como se seu coração tivesse parado. Não ousou olhar para nenhum dos outros — nem para Lucie, ou Matthew, ou Thomas. Não conseguia nem mesmo olhar para James.

— Tatiana — disse Gabriel Lightwood, ficando de pé, e Cordelia pensou, *É claro, ele é irmão dela.* — Tatiana, isso não faz sentido. Por que não ouvimos nada a respeito desse incêndio? Na verdade, como você sabe que isso aconteceu?

O rosto de Tatiana se contraiu de ódio.

— Você jamais acreditou em mim, Gabriel. Mesmo quando éramos crianças, você não acreditava em nada do que eu dizia. Você sabe tanto quanto eu que há um Portal entre a Mansão Blackthorn e a Casa Chiswick. Eu o atravessei esta manhã para pegar alguns documentos e encontrei a mansão em uma pilha de cinzas incandescentes!

Foi a vez de Gideon de se levantar. O luto recente tinha deixado linhas de expressão profundas no rosto dele; a expressão que ele lançou para a irmã foi cruel.

— Aquela maldita casa corria risco de incêndio porque você se recusava a cuidar dela. Ia acabar queimando em algum momento. É muito reprovável que você esteja tentando arrastar James para isso, muito reprovável!

— Basta! Todos vocês! — gritou Bridgestock. Ele tinha avançado até o atril, e sua voz ecoava alta pela sala. — James Herondale, tem alguma verdade nas palavras da Sra. Blackthorn?

— É claro que não... — começou Will.

A voz de Tatiana se elevou até virar um grito.

— Ele contou a Grace que causou o incêndio. Perguntem a *ela* o que James falou!

— Ah, céus — sussurrou Matthew. Ele agarrou os braços da cadeira, os nós de seus dedos embranqueceram. Lucie deixara cair a caneta e o caderno: as mãos dela estavam trêmulas.

Grace começou a se levantar. Olhava para baixo. Alguém na multidão gritou que um julgamento pela Espada Mortal esclareceria tudo; Tessa ainda estava agarrada a Will, mas parecia tomada pela náusea.

Cordelia arriscou um olhar para James. Ele estava da cor de cinzas velhas, os olhos incandescentes, a cabeça voltada para trás. Ele não ia se defender, pensou ela. Ele jamais iria explicar tudo.

E então lá estava Grace. E se estivesse intencionada a contar a verdade? Charles a enxotaria tal como tinha feito com Ariadne. Ele não tinha lealdade. E ela seria uma presa fácil para a mãe, então. Grace tinha tanto a perder.

— O fato é — começou Grace, a voz pouco mais de um sussurro —, a... a verdade é que James...

Cordelia ficou de pé num disparo.

— A verdade é que James Herondale *não* queimou a Mansão Blackthorn ontem à noite — disse ela, com a voz tão alta que imaginou ser possível ser ouvida na Fleet Street. — James não poderia estar em Idris. Ele estava comigo. Em meu quarto. *A noite inteira.*

O arquejo de choque que percorreu o salão teria sido quase satisfatório, em outras circunstâncias. Sona desabou contra Alastair, enterrando a cabeça no peito dele. Cabeças se viraram; olhares curiosos se fixaram em Cordelia. O coração dela batia como um martelo de forja. Anna a encarou com uma expressão atordoada. Will e Tessa pareciam estupefatos.

Matthew apoiou o rosto nas mãos.

Bridgestock estava encarando Cordelia, espantado.

— Tem certeza em relação a isso, senhorita Carstairs?

Cordelia empinou o queixo. Sabia que estava se comprometendo aos olhos de todo o Enclave. Mais do que isso, estava arruinada. Depois dessa, jamais iria conseguir se casar. Teria sorte se fosse recebida em festas. Caçadores de Sombras eram menos rigorosos do que mundanos a respeito de tais assuntos, mas uma moça que passava a noite a sós com um rapaz, ainda mais no quarto dela, não era nem um pouco adequada para o casamento.

— Obviamente tenho certeza — insistiu ela. — Sobre qual aspecto acha que estou confusa?

Bridgestock corou. Rosamund Wentworth parecia subitamente estar vivenciando seu aniversário. Cordelia não ousou olhar para James.

Tatiana estava balbuciando.

— Grace, conte a eles...

Com a voz nítida, Grace disse:

— Tenho certeza de que Cordelia está certa. James deve ser inocente.

Tatiana gritou. Foi um som horrível, como se ela tivesse sido esfaqueada.

— Não — berrou ela. — Se não foi James, foi um de vocês! — Ela apontou o dedo para a multidão, identificando os Ladrões. — Matthew Fairchild, Thomas Lightwood, Christopher Lightwood! Um deles, um deles é responsável, eu sei que é!

Murmúrios de especulação percorreram a multidão. Bridgestock estava pedindo ordem aos berros. E naquele caos crescente, as portas da frente do Santuário se abriram de repente, e Charlotte Fairchild, a Consulesa, entrou marchando na sala.

Ela era uma mulher pequenina, o cabelo castanho-escuro estava preso em um coque simples. Havia fios grisalhos em suas têmporas. Usava uma blusa branca de gola alta e uma saia escura; tudo a seu respeito era elegante e delicado, desde as botas até os óculos de armação dourada.

— Sinto muito pelo atraso — disse ela, com o tom ensaiado de alguém acostumada a erguer a voz para ser ouvida em uma sala cheia de homens. — Eu estava planejando chegar mais cedo, mas fui requisitada a permanecer em Idris para investigar um incêndio que tomou a Mansão Blackthorn ontem à noite.

— Eu disse a vocês! Eu disse a vocês que eles fizeram isso! — gritou Tatiana.

Charlotte contraiu os lábios.

— Sra. Blackthorn, passei muitas horas com um grupo de guardas de Alicante, vasculhando os destroços de sua casa. Havia muitos itens presentes que estavam associados com e imbuídos de magia necromântica e magia demoníaca, ambas proibidas aos Caçadores de Sombras.

O rosto de Tatiana se fechou como papel amassado.

— Eu precisava daquelas coisas! — choramingou, a voz como a de uma criança derrotada. — Eu precisava usar aquelas coisas, eu precisava delas, para Jesse... meu filho morreu e nenhum de vocês quis me ajudar! Ele morreu, e nenhum de vocês quis me ajudar a trazê-lo de volta! — Ela olhou ao redor com olhos lacrimejantes e cheios de ódio. — Grace, por que não me ajuda? — gritou, esganiçada, e desabou no chão.

Grace avançou pela sala até Tatiana. Colocou a mão no ombro da mãe adotiva, mas sua expressão estava petrificada. Cordelia não via empatia ali pelo sofrimento de Tatiana.

— Posso confirmar o que Charlotte diz. — Era Magnus Bane, que tinha se levantado graciosamente. — Em janeiro, a Sra. Blackthorn tentou me contratar para ajudar a trazer o filho de volta dos mortos. Eu me recusei, mas vi muitas provas da dedicação dela ao estudo das artes necromânticas. O que muitos chamariam de *magia sombria*. Eu deveria ter dito algo na época, mas meu coração foi tomado pela compaixão. Muitos desejam ressuscitar seus entes queridos. Poucos chegam muito longe. — Ele suspirou. — Quando tais objetos caem nas mãos dos incultos, pode ser perigoso. Certamente isso explica o trágico e absolutamente acidental incêndio que destruiu a mansão da Sra. Blackthorn.

Houve ainda mais exclamações na multidão.

— Ele está sendo um pouco óbvio demais, não está? — murmurou Lucie.

— Que seja... contanto que a Clave acredite — respondeu Matthew.

Will inclinou a cabeça para Magnus; Cordelia teve a sensação de haver uma amizade de longa data ali. Em meio ao caos, Charlotte gesticulou para que o Inquisidor Bridgestock levasse Tatiana sob custódia.

A mão de alguém tocou o ombro de Cordelia. Ela olhou para cima e viu James. Tudo dentro do peito dela pareceu se apertar, como se seu coração estivesse se contraindo. Ele estava pálido, apenas duas manchas de cor queimando suas bochechas.

— Cordelia — disse ele. — Preciso conversar com você. Agora.

James bateu a porta da antessala ao entrar e se virou de frente para Cordelia. Os cabelos dele pareciam ter desabrochado numa explosão, pensou ela, achando graça, porém desanimada. Estava despontando, escuro, em todas as direções.

— Não pode fazer isso com sua reputação, Daisy — disse ele com um desespero frio. — Precisa retirar o que disse.

— Não tenho como retirar — disse ela enquanto James caminhava de um lado a outro diante da lareira. Não havia fogo, mas a sala não estava fria: lá fora, o sol brilhava forte, e o mundo seguia em frente naquele dia londrino ensolarado.

— Cordelia — falou James. — Você estará arruinada.

— Eu sei disso. — Uma calma fria tinha recaído em cima dela. — Foi por isso que eu disse o que disse, James. Precisava que acreditassem em mim, e ninguém acreditaria que eu diria algo tão terrível sobre mim mesma a não ser que fosse verdade.

Ele parou de andar. E o olhar que deu a ela foi de dor, como se ele estivesse sendo perfurado por mil pequenas adagas.

— Isso é porque salvei sua vida? — sussurrou ele.

— Está falando de ontem à noite? Na mansão?

Ele assentiu.

— Ah, James. — Ela se sentiu subitamente extenuada. — Não. Não foi por isso. Você acha que eu conseguiria ficar sentada sendo aclamada como heroína enquanto você era feito de vilão? Não me importo com o que pensam de minha honra. Eu conheço você, e seus amigos, e sei o que fariam uns pelos outros. Também sou sua amiga, e sei o que considero honra. Deixe-me fazer isso.

— Daisy — disse ele, e Cordelia percebeu com um tipo de choque que a Máscara tinha caído... a expressão dele estava intensamente vulnerável. — Não suporto isso. Que sua vida seja arruinada por isto. Vamos voltar e contar a eles o que fiz, que eu queimei a casa, e que você estava mentindo para me proteger.

Para se equilibrar, Cordelia apoiou a mão numa cadeira estofada de azul-claro e com o encosto entalhado com espadas cruzadas.

— Ninguém vai acreditar — disse ela, soltando cada palavra no silêncio entre eles como pedras em um lago. Ela notou que ele se encolheu. — Quando se trata da reputação de uma mulher, se ela é suspeita, ela é culpada. É assim que o mundo funciona. Eu sabia que acreditariam que eu era culpada, e agora, não importa o que digamos, eles jamais acreditarão que sou inocente. Está feito, James. E não importa tanto assim. Eu não preciso ficar em Londres. Posso voltar para o campo.

Enquanto ela falava, sabia que era assim que deveria ser. Ela não era Anna, capaz de usufruir de um estilo de vida boêmio com o apoio da família. Precisava voltar para Cirenworth, onde conversava com espelhos para ter companhia. Ela se afogaria lentamente em solidão, e seria o fim do sonho londrino: nada de Taverna do Diabo, nada de enfrentar demônios ao lado de Lucie, nada de rir até tarde da noite com os Ladrões.

Os olhos de James se incendiaram.

— De modo algum — protestou ele. — E deixar que o coração de Lucie seja partido porque ela perdeu sua *parabatai*? Permitir que você termine numa vida reclusa em desgraça? Não vou aceitar isso.

— Não posso me arrepender de minha escolha — disse Cordelia, baixinho. — Eu faria o mesmo de novo se preciso. E não há nada que nenhum de nós possa fazer a esse respeito agora, James.

Ele não podia tornar o mundo justo, não mais do que ela poderia. Era apenas nas histórias que os heróis eram recompensados; na vida real, atos de heroísmo não viam a luz da recompensa, ou terminavam punidos, e o mundo seguia em frente, como sempre.

Ele podia estar com raiva, mas estava a salvo. Cordelia não se arrependia.

— Posso pedir uma última coisa a você? — disse ele. — Um último sacrifício.

Como poderia ser a última vez que Cordelia o veria, ela deixou seus olhos se demorarem sobre o rosto de James. A curva da boca dele, o arco das maçãs do rosto, os longos cílios que sombreavam os olhos dourado-claro. A marca desbotada da estrela branca em seu pescoço, onde o cabelo preto de James quase tocava o colarinho.

— O quê? — disse Cordelia. — Se estiver ao meu alcance, eu farei.

Ele deu um passo até ela. Cordelia notava que as mãos de James estavam tremendo levemente. Um momento depois, ele estava ajoelhado no tapete diante dela, a cabeça voltada para trás, os olhos fixados no rosto dela. Ela percebeu o que ele estava prestes a fazer e ergueu as mãos para protestar, mas já era tarde demais.

— Daisy — disse ele. — Quer se casar comigo?

O mundo pareceu parar. Cordelia pensou nos relógios na Mansão Blackthorn, todos congelados às vinte para as nove. Pensou nas milhares de vezes que imaginara James dizendo aquelas palavras, mas jamais sob tais circunstâncias. Jamais daquela forma.

— James — disse ela. — Você não me ama.

Ele ficou de pé. Não estava de joelhos mais, e ela estava contente por isso, mas ele ainda estava pertinho dela — tão perto que ela poderia ter pousado a palma da mão no peito dele.

— Não — disse ele. — Não amo.

Ela sabia disso. Mas ainda assim, ouvi-lo dizer daquele jeito foi como uma pancada, inesperada e chocante, como o momento em que se é esfaqueado. A surpresa foi tanta que doeu.

Ao longe, ela ainda conseguia ouvi-lo falando.

— Não dessa forma, e você também não me ama assim — prosseguiu James.

Ah, James. Tão brilhantemente esperto e tão cego.

— Mas somos amigos, não somos? — disse ele. — Você é uma das melhores amigas que já tive. Não vou deixar você em apuros sozinha.

— Você ama Grace — sussurrou Cordelia. — Não ama?

Ela o viu se encolher, então. Foi a vez de Cordelia ferir James. Eles estavam apenas conversando, mas era como se todas as palavras fossem lâminas.

— Grace vai se casar com outro — justificou ele. — Estou perfeitamente livre para me casar com você. — Ele pegou a mão dela, que o permitiu: Cordelia se sentia zonza, como se estivesse agarrada ao mastro de um navio agitado por uma tempestade.

— Eu também não quero uma situação na qual meu marido seja infiel a mim — disse Cordelia. — Não vou me casar com você e fechar os olhos para o que quer que você faça, James. Eu preferiria ficar sozinha e humilhada, e você preferiria ser livre...

— Daisy — disse James. — Eu nunca, jamais faria isso com você. Quando faço uma promessa, eu a mantenho.

Ela balançou a cabeça.

— Não entendo o que está propondo...

— Um ano — disse ele, rapidamente. — Dê-me um ano para consertar as coisas. Vamos nos casar e viver juntos como amigos. Somos excepcionalmente compatíveis, Daisy. Pode muito bem ser divertido. Prometo que serei uma companhia melhor à mesa do café da manhã do que Alastair.

Cordelia piscou.

— Um *mariage blanc*? — disse ela, lentamente. "Casamentos brancos" costumavam acontecer quando uma das partes precisava se casar para reivindicar uma herança, ou para proteger uma mulher contra uma situação de abuso em casa. Havia outros motivos também. Charles estava buscando algo muito semelhante àquilo com Grace, pensou ela; era difícil ignorar a ironia.

— Divórcio é muito mais aceito entre Caçadores de Sombras do que entre os mundanos — falou James. — Em um ano você poderá se divorciar de mim por qualquer motivo que queira. Alegue que não posso lhe dar filhos.

Diga qualquer coisa que você quiser sobre nossa incompatibilidade, e eu vou concordar. Então você será uma divorciada desejável com sua honra intacta. Poderá se casar de novo.

O alívio e a esperança nos olhos dele eram dolorosos de se ver. No entanto...

Cordelia não podia dizer que não queria aquilo. Se eles se casassem, morariam juntos. Teriam uma casa. Um nível inimaginável de intimidade. Poderiam ir dormir e acordar no mesmo lugar. Seria uma vida vivida sob as aparências de tudo o que ela sempre desejara.

— Mas e quanto a nossos amigos? — sussurrou Cordelia. — Não podemos esconder a verdade deles durante um ano. Além do mais, eles sabem que eu estava mentindo. Sabem que você queimou a mansão.

— Nós contaremos a verdade a eles — falou James. — Eles guardarão nosso segredo. Podem até mesmo considerar isso tudo uma ótima peça para se pregar na Clave. E ficarão felicíssimos por ter uma casa inteira para se divertir. Acho bom guardarmos bem nossa louça.

— Lucie também — falou Cordelia. — Não posso mentir para minha *parabatai*.

— É claro — falou James, começando a sorrir. — Nossos amigos nos amam e guardarão nossos segredos. Estamos de acordo? Ou devo ficar de joelhos de novo?

— Não! — disse Cordelia com veemência. — Não fique de joelhos, James. Vou me casar com você, mas não fique de joelhos.

— É claro — disse ele, e a compreensão nos olhos dele despedaçou o que restava do coração dela. — Você quer guardar essas coisas para o verdadeiro casamento que você vai encontrar depois deste. O amor *vai* encontrar você, Daisy. É só um ano.

— Sim — disse ela. — Só um ano.

Ele tirou o anel Herondale, com o desenho de pássaros em voo. Cordelia estendeu a mão, e James o colocou no dedo dela sem hesitar. Cordelia ficou observando enquanto ele concluía o gesto, admirando os longos cílios dele contra a bochecha, como nanquim preto contra uma página branca.

O amor vai encontrar você.

O amor a havia encontrado anos antes, e agora, e todo dia desde que Cordelia vira James em Londres pela primeira vez. *Você não me ama*, dissera ele a ela. Ele não fazia ideia. Jamais faria.

A porta se abriu. Cordelia se sobressaltou, e Will entrou, a expressão como trovão. Tessa o seguia, mais calma, e Sona vinha logo atrás. Todos tinham expressões de fúria sombria. Bem, talvez não Tessa — ela parecia mais preocupada, pensou Cordelia, e mais resignada.

— Tatiana foi levada sob custódia por Bridgestock e a Consulesa — anunciou Will, os olhos azuis gélidos. — Em outras circunstâncias, isso seria um grande alívio, considerando as falsas acusações dela contra você, James.

James ergueu a mão.

— Papai, entendo por que você está com raiva, mas...

— James. — Will disparou a palavra como um chicote. Havia mais do que raiva nos olhos dele, no entanto; havia uma mágoa profunda que fez Cordelia querer se encolher. A ela só restava imaginar a dor que James estava sentindo. — Não consigo expressar o quanto Tessa e eu estamos desapontados com você. Educamos você melhor do que isso, tanto no trato com as mulheres quanto na maneira de assumir seus erros.

— Ah, Layla — disse Sona. O olhar dela estava triste. — *Che kar kardi? O que você fez?*

— Basta! — James se colocou de forma protetora na frente de Cordelia, mas ela deu um passo adiante para ficar ao seu lado. Eles deveriam enfrentar os problemas lado a lado. Se o acordo entre eles não teria significado, que ao menos significasse lealdade mútua.

— Papai — disse James. — Mamãe. Sra. Carstairs. Ouvirei tudo o que tiverem a dizer, e peço desculpas por tudo o que fiz de errado, mas primeiro deixem que eu apresente a vocês minha futura esposa.

Os três adultos trocaram olhares surpresos.

— Quer dizer... — começou Tessa.

James sorriu. Na verdade, ele parecia muito feliz, pensou Cordelia, mas agora ela sentia a Máscara subindo de novo, como um painel de vidro. Notou a forma como Tessa olhou para James e se perguntou se ela sentira isso também.

— Cordelia me deu a honra de concordar em se casar comigo.

Cordelia estendeu a mão na qual o anel Herondale brilhava.

— Nós dois estamos muito felizes, e esperamos que vocês também fiquem felizes.

Ela olhou para a mãe. Para sua surpresa, os olhos de Sona estavam preocupados. *Mas eu fiz como você queria*, Mâmân, suplicou ela silenciosamente. *Fiz um bom casamento.*

Tanto Will quanto Tessa olhavam para Sona, como se à espera de uma reação.

A mãe de Cordelia exalou lentamente e se aprumou, os olhos escuros passando de Cordelia para James.

— *Cheshmet roshan* — disse ela, e inclinou a cabeça para Will e de Tessa. — Eu dei minha benção.

Um largo sorriso se abriu no rosto de Will.

— Então não temos escolha a não ser dar nossa benção também. Cordelia Carstairs — disse ele —, os Carstairs e os Herondale serão ainda mais unidos agora. Se James pudesse escolher uma esposa dentre todas as mulheres de todos os mundos que existem ou já existiram, eu não desejaria que fosse outra.

Tessa gargalhou.

— Will! Você não pode elogiar nossa nova nora só por causa do sobrenome dela!

Will estava sorrindo como um menino.

— Espere até eu contar a Jem...

A porta se escancarou, era Lucie entrando.

— Eu estava ouvindo à porta — anunciou ela sem qualquer pudor. — Daisy! Você vai ser minha cunhada!

Ela correu até Cordelia e a abraçou. Alastair entrou na sala também — calado, mas sorrindo quando Cordelia olhou para ele. Foi tão próximo da cena feliz com a qual Cordelia sempre sonhara. Ela só precisava tentar se esquecer de que Will até podia estar feliz por ela estar se juntando à família, mas que se James fosse livre para escolher, ele teria escolhido outra pessoa.

Somente mais tarde naquela noite, Cordelia descobriu o que tinha acontecido com Tatiana, por Alastair — o qual, ela presumia, tinha ouvido a história de Charles.

Tatiana recebera relativa leniência. Era a opinião geral do Enclave que a morte do filho perturbara bastante a mente dela, e que embora a reação da mulher tivesse sido repreensível — toda a coisa de buscar a ajuda de feiticeiros sombrios para auxiliar com necromancia e magia sombria —, era consenso geral de que ela de fato enlouquecera devido ao luto. Eles todos se lembravam da perda de Jesse e lamentavam por ela; em vez de terminar presa na Cidade do Silêncio, ou ser destituída das Marcas, Tatiana seria enviada para viver com as Irmãs de Ferro na Cidadela Adamant.

Quase a prisão, mas não exatamente, como descrevera Alastair.

Grace iria morar com os Bridgestock. Aparentemente, Ariadne insistira; Alastair teorizara que era uma forma de os Bridgestock saírem bem e fazerem parecer que o noivado de Ariadne e Charles tinha sido dissolvido amigavelmente.

— Que estranho — falou Cordelia. Ela se perguntava por que Ariadne teria feito tal interferência. Mesmo que não quisesse se casar com Charles, por que iria querer morar com Grace? Por outro lado, Cordelia suspeitava que devia haver algo a mais na bela Ariadne do que os olhos eram capazes de enxergar.

— Tem mais — continuou Alastair. Ele estava sentado ao pé da cama da irmã. Cordelia estava encostada nos travesseiros, escovando os longos cabelos. — Nosso pai será solto.

— *Solto?* — Cordelia se sentou reta com um salto, o coração aos galopes. — Como assim?

— As acusações contra ele foram resolvidas — disse Alastair —, a confusão toda foi considerada um acidente. Ele voltará para Londres em duas semanas.

— Por que o soltariam, Alastair?

Ele sorriu para a irmã, embora a alegria não chegasse aos olhos.

— Por sua causa, tal como era seu desejo. Você conseguiu, Cordelia, é uma heroína agora. Isso muda as coisas. Se eles julgassem nosso pai por um crime de negligência do qual ele não se lembra mais, seria um gesto impopular. As pessoas querem ver as coisas no lugar, depois de tanta perda e horror. Querem ver as famílias reunidas. Ainda mais por causa do bebê.

— Como eles sabem sobre o bebê?

Os olhos de Alastair se desviaram dos dela — o blefe dele, o sinal sutil de que estava mentindo, uma característica marcante desde que ele era criança.

— Não sei. Alguém deve ter contado a eles.

Cordelia não conseguia falar. Era tudo o que ela queria, há tanto tempo. Libertar o pai, salvar a família. Tinha sido seu mantra, as palavras que ela entoara repetidas vezes para si ao adormecer. Agora não sabia como se sentia.

— Alastair — sussurrou —, o motivo pelo qual fui até a Cidade do Silêncio com Matthew e James foi para conversar com o primo Jem. Eu sei que *Mâmân* queria que papai fosse para Basilias como paciente. Achei que talvez, se contássemos à Clave da doença dele, e é uma doença, poderiam deixar que ele fosse tratado lá em vez de ser aprisionado.

— Ah, pelo Anjo, Cordelia. — Alastair tapou os olhos por um longo momento. Quando ele abaixou as mãos, seus olhos escuros estavam inquietos. — Você teria ficado tranquila com isso? Com todos sabendo sobre a bebedeira dele?

— Como eu disse a você, Alastair, a vergonha não é nossa. É dele.

Alastair suspirou.

— Eu não sei. Papai sempre se recusou a ir a Basilias. Dizia que não gostava dos Irmãos do Silêncio, mas acho que o motivo real era a preocupação de que enxergassem sua verdade. Imagino que seja por isso que ele sempre tenha afastado o primo Jem de nossa família. — Alastair respirou fundo. — Se seu desejo é que ele vá para Basilias, deveria escrever para ele dizendo isso. Você foi a última da família a conhecer o segredo dele. O fato de você saber agora pode muito bem fazer diferença.

Cordelia baixou a escova de cabelo, o alívio percorrendo seu corpo por fim.

— É uma boa ideia. Alastair...

— Você está feliz, Layla? — quis saber ele. Então apontou para o anel Herondale na mão da irmã. — Eu sei que é o que você queria.

— Pensei que você fosse ficar furioso — disse ela. — Você ficou tão nervoso com James quando achou que ele estivesse tentando me corromper.

— Naquela hora não pensei que ele estaria disposto a se casar com você — disse Alastair como se pedisse desculpas. — Mas ele se manteve firme e reivindicou você diante do mundo. Foi um gesto importante. Não deixe que ninguém lhe diga o contrário.

Ela quase quis contar a verdade a Alastair — que James estava sacrificando mais do que se imaginava — mas não podia, não mais do que podia contar à mãe. Ele ficaria com raiva; Sona ficaria arrasada.

— Eu tenho o que eu queria — disse ela, incapaz de conseguir dizer se estava feliz —, mas e você, Alastair? E quanto à sua felicidade?

Ele olhou para as próprias mãos. Quando voltou a encarar a irmã, seu sorriso foi sem graça.

— O amor é complicado. Não é?

— Eu sei que amo você, Alastair. E eu não deveria ter entreouvido você e Charles. Eu só queria que você falasse comigo, eu não pretendia ouvir sua conversa.

Alastair corou e ficou de pé, evitando encará-la.

— É melhor você dormir, Layla — disse ele. — Teve um dia cheio. E tenho um assunto importante para tratar.

Cordelia se inclinou um pouco para vê-lo sair do quarto.

— Que tipo de assunto importante?

Alastair enfiou a cabeça de volta pela porta do quarto com um sorriso raro.

— Meu cabelo — disse ele, e sumiu antes que Cordelia pudesse perguntar qualquer outra coisa.

23
Ninguém que ame

*Não deixe ninguém que ame ser chamado de
completamente infeliz.
Até mesmo o amor não correspondido
tem seu arco-íris.*

— J.M. Barrie, *The Little Minister*

Lucie não conseguiu evitar ficar impressionada, apesar de sua con-vicção de que era um tanto errado se permitir ser impressionada pelos próprios pais. A mãe dela organizara a tradicional festa de noivado para James e Cordelia de última hora, mas estava tão linda que qualquer um diria que ela passara semanas planejando. O salão de baile estava iluminado com luzes enfeitiçadas festivas e velas, e das paredes pendiam fitas com o dourado matrimonial. Mesas cobertas de renda ostentavam pratos de doces, todos em amarelo e dourado: doces de limão gelados recheados com creme, travessas de vidro ornamentado com frutas cristalizadas, bombons com embalagens douradas luxuosas sobre estações de servir de vários andares, tortinhas amarelas de ameixa com damasco. Havia arranjos de flores em cascata dentro de urnas ou sobre pilastras pelo salão de baile: peônias, camélias cor de creme, feixes de gladíolos amarelos altos, ramos de mimosas, rosas e narcisos dourados. O salão estava cheio de gente feliz — a quarentena tinha acabado e todos queriam se reunir e fofocar, e também parabenizar Will e Tessa pela felicidade dos filhos deles.

No entanto, Tessa parecia preocupada, mesmo enquanto passava o braço pela cintura de Will e sorria para Ida Rosewain, que chegara com um chapéu simplesmente enorme. Lucie imaginava que a maioria das pessoas não notaria, mas ela era uma observadora treinada dos humores de sua mãe, e, além do mais, também estava preocupada.

E deveria estar tomada de felicidade. Seu irmão e sua melhor amiga iam se casar. Aquele era um momento "felizes para sempre". Mas ela sabia a verdade — tanto James quanto Cordelia tinham contado a ela — sobre o casamento ser uma farsa, uma formalidade para salvar a reputação de Cordelia. Tessa e Will não sabiam, e ninguém queria contar a eles. Que pensassem que James seria feliz com Cordelia. Que pensassem que era tudo genuíno. Lucie desejava que ela mesma pensasse ser verdadeiro, e se não pudesse ser o caso, desejava ter alguém com quem conversar a respeito. Os Ladrões Alegres tinham decidido tratar o casamento como uma brincadeira de James, e ela dificilmente poderia compartilhar as preocupações com Cordelia e fazê-la se sentir ainda pior do que certamente já se sentia.

Talvez a vida não fosse como nos livros. Talvez a vida jamais fosse assim. Agora James, elegante de preto e branco, tinha se juntado aos pais para cumprimentar os convidados. Gabriel e Cecily chegavam com Anna, Alexander e Christopher e distribuíam abraços e felicitações; Thomas já tinha chegado com a família dele. Os Fairchild também apareceram cedo, Matthew se separando imediatamente da família para ziguezaguear até a sala de jogos. Enquanto isso, Charles perambulava pelo salão apertando mãos e basicamente levando crédito pelo fim dos ataques. O som de carruagens chacoalhando no pátio compunha uma sinfonia peculiar conforme o salão ia enchendo: os Bridgestock chegaram, Ariadne bem magra, mas com olhos alegres — e com eles, Grace Blackthorn.

Lucie puxou ansiosamente o medalhão em seu pescoço. Grace estava linda como a primavera recém-chegada em seu vestido verde-claro, o cabelo loiro-platinado preso no alto numa cascata de cachos. Tendo visto a Casa Chiswick de perto, Lucie se perguntava mais uma vez como Grace sempre conseguia estar tão esplendidamente arrumada morando numa grande pilha de tijolos sujos.

Bem, ela *havia* morado lá. Mas agora morava com os Bridgestock, e assim seria até o casamento com Charles. Aquela não era uma comemoração para Grace, pensou Lucie, olhando para o rosto pálido da outra quando ela cumprimentou Will e Tessa. James estava perfeitamente composto, tanto ele quanto Grace quase dolorosamente educados quando ele recebeu os parabéns dela. Será que Grace *se importava*?, perguntava-se Lucie. Fora ela quem rompera com James — iria se casar com Charles — e Lucie não queria perdoá-la por ter partido o coração de seu irmão.

Mesmo assim. Ela ficou observando Grace pedir licença e caminhar rigidamente pelo salão, na direção de Charles. Eles se cumprimentaram como desconhecidos ou parceiros de negócios, pensou ela. Ah, como Lucie desejava poder falar com Jesse. Talvez ele pudesse revelar a ela quais eram os verdadeiros sentimentos da irmã. Talvez ele pudesse revelar mais do que isso...

— Ela chegou — sussurrou alguém ao ouvido de Lucie. — A convidada de honra.

— Cordelia, quer dizer? — Lucie se virou e viu Jessamine pairando bem ao lado dela, perto das portas francesas altas que davam para a sacada de pedra. Para além delas, Lucie via um poste elétrico ao longe, projetando um estranho círculo no vidro. Jessamine, no entanto, não projetava reflexo algum.

— Ela está linda — falou Jessamine. Então deu um sorriso misterioso e sumiu em direção à mesa de sobremesas. Fantasmas não conseguiam comer, mas Jessamine ainda gostava de olhar para bolos.

Cordelia estava linda mesmo. Ela entrou com a mãe e o irmão, Sona misteriosamente majestosa num vestido verde e um *roosari* de veludo preto, Alastair — bem, Lucie mal havia notado Alastair até ele entregar o chapéu para a criada e ela perceber que ele pintara seus cabelos no tom de preto natural. Os fios se destacavam impressionantemente contra a pele marrom.

E então havia Cordelia, usando um vestido afunilado de seda azul e tule dourado, mangas franzidas e um broche opalescente unindo seda e tule numa roseta entre os seios. Risa tinha enfeitado o cabelo dela com pérolas que brilhavam entre as mechas vermelhas escuras.

James pegou as mãos dela e beijou sua bochecha. Tanto ele quanto Cordelia pareciam cientes dos muitos olhares que os fitavam, e provavelmente dos cochichos também. O anúncio de Cordelia na reunião do Enclave, embora tivesse levado ao casamento, permanecia sendo o choque da estação.

Incomodada pelo casal, Lucie começou a avançar pelo salão para ficar com sua família. Foi interceptada por Thomas, que carregava o priminho deles, Alexander. Tia Cecily e tio Gabriel tinham claramente empurrado Alexander para Thomas enquanto se dedicavam aos preparativos da festa. Era muito lindo ver o alto e musculoso Thomas carregando cuidadosamente uma criança, embora Lucie jamais fosse dizer isso a ele, caso contrário o elogio lhe subiria à cabeça.

— Luce — disse Thomas. — Preciso cumprimentar Cordelia e Alastair. Pode pegar este pirralho terrível?

— Pirralho, não — falou Alexander, que estava chupando um pedaço de alcaçuz.

— Eu *poderia* — admitiu Lucie. — Mas não quero.

— Matthew — exigiu Alexander, sombriamente. Matthew era o pseudoparente preferido dele. — *Oscar*.

— Acho que Oscar não foi convidado, amiguinho — disse Thomas. — Sabe, porque ele é um cachorro e tal.

— Acho melhor você procurar Matthew — disse Lucie quando Alexander pareceu prestes a cair em desespero. Thomas fez um gesto sarcástico de continência para ela e avançou pela multidão, que só fazia crescer. Lucie viu com certa satisfação que Magnus Bane tinha aparecido, vestido de forma bem semelhante a um pirata, com botões de rubi no colete e joias de rubi nas orelhas. Ele definitivamente subia o nível da festa.

Ela estava no meio do salão quando Charles, cambaleando um pouco, como se tivesse bebido demais, subiu em um banco baixo e tilintou numa taça com o anel da família que ornava um dedo.

— Com licença! — chamou, e o barulho no salão foi esmorecendo. — Tenho algo que gostaria de dizer.

Os Herondale tinham sido gentis tão prontamente ao receber Cordelia na família. Ela não sabia como encará-los, sabendo que era tudo uma farsa. Não era a nova nora de Will e Tessa. Ela e James iriam se divorciar dentro de um ano.

James também estava sendo terrivelmente carinhoso. Desde o noivado, Cordelia se convencera de que, de alguma forma, o lograra para que se casasse com ela. Sabia perfeitamente que se ela não tivesse arruinado a própria reputação para protegê-lo, ele estaria na prisão da Cidade do Silêncio. James se vira obrigado a fazer o pedido depois disso.

Ele sorria toda vez que olhava para ela — aquele lindo sorriso que parecia dizer que ela era um milagre ou uma revelação. Mas aquilo não ajudava; James tinha um bom coração, era só isso. Ele não a amava, e isso não mudaria.

Para seu imenso choque, Alastair lhe dera bastante apoio nos últimos dias. Ele levara chá para ela, contara piadas, jogara xadrez e, em geral, a ajudara a se distrair. Eles acabaram conversando muito pouco sobre o retorno de Elias. Ele não chegara a deixá-la sozinha em momento nenhum — nem mesmo para visitar Charles.

E por falar nisso, Charles tinha subido num banco e estava gritando que tinha algo a dizer, criando uma algazarra que rapidamente chamou a atenção do salão. Todos pareciam imensamente surpresos, inclusive Tessa e Will. Sona franziu a testa, claramente achando Charles muito grosseiro. Ela não sabia nem da metade da história, pensou Cordelia sombriamente.

— Deixe-me ser o primeiro a erguer uma taça para o casal feliz! — disse Charles, ilustrando suas palavras num gesto. — A James Herondale e Cordelia Carstairs. Desejo acrescentar pessoalmente que James, o *parabatai* de meu irmão, sempre foi como um irmão caçula para mim.

— Um irmão caçula que ele acusou de vandalizar estufas pela nossa bela nação — murmurou Will.

— E quanto a Cordelia Carstairs... como descrevê-la? — prosseguiu Charles.

— Principalmente quando nem se deu ao trabalho de conhecê-la — sussurrou James.

— Ela é tão linda *quanto* bela — falou Charles, deixando Cordelia se perguntando qual seria a diferença —, além de ser corajosa. Tenho certeza de que fará James tão feliz quanto minha Grace me faz. — Ele sorriu para Grace, que estava quieta ao seu lado, seu rosto uma máscara. — Isso mesmo. Estou anunciando formalmente minha intenção de me casar com Grace Blackthorn. Vocês estão todos convidados, é claro.

Cordelia olhou para Alastair; ele estava inexpressivo, mas suas mãos, enfiadas nos bolsos, estavam nitidamente formando punhos. James tinha semicerrado os olhos.

Charles prosseguiu alegremente:

— E, por fim, meu agradecimento ao povo do Enclave, que apoiou minhas ações como Cônsul em exercício em meio a nossas recentes atribulações. Sou jovem para ter carregado tanta responsabilidade, mas o que eu poderia dizer quando o dever chamou? Apenas isto. Sinto-me honrado pela confiança de minha mãe, pelo amor de minha futura esposa e pela fé de meu povo...

— Obrigado, Charles! — James surgira ao lado de Charles, fazendo um gesto engenhoso com os pés, tombando o banquinho onde Charles estava. Ele segurou Charles pelos ombros para evitar um tombo completo, dando-lhe tapinhas nas costas. Cordelia duvidava que a maioria das pessoas no salão tivesse reparado em qualquer coisa fora do comum. — Que discurso excelente!

Magnus Bane, parecendo divertir-se maliciosamente, estalou os dedos. Os arcos formados por fitas douradas que pendiam dos lustres formaram garças em pleno voo, ao mesmo tempo que "Ele é um bom companheiro" começou a tocar de modo fantasmagórico no piano vazio. James enxotou Charles do banco para o meio da multidão que o parabenizava. O salão, como um todo, pareceu aliviado.

— Nós criamos um bom filho, minha querida — disse Will, beijando Tessa na bochecha. Ele olhou para Cordelia e sorriu. — E não poderíamos pedir por uma moça mais adorável como esposa dele.

Alastair parecia querer sair de fininho. Cordelia não o culpava.

— Obrigada, Sr. Herondale — respondeu ela. — Espero atender às suas expectativas.

Tessa pareceu surpresa.

— Por que haveria de se preocupar com isso?

— Cordelia se preocupa — falou Alastair, inesperadamente —, por causa dos idiotas que espalham boatos sobre nosso pai e nossa família. Ela não deveria permitir que a incomodem.

Tessa apoiou a mão gentilmente no ombro de Cordelia.

— Os cruéis sempre espalham boatos — disse ela. — E aqueles que sentem prazer nesse tipo de crueldade sempre vão acreditar neles e ajudar a difundir os maldizeres. Mas acredito que, no fim, a verdade prevalece. Além do mais — acrescentou ela, com um sorriso —, as mulheres mais interessantes são sempre os maiores alvos de comentários.

— Muito verdadeiro! — exclamou Charles, surgindo subitamente entre eles. Alastair se sobressaltou violentamente. — Posso falar com Alastair por um momento? É um assunto particular.

Ele segurou Alastair pelo cotovelo e começou a levá-lo para um dos nichos mais sombreados no salão de baile. No entanto, Alastair agarrou o pulso de Cordelia. Para sua imensa surpresa, ela se viu arrastada atrás dos dois.

Quando Charles parou e se virou para encarar Alastair, pareceu tão surpreso quanto Cordelia se sentia.

— Ah, Cordelia — disse ele, confuso. — Eu esperava falar com seu irmão a sós.

— Não — protestou Alastair, espantando Cordelia. — Ela vai ficar.

— *Che kar mikoni?* — sibilou Cordelia. — Alastair, *o que* você está fazendo? Eu deveria...

— Não quero falar a sós com você, Charles — prosseguiu Alastair. — Você certamente recebeu minha carta.

Charles corou.

— Não achei que você estivesse falando seriamente.

— Eu estava — respondeu Alastair. — Qualquer outra coisa que tenha a dizer pode ser dita diante de minha irmã. Ela não contará a ninguém nossos segredos.

Charles pareceu se resignar.

— Muito bem — disse ele, contido. — Não tenho encontrado você desde a reunião. Fui até sua casa, mas Risa falou que você não estava.

— Não planejo estar em casa para receber você, nunca mais — falou Alastair, controladamente.

Cordelia tentou se libertar mais uma vez, mas Alastair ainda estava segurando firmemente seu pulso.

— Eu devia ter rompido tudo quando você ficou noivo de Ariadne — disse ele a Charles, o rubor inflamando suas bochechas. — Eu devia ter partido quando você a abandonou de forma tão terrível. Agora você está noivo mais uma vez, e percebi que jamais dará metade da importância a mim, ou a quem quer que seja, do que dá à sua carreira.

A mão no pulso de Cordelia se afrouxou. Ela poderia ter saído dali se quisesse, mas naquele momento percebeu que Alastair precisava de sua presença. Ela permaneceu, mesmo quando Charles empalideceu.

— Alastair — disse ele. — Isso não é verdade. Não tem outro jeito.

— Existem muitos jeitos — respondeu Alastair. — Veja Anna. Veja Magnus Bane.

— Não sou um boêmio disposto a ser exilado à margem da sociedade. Desejo ser o Cônsul. Fazer parte da Clave. *Ser importante.*

O som que Alastair fez foi em parte de dor, em parte de exaustão.

— E você pode ter o que desejar, Charles. Mas simplesmente não pode ter a mim também. Desejo viver livremente, não me esconder nas sombras enquanto você fica noivo de uma fileira de mulheres numa tentativa de esconder quem realmente é. Se esta é sua escolha, tudo bem, mas não pode escolher por mim.

— Isto é tudo o que tem a me dizer, então? Depois desses anos todos? Certamente não pode ser só isso — falou Charles, e naquele momento ele não parecia ridículo como parecera durante o brinde de autoparabenização. Havia mágoa genuína em seus olhos, pensou Cordelia. Do jeito dele, Charles amava Alastair.

Mas não era o bastante. Alguns tipos de amor não eram.

— Boa sorte, Charles — disse Alastair. Seus olhos escuros brilharam. — Tenho certeza de que você vai ter uma vida de muito sucesso.

Ele deu as costas. Cordelia, deixada súbita e desconcertantemente sozinha com Charles, se apressou em seguir o irmão.

— Você não deve ter entendido nada da conversa — afirmou Charles, com a voz contida e excessivamente alegre quando ela se virou para ir embora.

Cordelia hesitou, sem olhar para ele.

— Eu sei que você magoou meu irmão — disse ela, por fim. — Sei que você não vai fazer isso de novo.

— Não vou — respondeu Charles, muito baixinho. E não disse mais nada conforme ela escapuliu.

―

James estava de pé na sacada do lado de fora do salão de baile. Era uma longa construção de pedra, com a balaustrada na altura do peito; não existia quando seu pai era jovem, mas fora acrescentada durante as reformas do Instituto. Tanto seu pai quanto sua mãe tinham uma afeição por sacadas.

Era quase como estar no alto do telhado e distante, no entanto, ficar ali fora não estava servindo de nada para trazer aquele habitual efeito tranquilizador. O ar tinha gosto de Londres, como sempre, e ao longe ele via as silhuetas de casas erguendo-se contra a lacuna do Tamisa. Pensou nas profundas águas preto-amarronzadas do rio, da cor da fumaça no mundo de Belial. A frente engomada de sua camisa branca raspou na pedra do parapeito quando James se debruçou, desejando poder aliviar a pressão no peito.

Não que receasse se casar com Cordelia. Ele não receava, e se perguntava se deveria. Quando pensava num casamento com ela, imaginava uma sala aconchegante, fogo na lareira, um tabuleiro de xadrez ou um baralho de cartas aberto. Névoa nas janelas, mas a luz dentro da sala refletindo-se nas fileiras de livros em inglês e persa. Pensava na voz suave dela conforme ele caía no sono, lendo para ele numa língua ainda desconhecida aos seus ouvidos.

Ele disse a si que estava sendo tolo. Seria desconfortável e estranho, uma dança peculiar que fariam pelo bem mútuo para suportar o ano até que pudessem estar livres. Mesmo assim, quando James fechava os olhos...

— James.

Ele soube quem era antes mesmo de se virar; sempre reconhecia a voz dela. Grace estava atrás dele, parcialmente nas sombras, as portas francesas se fechando às suas costas. Para além do batente, James via as faixas douradas e ouvia a música.

— Magnus Bane fez o piano funcionar sabe-se lá como — disse Grace, com a voz baixa —, e as pessoas estão dançando.

James agarrou o parapeito de pedra da sacada, fitando a cidade. Não tinha visto Grace desde a reunião do Enclave, e não enviara mensagem alguma a ela. Isso teria soado infiel a Cordelia.

— Provavelmente vai ser melhor se não nos falarmos, sabe.

— Esta pode ser nossa única chance de falar a sós de novo — disse Grace. Quando ele não respondeu, ela continuou, a voz embargada: — Parece que o Anjo não quer que fiquemos juntos, não é? Primeiro eu não podia terminar tudo com Charles por causa de minha mãe. Então, assim que me vi livre dela, você ficou noivo de Cordelia.

— Não diga o nome dela — ordenou James, espantado com a própria intensidade. Ele inclinou a cabeça, sentindo gosto de chuva e metal. — Ela é a pessoa mais bondosa...

— Eu sei o que ela fez por você, James — afirmou Grace em voz baixa. — Sei que você não estava com ela naquela noite. Estava em Idris, queimando a Mansão Blackthorn. Sei que ela contou aquela mentira para proteger você. Na verdade, jamais pensei que ela seria capaz de tal esperteza.

— Não foi esperteza. Foi generosidade — disse James. — Desperdiçar um ano da vida dela num casamento indesejado, apenas para me proteger.

— Um ano? — indagou Grace. — Esse é o acordo entre vocês?

— Não vou discutir isso com você — disse James. O peito dele doía como se estivesse sendo comprimido. Ele mal conseguia tomar fôlego.

— Você deve me odiar — falou Grace —, se tudo isto é para proteger você das consequências do que *eu* pedi que fizesse.

— Não culpo você, Grace. Mas não podemos ser amigos. Tornará as coisas mais difíceis do que já estão.

Houve uma pausa. Ela estava nas sombras, mas James a vira no salão de baile, de vestido verde com esmeraldas nas orelhas. Ele reconhecera os brincos. Tinham sido de Charlotte. Ela provavelmente os dera a Charles como um presente para Grace.

— Fico feliz que você terá Cordelia.

— Eu queria poder dizer o mesmo a você sobre Charles — alegou James. — Cordelia merece mais do que isso; farei tudo que puder ao longo desse ano para torná-la feliz. Espero que Charles faça o mesmo por você.

— Eu poderia estar com você em um ano — disse Grace, a voz quase um sussurro. — Um longo noivado com Charles, você se divorcia de Cordelia... pode acontecer.

James não disse nada. O aperto em seu peito tinha se transformado em dor. Sentiu como se estivesse sendo partido ao meio, brutal e literalmente.

— James?

Ele combateu as palavras: *Sim, espere por mim, vou esperar por você. Grace. Eu me lembro da floresta, das sombras, do seu vestido marfim. Grace.*

James sentia gosto de sangue. E se agarrava ao parapeito com tanta força que pensou que seus dedos fossem quebrar.

Um momento depois, James ouviu o clique baixinho da porta francesa se abrindo e fechando. Manteve-se imóvel por um longo minuto, e então mais um. Quando por fim se virou, estava sozinho na sacada. Não havia sinal de Grace.

Em vez disso, pelo vidro, viu Cordelia. Ela estava dançando com Matthew. Os cabelos gloriosos se soltando da faixa, desafiando qualquer tentativa de confinamento. Os dois estavam rindo.

Desviando-se dos casais no salão de dança com uma destreza experiente, Anna suspirou: queria estar se divertindo muito mais do que estava. Embora tivesse há muito desistido de acreditar no amor romântico, ainda gostava de uma festa de noivado, principalmente quando gostava do casal de noivos, o que, admitia, não acontecia com tanta frequência.

Mas esta noite era diferente. Muitas de suas pessoas preferidas no Enclave estavam ali: os Ladrões Alegres, diversos tios e tias, além de parentes por casamento e — como um bombom especialmente espalhafatoso no alto de um bolo já decorado com ouro — Magnus Bane. Ele fora muito prestativo ao colocar feitiços de proteção em torno da casa da família dela no dia em que Christopher fora atacado. Ela devia um favor a ele, mas não se importava com isso: tinha certeza de que seria muito divertido quando ele viesse cobrar a dívida. Mesmo assim, havia duas coisas que a incomodavam. Embora

James fosse um de seus primos preferidos, e ela gostasse muito de Cordelia, havia algo suspeito naquele noivado repentino.

Anna sabia desde o baile que recebera a família Carstairs em Londres, que Cordelia estava perdidamente apaixonada por James, e que James estava perdidamente apaixonado por Grace Blackthorn. Ela observara, tomara nota e determinara que convidaria Cordelia para o chá. Estar perdidamente apaixonado era um estado terrível. Talvez ela conseguisse convencer a moça a esquecer tudo aquilo.

Mas Anna logo percebeu que Cordelia era resistente e teimosa — e que ela, Anna, gostava muito da jovem. O suficiente para desejar fervorosamente que James acordasse e visse o que estava bem diante de seu nariz. Ela pensou que os vestidos pudessem ajudar — e ficara muito satisfeita com o olhar de assombro de James quando ele vira Cordelia dançar na Hell Ruelle. Na verdade, Anna poderia quase ter *acreditado* que James se dera conta de que Cordelia era a moça certa para ele — afinal, Grace tinha ficado noiva de Charles, então era carta fora do baralho — não fosse pelo anúncio repentino de Cordelia na reunião do Enclave.

Havia muitas habilidades que Anna sabia dominar, e uma delas era julgar o caráter das pessoas. Cordelia Carstairs, que corava só de ver um vestido revelador, não passaria a noite com um homem com o qual não era casada, mesmo que ele fosse o amor de sua vida. E James não comprometeria uma jovem solteira. Anna apostaria seu apartamento em Percy Street.

Quando passou pela porta na ponta do salão, Anna olhou para trás e viu Matthew e Cordelia dançando juntos. Cordelia parecia divertir-se, o que não era surpreendente: Matthew fazia qualquer um rir. Daquele ângulo não dava para ver o rosto de Matthew, embora houvesse algo no gestual dele com Cordelia que estivesse deixando Anna inquieta. Mas ela não conseguia dizer o que era.

Will tinha entrado na pista de dança; e os convivas foram todos sorrisos quando ele interrompeu para dançar com Cordelia. Pobre Cordelia, pensou Anna: era uma tradição dos Caçadores de Sombras dançar com uma noiva para dar boa sorte. Cordelia não conseguiria um momento sozinha. Mas pelo menos ela pareceu bastante feliz em dançar com o futuro sogro quando Matthew saiu para falar com Thomas.

Matthew também pareceu feliz enquanto dançava, pensou Anna, que agora seguia pelo corredor até o salão de jogos. Com sorte, ele estava saindo da melancolia de anos que enfrentava — um motivo de preocupação. Os Ladrões Alegres eram como irmãos caçulas para Anna, e Matthew sempre fora seu companheiro de brigas e aventuras.

O salão de jogos estava na penumbra. Anna gostava dali: era uma sala simples, sem fitas ou rosetas ou dourado. O conjunto de xadrez que o pai dela dera a Will brilhava ao luar que passava pela janela. Ele se projetava como um fogo fraco sobre o piso polido e a jovem de pé no meio da sala.

Ariadne Bridgestock.

Ariadne era a segunda coisa que estivera incomodando Anna durante a noite toda. Por dúzias de vezes, ela tivera vontade de perguntar a Ariadne se estaria tudo bem, se ela havia se recuperado, e por dúzias de vezes ela se contivera. Se a beleza fosse uma unidade de medida para o estado de saúde, Ariadne seria a pessoa mais saudável da festa. Os cabelos escuros brilhavam, a pele marrom parecia seda, e os lábios estavam fartos e vermelhos. Os primeiros lábios que Anna beijara. A primeira que ela amara.

— Desculpe — disse Anna com uma leve e formal reverência. — Não vi que você estava aqui.

Ela se virou para ir embora, mas Ariadne correu até ela, estendendo a mão.

— Anna, por favor. Quero falar com você.

Anna parou, olhando a porta. Seu coração latejava nos ouvidos. Ela se amaldiçoou baixinho; deveria ter superado aquele sentimento há muito tempo. Tão tola. Tão jovem. *Sou Anna Lightwood*, disse a si. *Nada me comove.*

— Ouvi você — disse Ariadne, baixinho.

Anna se virou para encará-la.

— O quê?

— Ouvi você quando veio até a enfermaria — disse Ariadne — e me pediu para não morrer.

Chocada, Anna falou:

— Então... você ficou sabendo sobre a traição de Charles por *mim*?

Ariadne gesticulou, as finas pulseiras de ouro tilintando como sininhos.

— Isso não fez muita diferença para mim. A única coisa importante foi a compreensão de que você ainda tem amor no coração por mim.

Anna levou a mão ao pingente em seu pescoço. Sua mãe lhe dera a joia quando ela estava deprimida pela perda de Ariadne. A primeira e última vez que Anna permitira que alguém lhe partisse o coração.

— Eu percebi que estava errada — falou Ariadne.

— Ao ficar noiva de Charles? — disse Anna. Ela se lembrava de, dois anos antes, ter encontrado Charles na casa dos Bridgestock quando ela fora levar flores para dar a Ariadne. Ainda se lembrava de como os Bridgestock sorriram quando ele beijou a mão de Ariadne, mesmo enquanto era enxotada da sala. — Há homens melhores, se você insiste tanto em se casar.

— Não — disse Ariadne. — Eu estava errada sobre mim e você. Equivocada a respeito do que eu queria. — Ela uniu as mãos. — O que eu disse anos atrás, parte daquilo ainda é verdade. Não desejo magoar meus pais. Quero ter filhos. Mas nada disso importa se eu não tiver amor na vida. — Ela deu um sorriso desejoso. — Você construiu uma bela reputação, Anna, como alguém que não acredita no amor.

Anna falou friamente:

— De fato. Acho que o amor romântico é a causa de toda a dor e todo o sofrimento neste mundo.

A seda do vestido de Ariadne farfalhou quando ela se mexeu. Um momento depois estava ao lado de Anna, nas pontas dos pés para roçar os lábios em sua bochecha. Quando recuou após aquele leve beijo, os olhos escuros de Ariadne brilhavam.

— Sei que você é determinada, Anna Lightwood, mas sou igualmente determinada. Vou fazer com que mude de ideia. Vou conquistar você de novo.

Ela ergueu as saias e saiu, o cheiro do perfume de flor de laranjeira pairando atrás como fumaça.

— Você não se importa de dançar com um velho como eu? — disse Will, girando Cordelia experientemente no salão.

Ela sorriu. Will não tinha o aspecto de um velho — e havia certa malícia de um menino no modo como ele sorria. Era estranho como nem Jem, nem Tessa haviam envelhecido desde a Guerra Mecânica, mas ambos pareciam mais velhos e mais sérios do que Will Herondale.

— De maneira alguma — respondeu ela. — Durante muitos anos, quando éramos pequenos, tanto Alastair quanto eu queríamos ver você e a Sra. Herondale com mais frequência. Pensávamos em vocês como tios.

— Agora que estará tão próxima, e seremos realmente família, muitas oportunidades virão — falou Will. — Uma festa de comemoração, talvez, quando seu pai voltar para casa.

Cordelia empalideceu. Tinha certeza de que seu pai não iria querer nada daquilo; ele iria querer esquecer que algum dia estivera fora, porque não desejaria se lembrar do motivo.

Will abaixou a cabeça para fitá-la com mais atenção.

— Ou podemos não organizar nada, se preferir. Nada é minha coisa preferida de se organizar. Requer tão pouco esforço.

Cordelia deu um sorriso fraco.

Will suspirou.

— Eu brinco bastante — disse ele. — É uma das formas como lido com a vida em um mundo complexo. Mas sinto que você não está completamente feliz em relação à volta de seu pai.

— É, como você diz, complexo — falou Cordelia. Ela estava levemente ciente de que os outros dançarinos os olhavam, provavelmente se perguntando o que estariam discutindo tão atentamente.

— Eu amava meu pai quando era criança — falou Will. — Achava que ele era o melhor homem que eu conhecia. Então, quando descobrimos que ele havia perdido todo nosso dinheiro nas mesas de jogos, passei a achá-lo o pior homem que já conheci. Agora que sou pai, sei que ele era apenas um homem.

Cordelia olhou para Will.

— Obrigada — disse ela. Seu desejo era agradecer a Will Herondale pela honestidade dele. Ela se perguntava o quanto ele sabia, ou supunha, sobre o pai dela: certamente havia boatos. E queria retribuir sendo honesta sobre seu casamento com James. Certamente Will devia ter notado que James mal falara com ela naquela noite... na festa de noivado deles, não é?

— Daisy?

Cordelia e Will pararam de dançar; ela viu, com surpresa, que James tinha se aproximado deles no piso laminado da pista de dança. O preto e marfim do traje noturno combinavam perfeitamente com ele, pensou ela, que por si só já era uma beleza de contrastes, preto e branco e dourado.

— Daisy? — disse ele de novo, timidamente, e Cordelia mal reparou em Will se afastando. Ela viu apenas a mão esticada de James. — Gostaria de dançar?

Eles pareciam notavelmente felizes, pensou Lucie. Não teria achado estranho, tirando o fato de que ela sabia a verdade: mesmo assim, James e Cordelia *eram* bons amigos. Enquanto ela observava, Cordelia gargalhava de algo que James falava, e ele esticou a mão para ajeitar uma mecha de cabelo que se soltara da faixa dela. Talvez os Ladrões Alegres estivessem certos — talvez os dois, sua melhor amiga e seu irmão, encontrassem um jeito de transformar aquilo em algum tipo de brincadeira?

— Em que está pensando, Luce? — perguntou Thomas, que estava encostado na parede do salão de baile, a gravata afrouxada. Ele tinha honradamente dançado várias canções com Esme Hardcastle antes de se retirar para a segurança do cantinho próximo à mesa de bebidas. Matthew se juntara a Thomas ali, assim como Lucie. — Está olhando muito pensativamente para Jamie e Cordelia.

— Eu estava pensando que ela faz dele um dançarino melhor — falou Lucie.

Matthew inclinou a cabeça para o lado.

— Pelo Anjo — disse ele. — Casamento. Sabiam que James me pediu para ser o *suggenes* dele?

Nas cerimônias de casamento de Caçadores de Sombras, o *suggenes* era aquele que acompanhava o noivo até o altar. Podia-se escolher qualquer um na vida da pessoa — mãe, pai, irmão, melhor amigo.

— Bem, isso não é estranho — disse Lucie. — Os *parabatai* quase sempre escolhem um ao outro.

— Isso faz com que eu me sinta muito adulto — respondeu Matthew. Ele estava bebendo de seu frasquinho, o que, para Lucie, não era um bom sinal. Em geral, em festas nas quais bebidas alcoólicas eram fornecidas, Matthew era sempre visto com uma taça de vinho. Se ele estava tomando sua dose de *brandy* do frasco, devia estar muito determinado a ficar o mais bêbado possível. Os olhos dele também brilhavam, muito perigosamente. Talvez estivesse com raiva de Charles? Com raiva dos pais por terem aceitado o casamento de Charles com Grace tão facilmente? Mas como eles poderiam saber?, perguntava-se, olhando para Henry e Charlotte, acomodados a uma mesa na ponta oposta do salão. A cadeira de rodas de Henry estava de sentinela contra a parede e a Consulesa e o marido estavam inclinados um para o outro, conversando baixinho, as mãos entrelaçadas. — Embora — acrescentou ele, com os olhos se semicerrando quando ele olhou para além de Thomas —, não adulto o suficiente para suportar *aquilo*.

Lucie olhou e viu Alastair Carstairs avançando em meio à multidão, vindo na direção deles. Tinha os ombros levemente curvados, e o cabelo tingido de preto o fazia parecer uma pessoa diferente.

— Seja educado com ele, Matthew — disse Thomas, esticando-se. — Ele me ajudou muito quando precisei fazer o antídoto.

— Vocês provaram as tortinhas de limão? — disse Alastair, em tom leve, ao chegar ao grupo. — Você tem uma cozinheira excelente, Lucie.

Lucie piscou. Matthew contraiu a mandíbula.

— Não tente puxar conversa, Alastair — disse ele. — Isso me dá dor de cabeça.

— Matthew — falou Thomas em tom severo. — Você está precisando se sentar um pouco?

Matthew guardou o frasco de volta no bolso com as mãos trêmulas.

— Não preciso — disse ele. — Preciso que Carstairs nos deixe em paz. Esta noite já está difícil o suficiente...

Não houve chance para Lucie perguntar o porquê da dificuldade da noite, pois Alastair já havia interrompido. Parecia em parte irritado e em parte envergonhado, a voz controlada, porém tensa.

— Não podemos deixar a época da Academia no passado? — indagou ele. — Se eu admitisse que fui um canalha, isso seria suficiente? Como posso pedir desculpas?

— Não pode — rebateu Matthew, a voz muito estranha, e todos olharam para ele. Lucie teve a estranha sensação de estar observando alguém equilibrado na ponta de uma faca; Matthew era todo ângulos afiados naquele momento, como se fosse feito de adagas sob a pele. — Não pense que é nosso amigo agora, ou que é bem-vindo entre nós, independentemente de tudo o que aconteceu.

Thomas franziu a testa.

— Matthew — disse, a voz normalmente gentil ganhando um tom repreensivo —, aquilo foi no passado. Está na hora de sermos adultos e esquecermos deslizes infantis.

— Thomas, você é bom — disse Matthew. — É bom demais, e quer esquecer. Mas eu não sou bom, e não consigo me impedir de lembrar.

A luz sumira dos olhos de Alastair. Embora, para a surpresa de Lucie, ele não parecesse irritado. Parecia quase resignado.

— Deixe que ele diga o que quiser, Thomas.

— Você não tem direito de falar com Thomas desse jeito familiar — disse Matthew. — Eu jamais contei isso a você, Thomas. Não tive coragem. Mas é melhor que você saiba a verdade do que abrir a guarda para que esta cobra fique sua amiga.

— Matthew... — começou Thomas impacientemente.

— Sabe o que ele costumava dizer na Academia? — recomeçou Matthew. — Que minha mãe e seu pai eram amantes. Que eu era o filho bastardo de seu pai. Ele me disse que Henry era apenas meio homem e que não podia ter filhos, e, por isso, Gideon tinha se prontificado. Ele disse que sua mãe era tão terrivelmente feia por causa da cicatriz no rosto, que ninguém poderia culpar seu pai por procurar outra. E que você era uma coisinha doente e feia porque tinha herdado a fraqueza de constituição dela... porque ela era mundana, mas não apenas mundana. Uma criada e uma prostituta.

Matthew parou com um arquejo, como se nem ele conseguisse acreditar direito no que tinha acabado de dizer. Thomas ficou completamente imóvel, a cor sendo drenada de seu rosto. Alastair também congelou. Foi Lucie quem falou, para a surpresa dela mesma:

— Foi *ele* a fonte daquele boato terrível? Alastair?

— Não... não a fonte — disse Alastair, a voz soando como se a estivesse forçando pela garganta apertada. — E eu não disse todas essas coisas para Matthew...

— Mas você as disse para os outros — replicou Matthew em tom gélido.
— E eu passei anos ouvindo tudo isso por aí desde então.
— Sim — admitiu Alastair, inexpressivamente. — Eu espalhei a história. Eu repeti... essas palavras. Eu fiz isso. — Ele se virou para Thomas. — Eu...
— Não peça desculpas. — Os lábios de Thomas estavam cinzentos. — Acha que não ouvi esse boato? É claro que ouvi, embora Matthew possa ter tentado me proteger. E ouvi minha mãe chorar por causa dele, vi meu pai incoerente de ódio e tristeza, minhas irmãs arrasadas de vergonha por causa de *mentiras*... — Ele parou, sem fôlego. — E você repetiu tais palavras sem saber ou se importar se eram verdade. Como pôde?
— Eram apenas palavras — disse Alastair. — Eu não achei...
— Você não é quem eu pensei que fosse — disse Thomas, cada palavra fria e contundente. — Matthew está certo. Esta é a festa de noivado de sua irmã, e pelo bem de Cordelia, vamos conter nossos modos em relação a você, Carstairs. Mas se chegar perto de mim ou se falar comigo de novo, vou arremessar você no Tamisa.

Lucie jamais, na vida toda, ouvira Thomas falar de modo tão frio. Alastair recuou, a expressão de choque. Então ele deu meia-volta e disparou para o meio da multidão.

Lucie ouviu Matthew murmurar algo para Thomas, mas ela não ficou para ouvir o que era: já estava correndo atrás de Alastair. Ele corria como se tivesse asas nos pés, e ela disparava atrás dele: pelas portas do salão de baile, descendo pelos degraus de pedra e finalmente alcançando-o no corredor da entrada.

— Alastair, espere! — gritou ela.

Ele se virou para olhar para Lucie, e ela se deu conta, para seu choque, de que ele estava chorando. De um modo estranho, foi lembrada da primeira vez que vira um homem chorar: o dia em que seu pai descobrira que os próprios pais estavam mortos.

Alastair limpou as lágrimas furiosamente.

— O que você quer?

Lucie quase se sentiu aliviada por ouvi-lo soar tão característico.

— Você não pode ir embora.

— O quê? — zombou ele. — Você não me odeia também?

— Não importa o que eu penso. Este é o noivado de Cordelia. Você é o irmão dela. Vai partir o coração dela se sumir, e por isso eu digo que você não vai embora.

Ele engoliu em seco.

— Diga a Layla... diga a Cordelia que estou com uma dor de cabeça forte e que estou descansando em nossa carruagem. Não há necessidade de ela se apressar ou de estragar a noite.

— Alastair...

Mas ele se fora, noite afora. Lucie se virou de volta para as escadas, desanimada. Pelo menos Alastair não sairia do Instituto, mas ela teria preferido...

Ela deu um salto. De pé, em um nicho entre as sombras, estava Grace, o vestido verde quase luminoso na escuridão. Ela fez uma careta ao ver Lucie.

— Suponho que pareça que eu estava entreouvindo — disse ela. — Mas garanto a você, não tinha desejo algum de ouvir nada *daquilo*.

Lucie cerrou as mãos junto aos quadris.

— Então por que está aqui?

— Eu já estava nos degraus — falou Grace. — Ouvi você bufando e concluí que seria preferível me esconder a puxar conversa.

— Você estava indo embora — disse Lucie. — Não estava?

Grace não respondeu. Ela estava de pé, bastante altiva, sem se recostar na parede. Lucie se lembrou de algo que James dissera a ela uma vez, sobre Tatiana forçá-la a caminhar pela antessala da Mansão Blackthorn com um livro equilibrado na cabeça para aperfeiçoar a postura.

— Sabe — disse Lucie, sentindo-se muito cansada —, você não *precisa* se casar com Charles.

Grace revirou os olhos.

— Por favor, não se preocupe. Não estou impaciente para ir embora por causa de excesso de mágoa. E não se dê ao trabalho de me contar que James não quer realmente se casar com Cordelia; eu também sei disso.

Lucie congelou.

— Eu jamais teria dito isso.

— Não — falou Grace. — Suponho que *você* não teria.

Lucie soltou um fôlego exasperado.

— Eu sei que você acha que não temos nada em comum. Mas sou a única outra pessoa no mundo que sabe sobre seu irmão. Que conhece o segredo que você está protegendo.

Grace ficou imóvel.

— Você viu Jesse em Idris — continuou ela. — Eu falei com ele. Eu sei que ele disse a você que não era para ajudá-lo, e sei que vocês, Herondale, são *honrados*. — Ela praticamente cuspiu a palavra. — Se ele pediu a você que não ajudasse, você não vai ajudar. Que utilidade imagina que eu tenha para mais uma pessoa que não vai ajudar minha família?

Lucie empinou o queixo.

— Isso mostra o quanto você me conhece bem, Srta. Blackthorn. Eu tenho total intenção de fazer tudo o que puder para ajudar Jesse... queira ele ou não.

Grace deu um passo adiante, saindo das sombras. Os brincos verdes dela dançaram à luz, como os olhos de um gato.

— Nesse caso — disse ela —, conte-me mais sobre isso.

Não levou muito tempo para Magnus encontrar Matthew Fairchild, encostado numa parede próxima à porta da sala de descanso, a gravata completamente desfeita.

Magnus ficou parado um momento, olhando para ele: Matthew era exatamente o tipo de pessoa que Magnus sempre queria ajudar, e que depois rendia uma autocensura danada por tê-lo feito. Na vida de Magnus, houvera centenas de Matthew Fairchild: rapazes e moças tão autodestrutivos quanto belos, os quais, apesar de todos os dotes, pareciam não desejar outra coisa senão destruir as próprias vidas. Ele dissera a si diversas vezes que os Matthew Fairchild deste mundo não podiam ser salvos, no entanto, não conseguia se impedir de tentar.

Magnus encostou na parede, ao lado de Matthew. E se perguntou por que Matthew tinha escolhido ficar ali, parcialmente escondido por uma pilastra do restante do salão. Ele parecia olhar o salão de dança, porém com os olhos vidrados.

— Sempre ouvi falar — disse Magnus — que era grosseiro para um cavaleiro não dançar.

— Então você também deve ter ouvido que geralmente sou considerado muito grosseiro — falou Matthew. Havia um frasco na mão direita dele, e um anel com a insígnia dos Fairchild brilhava em seu dedo.

Magnus há muito já concluíra que um homem que levava bebida para uma festa na qual bebidas eram oferecidas estava, de fato, em um estado deplorável. Mas a verdadeira questão, pensou ele, era: por que ninguém mais parecia notar que Matthew só se mantinha de pé porque a parede o estava segurando?

Normalmente, aquilo não teria parecido particularmente estranho a Magnus — para um rapaz de 17 anos, ficar inebriado em uma festa não era incomum —, mas Matthew também se revelara bêbado quando eles se encontraram na Tower Bridge, embora um olho menos experiente do que o de Magnus talvez não tivesse notado. Um olhar menos experiente poderia sequer notar agora. Não era a bebida, pensou Magnus, mas o fato de que Matthew era claramente treinado em fingir que *não* andara bebendo.

Magnus disse, levemente:

— Achei que eu poderia ser uma exceção, pois você disse que admirava meus coletes.

Matthew não respondeu. Ainda estava olhando para a pista de dança — embora não apenas para a multidão de dançarinos, mas para um casal específico. Cordelia Carstairs e James Herondale.

Outro Carstairs se unindo a outro Herondale. Magnus achou interessante quando soube do noivado. E também achou que se lembrava de James ter comentado sobre outra menina para ele quando se conheceram, mas um dia o próprio Romeu achara estar apaixonado por uma jovem chamada Rosalind. Estava claro, pela forma como James e Cordelia se olhavam, que aquela era uma união por amor. Também estava claro por que Matthew estava de pé ali naquele canto — de seu ponto privilegiado, havia uma vista perfeita de James e Cordelia, dos cabelos negros colados aos cabelos de fogo, do rosto dos dois bem coladinho.

Magnus pigarreou.

— Entendo por que meus coletes não conseguem prender sua atenção, Fairchild. Já estive no seu lugar. Desejar o que não pode ter só vai despedaçar seu coração.

Matthew falou baixinho:

— Seria diferente se James a amasse. Eu iria para a escuridão silenciosa como Jem fez, e jamais falaria nela de novo. Mas ele não a ama.

— O quê? — Magnus ficou desagradavelmente espantado.

— Esse é um falso casamento — disse Matthew. — Será apenas por um ano.

Magnus guardou a informação como um mistério a ser solucionado: não combinava com o que ele sabia sobre os Herondale, fosse pai ou filho.

— E, no entanto — falou Magnus —, durante esse ano eles serão marido e mulher.

Matthew ergueu o olhar, seus olhos verdes brilharam.

— E durante esse ano, eu não farei nada. Que tipo de pessoa você acha que sou?

— Acho — disse Magnus, muito lentamente — que você é uma pessoa que está incrivelmente triste, embora eu não saiba o motivo. E acho que, como um imortal, posso lhe dizer que muita coisa pode acontecer em um ano.

Matthew não respondeu. Continuava observando Cordelia e James. Todos no salão olhavam para eles. Eles dançavam juntos, e Magnus teria alegremente apostado um bom dinheiro que os dois estavam apaixonados.

Uma aposta, parecia, que ele teria perdido. Ainda assim...

Ah, céus, pensou Magnus. *Talvez eu tenha que permanecer em Londres um pouco mais.*

Talvez eu deva mandar trazerem meu gato.

Era como se tempo nenhum tivesse se passado desde o primeiro baile de Cordelia em Londres. No entanto, tudo havia mudado.

Ela se sentia a anos luz distante da menina ansiosa que viera até Londres desesperada para fazer amigos e aliados, que via um estranho em cada rosto. Agora tinha amigos — uma abundância de amigos: lá estava Anna, na entrada do salão de baile, conversando alegremente com Christopher. E Thomas, sentado com sua irmã e Matthew, ao lado de Magnus Bane. E Lucie, sua Lucie, que um dia estaria ao seu lado nos círculos incandescentes da cerimônia de *parabatai*.

— Daisy — disse James, com um sorriso. Era um sorriso sincero, embora ela não soubesse muito bem se ele estava feliz ou triste ou algo entre um e outro. — No que está pensando?

Uma coisa não mudara: o coração dela ainda acelerava quando dançava com James.

— Eu estava pensando — falou ela — que deve ser estranho para você que o mundo de Belial tenha sido destruído.

Uma sobrancelha escura se ergueu, como um floreio de nanquim sobre uma página.

— O que quer dizer?

— Era um lugar que só você podia ver — afirmou ela. — Ao qual só você podia ir. Agora acabou. É como um inimigo que você conhece há muito tempo. Mesmo que o odiasse, deve ser estranho pensar que jamais voltará a vê-lo.

— Ninguém mais entendeu isso. — James a olhava com um carinho gentil e confuso, a Máscara totalmente ausente agora. Ele a puxou para si. — Devemos pensar nisso como uma aventura, Daisy.

Ela sentia o coração dele batendo de encontro ao dela.

— Pensar no que como uma aventura?

— Nosso casamento — disse James, determinado. — Eu sei que você abriu mão de muita coisa por mim, e eu não quero que você jamais se arrependa disso. Vamos viver juntos como melhores amigos. Vou ajudar você a treinar para sua cerimônia de *parabatai*. Vou defender e apoiar você, sempre. Você jamais precisa se sentir sozinha. Eu sempre estarei presente.

Os lábios dele roçaram a bochecha de Cordelia.

— Lembre-se de como nos saímos bem na Sala dos Sussurros — cochichou James, e ela estremeceu ao sentir o hálito dele contra a pele. — Nós enganamos todos eles.

Enganamos todos eles. Então tinha sido como ela temia, apesar do que James tinha dito — e talvez acreditado — naquele momento: que fora real para ela, mas não para ele. Um prazer estranho e amargo.

— Creio — continuou James — que eu esteja dizendo que entendo que esta é uma experiência estranha, mas espero que você possa ser pelo menos um pouquinho feliz, Daisy.

O cabelo dele caía sobre a testa. Cordelia se lembrou das milhares de vezes em que quisera afastar a mecha do rosto. Desta vez ela obedeceu ao impulso.

Cordelia sorriu um sorriso tão falso quanto largo.

— Eu estou — falou ela — um pouquinho feliz.

A covinha surgiu na bochecha dele.

— Fico feliz ao ouvir isso — disse ele, e a guiou para o passo seguinte da dança.

Cordelia se lembrou do baile, quando ele a abandonara na pista de dança e caminhara até Grace. James não faria isso agora; ele era honrado demais. Ele seria dela, durante um ano — um ano de alegria amarga. Teria o pai de volta também. Permaneceria em Londres e seria *parabatai* de Lucie. Tinha tudo o que queria, no entanto, nada da forma como havia imaginado.

Recordou-se do que James dissera sobre as frutas das fadas: que quanto mais se comia, mais se queria, e mais doía quando acabava. No entanto, não conhecer o gosto também não seria uma forma de tormenta?

Ela amava James; sempre amaria. Tantas pessoas amavam sem esperança ou retorno, sem o sonho de um toque ou de um olhar do objeto da afeição. Elas seguiam caladas e arrasadas como mortais famintos pelas frutas das fadas.

O que o destino oferecia a ela agora era um ano das tais frutas em sua mesa. Um ano morando com James e amando-o poderia estragá-la para qualquer outro amor, mas, ah, pelo menos ela arderia gloriosamente. Durante um ano, compartilharia a vida dele. Eles passeariam juntos, leriam juntos, comeriam juntos e viveriam juntos. Eles gargalhariam juntos. Durante um ano, ela ficaria perto do fogo e conheceria a sensação de se queimar.

Epílogo
Casa Chiswick, Londres

Não muito longe das luzes de Londres, guardas Nephilim escoltavam Tatiana até a Casa Chiswick, os portões e as vias sufocados e quase intransponíveis devido aos espinhos. Arbustos espinhentos arrancavam a luz do sol de todas as janelas, evitando que os guardas — que incluíam os irmãos dela, Gabriel e Gideon — vissem do lado de dentro enquanto Tatiana recolhia seus pertences, ressurgindo a seguir à porta da frente com uma pequena valise marrom na mão.

Ela abaixou o rosto para eles do alto da escadaria.

— Eu gostaria de pedir permissão para ir mais uma vez até o jardim — disse ela. Não achava que o ódio que sentia por eles transparecia em seu rosto. Eles não pareciam saber; jamais entenderam o quanto eram merecedores de sua ira. — Para dizer adeus às memórias de meu marido e de meu pai.

Um tipo de espasmo pareceu percorrer o rosto de Gabriel. Gideon colocou a mão no ombro do irmão. Eles jamais haviam respeitado o pai. Sequer ficaram enlutados por ele depois que permitiram a Will Herondale e Jem Carstairs assassiná-lo.

Gideon concordou.

— Vá em frente — disse ele, assentindo brevemente. — Esperaremos aqui.

Os Herondale, pensou Tatiana, conforme ia caminhando até o jardim italiano. Sangue sujo corria nas veias deles. Na opinião dela, o nome deles dominava os livros de história mais do que o necessário. Deveria haver muito mais ocorrências do nome Lightwood e menos do nome Herondale. Afinal, ela não se surpreenderia se ficasse sabendo que a esposa feiticeira de Will Herondale não era o primeiro caso em que sua família manchara a linhagem com sangue do Submundo.

Ela chegara à pequena estrutura murada no centro do jardim. A porta estava destrancada — Tatiana xingou Grace silenciosamente: *menina burra e preguiçosa* — e correu para dentro para ver se algum dano havia sido feito. Para seu alívio, o caixão de Jesse estava imaculado: a madeira brilhava, o vidro estava intocado pela poeira. A antiga espada Blackthorn que um dia seria de seu filho pendia, reluzente, na parede.

Ela colocou a mão na superfície. Ali estava seu menino, seu príncipe adormecido. Para Tatiana, Jesse fazia lembrar seu marido. Rupert tinha ossos tão bem moldados, tanta delicadeza e perfeição de feições e forma. O dia em que ele fora arrancado deste mundo foi uma tragédia. Ela parara todos os relógios da mansão e da casa de campo quando levaram seu corpo, pois naquele momento seu mundo tinha acabado.

Exceto por Jesse. Ela vivia para Jesse agora, e por vingança.

— Não se preocupe — disse uma voz sedosa.

Tatiana soube quem tinha falado antes mesmo de erguer o olhar.

Ele era um redemoinho de pó a princípio, um punhado de areia luminosa que se reconstituíra na forma de um lindo homem vestido de cinza, os olhos como cacos de vidro.

— Grace vai cuidar dele — disse Tatiana. — Ela se importa com o irmão com a mesma intensidade com que você não se importa com ninguém.

— Não deixarei que nenhum mal aconteça a Jesse — disse o Príncipe do Inferno. — O que ele carrega é precioso demais.

Tatiana sabia que ele não estava realmente ali, que Belial não podia caminhar na terra exceto como uma ilusão de si mesmo. Ainda assim, ele brilhava como vidro quebrado, brilhava como cidades em chamas. Diziam que Lúcifer era o mais lindo anjo a perder o Paraíso, mas Tatiana não acreditava nisso. Não poderia haver anjo mais lindo do que Belial, pois ele estava em constante mutação. Tinha mil formas.

— Por que eu deveria acreditar nisso? — indagou ela. — Você me deixou adoecer com aquele veneno, e eu poderia ter morrido. Você prometeu que apenas meus inimigos seriam feridos. E veja só — ela estendeu o braço para o pátio onde Gideon e Gabriel a aguardavam —, eles *ainda vivem*!

— Eu jamais teria deixado você morrer — falou Belial. — Era necessário evitar que as suspeitas recaíssem sobre seu nome. O que eu fiz foi para salvar você.

A amargura deixou a voz dela áspera.

— Salvar para quê? Para eu apodrecer na prisão enquanto meus inimigos prosperam?

Belial colocou as mãos no caixão de Jesse. Seus dedos eram longos, como pernas de aranha.

— Já discutimos isso, Tatiana. A morte de Barbara foi meu presente para você, mas foi apenas o início. O que tenho em mente para os Herondale, os Lightwood e os Carstairs é muito maior e mais terrível do que a simples morte.

— Mas seu plano de ascender James Herondale na escuridão parece ter fracassado. Mesmo depois que eu o preparei para você...

Por apenas um momento, a expressão de Belial perdeu a compostura, e nesse ínterim, Tatiana pareceu capaz de enxergar através do precipício a escuridão visível do Abismo.

— Você o *preparou*? — disse ele, com escárnio. — Quando ele veio até mim em meu reino, estava sem o bracelete. Ele estava *protegido*.

Tatiana empalideceu.

— Não é possível. Estava no pulso dele na reunião de hoje. Eu vi!

Um risinho percorreu o rosto de Belial, mas sumiu rápido.

— Não foi só isso. Você não me contou que a jovem Carstairs empunha uma das lâminas de Wayland, o Ferreiro.

Ele abriu o paletó. Ali no peito do demônio havia um ferimento, uma laceração ensanguentada no tecido da camisa de onde escorria sangue vermelho-escuro. Um ferimento que parecia recente e ainda aberto. Embora

Tatiana soubesse que ele não estava realmente ali na forma sólida, que não estava realmente sangrando, a visão ainda era perturbadora. Não se deveria poder ferir um Príncipe do Inferno.

Ela recuou um passo.

— Eu... eu não achei importante. A menina não parece ser nada...

— Então você não entende o que é Cortana. Enquanto ela empunhar a espada, e proteger James, não conseguirei chegar perto dele. — Belial fechou o paletó. — Aqueles tolos acham que como fui ferido pela lâmina, não poderei voltar ao mundo deles durante um século. Não sabem que tenho uma âncora aqui. E não entendem o poder de minha ira. — Ele exibiu os dentes, e cada um era uma ponta afiada, refilada. — Verão meu retorno mais cedo do que pensam.

Tatiana sabia que deveria temer a ira de um Príncipe do Inferno, mas não poderia haver medo quando já não havia mais nada a perder. Ela retraiu os lábios.

— Suponho que você enfrentará esse retorno sozinho, pois eu estarei aprisionada na Cidadela Adamant. — Ela tocou o caixão de Jesse, um soluço subiu por sua garganta. — E meu lindo menino padecerá sem mim.

— Ah, Tatiana, meu cisne negro — murmurou Belial, e agora ele sorria. — Não entende que este é o ápice do meu plano? Os Herondale, os Lightwood, o Enclave, todos eles bloquearam você dos assentos de poder. Mas onde jaz o coração dos Nephilim? Jaz no dote do anjo para eles, o *adamas*. As estelas que desenham suas Marcas, as lâminas serafim que os protegem.

Ela olhou para ele, a compreensão se assentando.

— Quer dizer...

— Ninguém pode entrar na Cidadela Adamant — disse ele. — Mas você será escoltada para dentro, minha cara. E então você vai atacar a Clave a partir do coração dela. Nós atacaremos juntos.

Com a mão apoiada no caixão do filho, Tatiana começou a sorrir.

Notas sobre o texto

A maioria dos lugares na Londres de *Corrente de ouro* são reais: *existiu* uma Taverna do Diabo na Fleet Street com a Chancery, onde Samuel Pepys e o Dr. Samuel Johnson bebiam. Embora tenha sido demolida em 1787, gosto de pensar que continuou viva como um refúgio dos seres do Submundo, invisível para os mundanos. O poema que Cordelia recita quando está dançando na Hell Ruelle é da obra *The Book of the Thousand Nights and a Night* de Sir Richard Francis Burton, publicado em 1885. A pedra de Dick Whittington é real, e fica ao pé de Highgate Hill. *Layla and Majnun* é um poema épico em persa/farsi, escrito em 1188 pelo poeta Nizami Ganjavi. Usei o exônimo "persa" para me referir à língua que Cordelia e a família dela falam ao longo do livro, pois Cordelia e Alastair não cresceram no Irã e "persa" era a forma como qualquer pessoa que falasse inglês em 1903 pensaria na língua. Eu também gostaria de aproveitar este momento para agradecer à Tomedes Translation e a Fariba Kooklan pela ajuda com o persa neste livro. Os trechos de *Layla e Majnun* foram tirados da tradução para o inglês de James Atkinson, de 1836, a qual é a mais provável que Cordelia tivesse.

Este livro foi composto na tipografia
Minion Pro em corpo 11/15, e impresso em
papel Pólen Soft na Geográfica.

Vire a página para ler

Conto de fadas de Londres,

um conto especial com Will e Tessa

Londres, 3 de março de 1880

Will Herondale estava sentado à janela do novo quarto e olhava para uma Londres congelada sob um frígido céu de inverno. Neve cobria os telhados que se estendiam em direção ao pálido filete do Tamisa, conferindo à vista um toque de conto de fadas.

Embora, no momento, Will não estivesse muito animado com contos de fadas.

Ele deveria estar feliz, sabia disso — afinal, era o dia de seu casamento. E ele se sentira feliz desde a hora que acordara — mesmo quando Henry, Gabriel e Gideon adentraram marchando em seu quarto para incomodá-lo com conselhos e piadas enquanto ele se vestia — até o término da cerimônia. Foi então que aconteceu. Era por isso que ele estava sentado em um banco diante da janela em vez de no andar de baixo diante da lareira beijando a esposa. Sua nova esposa.

Tessa.

Tudo tinha começado perfeitamente bem. Não fora rigorosamente uma cerimônia matrimonial de Caçadores de Sombras porque Tessa não era rigorosamente uma Caçadora de Sombras. Mas Will decidira usar o traje matrimonial mesmo assim, porque ele seria o chefe do Instituto de Londres, e seus filhos seriam Caçadores de Sombras, e Tessa chefiaria o Instituto ao seu lado e seria parte de toda sua vida de Caçador de Sombras, e eles deveriam iniciar tal como pretendiam prosseguir, na opinião dele.

Henry, em sua cadeira de rodas, usando uma estela, ajudou Will com as Marcas de Amor e Sorte que decoravam suas mãos e seus braços antes de Will vestir a camisa e o paletó do traje. Gideon e Gabriel brincaram sobre o péssimo negócio que Tessa estaria fazendo ao ficar com Will, e sobre como ficariam felizes em trocar de lugar com ele, embora os irmãos Lightwood estivessem noivos, e Henry estivesse felicíssimo casado e com um filhinho bagunceiro, Charles Buford, que no momento tomava muito do tempo e da atenção dos pais.

E Will sorriu e gargalhou, e se olhou no espelho para se certificar de que seu cabelo não estava um desastre, e então pensou em Jem, e seu coração doeu.

Era tradição que Caçadores de Sombras tivessem um *suggenes*, alguém que caminhasse com eles até o altar para a cerimônia de casamento. Normalmente um irmão ou um amigo próximo — e se a pessoa tivesse um *parabatai*, a escolha do *suggenes* era natural. Mas o *parabatai* de Will era um Irmão do Silêncio agora, e Irmãos do Silêncio não podiam ser *suggenes*. Então aquele lugar ao lado de Will permaneceria vazio quando ele caminhasse pela catedral.

Ou pelo menos pareceria vazio a todos. Para Will, seria preenchido pela lembrança de Jem: o sorriso, a mão no braço dele, a lealdade inabalável.

No espelho, ele viu um Will Herondale, 19 anos, usando um traje azul intenso — remetendo à ascendência de feiticeira de Tessa — com o forro dourado. O traje tinha o corte de uma sobrecasaca, os punhos e a bainha eram luxuosamente bordados com uma estampa de Marcas douradas. Abotoadoras douradas brilhavam em seus punhos. Os cabelos pretos selvagens tinham sido domados para a ocasião; ele parecia composto e calmo, embora por dentro sua alma respirasse luto e amor. Até o ano anterior, ele jamais pensara que seu coração pudesse conter tamanha quantidade de tristeza e felicidade simultaneamente, no entanto, ao mesmo tempo que se enlutava por Jem e amava Tessa, sentia as duas emoções em partes iguais. Ele sabia que ela também se sentia assim, e era reconfortante que os dois estivessem juntos e compartilhassem o que poucos outros haviam sentido, pois embora Will acreditasse que o luto profundo e a alegria profunda *pudessem* acontecer ao mesmo tempo, assim como o amor acontecia, ele não acreditava que fosse comum.

— Não se esqueça da bengala, Will — disse Henry, arrancando Will dos devaneios, e então lhe entregou a bengala com cabeça de dragão que tinha sido de Jem. Will fez uma reverência para Henry, seu coração preenchido, então seguiu para o andar de baixo e para o centro da igreja.

O lugar tinha sido decorado com faixas estampadas com Marcas douradas de Amor, Casamento e Lealdade. O sol brilhava forte do lado de fora, iluminando o caminho entre os bancos que davam para o altar. Estava decorado com montes de flores brancas trazidas de Idris. Elas enchiam o salão com um cheiro que lembrava a Will da Mansão Herondale na área campestre de Idris, uma enorme pilha de pedras douradas que ele herdara ao fazer 18 anos. Seu coração se alegrou com o pensamento: ele e Tessa tinham visitado a mansão no verão do ano anterior, quando as árvores da floresta Brocelind estavam envoltas em verde e os campos estavam vivos com cores. Aquilo lembrara a ele da casa de sua infância no País de Gales; Will esperava que ele e Tessa pudessem passar todos os meses de verão lá de agora em diante.

O coração dele se animou um pouco quando ele apoiou a bengala de Jem contra o altar e se virou para encarar o salão: Will tivera medo de que o Enclave de Londres, com seu preconceito e sua intolerância, fosse evitar o casamento; os sentimentos pelo fato de Tessa ser feiticeira iam desde a indiferença até a frieza descarada. Mas os bancos estavam todos ocupados, e ele via rostos sorridentes por toda parte: Henry ao lado de Charlotte (que deixara o bebê Charles aos cuidados de Bridget), que usava um chapéu que tremia com uma pilha de flores; os recém-casados Baybrook; os Townsend, os Wentworth e os Bridgestock; George Penhallow, que no momento atuava como chefe interino do Instituto; a irmã de Will, Cecily, sentada ao lado da grande harpa de ouro que tinha sido trazida da sala de música; Gideon e Gabriel Lightwood juntos; e até mesmo Tatiana Blackthorn, segurando o pacotinho envolto numa manta, seu filho, Jesse, e usando um vestido rosa estranhamente familiar.

Parte de Will desejava que seus pais pudessem estar ali. Ele fora visitá-los várias vezes em segredo desde que Charlotte lhe dera permissão para usar o Portal da cripta para visitar sua família. Mas eles estavam muito longe do mundo dos Caçadores de Sombras agora, e não desejavam voltar. Will e Tessa os visitariam alguns dias depois do casamento, para receber os parabéns e a benção.

Charlotte ficou de pé. Tinha tirado o chapéu, e estava usando a regalia completa da Consulesa que ela era agora, suas vestes estampadas com Marcas prateadas e douradas, o cajado da Consulesa nas mãos. Ela, como Will, caminhara lentamente entre os bancos e degraus acima até o altar; ocupou seu lugar atrás do altar e sorriu para o noivo. Para ele, a aparência dela era exatamente a mesma de quando ele chegara ao Instituto pela primeira vez, apavorado e sozinho, e ela o recebera.

Uma única e suave nota ecoou pelo salão. Will se lembrou das aulas de harpa que Cecily tivera no País de Gales; a mãe dele também sabia tocar o instrumento. Will desejava que...

E todos os seus desejos caíram por terra, pois as portas nos fundos da igreja se abriram e Tessa entrou.

Ela escolhera se vestir completamente de dourado, desafiando aqueles que poderiam dizer que ela não era uma Caçadora de Sombras completa e que não tinha direito de usar a cor. O vestido era de seda, com um corpete costurado justo ao corpo e uma saia volumosa sobreposta com uma camada de tule marfim. As luvas eram de seda e delicadas, assim como as sandálias de contas que despontavam da bainha do vestido. O cabelo dela tinha sido adornado com pequenas flores douradas de seda torcida.

Ele jamais vira alguém, ou coisa alguma, tão linda.

Ela caminhava com o queixo erguido, orgulhosa, os olhos em Will. Aqueles olhos cinza: na primeira vez que ele olhara dentro deles, ficara completamente impressionado devido à semelhança deles com metal. As bochechas dela estavam coradas; Tessa segurava firmemente o braço de

Sophie, que a acompanhava serenamente até o altar. Will não ficara nada surpreso quando Tessa escolhera Sophie como sua *suggenes*. Ele também gostava de Sophie, mas, no momento, não conseguia olhar para mais nada além de Tessa.

Ela se juntou a ele no altar, Sophie se posicionando para ficar atrás de Tessa. Will sentia seu coração batendo fora do peito. Tessa olhava para baixo; ele só conseguia ver o alto da cabeça dela e as flores douradas de seda entre os cachos do cabelo.

Ele jamais imaginara que aquilo aconteceria. Não de verdade, no fundo de seu coração, onde seus medos mais sombrios se escondiam. Durante tanto tempo ele aceitara que jamais pararia de amar Tessa, mas que aquele amor jamais daria em nada. Que seria escondido, talvez fadado a queimar para sempre com a mesma tristeza terrível, talvez para viver como uma erva--de-passarinho destruindo lentamente sua capacidade de sentir alegria. Ela seria dele apenas nos sonhos; a memória de tê-la beijado seriam os únicos beijos que ele conheceria.

Os Herondale amavam apenas uma vez, e ele entregara seu coração a Tessa. Mas ela não pudera aceitar.

Quando tudo mudou, a felicidade se assentara lentamente. Uma luz penetrando as nuvens da perda que carregavam o nome de seu *parabatai*. Will acordava gritando por Jem, e Tessa vinha do quarto e se sentava com ele, segurando sua mão até que ele dormisse de novo. E às vezes era ela quem sentia o luto e era ele quem a confortava.

E então ele começou a se preocupar que o amor não pudesse crescer de um solo tão amargo. Mas foi crescendo, sim, e mais exuberante e profundo do que antes. Quando Will pediu Tessa em casamento, eles tinham se tornado ouro forjado no fogo. O tempo desde aquele dia, ansiosos pelo casamento, se tornara um delírio de felicidade, uma confusão de planos e gargalhadas.

Mas Tessa não estava olhando para ele, e por um momento Will foi tomado pelas velhas dúvidas; e disse com uma voz tão baixa que duvidou que Charlotte ou Sophie pudessem ouvir:

— Tess, *cariad*? — Tess, *querida*?

Ela ergueu o rosto. Estava sorrindo, seus olhos brilhavam. Ele se perguntava como poderia ter confundido a cor deles com metal: eram como as nuvens que se acumulavam sobre Cadair Idris. Ela colocou a mão na boca como se estivesse tentando se impedir de dar uma gargalhada.

— Ah, Will — disse ela. — Estou *tão* feliz.

Ele esticou o braço para pegar as mãos dela, e Charlotte pigarreou. Os olhos dela transbordavam de amor e carinho quando ela abaixou o rosto para Tessa e Will.

— Vamos começar — disse Charlotte.

O Instituto se calou; Cecily tinha parado de tocar a harpa. Will continuava olhando para Tessa enquanto sua vida se revelava diante dele.

— Estou aqui sob duas competências — disse Charlotte. — Como Consulesa, é meu dever unir dois dos Nephilim. — Ela encarou determinadamente a multidão, desafiando alguém a discordar do entendimento dela de que Tessa era uma Caçadora de Sombras. — E como amiga destes dois, é uma alegria selar a felicidade na aliança do casamento.

Will achou por um momento ter ouvido alguém rir; ele olhou para as fileiras de bancos, mas viu apenas rostos amigos olhando de volta. Até mesmo Gabriel Lightwood fazendo uma careta para ele era algo mais normal do que hostil.

— Theresa Gray — disse Charlotte. — Encontraste aquele a quem tua alma ama?

Despertarei agora, e caminharei pelas ruas da cidade, e nos amplos passeios buscarei aquele a quem minha alma ama: eu o busquei, mas não o encontrei. Will conhecia as palavras; todos os Caçadores de Sombras conheciam.

O rosto inteiro de Tessa pareceu brilhar.

— Eu o encontrei — disse ela. — E não vou deixá-lo.

— William Owen Herondale. — Charlotte se virou para Will. — Percorreste as sentinelas e as cidades do mundo? Encontraste aquela a quem sua alma ama?

Will pensou nas muitas noites inquietas que passara perambulando pelas ruas de Londres, rumando a direção nenhuma em particular, sem buscar qualquer objetivo em especial. Talvez em todas aquelas noites ele realmente estivesse procurando por Tessa, sem jamais saber que era ela o que ele buscava.

— Eu a encontrei — disse Will. — E *nunca* a deixarei.

Charlotte sorriu.

— Agora está na hora da troca de alianças.

Houve certo burburinho entre aqueles reunidos no salão: Tessa, embora sua mãe tivesse sido uma Caçadora de Sombras, não podia usar as Marcas do Anjo. Os espectadores sem dúvida se perguntavam como seria a escolha de uso das Marcas que costumavam ser tradicionalmente trocadas em um casamento — uma no braço e a outra no coração — com a noiva e o noivo fazendo as Marcas um no outro com estelas. Eles ficariam decepcionados, pensou Will; ele e Tessa tinham decidido lidar com a colocação das Marcas depois da cerimônia — a Marca no coração costumava ser feita em particular, de todo modo.

Sophie deu um passo à frente, estendendo uma caixa de veludo fina na qual tinham sido colocados dois anéis, com a insígnia Herondale. Dentro de cada anel fora gravada uma única imagem de um raio, uma menção à ascendência Starkweather de Tessa, e seis palavras: *o último sonho da minha alma*.

Will não se importava que a frase não significasse nada para outras pessoas. Significava tudo para ele e para Tessa.

Tessa pegou o anel maior primeiro e o colocou no dedo de Will. Ele sempre usara o anel da família, mas parecia diferente agora, com o peso do novo significado. Ela se atrapalhou com a luva, e quando Will finalmente segurava a mão nua de Tessa na dele, colocando o anel Herondale na mão esquerda dela, ela estava quicando nas pontas dos pés com impaciência.

O anel entrou. Tessa olhou para sua mão, e então para Will, seu rosto solene de alegria.

— Theresa Gray Herondale e William Owen Herondale — falou Charlotte. — Vocês agora estão casados. Vamos comemorar.

Uma aclamação se elevou dos bancos; Cecily começou a tocar na harpa uma marcha alta e provavelmente inapropriada. Will pegou Tessa nos braços: ela era um embrulho de seda macia, tule escorregadio e lábios mornos que se colaram aos dele num beijo breve. Ele inspirou o cheiro de lavanda e desejou que eles pudessem fugir de tudo aquilo, a sós no quarto que tinha sido montado e mobiliado para seu uso particular. O quarto que ocupariam como um casal casado pelo restante da vida deles.

Mas ainda havia o exuberante banquete. Will enlaçou o braço ao de Tessa e começou a guiá-la pelos degraus do altar.

Charlotte tinha se superado com a decoração do salão de baile. Bandeiras de seda dourada pendiam sobre as janelas, portas e lareiras. Uma única e imensa mesa tinha sido posta, percorrendo o meio da sala. Estava forrada com um tecido de cor damasco, e os pratos, louças, velas e talheres eram todos dourados.

Os olhos de Tessa estavam arregalados.

— Charlotte não deveria ter gasto tanto *dinheiro* — sussurrou ela conforme inspecionava com Will os arranjos de flores, punhados de rosas de estufa cascateavam de todas as superfícies livres em tons de dourado, creme e rosa.

— Espero que ela tenha saqueado o tesouro da Clave — falou Will, tranquilamente, servindo-se de um bolinho. Tessa riu e apontou para um par de cadeiras iguais, imensos objetos semelhantes a tronos de madeira, com os encostos pontiagudos e entalhes dourados. Depois de uma conversa aos cochichos, Will e Tessa se sentaram majestosamente bem no momento que as portas do salão de baile foram abertas para a festa de casamento.

Houve *oohs* e *aahs* conforme todos foram entrando, trajando suas melhores roupas. Cecily, de vestido azul que combinava com seus olhos, veio dançando até eles para abraçá-los, beijá-los e parabenizá-los. Gabriel a acompanhava, olhando para a mulher como um cervo apaixonado na floresta. Gideon e Sophie, noivos e felizes, estavam gargalhando juntos em um canto, e Charlotte e Henry estavam ocupados com o bebê Charles, que estava com cólica e queria que todos soubessem disso.

Cecily bateu palmas quando dois dos empregados que Charlotte contratara especialmente para o casamento se aproximaram da mesa, carregando dois bolos de vários andares.

— Por que *dois*? — murmurou Tessa ao ouvido de Will.

— Um para os convidados e outro para a noiva — explicou ele. — Aquele para os convidados será cortado, e todos serão mandados para casa com um pedaço para dar boa sorte. O seu deve ser comido durante a festa, exceto por uma fatia, a qual guardaremos para nosso aniversário de 25 anos.

— Está me enganando, Will Herondale — disse Tessa. — Ninguém quer comer um pedaço de bolo de 25 anos.

— Espero que você pense diferente quando nós dois estivermos velhos e horríveis — afirmou Will. Ele se lembrou, então, apenas por um momento, que Tessa jamais ficaria velha ou horrível. Apenas ele envelheceria e morreria. Foi um pensamento estranho e intruso: Will virou o rosto rapidamente e encontrou o olhar de Tatiana Blackthorn, que ocupara uma cadeira na ponta da mesa. Ela estava agarrada a Jesse, seus olhos verdes pairando desconfiadamente pelo salão. Ele sabia que ela só tinha uns 19 anos, mas parecia anos mais velha.

Ela deu a Will um olhar indecifrável e virou o rosto.

Will estremeceu e colocou a mão sobre a de Tessa, ao mesmo tempo Henry começou a espirituosamente bater em sua taça com algo muito semelhante a um tubo de ensaio. Provavelmente *era* um tubo de ensaio; Henry já tinha montado um laboratório no porão da casa da Consulesa em Grosvenor Square.

— Um brinde — começou ele. — Ao casal feliz...

Tessa entrelaçou os dedos aos de Will, mas ele ainda sentia frio, como se o olhar de Tatiana tivesse derramado água fria em suas veias. Cecily voltara para Gabriel, e ele percebia pelo brilho nos olhos dela que a irmã planejava alguma coisa.

No fim, todos os amigos planejavam algo. Depois do brinde de Henry veio o de Charlotte, então o de Gideon e o de Sophie, de Cecily e de Gabriel. Eles elogiaram Tessa e carinhosamente debocharam de Will, mas era o tipo de deboche que vinha do amor, e Will gargalhou tanto quanto todo mundo — bem, todo mundo exceto Jessamine. Ela estava presente na forma de fantasma, e Will conseguia vê-la se balançando de um lado a outro, divertindo-se, os cabelos loiros voando com uma brisa invisível.

Quando o jantar terminou, os silêncios entre Will e Tessa estavam mais frequentes. Não eram silêncios desconfortáveis; longe disso. Havia algo mais, algo entre eles que crepitava como fogo. Toda vez que Tessa olhava para Will, as bochechas dela coravam e ela mordia o lábio. Will se perguntou se seria grosseiro subir na mesa e ordenar a todos que saíssem do Instituto, pois precisava urgentemente ter uma conversa em particular com a esposa.

Ele concluiu que seria. Mesmo assim, estava batendo os sapatos polidos no chão impacientemente quando os convidados começaram a se aproximar para as despedidas.

— Absolutamente maravilhoso — disse Will para Lilian Highsmith. *Ver você ir embora*, pensou ele.

— Ah, sim, muito inteligente ir embora antes que as estradas estejam tomadas pelo gelo — disse Tessa a Martin Wentworth. — Nós entendemos perfeitamente.

— Ah, certamente — começou Will, virando-se —, e muito obrigado por vir...

Ele parou subitamente. Tatiana Blackthorn estava diante dele. O rosto dela estava despido de qualquer expressão, como uma panela que tivesse sido limpa demais; as mãos magras se agitavam, unidas, incansavelmente.

— Tenho algo a dizer a você — falou ela para Will.

Ele notou Cecily olhando em sua direção, um pouco ansiosa. Ela estava segurando o bebê Jesse — Tatiana provavelmente aproveitara uma oportunidade momentânea para empurrar a criança para Cecily enquanto ia falar com Will. A inquietude dele se aprofundou.

— Sim? — disse ele.

Ela se inclinou para ele. Do pescoço de Tatiana pendia um medalhão de ouro, gravado com a estampa de espinhos da família Blackthorn. Ele percebeu com uma tontura nauseante que o vestido era o mesmo que ela usara no dia seguinte à morte do pai e do marido. As manchas nele eram certamente sangue seco.

— Hoje, Will Herondale — disse Tatiana, falando muito baixo e muito claramente, quase diretamente ao ouvido dele —, será o dia mais feliz de sua vida.

Ele não conseguia dizer por quê, mas um calafrio percorreu seu corpo. Will não respondeu, e ela não pareceu ávida por nenhuma resposta — Tatiana simplesmente recuou e foi até Cecily, arrancando a criança embrulhada das mãos dela, com uma expressão satisfeita.

Assim que Tatiana deixou o salão de baile, Cecily correu até ele. Tessa, ao lado de Will, estava conversando com Charlotte, e Will não achou que ela tivesse notado nada de diferente, graças ao Anjo.

— O que aquela terrível Tatiana estava dizendo a você? — indagou Cecily. — Ela me dá calafrios, Will, dá mesmo. Pense nisso, quando eu me casar com Gabriel, serei parente dela.

— Ela disse que hoje seria o dia mais feliz da minha vida — contou Will. Ele sentiu como se uma pedra fria tivesse se assentado em seu estômago.

— Ah. — Cecily franziu a testa. — Bem... isso não é tão ruim, é? É o tipo de coisa que se diz em casamentos.

— Cecy. — Gabriel surgira ao lado da irmã de Will. — Começou a nevar. Vejam.

Todos olharam: neve em março era incomum, e quando vinha, costumava ser congelante, chuva de granizo, e não os flocos brancos e gorduchos que caíam no momento, prontos para cobrir a cidade suja com uma nuvem de pura prata.

Agora os convidados corriam para ir embora, antes que as estradas se tornassem intransponíveis. Cecily fora abraçar Tessa e desejar felicidade. Will ficou de pé quando Charlotte se aproximou dele, sorrindo.

— Diga a Tessa que subi para me certificar de que a lareira está acesa em nossos aposentos — disse ele, mecanicamente. Sentia como se estivesse destacado do próprio corpo, longe. — Ela não pode sentir frio na noite de núpcias.

Charlotte pareceu confusa, mas não tentou impedir Will quando ele correu do salão.

Hoje será o dia mais feliz de sua vida.

Se Tatiana não tivesse dito aquilo, pensou Will, será que ele ainda estaria sentado ali, à janela, encarando a neve e o frio? A cidade estava embranquecendo diante de seus olhos, a catedral de St. Paul era um fantasma diante do céu dicromático.

Era como se as palavras de Tatiana fossem uma chave que havia destrancado algo dentro dele, e todos os seus medos foram libertados. Não houvera família para Tessa no casamento, e ele ainda se preocupava com a possibilidade de a Clave jamais acolhê-la, se preocupava que o status de feiticeira dela fosse um eterno impeditivo para que a vissem como uma Caçadora de Sombras adequada. E se falassem com ela com crueldade, e ele não estivesse lá para impedir? E se tornassem a vida dela uma desgraça, e ela passasse a se ressentir dele por tê-la prendido no Enclave de Londres? E se os dois sentissem saudade demais de Jem para se desapegar do luto e viver?

E se ele não conseguisse fazer Tessa feliz?

Os pensamentos espiralavam na mente dele como neve. Will acendera a lareira, e o quarto estava quente — havia uma grande cama com dossel no centro, e alguém, Charlotte muito provavelmente, tinha colocado vasos de flores marfim nas duas mesas de cabeceira. Elas preenchiam o ar com seu perfume. A neve farfalhava baixinho contra os vidros das janelas quando a porta se abriu e Tessa colocou a cabeça para dentro do quarto. Era toda sorrisos, reluzente como uma vela.

E se hoje for o dia mais feliz da vida dela? E se todos os dias a partir deste forem mais tristes e mais vazios?

Will tomou um fôlego trêmulo e tentou sorrir.

— Tess.

— Ah, que bom, você está vestido — disse ela. — Eu estava meio preocupada que você estivesse vestido como Sydney Carton só para me chocar. Sophie pode entrar? Ela precisa me ajudar com meu vestido.

Will apenas assentiu. Tessa semicerrou os olhos; ela o conhecia melhor do que quase qualquer um no mundo, pensou ele. Ela veria os medos e as dúvidas dele.

E se achasse que eram por causa dela?

Tessa gesticulou e ela e Sophie entraram no quarto enquanto Will olhava as próprias mãos, entorpecido. Mas que diabos, ele não sentira nem um pingo de medo ou dúvida até o casamento. Em todas as manhãs acordara se perguntando se era mesmo possível ser tão feliz, tão cheio de expectativas.

Então ele ficava com vontade de contar a Jem sobre tais expectativas, e Jem não estava lá. Luto e amor, entrelaçados como escuridão e luz na alma dele. Mas Will jamais duvidara de seu amor por Tessa.

Ele conseguia ouvir a movimentação e as risadas baixinhas, e então Sophie piscou um olho para Will e se foi, fechando a porta do quarto firmemente. Um momento depois viu Tessa. Estava envolta num robe de veludo azul que a cobria do pescoço aos tornozelos. O cabelo estava solto, caindo sobre os ombros numa revolução de ondas marrons macias.

Tessa atravessou o quarto descalça e afundou no banco da janela ao lado dele.

— Agora, Will — disse ela, carinhosamente. — Conte o que está incomodando você, pois sei que tem alguma coisa.

Ele ansiava por tomá-la nos braços. Se a beijasse, sabia que se esqueceria: esqueceria das palavras de Tatiana, dos buracos em sua alma, de cada medo que já havia abrigado. Ele jamais se perdia tão completamente quanto nos braços de Tessa. Will se lembrou da noite que tinham passado juntos em Cadair Idris, de como era sentir o corpo dela, da maciez inacreditável da pele dela. Do modo como o luto e o pesar se dissolveram naquele momento, restando apenas uma felicidade que ele jamais achou que conheceria.

Mas a lembrança viera de manhã, e ele temia que voltasse agora também. Will devia mais a Tessa do que aquilo. Devia a ela mais do que tentar encontrar esquecimento nos beijos dela.

— É tolice — disse ele. — Mas está me assombrando. Antes de deixar o salão de baile, Tatiana disse para mim: "Hoje será o dia mais feliz de sua vida."

Tessa ergueu as sobrancelhas.

— Então você acha que ela quis dizer que cada dia a partir deste será mais infeliz? Tenho certeza de que foi o que ela quis dizer. Ela odeia você, Will. E também me odeia. Se pudesse estragar este dia para nós, ela faria isso com satisfação. Mas isso não significa que ela detenha os poderes da fada maligna no batizado da Bela Adormecida.

— Eu sei disso — disse ele. — Mas me preocupei durante esse tempo todo de não conseguir fazer você feliz, Tessa. Não como Jem poderia ter feito você feliz.

Ela pareceu chocada.

— Will.

— Jamais culpei você por amá-lo — disse ele, observando o rosto dela com atenção. — Tudo na vida foi feito com honra, pureza e força, e quem não gostaria de ser amado assim? Ao passo que meu amor por você, eu sei, é desesperado. — Ele quase se encolheu com a palavra. — Você não consegue entender, acho, como eu amo você. Talvez eu tenha escondido melhor do que pensei. É uma coisa avassaladora, Tessa. Que ameaça me partir em pedaços, e eu morro de medo por estar tão... alterado. — Ele afastou os olhos dela. Agora via o próprio reflexo na escuridão da vidraça, seu rosto muito pálido sob a cascata de cabelos negros. Will se perguntava se espantaria Tessa.

— Will — disse ela, baixinho. — Will, olhe para mim.

Ele olhou para ela; mesmo com o robe pesado, ela era linda e desejável o bastante a ponto de deixá-lo tonto. Desde aquela noite em Cadair Idris, não tinham feito nada além de se beijar, e mesmo assim raramente. Tinham se segurado, aguardando por esta noite.

Tessa colocou um pedaço de papel dobrado na mão de Will.

— Jem esteve aqui esta noite — disse ela. — Eu não o vi também. No entanto, ele entregou uma carta a Sophie, que entregou para mim. Acho que você deveria ler.

Will pegou a carta lentamente. Quanto tempo fazia desde que ele vira as curvas e as contornos familiares da letra de seu *parabatai*?

Will,

Eu sei que você deve estar feliz hoje, afinal, como poderia conter a felicidade? Mas o medo de que você não aceitaria essa felicidade me fez andar de um lado a outro pela Cidade do Silêncio. Você jamais acreditou ser digno de amor, Will, você, que ama com todo coração e alma. Temo pelo resultado de tais dúvidas, pois Tessa ama você, sim, e vocês precisam ter fé um no outro, assim como eu tenho fé em vocês.

Parei diante do Instituto hoje para prestar respeito. Olhei pela janela e vi você e Tessa sentados lado a lado. Jamais vi vocês tão felizes. Sei que simplesmente serão mais felizes a cada dia de sua vida juntos.

Wo men shi sheng si ji jiao.

Jem

Will tomou fôlego com certa dificuldade e entregou o bilhete a Tessa. Era como se Jem tivesse penetrado a noite escura e gélida e segurado a mão dele. O lugar em seu coração onde a Marca do *parabatai* estivera pareceu se acender e queimar. Ele se lembrou subitamente da última vez que ele e Jem estiveram juntos no Instituto, quando Will dissera que talvez Tessa não fosse querer se casar com ele. Jem sorrira e dissera:

— Bem, essa parte depende de você.

Ainda dependia dele. Ele queria estar casado com Tessa mais do que jamais quisera qualquer outra coisa, e não deixaria que os próprios medos destruíssem aquilo.

Tessa colocara o bilhete de lado e olhava para Will com os olhos cinzentos muito sérios.

— Bem — disse ela. — É isso, então... a quem você vai dar ouvidos, Will? Tatiana ou Jem?

Ele a fitou de volta.

— Vou ouvir meu coração — afirmou ele. — Pois foi o que me levou até você.

Ela deu um sorriso luminoso, então soltou uma gargalhada quando Will a puxou e a colocou no colo.

— Espere — disse ela, ficando de pé, algo do qual Will não gostou nada, deveriam estar se aproximando um do outro, não se afastando.

Ela puxou a faixa que mantinha o robe fechado. Will se sentou reto, as costas contra a janela fria. O material de veludo azul escorregou dos ombros dela, revelando por baixo um penhoar semitransparente de renda branca, unido na frente por uma fileira de fitas de cetim azul amarradas em laços.

Tessa claramente não vestia mais nada. As curvas e depressões do corpo estavam delineadas pelo tecido marfim, marcando o corpo como gaze. Will entendeu então por que Sophie tinha piscado um olho para ele.

— Tess — disse ele, rouco, e estendeu os braços: ela voltou para ele, rindo baixinho.

— Gostou? — falou ela, roçando o nariz na orelha dele. — Charlotte me levou a um lugar escandaloso em Bond Street...

— Eu amei — disse ele, capturando a boca de Tessa com um beijo macio.

— Eu amo *você*... mas não quero pensar em Charlotte de camisola. — Ele deixou a cabeça encostar contra o vidro da janela. — Tire minha camisa, Tess.

Ela corou e levou as mãos aos botões de madrepérola. Tudo em Cadair Idris acontecera rápido demais, um borrão de calor e contato. Agora era lento, os dedos dela seguindo de um botão a outro lentamente, os lábios beijando a pele lentamente conforme cada pedacinho era descoberto, centímetro após centímetro. Quando a camisa caiu no chão, a única coisa que Will queria era pegar Tessa e carregá-la até a cama.

Mas ainda não estavam prontos. Will tirou a estela do bolso e a entregou a Tessa, que pareceu confusa.

— As últimas Marcas de casamento — disse ele. — Quero que você as coloque em mim.

— Mas...

Ele colocou a mão sobre a dela e levou a estela até o próprio braço, onde traçejou a primeira Marca. A estela se iluminou contra a pele de Will, misturando prazer e dor. O rosto de Tessa estava corado quando eles moveram a estela para o lugar sobre o coração — ao lado da cicatriz desbotada onde a Marca de *parabatai* de Will um dia estivera.

— "Coloca-me como um selo sobre teu coração, como um selo sobre teu braço" — sussurrou ele conforme desenhavam a Marca seguinte juntos. — "Pois o amor é tão forte quanto a morte; seu carvão é de fogo da chama que mais arde."

Tessa se afastou. Ela fitou a Marca, destacando-se forte e escura contra a pele do peito de Will. Ela apoiou a mão sobre a Marca, e ele se perguntou se ela conseguia sentir o latejar de seu coração.

— "Águas não podem extinguir o amor, nem enchentes podem afogá-lo." Jamais deixarei de amar você, Will...

A estela dele caiu no tapete. Tessa ainda estava sentada em seu colo: Will a segurou pelos quadris e se inclinou para beijá-la. Ele ficou completamente perdido assim que as bocas deles se tocaram. Estava perdido em Tessa, na necessidade desesperada de beijá-la mais intensamente, de segurá-la com mais firmeza, de tê-la ainda mais perto. As mãos de Will deslizavam e escorregavam sobre a seda e a renda do penhoar, o tecido se enrugando ao toque dele.

Quando os beijos se tornaram mais selvagens, Will se viu levando a mão para desfazer o laço de seda no decote do penhoar. Tessa soltou um leve arquejo quando o tecido escorregou, expondo seus seios. A pele dela era macia e pálida como creme. Will não conseguia se impedir de beijar seu pescoço e seu colo, de roçar os lábios suavemente sobre a curva delicada de seus ombros. Tessa gemeu baixinho e estremeceu no colo dele, segurando os ombros de Will, as unhas enterrando-se de leve ali.

Se ele não fizesse alguma coisa rapidamente, percebeu Will, eles se jogariam no tapete e jamais se levantariam. Com um gemido gutural, ele passou o braço sob os joelhos de Tessa e o outro em volta dos ombros dela: ela gargalhou com uma surpresa satisfeita quando ele a carregou até a cama. Os dois caíram entre os travesseiros macios e a colcha de plumas, buscando um ao outro, a longa privação da espera por aquele momento finalmente chegava ao fim.

Will chutou os sapatos, desatando o restante dos laços de cetim do penhoar conforme Tessa se esticava sobre o corpo dele, os longos cabelos dela formando uma cortina sobre os dois. Na caverna, estivera escuro; agora ele conseguia enxergar Tessa inteira, e ela era toda exuberante.

Ela tocou o rosto de Will com dedos errantes, então deixou a mão avançar mais para baixo no corpo dele, explorando a maciez e a rigidez do peito, da nova Marca sobre o coração dele.

— Meu lindo Will — disse ela, a voz rouca de desejo.

Will puxou Tessa contra si, e os dois rolaram juntos sobre a cama, pele contra pele; ajoelhando, ele começou a beijar cada centímetro do corpo dela. Tal como ele sabia que faria, Will se esqueceu de todo o restante quando ela arqueou o corpo e estremeceu sob seu toque. Havia apenas aquele momento, apenas aquela noite, apenas eles dois — apenas Will e Tessa Herondale e o início da vida a dois juntos.

Muitas horas depois, Will foi acordado pelo toque suave de Tessa em seu ombro. Ele estava dormindo com o braço ao redor dela, seus cabelos abertos num leque sobre o peito dele. Ele olhou para baixo, para a esposa, que sorria para ele.

— O que foi? — sussurrou Will, afastando uma mecha de cabelo dos olhos.

— Está ouvindo os sinos? — perguntou ela.

Will assentiu; ao longe, os sinos de St. Paul soavam à uma hora da manhã.

— É o dia seguinte ao nosso casamento — disse Tessa. — Não está mais feliz do que estava ontem? Pois eu sim. Acho que serei mais feliz a cada dia de nossas vidas.

Will sabia que um sorriso estava se abrindo em seu rosto.

— Você é uma desavergonhada. Realmente me acordou no meio da noite só para provar sua teoria?

Tessa rolou contra ele sob os cobertores. Will sentiu o toque leve dela contra sua pele.

— Talvez não *só* para provar minha teoria, meu amor.

Ele riu baixinho e a tomou nos braços.